neue frau
herausgegeben von
Angela Praesent

ISABELLE EBERHARDT

SANDMEERE 1

TAGWERKE

IM HEISSEN SCHATTEN DES ISLAM

Herausgegeben
von Christian Bouqueret

Aus dem Französischen übertragen
von Grete Osterwald

Mit einem Vorwort
von Hans Christoph Buch

rororo

ROWOHLT

Titel der französischen Originalausgaben
«Mes Journaliers / Dans l'ombre chaude de l'Islam»

50.–59. Tausend Februar 1992

Veröffentlicht im Rowohlt Taschenbuch Verlag GmbH,
Reinbek bei Hamburg, Oktober 1983

Umschlaggestaltung Nina Rothfos
(Illustration Angelika Fritsch)
Satz Bembo (Mono Lasercomp 3000) LibroSatz, Kriftel
Gesamtherstellung Clausen & Bosse, Leck
Printed in Germany
1480-ISBN 3 499 15231 2

Hans Christoph Buch

Rimbauds Tochter?

Mutmaßungen
über Isabelle Eberhardt

Isabelle Eberhardt
1897

VORWORT

I

Im Herbst 1977 kaufte ich in Lawrence Ferlinghettis Buchhandlung auf der Grant Avenue in San Francisco ein Buch von Isabelle Eberhardt in englischer Sprache, *The Oblivion Seekers* (Die Vergessenssucher), herausgegeben und übersetzt von dem amerikanischen Schriftsteller Paul Bowles. Es war eine eher zufällige Entdeckung: den Namen Isabelle Eberhardt, der damals als eine Art Geheimtip in der kalifornischen Literaturszene kursierte, hörte ich zum erstenmal. Was mich zum Kauf des Buches bewogen hatte, war vor allem das Foto der Autorin auf dem Frontispiz: eine knabenhaft aussehende junge Frau von höchstens zwanzig Jahren, in tunesischer Tracht mit Fez und Djellaba, einen Rosenkranz in der Hand und einen türkischen Dolch im Gürtel, die mit einer Mischung aus Stolz und Verachtung über den Fotografen hinwegsah, als wolle sie auf diese Weise aufdringliche Betrachter auf Distanz halten und ihnen unmißverständlich signalisieren, ihr nicht zu nahe zu treten.

Ins Hotelzimmer zurückgekehrt, las ich den knapp 90 Seiten umfassenden Erzählband in einem Atemzug. Die Faszination, die ich bei der Lektüre von Isabelles Prosa empfand, hat mich seitdem nicht mehr losgelassen. Bis heute weiß ich nicht, was ich mehr bewundern soll: ihr unvollendet gebliebenes Werk, von dessen Fragmenten eine Leuchtkraft wie von Kristallsplittern ausgeht, oder ihr frühvollendetes Leben, das so viele Fragen aufwirft, die uns heute bewegen: Anarchismus, Feminismus, Kolonialismus und islamischen Fanatismus, und dessen einzelne Stationen so phantastisch anmuten, als seien sie von einem orientalischen Märchenerzähler erfunden. Mein erster Verdacht war denn auch, daß der Romancier Paul Bowles, der, ähnlich wie Lawrence Durrell, jahrzehntelang in Nordafrika gelebt hat, Isabelles Biographie, einschließlich der ihr zugeschriebenen Kurzgeschichten, frei erfunden haben mußte. Später, als mir nach langwierigen und mühseligen

Recherchen, die nur dank der Hartnäckigkeit von Christian Bouqueret zum Erfolg führten, die französischen Erstausgaben ihrer Bücher in die Hände fielen, richtete sich mein Verdacht gegen Isabelles Nachlaßverwalter Victor Barrucand, der es mit ihren Manuskripten ebensowenig genaugenommen hatte wie mit ihren Lebensdaten und der in einem aufsehenerregenden Urheberrechtsprozeß des Plagiats bezichtigt worden war. Diese editorische Tradition setzt sich bis in die Gegenwart hinein fort: noch 1968 hat die französische Schriftstellerin Françoise d'Eaubonne die Rätsel von Isabelles Biographie dadurch zu lösen versucht, daß sie sie kurzerhand zu einer Tochter Rimbauds erklärt – aber ich will die Geschichte von Anfang an erzählen.

2

Kein Zweifel, Isabelle Eberhardt hat wirklich gelebt. Es gibt nicht nur Fotos von ihr, es gibt auch zahlreiche Briefe und Dokumente, die dies belegen, Akten der Schweizer Fremdenpolizei und der französischen Kolonialverwaltung sowie, nicht zuletzt, eine Geburtsurkunde, aus der hervorgeht, daß sie am 17. Februar 1877 in Meyrin bei Genf als jüngstes von fünf Kindern einer adligen russischen Emigrantin geboren wurde: ihre Muter, Nathalie Eberhardt, verwitwete de Moërder, war zum Zeitpunkt von Isabelles Geburt 39 Jahre alt. Soviel ist sicher, aber hier hören die Gewißheiten auch schon auf. Isabelles Mutter, die deutsch-jüdischer Herkunft gewesen zu sein scheint, soll ihren Ehemann, den Senator und General im Dienste des Zaren, Paul Karlowitsch de Moërder, nach der Geburt ihres dritten Kindes verlassen haben und mit dem Hauslehrer der Familie, einem gewissen Trofimowski, über die Türkei nach Italien durchgebrannt sein. Alexander Trofimowski, im Familienjargon kurz Vava genannt, war ein aus Armenien stammender russisch-orthodoxer Priester, der unter dem Einfluß Bakunins vom Christen zum Anarchisten wurde. In Neapel – so die offizielle Version der Ereignisse – soll der betrogene Ehemann das flüchtige Liebespaar nach längerer Verfolgung eingeholt haben, und es soll zu einem bewegten und bewegenden Auftritt gekommen sein, in dessen Verlauf Trofimowski, als Anhänger der freien Liebe, Nathalie ihrem Ex-Gatten gnädig für eine Nacht zur Verfügung gestellt haben soll – ein Entgegenkommen, das dieser, wie es auf französisch heißt, dankbar *goutiert* habe. Anschließend, so heißt es weiter, habe er Frau und Kinder mit genügend Geld ausgestattet, um ihnen ein sorgenfreies Leben zu ermöglichen, und sei reumütig nach Rußland zurückgekehrt, wo er bald darauf verstorben sein soll.

Fest steht – und hier bewegen wir uns wieder auf gesichertem Terrain –, daß Nathalie de Moërder, wie sie in den Genfer Polizeiakten genannt wird, sich 1873 zusammen mit Trofimowski und den Kindern in Meyrin am Genfer See niederließ, wo sie eine einsam gelegene Villa bezogen, die wegen ihres verwilderten Gartens *Villa Tropicale* oder einfach nur *Villa Neuve* genannt wurde. Die Schweiz war damals ein Tummelplatz für politische Flüchtlinge, vor allem revolutionäre Jungtürken und russische Nihilisten, die hier, wie später Lenin in Zürich, vor der zaristischen Geheimpolizei Zuflucht suchten und die sich in der Villa Neuve die Türklinke in die Hand gaben: das Haus soll zeitweilig einem anarchistischen Heerlager geglichen haben. Daß die Eberhardts hier kein bürgerliches Familienleben geführt haben, geht allein schon aus dem für die biedere Schweiz schockierenden Umstand hervor, daß Nathalie nach dem Tod ihres ersten Mannes nicht wieder heiratete, sondern in «wilder» Ehe mit Trofimowski zusammenlebte, der noch dazu ein Verhältnis mit ihrer ältesten Tochter gehabt haben soll. Die Kinder durften keinerlei Kirche oder Schule besuchen und wurden statt dessen von ihrem Ziehvater in alten und neuen Sprachen, Geschichte und Geographie, wissenschaftlichem Atheismus und Anarchismus unterrichtet; als Gegenleistung für den kostenlosen Unterricht mußten sie im Garten der Villa arbeiten, den Trofimowski mit biologischen Anbaumethoden in ein ökologisches Mustergut umwandelte. Ein damaliger Besucher hat die Atmosphäre im Garten des Hauses, das von seinen Schweizer Nachbarn ängstlich gemieden wurde, einmal so geschildert: vier halbwüchsige Knaben im Alter zwischen zwölf und achtzehn Jahren sind damit beschäftigt, Beete umzugraben, Unkraut zu jäten und Dünger auszufahren; als der Besucher nähertritt, stellt er fest, daß der jüngste und kräftigste der vier, der, mit einer Zigarette im Mund, Holz hackt – ein Mädchen ist: Isabelle, die sich schon als Kind geweigert haben soll, Frauenkleider zu tragen, und sich nicht nur zu

Hause, sondern auch bei ihren Ausflügen nach Genf und Umgebung stets als Mann kostümierte – eine Vorliebe, die sie für den Rest ihres Lebens beibehielt. Isabelle scheint nicht nur körperlich robust, sondern auch besonders lernbegierig gewesen zu sein: schon mit zwölf Jahren soll sie fließend Russisch und Französisch, Deutsch und Italienisch gesprochen und griechische und lateinische Texte im Original gelesen haben. Etwa zur gleichen Zeit begann sie mit dem Studium des Arabischen, das ihr von Anfang an mehr bedeutete als nur das Erlernen einer weiteren Fremdsprache; dahinter stand die Faszination durch eine exotische Religion und Kultur, die um so stärker wurde, je tiefer Isabelle in ihre Geheimnisse eindrang: den Entschluß, zum Islam überzutreten, soll sie bereits mit vierzehn Jahren gefaßt haben. Mit sechzehn verliebte sie sich in einen jungen Moslem namens Archavir, der als Aktivist der Jungtürken-Bewegung in Genf lebte; mit achtzehn begann sie eine regelmäßige Korrespondenz mit zwei für ihren weiteren Lebensweg wichtigen Briefpartnern: Abou Naddara, einem türkischen Schriftgelehrten, der sie von Istanbul aus in religiösen Fragen des Islam unterwies, und Eugène Letord, einem in der Sahara stationierten französischen Kolonialoffizier, dem sie auf ein Zeitungsinserat hin geschrieben hatte und der ähnlich wie sie für arabische Kultur und Lebensart schwärmte.

Hinter dem Übertritt zum Islam, den Isabelle endgültig erst mit zwanzig Jahren vollzog, steht, ebenso wie hinter dem Entschluß, Männerkleider zu tragen, mehr als nur der Wunsch, die Schweizer Bürger zu schockieren und ihr anarchistisches Elternhaus an Unangepaßtheit womöglich noch zu übertreffen. In einem tieferen Sinn entspricht beides dem damals in Europa herrschenden Zeitgeist, wie er sich etwa in den Jugendstil-Illustrationen von Aubrey Beardsley ausspricht mit ihrem Hang zur sexuellen Travestie und zum orientalischen Dekor. Etwa um die gleiche Zeit bereisten André Gide und Oscar Wilde Nordafrika, durchstreifte der junge T. E. Lawrence, als Moslempilger verkleidet, die arabische Halbinsel und ließ sich der Maler Gauguin in der Südsee nieder. Auf die Orient-Welle folgte nach der Jahrhundertwende die Japan-Mode und die Entdeckung der «Negerplastik», die den Kubismus beeinflußte. Diese künstlerischen Bewegungen sind ihrerseits wiederum Reflexe höchst realer politischer und ökonomischer Prozesse: in den 80er und 90er Jahren des vorigen Jahrhunderts wurden die letzten Rückzugsgebiete des afrikanischen und asiatischen Kontinents von den miteinander konkurrierenden Kolonialmächten (einschließlich Japans und der Vereinigten Staaten) gewaltsam «erschlossen»: auf der Berliner Konferenz von 1885 wurde der afrikanische Kuchen aufgeteilt und die Grenzen der neugeschaffenen Kolonien, entlang der Längen- und Breitengrade, mit dem Lineal gezogen; die Eroberung Pekings durch ein internationales Truppenkontingent unter deutschem Oberkommando im Jahre 1900 besiegelte die koloniale Zerstückelung traditioneller Hochkulturen, deren Einwohner im gleichen Atemzug zu «Primitiven» erklärt wurden.

Vor dem Hintergrund dieser imperialistischen Politik, in deren fernem Kanonendonner sich bereits der Erste Weltkrieg ankündigt, verlebt Isabelle in Haus und Garten der Villa Neuve eine Kindheit und Jugend, die alles andere als wohlbehütet ist. In den langen Jahren des Exils entwickelt sich Vava mehr und mehr zu einem anarchistischen Haustyrann, einer Art Rasputin, der seine Launen an den ihm anvertrauten Kindern ausläßt und dessen einzige Liebe, außer dem Wodka, den Kakteen in seinem Garten gehört. Als seine radikalen Erziehungsmethoden nicht die erwarteten Früchte tragen und die Kinder aus erster Ehe, Nathalie und Nicolas, gegen den Willen der Mutter nach Rußland zurückkehren, verbietet er, die Namen der abtrünnig Gewordenen, die fortan als Verräter gelten, im Familienkreis auch nur zu erwähnen. Isabelle schließt sich eng an ihren älteren Bruder Augustin an, dem sie ihre von russischen und französischen Vorbildern inspirierten ersten Schreibversuche vorliest; wenn sie sich nicht mit ihren arabischen Studien beschäftigt, durchstreift sie zusammen mit Augustin zu Fuß oder zu Pferde die Umgebung von Meyrin und versetzt sich dabei, in ihrer Phantasie, von den Tälern des Jura in die Schluchten des Atlasgebirges.

Als Augustin im Herbst 1895, um dem unerträglich gewordenen Druck im Elternhaus zu entgehen, von Genf nach Marseille flieht und dort in die Fremdenlegion eintritt, schreibt Isabelle ihm einen verzweifelten Brief, aus dem die Trauer über den Verlust des geliebten Bruders spricht:

«Was hast Du getan, Unglücklicher! Du mußt wahnsinnig geworden sein – begreifst Du denn nicht all das Schreckliche, das Du mit diesem Schritt angerichtet hast? Für mich ist alles aus. Selbst ohne diesen neuerlichen Schock war mein

Leben so schon zerstört durch all das, was hier vorgefallen ist. Aber ich muß damit fertigwerden, ich muß versuchen, etwas anderes zu Papier zu bringen als die furchtbaren Schmerzensschreie, die aus meinem verwundeten Herzen hervorbrechen. Schreiben – wozu? Ich muß mich dazu *zwingen*, all das aufzuschreiben, was ich zu sagen habe. Ohne Schreiben gibt es keine Hoffnung mehr für mich in diesem verfluchten Leben in ewiger Finsternis . . .»

Und in einem Postscriptum fügt sie die folgenden, auf arabisch geschriebenen Verse hinzu:

El lahemi' coud el Moghrabi,
Oua errouhi' coud Eccharghi,
El lahemi' coud Eddar-el-Gharby,
Ou elqalby Istambouly,
Ou elqalby Oharany!

Mein Körper ist im Okzident
und meine Seele ist im Orient;
mein Körper ist im Land der Ungläubigen,
und mein Herz ist in Istanbul
und mein Herz ist in Oran!

3

Nach dem Fortgang ihres Bruders Augustin hält sie nichts mehr in der immer stickiger werdenden Atmospäre der Villa Neuve. Zusammen mit ihrer an Migräne leidenden Mutter, der der Arzt einen Klimawechsel empfohlen hat, schifft sich Isabelle im Mai 1897 von Marseille nach Algier ein; Trofimowski bleibt zusammen mit ihrem zur Melancholie neigenden Bruder Wladimir in der Schweiz zurück. In der Küstenstadt Bône, dem heutigen Annaba, nicht weit von der tunesischen Grenze, beziehen Mutter und Tochter eine kleine Wohnung am Rand der Casbah, in der Rue Bugeaud. Isabelle ist endlich am Ziel ihrer Wünsche: als Mann verkleidet, in orientalischer Tracht, erkundet sie die engen Gassen der Altstadt und besucht Märkte und Moscheen, um ihr Arabisch zu vervollkommnen und Sitten und Bräuche des Volkes zu studieren, die sie bisher nur aus Büchern kennt. Zusammen mit ihrer Mutter tritt Isabelle nunmehr auch formell zum Islam über, dessen religiöse Vorschriften – rituelle Waschungen und Gebete – sie schon seit Jahren befolgt. Die beiden sind häufig in den Villen des Europäerviertels und in den Residenzen der höheren Militärs zu Gast, von denen Isabelle die Geschichte der französischen Eroberung aus erster Hand erfährt. Seit 1830 das erste Truppenkontingent an der algerischen Küste landete, hat Frankreich die Grenzen seines nordafrikanischen Kolonialreiches immer weiter ausgedehnt: nach der blutigen Eroberung Tunesiens im Osten steht Marokko im Westen kurz vor der «freiwilligen» Annexion, die nur durch den Einspruch Englands und Deutschlands verhindert wird. Aber während französische Truppen längst über die Südsahara hinaus bis zum Kongo vorgestoßen sind, gibt es im Innern der Wüste noch immer riesige, unerforschte Gebiete, beherrscht von rebellischen Nomadenstämmen, die die französische Oberhoheit gar nicht oder nur auf dem Papier anerkennen. In diese sagenumwobenen Scheichtümer vorzudringen, die vor ihr noch keines weißen Mannes Fuß betreten hat, ist von Anfang an Isabelles sehnlichster Wunsch. Trotz des milden Klimas an der Mittelmeerküste verschlechtert sich der Gesundheitszustand ihrer Mutter rapide. Als Trofimowski, von Isabelle telegrafisch alarmiert, Ende November in Bône eintrifft, ist es zu spät: die Mutter ist wenige Stunden zuvor verstorben. In einem Anfall von Verzweiflung will sich Isabelle das Leben nehmen. Trofimowski reicht ihr stumm seinen geladenen Revolver; als Isabelle ihn ungläubig ansieht, reißt er das Fenster auf und deutet einladend auf die von brodelndem Verkehr erfüllte Straße hinab. Durch diese Radikalkur, die nicht etwa väterlicher Sorge entspringt, sondern dem anarchistischen Prinzip, jeden Menschen den Zeitpunkt seines Todes selbst bestimmen zu lassen, wird Isabelle von ihren Selbstmordgedanken geheilt. Nach der Beisetzung der Mutter auf dem islamischen Friedhof von Bône kehrt Trofimowski nach Genf zurück, während Isabelle nach Tunis weiterreist, von wo aus sie, zu Fuß und zu Pferde, die Umgebung der Stadt mit ihren jahrtausendealten Ruinen aus römischer und phönizischer Zeit durchstreift. Wie stets als Araber kostümiert, geht sie in den Bars und Bordellen des Hafenviertels ebenso selbstverständlich ein und aus wie in den heiligen Stätten des Islam, ist in den Zelten der Beduinen ebenso als Gast willkommen wie in den Absteigen der Vergessenssucher, die hier, auf Palmstrohmatten ausgestreckt, ihren Kif rauchen. Drogen wie Haschisch und Absinth spielen in Isabelles Leben und Werk von Anfang an eine zentrale Rolle.

In Tunis entstehen ihre ersten Prosaskizzen und Kurzgeschichten, die sie ohne Erfolg verschiedenen Zeitungen anbietet, und hier begegnet sie zum erstenmal den Vorurteilen der Kolonialbourgeoisie, die sie von nun an, wo immer sie auftaucht und was auch immer sie tut, begleiten werden: ihre seltsame Verkleidung – als Mann und Araber – und ihr vertrauter Umgang mit den niedersten Schichten der Bevölkerung: Matrosen und Prostituierten, Fremdenlegionären und Eingeborenensoldaten (den sogenannten «Spahis»), lassen sie in den Augen der besseren Gesellschaft höchst anrüchig erscheinen und machen auch die Behörden auf sie aufmerksam. Sie nennt sich Si Mahmoud und gibt sich als Sohn eines Tunesiers und einer Deutschen aus. Die Polizei vermutet hinter dieser Tarnung abwechselnd eine britische Agentin, die die Araber zum heiligen Krieg gegen Frankreich aufstacheln soll, eine polnisch-jüdische Suffragette, die Unruhe in den Harems stiften will, oder eine bombenlegende russische Terroristin. Die Agentenhysterie ist zu jener Zeit nicht allein auf Frankreich beschränkt, wo kurz zuvor die Dreyfus-Affäre eine antisemitische Pogromstimmung erzeugt hat; auch Rimbaud ist in Aden von den britischen Kolonialbehörden unter ähnlich absurden Anschuldigungen observiert worden.

Als sie Anfang des neuen Jahres, 1899, die Nachricht erhält, daß Trofimowski schwer krank darniederliegt, kehrt Isabelle mit ihrem letzten Geld nach Genf zurück, wo sie zusammen mit ihrem aus Marseille herbeigeeilten Bruder Augustin den todkranken Vava pflegt und, am 15. Mai, mit einer Überdosis Morphium sein sinnlos gewordenes Leiden beendet. Ihr zweitältester Bruder Wladimir folgt seinem Vater, in einem Anfall von Melancholie, freiwillig in den Tod. Jetzt hält Isabelle nichts mehr in Europa: Augustin hat seine vorzeitige Entlassung aus der Legion erhalten und eine junge Französin geheiratet, mit der er in Marseille in einer winzigen Wohnung zusammenlebt; die beiden Geschwister haben einander kaum noch etwas zu sagen. Archavir, Isabelles türkischer Verlobter, ist in den diplomatischen Dienst seines Landes eingetreten und als Attaché nach Petersburg versetzt worden, wohin sie ihm auf keinen Fall folgen will. Anstatt den Verkauf der mit Hypotheken belasteten Villa abzuwarten, beauftragt sie einen Notar mit der Abwicklung ihrer Erbschaft und kehrt auf schnellstem Wege nach Tunis zurück.

Nach der Ankunft kauft sich Isabelle ein Pferd, das sie zur Erinnerung an ihre Streifzüge durch die Wadis «Souf» nennt, und reitet mitten im Sommer allein durch die Wüste nach Algerien. In Batna schließt sie sich einem französischen Militärkonvoi an, der nach Süden marschiert; in Biskra trennt sie sich wieder von der Truppe, um den sexuellen Nachstellungen ihres Kommandanten zu entgehen, und reitet, zusammen mit zwei Moslempilgern, denen sie sich unterwegs angeschlossen hat, immer tiefer in die Sahara hinein, den weiter südwärts gelegenen Oasen entgegen: *Touggourt, Ourlana, El-Oued* – Ortsnamen, die für Isabelle einen mythischen Klang haben und die fortan eine magische Anziehungskraft auf sie ausüben. Die schroffen Berge des Atlas im Norden, der endlose Horizont im Süden mit seinen sanft gewellten Sanddünen, die in der Abenddämmerung ein von Purpur bis Violett reichendes Farbenspiel entfalten – die Wüste ist für Isabelle zur zweiten Heimat geworden, deren exotischen Reiz sie in zahlreichen Zeichnungen, Kurzgeschichten und Prosaskizzen festzuhalten versucht, wenn sie, erschöpft von den Strapazen der Reise, für ein paar Stunden in einer Oase Rast macht. Isabelles Lebensweise ist ebenso bescheiden und anspruchslos wie die der Nomaden, die sie in ihren Erzählungen schildert: eine Handvoll getrockneter Datteln, eine Tasse Pfefferminztee oder Mokka und ein paar Zigaretten genügen ihr als täglicher Proviant.

Im Herbst 1899 kehrt sie auf Umwegen nach Paris zurück, um ihre in der Sahara entstandenen Texte französischen Verlagen vorzulegen und sich in den literarischen Salons einen Namen zu machen. In Marseille steigt sie bei ihrem Bruder Augustin ab und flieht aus dessen winziger Wohnung nach Genf, wo sie ihre russische Freundin Vera Popowa besucht, eine revolutionäre Aktivistin, die keinerlei Verständnis für Isabelles Islam-Begeisterung aufbringt, im Gegenteil: Religion ist für sie Opium fürs Volk. Isabelle reist enttäuscht nach Paris weiter und trifft dort ihren türkischen Brieffreund und Lehrmeister Abou-Naddara wieder, der hier als geistiges Oberhaupt der Jungtürken residiert und sie mit den Größen und Scheingrößen der Pariser Salons bekanntmacht. Sie lernt die Prinzessin Rattazzi kennen, eine Großnichte Napoleons I. und einstige Geliebte von Eugène Sue, die nach einem politisch bewegten Leben, fast taub und halb blind, einen Kreis junger Literaten um sich versammelt; Madame Séverine, eine feministische Skandalschriftstellerin und Vorkämpferin der «sapphischen» Liebe, die in dem als Mann verkleideten jungen Mädchen ein geeignetes Objekt für ihre sexuellen Annäherungsversuche erblickt und Isabelle die Zurückweisung nie verzeihen wird; sowie die Marquise de Morès, Witwe eines in der Sahara verschollenen Millionärs und Zeitungsmagnaten, der die antisemitische Pressekampagne gegen Dreyfus finanziert hat und auf einer Nordafrika-Reise von aufständischen Nomaden ermordet worden ist. Auf Grund ihrer Kenntnis von Land und Leuten erhält Isabelle den Auftrag, nach den Mördern des Marquis zu fahnden – gegen entsprechende Bezahlung, versteht sich – und bricht unverzüglich nach Marseille auf.

In ihre Pariser Zeit fallen noch zwei weitere wichtige Bekanntschaften, die sich zu dauerhafter Freundschaft entwickeln sollten: mit Lydia Paschkoff, einer russischen Reiseschriftstellerin, die auf den Spuren von Lady Stanhope Ägypten durchquert hat und Isabelle brieflich mit nützlichen Ratschlägen und Empfehlungen versorgt; und mit Eugène Brieux, einem jungen französischen Autor, dem sie ihre Manuskripte zur Beurteilung zuschickt: er lobt ihr literarisches Talent und ermuntert sie, sich freizuschreiben von dem übermäßigen Einfluß, den Pierre Loti mit seinen in orientalischem Milieu angesiedelten Romanen und Erzählungen auf sie ausübt.

4

Im Sommer 1900 trifft Isabelle in Algerien ein und läßt sich in der Wüstenstadt El-Oued nieder, die sie auf ihrer letzten Reise zum erstenmal besucht hat. Zwar scheint sie anfangs ernsthaft nach den Mördern des Marquis de Morès gefahndet zu haben – womit sie wiederum den Verdacht der Kolonialbehörden auf sich zieht, die an der Aufklärung des Falles nur mäßig interessiert sind, um den prekären Waffenstillstand mit den Nomaden nicht zu stören –, aber nachdem ihre finanziellen Vorschüsse aufgebraucht sind und keine weiteren Zahlungen aus Paris mehr eintreffen, scheint sie den ihr erteilten Auftrag *ad acta* gelegt zu haben. Statt dessen verliebt sie sich in einen Leutnant der eingeborenen Hilfstruppen, Slimène Ehnni, der mit seinem Regiment in Batna stationiert ist, und den sie in ihren Briefen und Tagebuchnotizen mit zärtlichen Kosenamen belegt, die wie arabisches Liebesgeflüster klingen: *Ouiha, Rouh', Zuizou*. Die beiden beschließen, nach islamischem Ritus zu heiraten, sobald Slimène seine Entlassung aus der Armee erhält. Die rassistische Kolonialbourgeoisie sieht die unstandesgemäße Liaison einer Europäerin mit einem «schmutzigen» Algerier voller Mißtrauen, und der alte Spionageverdacht gegen Isabelle erhält neue Nahrung. Inzwischen ist sie nämlich, um noch tiefer in die Mysterien des Islam einzudringen, einer Moslembruderschaft beigetreten, der *Kadriya*, die noch nie einen Europäer, geschweige denn eine Frau, in ihren Reihen akzeptiert hat, und die noch dazu im Verdacht steht, den Aufstand gegen die französische Kolonialherrschaft zu schüren – der Sufismus, wie überhaupt die islamische Mystik, ist für Polizei und Behörden ein Buch mit sieben Siegeln. Als Isabelle zusammen mit Cheikh Si Lachmi, dem geistlichen Oberhaupt der *Kadriya*, in Behima zu Besuch weilt und gerade dabei ist, einem Einheimischen bei der Übersetzung eines Briefes zu helfen, wird sie von einem religiösen Fanatiker, der einer mit der Kadriya verfeindeten Moslemsekte, der Tidjaniya, angehört, mit blankem Säbel angefallen und schwer verwundet. Eine quer über den Hof gespannte Wäscheleine, in der sich der gezückte Säbel verfängt, rettet ihr das Leben, ihr verletzter linker Arm aber bleibt auch nach wochenlangem Krankenhausaufenthalt halb gelähmt. Der Attentäter wird von Umstehenden überwältigt und der Justiz übergeben, die politischen Hintergründe des Mordanschlags aber werden nie aufgeklärt. Es kommt zu einem aufsehenerregenden Prozeß in Constantine, in dessen Verlauf Isabelle ihrem Angreifer verzeiht und das Gericht für ihn um Gnade bittet, da er nur das Werkzeug höherer Mächte gewesen sei. Als sie sich gegen die Art der Befragung durch den Staatsanwalt verwahrt, der sie als «charmante jeune fille» anspricht und, ihres unbürgerlichen Lebensstils wegen, für die Tat mitverantwortlich macht, wird Isabelle vom Gerichtsvorsitzenden zur Ordnung gerufen: «Nous sommes en France ici, Mademoiselle, pas en Russie!» Das Gericht verurteilt den gedungenen Mörder zu lebenslanger Zwangsarbeit, ohne nach seinen Auftraggebern zu fragen, während Isabelle als unerwünschte Ausländerin aus der Kolonie abgeschoben wird. In einem offenen Brief an die Presse hat sie gegen die Ausweisung aus Algerien protestiert und sich gegen damit verbundene politische Unterstellungen gewehrt:

«Ich habe niemals an irgendeiner antifranzösischen Aktion teilgenommen, weder in der Sahara, noch im Tell ... Ich habe Frankreich, das mir zur zweiten Heimat geworden ist, den Eingeborenen gegenüber immer und überall verteidigt. Warum bin ich dennoch das Opfer einer Polizeimaßnahme, welche nicht nur die Gefühle, die ich als Russin gegenüber Frankreich hege, zutiefst verletzt, sondern mir obendrein großen persönlichen Kummer auferlegt, da sie mich auf unabsehbare Zeit von meinem Verlobten trennt, der mich nicht nach Frankreich begleiten darf, weil er in Batna stationiert ist? Ich verlange einzig und allein, daß man mich ungestört in Batna leben läßt, um dort den Mann zu heiraten, der mir in meinem Unglück beigestanden hat und der meine einzige moralische Stütze in der Welt ist. *Voilà tout!*»

5

Im Juni 1901 trifft Isabelle nach einer stürmischen Überfahrt – sie reist, als Matrose verkleidet, unter dem Pseudonym Pierre Mouchet – in Marseille ein und nimmt in der winzigen Wohnung ihres Bruders Quartier, wo sie vier Monate lang vergeblich auf ein Wiedersehen mit Slimène hofft. Durch Vermittlung eines ihr wohlgesonnenen Offiziers erreicht sie Ende Oktober Slimènes Versetzung nach Marseille, wo das junge Paar sich zuerst auf dem Standesamt und anschließend in der Moschee nach islamischem Ritus trauen läßt – einer der wenigen Tage in ihrem Leben, an dem Isabelle Frauenkleider getragen haben soll. Obwohl sie damit naturalisierte Französin geworden ist, kann Isabelle nicht ohne weiteres nach Algerien zurückkehren; wiederum vergehen Wochen, ehe sie, mit Hilfe des oben erwähnten Offiziers, die erforderliche Genehmigung erhält. Sie ist froh, dem kleinbürgerlichen Mief im Hause ihres Bruders Augustin, mit dem Isabelle nichts mehr verbindet, endlich entronnen zu sein. Die Villa Neuve ist inzwischen verkauft, aber von dem Erlös in Höhe von 30 000 Francs bekommen die Erben, außer einer Notarrechnung über 60 Francs, keinen Sou zu sehen: das gesamte Geld ist für die Begleichung der von Trofimowski hinterlassenen Schulden draufgegangen ... Am 14. Januar 1902 schifft sich Isabelle an Bord des Postdampfers *Duc de Bragance* nach Algier ein und kehrt Europa, ohne es zu wissen, für immer den Rücken.

Inzwischen ist Slimène aus dem Militärdienst ausgeschieden, und das junge Paar sitzt mittellos, ohne Geld und ohne Arbeit, im Hinterzimmer einer billigen Pension in der Casbah, gezwungen, von Luft und Liebe zu leben. In der Not kommt Isabelle, wie schon so oft, ein neuer Freund zu Hilfe: Victor Barrucand, ein liberaler Journalist und Salonanarchist, der sich in der von ihm herausgegebenen Tageszeitung *Les Nouvelles* für gemäßigte Reformen einsetzt und zu diesem Zweck die Gründung eines Wochenblattes in arabischer Sprache plant. Für dieses Vorhaben kommt ihm Isabelle wie gerufen, deren Name durch den Prozeß in Constantine zum erstenmal in die Schlagzeilen der Presse gerückt ist; schon damals hatte sich Barrucand mit seiner Zeitung für sie eingesetzt. Er beginnt, ihre in früheren Jahren entstandenen Reportagen und Kurzgeschichten aus der Sahara zu drucken, die die junge Autorin über die Grenzen Algeriens hinaus auch in Frankreich bekannt machen. Isabelle wird von einem französischen Gericht als Zeugin geladen, um zugunsten algerischer Bauern auszusagen, die sich gegen die gewaltsame Enteignung ihres Landes durch europäische Siedler zur Wehr setzen, aber sie zieht es vor, ihrem unsteten Wandertrieb zu folgen und reist im Auftrag von Barrucand erneut in die Sahara: von Bou-Saâda nach El-Hamel, wo sie Lella Zeyneb aufsucht, eine mystische Prophetin (*Marabout*), die vom Volk wie eine Heilige verehrt wird; von hier kehrt Isabelle mit einer reichen Ausbeute an Reportagen und Prosaskizzen nach Algier zurück.

Inzwischen hat Slimène durch Vermittlung von Barrucand, der über gute Beziehungen verfügt, einen Posten als Gemeindeschreiber in der Verwaltung von Ténès an der Mittelmeerküste erhalten. Isabelle folgt ihm in die kleine Stadt und bemüht sich, als gehorsame Ehefrau an der Seite ihres Moslemgatten zu leben, was ihr jedoch nur unzureichend gelingt. Die üble Nachrede holt sie auch hier ein; Isabelles unkonventioneller Lebensstil schockiert die europäische Oberschicht; besonders die Ehefrauen der französischen Kolonialherren verfolgen sie mit eifersüchtigem Haß. Es kommt zu einer regelrechten Verleumdungskampagne in der Presse, deren Drahtzieher wiederum ein von Isabelle abgewiesener, in seiner männlichen Ehre gekränkter Offizier ist. Die Prozeßakten von Constantine werden hervorgekramt, die alte Agententheorie wird wieder aufgewärmt, und Isabelle wird aller möglichen Laster und Verbrechen bezichtigt, unter denen der Spionageverdacht noch das harmloseste ist. Ganz Ténès scheint sich gegen das junge Paar verschworen zu haben; Slimène ersucht um seine Versetzung auf einen anderen Posten, während Isabelle, um der Hexenjagd zu entgehen, erneut in die Sahara aufbricht.

Im Herbst 1903 wird sie in Aïn-Sefra General Hubert Lyautey vorgestellt, dem neuen französischen Militärkommandanten des Süd-Oranais, der sein Kolonialreich wie ein kleiner Napoleon kommandiert, ohne die Weisungen des Quai d'Orsay abzuwarten, und die Annexion Marokkos auf *seine* Weise vorbereitet: ohne einen Schuß abzufeuern, mit friedlichen Mitteln, indem er die lokalen und regionalen Widersprüche zwischen den miteinander verfeindeten Nomadenstämmen ausnützt und ihre politischen und religiösen Führer gegeneinander ausspielt. Für die Durchführung dieses strategischen Plans kommt ihm Isabelle, wegen ihrer einzigartigen Kenntnis von Land und Leuten, wie gerufen; anstatt ihr, wie andere engstirnige Militärs, auf Schritt und Tritt Steine in den Weg zu legen oder sie gar mit Ausweisung zu bedrohen, stellt er ihr ein *laisser-passer* für das gesamte marokkanische Grenzgebiet aus und läßt sie, offiziell im Auftrag ihrer Zeitung, ungehindert reisen. Dahinter steht nicht nur ein taktisches Kalkül von seiten des Generals: im Grunde seines Herzens ist Lyautey ein Nonkonformist und Abenteurer wie Isabelle, die er aufrichtig bewundert, eine Art französischer Lawrence von Arabien.

Obwohl Isabelles literarische Arbeit zum erstenmal in ihrem Leben von Erfolg gekrönt ist – für das Honorar ihrer Kurzgeschichten kauft sie sich einen Araberhengst –, wird sie immer öfter von Depressionen heimgesucht. Die Strapazen des Nomadenlebens sind nicht spurlos an ihr vorübergegangen; sie raucht und trinkt übermäßig und leidet an periodisch wiederkehrenden Fieberkrämpfen; in solchen Augenblicken bricht die seit Jahren aufgestaute Verzweiflung aus ihr hervor. In einem Anfall von Melancholie läuft sie zusammen mit Slimène, mit dem sie immer öfter in Streit gerät, nachts in die Wüste, um gemeinsam mit ihm Selbstmord zu begehen; statt dessen betrinken sich die beiden mit Absinth und veranstalten Schießübungen auf leere Flaschen; am nächsten Tag werden sie halbtot in der Wüste aufgefunden.

Anfang des neuen Jahres, 1904, geht Isabelle auf ihre letzte Reise. General Lyautey schickt sie in geheimer Mission in den Süden, um Kontakte zu den aufständischen Nomaden zu knüpfen, die von jenseits der marokkanischen Grenze aus Raubzüge auf algerisches Gebiet unternehmen und sich weigern, die französische Oberhoheit anzuerkennen. Ihr religiöser Führer, Cheikh Sidi Brahim, empfängt Isabelle im heiligen Bezirk von Kenadsa, den vor ihr noch kein Europäer betreten hat; hier, in der klösterlichen Stille der *Zaouïa*, geht Isabelle, halb als Gast, halb als Gefangene, mehrere Wochen lang in Klausur und widmet sich frommer Andacht; fast scheint es, als habe sie sich unbewußt aufs Sterben vorbereitet. Auf dem Rückweg erkrankt sie an Malaria und wird ins Militärhospital von Aïn-Sefra eingeliefert, von wo aus sie Slimène telegrafisch zu kommen bittet. Ohne ihre Genesung abzuwarten, verläßt sie vorzeitig das Hospital und mietet zusammen mit Slimène eine Lehmhütte in einem Slumviertel, am Ufer eines ausgetrockneten Flußbetts. In der Nacht vom 20. zum 21. Oktober geht ein tropisches Gewitter über Aïn-Sefra nieder; der ausgetrocknete Fluß verwandelt sich innerhalb weniger Minuten in einen reißenden Strom, der die schlecht gebauten Hütten fortspült und mitsamt ihren Bewohnern unter Bergen von Schlamm begräbt. Slimène bringt sich vor der drohenden Gefahr in Sicherheit, während Isabelle sich weigert, das von der Überschwemmung eingeschlossene Haus zu verlassen, als wolle sie sich widerstandslos in das über sie verhängte Schicksal (*Mektoub*), fügen; vielleicht schläft sie auch nur einen Haschischrausch aus. Erst nach tagelanger Suche wird ihr halbverwester Leichnam unter den Trümmern des eingestürzten Hauses entdeckt, in dessen Keller ein von General Lyautey abkommandierter Legionärstrupp zwischen entwurzelten Bäumen und aufgedunsenen Tierkadavern einen schlammverkrusteten Sack mit Manuskripten sicherstellt. Bei Isabelles Begräbnis auf dem islamischen Friedhof von Aïn-Sefra hält der General selbst die Trauerrede:

«Wir haben uns gut verstanden, die arme Mahmoud und ich, und ich werde unsere nächtlichen Gespräche stets in bester Erinnerung behalten. Sie war das, was mich auf der Welt am meisten fasziniert: ein Außenseiter. Was für ein

Vergnügen, jemanden zu treffen, der ganz er selbst ist, jenseits aller Vorurteile, aller Heuchelei und aller Klischees, und der ein freies Leben führt wie der Vogel in der Luft! Ich habe sie geliebt für alles, was sie war, und für alles, was sie nicht war. Ich habe ihr großartiges künstlerisches Talent ebenso geschätzt wie ihre Fähigkeit, Advokaten, Obergefreiten und Mandarinen jedweder Couleur das Fürchten beizubringen. *Pauvre Mahmoud!*»

6

Es gibt kaum ein Klischee aus der Galerie berühmter Frauengestalten – von Antigone bis Jeanne d'Arc, von Madame de Staël bis Mata Hari –, das auf Isabelle Eberhardt *nicht* angewandt worden ist: je nach Blickpunkt des Betrachters erscheint sie abwechselnd als Hure oder als Heilige, als französische Patriotin oder als britische Agentin, als engagierte Frauenrechtlerin oder als unterwürfige Haremsdame. Durch ihr abenteuerliches Leben, in dem sich Wirklichkeit und Mythos auf unlösliche Weise ineinander verschlingen, hat sie selbst zu solcher Legendenbildung beigetragen; durch die ständig wechselnde Kostümierung, das Versteckspiel mit immer neuen Namen und Masken hat sie noch zu Lebzeiten die Spuren ihrer Existenz verwischt, so wie der Wüstenwind die Spur der Karawane verweht. So ist bis heute ungeklärt, ob sie in ihren letzten Lebensjahren wirklich für General Lyautey spioniert hat, ob sie die aufständischen Nomaden verraten hat – beides ist ebensogut möglich wie keins von beidem.

Um herauszufinden, wer Isabelle Eberhardt wirklich war, muß man sich an ihre veröffentlichten Schriften halten, aber das ist leichter gesagt als getan. Schon ihr erster Herausgeber Barrucand fügte nach Gutdünken hinzu oder ließ weg, was ihm nicht paßte, und «verbesserte», was ihm in ihren Manuskripten nicht gefiel. Nicht nur der Titel *Dans l'ombre chaude de l'Islam* (Im heißen Schatten des Islam) stammt von ihm; er setzte, als Co-Autor, seinen eigenen Namen darunter und wurde lange Zeit im Larousse sogar als alleiniger Verfasser des Buches geführt. Spätere Herausgeber haben zwar versucht, die Texte in ihrer ursprünglichen Form wiederherzustellen, dafür aber bei der Darstellung von Isabelles Leben ihrer Phantasie freien Lauf gelassen. Dokumente werden kaum je zitiert, und wo sie auftauchen, sind sie nicht selten gefälscht wie jene fingierte Sterbeurkunde, die nach Isabelles Tod in Umlauf kam und auf der nicht einmal ihr Vorname richtig angegeben ist. Hierher gehören auch die eingangs erwähnten Spekulationen, Isabelle sei in Wahrheit eine Tochter Rimbauds gewesen, die dieser auf einer Wanderung durch die Schweiz, gleichsam *en passant*, gezeugt haben soll, obwohl sich Rimbaud zum fraglichen Zeitpunkt, im Mai 1876, an Bord eines holländischen Schiffes auf der Fahrt nach Batavia befand. Françoise d'Eaubonne, die diese Hypothese vertritt, läßt sich durch solche Zweifel jedoch nicht anfechten: als «Beweis» führt sie die Parallelität der Lebensschicksale an – bekanntlich ließ sich Rimbaud in Aden nieder, wo er später zum Islam übertrat, und soll mit den Worten *Allah kerim*, Gott ist groß, auf den Lippen in einem Marseiller Seemannshospital gestorben sein –, sowie die, durch Fotos belegte, physiognomische Ähnlichkeit zwischen beiden, die in der Tat verblüffend ist.

Außer Novellen und Kurzgeschichten, Reportagen und Feuilletons hat Isabelle Eberhardt zu Lebzeiten nichts veröffentlicht; der geplante Roman *Le Trimardeur*, den sie jahrelang mit sich herumtrug, blieb unvollendet. Ihre Erzählungen sind äußerst verdichtete atmosphärische Stimmungsbilder, die mit einem Minimum an Handlung auskommen; sie sind erfüllt von glühender Farbigkeit und erotischer Sinnlichkeit, die unvermittelt in brutale Gewalt umschlagen kann, wie in ihrer für mich gelungensten Kurzgeschichte *Le magicien* (Der Zauberer), in der sie ihre eigenen sexuellen Obsessionen bloßlegt. Manche Kommentatoren haben den masochistischen Zug von Isabelles Sexualität auf ihre slawische Herkunft zurückzuführen versucht, als Relikt der russischen Seele sozusagen, die angeblich mit der arabischen Volksseele wahlverwandt ist: schließlich, so heißt es weiter, stammten ja beide, Russen wie Araber, von asiatischen Steppenvölkern ab. Überzeugender als solche rassistischen Erklärungsversuche erscheint mir der Hinweis, daß Isabelle mit der ihr eigenen kompromißlosen Radikalität die *jeder* Kultur zugrunde liegende Barbarei aus der Verdrängung hervorholt und die von der bürgerlichen Gesellschaft tabuierte Gewalt ohne Umschweife benennt. Diese Art von Radikalität hat sie mit Rimbaud gemein, der die Arbeit des Dichters einmal als bewußtes *dérèglement des sens*, Entregelung (oder Entriegelung) der Sinne, bezeichnet hat– ein Motto, das auch über Isabelles Werk stehen könnte.

Auf eine gewisse Konventionalität von Isabelles Prosa ist von französischen Kritikern des öfteren hingewiesen worden. Das liegt nicht allein daran, daß Französisch nicht ihre Muttersprache war, sondern mehr noch an den literarischen Vorbildern, die sie sich für ihr Schreiben erkor: den französischen Romancier Pierre Loti und den russisch-jüdischen Dichter Semjon Nadson – symbolistische Schriftsteller mit einem starken Hang zur Sentimentalität, die um die Jahrhundertwende außerordentlich populär waren. Zwar hat Isabelle auch Baudelaire und Zola, Tolstoj und Dostojewski gelesen, aber diese Autoren haben keine sichtbaren Spuren in ihrem Werk hinterlassen. Ihr eigenstes, so scheint mir, hat sie in ihren *Journaliers* (Tagwerke) gegeben, in denen sie sich keinerlei stilistischen Zwang auferlegt, weil sie nicht zur Veröffentlichung bestimmt waren. In ihren dichtesten Momenten sind diese Aufzeichnungen alles zugleich: exotische Landschaftsschilderung und ethnologische Feldarbeit, intimes Tagebuch und erotische Konfession. Auch der Hang zur Monotonie, die rhythmische Wiederkehr der immer gleichen Themen und Motive, Ängste und Obsessionen, hat mich bei der Lektüre nicht gestört, im Gegenteil: es ist der Pulsschlag des Nomadenlebens, die Melancholie der Wüste, der täglich erneuerte Ruf des Muezzins zum Gebet, der hier seinen adäquaten literarischen Ausdruck findet.

7

Isabelle Eberhardt lebte in einer vor- und nachrevolutionären Epoche zugleich: vorrevolutionär, weil das Beben der russischen Revolution sich unterirdisch bereits ankündigte, nachrevolutionär, weil die anarchistischen Träume der Narodniki, zu denen auch Trofimowski gehört hatte, sich nicht mehr verwirklichen ließen: sie waren, ähnlich wie die Utopien von 1968, an den realen Machtverhältnissen gescheitert. Angesichts seiner Nichtrealisierbarkeit zog sich der Traum von der revolutionären Befreiung ins Subjekt zurück, um hier zu überwintern – wir würden heute von radikaler Selbstverwirklichung sprechen. Der Übertritt zum Islam spielte für Isabelle eine vergleichbare Rolle wie für die nachfolgende Generation der Eintritt in die kommunistische Partei: Unterwerfung unter eine rigorose Disziplin und Moral, in der die Ansprüche des Ichs mit denen der Außenwelt versöhnt erscheinen; das moderne Sektierertum, ob politisch motiviert oder religiös, entspringt ähnlichen Bedürfnissen nach transzendentaler Orientierung. Nur mit dem Unterschied, daß Isabelle die Religion als Anweisung zu solidarischem Handeln begreift: indem sie zum Moslem wird, durchbricht sie nicht nur die engen Schranken ihrer Rolle als Frau, sondern büßt zugleich für die Erbsünde des weißen Mannes, der seine Macht und seinen Reichtum der Ausplünderung der Kolonien verdankt. Auf diese Weise verwirklicht Isabelle für sich die alte Forderung der russischen Narodniki: nicht über das Volk zu reden, sondern mit dem Volk. Dabei bleibt sie stets sich selber treu, ohne sich kompromißlerisch den herrschenden Vorurteilen anzupassen: «das Volk» ist für sie nicht die dumpfe Masse der biederen Bürger, sondern die von jenen methodisch diffamierten und kriminalisierten Randgruppen der Kolonialgesellschaft, Parias wie sie selbst: Sträflinge und Prostituierte, Legionäre und Spahis, Nomaden und Negersklaven. An die Stelle der Hoffnung auf revolutionäre Veränderung aber tritt bei Isabelle die fatalistische Hinnahme des Schicksals, wie sie der Koran lehrt, ein Skeptizismus, der um die Vergeblichkeit aller menschlichen Bemühungen weiß: soziales Mitleid mit den Opfern der Gesellschaft steht so unverbunden neben stoischem Gleichmut angesichts des kolonialen Elends, der leicht als elitär oder gar rassistisch mißdeutet werden könnte; derartigen Mißverständnissen hat sich Isabelle schutzlos ausgeliefert. Indem sie das unwirtlichste Terrain der Erde, die Wüste, zum Schauplatz ihrer Selbstverwirklichung macht, erreicht sie ein übersteigertes Sendungsbewußtsein, das immer dann in melancholische Depressionen umschlägt, wenn der erhoffte Erfolg ausbleibt: Triumphe, die die bürgerliche Gesellschaft, gegen die sie erkämpft wurden, nicht zur Kenntnis nimmt, sind keine. Hier schließt sich der Kreis, aus dem Isabelle Eberhardt, trotzt ihrer übermenschlichen Anstrengung, ein anderes Leben zu führen, nicht ausbrechen konnte.

H. C. B. *Berlin–Paris, Januar/Februar 1981*

Isabelle Eberhardt
1896

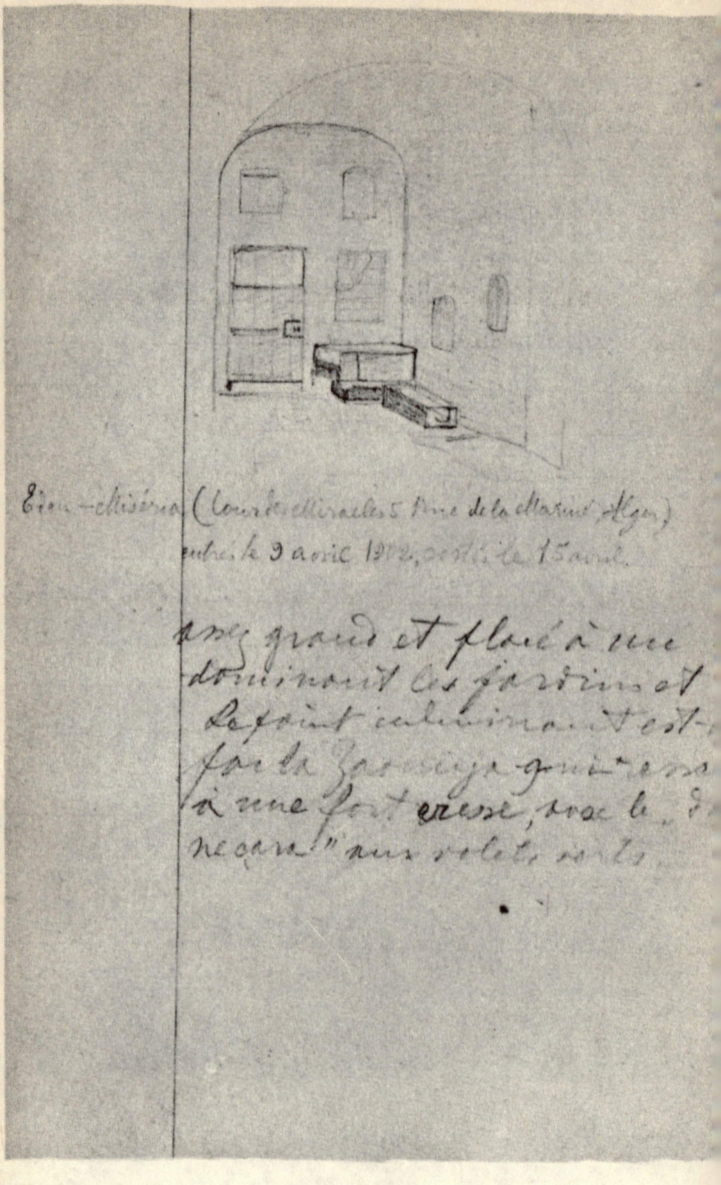

Zwei Seiten aus Isabelle Eberhardts *Tagwerken* (Seite 317)

Village des Chorfa, El Hamel près Bou Saada

Ténès, le 7 Juillet 1902.

Voilà ... avec une rapidité déconcertante, tout est de nouveau changé, transformé du tout au tout.

Hier presque, notre séjour à Alger semblait devoir durer indéfiniment, toujours aussi monotone, fait d'une succession d'impressions moroses, lentes, ennuyeuses et, finalement, produisant l'effet d'une goutte d'eau tombant sans cesse au même endroit, ou d'un bruit, minime en apparence,

Links: Eden-Miséria; rechts: Viertel der Chorfa in El-Hamel

Landschaft und Ortsansicht
im Aurès-Gebirge

Landschaft im Aurès-Gebirge

Innenhof einer Herberge

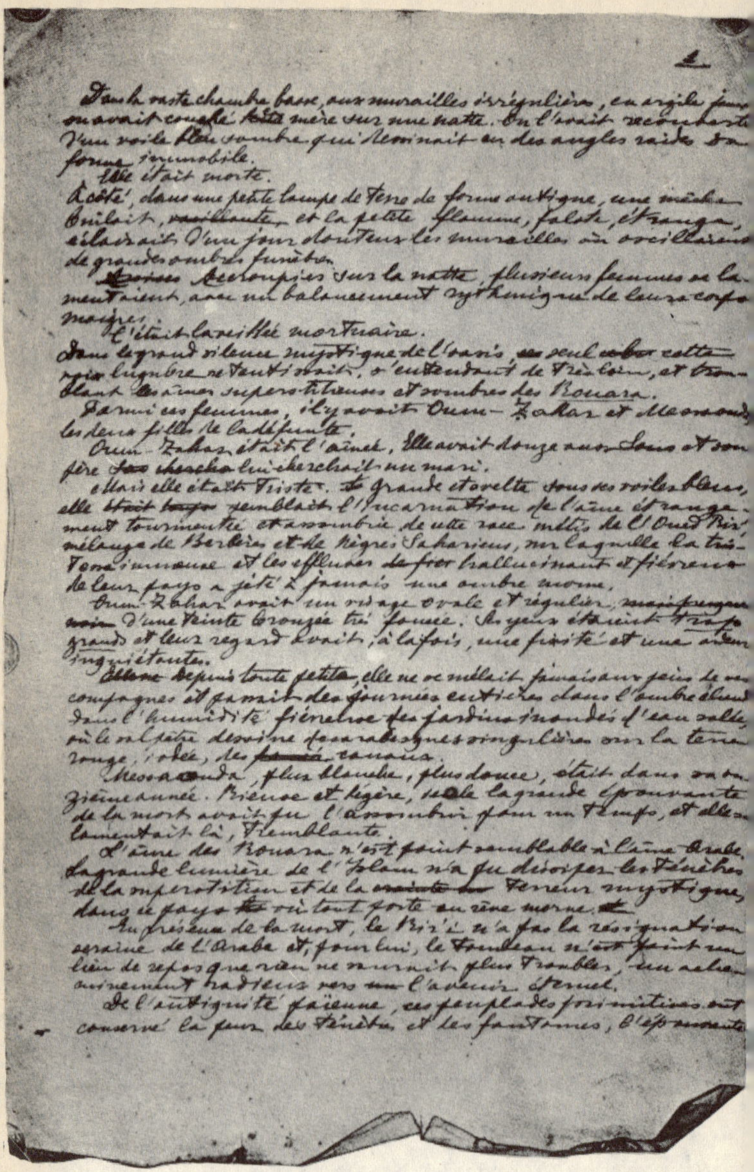
1

Dans la vaste chambre basse, aux murailles irrégulières, en argile jaune, on avait couché ~~leur~~ mère sur une natte. On l'avait recouverte d'un voile bleu sombre qui dessinait en des angles raides sa forme immobile.

Elle était morte.

À côté, dans une petite lampe de terre de forme antique, une mèche brûlait, ~~vacillante~~ et la petite flamme, falote, étrange, éclairait d'un jour douteux les murailles où oscillaient de grandes ombres funèbres.

Accroupies sur la natte, plusieurs femmes se lamentaient, avec un balancement rythmique de leurs corps maigres.

C'était la veillée mortuaire.

Dans le grand silence mystique de l'oasis, ce seul cette voix lugubre retentissait, s'entendait de très loin, et troublant les âmes superstitieuses et sombres des Rouara.

Parmi ces femmes, il y avait Oum-Zahar et Messaouda, les deux filles de la défunte.

Oum-Zahar était l'aînée. Elle avait douze ans déjà et son père ~~lui cherche~~ lui cherchait un mari.

Mais elle était triste. Sa grande et svelte sous ses voiles bleus, elle ~~était~~ semblait l'incarnation de l'âme étrangement tourmentée et assombrie de cette race métisse de l'Oued Rir', mélange de Berbères et de Nègres Sahariens, sur laquelle la tristesse immense et les effluves de fièvre hallucinants et fiévreux de leur pays a jeté à jamais une ombre morne.

Oum-Zahar avait un visage ovale et régulier, d'une teinte bronzée très foncée. Ses yeux étaient trop grands et leur regard avait, à la fois, une fixité et une ardeur inquiétantes.

Depuis toute petite, elle ne se mêlait jamais aux jeux de ses compagnes et passait des journées entières dans l'ombre chaude dans l'humidité fiévreuse des jardins inondés d'eau salée, où le salpêtre dessine des arabesques singulières sur la terre rouge, ocre, des canaux.

Messaouda, plus blanche, plus douce, était dans sa onzième année. Rieuse et légère, seule la grande épouvante de la mort avait pu l'assombrir pour un temps, et elle se lamentait là, tremblante.

L'âme des Rouara n'est point semblable à l'âme arabe. La grande lumière de l'Islam n'a pu dissiper les ténèbres de la superstition et de la terreur mystique, dans ce pays où tout porte au rêve morne.

En présence de la mort, le Rir'i n'a pas la résignation sereine de l'Arabe et, pour lui, le tombeau n'est point un lieu de repos que rien ne saurait plus troubler, un acheminement radieux vers ~~un~~ l'avenir éternel.

De l'antiquité païenne, ces peuplades primitives ont conservé la peur des ténèbres et des fantômes, l'épouvante

Handschriftlicher Entwurf zu der Novelle «Oum-Zahar»

Dikr es-salat, ou Oued el Kebir (Dikr...

ماية استغفر الله العظيم

— سبحان الله

— اللهم صلي على سيدنا محمد وعلى آله وصحبه

خمس — لا اله الا الله

القنوت اللهم انا نستعينك ونستغفرك ونومن بك
ونتوكل عليك ونخنع لك ونخلع ونترك من يكفر
بك اللهم اياك نعبد ولك نصلي ونسجد واليك
نسعى ونحفد نرجو رحمتك ونخاف عذابك الجد
ان عذابك بالكفرين ملحق (Kounout)

Dikr-es-salat. Ein von Isabelle Eberhardt arabisch geschriebenes Meditationsgebet mit Ansicht einer Koubba

Isabelle Eberhardt
1904

Isabelle Eberhardts Leichnam wird aus dem zerstörten Haus geborgen

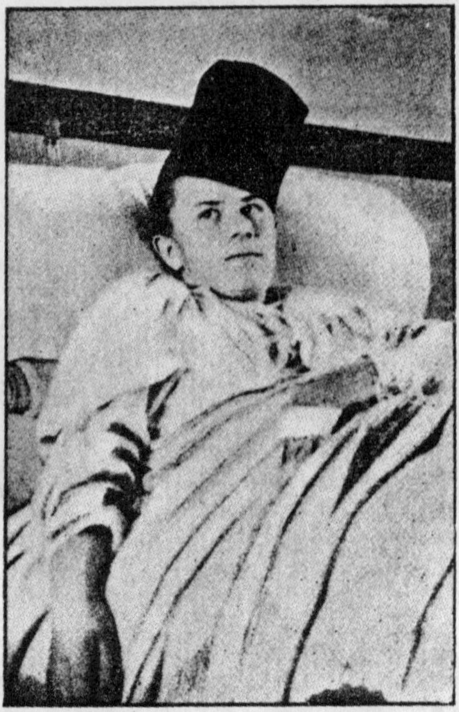

Isabelle Eberhardt
im Militärhospital von Aïn-Sefra
wenige Tage vor ihrem Tode

TAGWERKE

ERSTES TAGEBUCH

Cagliari, den 1. Januar 1900

Ich bin allein, sitze vor der riesigen grauen Weite des murmelnden Meers ... Ich bin *allein* ... allein, wie ich es schon immer und überall war, wie ich es durch das bezaubernde und enttäuschende große Universum hindurch immer bleiben werde ... *allein*, hinter mir eine ganze Welt enttäuschter Hoffnungen, abgestorbener Illusionen und Erinnerungen, die von Tag zu Tag in weitere Ferne rücken, fast unwirklich geworden sind.

Ich bin allein, ich träume ...

Und trotz der tiefen Traurigkeit, die mein Herz erfüllt, ist meine Träumerei weder trübselig noch verzweifelt. Nach diesen letzten sechs Monaten, die so voller Qualen, so zerrissen waren, fühle ich mein Herz für immer getränkt und hinfort unbezwinglich; es ist nicht mehr zu brechen, nicht einmal durch die schlimmsten Stürme, durch all die Vernichtung und die Trauerfälle. Dank der tiefen, eindringlichen Erfahrung des Lebens und der menschlichen Herzen (um den Preis welcher Leiden, mein Gott!) sehe ich der recht fremdartigen und recht traurigen Feerei, die die nächsten zwei Monate hier für mich bedeuten werden, getrost entgegen; hier – wo ich zufällig gelandet bin, größtenteils wegen meiner erstaunlichen Unbekümmertheit gegen alles in der Welt, gegen alles, was nicht von jener Welt der Gedanken, Gefühle und Träume ist, die mein wirkliches *Ich* darstellt und die den neugierigen Blicken *aller*, ausnahmslos aller, so völlig verschlossen ist.

Für das Publikum setze ich die Maske des Zynischen, des Ausschweifenden, des großspurig Unbekümmerten auf ... Bis heute hat es niemand verstanden, diese Maske zu durchdringen und meine *wahre* Seele zu erkennen, diese feinfühlige und reine Seele, die sich so hoch über jene Niedrigkeiten und Entwürdigungen erhebt, durch die ich mein physisches Dasein aus Verachtung gegenüber den Konventionen und auch aus einem eigentümlichen Bedürfnis nach Leiden schleppe . . .

Ja, niemand hat verstanden, daß in dieser, anscheinend nur durch Sinnlichkeit belebten Brust ein großzügiges Herz schlägt, das einst überfloß von Liebe und Zärtlichkeit und jetzt noch erfüllt ist von grenzenlosem Mitleid für alles ungerechte Leid, für alles, was schwach und unterdrückt ist . . . ein stolzes, unbeugsames Herz, das sich einer geliebten Sache freiwillig ganz und gar ergeben hat . . ., der Sache des Islam, für die ich einmal das glühende Blut, das in meinen Adern pocht, leidenschaftlich gern lassen möchte. Niemand hat all das verstanden und mich danach behandelt; und unglücklicherweise wird es auch in Zukunft nie jemand verstehen!

Ich werde mich also darauf versteifen, der Säufer, der Verderbte, der Scherben stiftende Rohling zu bleiben, der sich seinen verrückten, vollends verlorenen Kopf im Sommer an der betäubenden Weite der Wüste und im Herbst an den Olivenhainen der tunesischen Sahel berauscht.

Wer gibt mir die schweigenden Nächte zurück, die müßigen Streifzüge durch die salzigen Ebenen des Oued Rhir und die weißen Sande des Oued Souf . . .? Wer gibt mir das traurige und zugleich glückliche Gefühl zurück, das mein verlassenes Herz beim chaotischen Lagern erfüllte, oder wenn ich unter meinen zufällig gefundenen Freunden weilte, den Spahis oder den Nomaden, von denen nicht ein einziger in mir die gehaßte und verleugnete Persönlichkeit vermutete, mit der das Schicksal mich zu meinem Unglück ausstaffiert hat?

Wer gibt mir je die Streifzüge zurück, zu Pferde, mit fliegenden Haaren, durch die Berge und Täler der Sahel, im Herbstwind, berauschende Ritte, bei denen ich in wunderbarer Trunkenheit jeden Bezug zur Wirklichkeit verlor!

In diesem Augenblick, wie übrigens in jeder Stunde meines Lebens, habe ich nur einen Wunsch: mich so schnell wie möglich wieder in die geliebte Person zu verwandeln, die in Wirklichkeit die *wahre* ist, und zurückzukehren nach Afrika, zu diesem Leben . . . Ich möchte schlafen, in der kühlen Frische und der tiefen Stille, unter den schwindelerregend auf mich einstürzenden Sternen, mit dem grenzenlosen Himmel als Dach und der feuchten Erde als Bett . . ., einschlummern mit dem sanften, traurigen Gefühl meiner absoluten Einsamkeit und der Gewißheit, daß *nirgendwo auf dieser Welt* auch nur ein Herz für das meinige schlägt, daß auf keinem Flecken dieser Erde auch nur ein Menschenwesen um mich weint oder auf mich wartet. Das alles zu wissen, frei zu sein und ohne Fesseln, ins Leben geworfen, jene große Wüste, in der ich immer nur ein Fremder, ein Eindringling bleiben werde ... Das ist es, in all seiner tiefen *Bitterkeit*, das einzige Glück, das das Mektoub mir je gewähren wird, mir, dem das wirkliche Glück, dem die ganze Menschheit lechzend hinterherläuft, auf immer verwehrt ist ...

Weit von mir, die Illusionen und das sehnsüchtige Bedauern! Welche Illusionen sollte ich noch haben, wo doch die weiße Taube, die die ganze Süße und das Licht meines Lebens war, seit zwei Jahren dort unten schläft, in der Erde, auf dem ruhigen Friedhof der Gläubigen von Annaba!

... Wo auch Vava wieder zu Staub geworden ist und von all dem, was mir haltbar und beständig schien, nichts mehr geradesteht, wo alles für Zeit und Ewigkeit zusammengebrochen, vernichtet ist! ... Und wo das Schicksal mich seltsamer- und geheimnisvollerweise von dem einzigen Wesen getrennt hat, das meiner wahren Seele nahe genug gekommen war, um wenigstens etwas von ihr zu erfassen, und sei es nur einen schwachen Widerschein – Augustin ...

Und wo ... Nein doch! lassen wir all diese noch so frischen Dinge für immer ruhen.

In Zukunft werde ich mich in den unbeständigen Wellen des Lebens wiegen ... Ich werde mich an allen Quellen der Trunkenheit berauschen, ohne zu verzagen, wenn sie so unerbittlich versiegen ... Schluß mit den Kämpfen und den Siegen, mit den Niederlagen, aus denen ich blutenden, verletzten Herzens hervorgegangen bin ... Schluß mit all dem Wahnsinn der frühen Jugend!

Ich bin hierhergekommen, um die Trümmer einer langen, dreijährigen und gerade zusammengebrochenen Vergangenheit zu fliehen; hierher, in den ach so niedrigen Schmutz ... Aber ich bin auch hierhergekommen aus Freundschaft zu jenem Mann, dem ich zufällig begegnet bin, den das Schicksal mir im Augenblick einer Krise über den Weg schickte – ☾ *so Gott will* ☾ der letzten Krise, der ich zwar nicht erlegen bin, aber die doch sehr weit zu gehen drohte ... Und die, wie ich heute feststellen mußte, und was mich in grenzenlose Traurigkeit stürzte, als Triebfeder eines absoluten Gefühlsumschwungs gegenüber ...

Meine Freundschaft zu ihm ist gewachsen ... Um so besser! Aber vom ersten Tag, von der ersten Minute an keine Spur von *Illusion*!

Wie ich merke, fange ich wieder einmal an, mich im *Unsäglichen* zu verlieren, in dieser Welt von Dingen, die ich so klar empfinde und verstehe und doch nie auszudrücken wußte.

Wie dem auch sei, auch wenn mein ganzes Leben ein einziges Gewebe aus Schmerz und Traurigkeiten war, werde ich es doch nie verfluchen, dieses klägliche Leben und das traurige Universum – in dem die Liebe neben dem Tod wohnt, in dem alles kurz und vergänglich ist.

Denn beide haben mich schon in allzu tiefen Rausch versetzt, in allzu süße Ekstase, in zuviel Träume und Gedanken. Ich bedaure nichts mehr und begehre nichts mehr ... Ich *warte*.

So werde ich als Nomade, mit keiner anderen Heimat als dem Islam, ohne Familie und ohne Vertraute, allein, auf immer allein in der erhabenen, dunkel sanften Einsamkeit der Seele meinen Weg durchs Leben fortsetzen, bis daß die Stunde des großen ewigen Schlafs im Grabe schlägt ... Mahmoud-Essadi.

Und wieder stellt sich die ewige, die geheimnisvolle, die beängstigende Frage: wo, auf welchem Boden und unter welchem Himmel werde ich in einem Jahr zur gleichen Stunde sein? ... Zweifellos weit entfernt von dieser kleinen sardischen Stadt ... Aber wo? und werde ich dann überhaupt noch unter den Lebenden weilen? ...

Cagliari, den 9. Januar 1900

Impressionen.
In den öffentlichen Anlagen,
gegen 5 Uhr nachmittags

Gewundene Landschaft, rötliche und graue Hügel mit schroffen Konturen, tiefe Schlammlöcher, halb verdeckt von Pinien und Maulbeerfeigen, grau und düster. Üppige, fast verwirrende Grünflächen mitten im Winter. Salzige Lagunen mit bleigrauen Oberflächen, bewegungslos und tot wie die Wüstenchotts.

Dann, ganz oben, die Silhouette einer Stadt, die sich an dem ausgewaschenen, unwegsamen Hügel emporzieht ... Alte Festungsanlagen, ein alter, viereckiger, zinnenbesetzter Turm, die geometrischen Silhouetten terrassenförmiger Dächer, das Ganze in einheitlich versengtem Weiß, das sich von dem indigoblauen Himmel abhebt.

Unmittelbar darunter noch und noch Grün, Bäume mit regungslosem Blattwerk. Kasernen, die im großen und ganzen den algerischen ähneln, langgestreckt und niedrig, mit roten Ziegeln gedeckt, mit abbröckelnden, zerschundenen Mauern – auch sie vergoldet, wie alles übrige. Glühendrosa oder blutrot getünchte Wände, manchmal auch himmelblau, wie die arabischen Häuser ... Dunkle alte Kirchen voller Skulpturen und Marmormosaiken, die in diesem Land schmutzigen Elends luxuriös wirken. Gewölbte Passagen, in denen die Schritte hart widerhallen, dröhnende Echos erzeugen. Verwinkelte Gassen, bergauf bergab, unterbrochen von Treppen aus grauem Stein; und in der Oberstadt, wo das Pflaster nicht gewalzt ist, sind die kleinen spitzen Steinchen von verkümmerten Gräsern überwachsen, die ein nahezu gelbes Grün verbreiten. Türen, die zu großen, tiefliegenden Kellern führen, in denen armselige Familien im Schatten und der Feuchtigkeit vergangener Jahrhunderte hausen. Andere Eingänge öffnen sich zu gewölbten Hausfluren, zu steinernen Treppen.

Läden mit kleinen Schaufenstern in den schreiendsten Farben, enge, verräucherte orientalische Kramläden, aus denen näselnde, schleppende Stimmen dringen ...

Hier und dort ein junger Mann, der sich, gegen eine Mauer gelehnt, in Zeichensprache mit einem jungen Mädchen unterhält, das sich von der Höhe des Balkons zu ihm herunterneigt ... Bauern mit langen, bis auf den Rücken reichenden Kopftüchern und einer zerknitterten schwarzen Weste, die in Falten über die weiße Baumwollhose fällt. Bärtige, braungebrannte Gesichter, tiefliegende Augen unter den buschigen Brauen, mißtrauische, scheue Gestalten, deren eigentümlich gemischte Züge etwas vom griechischen Bergvolk und etwas vom Kabylen an sich haben.

Die Frauen sind von arabischer Schönheit, mit großen, tiefschwarzen, sehnsüchtigen und nachdenklichen Augen ... Dem traurig-resignierten Ausdruck furchtsamer armer Tiere. Bettler mit weinerlichen, unterwürfigen Stimmen, die über den Fremden herfallen, ihm folgen, ihm nachstellen wo immer er hingeht ... Unendlich traurige Lieder oder Refrains, die einen auf seltsam beängstigende Weise nicht mehr loslassen, Kantilenen, die denen Afrikas zum Verwechseln ähnlich sind, jenes Afrikas, an das jede Kleinigkeit hier auf Schritt und Tritt erinnert und die Sehnsucht schürt.

Cagliari, Donnerstag, den 18. Januar,
5 Uhr 30 nachmittags

Seit ich hier bin, in der einschläfernden Ruhe dieses Lebens, die mir der Zufall, oder vielmehr die Vorsehung plötzlich auf meinem abenteuerlichen Weg bereitstellte, verfolgen mich die Erinnerungen an die *Villa Neuve* seltsamerweise mehr und mehr ... die guten wie die schlechten ... Ich sage die guten, denn jetzt, wo das alles unwiderruflich zu Ende, unwiderruflich tot ist, darf ich auch nicht ungerecht sein gegenüber dem armen Gemäuer ... Ich darf nicht vergessen, daß es immerhin Mamas Güte und Zärtlichkeit beherbergte, ebenso wie die guten, nie verwirklichten Absichten Vavas ... und vor allem die ganze chaotische Welt meiner eigenen Träume. Nein, kein Fluch über dieses Leben von einst. Welch gesegnete Stunden habe ich dort erlebt, trotz allem, trotz der Unfreiheit und des Überdrusses, trotz der Ungerechtigkeiten! Seit ich dieses Haus, in dem nun alles erloschen ist, in dem alles schon tot war, ehe es endgültig in Trümmer zerfiel, für immer verlassen habe, ist mein Leben nur noch ein rasender, sprühender Traum durch unterschiedliche Länder, unter wechselnden Namen und wechselnden Gesichtspunkten.

Und ich weiß genau, dieser ruhige Winter, den ich hier verbringe, ist nur eine Station in diesem Dasein, das mir bis zum Ende zuteil werden soll.

Danach, in wenigen Tagen schon, wird das umherirrende und zerrissene, das wahre Leben wieder beginnen. Wo? Wie? Gott allein weiß es! Ich kann nicht einmal mehr wagen, Vermutungen und Hypothesen darüber anzustellen, nachdem ich mich genau in dem Augenblick, in dem ich den Entschluß faßte, noch Monate über Monate in Paris zu bleiben, in Cagliari wiederfinde, im verlorensten Nest dieser Welt, an das ich nie gedacht hatte, das mir ebensowenig in den Sinn gekommen wäre, wie irgendein anderes, das mein zerstreuter Blick auf der Karte der bewohnten Welt gestreift haben mag.

Seitdem ist Schluß mit den Vermutungen und Hypothesen.

Etwas allerdings erfreut mich: in dem Maße, in dem ich mich aus dem Umfeld der Vergangenheit entferne, gestaltet und festigt sich mein Charakter genau so, wie ich es mir immer wünschte. In mir entwickeln sich eine außerordentlich hartnäckige, unbezwingliche Energie und eine unbedingte Geradlinigkeit des Herzens, zwei Qualitäten, die ich höher schätze als alle anderen und die leider bei einer Frau so selten sind.

Damit und mit den vier Monaten Wüstenlebens, die mich in diesem Frühjahr höchstwahrscheinlich erwarten, bin ich sicher, jemand zu werden ... und so früher oder später das heilige Ziel meines Lebens zu erreichen: die Rache! Vava ermahnte mich immer wieder, die Aufgabe, die Mama uns – ihm, Augustin und mir, als ihr Vermächtnis hinterließ, nicht zu vergessen ... Vava ist tot; Augustin ist in keinster Weise dazu geboren, er hat sich den ausgetretenen Allerweltspfaden des Lebens auf immer verschrieben ... Also bleibe nur noch ich.

Glücklicherweise hat mein ganzes vergangenes Leben, meine ganze Jugend dazu beigetragen, mir begreiflich zu machen, daß das ruhige Glück nicht für mich geschaffen ist, daß ich als Einzelgänger unter den Menschen dazu bestimmt bin, einen gewappneten Kampf gegen sie zu führen, daß ich sozusagen der Sündenbock der ganzen Verderbnis und all des Unglücks bin, das die drei Menschen, Mama, Wladimir und Vava in den Untergang gestürzt hat.

Und jetzt habe ich mich in meine Rolle eingefunden. Ich liebe sie mehr als jedes egoistische Glück, ich bin bereit, ihr alles zu opfern, was mir teuer ist. Dieses Ziel wird mir durchs ganze Leben als Richtpfeiler dienen.

Ich habe es mir aus dem Kopf geschlagen, in dieser Welt eine *eigene* Ecke zu haben, einen *Mann*, ein Heim, den Frieden und den Wohlstand. Ich habe das manchmal recht schwere Livrée des Vagabunden und Heimatlosen angelegt. Ich habe dem Glück entsagt, heimzukehren, geliebte Menschen, Ruhe und Sicherheit zu finden.

Im Augenblick, in diesem provisorischen Heim von Cagliari, wo mich ein sanftes Gefühl umgibt, habe ich die Illusion, einen Menschen vor mir zu haben, den ich wirklich mag, dessen Gegenwart mir eigentlich unmerklich zur Bedingung meines Wohlbefindens geworden ist . . . Allerdings wird auch dieses nur ein kurzer Traum sein: auf den harten und gefährlichen Pilgerfahrten werde ich wieder allein sein und die schlafwandlerische Ruhe des Lebens zu zweit aufgeben müssen.

Doch das *muß* sein, und es wird sein. Und wenigstens in der Nacht eines solchen Lebens wird es tröstlich sein zu wissen, daß ich irgendwann, und sei es erst bei meiner Rückkehr, vielleicht noch einen Freund, ein Lebewesen finde, das glücklich . . . oder zumindest zufrieden ist, mich wiederzusehen . . . Nur eines ist schrecklich: daß die allzu lange währende *Trennung* andere Begegnungen ermöglicht . . .

Vielleicht werde ich meinen Platz eines Tages besetzt finden. In Anbetracht seiner Ideen über die Frau und die Ehe ist das sogar sehr wahrscheinlich. Es wäre schon eine rechte Ausnahme, träfe er nie jene Gefährtin, die sie mit ihm teilt, seine Gedanken, die den meinigen so entgegengesetzt sind. Oh, ich weiß sehr wohl, daß sich diese Gefährtin nicht finden wird, solange er als Umherirrender in der Verbannung lebt – es sei denn, er gibt sich damit zufrieden, daß irgendwo auf der Welt eine Ehefrau sitzt, die, falls sie ihn liebt, *in der Ferne*, wohlgeschützt am warmen Herd in den Stunden der Gefahr um ihn zittert.

Die aber, die wie ich gerade in den schlimmsten Stunden gegenwärtig ist und sich durch nichts aufhalten läßt, die wird er nicht finden.

Wenn jedoch diese Übergangszeit einmal vorbei ist, wird er sich genau wie Augustin und alle anderen von der Wehmut der Ruhe und des häuslichen Herds gefangennehmen lassen. An diesem Tag kann ich dann meinen Lauf durch diese Welt mit der traurigen Gewißheit wieder aufnehmen, das Hotelzimmer, das Gourbi oder das Zelt, die mir in meinem Nomadendasein vorübergehend Obdach bieten, immer und unerbittlich leer zu finden. Mektoub!

Genießen wir den verstreichenden Augenblick und den leichten Rausch, der bald verflogen sein wird. Eine Knospe blüht nicht zweimal, und ein Wasser kann das Bett desselben Bachs nicht zweimal baden.

Warum diesem Freund nicht vertrauen? Warum ihn richten, ehe

ich ihn überhaupt am Werk gesehen habe, und warum vor allem ihm Gedanken über die Ehe und die häusliche Ruhe zuschieben, die er gar nicht hat?

Sein Leben wird stets ein Leben im Kampf um die edelsten aller Ideen sein, auf jeden Fall wird er der Heiligen Sache des Islam stets als Soldat dienen, immer aufrecht, wie ein Fels inmitten der Trümmer des Verfalls seiner Landsleute. Nein, er wird nie heiraten. Trotzdem wird sein Glück darin bestehen, sein verbanntes Haupt an der Brust einer wirklichen Freundin auszuruhen.

Sein Glück wird darin bestehen, ein Herz zu haben, das mit seinem Herzen schlägt, Zuneigung zu finden und eine zärtliche Seele, der er seinen Kummer und seine Freuden anvertrauen kann. Diese Freundin, dieses Herz, diese Seele glaubt er in dir gefunden zu haben. Weshalb also solltest du zweifeln?

«Weshalb endet das menschliche Leben nicht wie ein Herbst in Afrika, unter klarem Himmel mit lauen Winden, ohne Altersschwäche und Vorahnungen?»

(Eugène Fromentin, Une année dans le Sahel)

Aufgeschrieben in Cagliari, am 1. Januar 1900, in einem Augenblick grenzenloser Traurigkeit ohne wirklichen Grund.

Cagliari, den 29. Januar 1900

Perché affrettar' l'arrivo
Della giornata negra?
. . . .
Nei baci miei t'allegra,
E brevemente vivi!

Der kurze Traum der ruhigen inneren Sammlung in dieser alten sardischen Stadt, unter einem leicht nachdenklichen, milden Himmel, inmitten dieser ganz und gar afrikanischen Landschaft ist nun vorbei.

Morgen zur selben Zeit bin ich schon weit entfernt von den Felsen Cagliaris, dort hinten auf dem grauen Meer, das seit Tagen wogt und tost . . .

Letzte Nacht hallten die Echos des rollenden Donners in Cagliari wider ... Heute hat das Meer sein unheilvollstes Aussehen angenommen; es hat fahle, glasige Reflexe ... Hier ist alles zu Ende, und morgen reise ich ab, um den finsteren Kampf wieder aufzunehmen, den erbitterten Kampf, der sich seit acht langen Monaten über einem verschlossenen Grab abspielt, über einem vernichteten Leben, das zum Urgeheimnis zurückgekehrt ist ...

Und heute abend, während sich die graue Nacht über unsere öde, verwüstete und den Wirren des Aufbruchs ausgelieferte, geliebte Hütte legt, empfinde ich jene tiefe Traurigkeit, die alle Veränderungen des Daseins begleitet, die ganze Folge der Vernichtungen, die uns unmerklich zur großen endgültigen Vernichtung führt.

Und wie wird diese neue Phase meines Lebens aussehen?

Den 30. um 4 Uhr 30 nachmittags. – Das Mektoub hat meine Abreise um einige Stunden verzögert. Doch zugleich hat sich auch der Horizont verfinstert.

Genf, den 27. Mai 1900,
9 Uhr 30 abends (Sonntag)

Wieder einmal datiere ich dieses traurige Tagebuch mit dem Namen dieser verhexten Stadt, in der ich so viel gelitten habe, die mich fast das Leben gekostet hätte.

Seit einer knappen Woche bin ich hier, seit einer knappen Woche empfinde ich die krankhafte Beklemmung von einst und sehne mich danach, diese Stadt für immer zu verlassen.

Unter einem niedrigen, bedeckten Himmel sah ich die unglückselige Bleibe wieder, verschlossen und stumm, verloren im Unkraut, wie in einen gramvollen Trauertraum versunken.

Ich sah die Straße wieder, die weiße Straße, weiß wie ein mattsilbriger Fluß und schnurgerade wie ein Pfeil, die Straße, die sich zwischen den hohen Samtbäumen im großen melancholischen Jura verliert.

Ich sah die beiden Gräber wieder, in der unvergleichlichen Szenerie dieses heidnischen Friedhofs auf dem Boden der Verbannung, so weit entfernt von dem anderen, dem heiligen Hügel der ewigen Ruhe und der regungslosen Stille ...

Und ich fühle mich absolut, für immer fremd auf diesem Boden,

den ich morgen verlassen werde und auf den ich nie zurückzukehren hoffe.

Heute abend unergründliche, unsägliche Traurigkeit und eine angesichts des unausweichlichen Schicksals immer absoluter werdende Gefaßtheit . . .

Welche Träume, welche Feereien, welche Rauschzustände hält die Zukunft noch für mich bereit?

Welche . . . ach so ungewissen Freuden, und welches so gewisse Leid?

Und wann wird endlich die Stunde der Erlösung schlagen, die Stunde der letzten Ruhe?

April 1900, Paris

Eines Abends bemerkte ich, wie sich die weißen Silhouetten der Kreuze auf dem Friedhof Montparnasse im fahlen Licht der Sterne und Straßenlaternen wie Phantome vom samtigen Schwarz der hohen Bäume abhoben . . . Es kam mir in den Sinn, daß der ganze gewaltige Atem von Paris, der durch die Gegend fegte, doch nicht in der Lage war, den unsäglichen Schlaf der dort ruhenden Unbekannten auch nur im geringsten zu stören . . .

ZWEITES TAGEBUCH

Im Namen des mächtigen und barmherzigen Gottes!

Gìa non si deve a te doglia ni pianto
Chi si muore nel mondo nel cielo rinasce.

(Epitaph, gefunden am 4. Juni 1899 bei meiner letzten Pilgerfahrt zu Vavas Grab, am Tag meiner Abreise von Genf, auf einem Grabstein des kleinen Friedhofs von Vernier.)

Friede Euren Aschen, die Ihr dort unten liegt, in der fernen fremden Erde, Friede dir, die du ruhest auf dem heiligen Hügel, über dem ewigen Strom des blauen Mittelmeers . . .

† *Ich schreibe nicht selbst; du, der du mich liebst, führst meine Hand, und jeder falsche Ton wäre deiner Ruhe Qual gewesen.* †

«Und wieder war alles wie in den alten Zeiten . . .»
(P. Loti, *Le mariage de Loti*)

Genf, den 8. Juni 1900

Rückkehr vom Friedhof von Vernier,
unendliche Traurigkeit

«Die Reisegewohnheit schläfert den Geist ein; man gewöhnt sich an alles, an die erlesensten exotischen Landschaften ebenso wie an die außergewöhnlichsten Gesichter. Doch in bestimmten Augenblicken, wenn der Geist erwacht und sich selbst wiederfindet, ist man plötzlich verblüfft über die Fremdartigkeit dessen, was um einen ist.»
(P. Loti, *Le mariage de Loti*)

... Der Totenhügel dort unten, über dem großen blauen Golf des unvergeßlichen Annaba, dürfte heute wohl im glühenden Licht der Spätsommertage schlafen, in Afrika ... Die Gräber aus weißem Marmor oder farbigem Steingut sehen aus wie leuchtende Blumen, versprengt zwischen den großen schwarzen Zypressen, den wilden Weinreben, dem Riesenstorchschnabel mit seinen Blutblüten und seinem verblassenden Fleisch und den *Keram* aus dem Berberland ...

Während ich im gleichen Augenblick, für kurze Zeit hierher zurückgekehrt, auf den Boden der Verbannung, im geschorenen Grase eines anderen Friedhofs saß ... Vor den beiden grauen, vom Frühlingsunkraut überwucherten Gräbern dachte ich an das andere, das weiße muselmanische Grab, in dem † *Der Weiße Geist* † ruht ... Und wieder einmal ging mir das große Geheimnis der vernichteten Leben inmitten der unbeweglichen Natur durch den Sinn ... Unschuldig und friedlich zwitscherten die Vögel über dem ungezählten Menschenstaub, der sich dort häuft ...

Sonderbar: meine *Tagwerke*, alle meine bisherigen Notizen ließen sich in einigen wenigen schlichten Worten zusammenfassen: «Ständig sich wiederholende Feststellungen jener unergründlichen Traurigkeit, die in der Tiefe meiner Seele herrscht, in der Tiefe meines Lebens; zunehmend verschwommene Anspielungen, die sich nicht etwa auf tatsächliche Begegnungen, auf beobachtete Fakten beziehen, sondern einzig und allein auf die immer traurigen oder dumpfen Gefühle, welche die Leute und die Dinge in mir auslösen.»

Nutzlose, düstere Schreiberei von einer hoffnungslosen Eintönigkeit.

Eine Bemerkung über die Freude oder gar die Hoffnung kommt nicht vor.

Das einzig tröstliche, das man bei all dem entdecken kann, ist die wachsende islamische *Gefaßtheit* ...

Endlich bemerke ich in meiner Seele eine allmählich sich einstellende *Gleichgültigkeit* gegenüber den *gleichgültigen* Dingen und Wesen, und dies ist die stärkste Bestätigung meines Ich.

Ich finde die große Bedeutung, die ich kläglichen Dingen, überflüssigen und bedeutungslosen Begegnungen viel zu lange beigemessen habe, niedrig und meiner selbst unwürdig ... Selbst die

Feststellung – die heute abend endgültig bestätigte Feststellung meiner *radikalen Unfähigkeit, zu irgendeinem festen Kreis zu gehören, mich unter Leuten wohl zu fühlen*, die nicht durch einen vorübergehenden Zufall zusammenkommen, sondern vereint sind in einem gemeinsamen Leben, selbst diese Absegnung meines Schicksals, das ich schon lange geahnt habe und das mich verhängnisvoll zur Einsamkeit verdammt –, selbst das, worunter ich früher grausam gelitten hätte, berührt mich nicht mehr . . .

Ist es denn übrigens wirklich ein Übel? Ist es nicht eine Lehre des Schicksals, das meine Seele in jeder Hinsicht durch Einsamkeit und Schmerz zu wahrer Größe erheben zu wollen scheint?

«. . . Doch die Widrigkeiten sind der Prüfstein der Seelen, und die nicht gelitten haben sind unfähig, Großes zu tun.»

Im Augenblick sind mir meine *desiderata* wenigstens klar: ich möchte, daß der, der die wenigen, oben zitierten Worte schrieb, daß der, der sie mir noch kürzlich in Paris – am Tag meiner letzten Aufzeichnung – ganz direkt mit lebhafter Stimme sagte, wirklich versteht, was ich ihm gesagt und was ich ihm geschrieben habe . . ., und dann möchte ich, daß er mir schnellstens die Möglichkeit gibt, zu handeln, jenes *Große* zu tun, das ihn genau wie mich tief und köstlich zu berauschen scheint . . .

Ich möchte sehen, wie dieser Mann mir zulächelt mit einem Lächeln, das nur er vermag, möchte hören, wie er mir im gleichen Tonfall wie an dem Tage, an dem ich ihm fast mein Herz geöffnet hätte, sagt: «Gehen Sie, Mahmoud, große und schöne Dinge zu vollbringen . . . Seien Sie ein Held . . .»

Eigentümlich, aus dem Munde dieses Intellektuellen haben die getragenen Worte des Glaubens und der Herrlichkeit meinem so geübten Ohr nie falsch geklungen, aus dem Munde des einzigen, bei dem ich nie auf Verstellung, Scheinheiligkeit oder Unverständnis gestoßen bin.

Gewiß, von allen, denen ich auf meinem Weg begegnet bin, ist dieser, dessen teures Bild mir vor Augen steht, der zauberhafteste, und sein Charme ist der höchste, der schönste überhaupt: er spricht die Seele an und nicht die Sinne, er erhöht das Große und läßt das Niedrige und Gemeine ruhen . . . Sicherlich hatte noch niemand eine so mächtige Wirkung auf meine Seele, *im Guten*. Niemand hat es verstanden, die gebenedeiten Dinge, die seit dem Tod † *Des*

Weißen Geistes † langsam aber sicher in mir keimen, zu verstehen und zu stärken: den Glauben, die Reue, den Wunsch nach moralischer Vervollkommnung, den Wunsch nach würdevoll *verdientem* Ruhm, die Uneigennützigkeit, die Sinnesfreude, die all mein Leid und meine Entsagung in den Schatten stellt, und den Durst nach großen, schönen Taten.

Ich beurteile und liebe ihn so, wie ich ihn bisher kenne. Die Zukunft wird mir offenbaren, ob ich hellsichtig war, ob ich ihn so verstanden habe, wie er wirklich ist oder ob ich mich wieder einmal getäuscht habe. Ich will nichts behaupten, aber bislang hat nichts auch nur den geringsten Verdacht in mir aufkommen lassen. Obwohl mein Mißtrauen fürchterlich, unüberwindlich geworden ist, vor allem seit Samuel. Die Sache mit Naïb könnte der Prüfstein seiner Seele sein. Ich bin mir sicher, daß er das, was er tut, von sich aus tun wird, ohne sich von Abd-el-Aziz oder irgend jemand anderem beeinflussen zu lassen. Sein Handeln bei dieser Gelegenheit wird mir wahrscheinlich die so ersehnte *Gewißheit* vermitteln.

So harre ich also in Pflicht und Gewissen der kommenden Ereignisse, um mein Urteil über diesen Mann zu sprechen . . . Wenn ich nicht den falschen Weg gegangen bin, habe ich keine schlechten Aussichten auf das moralische Heil.

Sollte allerdings auch er nichts als Verstellung und heuchlerischer Schein sein, wird es mir hinfort unmöglich sein, noch an irgendeinen der Männer, denen ich in Zukunft begegne, zu glauben.

Dann ist Schluß, endgültig Schluß; denn wenn das, was ich für die Reinheit selbst halte, Schmutz verbirgt, wenn das, was mir als die wahre Schönheit erscheint, die gleiche Häßlichkeit verdeckt, der ich schon so oft begegnet bin, wenn der Schein, den ich für das wohltuende Licht eines wegweisenden Sterns oder eines Leuchtturms im finsteren Labyrinth des Lebens halte, nur ein Spiel der Täuschung ist, das den Wanderer in verhängnisvolle Irren führt – was hätte ich dann noch zu erwarten?

Aber, um es noch einmal zu sagen, bisher spricht nichts, absolut nichts für diese grausame Hypothese . . . Als der, für den ich ihn halte, wird er mir möglicherweise großes, aber schönes Leid bereiten . . . vielleicht wird er sogar derjenige sein, der mich in den Tod schickt, doch er wird mir keinen Grund für den höchsten Groll der ernüchternden Enttäuschung geben.

Genf, den 15. Juni 1900

Tretet hin an die Wege und schauet und fraget nach den Wegen der Vorzeit, welches der gute Weg sei, und wandelt darin, so werdet ihr Ruhe finden für eure Seele!

(Jeremia VI, 16)

Wieder das Grau in Grau des derzeitigen Wetters, wieder ein Traum, wieder ein Rausch . . .

Wie lange wird er dauern? Wann wird seine Totenglocke läuten? Wie wird das Erwachen aussehen? Wie dem auch sei, die Erinnerung an diese kurze, *bessere* und *lebhaftere* Zeit wird mir immer lieb sein, denn wieder ist es gelungen, der hoffnungslosen Banalität des Lebens ein paar Augenblicke zu entreißen, ein paar Stunden vor dem Nichts zu retten.

Ich werde mich nie zu anderen Seelen hingezogen fühlen, außer zu denen, die sich mit jenem hohen und fruchtbaren Leid quälen, das sich Selbstunzufriedenheit nennt, mit dem Durst nach dem Idealen, dem mystischen, begehrenswerten Funken unserer Seelen, der sie entzündet, sie zu den erhabenen Sphären des Jenseits erhebt . . . Das zufriedene Glück über ein erreichtes Ziel wird mich nie locken; die wahrhaft überlegenen Menschen dieser Welt in ihrem derzeitigen Zustand sind in meinen Augen diejenigen, die an dem erhabenen Schmerz der immerwährenden Geburt eines besseren *Ich* leiden.

Ich hasse den, der zufrieden ist mit sich selbst, mit seinem Schicksal, seinem Geist und seinem Herzen.

Ich hasse die schwachsinnige Großspurigkeit des *blinden, taubstummen Bourgeois, der sich nie anders besinnen wird . . . Denken* muß man lernen. Eine schmerzhafte, langwierige Sache, doch ohne sie hat man für das individuelle Glück nichts zu erwarten, für jenes Glück, das für derart beschaffene Wesen nur von der Existenz einer *besonderen Welt* herrühren kann, einer geschlossenen Welt, die uns Leben spenden und uns genügen sollte.

. . . Ich kann gar nicht sagen, wie sehr ich mich wegen dieses albernen Charakterzugs verachte und hasse: wegen des Bedürfnisses, mit Leuten zu reden, sogar mit solchen, die mir gleichgültig sind, mein Herz und meine Seele in widerwärtigen Erklärungen zu prostituieren.

Weshalb suche ich die Genugtuung, die meine Seele braucht, nicht in mir selbst? Weshalb suche ich sie bei den anderen, dort, wo ich sicher bin, sie nicht zu finden?

Oh! kann ich denn nicht dagegen an, kann ich mich nicht befreien von diesem nutzlosen Ballast, der mir das Leben nur erschwert? Außer mit einigen wenigen Menschen ist die intellektuelle Verbindung unmöglich. Warum also freiwillig Enttäuschungen suchen?

Unter all denen, die in bestimmten entscheidenden Punkten, den Fragen des Glaubens, der Liebe, etc., etc., keineswegs mit mir übereinstimmen, sind zwei Personen, die ich, ob ich will oder nicht, aus tiefstem Herzen liebe, gegenüber denen ich nicht gleichgültig sein kann: mein Bruder und Vera. Und ich leide ganz ernstlich darunter, daß die letztere nicht versteht, was beispielsweise jetzt gerade zwischen uns geschehen ist, daß sie, obwohl ich es ihr schwöre, nicht glaubt, daß mir die Erinnerung an diese wenigen vertrauten Tage mit Archavir – Tage, die, wie er gestern noch sagte, eine Freundschaft fürs Leben geschaffen haben – eine der liebsten Erinnerungen meines Lebens bleiben wird.

Literarische Ideen

Für den Anfang scheint es mir dringend notwendig, vor allem die künstlerische Seite zu pflegen, die Seite der *Form*. Als Plädoyer zugunsten des Koran und gegen die Vorurteile der modernen muselmanischen Welt wird *Rakhil* kein Interesse finden. Doch *Rakhil* als Lied der ewigen Liebe mit seiner schönen Form, seinen melodischen Sätzen und seinen schillernden Bildern wird so manche sinnesfreudige oder, was fast auf das gleiche hinausläuft, einfach nur kunstbegeisterte Seele berauschen.

Ein frappierendes Bild dessen, was aus meinem Leben geworden ist und was es wahrscheinlich immer sein wird: dieses Schild *Zimmer zu vermieten* dort am Fenster des armseligen Zimmers, in dem ich zwischen einem Feldbett, dem Schreibpapier und meinen wenigen Büchern lebe. Die reinste Ironie, eine traurige Ironie.

Bei all den Gelegenheitsunterkünften könnte nichts meine tiefe Einsamkeit, meine absolute Verlassenheit inmitten des riesigen Universums deutlicher zum Ausdruck bringen ...

Welche Stunden der Entmutigung, der lähmenden Traurigkeit, ohne jeden Charme!

Genf, den 16. Juni 1900

Am nächsten Tag, 3 Uhr nachmittags

Nach einer leidvollen Nacht, einem seltsamen Morgen ... Ich merke, daß ich im Augenblick nicht schreiben kann. Ich will die Situation nur in Stichworten festhalten: rein intellektuelles Verlangen, meine Lebensweise zu verbessern, zu arbeiten ... doch ohne jeden Antrieb, weder für das eine noch für das andere ... Grau in Grau.

◡ Scham über das Leben und die Tage – denn sie wurden zum Schmerz erschaffen;
keine Sekunde schwanden die Sorgen – weder für den König der Erde noch für den Sklaven.
Welch Erstaunen über das Leben und alles, was mit ihm zu tun hat!
Da ist sie, die Feindin der Menschen, von ihnen geliebt!
Ich habe Euch verlassen, und mein Herz ist immerfort bei Euch;
und die Süße des Lebens hat sich nach Eurer Abreise in Bitterkeit verwandelt;
und die Scheidewand der Trennung hat sich zwischen uns geschoben,
wie das Grab sich zwischen den Lebenden und den Toten schiebt! ◡

Und plötzlich, im Überschwang lärmender Tollheit, hebt ein Spahi das Champagnerglas und stößt an mit dem unerwarteten Toast: – Auf die Gefallenen von Mekka und Bobdiarah! ...

Ganz schön komisch, dieser Trinkspruch, den der Autor des Berichts nicht selbst erfunden hat; ganz schön überraschend, diese Art, jemand hochleben zu lassen! ... Huld der Erinnerung oder ruchloser Scherz gegenüber denen, die tot sind? ... Er war stark betrunken, der Spahi, der den Toten-Trinkspruch tat, und sein verschwommener Blick war trüb.

Am gleichen Tage

Als ich vorgestern die Worte schrieb: *in einem Ksour des fernen Oued Igharghar*, fühlte ich in mir plötzlich den Entschluß wachsen und reifen, um jeden Preis nach Ouargla zu fahren, es noch einmal zu versuchen, mich für Monate in die große Stille der Wüste zurückzuziehen, mich diesem geruhsamen, träumerischen Leben noch einmal hinzugeben. Im großen und ganzen spricht nichts dagegen.

Notfalls fahre ich auch ohne die Briefe von Abd-el-Aziz. Meine bescheidenen Mittel werden mir schon erlauben, mich dort unten durchzuschlagen, mindestens so gut zu leben, wie es wünschenswert ist.

Eigenartig, ich habe keineswegs vergessen, wie sehr ich dort unten gelitten habe, die maßlosen Entbehrungen, die Krankheit . . .

Doch das alles wird nur an den widrigen Umständen liegen. Und jetzt will mir dieser Ausweg sehr gefallen.

Das harte Leben in der Wüste, das in diesem Fall, wo es nicht mehr nötig ist, nachts zu wachen, nicht ganz so anstrengend sein dürfte, wird meine Erziehung zum tatkräftigen Menschen vollenden, die spartanische Erziehung, die in meiner Situation eine unentbehrliche Waffe ist . . .

. . . Und welch bittere Lust: zuerst der Abschied hier, von der herzlich geliebten Vera, der rundum menschlichsten Person, die man überhaupt finden kann; von dem befremdlich anmutenden Archavir, der mir so einzigartige, unendlich bittere und zugleich sanfte Stunden bereitet . . .

Dann in Marseille die feierliche Szene des An-Bord-Gehens und die Verabschiedung von dem Bruder, der mich in dieser Welt am Leben hält . . .

Dann die traurig-sanfte Pilgerfahrt nach Annaba . . . zu dem heiligen Hügel, auf dem ihr Grab ist . . .

Dann Batna, der Ort, der meine wehmütigen Gedanken durch zahllose Erinnerungen immer wieder anzieht . . .

Das glühende Biskra, wo ich damals abends vor den maurischen Cafés so zauberhafte Stunden verbrachte . . .

Und die heiße unwegsame Straße durch das ausgedörrte Oued Rhir . . .

Das traurige verschlafene Touggourt unter seinem Leichentuch aus Salz oberhalb des dunklen Chotts . . .

Dann das unbekannte Ouargla an der Schwelle zum geheimnisvollen Nichts der großen Sahara, vor dem Tal des Oued Igharghar mit jenem seltsamen Namen, der uns einst in Träumerei versetzte . . .

«Freunde sind wie Hunde: es nimmt immer ein böses Ende, und das beste ist, keine zu haben.» (Aziyadé)

Zur Erinnerung an den Souk-El-Haljémine und den Souk-Elassar in Tunis:

«Schiffer zu sein mit goldgelber Weste, irgendwo im Süden der Türkei, wo der Himmel immer rein und die Sonne immer heiß ist . . . Im Grunde wäre es möglich, und ich wäre weniger unglücklich als woanders.» (Aziyadé)

Aufgeschrieben in Genf, Montag den 25. Juni 1900.

15. Juni – *«Je weiter wir gehen, desto weniger sind wir in der Lage, die anstrengende Komödie dieser Welt zu spielen, die von allen so natürlich und mühelos gespielt wird», etc. (Journal des Goncourt,* Bd. 1, S. 194–195)

Genf, den 27. Juni, Mittwoch

Nach einem interessanten Gespräch mit Vera spüre ich wieder einmal die Notwendigkeit – und dieses Mal mit zunehmend drängender Intensität –, das noch fast unbearbeitete, brachliegende Feld meiner Intelligenz, das viel zurückgebliebener ist als das meiner Seele, umfassend zu schulen.

Diese Intelligenz zu entwickeln ist eine zermürbende Arbeit, vor allem jetzt. Zugleich aber will mir scheinen, daß ich mich über die erstaunlichen Früchte selbst noch wundern werde.

Das also ist der momentane Traum . . . ob er je Wirklichkeit wird?

Ins ferne Ouargla gehen, an die Schwelle des großen geheimnisvollen Sandmeers der Sahara und mich dort niederlassen, *dort das Heim gründen, das mir in zunehmendem Maße fehlt*. Ein kleines Lehmhaus im Schatten der Dattelpalmen. Ein paar Pflanzungen in der

Oase, Ahmed als Diener und Gefährten, einige wackere Tiere, um mein Herz zu wärmen, ein Pferd vielleicht – ein einziger Traum, mit viel Zeit und Büchern. Ein Doppelleben führen, das oft abenteuerliche Leben der Wüste und das ruhige und sanfte Leben in Gedanken, weit entfernt von allem Störenden.

Und von dort aus gelegentlich zu Augustin fahren, und nach Paris ... Paris und zurück in die stille Einöde ... Mir dort eine Seele schaffen, ein Gewissen, eine Intelligenz, einen Willen.

Dort könnte in mir gewiß eine erhabene Blüte des islamischen Glaubens reifen, dieses Glaubens, den ich so dringend brauche und der hier verblaßt ...

Im Prinzip ein realisierbarer Traum, das alles ... ob er tatsächlich realisiert wird? *That is the question!*

Dieses Heft wird mir eines Tages vielleicht eine ganze Bibliothek ersetzen müssen, den ganzen Haufen der in meinem unsteten und hinfort armen Leben unerreichbaren Bücher. Und sollte sich zufälligerweise eines Tages jemand die Mühe machen, es zu lesen, wäre es für ihn auch ein getreuer Spiegel meines gesamten, immer rascher vorwärtsdrängenden Entwicklungsprozesses, der möglicherweise schon fast abgeschlossen ist ...

Allein die Zitate, die auf Schritt und Tritt zu finden sind, veranschaulichen die verschiedenen seelischen Zustände, die ich erlebe ...

... Interessante Persönlichkeit, diese Saadi-Ganéline, die das so oft erträumte Leben des arbeitenden und vagabundierenden Intellektuellen-Boheme verkörpert ...

Augen wie die Augen des Abends. (Journal des Goncourt, Bd. II)

Samstag, den 30. Juni 1900

Nach zwei Tagen tödlicher Langeweile (gestern und heute) und physischen Leidens versuche ich, mich wieder in die Arbeit einzufinden ...

Ich empfinde immer stärkeren Widerwillen gegen das schludrige und moralisch nachlässige zweite *Ich*, das von Zeit zu Zeit auftaucht. Seltsamerweise ist zu bemerken, daß diese Person gewöhnlich, wenn nicht immer (das wäre im nachhinein zu beobachten), unter dem Einfluß rein physischer Kräfte zur Geltung kommt. Eine

Verbesserung des Gesundheitszustands würde daher eine merkliche Verbesserung meines intellektuellen und moralischen Lebens bewirken ...

... Vorgestern abend lange Diskussion mit Archavir über die – zwischen uns ewige – Frage des Genießens. Ich bleibe bei meiner Theorie: man muß die Bedürfnisse einschränken und auf diese Weise alle Desillusionierungen sowie auch die Abstumpfung der Sensibilität durch unangenehme Gefühle und die charakterliche Verbitterung weitestgehend vermeiden.

Archavir dagegen vertritt, daß man seine Bedürfnisse entwickeln und dann bis zum letzten Fünkchen Energie an ihrer Befriedigung arbeiten sollte. Darin sieht er † *die Gewähr der Selbstvervollkommnung* †.

Soeben kommt mir der Gedanke, eine Dissertation über dieses Thema zu schreiben. Man könnte sie in der *Athénée* veröffentlichen.

... Vorgestern fand ich im Lauf eines Gesprächs mit Vera eine Lösung für die Verwicklungen, die eine Fertigstellung von *Rakhil* fast unmöglich erscheinen ließen.

Insgesamt mache ich wieder eine Art intellektuelle Inkubationszeit durch; und ich glaube, sie wird die bislang fruchtbarste meines Lebens sein.

Die Lektüre des *Journal des Goncourt* hat mir außerordentlich gutgetan. Ich muß meinen Aufenthalt in Marseille unbedingt ausnutzen, um die anderen Bände zu lesen und mir entsprechende Notizen zu machen.

Bisher habe ich nach Lektüren gesucht, die das Träumen und Fühlen begünstigen. Daher die übertriebene Vorliebe für die poetische Empfindsamkeit auf Kosten des reinen Denkens. Das *Journal des Goncourt* ist ein Buch, das zum Denken anregt, zum *tiefen* Denken. Ich muß ähnliche Lektüren auftreiben und die Zeit hier, solange noch Gesellschaft um mich ist, zum Reden und Diskutieren nutzen ...

... Warum ist das klare Bewußtsein von der absoluten *Nutzlosigkeit* mancher – ach wie vieler! – Handlungen meines Lebens, das Bewußtsein ihrer *Albernheit* und der *realen Gefahr*, die sie für meine Zukunft darstellen, nur nicht stark genug, meinen Willen zu beeinflussen und die Ausführung dieser Handlungen zu verhindern?

Eine Frage, der ich nachgehen muß, um herauszufinden, wie dem Abhilfe zu schaffen ist.

«Jetzt gibt es in unserem Leben nur noch ein wichtiges Interesse: *die Emotion der Erforschung des Wahren.*» (*Journal des Goncourt*, Bd. II) Ohne dies bleibt nur Langeweile und Leere . . .

Notiert am 30. Juni, 8 Uhr abends

Ein seltsames Gefühl, das sich beim Schreiben immer mehr verstärkt: je weiter ich mein Thema entwickle, je näher ich dem Ende komme, um so mehr *langweilt* es mich; daher auch die entmutigenden Zweifel über sein mögliches Interesse für den Leser.

So bin ich mir ohne Übertreibung nicht mehr sicher, ob *Rakhil* nicht nur ein schlecht redigiertes, niederträchtiges Agglomerat von Polizeidokumenten ist.

Daher das Bedürfnis, es jemand vorzulesen, *sich zu objektivieren* . . . Eines steht fest, sollte mein Buch auf alle Leser denselben Eindruck machen, den es derzeit auf mich macht, wird niemand auch nur ein Wort über die zweite Seite nach dem Prolog hinaus lesen; reines Kunstwerk.

. . . Heute abend strahlen die Dinge Ruhe aus, trotz des blödsinnigen Lärms auf dem pöbelhaften Boulevard . . .

Ein blaßblauer, kaum himmelblau zu nennender, eher weißlicher Himmel mit leichten grauen Wolken . . . Grau über den Bäumen von Champel . . . Grau im Himmel und Grau über dem Salève . . . Gräulicher Nebel über den Dingen, in vollkommenem Einklang mit dem zarten Grau meines gegenwärtigen Seelenzustands: keine exzessive Gemütsregung, keine Spur von Enthusiasmus . . . Friedlicher Wunsch zu arbeiten, meinen Verstand zu entwickeln.

Man sollte den offensichtlichen Egoismus des auf jedem Blatt zum Vorschein kommenden Ich nicht für Größenwahn halten . . . Nein . . . Es ist in erster Linie die Gewohnheit des Einsiedlers, immerfort in sich selbst zu schauen; aber auch die Notwendigkeit, ein Buch zu schaffen, das mir später das wahre Bild meiner heutigen Seele zeigen kann; das einzige Mittel, mein gegenwärtiges Leben zu beurteilen und später festzustellen, ob sich meine Individualität tatsächlich fortentwickelt oder nicht . . .

Notiz vom selben Abend

Am selben Abend, nach einer Lektüre von Nadson:

† Heute bin ich besonders überdrüssig.
Seit dem Morgen stieg eine dumpfe Gereiztheit in mir auf.
Seit dem Morgen hatte ich ein boshaftes Auge für alles,
was irgendwie geeignet ist, der Seele Verachtung abzugewinnen.
In der Fröhlichkeit der anderen sah ich Gemeinheit;
in ihrer Traurigkeit Heuchelei; in ihrer Ruhe sah ich Kleinmut
und in meinem eigenen Herzen ein Nachlassen der besten Kräfte,
beklemmende Angst und kindlichen Ekel!

Wie viele solche Tage habe ich nicht schon verbracht, wie viele trübsinnige Tage, an denen alle meine Sinne ausschließlich für unangenehme und schmerzliche Gefühle empfänglich zu sein scheinen! †

† Wozu nur diese Tränen? Um sie zu beklagen,
mit einem Schmerz, der wie ein Wahn sich immer wieder durchsetzt?
Oh, könnten wir nur alle
mit so reiner Seele sterben?

Und wenn wir alle mit derselben heiteren Hoffnung
Abschied nähmen von der Erde?
Jenseits des Sarges erwartet uns kein ew'ger Schlaf,
sondern vielmehr eine Welt *wunderbarer Güte*. †

Am selben Tag, 11 Uhr 30 abends

... Mir kommt der Gedanke, eine Novelle zu schreiben, ein Pendant zu *Der Weg*, aber mit ganz anderen Typen: Séméonow, Andréyew und Sacha in Paris.

In derselben Nacht, 2 Uhr morgens

Ich schlafe nicht. Habe nicht die geringste Lust zu schlafen. Unten ertönen die herzzerreißenden Schreie einer Russin, die gerade niederkommt ... Finsterer Eintritt in diese Welt, das muß man schon sagen, mitten in einer Regennacht, unter den gräßlichen Schreien der Mutter ... finstere Ankunft und wer weiß? vielleicht *symbolisch*. Der erste Lebensakt! – Weinen ... Wie unsere Ankunft doch unserem Abgang gleicht, mit dem einzigen Unterschied, daß der Abgang im Grunde genommen doch nicht ganz so traurig ist wie die Ankunft, mit all den Sorgen und Leiden, die ihr folgen!

Weinet nicht über den Toten und grämt euch nicht um ihn; weinet aber über den, der fortgezogen ist; denn er wird nimmer wiederkommen und sein Vaterland wiedersehen. (JEREMIAS XXII, 10)

Wenn du einen siehst, der sich weise dünkt, da ist für einen Toren mehr Hoffnung denn für ihn. (SPRÜCHE XXVI, 12)

Rühme dich nicht des morgigen Tages; denn du weißt nicht, was der Tag bringt. (SPRÜCHE XXVII, 1)

«. . . Und in unserem dunklen Leben ist auch *sein* Glück und *sein* Stolz . . .» (TURGENJEW, *Am Vorabend*)

† Ja, das stimmt . . . Ein bitteres *Glück*, bitter und finster. Der *Stolz* der Entsagung; diese Dinge sind nicht allen zugänglich, und es wird zugrunde gehen, wer beim Lebensschmaus vergessen ward und sie nicht gekannt hat. † (4. 7. 1900, Mitternacht)

Den 11. Juli, 9 Uhr abends

Geschrieben nach mehreren abscheulichen Tagen voller Streitigkeiten, schmerzlicher Auseinandersetzungen, voller Schrecken und Enttäuschung . . .

Ich schreibe im Bett, hier, auf dem Feldbett vor dem offenen Fenster, an einem bläulich schimmernden Abend, der mich mit unglaublich sanftem Drängen an die früheren Abende in Afrika erinnert.

. . . O unvergeßliche Würde der sommerlichen Dämmerung über den weißen Städten, über den ausgestorbenen Weiten Afrikas. So Allah will, werde ich das alles bald wiederfinden, weit entfernt von den Menschen und ihrer Niedrigkeit, ihrer Grausamkeit und vor allem ihrem ungeheuren Egoismus.

Wann wird die Seele endlich ihren Frieden finden?

Immerhin weiß ich, *wo* sie ihn findet und um welchen Preis!

2 Uhr morgens

† *«Alle Tage unseres Lebens fliehen dahin, schnell wie die Flut.*
Mit jeder Stunde verkürzt sich unser Weg zum Grab.
Schenk ein, Kamerad, auf die Gesundheit.
Wie sollen wir wissen, was noch vor uns liegt?
Du wirst sterben; man wird dich begraben; und zum Festmahl der Freunde wirst du nicht aufersteh'n.
Reich mir die Hand, Kamerad; laß uns trinken! (Ref.)
Ertränken wir im Wein das bittre Scheiden! (Ref.)» †

Zur Erinnerung an das Leben in Genf im Juni–Juli 1900, mit Chouchinka, Yasbka, Pop, Tchork und Ganta:

◡ *Ich habe Euch verlassen, und mein Herz ist immerfort bei Euch;*
und die Süße des Lebens hat sich nach Eurer Abreise in Bitterkeit verwandelt;
und die Scheidewand der Trennung hat sich zwischen uns geschoben,
wie das Grab sich zwischen den Lebenden und den Toten schiebt! ◡

† In der Liebe findet man keine Ruhe; in der Wissenschaft findet man keine Ruhe; was immer du tun magst, es gibt keine Ruhe. Ich wünsche niemandem, so erbärmlich und unglücklich zu sein wie ich. Deshalb überkam mich ein verwirrend angenehmes Gefühl, als du mir sagtest: Mein Schatten wird dir folgen, wo immer du gehst . . .

Zufällig trafen wir uns auf dem Lebensweg; wir sind beide Einsiedler in diesem bevölkerten Universum; beide unglücklich und zerrissen. Wir hatten ein paar wunderbare Augenblicke miteinander, weit, weit von den Menschen entfernt . . . Nun ist es aus, die Menschen haben uns für immer getrennt . . .

. . . Es ist gelungen, dem stiefmütterlichen Schicksal einen Moment zu entreißen . . . Und ich bereue nichts. † In der Nacht des 13. 7. 1900, Genf . . .

Abreise von Genf am 14. Juli 1900,
7 Uhr 30 abends

Graues, gewittriges, düsteres Wetter. Grenzenlose Traurigkeit, Piatnouchko und Chouchinka zu verlassen. Wohin gehe ich? . . .
◡ *Auf dem Weg der Vorsehung!* ◡

Und Archavir, Archavir, den ich nicht wiedersah?

Gestern um Mitternacht irrte ich wie ein Schatten durch die Rue de l'Arquebuse, verharrte vor dem weißen Haus, zu dem ich nicht mehr zurückkehren darf . . .

15. Juli, 5 Uhr morgens

In Marseille angekommen. Erschöpfung. Wunderbarer Sonnenaufgang über dem Crau.

Eindruck wie in Afrika. Gute Ankunft.

15. Juli 1900, 9 Uhr 30 abends, Marseille

Als ich im *Journal des Goncourt* folgenden Satz lese: «Heute habe ich *Manette Salomon* beendet», kommt mir ein Gedanke. Kein literarisches Werk ist je soweit beendet, daß man nicht mehr weitermachen oder, was noch häufiger der Fall ist, daß man sich nicht mehr verbessern könnte. Das Beendete ist das Befriedigende, ungefähr wie eine Entlassung aus dem Hospital, nachdem der Kranke einigermaßen wiederhergestellt ist, gerade gut genug, um sein Leben recht und schlecht weiterzuführen . . .

Trotz des ganzen Durcheinanders, trotz des üblen Gefühls der letzten Tage in Genf gehört dieser Monat russischen Lebens – zweifellos der letzte meines Lebens – zu meinen teuersten Erinnerungen.

Auf jeden Fall habe ich nie in so intimer Vertrautheit mit einer geliebten Person gelebt wie mit Vera, Chouchka und Ga Hahn.

Auch der traurige kurze Roman mit Archavir hatte seinen Zauber. Trotz allem trenne ich mich ohne Haß und ohne Groll auf immer von ihm.

† *In diesen Leuten war keine Gemeinheit.* †

Das ist das ganze Übel der Situation.

Die Bösartigkeit in der Liebe, mag sie physisch oder moralisch sein, ist das Zeichen für das Ende der Gesellschaften. (*Journal des Goncourt,* Bd. III)

Marseille, den 16. Juli 1900

Vorgestern, in der rasch aufsteigenden Dämmerung eines gewittrigen Tages, verließ ich Genf unter einem grauen, drückenden Himmel.

Traurige, gedehnte, intensive Gefühle, vor allem bei dem Gedanken an die zweifellos ewige Trennung von Vera und Chouchka.

Archavir hinterläßt eine sanfte, etwas geheimnisvolle Erinnerung in mir, genau wie seine eigentümliche Natur tatsächlich ist, und wie auch unser eigentümlicher Roman war. Dieser Mann, der nichts Lächerliches und Vulgäres an sich hat, läßt in mir ein reines, unbeflecktes Gefühl zurück.

Das russische Leben wirkt sich nicht vulgarisierend auf die Seele des Orientalen aus, während der französische Einfluß Krüppel wie Abd-el-Aziz oder Ungeheuer wie Aly hervorbringt, wobei der eine der pöbelhaften Gemeinheit verfallen ist, während der andere eine zu allem Überfluß auch noch schlechte Kopie der angeblich schicken Abendländer abgibt.

Archavir hat die verträumte, düstere, heftige und poetische Natur des Armeniers. Und dazu hat er jene undefinierbare Prägung des russischen Studenten, die ich so liebe, die mir so sympathisch, so *nahe* ist.

Ich weiß nicht, ob ich es wirklich tun werde – aber ich möchte einen vernünftigen, systematischen Bericht über meinen Aufenthalt in Genf schreiben.

Sobald mir die spezielle Eingebung dazu kommt, werde ich es tun. Es könnte eine sehr nützliche und interessante Arbeit sein.

In diesem Zusammenhang fällt mir ein, daß ich immer nur aus Pflicht oder, und vor allem, aus einer Eingebung heraus gearbeitet habe. Ich arbeite nie, um der Langeweile zu entfliehen, denn dann gelingt die Arbeit nicht. Oft lese ich, und dabei vergeht mir die Langeweile fast immer ebenso wie die dumpfe Angst der qualvollen Nächte.

Das gegenwärtige Ziel ist immer noch unverändert: die intellektuelle und moralische Vervollkommnung. Hinsichtlich des Intellektuellen ist vielleicht mehr aufzuholen, aber die Arbeit ist auch viel einfacher.

Heute nacht und auch tagsüber dachte ich daran, Chouchka in

Bulgarien zu besuchen. Aber nein: das wäre nur ein letzter Versuch, die gerade zu Ende gegangene Epoche zu verewigen, sie wieder zu beleben; dabei wäre es an der Zeit, endlich zu verstehen, *daß man das, was zu Ende ist, ebensowenig währen lassen wie man auferwecken kann, was tot ist. Von dem Gewesenen wird nichts je wieder beginnen.* Ich bin nach Genf zurückgekehrt, um an das Leben meines ersten Aufenthalts dort anzuknüpfen.

Habe ich es wiedergefunden?

Weit gefehlt! Ich habe es begraben. So werde ich denn wahrscheinlich nach Ouargla gehen.

Nur beginne ich zu fühlen, daß mich die erdrückende Hitze so sehr ermattet, daß ich nicht arbeiten kann. Obwohl es hier heute angeblich auch um die vierzig Grad sein soll und ich mich kaum zerschlagener fühle als gewöhnlich.

Nicht nur um der Arbeit, sondern auch um der Hygiene willen muß man etwas gegen die unfreiwillige Mattigkeit tun, die das saharische Klima im Sommer erzeugt . . .

Im Augenblick will ich hier noch zwei Dinge tun: die Arbeit an *El-Moukadira* fortsetzen und die Lektüre des *Journal des Goncourt* beenden.

Ja, allmählich erkenne ich, wie sich mein ganzes Leben gestalten wird, selbst wenn meine literarischen Bemühungen eines Tages von Erfolg gekrönt sein sollten: als düstere Zauberei mit schwarzen Bildern, die mitsamt ihrem Dekor in phantastischer Geschwindigkeit wechseln . . . Eine Wahnsinnsjagd auf die ewige Chimäre, die für mich unerreichbarer ist als für jeden anderen.

Gewiß, alle Träume meines Lebens werden so ähnlich sein wie die etwas bewußteren der letzten Tage.

Aber obwohl das schicksalhaft so sein muß, möchte ich dennoch den Versuch machen, wenigstens einen Anschein von Glück zu finden, das einzige Glück, das ich in meinem harten und armen Leben für möglich halte: mir unabhängig, weit entfernt von allen ein einsames Nest zu schaffen, in das ich immer zurückkehren kann und wo ich die Trauer, die mich noch erwartet, begraben kann.

Ein solches Nest werde ich mir dort unten zu schaffen versuchen, in der Tiefe der Wüste, weit entfernt von den Menschen. Mich monatelang isolieren, meine Seele von jedem menschlichen Kontakt fernhalten. Vor allem jedes gemeinschaftliche Leben mit wem auch immer meiden, die störenden Vereinigungen und Verquickungen meiner Angelegenheiten und Interessen mit den zwangsläufig entgegengesetzten der anderen.

Das ergibt zumindest eine weit geringere Dosis an Leid.

Außerdem muß ich mich zwingen, mir eine innere Gedanken- und Gefühlswelt zu schaffen, als Trost für die Einsamkeit, die Armut und die fehlenden ästhetischen Genüsse, die in meiner gegenwärtigen Situation unerschwinglich sind.

Ich muß meine Theorie von der möglichen Verringerung der Bedürfnisse um jeden Preis in die Praxis umsetzen.

Wenn mich die Gesundheit nicht im Stich läßt, wird mir das kaum schwer fallen.

Dort unten kann ich mir mit einem häuslichen, das heißt seßhaften Dasein sogar ein nahezu vollkommen hygienisches Leben schaffen.

Ich kann die wohlbekannten Ursachen der Krankheit vermeiden.

Die Moral verlangt dringend danach, mich jetzt zur Arbeit zu zwingen.

Die Arbeit gibt mir nicht nur die Möglichkeit, weiterzuleben, wenn meine bescheidenen Mittel erschöpft sind, sondern sie ist auch ein großer Schutz gegen das Leid.

Man muß lernen, sich der *gegenwärtigen Stunde* hinzugeben, nicht, wie ich es bisher tat, nur in der Zukunft zu leben, denn das ist ein natürlicher Grund für weiteres Leid. Das Leben in der Vergangenheit, in dem, was gut und schön gewesen ist, ist gewissermaßen *die Würze* der Gegenwart. Aber das dauernde Warten auf später, auf den nächsten Tag führt unvermeidlich zu einer permanenten Unzufriedenheit, die das Leben vergiftet.

Man muß lernen, *tiefer* zu fühlen, *klarer* zu sehen und vor allem, noch und noch zu *denken*.

Notiert am 16. Juli, 10 Uhr abends.

Den 17., gegen 3 Uhr nachmittags. – Habe die Redaktion von *El-Moukadira* beendet.

Den 18. Juli 1900, 9 Uhr abends

«Für ein Talent oder ein Genie ist jedes Sich-Zeigen eine Abwertung ... Der Artist kann ins volle Leben greifen; der Schriftsteller ist gezwungen, es wie ein Dieb im Flug zu erhaschen ...» (*Journal des Goncourt*, Bd. III)

So scheint es nun endlich besiegelt, daß ich Samstag aufbreche nach Afrika, das ich vor genau neun Monaten verlassen habe. Mein Gott, wenn ich nach meiner Ankunft in Ouargla nur den Mut finde, mir das Nest zu schaffen, das mir so sehr fehlt, das Nest des menschenscheuen Einsiedlers, und einfach dazubleiben, mindestens sechs Monate, und vor allem, dort zu *arbeiten*.

Heute abend werde ich den ganzen *Rakhil*-Roman noch einmal lesen. Bisher fehlt mir jeder *Überblick*, ihn zu beurteilen. Für seine endgültige Fassung als Bericht – nicht als Kunstwerk – fehlt mir jetzt nur noch die künstlerische Szene des Spaziergangs der Jüdinnen – eine halbe Stunde Arbeit. Vor allem anderen muß ich hier noch die Lektüre des *Journal des Goncourt* mitsamt meinen eigenen Anmerkungen beenden. –

Dann ein paar herausragende Abschnitte von anderen Autoren notieren: von Baudelaire, Zola und Loti.

Unterwegs nicht nur *die Dinge, die ich in Erfahrung bringe*, sondern auch *die Eindrücke* sorgfältig notieren. Aus dieser Fahrt über das Meer und anschließend durch das Hügelland Algeriens und das Oued Rhir müßte man eine interessante, pittoreske Reise machen können – das erste, was dort unten zu schreiben wäre.

Dann, in der Oase, alles aufschreiben; zuerst alles erkunden und einen detaillierten Plan mit möglichst vollständigen Anmerkungen anfertigen. Danach ein *literarisches Tagebuch* meines dortigen Aufenthalts beginnen. Zwischendurch sollte das Buch *Rakhil* zu dem gedeihen, was es in erster Linie zu sein hat – ein Kunstwerk.

Der Bericht über meine Herbstreise in die Sahel muß ebenso wie einige † Novellen † auf russisch oder für das Russische geschrieben werden.

Eine erdrückende Arbeitslast, von der die Möglichkeit meines Wohlergehens abhängt. Später, wenn die *Villa Neuve* verkauft ist und ich die Mittel habe, sollte ich nach Paris gehen; dort ein ganz anderes Leben führen und mich mit all dem, was ich mitbringen werde, beherzt in den Kampf stürzen. Das ist der einzig vernünftige Plan, den ich mir zur Zeit vornehmen kann.

... Wenn es im Herbst Richtung Marokko geht, werde ich natürlich dabeibleiben und alles genau notieren.

Gestern, am 17., ging ich den Cours Devilliers hinunter und nahm dann den Omnibus zum Quai de la Fraternité. Marseille erschien mir sehr bunt, unter seinem wahren Gesicht. Rast in der «Bar Ideal», wo ich Vera und Chouchinka einen Herzensbrief schrieb.

Anschließend langer Spaziergang mit Augustin, zunächst zur Brücke des Fort Saint-Nicolas. Sah zu, wie die Brücke mit bloßer Armkraft gedreht wurde, um ein griechisches Segelschiff namens *Ἑλένη* durchzulassen. Vorn ein Käpten mit verwittertem Gesicht, aufgekrempelten Ärmeln und Filzhut, der den Männern, die sich an der Heckwinde plagten, um das Schiff einzusteuern, unablässig zurief: Vira, vira, vira! Knabengestalten in Badehosen, die glücklich sind, sich nackt und naß in der Sonne zu tummeln und den großen Mann markieren. Mit der Fähre durch den Alten Hafen, unterhalb des Fort Saint-Jean, dann über den Quai de la Joliette mit Ausblick auf die Schiffe, die von Afrika gekommen sind. Weiter bis zu den Kohlehalden.

Riesige schwarze Haufen, schwarzer Staub, schwarze Männer in Lumpen, mit rußigen Gesichtern, in denen die Augen eine schmutzig-weiße Öffnung bilden und der Mund wie eine Wunde klafft, wo jeder Flecken echter Haut wie abstoßender Aussatz wirkt. Ein ebenso schwarzes Schauspiel: ein sonnengebräunter Vorarbeiter mit Freibeutermiene streitet mit einem sichtbar eingeschüchterten Kohlearbeiter herum. Rückweg über die Mole. Grünlich-aquamarin gefärbter Horizont, recht bewegtes Meer. Schaute zu, wie ein Netz zwischen zwei heftig schwankenden Barken eingeholt wurde.

Quai du Lazaret. – Auf dem Quai sehen wir einen Mann wieder, der mich im Café bei den Kohlehalden um Feuer gebeten und dort bereits ziemlich betrunken gesungen und gelärmt hatte; auf seinem Karren thronend gestikuliert er wild herum, hält Reden und lacht, umringt von einer Menschenmenge und unter den milde lächelnden Blicken der Polizisten, die anscheinend darauf warten, ihn festzunehmen; ich weiß nicht was: wahrscheinlich hat er einem Soldaten vors Bein getreten.

Um 8 Uhr waren wir wieder zu Hause. Müdigkeit, starke Kopfschmerzen, Übelkeit. Die Nacht verlief ruhig.

Freitag, den 20. Juli,
10 Uhr abends, Marseille

Alles ist fertig, gepackt, verschnürt . . . Nur mein Feldbett steht noch da und wartet auf den Morgen.

Morgen um 1 Uhr mittags fahre ich los nach Algier.

Im Grunde habe ich die ganze Zeit gar nicht so recht an diese Abreise nach Ouargla geglaubt. So viele Umstände hatten sich der Durchführung meines gewagten Vorhabens in den Weg gestellt.

Ich habe sogar Aussicht auf Erfolg, denn ich reise gut ausgerüstet ab. In moralischer Hinsicht große Traurigkeit, wie jedes Mal – jetzt, wo ich dies Haus verlasse, obwohl ich dort nur ein Fremder auf der Durchreise bin.

Woher kommt das?

Ich weiß, daß die Lektüre des *Journal des Goncourt* viel mit dieser eher düsteren Traurigkeit zu tun hat, die ich seit zwei Tagen empfinde.

Unglücklicherweise hatte ich wegen der Packerei und all den Laufereien keine Zeit, diese Lektüre zu beenden. Die von Edmond allein verfaßten Bände haben für mich nicht denselben Reiz wie die von Jules geschriebenen . . . Was vielleicht dem schweren Schicksalsschlag zuzuschreiben ist, den Edmond durch den Tod seines Bruders erfuhr.

Ich fühle mich nicht in der Stimmung, über meine eigenen Empfindungen zu schreiben. Sie sind dumpf.

Aber es kommt wieder Hoffnung in mir auf. Ich weiß, daß dieses Gefühl vorübergehen wird, sobald ich in Algier bin, an der Seite von Freund Eugène, im Bann neuer Eindrücke.

Auf jeden Fall muß ich dort unten unbedingt arbeiten, schreiben . . . Mein Gott, wenn ich nur die Energie fände, mir einen kräftigen Ruck zu geben und wenigstens einen Teil von dem, was ich zu tun habe, zu erledigen! Mein Gott! wäre ich nicht so betroffen von kleinen Sorgen, vor allem was die Dinge hier betrifft, könnte ich mit Sicherheit etwas vollbringen, erfolgreich sein.

. . . Seltsames Phänomen: mein Aufenthalt in Genf scheint mir schon so weit zurückzuliegen wie eine ferne Reise ... Die geliebten Gestalten scheinen sich zu verflüchtigen, Bestandteile des Traums zu werden ... Glücklicherweise! Obwohl es doch nur eine Woche her ist ...

Aber ich fühle mich durch ein viel stärkeres Band als früher auf immer mit Vera und Chouchka verbunden.

Was Archavir betrifft ... so scheint mir, ohne daß ich die Gründe dieses Eindrucks wüßte, daß wir uns noch einmal *wiedersehen*, wie er eines Abends sagte ...

O weh! der traurige, blasse, unzusammenhängende Anfang der heutigen Notizen ähnelt wieder dem von einst.

Aber das war nur eine vorübergehende Rückkehr zur Vergangenheit.

Ich werde *Zu den blauen Horizonten* unterwegs noch einmal durchlesen und es um die Früchte der Randnotizen bereichern. Nicht allzu ausführlich auf Algier eingehen ... zu bekannt! Sollte man die algerische Reise nicht überhaupt besser in Bône beginnen lassen, statt in Algier? Und wenn es bemerkenswerte Eindrücke gibt, sie in Form von Erinnerungen in eine andere Zeit versetzen. Das wäre ein Vorwand für ein paar schöne melancholische Seiten im Stil der Silhouetten Afrikas.

Mit dieser Reise ist ein Buch, ein schönes Buch, schnell geschrieben und könnte vielleicht *noch vor Rakhil* erscheinen. Wie auch immer, ich muß um jeden Preis an *El-Moukadira* arbeiten, um es fertig wieder mitzubringen.

... Manchmal überkommt mich ein derartiger Pessimismus, daß mir die Zukunft wie ein einziger bodenloser Schrecken erscheint, als könne sie überhaupt nur schlecht und bedrohlich sein, obwohl sich doch ganz im Gegenteil so viele düstre Wolken vom Horizont unseres Lebens entfernt haben: Samuel, die Geburt, etc.

All das scheint die Tatsache zu bekräftigen, daß das Schicksal für *uns beide* nur in den *kleinen Dingen* und, so Gott will, vorübergehend ungnädig ist. Möge es künftig so sein!

Algier, den 22. Juli 1900, 11 Uhr abends

Gestern, an einem heißen Nachmittag, ging ich an Bord des Schiffs, das mich im September letzten Jahres schon einmal mitgenommen hat – allerdings unter ganz anderen Umständen! Mit den Augen verfolgte ich Augustins Gestalt, bis sie sich beim Abdrehen des Schiffes den Blicken entzog. Dann vertiefte ich mich in die Betrachtung des Dekors. Beschaute den Hafen mit den gewaltigen roten und schwarzen Silhouetten der Überseedampfer.

Dann die Stadt . . . Zuerst, als das Schiff etwa in der Mitte der Reede war, erschien mir Marseille als eine feine Grau-in-Grau-Abstufung: das Grau des leicht verräucherten Himmels, das bläuliche Grau der Berge, das rosa Grau der Dächer, das gelbliche der Häuser (Lichter) . . ., das ocker-glänzende Grau der Felsen von Endoume, das kreidige, fließende Grau des Hügels von Notre-Dame . . ., das lilaschimmernde silbrige Grau des Meeres . . . und die lederartigen Felspflanzen, die all das Grau mit grünlich-braunen Flecken versetzten . . . Nur das Grün der Platanen, die vergoldeten Kuppeln der Kathedrale und die Statue der Jungfrau hoben sich in klaren, lebhaften Tönen ab . . .

Dann, als das Schiff sich weiter entfernt hatte, veränderte sich alles: es nahm eine einheitlich goldene Färbung von unerhörter Intensität an . . .

Beobachtete den Sonnenuntergang im lila-grauen Dunst, über dem in dunkles Violett getauchten, ernsten Meer . . .

Verbrachte eine friedliche Nacht auf einer Bank im Heck. Echtes Wohlgefühl; gegen viertel vor drei wache ich auf. Das Meer ist etwas unruhig, rechts von uns sind die Leuchttürme der Balearen in Sicht . . . Abnehmender Mond.

Ein befremdendes, undeutliches aber sanftes Gefühl des Geheimnisvollen . . .

Sonnenaufgang, während die Matrosen das Segel spannen . . . Zunächst rosige, lilaschimmernde Dämmerung. Das Meer bekommt einen lilienfarbenen, an der Oberfläche silbrigen Ton. Dann steigt die karminrote strahlenlose Sonnenscheibe aus dem purpurvioletten Nebel auf. Darüber feine rosa Wolkenfetzen mit blaßgoldenen Rändern . . .

. . . Nachts das wohlbekannte geheimnisvolle Wohlgefühl beim Anblick der Signallaternen, die über meinen friedlichen Schlummer wachen.

Morgen früh werde ich diesen Bericht fortsetzen.

O glückseliger Eindruck der *Rückkehr*, der mich heute abend beim Betreten der feierlichen Moscheen und im alten Schlendrian der arabischen *Tabadji* in der Rue Jénina ergriff!

O einzigartige Trunkenheit, heute abend, im Frieden und Halbdunkel der riesigen Djemaa Djedid während des Icha-Gebets!

Wieder einmal erlebe ich meine Wiedergeburt zum Leben ...

☾ *Führe uns auf den rechten Weg, dem Weg, dem die folgen, denen Du gnädig warst!* ☾

Algier, den 23., 10 Uhr 30 morgens

Lange, endlos lange sah man von der algerischen Küste nur Matifou, eingetaucht in eine Welt aus grauem Dunst ... Dann das Dreieck von Algier mit dem schneeweißen Guß der Altstadt ... Endlich erscheint das ganze wundervolle Panorama im vollen Tageslicht.

Als Eugène nach einem kurzen Aufenthalt in meinem Zimmer wieder gegangen war, machte ich mich allein auf Entdeckungsreisen. Nur mein Hut störte mich, er schnitt mich ab vom muselmanischen Leben.

Also kehrte ich wieder um, setzte meinen Fez auf und ging dann mit Ahmed, dem Diener, in die Djemaa El-Kebira ... Gefühl der Frische und des Friedens unter den weißgezackten Arkaden des Innenraums. Grüßte den Oukil der Moschee, den ehrwürdigen Alten, der in einer Seitennische saß und auf den Knien schrieb.

Nichts kann ihn mehr wundern. Keine Spur von unangebrachter Neugier, keinerlei Indiskretion ... Anschließend stieg ich mit Mohammed, dem ersten Mann der Lastenträger, zu der bezaubernden bläulichen Zaouïa des Sidi Abder-Rahmane hinauf.

Rast in ihrem kühlen Schatten auf den dicken Teppichen vor dem Mihrab ... Trank einen Schluck Wasser mit Jasmingeschmack aus einem Krug, der vor dem Fenster stand.

Die Zaouïa ist ein wunderschönes Kleinod; ich werde noch einmal hingehen, ehe ich Algier verlasse ...

Bläulich weiße, reine Flecken im Grün des Marengo-Gartens ... Beim Durchqueren desselben ein undefinierbares, berauschendes zartes Parfum von ich weiß nicht welchen Blumen.

Abendessen bei El Hadj Mohammed an der Ecke der Rue Jénina.

Dort überkam mich ein *intensives* Glücksgefühl der Rückkehr, der Freude, wieder da zu sein, auf dem Boden Afrikas, an den mich nicht nur die schönsten Erinnerungen meines Lebens binden, sondern auch jener einzigartige anziehende Reiz, den ich schon einst, in der monotonen *Villa*, gespürt hatte, ohne ihn überhaupt zu kennen. Hier, am Tisch dieser Eckkneipe, war ich glücklich . . . Ein undefinierbares Gefühl, das ich außerhalb Afrikas nirgendwo nachempfinden konnte.

Wie sehr sich die Araber untereinander ähneln!

Gestern, bei Hadj Mohammed, glaubte ich Männer hereinkommen zu sehen, die ich früher schon in Bône, in Batna oder im Süden getroffen hatte . . . eine Ausnahme ist Tunesien, wo ein ganz anderer Typ vorherrscht.

Woher kommt das? Von der fehlenden Entwicklung der Individualität oder dem nivellierenden Einfluß des Islam? Sicherlich von beidem.

Abends, nach dem Essen, begab ich mich zum Icha-Gebet in die Djemaa Djedid, die nicht so schön ist wie die beiden anderen Moscheen, wo ich jedoch das wunderbar Erhebende des Islam erlebte. Ich betrat das kühle, nur spärlich von einigen Öllaternen erleuchtete Halbdunkel.

Eindruck des alten, geheimnisvollen, Ruhe ausstrahlenden Islam.

Langer Aufenthalt neben dem Mihrab. Dann erhob sich hinter uns aus weiter Ferne eine klare, hohe, frische Stimme, eine Traumstimme, als Antwort auf den alten Imam, der im Mihrab stand und die Tatiha mit seiner meckernden Stimme rezitierte.

Dann beteten wir, in einer Reihe stehend, im zugleich berauschenden und feierlichen Wechsel der beiden Stimmen, der gebrochenen, greisenhaften Stimme vor uns, die nach und nach immer voller und schließlich stark und kräftig wurde, und der anderen, die sich wie von oben in regelmäßigen Intervallen als ein Triumphgesang des unerschütterlichen, strahlenden Glaubens in die dunklen Weiten der Moschee ergoß . . . und den bevorstehenden, unvermeidlichen Sieg Gottes und seines Propheten verkündete . . . Ich fühlte, wie meine Brust in fast ekstatischer Aufwallung emporgetragen ward zu einem Höhenflug in die himmlischen Sphären, aus denen die zweite Stimme zu kommen schien . . . mit einem Impuls *melancholischen, heiteren, süßen und überzeugten Glücks.*

... Oh, auf den Teppichen irgendeiner stillen Moschee zu liegen, weit entfernt vom stumpfen Lärm der verseuchten Stadt, und mit geschlossenen Augen, den Blick der Seele gen Himmel gewandt, endlos diesem Triumphgesang des Islam zu lauschen!

... In diesem Zusammenhang erinnere ich mich jener Nacht des letzten Jahres, in der ich bis zum Morgen auf der Suche nach Aly und dem Poeten umhergeirrt war und schließlich in den Ruinen des Morkad niedersank, am Fuß des Minaretts, hinter dessen Fenstern die Lichter gerade angegangen waren ... Dort, in der großen, nächtlichen Totenstille von Tunis, drang die mysteriöse, die unendlich mysteriöse Stimme des Muezzin mit ihrem Gebetsgesang nach einer mir heute noch in den Ohren klingenden ruhigen, rhythmischen Melodie zu mir herüber: »*Das Gebet ist besser als der Schlaf*«.

Nach der köstlichen Stunde des Icha-Gebets ging ich ziellos durch die Straßen ...

Gegen 10 Uhr, auf dem Rückweg, blieb ich in einer engen Gasse vor einem kleinen, mit einer Öllampe beleuchteten Laden stehen. Eine Gitarre, Pfeifenrohre, verziert mit ausgeschnittenem Papier ...

Vor dem Laden der Händler, auf einer ovalen Matte liegend, ein dunkler, recht gut aussehender Mann, völlig gleichgültig, von unendlicher Langsamkeit in seinen Bewegungen, wie abwesend ... Vielleicht die Wirkung von Kif?

Ich kaufte mir eine kleine Pfeife und etwas Kif ...

Das wäre sie, die in etwa vollständige Bilanz meines gestrigen Tages ...

Ein unvergleichlicher Ankunftstag.

Unter der Hitze leide ich nicht besonders, obwohl sie feucht und drückend ist.

El-Meraja, den 30. Juli 1900

Verließ Algier am 27. Juli um 8 Uhr morgens.

Kam am 29. gegen 10 Uhr im M'Raïer an; Siesta, Aufbruch um viertel nach fünf.

Pferdewechsel in El-Berd, gegen Mitternacht. Etwa um 2 Uhr kurzer Aufenthalt in Ourlana. Um 2 Uhr 30 Pferdewechsel in Sidi-Amrane. In der Morgendämmerung letzter Pferdewechsel in

El-Moggar. Ankunft in Touggourt am 31. um 8 Uhr morgens. Zwischen M'Raïer, Ourlana und Sidi-Amrane leichtes Fieber.

Relativ gute Geistesverfassung, nur verdorben durch die Gegenwart der Maitresse von Leutnant Lagrange, einem abscheulichen, widerwärtigen Geschöpf.

In Sidi-Amrane legte ich mich während des Umspannens an ein Feuer aus trockenem *Djerid* neben einen französischen Soldaten von wer weiß woher; trank einen Kaffee, Schwäche, leichtes Fieber ... Die Flamme warf einen seltsamen roten Schein auf die Mauer aus Toub, während das ganze Sternenzelt auf uns einzustürzen schien.

Touggourt, Dienstag mittag,
den 31. Juli 1900

Ich sitze im fast dunklen Speiseraum, um den zahllosen Fliegen in meinem Zimmer zu entgehen.

Wenn mir das Arabische Bureau nichts in den Weg stellt, breche ich noch heute abend nach El-Oued auf und werde dort versuchen, mir einen heimischen Herd zu schaffen.

Was die Gesundheit betrifft, riskiere ich dort im Grunde viel weniger als in Ouargla. Ich bin glücklich festzustellen, daß mich die erdrückende Wüstenhitze nicht allzu matt macht. Obwohl ich wegen der Reiseerschöpfung und den langen Abenden der letzten Zeit nicht ganz in meinem Normalzustand bin, könnte ich durchaus arbeiten und denken. Im übrigen fange ich heute erst an, mich wieder zu sammeln. Vollständig gelingen wird dies erst, wenn ich in El-Oued eingerichtet bin und Ruhe um mich ist.

Allmählich bekomme ich auch einen Sinn für die Sparsamkeit und die notwendige Willenskraft, das wenige Geld, das mir noch bleibt, nicht unnötig auszugeben.

Schließlich bin ich nicht in die Wüste gekommen, um mich dem süßen Nichtstun des letzten Jahres hinzugeben, sondern vielmehr, um zu arbeiten; so daß diese Reise einen gefährlichen Schiffbruch für meine ganze Zukunft oder aber einen Weg zum materiellen wie zum moralischen Wohlergehen mit sich bringen kann, je nach dem, ob es mir gelingt, *mit den Dingen klarzukommen* oder nicht.

Von Algier insgesamt, vor allem aber vom ersten und vom

letzten Abend, habe ich eine bezaubernde Erinnerung mitgenommen, die nie erlöschen wird.

Am letzten Abend hatte ich mit Mokhtar und Abd-el-Keim-Ouled-Aïssa einen Tabakhändler der Saulièren-Hochebene aufgesucht. Nach einem recht angeregten Gespräch ergab sich ein melancholischer Spaziergang über die Quais. Ben Elimaur, Mokhtar und Zarrouk, der Medizinstudent, sangen leise melancholische algerische Weisen.

In Algier erlebte ich verschiedene Augenblicke eines intensiven, ganz und gar orientalischen Lebensgefühls.

Auch die lange Reise in der Dritten Klasse, fast Kopf an Kopf mit dem jugendlichen, sympathischen Wesen Mokhtar, hatte ihren Charme.

Ich nahm Abschied vom großen blauen Mittelmeer, vielleicht für lange Zeit . . .

Dann die wilde Kabylei mit den zerklüfteten Felsen. Und jenseits der grauen Hügel des Portes de Fer die Trostlosigkeit der tonhaltigen Hauts-Plâteaux, leicht vergoldet durch die auf arabische Art abgemähten Felder – längliche Flecken von silbrigem Fahlrot auf dem Blutrot und Ocker der Böden.

In Bordj-Bou-Arreridj bietet die Ebene ein unübertreffliches Schauspiel trübseliger und verzweifelter Traurigkeit.

Saint-Arnaud erinnert an Batna. Es ist ein großes verlorenes Dorf inmitten der Hochplateaus von Chéoniya. Saint-Arnaud, auf arabisch *El-Eulma*, ist immerhin ein grünender Fleck. Seine Gärten erinnern an die der Randon-Säule in Bône.

Der Cadi ist ein würdiger, ruhiger Greis aus einer anderen Zeit . . .

Ach! Werden die jungen Algerier unserer Tage in zehn, zwanzig Jahren noch so sein wie ihre Väter, geprägt von der feierlichen Heiterkeit des unerschütterlichen islamischen Glaubens? Sein Sohn, Si Aly, wirkt auf den ersten Blick etwas verschlafen und schwerfällig. In Wirklichkeit ist er ein intelligenter Mann, der dem öffentlichen Leben keineswegs gleichgültig gegenübersteht. Si Ahsenn, ein Mann türkischer Herkunft, fasziniert durch seine Offenheit.

Am ersten Abend in El-Eulma fühlte ich mich stark und sanft an das alte Afrika und das Beduinenland erinnert: die ganze Nacht über bellten Hunde in der Ferne, dann ertönte der Hahnenschrei. Gelassene Heiterkeit, sanfte Melancholie und Sorglosigkeit.

Wie einst erlebte ich auf dem Weg von Biskra nach Touggourt die zauberhafte, berauschende Morgendämmerung in der Wüste ... Gestern in Bir-Sthil, als der alte Wächter uns den Kaffee gab, und heute morgen in El-Moggar, als ich vor dem Feuer sitzend den Morgenkaffee kochte.

Heute nacht gegen 2 Uhr durchquerten wir die unheilvolle Oase von Ourlana: große, mit Mauern aus Stampferde eingefriedete Gärten mit *Séguias*, die nach Salpeter, Feuchtigkeit und Fieber rochen.

Alle Häuser aus ockernem Toub schliefen einen seltsamen Schlaf ...

Dann, in Sidi-Amrane, legte ich mich neben ein Feuer aus trockenem *Djerid* auf den Boden in den heißen Sand, unter dem Glanz unzähliger Sterne ...

O Sahara, bedrohliche Sahara, die du deine schöne unverständliche Seele in deinen ungastlichen trübseligen Einöden verbirgst!

Ja, ich liebe dieses Land aus Sand und Stein, dieses Land der Kamele und der ursprünglichen Menschen, das Land der gefährlichen *Chotts* und *Sebkhas*.

Gestern abend, zwischen M'Raïer und El-Berd, entdeckte ich eigentümliche fetischistische Gebilde von grob menschlicher Gestalt, geschmückt mit rotem und weißem Flitter: dort wurde vor wenigen Jahren ein Muselmane ermordet. Das wilde Monument wurde an dieser Stelle zur Erinnerung an das Blut des Mannes errichtet, der sein Grab in Touggourt fand ...

Bordj Terdjen, den 1. August,
7 Uhr morgens

Gestern nachmittag um viertel nach vier machte ich mich auf N'Tardjallahs Maultier gemeinsam mit El Hadj aus Taïbeth auf den Weg. Kam gegen 9 Uhr in Mguétla an.

Mir fiel auf, daß die rötlichen Dünen beim Sonnenuntergang eine unvergleichlich goldene, glänzende Farbe bekamen. Beim Mondschein erstes Quartier inmitten undendlicher Weißtöne. Auf der Sonnenseite vergoldet; auf der Rückseite – Dhaar el ereg – ein bläuliches, durchsichtiges Weiß. Unbeschreibliche Zartheit und Reinheit der Farben.

Gestern abend im ersten Lager trotz einiger Müdigkeit ausgezeichnetes Gefühl.

In der Nacht ein fast kalter Wind, Meeresrauschen in der Düne. Gefühl einer untröstlichen, grenzenlosen und grundlosen Traurigkeit.

Wunderbares Morgengrauen. Ich stand um 4 Uhr auf. Der Himmel war klar; kühler, ziemlich starker Wind aus Nord-Ost.

Aufbruch um 5 Uhr. In der Düne gelagert und Kaffee gemacht. Die Post hatte uns mittlerweile wieder eingeholt. Bis Terdjen ritt ich auf einem Kamel. Kam dort um 8 Uhr an. Die Wächter und der Portier bestätigen mir, daß der feinsinnige Doktor immer noch in El-Oued ist.

Hervorragende Geistesverfassung, Gesundheitszustand ebenso. Wie gut ich daran tat, Europa zu verlassen und mich gestern für El-Oued als Wohnort zu entscheiden. Wenn die Gesundheit mitmacht, muß ich unbedingt so lange wie möglich in El-Oued bleiben.

Vor allem aber möge diese Zeit nicht verloren sein, in jeder Hinsicht und insbesondere, was meine intellektuelle und moralische sowie die literarische Entwicklung betrifft. ☾ *So Allah will!* ☾

El-Oued, den 4. August 1900,
7 Uhr morgens

Nachdem ich meine Aufzeichnungen in Terdjen beendet hatte, setzte ich mich auf mein Bett gegenüber der Tür. Empfand ein unaussprechliches Wonnegefühl, tiefe Freude, dort zu sein ... Die Siesta wurde gestört von Kindern und Ziegen. Weiterfahrt mit der Post gegen 2 Uhr 30. Starke Hitze. Übelkeit. Ich stieg wieder auf ein Kamel um. Kam zur Maghrebszeit (6 Uhr nachmittags) in Mouiet-El-Caïd an.

Absolut schlaflose Nacht. Um 2 Uhr sah ich, wie sich über der Düne ein rotes, strahlenloses, mattes Licht entzündete.

Dann, im vagen Schein des Morgengrauens, stieg Luzifer feurig, triumphierend auf. ☾ Er ist dem Bordj aufs Dach gestiegen ☾, sagen die Araber.

Weckte Habib. Machte ein Feuer, kochte Kaffee. Um 4 Uhr ging es weiter, Richtung Ourmès. Ankunft gegen 7 Uhr 30. Die größte Düne haben wir überwunden. Fanden mehrere tote Kamele, von denen eines noch ziemlich frisch war und in einer Haltung höchster Verlassenheit dalag . . .

Ourmès. Siesta in den Gärten. Verhextes Schauspiel. Keine Ruhe wegen der Fliegen und des unvermeidlichen warmen Burnus. Fortsetzung des Wegs um 4 Uhr 30. Ankunft in Kouïnine kurz vor 6 Uhr. Zum Maghreb in El-Oued.

Vor Habibs Haus stieg ich mitten auf der Straße ab. Dachte verträumt an die ganze Eigentümlichkeit meines Lebens.

Leichtes Fieber vor dem Einschlafen. Verbrachte eine gute Nacht. Um 4 Uhr 30 standen wir wieder auf, um das Haus eines Caïd am Platz, gegenüber dem Bordj, anzusehen. Ich mietete es, begann mich einzurichten.

Ich traf den Hauptmann. Mittags erstickende Hitze. Erholsame Siesta.

Am Abend nach der Ankunft ritt ich mit Abd-er-Rahmen, Habibs Bruder, nach Bir-Gharby zum Wasserplatz – ein wunderschöner Ritt auf Maultieren. Durchsichtige Nacht im weißen Sand. Ein tiefer, im Schatten ruhender Garten. Alles atmet Frische und Sanftheit.

Gestern abend Rast vor einem maurischen Café. Dann Fußweg zu den Brunnen. Leichter Fieberschub. Schwäche. Erholsame Nacht im Hof. Stand um viertel vor fünf auf.

Endlich bin ich da, ans Ziel gelangt, das mir, solange es noch ein Plan war, doch recht trügerisch erschienen war. Das wäre geschafft; jetzt gilt es, mit aller Energie, zu der ich fähig bin, zu handeln. Sobald ich das Geld von Eugène bekommen habe, muß ich die Miete bezahlen, Habib sein Geld geben und dann das Notwendigste kaufen.

Heute müßte das Gepäck ankommen. Sobald meine Einrichtung nicht mehr ganz so provisorisch ist, muß ich mich an die Arbeit machen; das Buch über meine Reise schreiben; das erste Kapitel soll von Marseille handeln.

Ich bin weit von der Welt entfernt, weit von der Zivilisation und ihren scheinheiligen Komödien. Ich bin allein, auf dem Boden des Islam, mitten in der Wüste, frei und mit hervorragenden Lebensbedingungen. Bis auf die Gesundheit, die aber so schlecht auch nicht ist; das Ergebnis meiner Unternehmung wird also allein von mir abhängen ...

Den 4. August 1900, 3 Uhr 30 nachmittags

Allmählich ärgert es mich, daß das Gepäck nicht ankommt und ich mein Haus und mein Leben nicht endgültig einrichten kann ... .

Überschattete Geistesverfassung, leichte Gereiztheit, das alles ohne Grund.

Habibs Haus: an einer der gewundenen Straßen, mit einem Grund aus feinem Sand, unweit der Düne, ein Rechteck aus ungeweißtem Toub.

In einer Ecke eine kleine braune Ziege mit einem Amulett am Hals. Eine Hündin mit ihren Jungen. Die zahlreichen Brüder Habibs kommen und gehen. Die Frau des Alten, eine hochgewachsene, schlanke Person, bekleidet mit langen weißen Schleiern und einem ganzen Turm auf dem Kopf: Zöpfe aus schwarzem Haar, Zöpfe und Quasten aus roter Wolle und in den Ohren schwere Eisenringe an Bändern, die in der Frisur befestigt sind. Wenn sie das Haus verläßt, bedeckt sie alles mit einem blauen Schleier. Seltsame, braungebrannte Gestalt, alterslos, mager, mit trostlosen schwarzen Augen.

Der alte Kifraucher, in süße Träumerei versenkt ...

Heute morgen war ich bei Abd-el-Kader-ben-Taleb-Saïd. Gefühl der Hinterlistigkeit. El-Mohammed-el-Héchni, düsterer Eindruck. Ein zutiefst undurchsichtiger Mann.

Es wäre natürlich das beste, mich gar nicht um diese Leute und ihre Angelegenheiten zu kümmern, die mir schon teuer genug zu stehen gekommen sind.

Jetzt sind sie nach Ouargla aufgebrochen. Abd-el-Kader sagt, er werde nach Paris weiterreisen. Der Naïb ist nicht gerade beliebt.

Die Gnade Gottes sei mit ihm!

Nachher wird es frisch werden. Schon jetzt weht ab und zu ein kleiner Wind.

Insgesamt bin ich mit meinem neuen Leben noch nicht so recht im Gleis. Es gibt noch zuviel Provisorisches.

El-Oued, Donnerstag den 9. August,
7 Uhr 30 abends

Im Augenblick steht in meinem vollkommen arabischen Dasein noch nichts auf festen Füßen; es ist jedoch eine durchaus ungefährliche Ungewißheit, denn ich fühle genau, daß sie nicht dauern wird. Allmählich wirkt mein kleiner Haushalt etwas eingerichteter. Aber das Geld ist immer noch nicht da. Es empfiehlt sich nicht, etwas bei einem Bach-Adel zu leihen, denn es liegt auf der Hand, daß dieser am Gewinn nicht uninteressiert ist. Allmählich läßt die Hitze etwas nach. Kein Fieber mehr. Ausgezeichneter Gesundheitszustand. Ich glaube, in wenigen Tagen wird sich mein Lebensstil von Kopf bis Fuß verändert haben.

Allabendlicher Weg zum Bir-Gharby. Im Mondschein ziehen wir durch die schneeweißen, fast durchsichtigen Sande. Vorbei an der trostlosen, finsteren Silhouette des christlichen Friedhofs: hohe graue Mauern, überragt von einem schwarzen Kreuz . . . Unheilvoller Eindruck. Dann steigen wir die niedrige Düne hinauf, und in einem engen, tiefen Tal erscheint der Garten, der genauso aussieht wie alle Gärten des Souf: ein nach einer Seite, zu den Eingängen und Brunnen hin erweiterter Trichter. Am Fuß der schroffen Innenwände stehen die höchsten Palmen. Die niedrigsten befinden sich in Brunnennähe.

Im graugrünen Mondschein wirken sie durchsichtig, wie zarte Federbüsche. Zwischen ihren schönen ziselierten Stämmen erstrecken sich grünende Pflanzungen mit Melonen, Pasteken und duftendem Basilikum.

Das Wasser ist frisch und klar. Der Brunnen mit seinem primitiven Mechanismus gibt ein quietschendes Geräusch von sich, das mir schon vertraut geworden ist; der ziegenlederne Behälter fällt, klappert einen Augenblick im Dunkel des Brunnens und kommt wassertriefend wieder hoch. Unverzüglich werfe ich meine *Chechiya* in den Sand, stecke meinen Kopf in den Behälter und trinke mit der fast beängstigenden Wollust, die das frische Wasser hierzulande auslöst, gierig von dem ziemlich kühlen Naß. Danach strecke ich mich einen Augenblick im Sand aus.

In der blauen Nacht herrscht tiefe Stille; der ewige Wind des Souf rauscht geheimnisvoll im harten Blattwerk der Palmen, wie leichtes Meeresrauschen.

Schließlich der langsame, mühselige Rückweg zu der mittlerweile schlafenden Stadt; zu dem weißen Haus, das für weiß Gott wie lange Zeit meine Bleibe sein wird . . .

Vor einigen Tagen habe ich die ganze Nacht mit Slimène in einem großen Garten des Caïdat der Hacheich, westlich von El-Oued, verbracht.

Ein länglicher, außerordentlich tiefer Trichter, zwischen gewaltigen Wänden aus weißem Sand, dessen Ränder mit kleinen Hecken und trockenem *Djerid* befestigt sind, um die Versandung zu verhindern.

Keine Menschenseele im feuchten Schatten der Palmen. Erst setzten wir uns an einen Brunnen, aus dem ich mit einem zerschlissenen Ziegenlederbehälter vergeblich Wasser zu schöpfen suchte. Traurig saßen wir da, von einer im Grunde für uns beide vielleicht ähnlichen, abgrundtiefen Traurigkeit – denn der Gedanke an die Schwierigkeiten, die aus den Indiskretionen des Viertels entspringen könnten, hatte für mich viel mit dieser Stimmung zu tun.

Gewiß, bei mir hat jede Traurigkeit etwas von jener unerklärlichen, unanalysierbaren, grundlosen Tiefe, die das Wesen meiner Seele ist . . .

O weh, meine Seele ist gealtert. Sie macht sich keine Illusionen mehr, und über die Träume der jugendlichen Seele Slimènes, der zwar nicht an die Ewigkeit, aber immerhin an die unbestimmte Dauer der irdischen Liebe glaubt und an das denkt, was in einem oder gar in *sieben Jahren* sein wird, kann ich nur lächeln. Ach, etwas graue Asche auf dem Grund zweier einsamer Seelen, die sicher weit voneinander entfernt sind und auf immer durch den Haufen anderer, fremder Aschen, durch schon verzerrte und verschwommene Erinnerungen voneinander getrennt . . . *Doch sie wissen es nicht!*

Und weshalb sollte ich es ihm sagen, weshalb ihn traurig machen, ihm Leid zufügen. Das wird am Tag der unvermeidlichen Trennung schon ganz von selbst geschehen.

Aber es stimmt, seit einiger Zeit habe ich tiefe Lebenserfahrungen gewonnen. – Nicht nur, daß ich diesbezüglich keinerlei Illusion mehr habe, sondern ich habe auch *gar kein Verlangen*, mir Illusionen zu machen, an den Dingen, die, eben weil sie vergehen, sanft und gut sind, *festzuhalten* . . .

Das Dumme ist nur, daß all diese Dinge so persönlich sind, so sehr zu *mir* gehören, daß ich sie unmöglich klar ausdrücken und erst recht niemandem verständlich und nachfühlbar machen kann.

Erfahrungen macht man nur um den Preis schweren Leids, sie lassen sich nie *kommunizieren.*

Nach einer Stunde erhoben wir uns, mit Tränen in den Augen vom vielen Reden über die in Aussicht stehenden, wahrhaft schrecklichen Möglichkeiten und legten uns mit einer Sandmütze auf dem Kopf auf unserem Burnus unter den Palmen schlafen.

Gegen 2 Uhr 30 wachte ich auf. In der abkühlenden Luft vor Sonnenaufgang stiegen wir die Sandpfade mühselig wieder hinauf und kehrten über das Caïdat der Hacheich nach Hause zurück. Kleine verwinkelte Gassen, beherrscht von drückendem Salpetergeruch, ganz ähnlich wie in der Oase von Oued Rhir! Ich überquerte den Marktplatz, auf dem nur ein paar Kamele mit ihren Treibern rings um den regungslosen Brunnen lagerten.

Gestern abend bekam ich das schlechte weiße Pferd von Misbahs Vater, dem Deïra des Caïd der Hacheich. Ich ritt über die Straße von Kouïnine, durch die kleinen Vororte von El-Oued, wo die weißen und schwarzen Ziegen friedlich auf den Dächern der Zeriba aus trockenen Palmwedeln weiden.

Die noch fahle Düne vergoldet sich allmählich, um schließlich die glühend-metallische Farbe der Zeit vor dem Maghreb anzunehmen. Die Schatten werden unmäßig lang.

Dann taucht alles in kräftiges Rot, mit bläulich-violetten, grünlichen, unbeschreiblich reich getönten Schattenseiten. Im Westen, nach Kouïnine und Touggourt hin, geht die Sonne wie eine blutrote Kugel in einem Flammenmeer aus Gold und karminrotem Purpur unter. Die Dünengipfel wirken wie von innen entzündet, in leuchtenden Farben, die sich von Minute zu Minute vertiefen. Dann, wenn die Sonnenscheibe in der Ferne weggetaucht ist, versinkt zunächst alles in violette Töne . . . Und schließlich wird alles wieder weiß, ergießt sich in das matte Weiß des Souf, das einem mittags die Augen blendet.

. . . Heute morgen brachte der Tagesanbruch einen dunklen, bewölkten Himmel zum Vorschein – eines der unerwartetsten Schauspiele hier, im Land des unversöhnlich blauen Himmels, der unbeweglichen, tyrannischen Sonne . . .

Ich fühlte mich flüchtig erinnert an bestimmte Augenblicke des morgendlichen Erwachens früherer Zeiten, herbstliche Augenblicke, fern von hier, in denen Zeit und Raum weit zu entrücken schienen ...

Traurigkeit, in den letzten Tagen ...

Im übrigen ist mein Leben hier zur Zeit schlecht organisiert. Dabei spielt die Siesta eine große Rolle.

Nebenbei gesagt überkommt mich diese Trägheit jedes Mal, wenn ich mich in einem neuen Land einrichte, vor allem, wenn es um einen längeren Aufenthalt geht. Aber das wird ganz bestimmt vorübergehen.

Seit heute morgen weht ein ziemlich heftiger Schirokko. Der Sand wirbelt durch die Luft, und das Wetter ist drückend. Wie man sagt, soll die starke Hitze nur noch etwa zwanzig Tage anhalten.

Im Augenblick steht es hervorragend um meine Gesundheit, und bis auf die zeitweilige große Mattigkeit fühle ich mich besser denn je.

Ich möchte in der Lage sein, alle meine Pflichten zu erledigen. Doch dafür müßte ich zumindest früh aufstehen, dürfte mich, wenn Slimène aus dem Haus ist, nicht wieder hinlegen ... Wenn ich es dennoch tue, ist es nichts als Langeweile und Faulheit.

Ich müßte gleich nach dem Aufwachen hinausgehen in die Gärten und den Spazierritt – je nach Gelegenheit mal auf dem einen, mal auf dem anderen Pferd – manchmal schon morgens machen.

Eine ganze Viertelstunde habe ich damit zugebracht, administrative Maßnahmen gegen die Fliegen zu ergreifen, die meine beiden Zimmer eingenommen hatten ... Diese kleinen Sorgen meines so unkomplizierten Daseins werden mir eines Tages teure Erinnerungen sein.

Doch dafür darf man die Gedanken nicht stets *woanders* haben, darf nicht dauernd in der *Erwartung* leben. Ja, man muß sich der gegenwärtigen Stunde hingeben wie sie ist und, so Eugènes Rat, versuchen, die gute Seite aller Dinge, eine Seite, die unvermeidlich immer vorhanden ist, zu entdecken.

Ah! wenn nur das derzeitige Leben Bestand hätte, wenn Slimène doch immer der gute Kamerad, der Bruder bliebe, der er im Augenblick für mich ist. Wenn ich mich nur dem hiesigen örtlichen Leben stärker hingeben könnte und, nach der ersten Abkühlung, auch der Arbeit!

Wenn hier ein junges Mädchen heiratet, trägt man sie auf dem Rücken in das Haus ihres Gemahls. Dieser muß sich die ersten sieben Nächte verstecken, muß sich heimlich nach dem Maghreb hineinschleichen, um seine Frau zu besuchen, und vor dem Sobkh wieder verschwunden sein.

Offenbar ein Überrest der früheren Entführungen . . .

Den 18. August 1900,
3 Uhr 30 nachmittags

Gestern abend ritt ich allein über die Straße von Touggourt, durch die kleinen, verstreut an den Wegen liegenden Dörfer Gara, Teksebeth, etc. . . . Teksebeth ist eine kleine, melancholisch wirkende, verfallene, fast verlassene Stadt mit Trümmerhaufen auf Schritt und Tritt.

Bei Sonnenuntergang machte ich mich auf den Rückweg nach El-Oued. Beobachtete den endlos fließenden Sand der gräulichen Düne, wie weiße Wellen eines stillen Ozeans. Der Gipfel einer großen spitzkegligen Düne im Westen schien wie ein Vulkan zu rauchen. Dann färbte sich die zunächst gelbe, von schwefelartigen Dämpfen umgebene Sonne nach und nach mit den reichen Tönen der allabendlichen Apotheose . . .

Gestern, als ich das Pferd bestieg, hörte ich ganz in der Nähe das typische Klagegeschrei, mit dem die Araber den Tod ankündigen . . . Die Tochter des Spahi Salah, die Schwester des kleinen Abd-el-Kader war gestorben. Und heute sah ich, wie Salah in einem Laden auf dem Markt mit seinem Sohn spielte und lachte.

Gestern, zur Maghrebszeit, wurde die Kleine im heißen Sand begraben . . . und ist für immer in die große Nacht des Jenseits eingegangen, wie die rasenden Meteore, die man hier oft am tiefen Himmel sieht . . .

Montag, den 3. September 1900,
5 Uhr 30 nachmittags

Aufbruch nach Touggourt, auf Kamelen. Um 8 Uhr 45 Ankunft in Ourmès. Verbrachte die Nacht vor dem Bordj. Fortsetzung des Wegs am 4. um 4 Uhr morgens. Gegen 10 Uhr morgens waren wir in Mouiet-El-Caïd. Siesta. Um 4 Uhr nachmittags auf Eseln weitergeritten. Zwischen M.-El-Caïd und Terdjen übernachtet. Siesta. Aufbruch gegen 4 Uhr. In Mguétla übernachtet. Weiter um 2 Uhr 30. Ankunft in Touggourt am 6. gegen 11 Uhr. Den ganzen Tag bei Talèb-Saïd. Dort übernachtet. Am 7. um 8 Uhr abends brach ich wieder auf. Schlief in der Nähe von Arsa-Touggourt. Aufbruch am 8. gegen 3 Uhr. Um 8 Uhr erreichten wir Mguétla. Siesta. Weiter gegen 3 Uhr nachmittags. Kamen gegen 7 Uhr 30 abends in Terdjen an. Übernachtete in der Nähe des Bordj. Weiter am 9. um 1 Uhr 45 morgens. Ankunft in M.-El-Caïd gegen 8 Uhr 30 morgens. Siesta.

«Ich glaube nicht an den Tod; er ist ein dunkler Übergang, der jedem von uns im gegebenen Augenblick seines Lebens widerfährt. Viele Leute finden das beunruhigend, alle, die sich wie die Kinder vor der Dunkelheit fürchten.

Ich selbst streifte ihn drei- oder viermal, jedes Mal sah ich ein kleines Licht auf der anderen Seite, welches weiß ich nicht genau, aber es war deutlich sichtbar und hat mich vollständig beruhigt.»

(E. Fromentin, *Une année dans le Sahel*)
Aufgeschrieben in El-Oued, am 17. Sept. 1900, 12 Uhr.

Ja, es gibt tatsächlich ein kleines Licht jenseits der Großen Finsternis.

Montag, den 9. Oktober 1900,
9 Uhr morgens

Gestern abend, kurz nach dem Maghreb, ritt ich auf «Souf» zu Abd-el-Kader, dem Deïra, um den Sattel für heute morgen zu holen. Ich ritt hinter dem Café entlang über die breiten Sandstraßen, zwischen den halb verfallenen Häusern hindurch.

Gerade war die rote Sonne hinter den Dünen der Straße von Touggourt verschwunden – das Bordj und die Häuser hoben sich als zart-graue Silhouetten von der Glut des Sonnenuntergangs ab.

Vor der Haustür des Deïra angelangt, betrachtete ich das unvergleichliche Schauspiel, das sich meinen Augen bot: die unendlich fein abgetönten, silbrigschimmernden gemsfarbenen Dünen vor dem orange und purpur gefärbten Himmel, und alles in einen unsäglich reinen Lilaschein getaucht.

Kurz zuvor, in dem Augenblick, als die Sonne gerade unterging und El-Oued in glänzendem Gold erstrahlte, hatte ich auf der kleinen Düne mit den Kalköfen die aufrechten Gestalten von zwei Araberinnen entdeckt, die in ihrer weißen Kleidung wie ein Apotheosenschein wirkten. Ein biblischer Eindruck, der an die primitive Menschheit früherer Zeitalter mit ihrer Bewunderung für die großen Lichter des Himmels erinnerte ... Und abends fand ich dort, an den Grenzen zwischen Stadt und Wüste, jene herbstlich-winterliche Abenddämmerung des Lands der Verbannung wieder, in der das große schneebedeckte Jura immer näher zu rücken schien und zu hellen, bläulichen Tönen verschmolz ...

Die Morgenstunden sind kalt geworden. Das Licht hat seine Farbe verändert, und der Himmel ebenfalls. Er hat nicht mehr die trostlose Ausstrahlung der matten Sommertage. Das Blau des Himmels ist ein intensives, lebhaftes und reines Blau geworden.

Alles lebt auf. Auch meine Seele belebt sich wieder ... Aber wie immer empfinde ich gleichzeitig die grenzenlose Traurigkeit, die meine Seele überschwemmt, ein unausdrückliches Verlangen nach etwas, was ich nicht benennen kann, eine Sehnsucht nach einem *Woanders*, das ich nicht beschreiben kann. Seit einigen Tagen erscheint mir die intellektuelle Arbeit längst nicht mehr so abstoßend wie im Sommer; ich glaube, ich werde wieder schreiben ... Die Quelle scheint mir keineswegs versiegt.

Ich habe eine Zeit materieller Schwierigkeiten und anderer Sorgen hinter mir, die noch lange nicht gelöst sind. Die allernächste Zukunft sieht auf jeden Fall recht trüb aus, und ich kann das Ende meines Aufenthalts hier, im Land des Sandes, nicht im geringsten absehen ...

Selbst wenn ich die Mittel hätte, fühle ich mich im Augenblick nicht in der Lage, wegzugehen, Slimène für immer zu verlassen. Weshalb sollte ich auch?

Ich glaube, ich habe endlich den Frieden des Herzens oder gar den des Geistes gefunden – o je, weit gefehlt ...

... Gewaltige Gefühlsschwankungen! Vorhin, als ich mit diesen Aufzeichnungen begann, fühlte ich mich in einer klaren und melancholischen Geistesverfassung, wie ich sie vor allem von bestimmten lichten Morgenstunden kenne, wenn ich im Galopp über die Straße von Amiche durch *das Land der Gräber* irrte. Jetzt, während ich die letzten Zeilen schreibe, überkommt mich jene unvernünftige, grundlose und doch so vertraute Gereiztheit, die mich immer wieder in einen Zustand versetzt, in dem ich jeden, der auch nur ein Wort an mich richtet, brutal vor den Kopf stoße ...

Am Abend des 14. Oktober habe ich die Unterkunft gewechselt. Bin jetzt im Haus des Brigadier Némouchi.

El-Oued, den 27. Oktober 1900,
9 Uhr abends

Am 17. war ich in Amiche, auf der Suche nach Sid-el-Hussine. Gegen sechs Uhr brachen wir auf, der Morgen war frisch. Gelangten schnell zur großen Zaouïa des Cheikh Blanc, die leer und verlassen am Rande riesiger trauriger Friedhöfe lag ... Mit zwei Dienern zog ich weiter, durch die langen Reihen der Häuser und die pittoreske Unordnung verstreuter Gärten.

Wir erreichten die Zaouïa von Sidi El-Imann, einsam und verlassen auf einem Dünengipfel, umgeben von Ruinen und einem schönen grünenden Garten. Dort bogen wir links ab, durchquerten die Kolonie der Chaâmba. Ich traf Gosenelle und den Doktor ... Dann zwei Chaâmba, die einen der Ihrigen auf einer Bahre zur ewigen Ruhe trugen.

Schließlich fand ich Sid-el-Hussine ganz am Ende von Ras-El-Amiche auf der Straße nach Ber-Es-Sof, an der Grenze der unendlichen Sande, die zum geheimnisvollen Rhadamès und dem fernen Sudan führen.

Ich verbrachte die Siesta mit dem Cheikh in einem engen, verwitterten, fensterlosen, gewölbten, versandeten Raum, der das gesamte Innere eines einsamen Hauses bildete.

Hinzu kam ein fremdartiger, fast schwarzer Mann aus dem Süden mit glühenden Augen, der von einer Art Epilepsie befallen war und jeden, der ihn berührte oder erschreckte, reflexartig schlug ... zugleich aber außergewöhnlich sanft und sympathisch war. Gegen 3 Uhr machte ich mich mit dem Cheikh auf den Weg zu der Kolonie der Chaâmba ... Brach dort gegen viertel nach drei allein wieder auf. Bei Sonnenuntergang erreichte ich die links von Amiche liegenden Friedhöfe. Zur Maghrebszeit machte ich Rast auf einer Düne, die sich über das Land der Ouled-Touati erhebt.

Zu meiner Linken erstreckte sich die rosaschimmernde, leere Ebene, am Horizont begrenzt durch lilienfarbene Dünen. Im Dorf einige wenige in blaue Lumpen gehüllte Frauen und ein braun-rotes Dromedar von seltsamer Gestalt. Absolut still und friedlich ... Rückkehr gegen 5 Uhr 15.

Nun habe ich den Zustand absoluter Entblößung, der schon seit langem vorauszusehen war, tatsächlich erreicht. Zugleich aber will mir scheinen, daß mich die Vorsehung nach El-Oued führte, um mich vor einem Verlust zu bewahren, der woanders unvermeidlich gewesen wäre.

Wer weiß, vielleicht dienen die widrigen Schicksalsschläge nur dazu, meinen Charakter zu verändern, mich aus dieser *schulternzuckenden* Trägheit, die mich hinsichtlich der Zukunft oft überkommt, herauszureißen.

Gebe Gott, daß es so sein möge! Bis zum heutigen Tage bin ich stets gesund und munter aus den schlimmsten und gefährlichsten Prüfungen hervorgegangen. Vielleicht wird das Glück mich gar nicht wieder verlassen.

† *Die Wege Gottes sind undurchschaubar!* †

Heute ritt ich auf «Souf» über die wunderschöne Straße von Debila, über Berge und Täler, zwischen halbwilden Gärten und alten verfallenen Häusern hindurch.

Ab und zu versalzte Gebiete, kleine rotgelbe Chotts zwischen dem weißlichen Grau der Dünen und dem Dunkelgrün der Palmen.

Erreichte das Schlachthaus inmitten eines etwas größeren, von Dünen umgebenen Chotts . . Verlassener, trauriger Anblick.

Den 4. November 1900

Heute morgen war ich mit «Souf» in den Dünen und Gärten, die zwischen der Straße von Touggourt und der Straße von Debila liegen. Unwegsame Pfade über die Dünengipfel, hoch über den tiefen Gärten.

In der Nacht hatte es geregnet, und der Sand war naß, gelblich getönt mit einem leichten, angenehm frischen Salzgeruch. In der Ferne, an der Straße von Djerid und nach Osten hin, in Richtung Tréfaouï, wirkten die hohen Dünen azurblau wie die Wellen eines stürmischen Meeres.

Auf den eintönigen Hügeln haben einige Pflanzen Wurzeln geschlagen, eine Art hellgrüne, schwächliche Fette Henne. In den Gärten legen die Karotten und Pimentschoten leuchtend grüne Teppiche unter die von ihrem grauen Staub befreiten Dattelpalmen. Alles belebt sich, und dieser afrikanische Herbst erinnert stark an die fernen Sommer im Land der Verbannung, vor allem abends, beim Sonnenuntergang.

Mein Dasein ist immer noch das gleiche, monoton und ohne merkliche Veränderung. Seit einiger Zeit führe ich sogar ein ausgesprochen zurückgezogenes Leben, teils in meinem Haus, das ich nur noch als Lager betrachte, da wir bald in ein anderes überwechseln müssen, teils in dem von Mansour. Ansonsten gehe ich meist zu Abd-el-Kader, mit dem ich mich immer tiefer verbunden fühle. Wenn ich bei ihm nur ein paar Bücher finden könnte, wäre mir das ein großer Trost.

Was Slimène betrifft, so hat sich nichts verändert, außer daß ich von Tag zu Tag stärker an ihm hänge und er wirklich ein Mitglied meiner Familie, oder vielmehr *meine Familie selbst* wird ... Möge es ewig so bleiben, und sei es hier, im unbeweglich grauen Sand! ...

Manchmal allerdings halte ich inne, auf der schlüpfrigen Bahn dieser Trägheit, die mich immer mehr einnimmt – und dann kann ich mich nur noch wundern über mein außergewöhnliches Schicksal ...

Nach so viel großen Träumen, nach so viel Unbeständigkeit in einer verlorenen Oase in der tiefsten Wüste zu landen! ... Und wie wird die jetzige Situation zu Ende gehen? ...

El-Oued, Anfang November 1900

Die Sünde, das heißt, das *Böse* ist der natürliche Zustand des Menschen wie aller anderen Lebewesen auch ...

All das *Gute*, das wir tun, ist oft nur *Illusion*. Und wenn es zufälligerweise einmal Wirklichkeit ist, ist es immer nur das Ergebnis eines langwierigen, schmerzhaften Sieges über unser eigenes Naturell, das uns nicht im geringsten dazu treibt, Gutes zu tun, sondern uns ständig davon entfernt ...

«Beim Aufwachen heute morgen hatte er sich angesichts dieser nicht

wiedergutzumachenden Tat dennoch von der Angst ergriffen gefühlt, wie von einer Vorahnung des Todes.» (Pierre Loti, Matelot)

Erinnerung an das Erwachen an Bord am 22. Juli 1900.

Aufgeschrieben in El-Oued (Krankenhaus), am 6. 11. 1900.

El-Oued, den 1. Dezember 1900

Im Haus von Salah-ben-Taliba

Es regnet ... Draußen ist es grau und düster, die Düne hat die Trauermiene der schlechten Zeit aufgesetzt ...

Dieser Anfang Dezember hat einzigartige Ähnlichkeit mit dem des unheilvollen Jahres 1897 ...

Das gleiche Wetter, der gleiche heftige Wind, der einem peitschend ins Gesicht schlägt ... Doch damals war mein Horizont die unüberschauliche graue Weite des wütenden Mittelmeers, das mit sintflutartigem Getöse gegen die schwarzen Felsen des Löwengolfs schlug ... Und in meiner noch jugendlichen Seele war die *Lebensfreude* trotz des noch ganz frischen, grausamen Todes latent und mächtig vorhanden ...

Aber seitdem hat sich alles geändert, alles, selbst meine Seele, ist gealtert, gereift an einem eigentümlichen, qualvollen, ungewöhnlichen Schicksal ... Ja, alles hat sich geändert ... Augustin hat nun doch seinen Hafen gefunden, den «Hafen der Gnade», den er, wie es scheint, wohl nicht mehr verlassen wird ... Nach so viel Schicksalsschlägen, nach so viel Abenteuern hat er sich endlich beruhigt – allerdings auf seltsame Art und Weise.

Was mich betrifft, so *glaube* auch ich, oder vielmehr *beginne ich zu glauben*, daß ich meinen Hafen gefunden habe. Ich, der das friedliche Glück in einer Stadt Europas oder des Tell nie genügen wird, habe in einer Stunde der Eingebung den gewagten, für mich realisierbaren Plan gefaßt, mich in der Wüste niederzulassen und dort zugleich den Frieden und das Abenteuer zu suchen, zwei Dinge, die bei meiner seltsamen Natur durchaus vereinbar sind. Das häusliche Glück ist gefunden und scheint nicht im entferntesten zu schwinden, sondern sich im Gegenteil von Tag zu Tag zu festigen ... Nur durch die Politik ist es bedroht ... Aber ach! *Allah kennt die verborgenen Dinge des Himmels und der Erde!* und niemand kann die Zukunft vorhersehen.

Heute vor genau vierzehn Tagen legte ich den ganzen Weg bis hinter Kouïnine zurück, um des Nachts den *Geliebten* zu treffen.

Ritt auf «Souf» hinaus in die graue, schwindelerregende Finsternis.

Kam mehrmals vom Wege ab ... Seltsame Gefühle in der Ebene, wo der Horizont in Form von Dünen aufzusteigen schien und die Dörfer mit Djerid-Hecken umgeben waren ...

Als ich plötzlich vorm Eingang der Koubba des Friedhofs von Teksebeth stand, erinnerte ich mich an eine Stelle in *Aziyadé*, wo er über die von einsamen Nachtlichtern erleuchteten Gräber von Stambul spricht.

Ein paar Tage hintereinander war ich jeden Nachmittag mit Khalifa-Tahar oder allein auf der Straße von Debila ... Gärten mit Sandrosen, melancholische Palmenhaine, Einfriedungen und im Hintergrund die ewigen Dünen des Souf.

Auf einem meiner einsamen Spazierritte hatte ich ein unvergleichliches Erlebnis der *Erinnerung*, der Rückkehr in die tote Vergangenheit. Beim Durchqueren des Chott hielt ich mein Pferd unter den Palmen an. Ich schloß die Augen, träumte und lauschte dem Rauschen des Windes in den Blättern ... Erinnerung an die großen Wälder der Rhône und den sarazenischen Park in den nachdenklichen sommerlichen Abendstunden ... Eine fast absolute Illusion. Doch schon holte «Souf» mich durch eine heftige Bewegung in die Wirklichkeit zurück ... Ich schlug die Augen wieder auf ...

Vor mir erstreckten sich endlose, wellenförmige, graue Dünen, und die Blätter, die im Wind rauschten, waren die des ledernen Djerid ... Ein Augenblick tiefer Melancholie ... Kürzlich war ich mit Slimène auf derselben Straße gewesen. Rückweg, allein, durch die Dünen und die Randgebiete der Stadt ... Wunderbarer Sonnenuntergang ... Rote Wolken im opalfarbenen, purpurdurchsetzten Himmel ... Zur Maghrebszeit kam ich an der Moschee der Oberstadt vorbei, wo sich die weißen Formen dicht an dicht in dem die Erde überschwemmenden göttlichen Strahlenschein aneinanderschmiegten.

Hinter unserem Haus, am Fuß der Düne, erhebt sich neben einer Einfriedung mit drei niedrigen Palmen eine kleine, ganz und gar afrikanisch aussehende Moschee aus ockerfarbenem Gips, der ähnlich wirkt wie Toub ...

Sie hat nur eine kleine ovale Koubba mit Strebebögen. Dahinter ragt eine schöne Dattelpalme auf, die aus der Sicht unserer Terrasse aus der Koubba selbst herauszuwachsen scheint. Gestern, zur Maghrebszeit, stieg ich hinauf ... In der Glut der sinkenden Sonne bewegten sich graue, purpurn bestrahlte Gestalten vor der Post, in der Ferne ... Und während die kleine rötliche Kuppel in Flammen zu stehen schien und die schleppende Stimme des Muezzin das Abendgebet in alle Himmelsrichtungen wiederholte, seine schleppende, langsame Stimme, stiegen zu meiner Rechten einige Männer die Düne herab, in der Herrlichkeit dieser melancholischen Stunde.

In den letzten Tagen suchten mich die quälenden Erinnerungen an das Ende † Des Weißen Geistes † immer wieder heim ...

El-Oued, den 14. Dezember 1900,
2 Uhr nachmittags

Freitag

Nach zwei Tagen voller Leid und Überdruß scheine ich wieder zum Leben zurückzukehren.

Es wird immer kälter. Gestern abend herrschte dichter Nebel, der mich an die nebeligen Tage im *Land der Verbannung* erinnerte.

Hier wird es ein harter Winter werden, ohne Feuer und ohne Geld ... Trotzdem habe ich nicht die geringste Lust, es zu verlassen, dieses seltsame Land ...

Vor ein paar Tagen saß ich mit Abd-el-Kader im Hof der Zaouïa von El-Akbab und betrachtete erstaunt das eigentümliche Schauspiel meiner Umgebung: ungewöhnliche, halb in Grau verschleierte Gestalten, braungebrannter Chaâmba mit den fast schwarzen, energisch-wilden Gesichtern des südlichen Troud ... das alles im verfallenen Hof der Zaouïa, versammelt um den hünenhaften rothaarigen Cheikh mit den sanften blauen Augen ...

Tag für Tag ein unerhörtes Schicksal, mehr als mein eigenes! Und doch bedaure ich eines: meine Träume von der literarischen Arbeit ... Ach, ob sie je verwirklicht werden?

Die lebendigste Erinnerung an den Süden wird zweifellos die Erinnerung an den 3. Dezember sein, an den denkwürdigen Tag, an dem es mir beschieden war, das schönste aller Schauspiele zu erleben: die Rückkehr des großen Marabout Si Mahmoud-Lachmi, einer unbeschreiblichen, faszinierenden, anziehenden Persönlichkeit, die mich in Touggourt durch ihre Fremdartigkeit bezauberte . . . Ein Mann aus einem anderen Zeitalter, mit den Gedanken und Einstellungen von einst. Si Lachmi ist dazu geschaffen, einen eigentümlichen Einfluß auf die abenteuerlichen Seelen auszuüben . . . Ein einzigartiger Rausch an diesem regenbogenfarbenen, reinen Wintermorgen, der Rausch von Puder und der wilden Musik der Nefzaoua von Bendar, der frenetischen Schreie der Menge, die dem Nachkommen des Propheten und des Heiligen von Bagdad zujubelt, und der aufgepeitschten, wahnsinnigen Galoppritte durch Rauch und Lärm . . .

Den 24. Dezember 1900 (Ramadan)

Auf ganz unerwartete Weise haben mir die Nächte und die Morgen des Ramadan trotz meiner Krankheit, meiner Schwäche, der Auswirkungen des Fastens und der weit schlimmeren materiellen Schwierigkeiten die ruhigen und angenehmen Gefühle der Heiterkeit, ja fast der Freude verschafft.

Außerdem hat es mir sehr wohlgetan, daß Augustin, der Freund der guten und der schlechten, vor allem aber der schlechten alten Zeiten, sich noch an jene Geistesverwandtschaft erinnert, die uns einst, ob nah oder fern, trotz aller Fallen und Hindernisse, die das Leben immerfort zwischen uns zu schieben schien, vereint hatte . . .

Von Tag zu Tag stelle ich mit zunehmender Sicherheit fest, daß es tatsächlich nur ein einziges Mittel gibt, wenigstens ruhig zu leben, wenn man schon wegen der Krankheit, des Elends und des Todes nicht vollends glücklich sein kann: man muß sich, bis auf einige wenige Auserlesene, so weit wie möglich von den Menschen isolieren und darf vor allem nicht *von ihnen abhängen.*

Die desorganisierte, durch den Kontakt mit dem Ausland verdorbene arabische Gesellschaft ist hier nicht einmal so, wie in den großen Städten. Und was die französische Gesellschaft betrifft . . . so hat sie, nach allem, was ich durch den Leutnant der Tirailleurs und vor allem durch den Doktor erfahren habe, hier viel verloren. Das einzige denkende und gute Wesen hier war mein alter Domercq, mit dem ich mich über die seelischen und geistigen Dinge unterhalten konnte.

Den 28. Januar 1901, 8 Uhr morgens

Wieder einmal ist in meinem traurigen Dasein alles zerschlagen und zerstört: Schluß mit dem gemächlichen und sanften Leben in der erhabenen Umgebung der treibenden Sande! Schluß mit der köstlichen Ruhe, der wir beide uns hingegeben hatten!

Am Abend des 23. erfuhren wir durch schicksalhaften Zufall von Slimènes Ablösung und seiner Rückversetzung nach Batna ... Eine Stunde unsäglicher Angst, fast schon der Verzweiflung ...

Zu der grenzenlosen Traurigkeit über die Abreise, das harte Leben von Batna, die Entfernung voneinander, kam die Angst wegen der materiellen Situation, der 100 Francs Schulden noch hinzu, für die wir nicht einmal den ersten Pfennig gespart hatten.

Wir verbrachten die unheilvolle, schlaflose Nacht Kif rauchend und trinkend.

Am nächsten Morgen eilte ich von Angst getrieben zu Sidi Lachmi. Ich fand ihn umringt von Pilgern, die am nächsten Tag zur großen Ziara des großen Cheikh von Nefta aufbrechen wollten. Über eine Stunde lang redete ich mit zusammengeschnürtem Herzen und abschweifenden Gedanken oberflächliche Dinge daher, Lippenbekenntnisse. Schließlich konnte ich den Cheikh beiseite nehmen und vereinbarte mit ihm, nach dem Maghreb zusammen mit Slimène wiederzukommen. Zerschlagen, die Füße wie angewurzelt im Steigbügel, kehrte ich im Trab nach Hause zurück.

Fand Slimène halb von Sinnen, so verstört, daß er fast nicht mehr wußte, was er tat. Abends, kurz vor dem Maghreb; ich machte mich mit «Souf» auf den Weg. Schickte Aly mit Slimènes Burnus auf den Friedhof der Ouled-Ahmed. Bei Sonnenuntergang erreichte ich die letzten verstreuten Gräber an der Straße. Als ich den Geliebten immer noch nicht kommen sah, überfiel mich tiefe Angst. Seit langem war mein Herz nicht mehr so bedrückt gewesen wie an diesem Abend. Unheilvolle Gedanken gingen mir durch den fiebrigen Kopf.

Endlich, bei Einbruch der Nacht, nach dem Edden des Maghreb, taucht Slimène auf der Straße der Moschee der Ouled-Ahmed auf.

Im Galopp ritten wir bis zum Garten von Hama-Ayéchi, während Aly zurückblieb.

Unheilvoller Weg im trüben Schein des Halbmondes von Safar-El-Kheir ... Beklemmende Angst, Slimène vom Pferd fallen zu sehen, Angst auch vor dem, was der Cheikh für uns tun würde ... Endlich sind wir am Ziel; ungeduldig erwidern wir die immer wiederkehrenden Begrüßungsformeln Guezzouns und der anderen Diener, und schließlich ist es soweit, wir sind allein, sitzen dem Cheikh in dem riesigen sandigen Saal mit den gewaltigen niedrigen Wölbungen gegenüber ... Eine Kerze erleuchtet den großen roten Teppich, auf dem wir uns niedergelassen haben, während sie die Ecken des Raums in einem schummrigen Schatten versinken läßt.

Ein langes drückendes Schweigen ist aufgekommen. Ich spüre genau, daß mein armer Rouh' nicht sprechen kann, und ich selbst habe das Gefühl, daß mir jemand die Kehle zudrückt. Ich sehe, daß Rouh' weint und möchte am liebsten auch in Tränen ausbrechen.

Doch der Cheikh erinnert uns daran, daß man ruhig zu ihm kommen könne, daß es nicht nötig sei, sich bloßzustellen ... Lange Zeit versuche ich ihm in meiner Verstörtheit zu erklären, was passiert ist und in welcher Situation wir uns befinden ... Er schweigt, überwältigt, wie abwesend.

Schließlich tauschen der Cheikh und ich einen Blick aus, in den ich meine ganze Seele hineinzulegen versuche, mit dem ich auf Rouh' deute, der sein Bewußtsein glühend vor Fieber vollends zu verlieren droht ... Der Cheikh erhebt sich und geht in sein Haus ... es war Zeit, seine Augen waren feucht.

Kurz darauf kommt er zurück; mit den Worten: «Den Rest wird Gott begleichen», legt er 170 Francs vor Rouh' nieder.

Ohne einen Ton zu sagen, ohne die Geldscheine auch nur anzurühren, schaut Rouh' sie an und lacht, ein Wahnsinnslachen, das uns Angst macht, dem Cheikh und mir ... Ein stilles Lachen, das trauriger anzusehen ist als Tränen.

Erschreckt frage ich mich, ob er den Verstand nicht vollständig verlöre. Schließlich gehe ich hinaus, hinter die Zaouïa ... In der Ferne schlafen die unheilverkündenden Dünen an der Straße von Taïbeth-Guéblia im vagen Licht des Mondscheins.

Vor mir erhebt sich im steinigen Sand die befremdliche Silhouette des kleinen Friedhofs der Kinder des Cheikh, auf dem so viele unschuldige Wesen schlafen, die, kaum zum Leben erblüht, schon in die geheimnisvolle Finsternis des Jenseits eingegangen sind. Kleine Seelen, deren irdische Augen noch kaum den großen Horizont der fruchtlosen Dünen erblickten und schon erlöschen mußten ...

Im Sand, den der Westwind an der dicken Mauer mit den schweren Stützpfeilern zusammengetragen hat, halte ich inne, und in der tiefen Stille sehe ich ganz in meiner Nähe ein undefinierbares Nachttier vorbeihuschen; ein Iltis oder ein kleiner Wüstenfuchs, wer weiß? Die Augen zum Himmel gerichtet spreche ich mit gedämpfter Stimme die Tatiha, rufe Gott an und flehe zum Emir der Heiligen, dessen Rosenkranz ich trage und an mich drücke ...

Ich gehe wieder hinein ... Dann machen wir uns auf den Rückweg, mit erleichtertem Herzen und doch melancholisch ... Wir fürchten, uns in den riesigen Friedhöfen und den fahlen Dünen zu verirren ...

Tatsächlich kommen wir durch das Dorf östlich der Ouled-Touati. Auf dem schmalen Pfad, der oberhalb des tiefen Gartens von Hama-Ayéchi verläuft, betrachten wir das seltsame Schauspiel: die Palmen zu unseren Füßen schlafen im Schatten ... Zwischen ihren Stämmen brechen sich einige silbrige, leicht rosa Strahlen.

Ganz unten am westlichen Horizont, über den riesigen Dünen, die den israelitischen Friedhof überragen, legt sich die kopfstehende Sichel schlafen.

Es ist fast zehn Uhr, kein Laut stört die Stille der trostlosen Einöden, in denen wir uns befinden. An diesem Abend scheint alles jene besondere Wirkung zu bekommen, wie sie den Dingen an den Entscheidungstagen unseres vergänglichen Schicksals eigen ist ...

Ein tiefes Geheimnis beherrscht die Umgebung, und wir beide empfinden es zutiefst. Wir schweigen und lauschen dem gedämpften Geräusch der Pferdehufe in den Sandverwehungen auf der Straße.

Als wir den Friedhof der Ouled-Ahmed betreten, geht der Mond endgültig schlafen: einen Augenblick erscheinen nur noch die beiden roten Sichelhörner über dem Gipfel der großen Düne; ein eigentümliches, beruhigendes Schauspiel ...; dann ist es aus, alles versinkt in der Nacht ...

Aus Angst, zu stolpern und zu fallen, sind wir kaum vorwärts gekommen: die ganze Straße ist mit Gräbern übersät. Als wir nach dem Maghreb aufbrachen, brannten die Windlichter auf dem Friedhof noch in den kleinen grauen Grabgewölben; Laternenschein im erlöschenden Tageslicht: es war ein Freitagabend.

Jetzt ist alles wieder in Dunkelheit versunken, die Lichter sind erloschen und die Gräber schlummern in der Finsternis. Ah! dieses Land verlassen und vielleicht nie wiedersehen! ...

Am nächsten Tag informiert Slimène Embareck und den Brigadier Said, die sich beide als tapfere und anständige Leute erwiesen haben.

Vorgestern ritt ich gegen acht Uhr mit Aly nach Guémar. Wir nahmen den Weg über den Friedhof und die Straße von Sidi-Abdallah. Dann hielten wir uns östlich von Teksebeth und kamen etwas rechts von der Straße nach Touggourt an Kouïnine vorbei. Ein kühler Morgen, leicht bewölkt. In den Dünen angelangt, ließ ich Aly zurück und ritt im Galopp weiter; später wieder im Trab.

Trostloser Anblick der großen Senke von Tazrout mit der Silhouette der großen Koubba der Tidjaniya am nördlichen Horizont ... Die Palmen von Tazrout und Guémar in der Ferne, die am Horizont in die düstere Ebene mit den riesigen Friedhöfen einzugehen scheinen, vermitteln die ziemlich trügerische Illusion einer Ankunft in Touggourt aus der Sicht der letzten Dünen an der Straße des Souf ... Dieselbe graue Ebene, dieselbe schwarze Palmenreihe zwischen den weißgetünchten Häusern. Tief bedrückt dachte ich daran, in wenigen Tagen denselben Weg nach Norden hinauf zu nehmen, und ach! vielleicht zum letztenmal.

In diesen Tagen der Angst, der Ungewißheit und der Traurigkeit merke ich ganz besonders, wie sehr ich an diesem Land hänge und wie sehr ich mich mein ganzes Leben lang, wo immer ich in Zukunft sein werde, bitter nach ihm sehnen werde, dem Land des Sandes und der Sonne, der tiefen Gärten und der Winde, die die Sandwolken über die Dünen rollen und sie immer gleiche, monotone Jahrhunderte hindurch nach eigenem Gutdünken gestalten.

Ich versank in beschaulicher Betrachtung der eigenwilligen Friedhöfe, vor allem des einen, oberhalb von Tazrout, zu meiner Rechten: Gräber in Gestalt spitzer Glocken, die kleinen Koubbas in Form verstrebter Türme, die ganze pittoreske Unordnung dieser

Nekropolen, die die beiden benachbarten Städte Tazrout und Guémar umgeben.

Ich fand die verfallene Zaouïa von Sidi El-Houssine ohne Schwierigkeiten. Ein trauriges Gespräch in dem armseligen Zimmer, das sich zum weiten, mit seltsam geformten Steinen übersäten Hof hin öffnet.

Als ich in den äußeren Hof gelange, entdecke ich Rouh's rötliche Gestalt auf der Straße zum Markt und schicke Aly hinterher, ihn zu holen ...

Nachdem Sidi El-Houssine von unserem Leid gehört und Rouh', der völlig entwurzelt wirkt, gesehen hat, beginnt der gute Cheikh beim Gedanken an unsere bevorstehende Trennung zu weinen ...

Auch mit ihm verbinden uns zahlreiche Erinnerungen ... Unsere gemeinsamen Wege nach Amiche und nach Ourmès, unsere langen Gespräche und das Geheimnis der gemeinsamen Unternehmungen ... Kurz vor dem Asr brechen wir auf ... Wir trennen uns in den Dünen von Kouïnine. In Begleitung Alys schlage ich die Straße nach El-Oued, nach Westen ein, während Kouïnine links liegen bleibt. Einige blau verschleierte Frauen gehen gebückt unter der Last der schweren Guerbas ihren Weg nach Hause.

Kaum liegt Kouïnine hinter uns, reite ich allein im Galopp wieder zurück, in der Hoffnung, Slimène einzuholen.

Zu spät, ich kehre um und mache mich bei Einbruch der Nacht auf den Heimweg über die verlassene Straße des Friedhofs von Sidi Abdallah.

Den 29. Januar, 9 Uhr morgens

Vorgestern, gegen 4 Uhr 30, erfuhr ich von Aly, Guezzoun habe ihm gesagt, Sidi Elimam würde am nächsten Tag nach Nefta aufbrechen ... Ich zögerte eine ganze Weile: Wie auch immer, ich mußte Sidi Elimam auf jeden Fall treffen und bei ihm das gleiche versuchen, das bei seinen beiden Brüdern so erfolgreich verlaufen war.

Schließlich machte ich mich etwa eine viertel Stunde vor dem Maghreb mit Dahmanes Pferd auf den Weg.

Ein schneller Ritt im roten Schein der Abendsonne.

Im Dorf oberhalb der Zaouïa von El-Bayada hörte ich den Edden des Maghreb.

Endlich erblickte ich die Silhouette der alten Zaouïa von Sidi Abd-el-Kader mit ihren beiden Kuppeln auf dem niedrigen Hügel, die älteste Souf-Zaouïa ...

Das Dorf verwischte allmählich zu bläulichen, durchsichtigen, unscharfen Schatten. Eher ruhige und gute Geistesverfassung. Ich fand ... (für heute abgebrochen)

Aufbruch nach Behima gegen 10 Uhr 30, Rückweg am nächsten Tag, dem 30., gegen 3 Uhr nachmittags.

Einlieferung ins Krankenhaus am 30. Januar ...

† Wo bist du, mein unvergeßlicher Freund, mein wirklicher und einziger Freund?
Wo bist du, König, dessen Stimme uns von der Wahrheit und der Liebe sprach?
Wo bist du nur, und du, meine gute, schlichte Chouchka, wo bist du?

Ihr habt geahnt, was inmitten der staubigen Fäulnis, die meine damalige Seele befallen hatte, noch in ihr brannte, das heilige Fünklein Licht. Ich danke euch, ihr Lieben, ihr Bezaubernden, ihr Unvergeßlichen! Danke!

In der Stunde des Schmerzes und des Leids, in der quälenden Gewalt der Trennung erstehen eure lieben Erinnerungen aus dem Schatten der Vergangenheit vor mir auf. Wird uns das Schicksal noch einmal vereinen? †

Marseille, den 23. Juni 1901, 9 Uhr abends. – † Ich bin allein im Haus; hier ist es düster und traurig, und der, der mir Licht bringt, ist fern von hier. Wo seid ihr, meine Lieben? †

Den 3. Februar 1901

Wird es lange Zeit mein Schicksal sein – o Leben – in der Welt umherzuirren?
Wo bist du, Hafen, in dem ich ruhen kann?
Wo ist der Blick, den ich bewundern kann?
Wo ist die Brust, an die ich mich lehnen kann?
Ewig allein ...

Ach! hier, inmitten der Wüste mit ihren grauen Farben war ein Hafen. Hier waren auch die ehrlichen Augen eines brüderlichen Freundes und die aufrichtige Brust, aber alles ist vorbei!

Heute morgen (3. Februar 1901), in einem Augenblick zärtlicher, geheimnisvoller Traurigkeit: vor der Tür des dumpfen Saales hüpfte zwitschernd eine wunderschöne kleine Meise, grau wie der

Wüstensand, mit gesprenkelter Brust und schwarzem Halsband, auf ihren zierlichen langen Stelzen durch den grauen Sand und weckte in mir die Erinnerung an das *Land der Verbannung* . . . Ich hatte den rührenden, sanften und zugleich beängstigenden Eindruck, es könne die Seele † *Des Weißen Geistes* † sein, die mich in dieser anmutigen Form besuchte, um meine bedrückte Seele in der Hölle zu trösten . . .

Mehr denn je verliere ich mich im Unsäglichen, in den dunklen Tiefen meiner Seele, und kämpfe in der Finsternis. Ein unheilvoller Traum. Wie werde ich aus ihm erwachen, wie wird der Morgen sein?

Den 3. Februar 1901

Erinnerungen an den Frühling früherer Zeiten, blaß und lichterfüllt.

◡ *Das Glück und unsere Eltern sind uns als Stütze mitgegeben. Eines Tages müssen wir sie zurückgeben.* ◡

Erinnerung an † *Den Weißen Geist.* †

◡ Am selben Tag: immer die gleichen Gedanken, die gleichen Bestrebungen:

«Zu den verflossenen Jahren, zu der vollbrachten Liebe.
Schlaf ein in meiner Brust, Schlange der Erinnerung!
Stör meine traurige Ruhe nicht!
Von seinen Augen, die einst im Sturm des Lebens
die Glut der Liebe für mich schöpften,
im feuchten Boden oder im Gestein,
weiß ich: seit langem bleibt von ihnen keine Spur!
Neblige Schatten der Vergangenheit,
heitere Tränen der Vergangenheit,
Oh! weshalb seid ihr so unerwartet
in einem gepeinigten, seufzenden Herzen wieder erwacht?
Hinfort mit euch! Versucht meine tote, des Lebens müde
Seele nicht mehr mit eurem Charme zu täuschen! ◡

Alles riecht nach Frühling. Über den Gewölben des grauen Hauses gegenüber funkelt das strahlende Sonnengewölbe . . . Und ich, ich fürchte mich, liege gepeinigt, allein und verlassen in einem armseligen Krankenhausbett!

9. Februar 1901

Da das Böse *Unordnung* im allgemeinen Ablauf der göttlichen Gesetze bedeutet, kann es fatalerweise nicht auf einem geregelten Weg zur Vollendung gelangen. Das ist der Grund, weshalb es bei jedem bösartigen Plan viele zerrissene Maschen und zahllose Fallstricke gibt.

Seinem eigenen Wesen gemäß kann das Böse für den, der ihm als Werkzeug dient, nur böse enden.

Dieser Gedanke kam mir heute abend nach der außerordentlichen, der undefinierbaren Stunde des Maghreb, die eine ganze Welt neuer Gefühle in mir aufkommen ließ, einen Prozeß, den Weg zu einem Ziel, das ich nicht kenne und das ich nicht zu erraten wage.

. . . Ja, in diesen schwersten Stunden meines Lebens leidet meine Seele an den Schmerzen der Geburt.

Wie wird der Morgen aussehen, wie wird es sein, wenn ich nicht mehr in der Finsternis umherirre?

Wir leben mitten im Geheimnis, und wir alle fühlen, wie uns der mächtige Flügel des Unbekannten streift, wenn uns auf Schritt und Tritt wahrhaft wundersame Ereignisse ihre Gunst erweisen . . .

Heute abend gegen fünf Uhr wurde Abdallah-Mohammed in eine Gefängniszelle überführt.

Ich sah ihn kommen, und während die Tirailleurs ihn durchsuchten, habe ich ihn betrachtet . . . Ich empfand herzergreifendes Mitleid für diesen Mann, der als blindes Werkzeug eines Schicksals diente, von dessen Sinn er keine Ahnung hat . . . Diese graue, mit gesenktem Kopf dastehende Gestalt zwischen den blauen Turcos machte auf mich den vielleicht befremdlichsten und geheimnisvollsten Eindruck, den ich je gekannt habe.

Ich mag in meinem Herzen noch so sehr nach Haßgefühlen gegen diesen Mann suchen, ich finde keine. Erst recht keine Verachtung.

Was ich für dieses Wesen empfinde, ist einzigartig: wenn ich an ihn denke, habe ich den Eindruck, unmittelbar vor einem Abgrund, einem Geheimnis zu stehen, dessen letztes . . . oder vielmehr dessen erstes Wort noch nicht gesagt ist und das *den ganzen Sinn meines Lebens umschließt*. Solange ich dieses Wort nicht kenne – doch wer weiß, ob ich es je kennen werde! Gott allein kennt es –, weiß ich weder, *wer* ich *bin*, noch den *Grund* und das *Ziel* meines Schicksals, eines der erhabensten überhaupt.

Allerdings scheint mir durchaus, daß ich keineswegs dazu bestimmt bin, zu verschwinden, ohne das tiefe Geheimnis, das mein Leben von seinen sonderbaren Anfängen bis zum heutigen Tage begleitete, kennengelernt zu haben.

«Wahnsinn», werden die Ungläubigen sagen, die vorgegebene Lösungen bevorzugen, die das Geheimnis mit Ungeduld beantworten.

Nein, denn die Wahrnehmung der Abgründe, die das Leben bereithält, von denen drei Viertel aller Menschen nichts wissen und nichts ahnen, kann nur in dem Sinne als Wahnsinn verunglimpft werden, in dem ein Blindgeborener die Beschreibungen verachtet, die ein Künstler ihm von den Schönheiten eines Sonnenuntergangs oder einer Sternnacht liefert.

Es ist leicht, seine furchtsame, durch die unmittelbare Nähe des Unbekannten aufgeschreckte Seele mit Hilfe einer banalen Erklärung zu beruhigen, einer Erklärung, die man aus der trügerischen Erfahrung der Menschen und den «gängigen Ideen» schöpft, jenem ungestalten Haufen folgenloser Gedankensplitter, oberflächlicher Kenntnisse und Hypothesen, die die unermeßliche moralische Feigheit der Menschen für Realitäten hält!

Wäre die Eigentümlichkeit meines Lebens das Ergebnis von Snobismus oder Affektiertheit, ja, dann könnte man sagen: «Sie hat es selbst gewollt» . . . Aber nein! Niemand hat so in den Tag hinein, so zufällig gelebt wie ich, und es sind tatsächlich die Ereignisse selbst, die mich durch ihre unerbittliche Verkettung dort hingeführt haben, wo ich bin; ich habe sie keineswegs selbst geschaffen.

Vielleicht liegt die ganze Eigentümlichkeit meiner Natur in einem einzigen, ausgesprochenen Charakterzug: um jeden Preis neue Ereignisse zu suchen, der Untätigkeit und Unbeweglichkeit zu entfliehen.

Den 5. 11. 1901, 2 Uhr 30 nachmittags

Und nichts von dem, was ich auf ganzen Seiten oder gar in Bänden sagen könnte, vermöchte die namenlose Melancholie dieses Eindrucks wiederzugeben . . . (Fantôme d'Orient)

Ich denke an El-Oued, an das geliebte Haus neben den staubigen Dünen ... Ich bin immer noch hier, in der einzigartigen Stadt, doch ich habe nicht mehr das Gefühl, hier zu sein ... und als ich heute morgen durch die Schießscharten der Mauer zu dem Café, der Straße und der Hauswand des Caïd der Messaaba hinübersah, schien es mir, als betrachtete ich eine beliebige Landschaft, etwa die irgendeiner unbekannten Stadt während eines kurzen Aufenthalts im Hafen, aus der Sicht der Schiffsbrücke ... Meine tiefe, fast schmerzliche Bindung zu ihr wurde brutal zerstört ... Ich bin nur noch ein Fremder ...

Wahrscheinlich werde ich mit dem Konvoi am 22. abreisen, in siebzehn Tagen also ... Und dann ist es zu Ende, vielleicht für alle Ewigkeit.

Von diesen sechs Monaten Leben wird mir nur noch die sanfte, melancholische und unergründlich wehmütige Erinnerung bleiben ... und die zweifellos unveränderliche Zuneigung zu dem guten und ehrlichen Menschen, der mir in den grausamsten Stunden zur Seite stand und der mir trotz der Schwierigkeiten, mit mir zu leben, sicherlich auf immer ganz gehört ... Er ist gewiß der einzige, den ich je geliebt habe, als Geliebten wie als Bruder, und in den ich uneingeschränktes Vertrauen haben konnte.

So weiß ich denn bei all meinem Elend, daß es auf dieser Welt einen Menschen gibt, der bereit ist, mein Leben zu teilen, wie immer es verlaufen mag; einen Menschen, der das Gute in mir schätzt und das Schlechte in mir verzeiht, der versucht, es zu mindern, indem er die blutenden Wunden meines Herzens stillt.

Reminiszenz. – Am Abend des Tages, an dem Abd-el-Kader von seiner Abberufung erfuhr, begaben wir uns in tiefster Verschwiegenheit gegen 6 Uhr zu Zaouïa von El-Bayada.

....

Nachdem wir uns in der Nähe des christlichen Friedhofs getroffen hatten, gingen wir vorsichtig weiter, Aly voran. Wir nahmen die westliche (die untere) Straße. Ich war krank ...

Ich erinnere mich, daß ich hinter der Zaouïa einen Augenblick lang das beängstigende Gefühl hatte, nicht wieder aufs Pferd steigen zu können. Mein Kopf drehte sich, und eine unsägliche Schwere befiel meine Glieder.

Auf dem Rückweg durch die tiefe Nacht, unter dem moirierten

Himmelszelt mit den funkelnden Sternen, erreichten wir gegen 9 Uhr die ersten Häuser der Stadt. Es herrschte drückende Stille, man hörte nur das regelmäßige Knirschen des arabischen Zaumzeugs in den zerschundenen Pferdemäulern . . .

Doch bald darauf witterten uns die reißenden Hunde der Souakria, die in den einsamen Bordjs des Souf-Tals gezüchtet werden, und stimmten ihr durchdringendes Geheul an. In diesem Augenblick löste sich am westlichen Horizont eine Sternschnuppe und ging langsam in Richtung der Straße von Allenda nieder . . . Plötzlich wurde sie größer, strahlte auf wie ein stiller römischer Leuchter und erflammte in blauer, regenbogenfarbiger, herrlicher Glut, die für eine Sekunde das ganze fahle Land erleuchtete . . .

Dann erlosch alles Licht, und die Sterne funkelten wie zuvor, unbeeinflußbar und friedlich.

«Das ist die Fackel der Heiligen . . . Manchmal, bei Nacht, neigt sie sich zu denen herab, die sterben müssen.»

Abd-el-Kaders Stimme verhallte in der Stille, stumm zogen wir weiter, bis zu meinem Haus.

Noch einmal frage ich, wo werde ich in einem Jahr zur gleichen Zeit sein, unter welchem Himmel und auf welchem Boden?

Donnerstag, den 7. 11. 1901, 8 Uhr abends

(Fortsetzung des wegen der Abreise von Behima unterbrochenen Berichts vom 29. Januar.)

Als ich den weitläufigen Hof betrat, fand ich die Diener. Sidi Elimam war noch damit beschäftigt, seinen Rosenkranz nach dem Abendgebet zu sprechen.

Unterdessen lauschte ich den Tolba, die in der großen, schon mit Dunkelheit erfüllten Moschee rhythmisch und langsam den Koran rezitierten . . .

Endlich tauchte der Cheikh auf . . . Gegen die Mauer gelehnt auf der Matte sitzend wartete ich ungeduldig, bis die zahlreichen Besucher Sidi Elimam begrüßt hatten. Schließlich zogen wir uns in den großen sandigen Raum unter der ersten Kuppel zurück.

Dann, als der Cheikh nach Hause gegangen war, um das Abendessen zu bestellen und vorzubereiten, worum ich ihn gebeten hatte, lehnte ich mich neben einem geöffneten Fenster an die Wand der Moschee. Im trüben Schein eines Leuchters an der Wand wirkten die Gruppen der Gläubigen wie gräuliches Gewirr. Langsam, skandierend wiederholten sie das Dikr des Djilani:

«Es gibt keinen anderen Gott als Gott!»

Tiefe, sanfte Traurigkeit. Ich aß allein mit dem Cheikh in einem Raum der weitläufigen Zaouïa, bedient von fremdartigen Negerinnen, die in klagendem, singendem Ton die Sprache des fernen Bornou sprachen.

In einer hellen, klarsichtigen Mondnacht machten wir uns auf den Rückweg und kamen schnell, schon gegen 10 Uhr an.

Das letzte Mal, als ich mit dem Doktor in El-Akbab war, kehrte ich durch die Dünen der Straße von Tréfaouï heim. In El-Bayada stieß ich wieder auf die große Straße.

Nie waren mir die Gärten des Souf im hellen goldenen Nachmittagslicht so schön erschienen. Gefühl tiefer Zärtlichkeit für dieses Land, dessen Herrlichkeit ich vielleicht nie so intensiv erlebt hatte.

Den 12. April 1901, in Batna

Nach einem scheußlichen Tag voll drückender Langeweile und dumpfer Traurigkeit habe ich diese Aufzeichnungen noch einmal gelesen.

Seit einigen Tagen weht der Schirokko, erstickende Hitze ist aufgekommen . . . Ich fühle mich matt und krank . . . Noch etwa dreihundertzehn Tage dieses unerträglichen Lebens!

In der Tat, diese elf Monate unfreiwilligen Einsiedlertums in Batna werden möglicherweise die härteste Prüfung meines Lebens sein. Was mich quält, ist nicht die Armut, sondern das Elend, das heißt, der Mangel an dem Allernotwendigsten, ohne das man zum Sklaven ewiger materieller Sorgen, ewiger Ängste um den nächsten Tag wird.

Im Vergleich dazu seien die beängstigenden letzten Tage in El-Oued, die Katastrophe von Behima und die ersten Tage im Krankenhaus tausendmal gebenedeit. Das war noch Leiden . . . Hier ist es Überdruß, der trostlose Überdruß, unter Leuten ohne jede Intelligenz in der abscheulichen Mittelmäßigkeit und inmitten der Schamlosigkeit von Weibern zu leben, die des Namens menschlicher Wesen nicht würdig sind. Oh! wann wird sie uns beiden wieder gegeben sein, die gesegnte Einsamkeit und die Stille der Wüste, fern von den Menschen und ihrer Dummheit!

Das einzige Wesen, dessen Gegenwart mir außer Slemane nicht lästig ist, ist Khelifa, der schlichte, gute, mit der Vergangenheit verbundene Diener, der mir von unserem «Souf» und den verflossenen Tagen spricht. Die einzigen Stunden, in denen ich entspannen kann, sind die Nächte mit Rouh' in der *ruhigen Sicherheit*, wo uns nichts mehr trennt; und auch die Stunden, in denen ich allein mit meinem «Souf» vor den lichtdurchfluteten Feldern sitze und träume, in weiter Ferne von der Stadt, einer der unwürdigsten und gemeinsten überhaupt, in der erholsamen Stille der Gräser und Blumen, beim unschuldigen Gezwitscher der Vögel, die glücklich sind zu leben.

Hier, oder bei Lamri, oder in irgendeinem anderen Milieu, in dem ich mich mit Rouh' nicht vertraut fühlen kann, oder auch wenn ich ganz allein bin, überkommt mich eine Gereiztheit, eine blinde Wut gegen die Leute und die Dinge und ein unüberwindbarer Ekel.

Diese Aufzeichnungen enthalten zumindest eine Art *Schema* meines Lebens, meiner Gedanken und Eindrücke während der eigentümlichsten, der bewegtesten und zweifellos auch der entscheidendsten Phase meines Lebens.

Eingeleitet durch Zitate am Abend vor meiner Abreise von Paris und fortgesetzt in Marseille, Genf, Algier und vor allem El-Oued, gibt dieses Buch die Traurigkeiten, das Umherirren und die Ängste dieser noch kaum vergangenen und doch jetzt schon toten und begrabenen Epoche recht gut wieder.

In Wirklichkeit ging diese Periode meines Lebens am 29. Januar in Behima zu Ende . . .

DRITTES TAGEBUCH

«Im Namen des mächtigen und barmherzigen Gottes!»

NOTIZEN, GEDANKEN UND EINDRÜCKE
Begonnen im Militärhospital von El-Oued (Februar 1901)

☪ «Alle, die auf Erden sind, sind sterblich; allein dein ehrwürdiger und lobenswerter Gott wird fortleben.» ☪

«Oh! bittere und unwiderrufliche Pein, niemals, niemals mehr auch nur einen einzigen Gedanken mit ihr austauschen zu können!» (P. LOTI, *Fantôme d'Orient)*

† Die lange schlaflose Winternacht zieht sich totenstill endlos in die Länge. Hier, in dem engen, kärglichen Krankensaal ist es düster, man erstickt. Die an der Wand neben dem Fenster hängende Nachtlampe wirft ein schwaches Licht auf das armselige, trostlose Bild: die feuchten Wände mit dem gelben Sockel, zwei weiße Soldatenbetten, ein kleiner schwarzer Tisch, Bretter mit Büchern und Flaschen ... Das Fenster ist mit einer Militärdecke verhängt ... In dem riesigen Kasernenhof kein einziger Laut ... Von Zeit zu Zeit dringt fernes, langgezogenes Hundegeheul in mein hellhöriges Krankenohr ... Dann wird es wieder still. Pst! Man hört Geflüster, einen regelmäßigen, mechanischen Soldatenschritt. Dann das trockene Knarren der Gewehrkolben, ein kurzer, kalter Befehl ... Wieder Schritte, die sich nach rechts in Richtung der Infanteriekaserne entfernen. Die Wache vor der Türe ist abgelöst worden ... Erneut kehrt Stille ein ... Und ich, ich sieche einsam dahin. Mein verletzter, erschütterter Kopf brennt wie Feuer ... Der ganze Körper tut mir weh ... Ich weiß nicht wohin mit dem halbgebrochenen Arm. Er plagt mich, stört mich und ist entsetzlich schwer. Mit meinem gesunden rechten Arm schiebe ich ihn überdrüssig von einer Stelle auf die andere ... Nirgends kommt er zur Ruhe. Wie

بسم الله الرحمن الرحيم

Notes, pensées et impressions

Comm à l'Hôpital Militaire d'Eloued

Février 1901

كل من عليها فان ويبقى وجه ربك ذو الجلال والإكرام

ich ihn auch halten mag, er tut mir weh, so weh, daß mir schwarz vor Augen wird ...

Finstere, schreckliche Gedanken gehen mir durch den glühenden kranken Kopf. Meine Lage erscheint mir noch unglücklicher und noch unauflösbarer, als sie in Wirklichkeit ist. Die Verzweiflung bemächtigt sich meiner Seele. Kaltes Entsetzen fesselt meine Brust: «Ja, ich werde den Mörderhänden nicht entkommen ...» Und alle, allesamt, sogar der Doktor, stecken unter einer Decke. Plötzlich fällt mein Blick auf ein schön beschriftetes weißes Blatt Papier an der Wand, die Hausordnung ...

Im Zimmer ist es halbdunkel, dennoch bemühe ich mich fast verzweifelt, diese banalen Zeilen zu lesen. Meine müden Augen schmerzen vor Anstrengung, aber ich zwinge mich trotzdem, die enge, rundliche Sergeant-Schrift zu entziffern ... Und die Unmöglichkeit, die Worte zu erkennen, schlägt mich nieder, bringt mich zur Verzweiflung.

Dann erinnere ich mich plötzlich an die Einzelheiten des fatalen Tages ... Da sitze ich, ein Schlag auf den Kopf, ich hebe die Augen; vor mir steht der Mörder mit hoch erhobenen Armen ... Ich kann nicht erkennen, was er in den Händen hält ... Stöhnend lasse ich mich auf einen Koffer fallen ... Mein Kopf dreht sich, alles schmerzt, mir wird schlecht ... meine Gedanken gleiten ab ... Auf einmal ist alles dunkel, alles erlischt ... Ich versinke in einem bodenlosen Abgrund ... Ein einziger Gedanke in meinem benommenen Hirn: *Der Tod ... Ohne Qual und ohne Furcht* ... «Es gibt keinen anderen Gott als Gott, und Mohammed ist sein Prophet!» Alles ist erloschen ... Kalter Schweiß bedeckt meine Stirn. Und wieder rücke ich meinen verletzten Arm verzweifelt von einer Stelle zur anderen ... Ein tauber Schmerz vom Knochen her; der gerissene Muskel zieht sich zusammen und verkrampft die Finger ... Die tiefe, zusammengenähte Wunde brennt und sticht. Ich kann nicht mehr! Eine schreckliche, unaussprechliche Angst bemächtigt sich meiner Seele, und über meine Wangen rollen kindliche Tränen der Ohnmacht ...

... Durch das Fenster über der Tür betrachte ich das helle Blaß des Mondes über dem benachbarten Gebäude, in dem sich der Autopsiesaal mit dem Eisentisch und den Desinfizierungsmitteln befindet ... Vielleicht dauert es gar nicht mehr lange, und ich liege selber dort, auf diesem gräßlichen Tisch! ... Der Tod selbst schreckt mich nicht ... Ich fürchte mich nur vor den Qualen, vor langen, absurden Qualen ... und vor irgend etwas anderem, etwas Dunklem, Undefinierbarem, Finsterem, das mich, wahrnehmbar nur von mir allein zu umgeben scheint ...

Die funkelnden Sterne schauen unbeteiligt mit ihren klaren Augen zu mir herab, als wollten sie aus der Höhe der unerreichbaren Himmel Blicke in mein Gefängnis werfen ... Geheimnis, das große Geheimnis der Welt, auf immer undurchdringlich! Ich senke den Kopf, entmutigt: ich bin allein, arm, krank ... Ich habe nichts, wovon ich Gnade oder Hilfe erwarten könnte. Die Bösartigkeit der Menschen ist unermeßlich ... Das einzige Wesen, das mich liebt, das mir teuer ist, wurde mir entrissen, wurde durch die brutale Gewalt der Pharisäer von mir entfernt ... und die rührende brüderliche Besorgnis einer reinen Seele wurde von meinem Leidensbett verstoßen. Ich bin allein!

Mama ist tot, und ihr *Weißer Geist* hat die verderbte, ihr so fremde irdische Welt auf immer verlassen. Auch der alte Denker ist in der Grabesfinsternis verschwunden; der Freund und Bruder ist viel zu weit weg ... Ich bin allein! *Für immer* allein ...

Und wenn es geschrieben steht, wenn es mein Schicksal ist, hier in der altersgrauen Wüste zu sterben, wird sich keine brüderliche Hand über meine toten Augen legen ... Im letzten Moment des Erdenlebens wird sich kein brüderlicher Mund öffnen, mir Trost und Zärtlichkeit zu spenden ...

Und ohnmächtig weine ich, ich weine über mein zerstörtes, allzu früh verlorenes Leben ...

... Langsam, wie von vorbedachter Langsamkeit, bricht der Tag an ...

Endlich wird auch der westliche Horizont über den grauen Kuppeln grau ... Verdrießliche, blauschwarze Wolken hängen tief über der Erde, und der unfreundliche, trübselige Morgen dringt in mein Zimmer ...

Seltsamer Eindruck, hier, wo die Sonne immer so feurig klar, so unermüdlich königlich am Himmel steht! ...

Meine Seele ist noch düsterer, noch ausgelöschter ...

In der Ferne rufen sich die zahllosen Hähne der Stadt ... Dem Klang nach kann mein geübtes Ohr unterscheiden, in welchem

Viertel sie krähen, und in meiner müden Phantasie erheben sich die Bilder meines hier gelebten Lebens ...

Doch plötzlich ertönt dort, nebenan, aus der niedrigen Säulenhalle der Tirailleur-Kaserne der erst heisere und schließlich schriller, kräftiger werdende Ton einer Trompete ... Unmittelbar danach folgt das Knarren der schweren Festungstore, die für den Tag geöffnet werden. Dann sind aus dem Gebäude des Hospitals selbst Geräusche zu hören, die mir schon vertraut sind: der Krankenpfleger mit seinen schiefgelaufenen arabischen Filzschuhen, die beiden Gefreiten mit den schweren eisenbeschlagenen Schuhen, und schließlich der Sergeant; all diese Leute fangen an, hin und her zu laufen. In den Kasernen ertönen Schreie, Rufe, Lieder und Gelächter. Aus der Ferne, aus östlicher Richtung, ist das Gewieher der Spahi-Pferde zu vernehmen, die zur Tränke geführt werden ... Mir scheint ein Stein von der Seele zu fallen.

Es ist wieder Tag, es sind wieder Leute da und Geräusche. Gleich wird der hinkende, schweigsame, sanfte Krankenpfleger mit einer Kaffeekanne und einem Glas kommen ... Und dann werden auf dem zementierten Gehsteig leichte Schritte zu hören sein ... In der Tür wird eine leuchtend rote Tunika erscheinen und das wunderbare sanfte Licht der braunen Augen, ihr weiches, strahlendes Licht wird das ganze trübselige Zimmer aufhellen ... Eine volle, tiefe, leicht bebende Stimme mit dem singenden Tonfall des Nordens wird erklingen ...

Und meine Seele wird sich aufheitern, und meinem Herzen wird es wieder wärmer sein ... †

In Erinnerung an die Nächte des 28., 29. und 31. Januar 1901. Notiert im Hospital, am 3. Februar 1901.

Und allein beim Namen Senegal lebten in ihm die dämmernden roten Abende, an denen sich eine Riesensonne über die Wüste senkt, wieder auf ... Alles das übte eine seltsame Anziehung auf ihn aus, vor allem die Randgebiete der Sahara, die undurchdringlichen Randgebiete der Mauren.
(Pierre LOTI, *Matelot*)

El-Oued, den 20. Februar 1901,
7 Uhr morgens

Gestern erster Ausritt über die Straße von Amiche ...

In den letzten Tagen hatten mich die grauen Mauern des Viertels bedrückt, sie schienen mir immer enger zu werden und wirkten seltsam beklemmend. Ich fühlte mich in ihnen gefangen ... Aber nach diesem gestrigen Spazierritt habe ich nur noch den Wunsch, in ihnen eingeschlossen zu bleiben, bis zu dem Tage, an dem ich das Souf-Tal wohl für immer verlassen werde.

Auf diesem Ausritt überkam mich eine der bittersten Traurigkeiten meines Lebens.

Die Dünen sind immer noch da, und auch die graue Stadt und die tiefen Gärten ...

Aber der große Charme dieses Landes, der Zauber der Horizonte und des Licht ist verschwunden ... der Souf ist leer, unwiderruflich leer.

Die Dünen sind trostlos, doch sie haben nichts mehr von jener erhabenen, geheimnisvollen Trostlosigkeit, die ich früher in ihnen fand ... Nein, sie sind tot ... Die Gärten sind erbärmlich, ohne jeden Charme ... Der Horizont ist leer, das Licht trüb und grau ...

Und ich, ich fühle mich hier fremder und einsamer als irgendwo sonst; ich sehne mich danach, fortzugehen, dieses Land, das jetzt nur noch ein Phantom des heiß geliebten Landes ist, zu fliehen.

Ich stelle endgültig fest, daß ich mich hinfort nicht mehr darüber täuschen kann, daß all der Zauber, den wir bestimmten Gegenden dieser Welt zusprechen, nur Köder und Illusion ist, und nur solange die Wirkung der umgebenden Natur unserem Seelenzustand *entspricht*, glauben wir in ihr besondere Pracht und Schönheit zu entdecken ... Doch in dem Augenblick, in dem sich unsere unstete Seele ändert, bricht alles zusammen und zerrinnt ...

Ich bin traurig, grenzenlos traurig. Wie gern hätte ich den Souf in der Seelenverfassung verlassen, in der ich mich vor Behima befand, wie gern hätte ich ihn mit der Illusion hinter mir gelassen, die seinen großen melancholischen Zauber bewahrt und eifersüchtig für die schwierigen Zeiten und vor allem für eine ferne Rückkehr gehütet hätte ...

Als ich vor sieben Monaten hier ankam, war dieser Zauber *noch nicht da* . . . Wie sehr habe ich seitdem an die reale Existenz von etwas sehr Geheimnisvollem geglaubt, das ich in diesem Land vermeintlich fühlen konnte und das nichts anderes war, als der Widerschein des traurigen Geheimnisses, das meine Seele in die Dinge hineingesehen hat!

So bin ich also dazu verurteilt, meine ganze große Traurigkeit, meine ganze Gedankenwelt auf ewig unformuliert durch die Länder und Städte der Welt mit mir herumzutragen, ohne das Ikaria meiner Träume je zu finden!

Vor allem bedrückt mich die Tatsache, daß ich das ganze schwere Bündel voller Ideen und Gefühle, die der einsamen Stille meiner Seele innewohnen und mir oft schmerzliche Angst bereiten, nicht ausdrücken kann.

Kann es sein, daß meine Seele sich über Monate und Jahre weiterhin verdüstert? In welch tödlicher Finsternis soll das enden!

Ist es möglich, daß das einzigartige Glück meines Lebens, das sicherlich aus mir selbst und nicht von der Außenwelt stammt, auch noch verschwindet und ich endgültig *allein*, ohne irgendeinen möglichen Trost in dieser Welt bleibe!

Hätte ich die *absolute, vernünftige und unwiderrufliche* Gewißheit, würde ich, das glaube ich zumindest im Augenblick, innerhalb kürzester Zeit zu der verhängnisvollen Lösung gelangen: würde der *schwarze,* unergründliche *Überdruß*, der mich manchmal befällt und mich über die Maßen quält, mein *konstanter* Normalzustand, fände ich unverzüglich die Kraft, diese Möglichkeit durch einen ruhigen, kalt geplanten Tod zu vermeiden . . . Denn nur die geschlossene, persönliche Welt, die meiner Seele innewohnt, hält mich vom Selbstmord ab . . . und die Hoffnung, daß sie so lange währet wie ich selbst und sich vielleicht noch entwickelt und erweitert. Das Leben *selbst* bedeutet mir allen Ernstes nichts, und der Tod übt eine eigentümliche Anziehung auf meine Vorstellung aus . . .

Ich wollte versuchen, alles, was mich gestern so geplagt hat, was mir so klar, so unbestreitbar erschien, aufzuschreiben . . . Aber wie immer ist es mir nicht gelungen, und die Versuchung hat nur zu dem einen Ergebnis geführt: Unruhe und Ungewißheit in meinem Geist zu säen . . .

Von mir selbst und von der Außenwelt *weiß ich nichts*, gar nichts . . . Vielleicht ist das die einzige Wahrheit.

Am nächsten Tag, dem 21. 2. 1901, mittags

Gestern war ich mit dem Doktor in Guémar, bei dem guten Cheikh Sid El-Hussine.

... Nein, es stimmt nicht! Das Souf-Tal ist nicht leer, und die große Sonne der Sahara ist nicht erloschen ...

Es war mein Herz, das leer und finster war. Meine Seele, die unempfindlich geworden war für die Pracht der Umgebung.

Gestern, unvorhergesehener, ziemlich schneller Ritt im schönen matten Sonnenschein. Der Wind hat einen grauen Staubschleier über die Palmen geworfen und die Dünen zwischen Kouïnine und Tarzout wieder einmal völlig auf den Kopf gestellt. Die kleinen traurigen Städte Gara, Teksebeth und Kouïnine wirken durch die starken Winde der Winterzeit noch öder und trostloser.

Der Souf liegt fahl unter dem matten Himmel, und die Dünen sind wie Blei. Abends dringen mir von Zeit zu Zeit die verzauberten Töne, die unendlich traurigen Weisen einer kleinen Beduinenflöte ins Ohr ...

Diese fernen Klänge, die ich in wenigen Tagen schon nicht mehr hören werde, erfüllen mich mit unergründlicher Melancholie.

... Heute morgen, als der Doktor vor sich hin sang, fühlte ich mich plötzlich zurückversetzt in mein tunesisches Leben – obwohl es doch längst tot ist, tief begraben unter all der grauen Asche, wie es mein saharisches Leben auch bald sein wird ...

Ich erinnerte mich an einen Septemberabend vor zwei Jahren, an dem ich mit Aly am kleinen Fenster des jüdischen Kramladens von La Goulette lehnte, einen Abend vor der verhängnisvollen Abreise, als ich das Gefühl hatte, daß alles um mich und in mir zusammenbricht, als der Tod mir der einzige Ausweg schien und ich mit einem Ohr dem sanften ruhigen Meeresrauschen lauschte, während von der anderen Seite die klare, reine Stimme der kleinen Noucha von Sidi Béjène zu mir drang, sie sang das traurige andalusische Lied:

Mein Verstand ist dahin, mein Verstand ist dahin!

Alys warme, leidenschaftliche, tiefe Stimme wiederholte den Refrain melancholisch, wie im Traum, und ich stand da und hörte zu ...

In der letzten Zeit überkommen mich des öfteren solche Erinnerungen an die jüngere, am stärksten vergessene Vergangenheit. Vor allem die Erinnerungen an Tunis verfolgen mich. Mechanisch kommen mir irgendwelche bedeutungslosen, vergessenen Straßennamen in den Sinn . . .

Der weiße Cheikh ist zurückgekehrt. Morgen werde ich ihn sehen . . . Wozu eigentlich?

Heute bin ich nach Hause gegangen und hatte das Gefühl grausamer Leere.

Während ich durch die Tür ging, dachte ich mit innigem Schauder: «Nie mehr wird Rouh' sie überschreiten, diese Schwelle . . .»

Nie mehr werden wir Arm in Arm, eng umschlungen, wie unter dem Einfluß einer dunklen Vorahnung von den feindlichen Kräften, die im Schatten lauerten, um uns zu trennen, unter der gewölbten weißen Decke unseres kleinen Zimmers schlafen . . . Nie mehr wird uns der Sinnesrausch unter diesem Dach vereinigen, unter diesem Dach, das wir beide so sehr geliebt haben. Ja, alles ist aus.

In vier Tagen werde auch ich abreisen und die Straße nach Norden hinaufziehen, die ich am liebsten nie mehr betreten hätte.

Ein letzter melancholischer Kinderwunsch: mein Grab möge dort sein, im weißen Sand, den die große verschlingende Sonne morgens und abends vergoldet, in Purpur taucht . . .

. . . Ich muß gehen . . . Dort hinten, in weiter Ferne, am Horizont erwartet mich als Reiseziel das liebende, aufrechte, gute Wesen, das ich auserkoren habe, um mein einsames, umherirrendes Leben zu versüßen . . .

Die noch ganz junge Seele, die mir gehört, die ich eifersüchtig liebe und die ich mit aller Kraft versuchen werde, nicht etwa nach meinem Bild zu gestalten, das wäre Frevel, sondern so, wie ich sie mir wünsche, vor allem so, wie sie † *Dem Weißen Geist* † gefallen hätte! Oh, *sie* hätte ihn gewiß geliebt, mit ihrer ganzen Seele, der die unschuldige Güte und Reinheit des Herzens ein und alles war!

Ich muß gehen, und schon denke ich wehmütig nicht nur an das erhabene Land, in dem ich hätte leben und sterben mögen, sondern sogar an das «Hospiz», sogar an dieses Viertel, an das ich mich gewöhnt habe, sogar an die vertrauten Gestalten der Krankenpfleger und Tirailleurs . . .

Wehmütig denke ich vor allem an die oft scharfen, aber nie haßerfüllten oder scheinheiligen Gespräche mit dem guten Doktor, nahezu dem einzigen denkenden und einigermaßen ernsthaften Wesen hier.

Ich glaube, dieser Mann hat erahnt, daß sich hinter der ganzen Eigentümlichkeit, der ganzen Zerrissenheit meines Lebens ein ehrlicher und wirklicher, sensibler Grund verbirgt und das Licht der Intelligenz in meinem Geist noch nicht erloschen ist.

Ihm bringe ich jene, zum größten Teil aus Dankbarkeit bestehende Zärtlichkeit entgegen, die ich für all die empfinde, die nicht so dumm oder unverschämt sind, den ersten Stein auf mich zu werfen und aus der ganzen Asche herauszufinden suchen, was ich eigentlich bin und was ich hätte werden können, wenn ich nicht verlassen wäre und nicht so viel gelitten hätte.

Wie gern lese ich in diesen *Tagebüchern*, die anderen zerstückelt und zerrissen erscheinen mögen, in denen von allem etwas steht . . . *von allem, was meine Seele leben läßt!*

Es gibt Stunden, in denen einzig diese Lektüre mich entspannt und mir wohltut.

Ihre Vielfalt an sich macht für mich schon einen Teil ihres Charmes aus . . .

Ich möchte, daß sie all die Dinge, die mich bezaubert haben, getreu und für mich verständlich widerspiegelt . . .

Marseille, den 8. Juli 1901, 9 Uhr abends

Abreise von El-Oued am 25. Februar (Montag) 1901, um 1 Uhr 30 nachmittags

Den 25. – In Begleitung des Doktors bis Tazrout. Von dort zu Sid El-Hussine. Bei ihm übernachtet. Am 26. um 8 Uhr morgens machte ich mich mit Lachdar, dem Deïra auf den Weg. Stieß in den Dünen zur Karawane.

Den 26. – Gegen Maghreb Ankunft in Bir-Bou-Chahma. Schwarzer Himmel, graue Dunkelheit, heftiger, eisiger Nordwind.

Die Karawane: Sach-Hamar-Sasi; Deïras; Naser und Lakhdar; 1 Tirailleur namens Rezki; Embarek-C.-Salem und El Hadj; Mohammed aus Guémar; zwei Verrückte in Begleitung eines jungen

Mannes (Algerier); Hennia, die Mutter des Spahi Zouaoue und ihr Sohn Abdallah.

Bir-Bou-Chahma, düsterer, trostloser Eindruck

Den 27. – Am 27. gegen 7 Uhr morgens aufgebrochen. Ankunft in Sif-El-Ménédi gegen 5 Uhr nachmittags. Unterwegs: Bäume, Ebenen mit Glimmer und Talk, Maquis; ein paar Chotts in der Nähe des Bordj.

Sif-El-Ménédi: Bordj an einem sehr niedrigen Hang, am Horizont Maquis. Äußerst gepflegter Garten, in seiner Nähe kleine Salzseen. Angenehmer Eindruck, der an die salzigen Oasen des Oued Rhir erinnert. Abends riß Lakhdars Dromedar aus; der Deïra machte sich auf die Suche. Ich war erschöpft, Kopfschmerzen (bin ⅓ des Weges zu Fuß gegangen). Auf meinem Bett sitzend dachte ich an die Lust, einige Zeit an diesem Bordj zu leben, mit der riesigen Maquis-Landschaft als Horizont. Im Garten sangen Kinder. Eindringliche Erinnerung an Oued Rhir.

28. – Donnerstag; Aufbruch gegen 7 Uhr morgens. Zusammen mit Lakhdar nehme ich den Weg durch das Chott Bou-Djeloud. Die Karawane macht einen Umweg. Salzige, steinige Böden von grauem, tonartigem Gelb. Dürftige, kriechende Vegetation. Dann einige tonhaltige Hänge und rundliche, kuppenförmige Hügel, blaue und rote Tonerde. Chotts, durchzogen von steinigen Hängen. Erst braune Chotts, dann Salpeter auf flachem Boden. Links (westlich) und rechts tiefe, unter Wasser stehende Chotts. Klares, azurblaues Wasser. Gen Westen, in Richtung des großen Chott Melrhir, riesige meergrüne Seen mit geschichteten Inselgruppen in Form kleiner, senkrecht aus dem Wasser hervorrangenden Mauern, die sich in ihm spiegeln. Zwischen zwei Inseln öffnet sich die endlose Weite des Chott Melrhir ohne erkennbaren Horizont, als verliefe es im unendlichen blassen, leicht nebeligen Azur des Himmels.

Von den steinigen Böden steigen Lerchen auf und singen flügelschlagend ihr zartes, melancholisches Lied, um dann über dem Buschwerk herabzustürzen.

Äußerst mühseliger Weg durch das aufgeweichte Chott. «Souf» rutscht bei jedem Schritt. Wir mußten zu Fuß gehen.

Am Eingang des Chott weisen zwei Pyramiden aus trockenem

Stein auf einen Ort hin, an dem sich zwei Stämme vor etwa dreißig Jahren eine Schlacht lieferten.

Ebene gelbe Steingebiete, durchsetzt von den pflaumenblauen, weißen oder mattblauen Flecken der Chotts. An manchen Stellen sieht der Boden aus wie ein mit Zuckerguß überzogener Pfefferkuchen.

Auf einem steinigen Hang erhebt sich das Bordj von Stah-El-Hamraïa, westlich von ihm die niedrig gelegenen Chotts. Garten oberhalb des Chott; im Norden ein großer Brunnen. Diskussion mit dem Bach-Hammar. Erreichte sein Einverständnis, in Stah-El-Hamraïa zu übernachten. Leichtes Fieber. Morgens wunderschönes Wetter, gegen Mittag etwas Wind und Wolken.

Aufgeschrieben in Stah-El-Hamraïa am 28. 11. 1901, Donnerstag abend.

Wie tief läßt mich der wohlklingende, ferne Name Stah-El-Hamraïa, der einen geliebten Ort bezeichnet, jetzt hier, auf dem Boden der Verbannung, in melancholische Träumerei versinken.

Freitag, den 1. 3. 1901, Chegga, 9 Uhr abends

Über Nacht in Stah-El-Hamraïa. Verbrachte den Abend im großen Raum des Bordj und hörte zu, wie Lakhdar und die Kameltreiber sangen.

Schlief in einem Zimmer mit Khelifa und dem Tirailleur Rezki. Beim roten Sonnenaufgang brachen wir unter einem blutbefleckten Himmel auf, der sich allmählich über die riesigen, von rötlichen Böden durchsetzten Chotts erhob.

Der Garten von El-Hamraïa: schlammiger, salzhaltiger Boden voller Sumpfgräser. Einige Palmen, Tamarisken und Feigen, die vereinzelt im Sumpf nord-westlich des Bordj wachsen. Fortsetzung des Wegs auf dem Rücken der Pferde. Mal salzige, mal steinige Böden. Weißblühender Ginster, saharische Bäume, kleine Büsche mit blauen Blüten. Einige Chotts, Erde und Sand in salzigem Gelb. In der Nähe der ersten Guemira stieg ich vom Pferd herab. Jenseits der zweiten, hinter dem letzten Chott, machte ich Essenspause . . . nackt; Ginstersträuche. Kurz vor dieser Guemira befindet sich auf der linken Seite im Maquis ein guter kühler Brunnen. Ich kaufte einem Jäger Hasen ab. Wir gingen zu Fuß weiter. Trafen mehrere

Karawanen. Links, am Fuß eines Hügels, entdeckte ich das Zelt eines Hauptmanns vom Technischen Dienst.

Wieder taucht das Chott Melrhir auf, ein milchiges Meer ohne Horizont, übersät mit weißen Inseln. Steiniges Gebiet. Zusammen mit Rezki erreichte ich das Bordj von El-Mguébra. Ich schöpfte Wasser und trank einen Kaffee; dann zogen wir weiter (zu Pferde). Das Bordj liegt oben auf der Anhöhe. Die Guemira südöstlich des Bordj überragt ein zerfallenes Gebäude. Unten drei Brunnen, von denen einer außerordentlich salzig ist. Ein Garten in der Nähe des Brunnens, aus dem wir mit Hilfe von Rezkis Gürtel Trinkwasser holten.

Wir ritten weiter. Kurz vor Sonnenuntergang überholte ich die Karawane. Traf Elhadj Mohammed, einen der Verrückten und ihren Betreuer. Bei Einbruch der Nacht stieg ich wieder vom Pferd ab und ließ Elhadj aufsitzen. Zu unserer Rechten bemerkte ich einen der Verrückten aus Chegga. Ankunft bei Nacht. Diskussion mit den Wächtern.

Den 1. März, Chegga. – Die Gärten ziehen sich staffelförmig durch das stark salzige Gebiet.

Khelifa, Rezki und ich schlafen im kleinen Zimmer links: daneben, im großen Raum, ist Hennia mit ihrem Sohn untergebracht. Im dritten Zimmer sind die Verrückten, ihr Betreuer und die Verbannten. Die Deïras und die Kameltreiber lagern draußen, in der Nähe des Brunnens.

Nebenan, in dem von Salzwasser überschwemmten Garten, unken die Kröten, ein melancholisches Lied in der tiefen Stille der Wüste.

Heute abend hatte uns unterwegs wehmütiges Vogelgezwitscher begleitet. Den ganzen Tag herrschte glühende Hitze.

Ich dachte liebevoll an die Sahara, die mich auf Lebenszeit verhext hat, und die Lust, zurückzukommen. Konnte dem Schicksal den ganzen Tag über kühn ins Auge sehen, mit dem Gefühl unermüdlicher Energie . . . vor allem heute abend.

Unterdessen verfolgt mich ein anderer Gedanke, der meinen müden Kopf nicht schlafen lassen will: ein großer Rausch erwartet mich in Batna, und ich merke, wie sich mein Herz allein schon bei diesem Gedanken voll wollüstiger Angst zusammenzieht.

Übermorgen oder in zwei Tagen kann ich diesem Sinneswahn,

der mich heute abend quält, freien Lauf lassen und die schönen, tollen Nächte von El-Oued wiedererleben . . . meinen Herrn und Meister in den Armen halten, ihn an mein Herz pressen, das übergeht von ungesättigter Liebe . . .

Heute abend ist mir bewußt, daß ich noch jung bin, daß das Leben weder schwarz noch farblos ist und die Hoffnung mich keineswegs verlassen hat . . .

Solange es die wunderbare Weite der Sahara gibt, habe ich immer eine Zuflucht, wo meine geplagte Seele sich von den kleinlichen Sorgen des modernen Lebens erholen kann.

Wie gern möchte ich mit Rouh' von dannen ziehen, in die Wüste, weit weg von den Menschen, kühne Abenteuer und unsägliche Träume mit ihm verfolgen, und ab und an mich berauschen lassen . . .

Batna, den 20. März, 11 Uhr abends

Am 1. März in Chegga übernachtet.

Am 2. in der Morgendämmerung im Garten spazierengegangen.

Die Sonne stieg rot über der unendlichen Weite auf. Das Aurès-Gebirge im Norden schimmerte in Purpur und Rosa. Im Garten: Séguias und ein großes Becken am Eingang.

Ich ritt bis Djefir, der Karawane voraus; kam im Trab an. Fand den Wächter nicht, schöpfte Wasser aus dem großen Brunnen. Dann traf ich einen Konvoi auf dem Weg nach Tourggourt. Schickte Si Saïd einen Gruß mit. Fortsetzung des Wegs. Ich zu Fuß, Rezki auf dem Pferd. Mittagessen mit Blick auf Saada. Weiter zu Fuß. Eine viertel Stunde vor Saada traf ich Rouh'. Weiter zu Pferde. Jenseits des Wadi machten wir Rast.

Ankunft in Biskra am 2. März. Als wir zur Maghrebszeit in die Altstadt von Biskra gelangten, hielten wir die Pferde an und drehten uns noch einmal zu der in der Feuersbrunst des Sonnenuntergangs lila-leuchtenden Sahara. Ich übernachtete bei Zitouni.

Den ganzen Tag und die Nacht des 3. verbrachte ich in Biskra. Am 4. um 1 Uhr mittags machte ich mich auf den Weg nach Batna. Gegen 5 Uhr war ich dort. Übernachtete bei Goussou. Am 5. wechselte ich die Unterkunft.

Am 17. März um 5 Uhr nachmittags Aufbruch nach Constantine; Sonnenuntergang. Ankunft um 9 Uhr. Über Nacht im Restaurant des Grand-Hôtel. Morgens um 8 war ich beim Kriegsgericht. Rückweg am 18. um 3 Uhr 35. Ankunft in Batna am 18. um 8 Uhr 30 abends.

Das mittlerweile Wirklichkeit gewordene Elend und auch das klösterlich-abgeschlossene Leben unter den arabischen Frauen würde mich nicht weiter stören . . . Selbst die hinfort absolute Abhängigkeit von Rouh' wäre noch ein gesegneter Zustand . . . Doch was mich quält, was mir das Leben beinahe unerträglich macht, ist die Trennung von ihm, die bittere Traurigkeit, ihn nur selten und immer nur für ein paar flüchtige Augenblicke sehen zu können. Was kann mir alles übrige schon bedeuten, mir, die ich auflebe, wenn ich ihn wie gestern in meinen Armen halte, und ihm «von Angesicht zu Angesicht», wie Aziyadé sagt, in die Augen schaue?

Das ist sie nun, unbewußt, unfreiwillig geboren, die große Liebe meines Lebens, die ich nie für möglich gehalten hatte!

Welche Qual und welche Freude, welche Trostlosigkeit und welcher Rausch! . . .

Batna, den 26. März, Dienstag,
1 Uhr mittags

Heute war ich mit «Souf» am Fuß des Berges; auf der Wiese ließ ich das Pferd frei, legte mich unter eine Pinie und betrachtete träumend das große Tal, die blauen Berge auf der anderen Seite und Batna, die von Grund auf verdorbene Stadt der Verbannung und des Elends. Ein Gefühl wollüstiger Trunkenheit unter dem freien Himmel, in der strahlenden Sonne, weit entfernt von den grauen Mauern meines monotonen Gefängnisses. Alles grünt, die Bäume stehen in voller Blüte, ein abgrundtief blauer Himmel und zahllose Vögel, die die Luft mit ihrem Zwitschern erfüllen . . .

Oben auf dem Berg, der mich stark an das Jura oder den Mont Salève erinnerte, dufteten Wachholder und Lebensbaum. Sanft rauschte der frische, belebende Wind in den Pinien, tief hallte sein Echo vom Berg her wider.

. . . Wo ist er geblieben, der ferne Herbsttag, an dem ich mit geschlossenen Augen und friedlichem Herzen (o tiefe Blindheit der menschlichen Natur!) dem Rauschen des ewigen Windes des Souf in dem ledrigen Zweigwerk der Palmen im Chott von Debila lauschte! Wo ist unser Oued Souf mit seinen weißen Dünen und seinen Gärten, wo das friedliche Haus von Salah-ben-Teliba am Rande der Dünen von Sidi-Mestour, neben der stillen Totenstadt, in der die Ouled-Ahmed schlafen! Wo ist der Boden der heiligen Zaouïas und die Marabout-Gräber, die rauhe, glänzende Erde, auf der die Flamme des Glaubens brennt, auf der wir glücklich waren? Wo ist all das geblieben, und werde ich es je wiedersehen?

Hier, absolute Mittellosigkeit . . . Kein Essen, kein Geld, keine Heizung . . . Nichts!

Und doch beunruhigt mich das alles kaum. Heute versinkt meine Seele, in grenzenloser, aber gefaßter, ruhiger und sanfter Traurigkeit.

Die Tage kommen und gehen, verschwinden im schwarzen Nichts der Vergangenheit, und mit jeder neuen Dämmerung kommt der Tag der Erlösung näher, der 20. Februar 1902, der im großen und ganzen für uns beide der *Anfang* des wahren Lebens sein wird.

Möge Allah einen Wunsch kundtun und sagen: So soll es sein, so wird es sein!

Alles liegt in den Händen Gottes und nichts geschieht, *es sei denn nach seinem Willen.*

Batna, Freitag, den 12. April 1901,
5 Uhr nachmittags

Seit einigen Tagen gehe ich jeden Morgen mit meinem treuen «Souf» hinaus, einige ruhige Stunden draußen zu verbringen. Nach einem kurzen, rasenden Galopp auf dem Übungsfeld und einem kleinen Training mit «Souf», schlage ich gewöhnlich die Straße von Lambèse ein und reite bis hinter den vierten Kilometerstein.

Dort steige ich ab und setze mich an den Straßenrand neben ein Rapsfeld, das einen riesigen goldgelben Teppich am Fuß der dunklen Ouled-Abdi bildet. Rauchend träume ich vor mich hin, während ich «Souf», der gierig vom grünen Gras frißt und dabei sorgsam alle Blumen verschont, am Zügel halte.

Zu beiden Seiten des silbergrauen Straßenbandes, umgeben von tiefgrünen Feldern, staffeln sich die traurigen Farmen.

In der Ferne, in Richtung Norden, breiten die «Schwefelblumen»-Felder einen silbrigen, blaßlila Teppich über die Hügel. Die Silhouette der traurigen Kasernen-Stadt mit ihren offiziellen Gebäuden liegt weit hinter mir. Ich kehre ihr den Rücken zu und betrachte die blühende Landschaft, in der die Lerchen singen und die flinken Schwalben Beute machen. An diesem Ort, der mir mittlerweile schon vertraut ist, erlebe ich Augenblicke des wahren Glücks und tiefen Friedens. An einem der letzten Abende lag ich mit Slimène auf Khelifas Matte und sah durch das Fenster in den blauen Himmel, den wenigen, von der untergehenden Sonne vergoldeten Wolken nach, betrachtete die unvermittelt grün ausschlagenden Baumkronen und den Wipfel einer Pappel: plötzlich übermannte mich eine Erinnerung an die Vergangenheit, so intensiv, daß mir die Tränen kamen ... Insgesamt verfolgen mich dieser Tage in diesem so ähnlichen Land alle möglichen Erinnerungen an die *Villa Neuve*.

Seit zwei Tagen weht der Schirokko. Der Himmel ist trüb, und man fühlt sich wie erschlagen. Heute, langer Spaziergang zu Fuß über die trostlose Straße von Biskra, die nicht den geringsten Charme besitzt. Dann langweilige Besorgungen für Lamris Familie.

Gegen 1 Uhr 30 kam ich zurück, erschöpft; bis 4 Uhr 30 blieb ich auf der Matte liegen und las in meinen alten *Tagebüchern* Traurigkeit, wehmütige Sehnsucht nach dem Souf, Langeweile, Übelkeit ...

Batna, den 26. April, 11 Uhr abends

Wie schon seit einigen Tagen habe ich auch heute abend ein unbestimmtes, undefinierbares Gefühl der Traurigkeit. Die Einsamkeit ohne *Ouiha* bedrückt mich entsetzlich, und die Langeweile zerfrißt mich. Nach dem gestrigen Unwetter ist ganz Batna überschwemmt, dunkel, erstarrt, voller Schlamm und faulig stinkendem Rinnsal. Mein armer «Souf» ist ganz krank, und ich selbst bin um meine melancholischen Ausflüge gebracht, um die Spazierritte über die Straßen, zu dem trostlosen, hoch oben am Fuße des grauen

Hügels liegenden Friedhof, wo die eingefallenen Gräber erschreckend wie halb geöffnete Tore zum entsetzlichen Nichts des menschlichen Staubs in wilder Unordnung verstreut zwischen den duftenden Büschen aus grauem Chih und rotem Timgrit liegen, während in unmittelbarer Nähe auf dem grünenden Feld lila Flachs, weiße Anemonen und scharlachroter Mohn blühen . . .

Vor einigen Tagen verlor ich mich unter Flötenklängen und Trommelgesang, unter den Fahnen der alten islamischen Feierlichkeiten, in der Menge der Muselmanen, die um Regen baten. Um jenen Regen, der diesen verfrühten, schnell vergänglichen algerischen Frühling, der die Sommerblumen in der Eile der Erneuerung mit den Frühlingsblumen mischt und schon dabei war, mit den drückenden Tagen des Schirokko seinen Abschied zu nehmen, noch etwas erhalten könnte.

Gestern kam Rouh', nachdem ich ihn sechs lange Tage immer nur nachts flüchtig für einen kurzen Augenblick am Eingang zu dem verfluchten Viertel, in das er verbannt ist, gesehen hatte . . . Ich hielt ihn in meinen Armen, und plötzlich, nach der unbändigen, fast wilden Leidenschaft der ersten Umarmung flossen uns die Tränen, ohne daß wir wußten, weshalb, ohne daß wir miteinander gesprochen hatten; rätselhaft beängstigt schnürten sich unsere Herzen zusammen.

Dann, in der Nacht, nach dem blödsinnigen Lauf durch den strömenden Regen, den ich aus lauter Lust, mich über den scheinheiligen Tarhat – der immerhin soviel Geschmack besitzt, sich nicht zu verstellen – lustig zu machen, auf mich genommen hatte, las ich noch etwas und schlief ein; im Traum erschien mir Vava, der Rouh' mit Zärtlichkeit überschüttete und mir in dem üblichen Tonfall von einst seine Würdigung zu verstehen gab. Verschwommen, als läge er schon sehr lange zurück, erinnere ich mich an diesen Traum, der einen tiefen und sanften Eindruck in mir hinterließ, wie eine geheimnisvolle Bestätigung der tröstlichen Depesche von Augustin . . . Gestern, in der kindlichen Freude über Augustins Annäherung und die Tatsache, daß er uns beiden nun doch Gerechtigkeit zuteil werden ließ, habe ich wieder einmal festgestellt, wie aufrichtig, gütig und schön Slimènes Seele doch ist, die ich mein eigen nennen kann. Trotz all meines Leids der Vergangenheit, der Gegenwart und der Zukunft danke ich Gott und dem Schicksal, mich in das unvergeßliche Land der Sandmeere geführt zu haben, um mich diesem Wesen hinzugeben – meinem einzigen *Trost*, meiner einzigen Freude auf dieser Welt, wo ich die Ärmste der Armen bin und mich doch reicher fühle als alle anderen, weil ich einen unermeßlichen Schatz besitze.

Und manchmal, ja oft sogar frage ich mich aus der Gewohnheit allzu großen Leids heraus mit tiefer Angst, ob dieses Glück mir nicht vielleicht doch noch durch den Tod, das eifersüchtige Schicksal, entrissen wird.

Nach ihm, nach dieser einmal gemachten Erfahrung, wäre es sinnlos, zu warten und zu hoffen. Mehr noch: selbst wenn ich wüßte, daß er nicht wiederkehrt und ich einen anderen fände, der mich gleichermaßen liebte, wollte ich dessen Liebe nicht – und zwar aus dem einfachen Grunde, daß es ein anderer wäre und er es ist, dem meine absolute, meine ebenso sanfte und zärtliche wie glühende Liebe gilt.

Oft war ich hart und ungerecht zu ihm, stieß ihn grundlos vor den Kopf, war so von Sinnen, daß ich ihn sogar schlug, voller Scham über mich selbst, weil er sich nicht verteidigte und über meine blinde Wut lächelte ... Im nachhinein verursacht mir jede Spur eines gegen ihn begangenen Unrechts ehrlichen Schmerz und tiefe Abscheu vor mir selbst.

Abends war ich bei dem Polizisten, der mir mit Sicherheit im Auftrag des Feindes nachspioniert. Ganz gleich, was ich ihm gesagt habe, ich würde es vor allen Leuten wiederholen und es stimmt auch, denn *er war schließlich der erste*, der das Gerücht in Umlauf brachte, P ... habe meinen Tod gewollt und der Mörder würde nicht bestraft. Wenn dem so ist, bedeutet es mein Todesurteil, wo immer ich im Süden, dem einzigen Land, in dem wir leben könnten, auftauchen mag ...

Bleibt das Verbrechen von Behima unbestraft oder wird es nur leicht bestraft, wäre dies ein zynisches Bekenntnis und auch ein ziemlich klarer Hinweis auf die Tidjaniya: «Tötet Si Mahmoud, ihr habt nichts zu befürchten.»

Doch Gott hat die Hand des Mörders schon einmal aufgehalten, und Abdallahs Säbel schlug fehl ... Sein Wille geschehe! Wenn Gott will, daß ich als Märtyrer sterbe, wie ich es in der Nacht von Elhadj von ihm verlangte, wird mich sein Wille erreichen, wo immer ich sein mag. Wenn nicht, werden alle Machenschaften derer, die Verbrechen über Verbrechen auf ihre Häupter laden, nur zu deren eigener Verwirrung dienen. Der Tod selbst schreckt mich nicht, nur möchte ich nicht im Dunkeln und vor allem nicht unnötig sterben. Jetzt, nachdem ich ihm in nächster Nähe begegnet bin, nachdem ich gefühlt habe, wie sein eisiger schwarzer Flügel mich streifte, weiß ich, daß sein Nahen unverzüglich zu einer absoluten Entrückung, einem endgültigen Verzicht auf die Dinge dieser Welt führt. Ich weiß auch, daß meine Nerven und mein Wille den großen *persönlichen* Prüfungen gut standhalten und ich meinen Feinden nie die Genugtuung bereiten werde, Feigheit oder Angst zu zeigen.

Was die Zukunft betrifft, so gibt es allerdings doch etwas, was mich erschreckt: gegen ein Unglück, das Slimène oder Augustin zustoßen könnte, bin ich nicht vollständig gewappnet. Angesichts dieser Möglichkeiten bin ich furchtbar schwach. Da verläßt mich meine ganze erhabene Unbekümmertheit, und ich werde schwächer als ein Kind. Eine tiefere Misere als die, mit der ich mich herumschlage, ist kaum vorstellbar: nun ja, sie beunruhigt mich nur, weil unsere Schulden für Slimène eine Katastrophe bedeuten können.

Ansonsten, und obwohl das unvermeidliche Mit-Pfennigen-Rechnen meiner aristokratischen Natur durchaus widerstrebt, ist mir meine persönliche Lage, die nur wenige ertragen könnten – in dieser Hinsicht zumindest –, ziemlich egal. Glücklicherweise hält der Feind mich für reich, wie ich den Worten des Polizisten entnehmen konnte.

Ich hatte ganz recht, als ich das Geld hier und in Biskra vor zwei Jahren aus dem Fenster hinauswarf: die Reputation meines Reichtums ist für unsere Verteidigung ebenso nützlich wie tatsächlicher Reichtum es wäre. Ah! Wenn diese Schurken wüßten, daß ich im finstersten Elend stecke und sie mich mit den kleinsten Schikanen loswerden könnten, würden sie es sich sicherlich nicht nehmen lassen!

Und welche Verbrechen mögen sie nur auf dem Gewissen haben, welch ungeheure Angst vor dem Licht mag sie plagen, daß sie so vor mir erzittern, die ich vor allem aus Saumseligkeit und dann auch aus Angst, Slimène zu schaden, im großen und ganzen wirklich nicht viel unternommen habe, außer den Nachforschungen in El-Oued!

Daß sie sich fürchten, liegt auf der Hand. Weshalb nimmt man mich sonst nicht einfach fest, beispielsweise wegen Spionage, weshalb weist man mich nicht aus?

Nur weil «diese Verrückte», wie P . . . sagte, «uns allerhand Schwierigkeiten machen könnte».

Ich hatte recht, meinen elenden Lebensstil hier immer nur der Unbekümmertheit und Originalität zuzuschreiben: auf diese Weise wird meine Misere nicht allzu deutlich.

In Wirklichkeit bin ich so weit heruntergekommen, daß ich bewußt zu Leuten gehe, *um zu essen,* mit dem Ziel, meine Gesundheit zu bewahren; ein Verhalten, das mir früher *unmöglich* erschienen wäre, ebenso unmöglich, wie die andere Sache, zu der ich doch auch fähig war: die verschlossenen, geheimnisvollen Marabouts aufzusuchen und sie um Geld zu bitten . . . Meine Gesundheit muß wohl doch eisern sein, denn entgegen aller Wahrscheinlichkeit hält sie sich gut: die Ängste der letzten Tage in El-Oued, die Verletzung, die nervliche Belastung und der große Blutverlust in Behima, das Krankenhaus, die halb zu Fuß zurückgelegte Reise, das Elend hier, die Kälte und die schlechte Nahrung, deren bester Teil etwas Brot ist – all das hat mich nicht in die Knie gezwungen.

Wie lange wird das noch so weitergehen?

Ich glaube schon, daß die Kraft meiner lebendigen Seele und die Sorglosigkeit meines Charakters viel dazu beigetragen haben, und es schon ausreichte, länger über meine Situation zu grübeln, um krank zu werden.

Wie zum Teufel soll ich mir erklären, daß sich zu Hause, mit ausgezeichneter Kleidung, einem warmen Ofen und denkbar gesunder Nahrung und trotz Mamas abgöttischer Pflege die geringste Erkältung bei mir in eine Bronchitis verwandelte und ich jetzt, wo ich unter der eisigen Kälte von El-Oued einschließlich des Krankenhauses gelitten habe, wo ich den Unbilden der Reise ausgesetzt war und hier vor Kälte erstarre, dauernd mit nassen Füßen, Sommerkleidung und zerschlissenen Schuhen herumlaufe, nicht einmal einen Schnupfen bekomme?

Der menschliche Körper ist nichts, die menschliche Seele ist alles. Im übrigen ist eine schöne Seele die einzig wahre Schönheit, denn ohne sie existiert die physische Schönheit für einen wirklichen Ästheten nicht einmal . . . Weshalb bewundere ich Rouh's Augen? Nicht wegen ihrer Form noch wegen ihrer Farbe, sondern allein wegen der sanften und ehrlichen Ausstrahlung ihres Blicks; sie ist es, die seine Augen so erstaunlich schön macht . . .

Für mich drückt sich die höchste Schönheit der Seele praktisch durch einen Fanatismus aus, der *harmonisch*, das heißt auf dem Wege absoluter Aufrichtigkeit, zum Martyrium führt.

Sidi Mohammed-Taïeb ist tatsächlich tot; ich empfinde tiefe Traurigkeit beim Gedanken an diesen Mann, den ich noch vor mir sehe mit seinem schönen Adlerkopf, im blauen Schein des Vollmonds, auf der Terrasse des zerfallenen Hauses von Taleb Saïd gegenüber den kleinen grauen Dünen im Norden Touggourts, am Abend meiner Abreise im September letzten Jahres . . . Und ich höre, wie seine Stimme mir sagt: «Wir werden uns noch wiedersehen, Si Mahmoud, ☾ *so Allah will!* ☾»

Damals wußte er ebenso wenig wie alle anderen von den Plänen, die der Feind im Schatten gegen mein und sein Leben schmiedete und daß dieser Abschied ein letztes, ewiges Adieu sein würde! . . . daß wir uns nie wiedersehen sollten ☾ *bis zum Tag der Wiederauferstehung* ☾ an jedem anderen Ort, wo zweifellos die Vernunft und die Gerechtigkeit herrschen werden, die dieser Welt fehlen, dieser Welt, in der die Gerechten und die Märtyrer von den Massen, die danach drängen, die Fußtapfen der Tyrannen, der Betrüger und Banditen noch in ihrem eigenen Blute und im Staub ihrer Toten zu küssen, mit Füßen getreten werden!

Und welche bedauerlichen Folgen wird dieser Tod für die Zukunft der Bruderschaft und für unsere Cheikhs haben?

Den 3. Mai 1901, Freitag, 9 Uhr 45 morgens

Gestern abend bekam ich Nachricht von der Ausweisung.

☾ O *Toura, weiß du, ob meine Nacht ein Ende nehmen wird. Weißt du, ob meine Liebe eine Stütze findet. Die ganze Nacht plagen mich die Qualen der Liebe. Und die Glut meines Verlangens erregt mich. Ich verberge meine Liebe: doch ein Zeichen in meiner Brust verrät diese Liebe. Ich verberge meine Leidenschaft und mein Verlangen nach IHR. Und ich zeige die Liebe meines Herzens nicht. Ich werde mich gedulden bis zu dem Tage, an dem sich mein Wunsch erfüllt. Gelobt sei der Lohn, der das geduldige Warten krönt.* ☽

Am gleichen Tage, 3 Uhr nachmittags

Wieder einmal ist alles zerstört, vernichtet, niedergemäht. Wieder einmal hat das Schicksal alle menschliche Voraussicht vereitelt und unsere Häupter unter seinem grausamen Odem gebeugt.

Doch die Prüfungen dieser Welt, die ich in meinem Leben nur allzu oft erfahren habe, können meine Seele nur noch stählen. Ich werde den Mut haben, gegen die ungeheure Ungerechtigkeit, die mir widerfahren ist, zu kämpfen und hoffe, mit Gottes Hilfe und der Hilfe unseres Herrn El-Djilani den Sieg davonzutragen.

Doch wie soll ich mich für Gott weiß wie lange Zeit von Rouh' entfernen, von Rouh', der so eng mit meinem moralischen Sein verbunden ist, der mittlerweile ein Teil meiner selbst geworden ist? Wie soll ich darauf verzichten, ihn zu sehen, wenn mir die Tage ohne ihn endlos scheinen?

Es gab nur noch eine einzige Freude, einen einzigen Trost in meinem Leben: ihn zu sehen. Noch zweimal werden wir Arm in Arm schlafen ... Noch zweimal werde ich seine geliebte Gestalt in die Tür dieses armseligen Zimmers, das uns genau wie all die anderen Herbergen unserer Liebe ans Herz gewachsen ist, treten sehen.

Und dann nichts mehr ... Die unheilvollen Erinnerungen an Bône und Marseille, wo ich zwar die Freude haben werde, Augustin wiederzusehen, doch wie sollte es eine wirkliche Freude geben ohne meinen sanften Bruder Zuizou?

Seine Liebe und seine Güte haben die düstersten Stunden des letzten Jahres mit ihrer Sonne aufgehellt ... Wenn er nicht da ist, ist alles schwarz und unheilvoll.

Sonntag, den 5. Mai, 9 Uhr morgens

Mitten in der verzweifelten Verwirrung dieser letzten Tage, die finsterer waren denn je zuvor, stelle ich erfreut fest, daß mir der Sinn für die Schönheit, die Liebe zur Kunst und zur Natur dennoch erhalten bleibt.

Ich befinde mich an der äußersten Grenze des Elends, an der Grenze des Hungers und der Entblößung, der dauernden Angst des materiellen Lebens. Ich bin wie ein gehetztes Tier, das mit dem offenkundigen Ziel, es zu töten, es zu vernichten, erbarmungslos gejagt wird. Ich werde getrennt sein von dem mir liebsten Wesen auf dieser Welt, dem Wesen, welches trotz allem Sonne in mein trauriges Dasein brachte, in mein seit immer und auf ewig *von Grund auf* trauriges Dasein. Seit Jahren war ich mir *gewiß,* daß ich diesen Grad des Elends eines Tages erreichen würde.

Doch inmitten dieser Situation, nach all den Qualen und angesichts der drohenden Gefahren, fühle ich, daß ich nicht schwach werde, daß zwei Dinge mir erhalten bleiben: meine Religion und mein Stolz; ich bin stolz, die Pein dieser keineswegs niedrigen Leiden auf mich zu nehmen, mein Blut vergossen zu haben und um des Glaubens willen verfolgt zu sein.

Meine Lebenskraft ist nicht erloschen, im Gegenteil, sie ist gewaltig und unantastbar, und das Leben, das bittere, düstere, grausame Leben will mir dennoch nicht *farblos* und *widerwärtig* erscheinen. Immer noch spürt es von nah oder fern die Sonne der tiefen Liebe jener ihrem Wesen nach schönen und allen wahrhaftigen Schönheiten geöffneten Seele. Außerdem ist auch der vielleicht noch subtilere und gar noch ernsthaftere Sinn für die Kunst, die Schönheit, die Natur immer noch vorhanden.

Früher schien es mir (obwohl ich schon eine Vorahnung hatte), wie fast allen anderen auch, paradox, daß das Elend und die Gemeinheit der Umgebung diesen heiligen Sinn für das Schöne und die Liebe zum Guten nicht notwendigerweise zum Schweigen bringen sollten. Aber nein . . . Bei mir verherrlichen sie ihn eher.

In allen Dingen ist Schönheit, und sie zu erkennen ist allein die Gabe des Poeten: diese Gabe ist in mir nicht im geringsten abgestorben und ich rühme mich darob, denn allein der Schatz des Denkens ist *unvergänglich.* Der für die Gemeinheit stumme Stein eines Bauwerks bewahrt eifersüchtig jenes Denken, das seine Form erschuf, solange er Bestand hat.

Während ich auf das Almosen warte, das meine Feinde *vielleicht* um ihren letzten Triumph bringen wird, und unter Absehung von jedem menschlichen Respekt, konnte ich heute die Schönheit eines köstlichen Buches von d'Annunzio genießen . . . An den noch ärmeren Tagen, an denen ich auch diese feinsinnigen Freuden entbehren mußte, erfreute ich mich am purpur-goldenen Widerschein der Sonnenuntergänge über den sich wellenförmig dahinziehenden Gipfeln der weißen Dünen in der Wahlheimat . . . Ich fühlte die Harmonie der wogenden Rundungen und der reichen Frühlingsfarben auf den mit Blumen und duftenden Pflanzen übersäten Hügeln des traurigen Batna, der Stadt der Verbannung und der Qual.

Arm, arm wie einst der große Eyoub als Inkarnation des menschlichen Leidens, fühlte ich mich als der erhabene Herr über die zauberhaften Weiten der geliebten Wüste und die wilden Berge des Aurès – und ich war es auch.

Wie ein Vagabund saß ich am Wegesrand neben dem unschuldigen, treuen und bescheidenen Gefährten, der mir nun auch auf immer genommen sein wird, und sah mit dem Blick eines Burgherrn über die Felder mit dem golden blühenden Raps, dem Smaragdgrün des Hafers und des Weizens, dem Opal des Chih mit seinen berauschenden Düften. Diesen Reichtum kann nur das Grab mir nehmen, die Menschen vermögen es nicht . . . und wer weiß, wenn das Mektoub mir die Zeit läßt, noch einige Fragmente zu formulieren, wird er mich in der Erinnerung mancher Leser sogar noch überleben.

Nur diese höchsten Formen des Lebens sind es wert, gelebt zu sein – wenn sie es nur wüßten, der dumme, geizige Geldsack oder die reiche, kriecherisch hofierte, von ihrer Schönheit überzeugte «Frau von Welt», sie würden neidisch auf den erbärmlichen Plunder, die verlauste Behausung und die spärliche Kost derer blicken, die die Quelle der Liebe gefunden haben (was überhaupt nur möglich ist, wenn sich keinerlei niedere, eigennützige Gedanken einschleichen), die sich das riesige Universum mit seiner geheimnisvollen Seele stolz zu eigen machen, es besitzen und es vollkommener genießen können, als irgendein Autokrat früherer Zeiten seine illusorische Macht genoß.

O göttliche und einzigartige Freude, im Spiegel eines menschlichen Auges das *Absolute* der irdischen Liebe zu lesen und in den weiten Horizonten der Welt bis hin zu den schwindelerregend fernen Sternen den unanfechtbaren *Titel des Eigentums*.

«Die nutzlose Wehmut über alle verlorene Freude, die Erinnerung an alles vergängliche Gut, das höchste Flehen, das im Nu über die Meere entflieht und sich hinter den Bergen vor der Sonne verbirgt, das unversöhnliche Begehren und die Notwendigkeit des Todes, all diese Dinge waren in dem einsamen Gesang enthalten und kraft der Kunst in erhabene Substanzen verwandelt, die die Seele aufnehmen konnte, ohne an ihnen zu leiden.» (D'ANNUNZIO, *Feuer*)

Ich verließ Batna am 6. Mai 1901 um 4 Uhr morgens. Am selben Tag gegen 3 Uhr nachmittags kam ich in Bône an. Blieb vom 6. bis zum 8. einschließlich der folgenden Nacht in Khoudjas Haus.

Notiert in Bône am 8. Mai, 6 Uhr nachmittags.

Nein, wahrhaftig, das Leben ohne Slimène ist *unmöglich*. Alles ist farblos, traurig, und die Zeit zieht sich endlos in die Länge. Armer Ouiha Kahla! Armer Zizou! Wann werde ich ihn wiedersehen?

Marseille, den 22. Mai 1901, 9 Uhr abends

Mittwoch, Abreise

Verließ Bône am Donnerstag, den 9. Mai um 6 Uhr nachmittags auf der *Berry* von der Compagnie Générale des Transports Maritimes; Überfahrt 4. Klasse unter dem Namen Pierre Mouchet, Tagelöhner. Ankunft in Marseille Samstag den 12. um 3 Uhr nachmittags. An der Mole ausgestiegen. Mit der Straßenbahn bis zur Rue d'Oran.

Morgen, wenn ich mich von den Strapazen der letzten zwei Tage etwas erholt habe, schreibe ich die Eindrücke von Bône, der Überfahrt und den ersten Tagen in Marseille im einzelnen auf . . . Heute abend will ich nur noch die *psychologische* Seite dieser letzten Phase zu Papier bringen, die erst mit Tränen und Angst begann und sich plötzlich in eine angenehme, weil *nützliche* Zeit verwandelte, die glückliche Zufälle mit sich brachte; so etwa die außergewöhnliche Begegnung mit dem alten Gefährten aus Sousse, Abd-el-Aziz-el-Agreby, eine Begegnung, die für Ouihas und meine Situation eine große Verbesserung bewirken kann; vielleicht wird er in Algier etwas erreichen; vielleicht findet er in Tunesien einen Ersatzmann für Slimène? (Das wäre ein Traum!) Auf jeden Fall aber wird er mir jetzt höchstwahrscheinlich nach und nach einen Teil des Geldes zurückzahlen, das er mir schuldet ...

Gegen mich liegt kein Ausweisungsbeschluß vor, so daß zumindest diese wirklich schreckliche Gefahr abgewendet ist. Ich kann also, sobald ich die Mittel habe, zu Slimène zurückkehren. Diese Mittel wird mir das Kriegsgericht bis zum 18. Juni längst verschafft haben. Bis dahin und *ab morgen* muß ich mich an die Arbeit machen und den russischen Text beenden, denn dazu habe ich Zeit genug.

Der Horizont hat sich in jeder Richtung aufgehellt. Nach der gestrigen seltsamen Begegnung mit Abd-el Aziz empfand ich aufrichtige Freundschaft für ihn. Ein eigentümlich sanftes Gefühl, große Freude und ernsthafte Rührung.

Vielleicht hat Gott ihn gerade jetzt auf meinen Weg gesandt, um mir zu helfen, diese harte Zeit meines Lebens durchzustehen!

Jetzt denke ich an Slimène und an ihn; vielleicht zum *erstenmal* auf *vernünftige* Art und Weise.

Ja, wenn ich wieder bei ihm bin, muß ich mein Verhalten ihm gegenüber vom ersten Augenblick an ändern, sonst werde ich unser häusliches Glück noch kompromittieren; denn die Ehe darf nicht allein auf der Liebe beruhen, die, wie groß und mächtig sie auch sein mag, keine hinreichend feste Grundlage ist. Ich muß die oft harte aber unerläßliche Aufgabe der Hingebung bewältigen, um ihm durch mein Verhalten, das von gleichbleibender Güte sein muß, ein Trost für alle Bitterkeit des Lebens zu sein. Ich muß mich selbst so weit unter Gewalt bekommen, daß ich nicht mehr heftig und egoistisch zu ihm bin und er nicht eines Tages die Geduld verliert; ohne dies ist keine gemeinsame Zukunft möglich ... Ich muß selbst von mir verlangen, was mir angesichts meiner Natur am allerschwersten fällt: die Unterwerfung, die gewiß auch Grenzen haben muß und nicht zur Seichtheit gereichen darf, die unser Leben zu zweit jedoch versüßen würde ... Alles in allem muß ich mir einen kräftigen Ruck geben, um meinen Charakter zu verändern und ihn erträglicher zu machen, was mir bei Slimènes gutem Charakter und seiner nachsichtigen Zärtlichkeit nicht schwerfallen dürfte ...

Marseille, den 12. Mai 1901

Ich verließ das Haus in der Rue Bugeaud am 6. Mai um 3 Uhr morgens. Alle Dinge strahlten große Ruhe aus, Mondschein, tiefe Stille in den Straßen. Slimène, Labbadi und Khelifa begleiteten mich zum Bahnhof ... Ich drehte mich noch ein letztes Mal zu der geliebten rötlichen Gestalt um, die im Schatten schon fast nicht mehr zu erkennen war ...

Wir trennten uns ohne allzu große Herzensbeklemmung, obwohl tieftraurig: wir hatten alle beide die Vorahnung eines baldigen Wiedersehens ...

Die Landschaft von Batna bis El-Guerrah arm und trostlos ... Die Sebkhas oder Seen waren in weißen Nebel getaucht. Hinter El-Guerrah unerhört reiche Farben und Nuancen; kleine Teppiche aus Klatschmohn, wie blutige Flecken im Dunkelgrün der ernterei-fen Felder, schneeweiße Anemonen, purpur-bläuliche Gladiolen, goldene Rapsflächen ... ach, ganz ähnlich wie mein Feld an der Straße von Lambèse, hinter dem vierten Kilometerstein, zu dem ich an den Aprilmorgenden in aller Frühe mit meinem armen treuen «Souf» hinausritt ... Wo ist Batna, die Stadt der Liebe, der Verbannung und der Bitterkeit, an die ich heute wehmütig zurückdenke, weil der arme Freund mit dem guten liebenden und sanften Herzen dort zurückgeblieben ist? ... wo ist «Souf», das wackere, getreue Pferd, der stumme Gefährte meiner unvergeßlichen Ausflüge in die Dünen unseres Landes? ... wo ist Khelifa, wo sind all die armseligen Kleinigkeiten, die wir ehrfurchtsvoll von El-Oued mitgenommen hatten, weil sie die heiligen Überreste unseres angebeteten Heims dort waren? ... Wo ist all das geblieben, was der Schicksalswind verstreut, vernichtet hat?

... Um 3 Uhr kam ich in Bône an. Intensive Erinnerung an frühere Zeiten bei Khoudja, in dem engen bläulichen Hof, in dem ich so oft und damals noch sorglos die verzauberte Stunde der sommerlichen Morgendämmerung verbracht und vor mich hin geträumt hatte, während † *Der Weiße Geist* † sich zu mir setzte! ... Diese Stadt, von der ich nichts wiedergesehen habe, außer dieser arabischen Bleibe und der unvergleichlichen Silhouette bei der Abfahrt, hinterläßt in mir ein Gefühl des *Traums, der Irrealität.*

Am 9. Mai um 5 Uhr nachmittags ging ich unter einem klaren, lichterfüllten Himmel an Bord ...

Den 12. Mai; ich unterbrach diese Notizen, weil mich plötzlich wieder die ganze grausame Verzweiflung der Trennung von Slimène überkam ... Wie soll ich bloß für weiß Gott wie lange Zeit verbannt, ohne Heim, ohne ihn leben, ich, die ich mich schon daran gewöhnt hatte, ein Zuhause zu haben, so ärmlich es auch gewesen sein mag!

Tage voller Langeweile und Angst in Bône, die ich damit zubrachte, mich gegen die Angst zu wehren, Ouiha zu verlieren; dazu Khoudjas bösartige Trägheit und das nachhaltige, dunkle Gefühl der *Irrealität* meiner Umgebung.

... Bône mit seiner unbeweglichen Silhouette, die ich vom Meer aus sehen kann, ist tatsächlich immer noch die einzigartige, unvergleichliche Stadt, an die ich mich zwei nostalgische und leidvolle Jahre hindurch wieder und wieder erinnern mußte ... Seltsam, seit ich 1899 zurückgekehrt bin, scheint die magische Anziehungskraft von Annaba gebrochen, und wenn sich nicht das Grab des *Weißen Geistes* dort befände, würde ich mich vielleicht nicht einmal mehr danach sehnen, es wiederzusehen! ...

Hastiger, fieberhafter Aufbruch. In Begleitung irgendeines Lastenträgers rannte ich durch die Altstadt, die ich kaum noch wahrnehmen konnte ... Sah zu, wie sich die einst so vertraute und nun für immer fremde Silhouette von Annaba allmählich entfernte ... Ganz vorn auf der *Berry* saß ich in meinem armseligen Matrosenanzug, mit dem Namen Pierre Mouchet, und fühlte mich traurig wie ein Emigrant, ein Verbannter, der dem heimatlichen Boden gewaltsam entrissen worden ist. Und plötzlich, unter den erstaunten Blicken der Passagiere, die allerdings nicht über mich lachten, flossen die bitteren Tränen, die ich nirgendwo verbergen konnte ... Beklommenen Herzens betrachtete ich das bunte Treiben auf dem Quai, die rotbraunen Wälle, den Idou und Saint-Augustin und den heiligen grünen Hügel mit den düsteren schwarzen Zypressen ... Mit stechendem Schmerz dachte ich daran, daß dies der Boden Afrikas war, der leidenschaftlich geliebte Boden, auf dem Slimène zurückblieb, der Boden der strahlenden Sahara, der sich rasch entfernte und den ich in der aufsteigenden Dunkelheit des Abends schon fast aus den Augen verlor.

Diese Rückkehr nach Bône wirkt wie ein Alptraum, so flüchtig und kurz, so bewegt und vor allem qualvoll war sie.

... Ich saß neben der Schiffsschraube auf meinem Bündel und dachte an das tiefe Elend, in das ich herabgesunken bin, an meine absolute Mittellosigkeit ... Dachte auch an *die Zierden* von einst, die *prophetischen* Matrosenanzüge, die ich in den schon weit zurückliegenden Zeiten des Wohlstands so gern trug, weil sie mir gefielen.

Ich machte mein Bett an der gleichen, einigermaßen warmen Stelle und schlummerte mit echtem Wohlgefühl – dem seltsam traurigen und lustvollen Wohlgefühl des «Heimatlos» – über dem durch die Gewöhnung ans Leid schon ganz besänftigten Gedanken ein. *Eden-Purée* ... elendes Eden, wie die Inschrift sagt, die wohl irgendein ironischer *Joyeux* auf die Tür des Sichtpostens von Kef-Ed-Dor geschrieben hat ...

Ein heftiges Unwetter riß mich aus dem Schlaf ... ich brachte meine Sachen unter die Brücke, neben den Lampenraum ... Von dort wieder vertrieben, irrte ich mit meinem aufgelösten, schmutzigen, durchnäßten Bündel durch den strömenden Regen. Schließlich fand ich dank eines anständigen Matrosen eine Zuflucht auf dem Vorderschiff, zusammen mit zwei halbwilden Neapolitanern und einem Alten, der wohl aus Japan zurückkam und eine schwarze *arabische Kachébia* trug.

Ich lief herum, auf der Suche nach etwas Wasser. Verbrachte eine recht gute Nacht auf der Erde. Schlief den ganzen nächsten Tag (10. Mai) bis 4 Uhr. Der Sturm bricht los; der alte Neapolitaner ist krank. Überschwemmung, die mich von meinem Platz hinter den Ankeranlagen vertreibt. Der mürrische Schiffsjunge bringt mich nach Steuerbord, wo ich mich auf einer Seilrolle niederlassen kann.

Tobender Sturm die ganze Nacht, heftiger Seegang, vorn bricht das Wasser über Bord, es klatscht mit Getöse gegen die Kommandobrücke. Scheußliche Nacht, pausenlos Dreckspritzer, ernsthafte Befürchtung eines Unglücks. Der Wind heult und stöhnt, haushohe Wellen brausen und tosen ... Große Symphonie des Schreckens.

Verzweifelt klarsichtige Gedanken in dieser Nacht des Fiebers und Deliriums; einen habe ich behalten:

«Es ist die *Stimme des Todes,* die da brüllt, sie ist es, die gegen die

Berry tobt und wütet, gegen das durchgerüttelte, gequälte arme kleine Ding, das wie eine Feder auf der unheilvollen Weite tanzt.»

Erstaunlicherweise suche ich aufmerksam nach Worten, um solche folgenlosen Sätze zu feilen und zu schleifen, als wollte ich trotz der physischen Qualen, die ich erleide, schreiben: Ich bin etwas seekrank, habe Magenkrämpfe vor Hunger, Schmerzen auf der rechten Seite, eisige Kälte, Müdigkeit, die Nieren tun mir so weh, daß ich mich am liebsten dauernd auf den nassen harten Seilen ausstrecken möchte . . .

Im Lauf der Nacht sind alle Passagiere von Deck in die dritte Klasse heruntergegangen. Ich blieb allein, wie von der Welt abgeschnitten durch die dauernden Wasserfälle, die mit donnerndem Krachen über meinem Kopf hereinbrachen und dann gegen die Brücke schlugen; hätte einer versucht, sie zu betreten, wäre er wohl nicht mit heiler Haut davongekommen . . . Nachmittags erreichten wir unser Ziel unter klarem, sonnigem Himmel. Ich nahm die Tramway, wie es sich gehört; von der Magdelaine aus ging ich das letzte Stück unter der mühseligen Last meiner Bündel zu Fuß. Ich war entsetzt, keine Nachricht von Slimène vorzufinden. In der Nacht schreckte ich plötzlich aus dem Schlaf, so angsterfüllt, daß ich Augustin beinahe geweckt hätte.

Am nächsten Morgen fand ich keine Sekunde Ruhe, bis die Depesche von Slimène kam . . . Das gibt mir wieder Mut, diese neue Prüfung durchzustehen, die härteste von allen: die Trennung.

Hier bin ich – *nicht um meiner selbst willen* – glücklich, wenn schon keinen Wohlstand, so doch zumindest die Sicherheit eines Wohlergehens vorzufinden, das sich im Vergleich zu meiner absoluten Mittellosigkeit wie Reichtum ausnimmt.

Die Eindrücke früherer Zeiten sind wieder aufgelebt, vor allem die meines Aufenthaltes hier im November 1899. Vorhin lauschte ich dem Läuten der alten Kirchenglocken von Marseille und erging mich in der Erinnerung an die sonnigen Tage von damals, als die Popowa und ich in dieser Stadt herumliefen; eine Stadt, in die ich seltsam vernarrt bin, in der ich aber nicht wohnen möchte . . . Das Chateau d'If und Saint-Victor . . . Die klaren provenzalischen Herbsttage, die schon so lange zurückliegen! . . .

. . . Wer aber wird mir meinen ewig sonnigen Souf wiedergeben, und die weißen Zaouïas, und die ruhigen Bleiben mit den grauen

Kuppeln, und den grenzenlosen Horizont der Sande . . . und die ganze Kulisse des letzten halben Jahres meines Lebens dort unten, in der erhabenen Wüste . . . Wer wird mir Slimène wiedergeben, den Bruder und Liebhaber, der mir meine ganze Familie auf dieser Welt ist?

. . . Vielleicht Gott . . . an den ich glaube und dem ich vertraue und Abd-el-Kader-Djilani . . .

(Abgeschrieben und ergänzt am 25. Mai.)

Marseille, Dienstag den 28. Mai,
10 Uhr 30 abends

. . . Heute abend dachte ich an das Elend, das hinfort mein Los auf Erden ist.

Ich lehnte am Küchenfenster, wie gewöhnlich allein im Haus, und in der Annehmlichkeit und Durchsichtigkeit dieses klaren Abends kam ich schließlich zu der absolut ernsthaften Überzeugung, daß das Elend, wie immer es sich darbieten mag, keinen *direkten* Einfluß auf den ästhetischen Sinn nehmen kann, und daß ich die Herrlichkeit der Dinge gegenwärtig ebensogut, *wenn nicht gar besser,* empfinden konnte; insgesamt ein tröstliches Ergebnis.

Überdruß und Unruhe, Slimène allein dort unten zu wissen, umgeben von der ganzen niederträchtigen Bande, Mouloud, Bornia, etc. . . ., allen meinen feigen und giftigen Feinden. Ich glaube, daß er siegreich aus dieser Prüfung hervorgehen wird, ◡ *so Allah will!* ◡

Für ihn bin ich zu allem bereit; im vertraulichen Beisammensein kann ich *ihm gegenüber, aber nur ihm* gegenüber, absolut sanft und untergeben sein; doch ich will nicht, daß irgend jemand von dem ganzen gemeinen Haufen, der sich einbildet, Rechte über diesen Mann zu besitzen – weshalb eigentlich, wo doch nur er allein ein Recht auf mich hat und ich auf ihn, auf seine Treue und sein Verhalten – daß irgend jemand von diesen Leuten Hand an meine Freiheit, an meine Würde legt. ◡ Verflucht seien sie in alle Ewigkeit. ◡

Gegen all diese Elenden empfinde ich den gleichen unbändig kalten Haß, der mich gegen einen Aly oder einen ben Osman beseelt; nicht etwa, weil sie mich bestohlen hätten, sondern weil sie mich beleidigt haben, weil sie *gemein,* niedrig und vermessen sind.

Die Niedrigkeit und Gemeinheit des Bösen haben mir dieses stets noch verhaßter und verabscheuungswürdiger gemacht, genau wie übrigens jede *Mittelmäßigkeit*.

Marseille, den 3. Juni 1901, 9 Uhr abends

Ich habe das Bedürfnis, meine augenblicklichen Empfindungen und einige ganz richtige und wichtige Beobachtungen in aller Eile aufzuschreiben.

Zunächst einmal die wichtigste Notiz: der Wunsch, *so schnell wie möglich* wieder abzureisen, Slimène wiederzusehen und ihn nie mehr verlassen, ihn eifersüchtig zu hüten, denn ich bin endlich zu der Überzeugung gelangt, daß ich außer ihm niemand auf der Welt habe und ich das Leben so weit von ihm entfernt nicht mehr ertragen kann. Gewiß, Augustin hat sein möglichstes für mich getan, doch seine Ehe hat ihn auf immer von mir entfernt, und ich kann nicht mehr auf ihn zählen, wie ich es mir einst vorgestellt hatte. Hinzu kommt die zwangsläufige *Unreflektiertheit* seiner Frau als Kind des Volkes, ja des *impulsivsten* Volkes überhaupt, die mir, die ich das Leben und die Dinge allzu gut *verstehe*, das Zusammenleben unerträglich macht.

Das einzige Wesen, mit dem es mir gelungen ist, in Harmonie zu leben, an dessen Seite ich mich in Sicherheit gefühlt habe – wie süß ist mir die Erinnerung an dieses Gefühl inmitten der gegenwärtigen Ängste! –, ist Slimène.

Zur Zeit erscheint mir der Augenblick unseres Wiedersehens als die Stunde der *Erlösung*, und ich stelle mir vor, daß ich in diesem Moment das Glücksgefühl dessen erleben werde, der eine drückende, lebensbedrohliche Last mit sich herumgetragen hat und plötzlich von ihr befreit wird.

Ich glaube sogar, zumal es an der Geschichte mit dem Kriegsgericht nichts ändern würde, daß ich mit Sicherheit Samstag nach Philippeville abreisen werde, falls ich das Geld von Agreby mit der Mittwochspost erhalte; so könnte ich das glückliche Wiedersehen und das Ende der dauernden Ängste, in denen ich seit meinem Aufbruch von Batna, das heißt, seit einem ganzen Monat lebe, um eine Woche vorverlegen.

Gewiß muß ich versuchen, mein Leben dort unten so einzurichten, daß es erträglich wird, vor allem wenn wir gezwungen sind, längere Zeit in Batna zu bleiben . . . Wenn ich das Kriegsgericht hinter mir habe, bleiben uns nur noch *acht Monate,* die wir das Leid ertragen müssen; und am Ende steht die *Gewißheit* der offiziellen Ehe und der Freiheit. Bis jetzt hat Gott Erbarmen mit uns bewiesen und hat uns nie verlassen, auch nicht in den grausamsten Stunden. Ich habe mich schon daran gewöhnt, mit aufmunternden Gefühlen an ihn und den geheimnisvollen Beschützer *Djilani* zu denken.

Außerdem stelle ich fest, daß ich wieder einmal eine *Inkubationszeit* durchgemacht und noch nicht abgeschlossen habe, obwohl ich schon einige Wirkungen merken kann: ich verstehe die Menschen und die Dinge besser, und der Horizont meines Lebens ist zwar unendlich traurig, aber doch weniger finster.

Das Leben ist nicht nur ein dauernder Kampf gegen die Umstände, sondern mehr noch ein unaufhörlicher Kampf *gegen uns selbst.* Diese Wahrheit ist so alt wie die Welt, doch dreiviertel der Menschheit kennt sie nicht oder beachtet sie nicht im geringsten: daher die Unglücklichen, die Verzweifelten und die Böswilligen.

Die Seele hat eine *kolossale* Macht über sich selbst, insbesondere bei bestimmten Individuen, und diese Macht wächst, je mehr man sich ihrer bedient.

Oft läßt sich diese wohltuende Fähigkeit, wie es bei mir der Fall war, vor allem durch Leid erwerben. Leiden ist gut, denn es *veredelt* . . . zweifellos veredelt es für die unbekannten Vollendungen des Jenseits, denn ohne das Jenseits ist alles *unwürdig und dumm.* Nur das Leid erzeugt die Herrlichkeit des großen Muts und der großen Demut, ebenso wie es die großen Gefühle und die weitherzigen Gedanken erzeugt . . . Der Heroismus entzückt mich nicht etwa durch seine *lärmende* Seite, die den Mann des Volkes begeistern und ihn zum *unbewußten* Helden machen kann: sondern vor allem durch die *reine* Schönheit der Tat, sozusagen die Harmonie ihrer Züge, und insbesondere durch die unverzügliche, mit dem absoluten Verzicht auf alle tieferen Bindungen unserer Animalität einhergehende Erhebung zur absoluten Ernsthaftigkeit, die außer in der letzten Stunde, der verdichtenden Stunde, in der der Mensch dem Tod, wie das heilige Wort sagt, von Angesicht zu Angesicht gegenübersteht, unmöglich ist . . .

Dafür aber bedarf es der – nach Maßgabe des menschlich Absoluten – absoluten Gewißheit des *bevorstehenden und unvermeidlichen* Todes, ohne die der Heroismus oft und vor allem bei den einfachen Leuten nur ein übertriebenes Vertrauen in das unbestimmte sogenannte Glück ist.

Bewußt, ruhig zu sterben, *seinen* wie auch immer gearteten *Glauben bezeugend und um seinen Glauben zu bezeugen,* das ist die reine Herrlichkeit. Doch ich sage es noch einmal, der Akt muß *bewußt* sein.

Ich für meinen Teil bin sicher, hätte ich die Wahl zwischen dem unverzüglichen, unzweifelhaften Tod und der Abschwörung, würde ich mich für den Tod entscheiden, und dies aus allerhand Gründen: zum einen wegen der Feierlichkeit des Augenblicks, insbesondere des Stolzes gegenüber mir selbst, denn das geschlossene Gleichgewicht zwischen der moralischen und der intellektuellen Welt, aus dem ich lebe, wäre zutiefst kompromittiert, wenn nicht gar auf immer gestört; zum anderen wegen meiner instinktiven Geringschätzung des Lebens, selbst ohne jene Dinge, die es verschönen und es würdig machen, gelebt und *erforscht* zu werden.

Eigenartig: als ich mit diesen Notizen begann, das heißt, nachdem ich von meinen Gefühlen gegenüber Slimène und dem gegenwärtigen Leben gesprochen hatte, wollte ich etwas ganz anderes sagen als das, was ich nun tatsächlich und so *unvollkommen* gesagt habe.

. . . Jetzt stelle ich fest, daß es etwas gibt, das ich nie verstanden habe und nie verstehen werde: *den Charakter und das Leben Augustins.* Ist er so geworden wie er ist, oder war er schon immer so? Ich neige eher zu der zweiten Möglichkeit, obwohl er nach seiner Rückkehr aus Korsika bis zum Dienst in der Fremdenlegion und auch unmittelbar nach seiner Rückkehr aus Tunis wirklich das war, was ich in ihm zu erkennen geglaubt hatte. Heute ist Schluß damit, ein für allemal Schluß; er scheint sich in zunehmendem Maße in sein gegenwärtiges Leben zu verstricken, ein Leben, in dem der Intellekt fast keinen Platz mehr hat, das mich immer mehr abschreckt, mir zunehmend fremd wird.

. . . Und wie wird unter diesen Bedingungen die meiner Ansicht nach sehr düstere Zukunft aussehen, die dieses Wesen erwartet, das mir physisch so unerklärlich ähnlich ist und das psychologisch große Affinität zu mir besitzt – dessen bin ich mir sicher, ohne genau sagen zu können, weshalb ... Arme kleine Hélène, in der ich meine eigenen Züge mit einer Art *Rührung und Angst* wiedererkenne! Du wirst mich sicherlich nie kennenlernen, mich, die ich in dem Haus deiner Kindheit so wenig Platz einnehme, die ich in Zukunft so *selten* wie möglich hier auftauchen werde! Was werden ihre Eltern aus ihr machen?

Und wo ist die Affinität geblieben, die Affinität zwischen Augustin und meiner Natur, die er einst so überzeugt bestätigte? ... O weh, je mehr ich hinschaue, um so weniger erkenne ich sie wieder!

O Slimène, Slimène, bleib, was du zehn Monate lang für mich warst, verlaß mich nicht, und gib mir Geborgenheit an deiner Seite ... du einziger, der mir noch bleibt!

Marseille, den 4. Juni, Dienstag mittag

Eine entsetzliche Nacht liegt hinter mir; ich zweifelte an allem, insbesondere an Rouh'; es war mir eine solche Qual, daß ich den Verstand zu verlieren glaubte. Selten habe ich physisch und moralisch so sehr gelitten wie seit letztem Sonntag. Der Verstand ist größtenteils physiologisch: der ganze Kreislauf ist wegen der idiotischen Szene neulich heftig gestört.

Welch drückende Angst, welch schwarze Gedanken!

Um 2 Uhr blies ich das Licht aus, nach langer Zeit schlummerte ich endlich ein, um gegen 3 Uhr mit grundloser Angst wieder aus dem Schlaf zu schrecken; ein Vorspiel der schrecklichen Verzweiflungskrise, die bis in den hellichten Tag hinein dauerte.

Gereiztheit, Angst, Entnervtheit, moralisches Leiden, schmerzlich bis zum Wahnsinn – das hat mir der letzte Aufenthalt hier gegeben. Und von Tag zu Tag fühlt sich mein Herz immer stärker zu Slimène hingezogen. Auch dort unten wird es Leid, Elend, Überdruß und ewige Entbehrungen geben ... Zugleich aber den unermeßlichen Trost, ihn in der Nähe zu wissen, ihn zu sehen, seine Stimme zu mir sprechen zu hören, endlich einen Vertrauten für all meine Schmerzen, all meine Gedanken zu haben, einen Vertrauten, dem fast alles von mir verständlich ist und für den ich das bin, was er selbst für mich ist.

Ruhig sein, sicher, am Abend † *sein Herz ausschütten zu können* †.

Was die russische Arbeit betrifft, gibt es einen Hoffnungsschimmer; es bestehen einige Aussichten auf eine grundlegende Verbesserung.

Ah! Wenn Atabek mir 20 und Agreby 30 Francs schicken würden, könnte ich Freitag aufbrechen, nach Batna fahren und diesem unerträglichen Zustand ein Ende machen. Vernünftigerweise wäre es sogar empfehlenswert, sich nicht auf eine weitere Woche derartiger Leiden einzulassen und die Schwierigkeit zu vermeiden, mit den Geusen der Familie von Bornia überhaupt zu tun zu haben.

Alles, mein Gott, alles um ihn wiederzusehen, und sei es nur flüchtig vor dem Kasernentor oder während seiner Arbeitswoche!

Marseille, Freitag den 7. Juni 1901

Am 6. erschien mein Brief zu den Ereignissen von Behima in *La Dépêche Algérienne*.

Am 7. schickte ich die Richtigstellung ab.

Die Brieftexte

Sehr geehrter Herr Direktor,

am 18. Juni dieses Jahres wird das Kriegsgericht von Constantine einen Einheimischen namens Abdallah-ben-Si-Mohammed-ben-Lakhdar aus dem Dorf Behima nahe El-Oued (Kreis Touggourt) richten. Dieser Mann ist des Mordes, oder vielmehr des geplanten Mordversuches angeklagt und überführt.

Ich selbst war Opfer des Angriffs, der mir beinahe das Leben gekostet hätte.

Zu meinem größten Erstaunen mußte ich feststellen, daß keine einzige algerische Zeitung diese Angelegenheit auch nur mit einem Wort erwähnt hat, obwohl sie doch eine der seltsamsten und rätselhaftesten ist, die je vor ein algerisches Gericht kamen. Ich nehme an, daß der Presse keine Einzelheiten über diese Affaire mitgeteilt wurden. Allein um der Wahrheit und der Gerechtigkeit willen halte ich es für angebracht, der Öffentlichkeit die Einzelheiten dieses Prozesses noch vor der Urteilssprechung bekanntzugeben. Ich bitte Sie daher, den vorliegenden Brief mit meiner Unterschrift zu veröffentlichen. Ich übernehme die vollständige Verantwortung für seinen Inhalt.

Es möge mir gestattet sein, zunächst einige zum Verständnis des folgenden Berichts notwendige Erklärungen zu geben. Im Zuge des Verfahrens gegen Abdallah-ben-Mohammed äußerten die mit den Ermittlungen betrauten Offiziere wiederholt ihr Erstaunen, wenn ich erklärte, Muselmanin und sogar zur Bruderschaft der Kadriya geweiht zu sein; sie wunderten sich auch, mich je nach den Umständen und Notwendigkeiten meines vorwiegend unsteten Lebens mal in der weiblichen und mal in der männlichen arabischen Tracht zu sehen.

Um nicht als Nacheiferer des Dr. Grenier oder auch als Person zu gelten, die sich um irgendeines Vorteils willen eine Tracht zulegt und sich hinter einem religösen Etikett verbirgt, ist es mir wichtig, hier zu erklären, daß ich nie Christin war, daß ich nicht getauft bin, und daß ich, obwohl russischer Staatsangehörigkeit, seit langem Muselmanin bin. Meine Mutter, eine Angehörige des russischen Adels, starb 1897 in Bône, nachdem sie Muselmanin geworden war; sie wurde auf dem arabischen Friedhof dieser Stadt begraben.

Ich hatte es daher nicht nötig, mich zur Muselmanin zu machen, noch hatte ich irgendeinen Grund, mich zu verstellen; meine algerischen Glaubensbrüder haben dies so gut verstanden, daß der Cheikh Si Mohammed-el-Houssine, der Bruder des Si Mohammed-Taïeb und Naïb der Bruderschaft von Ouargla ohne jede Schwierigkeit einverstanden war, mir die Initiation zu geben und somit die erste zu bestätigen, die ich schon vorher von einem seiner Mokaddem erhalten hatte. Nicht nur aus dem oben genannten Grunde lag mir daran, all dies vorauszuschicken, sondern auch, damit man nicht versucht, Abdallahs Attentat durch einen fanatischen Haß auf alles Christliche zu erklären; ich bin keine Christin, und alle Souafa einschließlich Abdallah wissen es!

Hier nun der Bericht über den Anschlag, dem ich am 29. Januar um 3 Uhr nachmittags im Haus eines gewissen Si Brahim-ben-Larbi als Eigentümer im Dorf Behima, 14 Kilometer nördlich El-Oued an der Straße des tunesischen Djerid, zum Opfer fiel.

Nachdem ich bei einer ersten Reise durch die constantinische Sahara im Jahr 1899 durch El-Oued gekommen war, ließ mich der tiefe Eindruck, den dieses Land der unbefleckten Dünen und der tiefen Gärten mit den schattigen Palmenhainen auf mich gemacht hatte, nicht mehr los. So ließ ich mich im August 1900 in El-Oued nieder, ohne genau zu wissen, für wie lange Zeit. Dort bat ich um meine Initiation zur Bruderschaft der Kadriya und besuchte hinfort ihre drei Zaouïas in der Umgebung von El-Oued, nachdem ich das Wohlwollen der drei Cheikhs, des Sohns des Sidi Brahim und der Brüder des seligen Naïb von Ouargla gewonnen hatte. Am 29. Januar begleitete ich einen von ihnen, Si Lachmi, in das Dorf Behima. Der Cheikh war mit seinen Khouans auf dem Weg nach Nefta (Tunesien), um dort am Grabe seines Vaters, Sidi Brahim, die Ziara zu feiern. Da persönliche Umstände mich hinderten, bis Nefta mitzugehen, begleitete ich den Cheikh bis Behima, wo der Pilgerzug die Nacht verbringen sollte. Ich selbst hatte vor, noch am gleichen Abend mit meinem Diener, einem Soufi, der mich zu Fuß begleitete, nach El-Oued zurückzukehren. Wir betraten das Haus eines sogenannten Si Brahim-ben-Larbi; während sich der Marabout zum Nachmittagsgebet in einen anderen Raum zurückzog, blieb ich im großen Saal, dessen Vorzimmertür zum Dorfplatz, wo sich eine dichte Menge versammelt hatte und wo der Diener mein Pferd hütete, geöffnet war. Außer mir waren noch fünf oder sechs ehrwürdige Araber aus dem Ort oder der näheren Umgebung im Raum, fast alle Bhamania-Khouans. Ich saß zwischen zweien von ihnen, dem Eigentümer des Hauses und einem jungen Händler aus Guémar, Ahmed-ben-Belkassem. Letzterer bat mich, ihm drei kaufmännische Depeschen zu übersetzen, von denen eine so schlecht abgefaßt war, daß sie mir große Schwierigkeiten machte. Mit gesenktem Kopf saß ich da, die Kapuze meines Burnus fiel über meinen Turban, so daß ich nach vorn nichts sehen konnte.

Plötzlich bekam ich einen heftigen Schlag auf den Kopf, dann zwei weitere auf den linken Arm. Ich hob den Kopf und sah vor mir ein schlecht gekleidetes Individuum, folglich keine der vorher anwesenden Personen, das eine Waffe, die ich für eine Keule hielt, über meinem Kopf schwang. Abrupt stand ich auf und stürzte zur gegenüberliegenden Wand, um Si Lachmis Schwert zu ergreifen. Doch der erste Schlag hatte mich auf den Scheitel getroffen und betäubt. So fiel ich auf einen Koffer, einen heftigen Schmerz im linken Arm.

Der Mörder, der mittlerweile von einem jungen Mokkadem der Kadriya, Si Mohammed-ben-Bou-Bekr, und einem Diener Si Lachmis namens Saad entwaffnet worden war, schaffte es dennoch, sich wieder loszureißen. Als ich ihn auf mich zukommen sah, raffte ich mich noch einmal auf, wollte wieder zur Waffe greifen, doch der Schwindel und der stechende Schmerz in meinem Arm überwältigten mich. Der Mann stürzte in die Menge und schrie: «Ich hole ein Gewehr, ich bringe sie um!» Saad brachte mir ein arabisches Schwert mit blutiger Klinge und sagte: «Hier, damit hat er dich verletzt, der Hund!»

Der Marabout, der wegen des Lärms herbeigeeilt war und dem der Name des Mörders sofort von Personen genannt wurde, die ihn erkannt hatten, ließ den unabhängigen Cheikh von Behima rufen; letzterer gehört genau wie der Mörder zu der Bruderschaft der Tidjaniya, die bekanntlich die unversöhnlichsten Feinde der Kadriya in der Wüste sind. Dieser einzigartige Funktionär also setzte dem Marabout heftigen Widerstand entgegen, indem er vortäuschte, der Mörder sei ein Cherif etc., etc. Daraufhin drohte der Marabout ihm vor aller Öffentlichkeit, ihn als Komplizen beim Arabischen Bureau anzuzeigen und verlangte energisch, daß der Mörder auf der Stelle festgenommen und an den Tatort gebracht würde. Der Cheikh führte den Befehl höchst unwillig aus.

Nachdem der Mörder in den Raum geführt worden war, in dem man mich auf eine Matratze gelegt hatte, begann er, den Verrückten zu simulieren; und dann, als ihm seine eigenen Mitbürger, die ihn als einen vernünftigen, ruhigen, nüchternen Mann kannten, der Lüge überführt hatten, sagte er, Gott habe ihn geschickt, mich zu töten. Da ich bei vollem Bewußtsein war, konnte ich feststellen, daß mir das Gesicht dieses Mannes vollständig unbekannt war; ich begann, ihn selbst zu befragen. Er sagte mir, auch er kenne mich nicht, er habe mich nie gesehen, doch er sei gekommen, mich zu töten, und er würde es auf der Stelle wieder versuchen, wenn man ihn nur losließe. Auf meine Frage, was er mir denn so übelnehme, antwortete er: «Ich nehme dir gar nichts übel, du hast mir nichts getan, ich kenne dich nicht, aber ich muß dich töten.» Der Marabout fragte ihn, ob er wisse, daß ich Muselmanin sei, was er bejahte. Sein Vater erklärte, sie seien Tidjaniya. Der Marabout forderte den Cheikh des Ortes auf, das Arabische Bureau zu verständigen und verlangte nach einem Offizier, der den Mörder abführen und die Ermittlungen aufnehmen sollte; für mich ließ er den Oberstabsarzt kommen.

Gegen 11 Uhr trafen der mit den Ermittlungen beauftragte Offizier, ein Leutnant des Arabischen Bureaus, und der Oberstabsarzt ein. Der Arzt stellte fest, daß die Verletzungen am Kopf und am linken Arm harmlos waren; ein schicksalhafter Zufall hatte mir das Leben gerettet: eine direkt über meinem Kopf gespannte Wäscheleine hatte den ersten Säbelhieb, der mich sonst unfehlbar getötet hätte, aufgefangen. Aber das Gelenk meines linken Ellbogens lag nach außen offen, Muskel und Knochen waren in Mitleidenschaft gezogen. Wegen des enormen Blutverlusts, den ich über sechs Stunden erlitten hatte, befand ich mich in einem derartigen Schwächezustand, daß ich an diesem Abend in Behima bleiben mußte.

Am nächsten Tag wurde ich auf einer Bahre ins Militärhospital von El-Oued gebracht, wo ich bis zum 25. Februar dieses Jahres blieb. Trotz der aufopfernden und klugen Behandlung durch Herrn Dr. Taste verließ ich das Krankenhaus mit einer lebenslänglichen Behinderung, unfähig, mit meinem linken Arm auch nur irgendeine noch so leichte Tätigkeit auszuüben.

Obwohl ich anläßlich meiner ersten Reise Schwierigkeiten mit dem Arabischen Bureau von Touggourt, dem das von El-Oued unterstellt ist, gehabt hatte, Schwierigkeiten, die allein auf das Mißtrauen dieses Büros zurückzuführen waren, erwiesen mir der Chef der Zweigstelle von El-Oued, die Offiziere des Arabischen Bureaus und der Garnison wie auch der Oberstabsarzt die allergrößte Güte, so daß es mir ein Anliegen ist, ihnen meine Dankbarkeit öffentlich zu bezeugen. Die Ermittlungen haben ergeben, daß Abdallah vor seinem Verbrechen fünf Tage lang versucht hatte, Schußwaffen zu erwerben, jedoch keine fand. Daß er seine Familie – der Unglückliche hat zu allem Überdruß kleine Kinder – am Tag unserer Ankunft in Behima mitsamt dem beweglichen Hab und Gut in das Haus seines Vaters, von dem er seit sechs Jahren getrennt lebte, umziehen ließ. Obwohl allgemein als Tidjaniya bekannt, sagten sein Vater und er sich plötzlich von ihrer Bruderschaft los; der Vater erklärte mir, er sei ein Kadriya, und der Sohn behauptete im Zuge der Ermittlungen, er gehöre der Bruderschaft von Mouley Taïeb an. Der Beamte der Gerichtspolizei, Herr Leutnant Guillot, konnte Abdallah in diesem Punkt der Lüge überführen.

Wenige Tage vor meiner Abreise von El-Oued hörte ich in Eingeborenenkreisen das Gerücht, Abdallah, der bis über die Ohren verschuldet war, sei einige Tage vor seinem Verbrechen nach Guémar (Zentrum der Tidjaniya) gefahren und habe nach seiner Rückkehr alle seine Schulden bezahlt, ja er habe sogar einen Palmenhain gekauft. Etwa zur gleichen Zeit ging Abdallahs Vater in die Zaouïa Sidi Lachmis und sagte ihm vor Zeugen, sein Sohn sei für den Anschlag auf mich gekauft worden, da er aber nicht wisse, wer die Anstifter seien, wolle er um die Erlaubnis ersuchen, seinen Sohn in Anwesenheit der zuständigen Personen zu sprechen, um ihn zu einem vollständigen Geständnis zu bewegen. Der Marabout hatte ihm geraten, sich an das Arabische Bureau zu wenden. Der alte Mann ließ auch mich durch einen meiner Diener um ein Gespräch bitten und sagte mir: «Dieses Verbrechen kommt nicht von uns»; er offenbarte auch mir den Wunsch, seinen Sohn zu sprechen, um ihn zum Geständnis zu ermuntern.

Soweit die Fakten.

Zunächst einmal ist ganz offensichtlich, daß Abdallah mich nicht etwa aus Haß auf die Christen töten wollte, sondern von anderen Personen angestiftet wurde; es liegt auf der Hand, daß sein Verbrechen geplant war. Ich selbst habe bei den Ermittlungen erklärt, daß ich den verbrecherischen Anschlag größtenteils dem Haß der Tidjaniya gegen die Kadriya zuschrieb und weiterhin vermutete, daß sich die Khouans der Tidjaniya zusammengeschlossen hatten, um sich meiner zu entledigen, da sie sahen, daß ihre Feinde mich liebten – der beste Beweis ist die tiefe Betrübnis der Kadriya-Khouans, als sie von dem Verbrechen erfuhren. Als ich bei meiner Überführung ins Krankenhaus auf der Bahre durch die Dörfer um El-Oued getragen wurde, kamen die Einwohner, Männer wie Frauen, auf die Straße und ließen das Klagegeschrei ertönen, mit dem sie ihre Beerdigungen zu begleiten pflegen. Ich hoffe, daß das Kriegsgericht von Constantine sich nicht damit zufriedengeben wird, Abdallah-ben-Mohammed schlicht und einfach abzuurteilen, sondern auch versuchen wird, etwas Licht in diese finstere Angelegenheit zu bringen.

In meinen Augen war Abdallah nur ein von anderen Händen geführtes Werkzeug, und seine Verurteilung könnte mir ebensowenig Genugtuung verschaffen wie allen anderen, die der Wahrheit und Gerechtigkeit huldigen.

Ich möchte nicht Abdallah allein auf der Anklagebank sehen, sondern vielmehr diejenigen, die ihn angestiftet haben, das heißt, die wahren Schuldigen, wer immer sie sein mögen.

Ich hoffe, daß Sie, sehr geehrter Herr Direktor, dieser – wie ich zu glauben wage – nicht uninteressanten Mitteilung nicht die Möglichkeit verwehren, durch Ihre schätzenswerte Zeitung an die Öffentlichkeit zu gelangen. Auch wenn sich das algerische Tell-Gebiet in politischer oder gar gesellschaftlicher Hinsicht nicht merklich von den anderen französischen Departements unterscheidet, gilt dies doch nicht für die Sahara, wo die Dinge ganz anders liegen, wo sie sogar so liegen, wie man sie in Frankreich nicht im entferntesten vermutet

ISABELLE EBERHARDT

Sehr geehrter Herr Direktor,

ich möchte Ihnen von ganzem Herzen für die freundliche Veröffentlichung meines langen Briefes vom 29. Mai dieses Jahres danken: Ich war mir der wohlbekannten Unparteilichkeit der Dépêche Algérienne, *die trotz aller Gewaltakte, die für manche algerische Organe leider eine Art*

Verhaltensregel geworden sind, stets große Mäßigung bewiesen hat, gewiß. Und doch scheint mir, daß ich in einem Augenblick, in dem der Ausländeraufenthalt in Algerien sich zu einer aktuellen Frage entwickelt hat, nicht nur das Recht, sondern auch die Pflicht habe, all denen, die sich die Mühe gemacht haben, meinen ersten Brief zu lesen, einige öffentliche und offene Erklärungen zu geben.

Sie haben mir die vollkommen unverdiente Ehre gemacht – eine Ehre, an deren Verdienst mir übrigens nicht liegt –, mir einen gewissen religiösen Einfluß auf die Einheimischen des Bezirks von Touggourt zuzusprechen: Nun habe ich aber nie eine politische oder religiöse Rolle gespielt, noch habe ich mich je darum bemüht, da ich mich für keineswegs befugt und befähigt halte, mich in so schwerwiegende, so hochkomplizierte Dinge, wie religiösen Fragen es in einem derartigen Land sind, einzumischen.

Ehe ich im Jahr 1889 nach Touggourt reiste, hielt ich es für meine Pflicht, den Herrn Oberstleutnant Tridel, den damaligen Chef des Kreises Biskra, persönlich von meiner Abreise zu unterrichten. Dieser Offizier, der mich ausgesprochen freundlich empfing, fragte mich mit typisch militärischer Offenheit, ob ich nicht Engländerin und Methodistin sei, worauf ich ihm mit der Vorlage von Dokumenten antwortete, die zweifelsfrei bewiesen, daß ich Russin bin und alle Formalitäten gegenüber der Kaiserlichen Hoheit, mit deren Erlaubnis ich im Ausland lebe, vorschriftsmäßig erfüllt habe. Darüber hinaus erklärte ich Herrn Tridel meine persönliche Meinung zur Frage der englischen Missionsdienste in Algerien; ich sagte ihm, daß ich jeden Bekehrungseifer verabscheute und vor allem die Scheinheiligkeit des englischen Charakters, die uns Russen ebensowenig sympathisch sei, wie sie jedem Franzosen widerstrebte.

In Touggourt stellte sich mir als Vorsteher des Arabischen Bureaus in Vertretung des Kommandanten der Hauptmann Susbielle vor, ein eigenwilliger Mann und, um einen volkstümlichen Ausdruck zu gebrauchen, recht unbequem. Dort mußte ich nochmals beweisen, daß ich nicht etwa eine arabisch verkleidete Miss war, sondern durchaus eine russische Schriftstellerin . . . Obwohl ich doch meinen möchte, wenn es auf dieser Welt ein Land gibt, in dem ein Russe leben können sollte, ohne schlechter Absichten verdächtigt zu werden, müßte dieses Land Frankreich sein!

Der Herr Vorsteher der Zweigstelle von El-Oued, Hauptmann Couvet, ein intellektuell sehr hochstehender, seinem Dienst sehr ergebener Mann, hatte sechs Monate lang Gelegenheit, mit eigenen Augen *festzustellen, daß mir außer ungewöhnlicher Originalität, einer für ein junges*

Mädchen seltsamen, aber vollständig harmlosen Lebensweise, nichts vorzuwerfen war . . . und er kam nicht zu dem Schluß, daß meine Vorliebe für den Burnus statt für den Rock, für die Dünen statt für den häuslichen Herd, der öffentlichen Sicherheit seiner Zweigstelle gefährlich werden könnte.

In meinem ersten Brief habe ich gesagt, daß die Souafa, die der Bruderschaft von Sidi Abd-el-Kader und den befreundeten Bruderschaften angehören, ihren Schmerz bezeugten, als sie erfuhren, daß man versucht hatte, mich umzubringen. Wenn diese rechtschaffenen Leute eine gewisse Zuneigung zu mir empfanden, so nur, weil ich ihnen nach bestem Vermögen geholfen habe, weil ich ihnen meine dürftigen medizinischen Kenntnisse bei Augen-, Bindehaut- und anderen Entzündungen, die in diesen Gegenden häufig auftreten, zugute kommen ließ. Ich habe versucht, an dem Ort, an dem ich lebte, ein wenig Gutes zu tun . . . das ist die einzige Rolle, die ich in El-Oued je gespielt habe.

Es gibt wohl recht wenig Personen auf dieser Welt, die keinerlei Leidenschaft, oder wenn man so will, keinerlei Manie haben. Um nur von meinem Geschlecht zu sprechen: es gibt Frauen, die die verrücktesten Dinge täten, um sich schillernd herauszuputzen, und es gibt andere, die über ihren Büchern alt und blaß werden, die nichts anderes im Sinn haben, als Diplome zu machen und dem armen russischen Bauern zu helfen . . . Was mich betrifft, so habe ich nur den einen Wunsch, ein gutes Pferd zu besitzen, einen treuen, stummen Gefährten für ein träumerisches und einsames Leben, und dazu einige Diener, kaum komplizierter als mein Reittier, und in Frieden zu leben, so weit wie möglich entfernt von der, nach meiner bescheidenen Ansicht, sterilen Unruhe der zivilisierten Welt, in der ich mich überflüssig fühle.

Wem kann es schaden, daß mir der wellenförmige, unbestimmte Horizont der grauen Dünen lieber ist als der der Boulevards?

Nein, Herr Direktor, ich bin keine Politikerin, ich bin nicht die Agentin irgendeiner Partei, denn für mich haben sie alle gleichermaßen unrecht, sich zu ereifern, wie sie es tun; ich bin nur ein Original, eine Träumerin, die weit entfernt von der zivilisierten Welt ein freies und nomadisches Leben führen möchte, um dann zu versuchen, in Worte zu fassen, was sie gesehen hat und vielleicht einigen wenigen den melancholischen, verzauberten Schauder mitzuteilen, den sie angesichts der traurigen Pracht der Sahara empfindet . . . Das ist alles. Die Intrigen, Verrätereien und Hinterlisten der Sonia von Hugo Le Roux sind mir ebenso fremd wie ihr Charakter mir fern ist . . . Ich bin weder Sonia noch die englische Methodistin, die man einst in mir zu sehen glaubte. Es ist wahr, der Sommer 1899 in der Sahara war außergewöhnlich heiß, und die Fata Morgana entstellt viele Dinge und erklärt so manchen Irrtum!

I. E.

Endlich bin ich fast sicher, nächsten Freitag abzureisen. Es sind also nur noch sieben Tage, die ich hierbleiben muß. Ich habe keinen Zweifel, daß Augustin sein möglichstes tun wird, um mir das notwendige Geld zu verschaffen.

Armer Augustin! So rätselhaft er mir erscheinen mag, ist dieser Mann in meinen Augen dennoch gut, und nichts in der Welt wird je die tiefe und ewige Zuneigung, die ich zu ihm empfinde, in mir zerstören. Ah! wie schade, daß seine Ehe ihn hindert, zu Slimène und mir zu kommen, das hätte ein angenehmes Leben sein können!

Und doch ist es für alle besser, daß ich abreise, und am Ende dieser Woche erwartet mich das ungeheure Glück, Slimène wiederzusehen, ihn in meinen Armen zu halten und ◡ so Allah will ◡, ihn nie mehr zu verlassen.

Gestern habe ich wieder die halbe Nacht mit entsetzlichen Qualen zugebracht; Schwindel, furchtbare Kopfschmerzen.

Wenn ich erst in Batna bin, muß ich darauf achten, jeden Pfennig zu sparen, und versuchen, von dem ausstehenden Geld so viel wie möglich zurückzubekommen; vor allem aber muß ich an meinen russischen Sachen arbeiten: das ist die einzige Chance, in relativ kurzer Zeit etwas zu verdienen. Es wird mir auch nicht allzu schwer fallen, wenn nur meine stark angegriffene Gesundheit mir keinen Streich spielt. Arbeiten, um bei Ouiha bleiben zu können, das ist meine Pflicht. Er wird mich für diese Mühe schon zu trösten wissen.

. . . Heute abend schrieb ich einen Brief an Ahmed-Chérif, und beim Schreiben erinnerte ich mich an den Herbst 1899.

Wo ist das abenteuerliche, geheimnisvolle Leben in den riesigen Olivenhainen der Sahel?

Wie fremd klingen die einst so vertrauten Namen in meinen Ohren: Monastir, Sousse, Moknine, Esshyada, Kasr, Ibellal, Sidi N'eidja, Beni-Hassène, Anura, Chrahel, Melloul, Grat-Zuizoura, Hadjedj . . . Wo ist dieses einzigartige Land der Welt geblieben, dieses afrikanische Palästina mit seinen weichen Grünflächen, seinen kleinen weißen Dörfern, die sich im blauen Wasser der friedlichen Golfe spiegeln?

Wo ist Sousse mit seinen weißen, maurischen Mauern und seinem sich drehenden Leuchtturm, wo das weiße Gestade von Monastir, an dem sich die stöhnenden Wellen der Brandung in Ewigkeit brechen?

Wo ist das weiße Minarett von Kasr-Hellal und die große einsame Palme, die dieser kleinen Stadt in der Sahel das Aussehen irgendeiner Wüstenburg verleihen, dieser Stadt, die ich noch vor mir sehe, wie sie sich an dem Abend, als ich mit Chérif über den Strand von Seyada ging, um die Nacht über dem in weißen Nebel getauchten Meer hereinbrechen zu sehen, während mein schöner «Mellouli», der Vorgänger des armen «Souf», an einem Olivenbaum im Garten angebunden ungeduldig wartete, von der gewaltigen Feuersbrunst des Sonnenuntergangs abhob.

Wo ist der Garten von Melloul, wo wir, Chérif und ich, zur Maghrebszeit unter Granatbäumen und Hendis träumten und miteinander sprachen? . . . Und die im Mondschein liegende Straße, auf der wir uns gerade befanden, als die Revolte einer Straßenräuberbande ausbrach und ich mir mit der Reitpeitsche in der Hand als einziger Waffe mühseliges Durchkommen verschaffte, während Chérif mit ihnen sprach.

Verließ Marseille Donnerstag, den 13. Juni 1901, mittags.

Die Nacht vom 13. zum 14. auf dem Meer. –

Ankunft in Philippeville Freitag den 14. um 10 Uhr abends. Die Nacht an Bord verbrachte ich mit Ammara, einem Ouled-Ali und Zuchthäusler aus Chiavari.

Samstag den 15., 6. Uhr, Abreise nach Constantine. Ankunft um 9 Uhr 10. Kehrte im Café Zouaouï ein. Machte mich mit dem Lastenträger Hamou auf die Suche nach Ben-Chakar. Fand ihn gegen Mittag. Abends im Café Sidi Ksouma. Sonntag den 16. 6-Uhr-Zug, traf Ouiha. Nacht im Hotel Métropole in der Rue Basse-Damrémont.

Montag den 17., Ankunft des Sidi Lachmi.

Den 18., 6 Uhr. – Kriegsgericht. Um 11 Uhr verließ ich das Gebäude. Donnerstag den 20., 6 Uhr 30, Aufbruch nach Philippeville. *Ankunft um 9 Uhr 35*. Nacht im Hotel Louvre.

† *Das Leben in der Sahara,* erstes Buch des zweiten Teils, das mit

der Ankunft in El-Oued endet. In der ursprünglichen Beschreibung des Souf sprach ich von dem Bau der Gärten in Kouïnine; Teksebeth und Igarra werden beschrieben. Die Arbeit schließt mit der Beschreibung der Hügel des Djebel Amour; der letzte Satz lautet: «Eigentümlich klingt das Holz in der tödlichen Stille der Wüste, über dem Grau der Kuppeln, die nach und nach im bläulichen Abendnebel versinken . . .» †

Donnerstag, den 4. Juli 1901, mittags

Zuizous Abreise auf der *Touareg*. Schwarzer Tag voll tödlicher Langeweile, Angst und Verzweiflung . . . Wann werden wir uns wiedersehen?

◡ *Ich habe mein Vertrauen in Allah gesetzt und in unseren Herrn und Cheikh Abd-el-Kader-el-Djilani. Amen!* ◡

Marseille, den 5. Juli 1901

Wieder mache ich eine Zeit drückender Langeweile und zermürbenden Leids durch, das meiner Natur um so unerträglicher ist, als es immer gedehnter, immer dumpfer wird: keine Krisen, keine wechselhaften Phasen: Rouh' ist gestern abgereist . . . und ich, ich bin ausgewiesen aus diesem Land und kann nicht mehr zurück, außer durch einen ganz verwegenen Versuch . . . und auch dann nicht in den Bezirk von Constantine. Vierzehn Tage, vielleicht noch länger, wird es wohl dauern, bis Zuizou zurückkommt. Ein halber Monat trübsinniger Langeweile voller Leid, Übelkeit und dauernder Angst bei dem Gedanken, daß der Feind dort unten lauert und sein möglichstes tun wird, um weitere Hindernisse in den Weg zu stellen.

Doch man muß sich gedulden, denn niemand außer Gott kann an dieser Situation etwas ändern.

Gestern trauriger Weg mit der Tramway zum Quai de la Joliette. Grauer Himmel, peitschender Wind. Die Schiffe tanzen im Hafen.

Einschiffung auf der *Touareg* . . . Während des ganzen Manövers ließ ich Zuizou nicht aus den Augen; mir wollte das Herz zerreißen, die Seele trug Trauer . . .

Langsam ging ich den Boulevard Mérentie zurück, ohne Hast,

aber auch ohne den geringsten Wunsch, diesen Spaziergang, der mir vorkam wie die Rückkehr vom Friedhof nach einer Beerdigung, in die Länge zu ziehen.

Tiefe, absolute Gleichgültigkeit gegenüber allem in der Welt. Im Haus angekommen legte ich mich hin und stand erst auf Augustins Drängen gegen 8 Uhr wieder auf.

Verbrachte den halben Tag in einer Art vagem, formlosem, beängstigendem Delirium, und als die Nacht vollends hereingebrochen war, erlebte ich einen Augenblick entsetzlicher Verzweiflung. Zur Zeit erinnert mich hier alles an Zuizou, und das verschlimmert meinen Schmerz.

. . . Eigentümlich, das grundlegende Bedürfnis meiner Natur ist die *Variation* der Kulissen. Ohne sie erscheint mir jede Freude fad, geschmacklos, das Glück schleppt sich monoton und schal dahin, und der Schmerz drückt mich nieder. Die großen Kämpfe, die Krisen der Verzweiflung dagegen stärken meine Energie und beruhigen meine Nerven . . . Der eigentliche Feind ist die *Monotonie,* die *Mittelmäßigkeit* der Kulissen und der Stimmungen.

Aus diesem Grunde wird mir der kommende halbe Monat gewiß schwerer erträglich vorkommen als die schwarzen Stunden von El-Oued, von Behima, von Constantine . . .

. . . Über die Eindrücke dieser letzten Zeit wäre viel zu sagen . . .

Zuerst, am Abend meiner Ankunft in Philippeville auf der *Félix-Touache,* empfand ich ein Wohlgefühl, ein Gefühl der Verjüngung, das mir die Ankunft an dieser gebenedeiten Küste der afrikanischen Heimat jedes Mal neu verschafft; ein einzigartiger Kontrast zu den immer düsterer werdenden Gefühlen meiner Landungen in Marseille . . . die ebenso unheilvoll wie die anderen fröhlich sind!

Philippeville bei Nacht, die schwarze Silhouette eines hochragenden Hügels, gespickt mit gelben Gaslichtern.

Stadtbesuch mit Si Mahmoud-ben-Hassen aus Bône. Um Mitternacht Rückkehr an Bord. Fand den Verurteilten Ammara von den Ouled-Ali zwischen Sétif und Bordj-Bon-Arreridj im Gedränge auf Zwischendeck.

Wir stiegen zum verlassenen Deck hinauf und ließen uns in der nächtlichen Stille und Frische des Hafens an Steuerbord nieder. Um 3 Uhr ging ich allein zum Zwischendeck hinunter: durchnäßte Streichhölzer, unmöglich, Licht zu machen. Ich kleidete mich tastend in der Dunkelheit an. Wieder auf Deck, weckte ich Ammara; faltete die Decke zusammen und schnürte die Bündel; ein grauer Morgen. Spärliche Regentropfen.

Philippeville bei Tag, ein europäischer Marktflecken, charakterlos aber charmant zwischen dem herunterrankenden Grün, oberhalb der blauen Bucht. Flache, an das Meer angrenzende Viertel, Erinnerung an den Hafen von Bizerte, den ich im Sommer 1899 flüchtig bei Nacht gesehen hatte ...

Weiterfahrt um 6 Uhr. Bis Constantine Berge, fruchtbare Hügel und Ebenen. Beim Anblick der Felder, der Zelte und Herden wurde Ammara von kindlicher Freude ergriffen. In dieser dunklen, verdorbenen und reuelosen Seele ist immer noch die lebendige Liebe des Beduinen zur muselmanischen Erde, zur Heimat der Nomaden ... Endlich zeichnen sich die erhabenen Felsen von Constantine am Horizont ab.

Am Bahnhof steigen wir aus. Si Mahmoud begleitet mich bis zur ersten Straße links. Dort trennen wir uns, und ich gehe ziellos weiter durch die Straßen. Schließlich betrete ich, etwas beschämt über meine Roumi-Mütze, das Café Zouaouï ... Nach einem recht langen Aufenthalt und einem Gespräch mit dem Patron, einem alten Kifraucher, mache ich mich mit dem Hamel-Hantou auf die Suche nach Mohammed-ben-Chakar. Enge, gewundene, steile Gassen, schräge Plätze, verwirrende Kreuzungen, stille schattige Ecken, unbefleckte, ziselierte Vorhallen alter Moscheen, überdachte Bazars, all das versetzt mich in einen wohlbekannten Rausch, den ich in den alten arabischen Umgebungen immer wieder erlebe. Ähnlicher Eindruck wie Tunis oder Algier ... vor allem wie das erstere ... Endlose Wanderung, endloses Durchfragen ... Endlich entdecken wir Ben-Chakars Quartier: am obersten Ende eines Treppenweges liegt eine Sackgasse; darüber, knapp 1,60 Meter über der Erde, der aus Balken gezimmerte Boden eines Ali, eine Art dunkler Höhle, in der man vier oder fünf Meter gebückt gehen muß, um dann in die maurischen, bläulich weißen Innenräume zu gelangen, ähnlich denen in Bône.

Der Bruder des Mohammed-ben-Chakar, ein alter Chira- und Kifraucher, mal Lastenträger, mal Wirt, mal Krapfenverkäufer – ein sehr sympathischer Typ. Auch seine gewitzte, männlich wirkende Frau ist auffallend nett.

Nachmittags reite ich mit Ben-Chakar an die Schluchten von Rhumel; respekteinflößende Abgründe mit unsicheren, oft im Schatten liegenden kleinen Stegen, unterirdischen Treppen und endlosen Gängen.

Wir trafen mehrere constantinische Handwerker. In den jüdischen Bädern tummelten wir uns fröhlich wie große Kinder. Rückweg über die Straße oberhalb des Abgrunds, von der Stadt aus gesehen auf der anderen Seite.

Abends kehrte ich im Café Sidi Ksouma ein, mit dem deutlichen Gefühl, daß *Zuizou in Constantine* war ... Ich saß in einer Ecke, eingehüllt in meine arabischen Gewänder, in denen ich mich wohl fühlen konnte, und lauschte bis zu vorgerückter Stunde dem Singen und Trommeln. Das Fest von Beldia, bleiche, vornehme, ausdruckslose Gesichter mit halbgeschlossenen Augen ... Schlechte Nacht wegen der Unruhe und *der Flöhe* ...

Sonntag, den 16. Juni. – Überflüssiger Weg zum Bahnhof. Spaziergang nach Bab-El-Oued, zusammen mit dem kleinen Salah. Traf den Bach-Adel von Biskra.

Abends begründete Verzweiflung, da ich immer noch keine Nachricht von Zuizou hatte; um 6 Uhr 35 war ich mit Elhadj am Bahnhof – zur Ankunft des Zugs aus Philippeville. Entmutigt saßen wir auf einem Stein und warteten. Endlich entdeckte Elhadj Ouiha, in einheimisch ziviler Kleidung. Abendessen bei ben Chakar in maurischem Kostüm, dann im Hotel *Métropole,* in der weit entfernten Rue Basse-Damrémont. Eine Nacht voller Freude, Zärtlichkeit und Frieden.

Am Montag den 17. ging ich frühmorgens zum Bahnhof, Sidi Lachmi zu treffen. Vor dem Bahnhof sah ich die hochgewachsenen Gestalten der Souafa-Zeugen: Hama-Nine, Mohammed-ben-Bou-Bekr und Brahim-b.-Larbi.

Heftige Gemütsaufwallung, *diese Länder* hier wiederzufinden, diese Menschen, die mit dem dortigen Akzent zu mir sprechen, die mich mit Tränen in den Augen umarmen, vor allem den guten alten Hama-Nine.

(Unterbrechung,
Fortsetzung am gleichen Abend, 6 Uhr.)

... Heute abend große Ruhe, fühle mich ganz vernünftig. Hoffnung, gute Geistesverfassung, so gut, wie sie ohne Ouihas Nähe überhaupt sein kann. Auch der physische Zustand ist in Ordnung. Wenn das nur für die Zeit unserer Trennung so bleiben könnte, ◡ *so Allah will* ◡, der letzten.

Und woher diese ganze Veränderung des seelischen Zustands? Welche geheimnisvollen Gründe stehen dahinter? Ich weiß es nicht . . .

Ich ging mit der Gruppe der Souafas auf den Quai, zum Empfang des großen geliebten Cheikh, der bei meinem Anblick lächelte. Endlose Suche nach einem Hotel, zusammen mit Hama-Nine. Überall Feindseligkeit, Ablehnung. Schließlich trafen wir ein provisorisches Arrangement mit dem *Metropole*. Sehr angenehmes Gefühl, den Cheikh, Béchir und all die anderen wiederzufinden. Schwierigkeiten im Hotel. Umzug der *Nomaden-Zaouïa* das Hotel Ben-Chimou am Kamelmarkt, in der Nähe des Theaters.

Ich verbrachte die Nacht in einer jüdischen Pension, 6 Rue Sidi-Lakhdar, im 2. Stock.

Am Dienstag den 18. begeben wir uns um 6 Uhr 30 zum Kriegsgericht. Der Gerichtsdiener bringt mir einen Kaffe in den Warteraum der Zeugen, in dem ich mich ganz allein aufhalte; die ganze immer zahlreicher werdende Schar der Vorbeikommenden, Offiziere wie Damen, alle betrachten mich mit neugierigen Blicken.

Ich sehe Abdallah mit gefesselten Händen zwischen den Zuaven, die ihn bewachen.

Der Staatsanwalt, Hauptmann Martin, kommt mit seiner Schwester zu mir und drückt mir die Hand. Um 7 Uhr holt der Gerichtsdiener mich endlich herein. Der Saal ist voll. Ich fühle mich nicht allzu eingeschüchtert und setze mich neben Sidi Lachmi, auf zwei Stühle, vor die doppelte Zeugenbank . . . Recht ungewöhnlich, diese Zeugenbank: ausdrucksvolle, sonnengebräunte Gesichter, weiße oder dunkle Gewänder, dazwischen wie ein Blutfleck der rote Burnus des Verräters Mohammed-ben-Abderrahmane, des Cheikhs von Behima. Sidi Lachmi trägt grün und weiß.

Das Gericht: eine Versammlung von Uniformen, die Brüste mit Orden herausgeputzt, stramme, undurchdringliche Haltungen. Die Waffen werden salutiert, dann eröffnet der Vorsitzende schüchtern und mit schwacher, stotternder Stimme die Sitzung. Der Gerichtsschreiber verliest die Anklageschrift und nennt die

Zeugen, mich zuallererst. Sofort werden wir einer nach dem anderen herausgebeten.

Im Warteraum der Zeugen begrüßen mich der Hauptmann Gabrielle und sein Sekretär, ein junger Leutnant. Ziemlich langes Gespräch. Dann werde ich geholt.

Der Vorsitzende fängt an, die Zeugen aufzurufen. Der Gerichtsdiener führt mich nach vorn, vor den Präsidenten; stehend wiederhole ich die Vereidigungsformel.

Er befragt mich anhand schriftlicher Notizen, immer noch schüchtern und stotternd. Es dauert nicht lange ... Der Dolmetscher ruft Abdallah auf und fragt ihn: – «Hast du dieser Person etwas zu antworten?» – «Nein», sagt Abdallah schlicht und entschlossen, trotz allem, was gesagt wurde. «Ich habe ihr nur eins zu sagen, ich bitte sie, mir zu verzeihen.» Ich setze mich wieder hin. Sidi Lachmi kommt herein. Er macht eine ruhige, einfache Aussage. Dann kommt der Cheikh, dann Ben-Bou-Bekr, dann Brahim-b.-Larbi und schließlich der Vater, wie immer in Tränen zerfließend ...

Nach einer Unterbrechung von fünf Minuten hält Hauptmann Martin seine Anklagerede, die zwar mit Sicherheit von einer falschen These ausgeht, aber dennoch ein heißes Plädoyer für die Kadriya, die Ouled-Sidi-Brahim und mich ist. Beim Plädoyer des Anwalts stehen mir die Haare zu Berge ... Erwiderung des Hauptmann Martin, Gegenrede des Anwalts. Das Gericht zieht sich zur Beratung zurück. Stimmengewirr im Saal. Angelini sagt mir, er stehe mir zur Verfügung. Der General Labattue kommt zu mir. Recht liebenswürdiges Gespräch, das die allgemeine Neugier schürt. Ich sehe Taste, der bei einer Gruppe steht und angeregt redet.

Den 8. Juli, 2 Uhr nachmittags

Ich mache eine eigentümliche Periode physischer und moralischer Ruhe durch, spüre mein intellektuelles Erwachen, ein Zustand der Hoffnung *ohne besonderes Engagement;* die Zeit vergeht recht schnell, und das ist im Augenblick das wichtigste.

Seit dem berühmten Prozeß von Constantine bemerke ich auch, wie der literarische Geist lebhaft in mir erwacht. Gegenwärtig scheint die Fähigkeit zu schreiben tatsächlich in mir zu keimen.

Früher mußte ich manchmal monatelang auf eine fürs Schreiben günstige Geistesverfassung warten. Jetzt ist es schon soweit, daß ich fast immer schreiben kann, wenn ich will. Alles in allem glaube ich, daß ich nach der letzten Inkubationszeit, die ich sehr deutlich in mir fühlen konnte, nun endlich zur Blüte gelangt bin.

In religiöser Hinsicht steht alles zum besten: mein Glauben ist ernsthafter geworden; ich brauche mich nicht mehr im geringsten zu zwingen; und jeden Abend, wenn ich vor dem Einschlafen die Tiefen meines Gewissens erforsche, finde ich dort den sanften Frieden der geheimnisvollen *Gewißheit*, die in Zukunft meine Kraft sein wird.

Für mich hat das Leben erst einen Sinn, seit ich weiß, daß unser vorübergehendes Dasein hier ein Weg der menschlichen Vervollkommnung zu einem anderen Leben ist: Daraus ergibt sich zwangsläufig die vernünftige Notwendigkeit der moralischen und intellektuellen Perfektionierung – die sonst albern weil unnütz wäre.

Im Augenblick interessieren mich zwei Dinge, denen ich mich widmen möchte: zum einen die literarische Perfektionierung und durch sie auch die intellektuelle, die mir übrigens sehr leichtfallen wird, sofern ich einen Markt für Artikel im Stil des *Frühlings in der Wüste* und *Maghreb*, die ich heute an Angellini abgeschickt habe, finde.

Ich müßte bestimmte Bücher im Stil der *Essais de Psychologie contemporaine* von Bourget lesen. Sobald ich eingerichtet bin, will ich mich in einer guten Bibliothek einschreiben und das *Journal des Goncourt*, das im letzten Jahr einen so wohltuenden Einfluß auf mich hatte, noch einmal lesen; natürlich auch andere Werke, die eine ähnliche Wirkung auf den Intellekt haben können ...

Es gibt aber noch eine andere Frage, die mich bewegt, eine Frage ganz anderer Art, die ich außer gegenüber Slimène, dem einzigen, der sie *verstehen* und akzeptieren könnte, gewiß nicht auszusprechen wagte: die Frage *des Marabout*, die am Abend des Tages, an dem Abdallah in die Zelle der zivilen Strafanstalt überführt wurde, spontan in meiner Seele zu keimen begann ... Slimène hat dies zweifellos durch die unbewußte Intuition unserer großen seelischen Vertrautheit schon geahnt! ...

Wie mir scheint, könnte ich mit viel Willen recht leicht zu diesem äußerst rätselhaften Ziel gelangen, einem Ziel, das mich beglücken und mir unvorhersehbare Horizonte öffnen würde ... ◡ *Führe uns auf dem rechten Weg* ◡ – und ich glaube, für mich habe ich ihn gefunden, den schmalen Pfad.

Gott hat einige fruchtbare Samen in meine Seele gepflanzt: die extreme Gleichgültigkeit gegenüber allen Dingen dieser Welt, den Glauben, die lebendige, erbarmungsvolle, grenzenlose Liebe gegenüber allem, was leidet. Diese Vergebung des Bösen entspringt einer unbedingten Ergebenheit in die Sache des Islam, die schönste überhaupt, denn sie ist die der Wahrheit ...

Ah, die langen Stunden früherer Zeiten in den schattigen, geheimnisvollen Wäldern und die in beschaulicher Betrachtung der erhabenen Sternenwelt durchwachten Nächte ... mußte das alles nicht der direkte Weg des religiösen Mystizismus sein? Jede andere Wahl eines Lebensgefährten hätte diesen notwendigen Weg zu einer vielleicht noch fernen Zukunft mit Sicherheit vereitelt. Slimène aber wird mir folgen, wohin immer ich will; und von all denen, die ich näher kannte, ist er der *einzig wahre* Muselmane, denn er *liebt* den Islam von Herzen, nicht nur mit den Lippen ...

Mag sein, daß ein Wissenschaftler, ein Psychologe oder ein Schriftsteller, der diese Zeilen liest, nicht umhin könnte, zu sagen: «Sie ist wirklich kurz vor dem Wahnsinn!» Doch wenn sich die Flamme meiner Intelligenz je entzündet hat, so tat sie es jetzt; und ich spüre genau, daß dies die *Dämmerung* des *neuen Lebens* ist.

Unbewußt, ohne sich darüber im klaren zu sein und in einem ganz anderen Sinne, hat Herr Laffont eine Wahrheit gesagt, die weder er noch sonst jemand auch nur ahnen kann: Er hat gesagt, ich müsse Abdallah dankbar sein. Ja, ich bin Abdallah dankbar, mehr noch, ich *liebe ihn zutiefst*, in Wirklichkeit ist dieser Mann tatsächlich von Gott gesandt, wie er selbst erklärt hat.

Wahrscheinlich haben ihn andere, die wahren Schuldigen, zu seiner Tat getrieben, doch das beweist gar nichts; und er persönlich, aber nur *er allein*, muß tatsächlich von Gott gesandt sein, wie er selbst erklärt hat, denn seit dem schicksalhaften Tag von Behima fühlte ich meine Seele in eine ganz neue Phase ihres irdischen Daseins eintreten. Abdallah wird zweifellos auf sehr geheimnisvolle Weise mit lebenslangem Leid für die Erlösung eines anderen Menschenlebens bezahlen. Ich bin indes nicht sicher, ob er unglücklich sein wird, denn er ist ein Märtyrer, und wer sich wie Abdallah *freiwillig* zum Märtyrer gemacht hat, ist der glücklichste unter den Menschen: er ist ein Auserwählter. Und vielleicht wird sein Martyrium noch tausend andere Seelen erlösen und nicht nur die meinige, das wäre zu wenig!

Abdallah geht fort, auf die andere Seite des Planeten, in die fernste Ferne der irdischen Weiten. Doch sein Werk und der Keim, den er in mich gelegt hat, bleiben da, und ich glaube fest daran, daß er bereits keimt und eines Tages über den Schatten hinauswachsen wird, in dem ich ihn jetzt noch vor aller Augen verberge ... Dies ist mein Geheimnis, das ich niemandem anvertrauen darf und niemandem anvertrauen werde, außer einem einzigen, dem, der es schon erahnt hat und der das Heiligtum meiner Seele nie durch spöttisches Lachen entweihen wird; jenes Heiligtum, das ich ihm allein manchmal bis in die tiefsten Tiefen öffnen kann und das auch kein anderer kennen soll: denn auch er ist *prädestiniert*.

Mögen all die Blinden, die sich sehend glauben, die Schultern zucken oder herablassend lächeln, obwohl sie besser daran täten, sich dieses Lächeln angesichts unserer Vereinigung selbst zu schenken. Sie entspringt anderen Quellen, anderen Gefühlen, anderen Zielen als ihre eigenen vulgär auf Vorteil bedachten, ambitionierten, bestialischen oder kindlich sentimentalen Verbindungen ... Sie ist ihnen *unerklärlich*.

Donnerstag, den 11. Juli 1901,
9 Uhr abends

Im Moment erscheint es mir langweilig, den Bericht über das Kriegsgericht fortzusetzen. Im Moment beschäftigen mich andere Gedanken, andere Erinnerungen suchen mich heim.

Gestern abend, genau wie schon vorgestern, Überdruß, Übelkeit. Heute morgen Angst und starkes physisches Unwohlsein, als immer noch kein Brief von Ouiha kam.

Gegen 9 Uhr 30 ging ich zum Stiftshof hinunter und brachte einen Brief an Zuizou zur Post. Überdruß, Schwäche. Nachmittags setzte ich mich ohne Überzeugung an die russische Arbeit. Endlich, gegen 3 Uhr, bekam ich einen tröstlichen Brief. Die Angelegenheit der Versetzung ist in Ordnung und *gewiß*; Zuizous Rückkehr ist nur noch eine Frage von Tagen, die jetzt, wo ich *sicher* bin, daß er kommen wird, im Nu vergehen werden.

Wie mir scheint, kann er schon am 23. morgens hier sein ... Die Morgenröte des neuen Lebens. Gewiß, wir werden auch noch schwarze Stunden erleben, Stunden der Verzweiflung, denn ohne sie wäre das Leben kein Leben mehr. Um so besser übrigens, denn gelegentlich ist das Leiden heilsam ... Doch ich habe den Eindruck, daß die Zeit der großen Trennungen endlich abgeschlossen ist.

Mein Gott, wie erleichtert werden wir dieses Standesamt verlassen, nachdem es uns endlich aneinander gebunden hat und die Menschen endlich *zwingt*, unsere Vereinigung anzuerkennen ... Gott hat sie schon seit langem anerkannt und gesegnet, denn er hat uns die Liebe geschenkt. Endlich werden die Menschen materiell kein Recht mehr in der Hand haben, uns zu trennen.

In wenigen Tagen wird es ein Jahr her sein, seit die große Zauberei meines Aufenthaltes in der Sahara begann.

Nun gut! an diesem Aufenthalt verfluche ich nichts, keine Episode, außer vielleicht der Verbannung, und selbst hier frage ich mich im Grunde, weshalb sollte ich sie verfluchen? Ich verfluche nicht einmal Behima, das herrlich-tragische Behima, das mir so viele neue Horizonte erschlossen hat, das mir wie ein Richtpfeiler am Rande meines abenteuerlichen Lebenspfads erschien.

Wie viele Jahre meines Lebens habe ich mit sterilen, albernen Beschuldigungen gegen dieses erhabene leidvolle Leben, den majestätischen Weg zu unserem künftigen Schicksal, vergeudet. In all den Jahren, in denen ich mit Blindheit geschlagen war, schien er mir abscheulich ... und jetzt, *seit* Behima, ist es ein wunderbarer Weg ...

Wer weiß? Als ich den Tod aus nächster Nähe sah, als ich an seiner geheimnisvollen Schwelle stand, habe ich vielleicht einen Schimmer der Wahrheit erkannt und verstanden, daß es einen *Sinn* hat, eine Logik und ein Ziel, dieses armselige Leben, das nur so wenig Menschen zu schätzen und zu lieben wissen! ... Denn – es wird vielleicht paradox klingen, aber es stimmt – sehr wenig Menschen *lieben* das Leben ... lieben es nicht etwa tierisch, unbewußt, sondern wegen seiner *realen* prächtigen Schönheit.

Die albernen Pseudo-Philosophen mit ihren hypochondrischen Krankheiten und ihrer zerfressenen Leber, die der segensreichen Mutter Demeter Flüche, frevelhafte Flüche, ins Gesicht schreien!

... Die Erinnerungen an das letzte Jahr zur gleichen Zeit lassen mich nicht los . . . Genf, die Ängste und Freuden meines teuren russischen Lebens, Tage, die ich sicherlich nie erleben werde; und dann die Einschiffung zum geliebten verheißenen Land, dem Land der Berber, aus dem ich zur Zeit verbannt bin, in das ich jedoch, ☾ *so Allah will!* ☾, erhobenen Hauptes zurückkehren kann; und Algier, das weiße Algier, in dem ich ein ungewöhnliches, berauschendes *Doppelleben* führte, unter Leuten, die mich schätzten, die mich sogar bewunderten, obwohl sie nichts von mir wußten, ja nicht einmal mein Geschlecht! Seltsame, berauschende Ausritte mit Mokhtar, Kifrauchereien . . . Spaziergänge mit den liebenswürdigen, intelligenten Ouled-Aïssa, vor allem dem feinsinnigen Si Mustepha . . . und die verzauberte Villa von Bouzaréah, der Laden des Slimène-ben-Elman-Turki auf der Saulieren-Hochebene, des Nachts . . . und die lange Promenade über die Quais, bei der wir die traurigen Weisen von Algier sangen . . . die weiße Zaouïa, die kleine Traumstadt Sidi-Abder-Rahmane-ben-Koubrine, zu der die Düfte des Marengo-Gartens hinaufstiegen, die vergoldet in der untergehenden Sonne lag . . . dann die ekstatische Stunde des Icha-Gebets in der Moschee Hanéfite, der Djema Djedida . . . Dann noch Saint-Arnaud. Und Biskra, und das unvergeßliche Oued Rhir mit seinen Zaubereien und seiner eigenwilligen Pracht . . . Und das verschlafene Touggourt in seiner Salzwüste, das sich in den trostlosen Wassern des Chott spiegelt . . . die später so vertraute Straße, gesäumt von melancholischen, grauen *Guemiras* . . . Schließlich, am Ende der langen Reise, die strahlende Silhouette der einzigartigen Stadt, der auserwählten Stadt, die Silhouette von El-Oued, der Verheißenen! . . .

Im Hintergrund all dieser Bilder . . . unter dem nebeligen schwarzen Winterhimmel, ein fahles Chaos rauchender Dünen . . . Ein stürmisch pfeifender, stöhnender Wind in den Schluchten und den ausgestorbenen Tälern. Ein kleiner Menschentrupp, der sich langsam, nach dem einschläfernden Ton der Benadir der Bruderschaft von Sidi Abd-el-Kader voranbewegt. Lange Rast auf einer hohen Düne, der letzten Düne, von der aus man eine weite, graue, trostlose, mit verlassenen Gräbern übersäte Ebene überschauen konnte.

Und ganz hinten, am nördlichen Horizont, die Umrisse einer grauen Stadt mit kleinen niedrigen Kuppeln, auch sie umgeben von

Gräbern ... und im schwefelgelben Schein der untergehenden Sonne hebt sich schwarz die einsame, Trauer ausstrahlende Silhouette einer einzigen Palme wie eine riesige, zerzauste Schildwache allein in Wind und Dunkelheit vor den Toren Behimas ab ...

«Der Mensch kann seiner Schicksalsstunde nicht entgehen.»

Am selben Abend, 10 Uhr 45

... Wieder ergreift mich die Erinnerung an die fernen Reize ... Abreisen, abreisen in die Ferne und lange Zeit umherirren! ... Die plagenden Gedanken an Afrika, die plagenden Gedanken an die Wüste ... Meine Nomadenseele erwacht, und mich überkommt große Angst, wenn ich nur daran denke, daß ich möglicherweise für lange Zeit hier lahmgelegt bin ...

Lauf! Geh!
Nur zum Bersten hält die Woke inne,
und nur zum Weinen
bleibt der Abenteurer stehn!

Montag, den 15. Juli 1901, 11 Uhr morgens

Gestern abend hatte ich ein ganz eigentümliches Gefühl, ohne erkennbaren Grund: die Erinnerung an die Ankunft in Sousse vor zwei Jahren ... und der Wunsch, allein an einen noch unbekannten Ort in Afrika zu reisen, wo niemand mich kennt, dort anzukommen wie im letzten Jahr in Algier ... Allerdings mit hinreichenden Mitteln, um diese Reise unter guten Bedingungen erleben zu können.

Ganz allgemein habe ich Verlangen nach *moralischer Isolierung*, doch nicht für lange Zeit, da Slimène mir trotz allem immer fehlt. Vor seiner Rückkehr möchte ich einen Monat Zeit und das notwendige Geld haben, um eine einsame, geruhsame Reise zu tun ... Ich wäre sicher, außerordentlich tiefe und wertvolle Eindrücke mit zurückzubringen.

Doch wie auch immer, ich mache eine moralisch ungetrübte, nachdenkliche Zeit durch, vor allem eine Arbeitsperiode. Die Hoffnung auf ein unmittelbar bevorstehendes besseres Leben hat natürlich viel mit diesem seelischen Zustand zu tun. Bald sind sechs Monate seit dem schicksalhaften Tag von Behima vergangen. Unbewußt bin ich an jenem Tage in eine der Inkubationsphasen eingetreten, die bisher mein ganzes Leben begleitet haben; denn meine intellektuelle Entwicklung hat sich ganz unstreitig in *ruckartigen Schüben* vollzogen und tut es immer noch: Zeiten der Unruhe, der Unzufriedenheit, der Unsicherheit und dann das Aufblühen einer höheren Form meines Ich.

Eine Entwicklung, die es näher zu erforschen und vielleicht in einer Novelle oder einem Roman zu beschreiben lohnt.

Die sechs oder sieben Monate, die wir hier bleiben und in denen wir eine endgültige Entscheidung für unsere Zukunft treffen müssen, sollten nicht zuletzt auch allen Formen der literarischen Arbeit gewidmet sein.

Seit meiner Abreise nach Bône im Jahr 1897 – o wie lange ist das schon her – habe ich eine Kunst vernachlässigt, obwohl ich stets eine unbezwingliche Liebe für sie bewahrt habe: das Zeichnen, die Malerei. Jetzt fange ich wieder damit an und werde versuchen, während meines Aufenthalts hier noch einige nützliche Dinge darüber zu lernen, vor allem einen Begriff vom Portrait und der Genremalerei zu bekommen.

Unser Leben, das wahre Leben, wird erst nach dem 20. Februar 1902 wieder beginnen . . . Wie wird es aussehen? Man kann es schwerlich vorhersehen, doch sobald Slimène zurückkommt, muß dieses Problem gelöst werden. Sollte sich die Moskauer Angelegenheit bis dahin in Form von Rentenzahlungen erledigt haben, wäre es das Beste, in der tunesischen Sahel einen friedlichen Zufluchtsort zu suchen – bei Moknine zum Beispiel – und dort das Traumheim zu errichten, das ich zum Leben brauche. Wenn nicht, wäre die einzig annehmbare Möglichkeit die, für einige Jahre irgendwo im Süden, egal wo, die Laufbahn eines Dolmetschers einzuschlagen – ein paar Jahre in der Wüste wären auch sehr schön.

Jetzt ist die Zeit gekommen, in der sich das große Problem meines Lebens stellt . . . Alles, was bisher geschah, war nur vorübergehend . . . ☾ *Und Allah kennt die Geheimnisse der Himmel und der Erde.* ☾

Dienstag, den 23. Juli

Heute abend große, tiefe Traurigkeit; dennoch fühle ich mich gefaßt und ohne Bitterkeit, ohne Überdruß noch Widerwillen. Hier sind wir mittlerweile ins blanke Elend verfallen, um so bedrohlicher, als ich nichts daran ändern kann; umgeben von Leuten, die so sind wie ich, könnte ich vielleicht noch mit spärlichen Summen für meine spärlichen Bedürfnisse aufkommen; doch dem ist nicht so, sie leben hinter einer Fassade, die sie unbedingt aufrechterhalten wollen. Immerhin, für uns beide, für Slimène und mich, wird bald die Stunde schlagen, in der Leid und Angst ein Ende nehmen. Aber auch dann werden wir hier noch Hilfe leisten müssen, und das wird nicht einfach sein. Allein, mit dem, was Slimène verdient und meiner Art, den Haushalt zu führen, hätten wir ganz angenehm, ganz gemütlich leben können, ohne Mangel an dem Wenigen, das wir brauchen ... Doch wie soll man das bewerkstelligen?

Es wird kaum ein Mittel geben, sich zu einigen, wenn sie nicht einverstanden sind, bei uns zu essen: Ich werde nie genug Geld haben, ihnen einen eigenen Haushalt zu bezahlen. Sobald Zuizou ankommt, müssen wir gemeinsam darüber beraten, es sei denn, mein Vorschlag, den ich Reppmann gezwungenermaßen machen muß, hat Erfolg: Ich überlasse ihnen alles, was Reppmann mir schickt, so daß sie für eineinhalb Monate genug haben, irgendwie zurechtzukommen – falls Reppmann einverstanden ist, mir 100 Rubel, das heißt fast 250 Francs, zu leihen. Das wäre die Rettung für uns alle, denn es würde uns unsererseits die Möglichkeit geben, unseren kleinen Haushalt einzurichten und die wenigen Kleinigkeiten, die ich brauche, zu kaufen. Wenn ich erst wieder Frauenkleider habe, finde ich sicherlich irgendeine kleine Arbeit, mit der ich Geld verdienen kann, bis es wieder besser geht.

In den wenigen einsamen Tagen, die mir noch bleiben, muß ich die literarische Arbeit mit allen Mitteln vorantreiben, ein paar Artikel schreiben und kopieren, so daß ich, sollte ich von irgendwo eine befriedigende Antwort bekommen, auch etwas vorzuweisen habe und nicht gezwungen bin, in der ersten Zeit unseres gemeinsamen Lebens hier zu schreiben; auf der anderen Seite bräuchte ich mir dann auch die Gelegenheiten, die sich vor allem nach den großen Ferien bei den Zeitschriften und Revuen bieten könnten, nicht entgehen zu lassen.

Ich ging hinaus in den stürmischen Wind und brachte den Brief an Slimène zur Post; *vielleicht* wird er ihn erhalten. Aber die Hoffnung ist gering. Den Weg nach Arenc legte ich zu Fuß zurück und machte mich nach kurzer Rast in der Bar d'Afrique auf den Rückweg.

Morgen werde ich erkunden, ob es nicht doch eine Möglichkeit gibt, hier und dort ein paar Groschen durch das Schreiben arabischer Briefe zu verdienen. Unterdessen merke ich, daß ich persönlich den Mut nicht verlieren werde. Wenn ich etwas fürchte, so für Augustin. Hoffentlich besinnt er sich nicht auf den Plan von Voladia, wenn ihm das Wasser bis zum Halse steht! Solange ich noch im Hause bin, ist ein kollektiver Selbstmord ausgeschlossen. Aber dann?

☪ *So Allah will* ☪ möge endlich Schluß sein mit der Zeit der finsteren Dramen!

Ich dachte über einen Spruch nach, den ich in *Heft I* wiederfand:

Tue heute soviel Gutes wie du kannst,
Denn morgen bist du vielleicht tot.

(Altarinschrift von Trégastel
in Trécor, Bretagne)

Eine Abwandlung der Worte von Epiktet: *«Handele so, als müssest du gleich sterben»*.

Tiefer, tröstlicher Gedanke, wunderbares *Sursum corda*.

Trotz aller Gefahren, trotz aller Enttäuschungen, trotz aller Schmerzen muß man stark sein wie der Fels, an dem sich die stürmischen Wellen des Ozeans brechen. Man muß um jeden Preis Gutes tun und den Kult der Schönheit bewahren, das einzige, was das Leben lebenswert macht. *Eigene Größe* ist besser als *glücklich* zu sein.

Mit meinen alten Lebensvorstellungen wäre die gegenwärtige Situation entsetzlich, *unerträglich* gewesen. Ich *glaubte*, die Weisheit zu besitzen. In Wirklichkeit beginne ich erst jetzt, mein moralisches Leben – von dem das andere ganz und gar abhängt – auf den unerschütterlichen Fels des Glaubens zu gründen.

Um nicht schwach zu werden, muß man sich selbst immer

wieder sagen, daß das Leben hienieden nur eine Lehrzeit, eine Prüfung ist – nicht etwa, um nach dem Tode auf der Stelle mit ewiger Glückseligkeit belohnt zu werden, sondern um auf Wege zu gelangen, deren Herrlichkeit und Ziel niemand voraussehen kann.

Es gibt keinen ewigen Schmerz. Die Lebensbedingungen dieser Welt enden auch auf dieser Welt. Jenseits ist das große Unbekannte, aber es ist gewiß, daß es ein *Woanders,* daß es *etwas anderes* gibt. *Sapienti sat!* Das ist die Kraft, die unbezwingliche Kraft, die auf der Ewigkeit beruht und nicht durch die Vergänglichkeit des Erdenlebens besiegt werden kann.

Nur wenige würden es an meiner Stelle aushalten.

Ich sitze im blanken Elend, vielleicht muß ich morgen schon hungern. Nun gut! Nie, nie ist mir bei vollem Bewußtsein auch nur einen Augenblick die Idee gekommen, die Möglichkeit ins Auge zu fassen, dieses bedrohliche Elend auf dem gewöhnlichen Weg zu überwinden, den Hunderttausende andere Frauen wählen. Mich überkommt *nicht einmal eine Versuchung,* gegen die ich kämpfen müßte. *Unmöglich,* das ist alles. Mittlerweile habe ich den Eindruck, daß die Entschuldigung des Elends manchmal – denn die starken Seelen sind selten – vergebens herangezogen wird, zumindest von denen, die eine intellektuelle und moralische Kultur besitzen, die schlicht und einfach nicht *das Fleisch zum Leben* haben. Ich will auf niemanden den ersten Stein werfen und werde stets meine großmütige Nachsicht für alle menschlichen Schwächen bewahren, denn sie alle sind ein Ergebnis so schrecklich komplizierter und verworrener Faktoren, daß nur wenigen die Gabe gegeben ist, sie zu durchdringen und zu umgehen.

Doch das Heil des Menschen ist der Glaube.

Nicht der dumpfe Glaube an Formeln, sondern der lebendige Glaube, der die Seelen stark macht; nicht der Glaube, der den Willen und die Energie zerstört, sondern jener, der sie erhöht und verherrlicht.

Es ist nicht genug, zu sagen oder gar überzeugt zu sein, daß *Gott Gott ist und Mohammed sein Prophet*. Das ist noch lang nicht genug, um Muselmane zu sein. Wer sich Muselmane nennt, muß sich mit Leib und Seele auf die Ewigkeit bis zum Martyrium den Notwendigkeiten verschreiben; dem Islam; dieser muß die Seele des Gläubigen durchdringen, all seine Taten und all seine Worte beseelen. Ohne dies sind alle mystischen Praktiken sinnlos.

Gott ist Schönheit. Dieses Wort faßt alles zusammen: das Gute, die Wahrheit, die Aufrichtigkeit, das Erbarmen . . . All diese Worte sind dazu gemacht, die Schönheit Gottes je nach ihren verschiedenartigen Äußerungen zu bezeichnen. Mit einem solchen Glauben, von solchem Geist beseelt, wird der Mensch stark . . . Er gewinnt eine Kraft, die in den Augen des Gewöhnlichen übernatürlich erscheint. Um einen volkstümlichen Ausdruck zu benutzen, er wird zum Marabout. «Was immer du tust, wo immer du herkommst und wo immer du hingehst, sage: Bismillahi Rahnani Rahimi», so sprach der weise, gottbeseelte Cheikh Ecchafi'r, der Prophet Gottes. Doch was er lehrte war nicht etwa, zu Beginn einer Handlung zu *sagen:* Im Namen Gottes! Er lehrte, nichts zu tun, außer im Namen Gottes, das heißt, immer und ausschließlich nur das zu tun, was *schön* und folglich gut und wahr ist. Es ist in der Tat sinnlos, «Bismillah» zu sagen, wenn man eine häßliche und folglich dem Willen Gottes widerstrebende Tat begeht! Man muß bei allem darauf achten, zunächst herauszufinden, was göttlich ist: die göttliche und ewige Immanenz. Nur das *Alles* ist beachtenswert. Die Form ist nichts, wenn man sie überschätzt.

Dann ist sie nur ein Mittel zum Ruin und Unglück.

Jahrelang habe ich nachgedacht, um nun, nach Behima, endlich zum Verständnis dieser Dinge zu gelangen; einem Verständnis, das die Frivolen mit ihrer unsinnigen Leidenschaft für sinnentleerte Sätze, für vorgegebene Klassifikationen, die ihnen die Möglichkeit geben, zu reden ohne zu denken, sicherlich des Mystizismus bezichtigen werden. Und wenn es, wie ich hoffe und *zu ahnen glaube*, tatsächlich geschrieben steht, daß ich den ganzen Kreislauf dieser gesegneten Entwicklung durchlaufen werde, so wird dies auf dem Schmerzensweg geschehen, dem ich in Zukunft eine Hymne der Dankbarkeit singen werde. Auf jeden Fall steht eines fest: meine Seele hat den sterblichen Vorhimmel, in dem sie lange umhergeirrt ist und in dem sie so manches Mal dahinzusiechen drohte, endlich überwunden.

Donnerstag, den 25. Juli,
gegen 11 Uhr abends

Der Aufenthalt hier wird mir immer unerträglicher, vor allem ohne Rouh'. Weder Augustin noch Hélène sind in der Lage, mich jetzt noch zu lieben; sie werden es auch nie sein, denn *sie werden mich nie verstehen*. Augustin ist für alles, was mich erfreut, taub und blind geworden, er versteht nichts von den erhabenen Dingen, die ich endlich verstanden habe.

Ich bin allein, hier noch mehr als irgendwo anders. Doch endlich geht der Monat zu Ende, und es kann nicht mehr lange dauern, bis Zuizou meiner Qual ein Ende setzt.

Heute bekam ich die beiden Nummern der *Nouvelles* aus Algier vom 19. und 20. Juli, in denen *Maghreb* und *Frühling in der Wüste* abgedruckt sind. Ein tröstlicher Erfolg, der mir immerhin einen Pfad öffnet. So muß man ausharren und Geduld bewahren. Aber vor allem muß ich mich ganz entschlossen auf mich selbst zurückziehen und darf diesen Leuten in Zukunft weder von meinen Angelegenheiten noch von meinen Gedanken sprechen, denn sie *verstehen* sie nicht und *wollen* sie nicht verstehen.

Ganz ohne Frage und trotz des falschen Scheins der letzten beiden Jahre stand es also geschrieben, daß *ich allein* moralisch *gerettet würde*, als einzige von all denen, die das anormale Leben der *Villa Neuve* gelebt haben, jenes Leben, über das Augustin sich einst so bitterlich beklagte und das er jetzt wie versessen in allen Einzelheiten nachahmen zu wollen scheint. Ich muß mir um jeden Preis ein ganzes System des Schweigens und der Undurchdringlichkeit zulegen, bis dieser beklagenswerte, dieser entsetzliche Aufenthalt hier zu Ende ist.

Wie wird es unter ihrem Dache ausgehen? Womit rechnen sie? An was denken sie? Ich weiß nicht, aber es erschreckt mich, denn mein Herz hat sich ihnen gegenüber trotz allem nicht verändert.

Durch den Zwang der Dinge selbst, aber auch dank meines und Slimènes Charakter wird die ganze Bürde ihres Haushalts, sobald wir uns hier niedergelassen haben, auf uns zurückfallen mit aller Gewalt . . . Wenn Reppmann mir nicht hilft, stehen uns daher noch allerhand Entbehrungen und Leiden bevor. Doch hier wie bei allem anderen und in alle Ewigkeit: Tue deine Schuldigkeit, und es geschehe, was geschehen mag.

Ich verlange wirklich nicht viel von Gott: nur Slimènes Rückkehr, unsere Ehe und das Ende dieses Zustands hier: daß sie irgendwie zurechtkommen und ihr Leben kein neues Schreckgespenst für mich wird! Mögen sie die Mittel finden, auf ihre Art zu leben, wenn nur ihr Leben mir nicht unentwegt auf schreckliche Art zum Kummer gereicht – vor allem nicht in der Ohnmacht, Leuten zu helfen, die mir in allem diametral entgegengesetzt sind.

Freitag den 26., 10 Uhr abends

Zum Abschluß dieser Aufzeichnungen über das letzte halbe Jahr meines Lebens, die ich in der melancholischen Ungewißheit des Krankenhauses begann, habe ich außer düsteren und traurigen Dingen kaum noch etwas zu berichten, obwohl mir meine moralische Evolution erhalten bleibt. Ganz klar kommt meine moralische Depression, unter der ich seit drei oder vier Tagen leide, von dem Milieu, in dem ich lebe und das an den Sorgen einer ausweglosen materiellen Situation erstickt. Im Grunde aber ist meine Seele ruhig.

Persönlich lastet nur die endlose Verzögerung von Slimènes Rückkehr auf mir, und mittlerweile kostet mich die Geduld große Anstrengungen mir selbst gegenüber. Moralisch brauche ich seine liebe Gegenwart vielleicht mehr denn je. Mein Herz läuft über und zieht mich unwiderstehlich zu ihm hin, als wäre er die letzte Zuflucht, die mir auf dieser Erde bleibt. Aber die Tage sind gezählt, und jetzt ist nicht der Augenblick, den Mut und die Geduld zu verlieren, um so weniger als mir dem Brief der Frau Vaschkoff zufolge sowohl auf französisch als auch wieder auf russisch eine ganze Menge Arbeit bevorsteht. Ah! Hoffentlich sind diese Mühen vom gleichen Erfolg gekrönt wie gestern! Endlich – aus der tiefsten Tiefe meiner Seele, die sich allmählich selbst *zu beherrschen weiß*.

Den 29. Oktober 1901, Samstag,
4 Uhr nachmittags

Endlich sind fast alle Ängste, die mich noch vor drei Monaten plagten, von unserem Horizont verschwunden.

Seit dem 17. dieses Monats sind wir *offiziell* und folglich unauflöslich vereint. Auch das Aufenthaltsverbot für Algerien besteht nicht mehr, im übrigen scheint die Verbannung ihrem Ende zuzugehen: in einem Monat machen wir uns wieder auf ins geliebte

Land jenseits des Meeres. Gott und Djilani haben uns nicht verlassen. Mögen sie ihr Werk des Heils und der Erlösung vollenden!

Marseille.

Algier, den 8. April 1904, 9 Uhr abends

Ich habe diese Gedanken vom Januar 1902 nicht eingetragen ... Was macht das schon? Drei Jahre später schreibe ich an einem anderen Ort der Verbannung mitten aus einem ebenso unbedingten Elend, einer ebenso absoluten Einsamkeit heraus über die tiefe Veränderung, die die zerstörerische Zeit seitdem in mir bewirkt hat ...

Andere Pilgerfahrten, andere Träume, ein anderer Rausch der Sonne in der Stille und dem Zauber anderer Wüsten, etwas herber und weitläufiger vielleicht, haben sich über die Dinge von damals gelegt. Am Horizont, vielleicht schon in einigen Tagen, steht mir, »*so Allah will*«, ein neuer Aufbruch bevor, und wieder werde ich in Richtung des trostlosen, geheimnisvollen Maghreb des Todes ziehen ... Werde ich in einem Jahr zur gleichen Zeit noch leben und wo werde ich sein?

Am selben Abend

Als ich diese vergangenen Bücher voller toter Dinge heute abend wieder las und die schon fast vergessenen Namen wie Souf, Bordj Ferdjen, Ourmès in den Zaubergärten, El-Oued und Behima wiederfand, verfiel ich in intensive Erinnerungen und tiefe Melancholie. Wo sind sie heute geblieben?

In zwei oder in fünf Jahren werden die jetzt so vertrauten Namen Aïn-Sefra, Figuig, Beni-Ounif und Djebel Amour in meinem Ohr den gleichen wehmütigen Klang haben.

Manch andere Ecke des afrikanischen Landes wird mich noch bezaubern ... Und dann wird mein einsames, leidvolles Dasein selbst von dieser Welt verschwinden, wo es inmitten der Menschen und der Dinge immer nur Zuschauer, *Fremder* geblieben ist.

VIERTES TAGEBUCH

«Im Namen des mächtigen und barmherzigen Gottes.»

NOTIZEN UND EINDRÜCKE

Begonnen in Marseille am 27. Juli 1901. Abgeschlossen in Bou-Saâda am 31. Januar 1903.

Zum Gedenken an † Den Weißen Geist †.

Marseille, den 27. Juli 1901

Nach mehreren Tagen Überdruß, dumpfer Traurigkeit und sogar Angst, stand ich heute morgen wieder mit Energie, Geduld und Lust an der Arbeit und Hoffnung auf.

Wenn die Marter, auf Slimène zu warten, nur ein Ende nähme, wenn ich wenigstens das Datum seiner Ankunft *genau* wüßte, wäre ich ruhig und könnte moralisch eine der besten Perioden meines Lebens genießen. Anfang Herbst wird das Elend wohl ein Ende nehmen und mit ihm eine Menge anderer Sorgen, vor allem das Gefühl der Ohnmacht. Ah! Endlich das Geld dieser unglückseligen *Villa Neuve* in der Hand haben, den Boden Afrikas wiedersehen und, wer weiß, vielleicht sogar den unvergeßlichen Souf! Wieder lesen, schreiben, zeichnen und vielleicht auch malen können, endlich ein intellektuelles Leben leben und meiner literarischen Karriere eine Grundlage schaffen! Vernünftigerweise müßte ich vielleicht statt nach Algerien eher nach Paris gehen und versuchen, bestimmte Artikel unterzubringen?

◡ *So Allah will* ◡, es sieht so aus, daß dieser Herbst einen Schlußstrich unter die lange Zeit des Leidens, der Unruhe, der Angst und des Elends zieht. ◡ *Ich setze mein Vertrauen in Allah und Djilani.* ◡

Den 1. August 1901, 11 Uhr morgens

Gestern bekam ich einen Brief von Slimène, der alle Pläne wieder auf den Kopf stellt. Seit dem 28. ist er im Krankenhaus. Nach diesem Ereignis ist es unmöglich, nicht an die rätselhaften Vorzeichen zu glauben, die mir seit Jahren schon alle Phasen meiner *via dolorosa* verkünden!

Ich zittere am ganzen Leib. Und doch muß ich schreiben, muß *Amira* noch einmal abschreiben und Brieux schicken.

Am selben Tag, 12 Uhr 30 nachts

Slimène, Slimène! Vielleicht, ja *mit Sicherheit* habe ich ihn noch *nie so heilig* und so tief geliebt wie jetzt. Und wenn Gott ihn mir nehmen will, möge sein Wille geschehen. Doch danach will ich nichts mehr versuchen – nur noch eines, und das mit aller Kraft: dorthin gehen, wo gekämpft wird, in den Südwesten, und den Tod suchen, um jeden Preis, ◡ *um so zu bezeugen, daß es keinen Gott gibt außer Gott und daß Mohammed sein Prophet ist.* ◡ Das ist das einzige Ende, das meiner selbst und dessen würdig ist, den ich geliebt habe. Jeder Versuch, mir ein anderes Leben zu schaffen, wäre nicht nur sinnlos, sondern ein Verbrechen, ein *Frevel*.

Vielleicht wird er bald an der Seite derer sein, die er zu seinem

Bedauern nicht gekannt hat; vielleicht wird er ihr erzählen, was unsere beiden *auf ewig vereinten* Herzen hienieden gelitten haben.

«Weiße Seele», die du dort oben bist, und du, Vava, Ihr seht gewiß meine Tränen in der Stille dieser Nacht, und Ihr lest im Grunde meiner Seele. Ihr seht, daß ich meine arme Seele neben ihm in Leid und Verfolgung geläutert habe, daß ich nicht schwach geworden bin und mein Herz nun endlich rein ist! Ihr seht es: So richtet über uns beide, die Ihr uns allein gelassen habt auf dieser Welt des Schmerzes, der Barmherzigkeit Gottes, jenes Gottes, der die «Weiße Seele» unter den Gläubigen ruhen läßt. Ruft auch die Strafe Gottes über die, die uns zu Unrecht niedermachen.

Warum bin ich nicht, wie ich es gelegentlich wollte, mit Sidi Mohammed-Taïeb gegangen, warum bin ich nicht an seiner Seite in Timimoun gestorben? Warum nahm das Schicksal dieses arme Kind und vereinigte es mit meinem unvermeidlichen Verlust, warum entriß es dieses Kind seinem ruhigen Dasein früherer Zeiten um so viel Leidens und vielleicht eines verfrühten und grausamen Todes willen? Warum sollte ich nicht allein fortgehen? Bedauert er, mich geliebt zu haben? Bedauert er, meinetwegen so viel gelitten zu haben?

Wer wird sie je erahnen, die unendliche Bitterkeit dieser Stunden, dieser einsamen Nächte? Wenn ich Hilfe bekomme, ist alles noch zu retten. Auch wenn er krank ist, bei meiner Pflege und in meiner Nähe würde er sich bestimmt wieder erholen . . . Doch ohne dies wird seine schwache Gesundheit in der Mittellosigkeit und dem Elend immer schwächer werden, und das ererbte Übel wird ihm auflauern . . .

Den 2. August, 4 Uhr nachmittags

Begann den Tag mit etwas Mut und etwas Hoffnung, dank der Begegnung zwischen Augustin und (einem Freund).

Montag, den 5.

Besuch bei Hauptmann Rancongne. Geistesverfassung: etwas unruhig und traurig. Nacht: schlecht. *Allgemeiner* Kummer ob meines ganzen Lebens. Für die Zukunft Vertrauen in Djilani.

Dienstag, den 6., 11 Uhr morgens

Eher düstere Voraussetzung für den Tag. Großer Überdruß des gegenwärtigen Lebens. Kein tieferes Interesse für irgend etwas. Ich bin der langweiligen und trübseligen, obgleich gewalttätigen Eindrücke der letzten Tage müde. Entspannung. Mir bleibt nur noch zerebrale Energie, um zu vollenden, was ich noch zu tun habe – aber keine Begeisterung mehr.

Bekam einen Brief von Brieux: ich stelle fest, daß ich im literarischen Bereich eine erdrückende Arbeitslast zu bewältigen habe. Entschluß, *die Arbeit zu tun, weil sie getan werden muß.*

Seltsam: während ich diese Zeilen schrieb, verbesserte sich meine Geistesverfassung ein wenig; das muß wohl von dem Gedanken kommen, daß ich glaube, die Novelle für *L'Illustration* schreiben zu können.

Donnerstag, den 8. August 1901, Mitternacht

Nach der täglichen Dostojewski-Lektüre habe ich plötzlich zärtliche Gefühle für dieses kleine Zimmer, das aussieht wie eine Gefängniszelle, auf jeden Fall ganz anders als der Rest des Hauses.

Jedes länger bewohnte Zimmer wird sozusagen mit der Seele desjenigen getränkt, der darin gelebt und gedacht hat.

Montag, den 12. August 1901

«Alles, was entsteht, entsteht aus dem Warten und dem Leid.» ... Traurige, unruhige, undefinierbare Tage, an denen mich nur die Arbeit und die Lektüre retten ... Wovor? Ich weiß nicht. Nach der erholsamen ersten Julihälfte ist meine Seele wieder in eine schmerzhafte Inkubationsphase eingetreten.

Mein gegenwärtiges Leben ist sowohl von den *Bedingungen der Umgebung* als auch von den *Umständen* her abscheulich, hassenswert. Die Ruhe und Isolierung im Gefängnis wären leichter erträglich und nützlicher. Der Moral indes ist dies wieder eine hilfreiche Prüfung ... doch ach, wie schmerzhaft!

Ich bin regelrecht krank vom Warten auf Slimène, von dieser *Ungewißheit* über ihn. Von daher sind all meine Nerven, all meine

Fähigkeiten zum Zerreißen gespannt, und ohne die ihrer Form nach doppelte Ablenkung, die Arbeit und die Lektüre, würde das alles vielleicht ein böses Ende nehmen – Gott weiß wie! Meine kräftige Natur scheint nicht mehr so viel Widerstandskraft zu haben, und die mich immer öfter überkommenden Anfälle von Schwäche, Herzklopfen und Angstgefühlen sind Anzeichen eines gefährlichen Schwächezustands. Wie lange wird das noch so weitergehen? Ich weiß nicht mehr, aber mir scheint, daß meine Kräfte allmählich am Ende sind . . .

Donnerstag, den 15. August 1901,
8 Uhr 30 abends

Seit einigen Tagen übermannt mich wieder die Wehmut der Wüste, so intensiv, daß sie mir weh tut! Nur ein einziges Mal möchte ich bis zur Séguia des alten Biskra gehen, wo wir beide, Slimène und ich, am Abend der Rückkehr – am 2. März dieses Jahres – *also schon vor sechs langen Monaten!* – innehielten . . . Dort sein in der Morgendämmerung, oder auch beim Sonnenuntergang, und einen verliebten Blick, den Blick eines Verbannten auf die große Sahara werfen . . . einen einzigen Blick!

Ah, wären wir nur jetzt frei, alle beide, und reich genug, dorthin zu gehen, in *unser Land!* Werde ich sie je wiedersehen, meine große prächtige Wüste?

Irgend etwas im Grunde meines Herzens sagt mir wie eine dunkle Vorahnung, daß ich tatsächlich zurückkehren werde . . . und sogar eines gar nicht so fernen Tages, ☺ *Gott weiß!* ☺

Im Augenblick gäbe ich weiß Gott was, um dieses verfluchte Land, diesen Boden der Verbannung und des Leids verlassen zu können und auf Afrikas Erde zurückzukehren.

Ich betrachte die an der Wand hängenden Zeichnungen, und das Bild mit dem dunklen Horizont, vor dem sich die fernen Guemiras erheben, versetzt mich in Träumereien. In die Ferne ziehen, ein neues Leben unter dem prachtvollen großen freien Himmel beginnen. Hier, zwischen diesen vier Wänden, in einer Stadt, die mir nie etwas anderes geben konnte als dumpfe Übelkeit, ersticke ich!

Mich aufmachen, als freier Vagabund, wie ich es vorher war, auch um den Preis der schlimmsten neuen Leiden! Eilig über den

Quai de la Joliette hasten – den einzigen Teil dieser Stadt, den ich liebe, *denn er ist die Pforte Afrikas;* an Bord gehen, bescheiden und unbekannt, und flüchten, endlich für *immer* flüchten. Das sind meine Träume, das sind meine Gedanken, die mich verfolgen und mich quälen!

Ich möchte die einsamen Bordjs wiedersehen und die Straße des salzigen Oued Rhir, dann den weißen Souf und die Guemira, die grauen Guemira, die verzauberten Leuchttürme des geliebten Ozeans.

Lauf! Geh!
Nur zum Bersten hält die Wolke inne,
und nur zum Weinen
bleibt der Abenteurer stehn!

Sicher, ich kam nur hierher um zu weinen, zu bedauern, mich mit der Finsternis und Angst zu streiten, um zu leiden und gefangen zu sein! Wie lange läßt die strahlende Abreise noch auf sich warten? Wie lange die Rückkehr in das Land, in dem ich leben könnte, auf den einzigen Boden der Erde, auf dem ich keine Verbannte, keine Fremde bin?

Freitag, den 16. August, 11 Uhr morgens

O ja, *für immer* fortgehen, alles verlassen, alles aufgeben, jetzt, wo ich mir sicher bin und mich nicht mehr täuschen kann, daß ich hier fremder bin als an jedem anderen Ort, daß es unmöglich ist, auch nur irgend etwas von all dem, was mir teuer, was mir heilig ist, was mir groß und schön erscheint, hier verständlich zu machen, in diesem Haus der Blinden und der *Bourgeois* . . . bourgeois bis in die Fingerspitzen, erschlagen von den gemeinen Sorgen ihres animalischen, habgierigen Lebens.

Allerdings haben sie recht, das alles bis auf die Spitze des Ekels zu treiben, denn so kann ich mich *von Herzen* lösen. Im Grunde leide ich nicht mehr unter den groben und bösartigen Szenen hier. Sie sind mir egal und führen nur dazu, daß ich mich noch leidenschaftlicher meinem lieben Ideal zuwende, jenem Ideal, das mich leben läßt, in dem mein Herz liegt; und auch der schönen Seele Slimènes, die, wie ich an seinen Briefen sehen kann, den Weg des Denkens eingeschlagen hat, den Weg, der ihn auf den gleichen strahlenden Pfad führen wird, auf dem ich mich trotz aller Widrigkeiten voranbewege. Was die anderen betrifft – *sie sehen nicht, und taub, stumm und blind werden sie auch nicht umkehren,* wie es im *Buch Gottes* heißt ...

Mein ganzes gegenwärtiges Leben entspringt dem ängstlichen Warten auf Slimène.

Aber ich darf auch nicht mehr alles für *hier* opfern, sondern muß endlich an *mein* eigenes Heim denken.

Reppmann und Brieux, vor allem der erstere, dürften sich wohl im klaren darüber sein, daß ich von den Wohltaten nicht selbst profitiert habe, daß mein Flehen anderen zugute kam, die mir nicht im geringsten dankbar sind! ☾ *Mein Geliebter hat recht; ich bin dumm; wir verschwenden das Gute an Leute wie diese hier!* ☾

In ihrem Bewußtsein allerdings – der eine spricht aus, was der andere denkt – wissen sie genau, *wie sehr sie* den ihnen so teuren materiellen Interessen *schaden* ... den Interessen, die ihnen teurer sind, als alle anderen auf der Welt, denn *andere Interessen* als die, die uns andere leben lassen, haben sie nicht. Auf jeden Fall werde ich ihnen nicht mein letztes Hemd geben. Denn da sie immer davon reden, wir müßten uns «auf eigenes Risiko und eigene Gefahr arrangieren», mögen sie sich selbst auch daran halten. Das ist die beste und *segenreichste* Strafe.

Hinter dem, was ich da sage, steckt weder Rache, noch Haß, noch Boshaftigkeit – sondern nur *Gerechtigkeit.* Sie wollen nichts für uns tun; wir aber sind arm und verlassen; wir haben keinen Grund, etwas für sie zu tun.

Das Ganze ist ein dummes Spekulieren auf meine Güte, das auf der Unkenntnis meines wahren Charakters beruht, denn bei mir darf eine gewisse Linie nicht überschritten werden.

Und diese Linie ist schon überschritten.

Weshalb bin ich gezwungen, mich um so niedrige, so widerwärtige Dinge zu kümmern und derartige Maßnahmen zu ergreifen?

Nun ja, noch einige Tage Geduld und Mut, und das alles wird *für immer* vorbei sein.

Samstag, den 17.

Gewiß, den *Grund* für diese ganze Veränderung verstehe ich nur allzu gut . . . Aber heute beschäftigt mich etwas anderes, als diese gedankliche Ebene. Zunächst einmal plagt mich natürlich die dauernde Unruhe wegen des Urlaubs, der Versetzung. Da ist aber noch etwas anderes. Wie ich aus seinem vorletzten Brief entnehmen kann, scheint auch er sich in der Ferne mit dieser Frage zu beschäftigen, mit der verwirrenden und berauschenden sinnlichen Liebe. Mittlerweile suchen mich die köstlichsten Träume heim, von Keuschheit keine Spur. Ich wäre gewiß nicht imstande, irgend jemandem ein solches Geheimnis anzuvertrauen . . . außer dem rohen und doch empfindsamen Vertrauten, der Dr. Taste mir war. In intellektueller Hinsicht ist es vielleicht bedauernswert, daß ich während des unvergeßlichen Krankenhausaufenthalts keinen Kontakt zu Mauviez mit seiner noch krankhafteren und absonderlichen Intelligenz hatte. Mir scheint, daß er noch raffinierter, noch subtiler war . . . Der «subtile Doktor», immer noch unvergessen! Und doch ist es gar nicht zu bestreiten: ich liebe Taste . . . den Mann, der mich sinnlich, zumindest physisch, am allerwenigsten anzog. Sicher, auch die mal brutale, heftige, mal fast schon neurotisch feinsinnige Erotik dieses Mannes mißfiel mir nicht. Ihm konnte ich Dinge sagen, die noch niemand von mir gehört hat . . . D . . . ist mir zu alltäglich, er hat einen gewissen Zug allzu weitherziger und allzu brutaler Toleranz.

Jetzt, wo all diese Leute weit von mir und meinem Leben entfernt sind, denke ich mit Erstaunen an die Persönlichkeit Toulats und frage mich, ob in ihm nicht auch einige jahrtausendalte Atavismen stecken: In der Tat, wie konnte das arabische Leben und vor allem die *arabische Seele* in kaum mehr als zehn Jahren derart auf diesen Mann, diesen Franzosen aus Poitiers abfärben? Ja, Toulat ist arabisch. Er ist düster, er liebt das wilde harte Wüstenleben; von allen französischen Offizieren, die ich gekannt habe, ist er der einzige, der sich dort nicht langweilt. Sind nicht seine Gewalt, seine Härte selbst arabisch? Auch seine Liebe hat etwas Wildes, etwas Unfranzösisches, etwas Unmodernes, denn geliebt hat er mich sicherlich. Seine Liebe erreichte ihren Höhepunkt an dem Tage, als er bei unserer Ankunft in Biskra so verzweifelt weinte. Er liebte mich, da er mich aber nicht verstand, fürchtete er mich. Er glaubte, die Flucht und das Verlassen wären seine Rettung.

Wie lange ist das aller her! Um so länger, als sich bei der Erinnerung *an sie* keinerlei Wut mehr bemerkbar macht: diejenige, die sie zu lieben glaubte, dieses ferne Phantom, *ist tot.* Und diejenige, die heute lebt, unterscheidet sich so sehr von jener anderen, daß sie für die vergangenen Irrtümer nicht mehr verantwortlich ist.

Gewiß, all diese sinnlichen Fragen werden mich *intellektuell* auch in Zukunft immer interessieren, und um keinen Preis der Welt wäre ich bereit, die Erforschung dieses Themas aufzugeben. Doch in Wirklichkeit und für meine Person ist der sexuelle Bereich gegenwärtig deutlich abgegrenzt, und das banale Wort: «Ich gehöre mir nicht mehr» trifft durchaus zu. Auf der sinnlichen Ebene herrscht Slimène als unangefochtener, einziger Herr. Er allein zieht mich an, er allein beseelt mich mit jener Geistesverfassung, derer ich bedarf, um den Bereich des Intellekts zu verlassen, um herabzusteigen – ist es tatsächlich ein Abstieg? ich zweifle sehr daran – auf die Ebene der berühmten sinnlichen Verwirklichung.

In der modernen, verzerrten und zerrütteten Welt ist der Ehemann im allgemeinen nie derjenige, der die Sinnlichkeit erregt. Unwürdig und dumm bindet man das Leben des jungen Mädchens an einen Ehemann, eine im Grunde lächerliche Person. Ihm gehört die materielle Jungfräulichkeit der Frau. Und sie muß ihr Leben meist angewidert an seiner Seite verbringen, muß die «eheliche Pflicht und Schuldigkeit» über sich ergehen lassen, bis sie eines Tages einen anderen trifft, der ihr unter finsteren, entwürdigenden und verlogenen Umständen beibringt, daß es eine ganze Welt von Sinnesempfindungen, Gedanken und Gefühlen gibt, die das ganze Wesen regeneriert. Genau darin unterscheidet sich unsere Ehe von vielen anderen – und darin beschämt sie zahllose Beourgeois: für mich ist Slimène zweierlei – und er versteht es instinktiv zu sein, obgleich der Ehemann heutzutag fast nie an seiner Frau interessiert ist –, mein Liebhaber und Gefährte.

Was meinte der seltsame, vereinnahmende und für viele besonders erlesene Frauen sicherlich auch bezaubernde Kerl, der Hauptmann R., als er sagte: «In Algerien waren Sie Gegenstand zahlloser Begierden» . . .? Bis zu einem gewissen Punkt weiß ich es nur allzu gut, so sehr habe ich darunter gelitten.

Für all diejenigen, die mich gekannt haben, vor allem die Offiziere, ist die Persönlichkeit Slimènes in meinem Leben natürlich *unerklärlich.* Domercq hat sich am Ende überzeugen lassen . . . Taste *täuscht vor,* gar nichts zu verstehen, doch bis zu einem gewissen Grade versteht er es schon. Und was denkt R. ? Sicher, ich möchte diesen Mann wiedersehen und ihn besser kennenlernen. Er hat keinen banalen Eindruck auf mich gemacht und kann auf jeden Fall kein gemeiner Mann von der Straße sein.

Mir fällt auf, daß die Dinge dieses Lebens – zumindest des meinigen – eine eigentümliche Tendenz haben, sich stets gegen den Schein, gegen die ganze berühmte *Wahrscheinlichkeitstheorie* zu wenden.

Ich fange an, schlicht und einfach zu warten, ohne überhaupt noch Hypothesen aufzustellen.

Beispielsweise weiß ich nicht mehr, ob das Wiedersehen mit Slimène nahe ist oder nicht. Gewiß, ich wünsche es mit allen Fasern meines Seins, aber aus Angst vor Enttäuschungen klammere ich mich nicht mehr *an Daten.*

Ich habe mehrere Tage dumpfer Angst und drückender Träume hinter mir. Dann hellte sich der Horizont wieder etwas auf, aber die Arbeit war mir unmöglich, und ich fühlte mich wie gelähmt. Um diesen Zustand zu überwinden, mußte ich gestern alle Willenskraft zusammennehmen und mir einen heftigen Ruck geben . . .

. . . Von jener wohltätigen Persönlichkeit Brieux weiß ich immer noch nichts, außer daß er sehr gut sein muß . . . Doch ist er ebenso schlicht wie seine kurzen Briefe, schlicht, offen und direkt, oder aber ist er der Komplizierteste der Komplizierten?

Unter den Personen hier ist noch einer mit gutem Herzen, der wackere Mohammed-ben-Aïssa, der jetzt wohl schon nach Algier unterwegs ist.

Smaine-ben-Amma – ein bis in die Knochen lasterhafter Mann, verlebt, *deformiert* und schon fast vollständig verschlissen. Wenn er weiter trinkt, wird er im *delirium tremens* oder von Kopf bis Fuß gelähmt enden.

Unsympathisch bis zum Letzten! Völlig überflüssig, daß Zuizou mich vor ihm warnte.

Hätte ich die Wahl zwischen diesem «Aristokraten» und dem Kif rauchenden Lastenträger Slimène, ich würde mich selbstverständlich für den Letzteren entscheiden.

Marseille, Donnerstag, den 22. August,
mittags

Das Martyrium geht weiter. Und doch, wenn ich *vernünftig* bin und mich nicht in dunklen, instinktiven Gefühlen gehenlasse, hat sich meine Situation enorm verbessert: Zuizou ist nicht mehr in dieser Unglücksstadt Batna, er ist auf dem Wege, ja er ist sogar in Bône, dort, wo ihr Grab ist. Ach, könnte sie ihn empfangen und beseelen, ihn posthum für immer unter ihren Schutz nehmen!

Hier habe ich den äußerst komplizierten *Mechanismus* des unerträglichen Zustands, der sich im Laufe der Zeit hergestellt hat, endlich verstanden. † «Kleine Frauengeschichten, die emsige unterirdische Weiberarbeit; immerhin, es hat hingehauen.» †

Sinnlos, weiter darauf einzugehen. Sicher, Augustin kann nicht viel dafür – nur für seine *Schwäche,* ansonsten kommt das alles nicht von ihm.

Er hat einen nicht wiedergutzumachenden Fehler begangen, und im Augenblick kann niemand etwas daran ändern. Doch vernünftigerweise gibt es für ihn nur noch eine Möglichkeit des Heils: ◡ *die Feinde müßten sterben, so daß er zu uns zurückkehren könnte* ◡, was er gewiß auch täte. Für ihn wäre das wahrscheinlich sehr schmerzlich, aber es wäre die moralische Rettung. Soll man wünschen, daß solches geschieht? Nein, denn nur Gott kennt die Herzen von Grund auf. Überlassen wir die Sorge für dieses Leben, auf das ich keinen Einfluß mehr habe, der Zeit und dem geschriebenen Wort, das heißt, Gott. Slimène hat es schon geahnt und wird es besser verstehen als jeder andere. ◡ Gepriesen sei Gott! ◡

Was dies betrifft, bin ich zur Zeit ruhig, denn ich *weiß* und ich *verstehe.* Keine Unsicherheit mehr. Meine Geistesverfassung ist äußerst komplex. Im Augenblick ist das Physische an vielem schuld, und die Umstände hier an allem übrigen. Auch Slimènes Verspätung hat ihre Auswirkungen, aber dieses Gefühl ist kindisch.

Mein Gott! Welche Entlastung, wenn Exempliarsky bereit wäre, Augustin eine hinreichende Summe zu leihen; das könnte uns wenigstens von dieser Seite her von allen Sorgen befreien und uns die Ausgaben ersparen, die uns in ärgste Verlegenheit bringen könnten!

Wir haben so viel persönliche Ausgaben, so viel Schulden und

Sachen, die dringend gekauft werden müssen, daß uns die 25 Francs von der Alten eine wahre Freude wären. ◡ *Möge Gott es uns erleichtern!* ◡

Ich muß mir selbst einen großen Ruck geben, um diese Woche durchzustehen, ohne mich in meiner Niedergeschlagenheit zu verlieren; ja ich muß sogar versuchen, sie nützlich zu verwenden – das ist das Schwierigste. Besonders seltsam kommt es mir vor, daß mich die wohlbekannte glückselige, ruhige, gefaßte und wohltuende Melancholie hier nie überkommt. Wenn es auf der Welt eine Stadt gibt, in der mir solche Gefühle fremd sind, so ist es keine andere als diese hier. Diese Stadt wird mich nie *inspirieren* . . . vor allem nicht, solange ich unter diesem Dach weile. Später, wenn Zuizou ganz bei mir ist, in einem ganz anderen Viertel, wird das vielleicht vorübergehen.

Die Lektüre, die mir im Augenblick am meisten entgegenkommt, ist Dostojewski – vielleicht weil seine Romane dem unbestimmten, formlosen und schmerzlichen Geisteszustand, mit dem ich mich seit langem herumschlage, am ehesten entsprechen.

Gestern abend habe ich die Briefe von Freund Eugène noch einmal gelesen. Mein Gott, welche Veränderung hat sich auch in ihm in diesen sechs Jahren Freundschaft vollzogen! Welche Entwicklung zwischen seinen ersten, so blutjungen Briefen und seinem letzten aus der Tiefe der Wüste, aus Touat, dessen Name allein mich in Träume versetzt! Welche Verdunklung in dieser Seele. Wie mir scheint, hat der große Liebesroman von Algier Eugène stark in diesem Sinne beeinflußt. Schon deshalb und in Anbetracht der Natur dieses Mannes muß diese Liebe wirklich und tief gewesen sein; wenn ich nach seinem so schmerzlichen Brief gehe, in dem er mir seinen plötzlichen Aufbruch, fast schon Flucht, in den äußersten Süden ankündigte, glaube ich, daß ihm etwas derartiges widerfahren ist.

Auch ich habe mich seitdem unermeßlich verändert – mehr noch als er. Zwischen dem Kind, das ich damals war, und meinem gegenwärtigen Dasein liegt ein Abgrund. Überflüssig, es überhaupt zu sagen: zwischen meinem Ich in Bône und dem jetzigen gibt es – obwohl nur vier Jahre dazwischenliegen – einen solchen Unterschied, daß ich bei meinen Erinnerungen an damals nur noch lächeln kann – traurig lächeln, das stimmt.

Wahrscheinlich wäre meine Entwicklung ohne die entsetzlichen Unglücke, die mir seit Bône zugestoßen sind, viel langsamer vonstatten gegangen. Und auch in diesem Jahr wäre sie *ohne Behima* nicht so schnell vorangeschritten. Auch das, was ich vorfand und zu verstehen lernte, hat meinen Charakter stark beeinflußt und wird sich hinfort sicher auf meinen ganzen Lebensweg auswirken.

An meinem Horizont ist nur noch eine letzte Zuflucht, eine einzige *menschliche* Hoffnung: Slimène – *er allein!* Alles andere ist in sich zusammengebrochen wie kaum vorhandene Phantome – die zwar existiert haben, aber eben nur in meiner krankhaften Vorstellung. Er allein ist *wirklich,* er ist kein Köder und kein Trugbild.

Freitag, den 23. August 1901,
11 Uhr morgens

Gestern, abscheulicher Tag, dank der erneuten kleinen Stichelei von seiten ...

Von 3 bis 5 Uhr kraftlos, erschöpft, wankend, auf der Suche nach Smain in der Stadt herumgelaufen. Fand ihn nicht. War dann auf dem Joliette, fand den Lastenträger Slimène. Lieh mir 55 Cents. Schickte Zuizou eine Depesche und gab Slimène 15 Cents für Tabak. Rückkehr nach Hause. Ungeheure Müdigkeit, Schwindel, Schmerzen im ganzen Körper.

In der Nacht nachgedacht und gebetet. Heute bin ich wieder etwas besser beisammen, was ich wohl Djilani zu verdanken habe. Wenn keine dummen Geschichten hier passieren, hoffe ich, die letzten fünf Tage bis zu Zuizous – *dieses Mal ganz sicheren* – Ankunft durchzuhalten. Ich glaube sogar, ich werde mich in die Arbeit vertiefen – zumindest bis zu einem gewissen Grade. Das Wichtigste ist, sich nicht bis zur moralischen Zerrüttung gehen zu lassen. Weshalb hatte ich mir beispielsweise vorgestellt, hinter Zuizous Verspätung müsse sich – seinerseits – irgend etwas Fatales, Verheerendes verbergen? Zum größten Teil, weil meine Lage hier unerträglich ist.

Oh! daß man es nötig hat, die Komödie zu spielen, und sei es nur bis zu einem gewissen Grade! An meiner Seite einen Feind zu fühlen, einen unbewußten Feind (der sich seines Hasses nicht unbewußt ist, sondern der haßt, *ohne zu wissen weshalb* – denn einen

Grund gibt es nicht) und doch nicht fortgehen zu können! Weshalb bin ich mit Zuizous Geld heute nicht einfach von dannen gezogen? Weshalb kann ich mit Augustin, von dem ich merke, daß er sehr unglücklich ist, nicht brechen? Doch diese gespielte Rolle – die ich keineswegs aus Furcht spiele, denn ein solcher Feind und sein dummer Haß könnten mir nur ein Lächeln abgewinnen, sondern um dem anderen nicht den letzten Stoß zu geben, um einen unmöglichen Zustand nicht endgültig zu besiegeln –, diese Rolle widert mich an, sie ist mir ekelhaft.

Nun, wieder eine neue Prüfung, und den von Gott geschickten Prüfungen darf man nicht unterliegen. Glücklicherweise wird diese nicht mehr lange dauern!

Samstag, den 24. August, 10 Uhr abends

Endlich, Gott und Djilani haben uns erhört! Nach der schlechten Nachricht gestern kam der Hauptmann höchstpersönlich, um mir mitzuteilen, daß die Versetzung genehmigt wurde. In drei Tagen wird Zuizou da sein, das steht nun fest, der Hauptmann hat uns unter seine Protektion genommen.

O undurchdringliches Schicksal der Menschen! O unbekannte Wege, auf denen Gott seine Geschöpfe führt!

Ich versuche dich nicht zu betören, O Abou-Alam!
Mögest du meine Schultern stärken. Verhüte Gott, daß ich mich fürchte.

Sie haben uns nicht verlassen, denn Sie lesen in den Herzen und Sie wissen, daß die unsrigen rein sind, so Allah will. Sie werden ihr Werk mit allem, was noch zu tun ist, vollenden!

Montag, den 26. August, 11 Uhr morgens

Gestern, nach der vagen Unpäßlichkeit der letzten Tage, erlebte ich eine eigentümliche Krise ... Mit einer Kolik und Nierenschmerzen hatte ich mich nachmittags hingelegt. Gegen 4 Uhr bekam ich zunehmend heftige Kopfschmerzen, und dann starkes Fieber. Ich war in den Fängen jenes *bewußten Deliriums,* das einen an den Rand der Erschöpfung treibt. Was geschah? Bis 10 Uhr ließen sie mich ohne Hilfe allein im Haus ... Und als sie wiederkamen, dachten sie nicht einmal daran, hereinzukommen, um zu sehen, was los ist ... Typisch für diese Wesen, ihre Härte, ihren grausamen Egoismus und ihre Unreflektiertheit! Allah sei Dank, mir bleiben nur noch zwei Tage dieses abscheulichen Daseins, dieses unglaublichen Elends.

Ich habe den Gedanken, daß ich jetzt wie einer der Komißsoldaten bin, deren Inschriften die Wände der Bordjs zieren, daß ich mir zwar nicht händereibend, aber immerhin doch mit einem Seufzer der Erleichterung sage: *Das läßt sich über die Runden bringen! Nur noch zwei Tage über die Runden zu bringen!* Wie lang einem die Zeit wird, wenn man, und sei es nur momentan, kein anderes Ziel hat, als *die Tage über die Runden zu bringen,* die Zeit, koste was es wolle, totzuschlagen!

Heute bin ich schwach, gerädert, zerschlagen. Ich habe immer noch Koliken und Nierenschmerzen. Hoffentlich bekomme ich heute abend nicht wieder Fieber! Im Grunde ist es egal, ob sie da sind oder nicht: Hilfe hat man von ihnen sowieso nicht zu erwarten, und anbetteln werde ich sie nicht, heute ebensowenig wie gestern abend. Wenn ich wenigstens bis Donnerstag einigermaßen durchhalte! Dann wird Zuizou mich pflegen, mich trösten, und alles wird wieder gut.

... Ein anderer Gedanke (meine Gedanken setzen sich nicht fort): auf diese Zimmertür könnte ich tatsächlich *Eden-Purée* schreiben, es wäre die Wahrheit. O nein, eine gute Erinnerung wird dieses Zimmer nicht hinterlassen. Was ich darüber schrieb, war die reinste Illusion, die nur kurz, nur einen Abend währte.

Aber ich merke, daß meine Gesundheit von all dem Kummer tatsächlich angegriffen ist. Ich bin sicher, ernstlich krank zu werden, sollte sich diese Schinderei noch länger hinziehen. Wer weiß schon, wie der derzeitige Zustand enden wird? Bestimmt habe ich noch nie etwas Ähnliches empfunden, außer im Anfangsstadium schwerer Krankheiten: der Influenza, der Gelbsucht oder der Masern. Möglicherweise ist die heutige Besserung nur ein momentaner Triumph meiner robusten Gesundheit? Aber ich glaube nicht. Ich hoffe, zumindest diese letzten beiden Tage, die ich noch über die Runden bringen muß, durchzuhalten.

Sofern ich heute abend nicht krank bin, werde ich mich nach einem Hotelzimmer umsehen, denn morgen muß ich Zeit haben, Smaine und den Lastenträger Slimène zu suchen.

Dienstag, den 27. August 1901,
mittags

Schon lange war ich nicht mehr so ruhig wie heute. Draußen weht starker Mistral, prächtiges Herbstwetter. Die Luft ist rein und klar. Es ist kühl. Die Sonne scheint, und *morgen verlasse ich dieses Haus.*

Im großen und ganzen verzeihe ich alles, es ist an Ihm, zu richten. Ich habe meine menschliche Pflicht und meine Schuldigkeit gegenüber Der, die nicht mehr ist, getan und werde sie bis zum letzten Atemzug tun. Ich habe Ihr und Vava Unrecht getan. Unrecht, das gewiß nicht willentlich geschah, das man aber dennoch sühnen muß, indem man dem rechten Weg folgt, indem man das Gute um des Guten und um Ihrer willen tut und nicht, um die Dankbarkeit derer zu erheischen, denen man es angedeihen läßt. Slimène wird mich sicher verstehen und mir zustimmen. Was gibt es Schöneres als eine ruhige Seele, als zu spüren, daß man auch Blinden gegenüber großmütig handelt!

Endlich ist wieder etwas Ruhe in mein Leben und meine Seele eingekehrt. Es sind noch viele Fragen zu klären, namentlich die Hochzeit, die wegen des Geldes so schwierig geworden ist. Doch angesichts der offenbaren Protektion des Hauptmanns hoffe ich, daß auch dies ein gutes Ende nehmen wird . . .

Im übrigen hat Djilani uns keinen Augenblick verlassen und wird uns auch in Zukunft nicht verlassen, denn wir werden auch weiterhin seine gerechten, freigebigen und treuen Diener sein.

Doch wie viele Wolken sind von unserem Horizont verschwunden! Und, so Gott uns nicht durch den Tod trennt, ist vor allem die Zeit der Trennungen endgültig und *definitiv* vorbei.

Am 27. August abends
verließ ich Augustins Haus

Um 4 Uhr war ich am Quai de la Joliette. Am 28. August 1901 kam Zuizou um 8 Uhr 30 morgens bei schönem klaren Wetter und heftigem Wind mit der *Ville d'Oran* an . . .

Den 1. Oktober 1901, 3 Uhr nachmittags

67, Rue Grignan

Ein Monat ist ins Land gegangen, seit ich die letzten Zeilen schrieb. Gewiß, alles ist anders. Zuizou ist da, in meiner Nähe, und seine Gesundheit ist längst nicht so angegriffen, wie ich gefürchtet hatte. Wir sind allein und *bei uns zu Hause* – welch köstliches Gefühl! Unsere Hochzeit ist nur noch eine Frage von Tagen, und die *Villa* ist verkauft.

Arme liebe *Villa Neuve*, die ich sicher nie mehr betreten werde, die ich wahrscheinlich nicht einmal wiedersehen werde! Seit ich gestern die Nachricht erhielt, daß *das Haus* am 27. September verkauft worden ist, verfolgen mich die Erinnerungen an die damalige Zeit.

Nun ist ein für allemal Schluß mit der dortigen Lebensgeschichte, der ersten, seit ich denken kann! Alles ist aufgelöst, zu Ende, begraben. In wenigen Tagen werden auch noch die alten Möbel, die leblosen Zeugen der Vergangenheit, versteigert, in alle Winde verstreut ... Was uns betrifft, uns, deren moralische Bindungen Tag für Tag enger werden, so werden wir nach den letzten fünf Monaten Verbannung, die wir noch ausharren müssen, in den fernsten Süden gehen und ◡ so Allah will ◡, dieses Mal *für immer*.

Gott hat sich meiner erbarmt und Er hat meine Gebete erhört: Er hat mir den idealen Gefährten geschenkt, den so heiß und glühend Begehrten, ohne den mein Leben immer zerrissen und unheilvoll geblieben wäre.

Im Augenblick machen wir eine Zeit voller Prüfungen und Elend durch, doch † *es wird nur gerettet werden, wer durch das Leid hindurchgegangen ist* †.

Gott allein weiß, zu welchem Schicksal Er uns bestimmt. Also muß man sich ergeben und allen Widrigkeiten mutig die Stirn bieten, mit dem festen Bewußtsein, daß unser Erdenleben nur ein Weg zu anderen, unbekannten Verheißungen ist.

Seit dem lichten melancholischen Herbst im Souf ist ein Jahr verflossen ... Die Palmen dort unten werfen gerade ihren Staubschleier ab, und der Himmel liegt klar und durchsichtig über der strahlenden Düne und den braunen Chotts von Debila ... Und wir, wir sind hier, in dieser verabscheuten, widerwärtigen, unerfreulichen Stadt, in der alles grau und unheilvoll ist!

Marseille, den 21. November 1901,
8 Uhr abends

Seit einigen Tagen mache ich ein einzigartiges Erlebnis, oder vielmehr wir machen gemeinsam eine Periode tiefer, keineswegs trostloser, aber unergründlicher Traurigkeit durch; außerdem entwickelt sich bei mir jenes Gefühl, von dem man mir erst kürzlich sprach: die Vorahnung der Abreise. ◡ *Gott allein weiß!* ◡

Die Erinnerungen an den Souf, die in mir schlummernde lebendige und tiefe Liebe zu dem auserwählten Land bewegen mein Herz, schmerzlich und köstlich zugleich . . . Ein zufälliger Trompetenton reicht aus, um eine ganze, anscheinend eingeschlafene Welt von Gefühlen in mir zu wecken.

Hinzu kommt die intensive Beschäftigung mit dem Jenseits, die mich einst, in den langen nächtlichen Stunden stiller Kontemplation, in denen ich am Fenster meines Zimmers lehnte und hinaussah in den großen fernen Himmel zu den oft schneebedeckten Zacken des Jura, und den großen Bäumen, der undeutlichen schwarzen Masse, aus der die Riesensilhouette der alten Pappel von der Farm herausragte, in die schönsten Träume versinken ließ.

In den schattigen, über und über rosafarbenen Fliederbüschen versammelten sich in jeder Frühlingsnacht zahllose Nachtigallen, die meine Seele durch ihren Gesang mit einer seltsamen Wehmut erfüllte . . . Eigentümlich, in meinem Geist haben sich, vor allem während meiner Kindheit, erstaunliche Gedankenassoziationen, Gefühle und Erinnerungen herausgebildet . . . So verbinden sich diese Frühlingserinnerungen an den blühenden Flieder in meinem Kopf stets mit den Gefühlen der frischen klaren Abende *nach dem Regen* . . . und den darauffolgenden lauen, dufterfüllten Nächten mit dem Gesang der Vögel . . . All das kommt mir jetzt, in dem ungewissen, monotonen heutigen Leben wieder in Erinnerung.

Endlich, zum erstenmal seit dem Tod der geliebten Alten, das heißt, seit meinem Eintritt in das bewußte Leben, *gehe ich* ein wenig *aus meinem Ich heraus*, zum erstenmal habe ich eine Pflicht *außerhalb meiner selbst* zu erfüllen. Das reicht, um die ansonsten formlosen Tage und das freudlose Dasein, das ich seit fünf langen Monaten in dieser Stadt der Verbannung, an die mich nichts bindet, in der mir alles fremd und widerwärtig ist, mit mir herumschleppe, zu veredeln . . .

Wie sehr doch das Gemeine, und nicht nur das volkstümliche Gemeine, das uns umgibt, sondern auch jenes Gemeine, das sich mit Intelligenz und Entwicklung ziert, alles haßt, was sich seinen Ansprüchen und seinen dummen, willkürlichen Gesetzen nicht beugen will! Wie gereizt der Pöbel reagiert, sobald ein Wesen – und erst recht eine Frau – auftaucht, das *sich selbst* verwirklichen und ihm nicht ähnlich sein will!

Wie sich die Mittelmäßigkeit in ihre Wut hineinsteigert, wenn sie nicht alles nivellieren, wenn sie nicht alles auf ihr dummes niedriges Niveau reduzieren kann!

Zur Zeit entdecke ich eine Fähigkeit in mir, die ich nicht vermutet hatte – die Fähigkeit, Abläufe, insbesondere geschichtliche Abläufe in einen Gesamtzusammenhang zu stellen, der der Breite keineswegs entbehrt.

. . . Madame Paschkoff ist alles andere als eine erfreuliche, vereinnahmende Person. Zwar eine einzigartige Mischung, aber mit viel unbewußtem Egoismus, ungeheurem Stolz und intellektueller Oberflächlichkeit. Russische, vor allem aber *mondäne* Beweglichkeit.

Bei mir ist der Haß auf Auseinandersetzungen mit der Masse angeboren; ich nehme ihren Flitter nur an, um nichts mit ihr zu tun zu haben. Doch im Gespräch ist es mir und wird es mir zweifellos immer unmöglich sein, etwas anderes zu sagen, als das, was ich für wahr und gerecht halte und dieses mit aller Gewalt zu vertreten.

Die mondäne und moderne Gleichgültigkeit ist nicht geeignet, auf mich abzufärben. Und diese Aufrichtigkeit, zumindest im Haß, ist eine Chance für das moralische Heil.

Das schlimmste Unglück, das ein menschliches Wesen treffen kann, ist der Abstieg in den trübseligen moralischen Nihilismus eines Nicola Stavroguine oder die egoistische Herabsetzung des Intellekts wie in Augustins Fall. Eines steht fest: diese dauernde und reale Beschäftigung mit anderen Dingen als uns selbst, mit Dingen, die uns materiell nichts einbringen, ist tatsächlich das, was unsere

Seele veredelt, was wie Balsam auf sie wirkt und sie über die Banalität, die Kleinlichkeit der Umgebung herauswachsen läßt.

Heute fühle ich stärker denn je, daß ich das seßhafte Leben nie ertragen werde und mich der Reiz des sonnigen *Woanders* immer verfolgen wird ... Der einzige Ort, an dem ich mein Leben beschließen möchte, ist El-Oued, ja ich möchte sogar nie dorthin zurückkehren, es sei denn, für immer ...

Den 26. November 1901,
1 Uhr nachmittags

Heute, ruhige Traurigkeit, Verlangen wegzugehen, dieses Zimmer, diese Stadt und alle, die dort leben, zu fliehen ... denn der einzige, den wir vermissen würden, wäre sicherlich F ...

Ich habe in zunehmendem Maße den Eindruck, daß wir jetzt tatsächlich *die letzten Tage* unserer Verbannung hier erleben.

... Gebe Gott, daß es so sein möge; der Marseiller Alptraum war nun lang genug!

Es freut mich, daß auch Ouiha anfängt, in jenen verborgenen Bereich einzudringen, in dem ich bisher allein war. Natürlich muß auch er eines Tages all die sehr geheimnisvollen Dinge bedenken, die den Untergrund des Lebens ausmachen und dem gemeinen Volk unzugänglich sind.

Hier ein neuer Beweis für jene Tatsache, die sich in jeder Hinsicht bestätigt: er und niemand anders war der Gefährte, der von Anfang an für mich bestimmt war ... und welch unergründliches Geheimnis liegt über unserem irdischen Dasein: zehn, zwanzig, fünfundzwanzig Jahre lang verliefen unsere Schicksalswege weit voneinander entfernt, ohne daß wir unsere Existenz auf dieser Welt gegenseitig auch nur geahnt hätten, obwohl wir danach strebten, den *unerläßlichen* Gefährten zu finden, denjenigen, ohne den jedes irdische Glück unmöglich ist, da die Natur selbst nach ihm verlangt ... Und dann, infolge einer Überschneidung anscheinend völlig zufälliger Umstände, diese Begegnung in El-Oued ...

Gewiß, im Grunde war es am 19. Juni 1900 in Genf, daß mein Schicksal den ersten Schritt aus dem Schatten heraustrat, um sich mir zu offenbaren – ein in sich selbst höchst seltsames Ereignis. Es war in dem schmutzigen, trostlosen Zimmer bei Mutter Pons. Ich schrieb gerade an einem Kapitel von *Rakhil*, als plötzlich in meinem Geist der Gedanke auftauchte, *nach Ouargla zu gehen!* Diese Idee war der Anfang von allem!

Ah! könnten wir doch in jeder Stunde unseres Lebens die entscheidende Bedeutung mancher Gedanken, mancher Handlungen und sogar mancher Worte ermessen, die allem Anschein nach nichtig und bedeutungslos sind! Muß man durch solche Beispiele nicht zu dem Schluß kommen, daß es im menschlichen Leben *gar keine bedeutungslosen Augenblicke* ohne Auswirkung auf die Zukunft gibt?

Auf einer ganz anderen Gedankenebene: Im Zuge der Studien über die Geschichte Karthagos, die Ouiha und ich gemeinsam betreiben, stelle ich mit größtem Erstaunen die Ähnlichkeiten zwischen dem harten antiken Karthago und dem modernen England fest: Raubgier, Haß und Verachtung gegenüber dem Fremden, unversöhnlicher, grenzenloser Egoismus . . . Sollte dies das Los aller großen Seemächte sein, das heißt all derer, die die Seeherrschaft besitzen und nicht, wie Spanien zum Beispiel, durch eine günstige Gelegenheit und für relativ kurze Zeit einigen Einfluß gewannen und Seehandel trieben?

Um meine intellektuelle Entwicklung zu ergänzen und mir weitere Horizonte zu erschließen, müßte ich jetzt die Möglichkeit haben, ernsthafte historische Studien zu betreiben. Unglücklicherweise stehlen mir die Rechnungen des Lebensmittelhändlers und die Wechsel des Schneiders die wertvolle Zeit, die ich viel lieber dem Denken widmen möchte!

Nichts ist entmutigender, nichts erzeugt so viel Abscheu und Langeweile wie das Leben im gemeinen Volk, mit Leuten, die nichts anderes im Sinn haben, als die Trivialitäten des Alltagslebens . . . und, zumindest was mich betrifft, nichts geht den höheren Fähigkeiten so auf die Nerven . . .

Samstag, den 30. November 1901,
3 Uhr nachmittags

Die Tage vergehen, monoton und grau, mit den banalen, langweiligen Sorgen, die uns die unauflösliche Situation beschert, in der wir uns seit einem Jahr befinden, die sich aber im Augenblick noch mehr zuspitzt.

Draußen herrscht eisige Kälte, und zum Heizen haben wir nur das Holz, das M . . . uns aus – *berechnender* – Wohltätigkeit gibt. « *Allahs Fluch komme über die Ungläubigen und ihre Mentalität!* » wie Slimène zu sagen pflegt.

Was soll nur aus dem ganzen Schlamassel werden, in dem wir hier stecken?

Sicher, wenn es uns gelingt, uns von den größten Schulden zu befreien und Freund Eugène mir noch einmal hundert Francs schickt, fahren wir auf der Stelle nach Bône und bleiben für unbegrenzte Zeit dort. Wann können wir endlich nach Algier übersetzen? Gott allein weiß es.

Doch bei all den Sorgen, inmitten all der materiellen und moralischen Schwierigkeiten der gegenwärtigen Zeit gibt es etwas, was mich sehr erfreut: Zuizous Seele kommt der meinigen immer näher. Der so lange erträumte Gefährte ist endlich gefunden. Möge dies so bleiben, bis unser Erdendasein zu Ende geht!

Wir leben mitten im Nebel der Ungewißheit, in tieferer Finsternis denn je. Und doch steht eine strahlende Hoffnung am Horizont: die nahe und zweifellos endgültige Rückkehr in das auserwählte *Land*.

Ich habe eine Phase voller Sorgen, eine Phase zunehmender Gereiztheit in all der Unsicherheit, mit der wir uns herumschlagen, hinter mich gebracht. Gegenwärtig Entspannung und große Mattigkeit. Indes, wir scheinen gerettet, die Rückkehr nach Afrika ist nur noch eine Frage von Tagen.

Doch vorher wird es noch eine traurige, kurze und fast verstohlene Rückkehr nach Genf geben.

Den 21. Januar 1902, Dienstag, Bône

Am 14. Januar um 5 Uhr nachmittags haben wir Marseille auf der *Duc de Bragance* verlassen. Am 15. Januar um 8 Uhr abends kamen wir in Bône an.

Endlich ist der Traum der Rückkher aus der Verbannung Wirklichkeit geworden, wir sind wieder da, in der großen, ewig jungen und lichten Sonne auf der geliebten Erde, vor dem großen murmelnden blauen Meer, dessen verlassene Weite abends an die der Sahara erinnert, die jetzt schon wieder in der Nähe ist, nur noch einen Tag von hier entfernt, und die wir mit Gottes und Djilanis Hilfe sicher noch im Laufe dieses Jahres, das einen so tröstlichen Anfang nahm, wiedersehen werden!

Möge dieses Jahr der Beginn des neuen Lebens sein, der so ersehnten und so verdienten Beruhigung!

Bône, Mittwoch den 29. Januar,
11 Uhr morgens

Das Leben unter freiem Himmel und die Schlichtheit der ganzen Umgebung geben mir allmählich die Kraft zurück, die ich während der langen und schmerzlichen Verbannung in Marseille vollends verloren hatte. Auch der Intellekt wacht wieder auf, ich glaube, ich werde hier wieder schreiben.

Allein der Gedanke, daß das ganze große Mittelmeer uns von diesem dreimal verfluchten Marseiller Höllenpfuhl, in dem wir so gelitten haben, trennt, allein dieser Gedanke vermittelt mir ein *physisches Wohlgefühl*, eine unglaubliche *Erleichterung*.

In einundzwanzig Tagen wird auch das Dienstverhältnis zu Ende sein und mit ihm die hinderliche Bindung, die Zuizou noch an den Militärdienst fesselt und ihn zwingt, mit Eingriffen zu rechnen. Danach stehen wir ganz allein im wunderbaren, wechselhaften, mal bezaubernden und mal enttäuschenden riesigen Universum und werden uns irgendwie durchschlagen müssen . . .

Diese wenigen Jahre des Erdenlebens sind keineswegs geeignet, mich in Angst und Schrecken zu versetzen, außer durch die Möglichkeit, meinen Weggenossen zu verlieren und allein zu bleiben. Er hält sich für geschickt genug, unsere materiellen Angelegenheiten vorteilhaft – so wie ich dieses Wort verstehe – zu regeln.

In moralischer Hinsicht fast absolute Gefaßtheit und relative Ruhe, für die, ich sage es noch einmal, die physischen Kräfte weitgehend verantwortlich sind. Im Augenblick habe ich nicht den geringsten Wunsch, mich unter die Menschen zu mischen, wieder ein städtisches Leben zu führen, die Isolierung, in der ich lebe, gefällt mir und zieht mich an.

. . . Vor ein paar Tagen, als wir beide abends allein zur Brücke der Casbah gingen, um Ali-Bou-Traïf zu treffen, sahen wir, wie der Vollmond über dem ruhigen Meer aufging. Ein Augenblick des

Mysteriums und unergründlicher Traurigkeit. Ähnliche Gefühle wie die, die ich früher im Süden manchmal beim Anblick der geheimnisvollen Landschaften in der Region der Chotts und im salzigen Oued Rhir empfunden hatte. An der Straßenkehre zum Friedhof hielten wir inne.

Unter dem blauen, noch schwach von unten erleuchteten Himmel erstreckte sich das Meer, unentschlossen zwischen Silberblau und Leingrau schwankend.

Die *mystische Brücke* der slawischen Legende, gewebt von Mondstrahlen für die Nymphen der schweigenden Nächte, schwebte leicht zitternd und ganz in Gold über der unbestimmten Tiefe des Wassers. Eine Wolke lag wie ein graues Band zwischen dem Mond und dem Wasser und schied letzteres von seinem Schatten; ähnlich wie eine niedrige Düne, die sich über zwei Hügel erstreckt, trennte sie das Meer in zwei Teile: einen großflächigen, tiefblauen, hellerleuchteten Teil und einen anderen, der sich unbestimmt in mattem, dunstigem Grau zur Leere des Horizonts hin öffnete; ein Fischerkahn mit dreieckigem Segel schwamm ohne Spiegelung auf dem nebeligen Wasser, bewegungslos, eine Art Phantomschiff, das schließlich unmerklich in die Welt ferner Dunstschwaden hinüberglitt und verschwand.

Den 14. Februar 1902, 3 Uhr nachmittags

Ein ganzer Monat ist schon verflossen, seit wir den Marseiller Höllenpfuhl verlassen haben, und hier geht wegen der andauernden maurischen Intrigen auch schon wieder alles schief. Hier wie überall bemerke ich Slimènes charakterliche Instabilität und den schädlichen Einfluß, den die Milieus, in denen er lebt, auf ihn ausüben. Wird sich das eines Tages ändern? Ich weiß nicht; auf jeden Fall ist das elendige Leben, auf das wir reduziert sind, mit einem derartigen Charakter mehr als schwierig.

Es wäre besser, nach Algier – das immerhin weniger abscheulich ist als Marseille – zurückzugehen und dort wieder ein Leben voller Entbehrungen und Widrigkeiten zu führen, als hierzubleiben, wo sich die Gastfreundschaft in Form permanenter Bloßstellungen und endloser Diskussionen äußert.

Der literarische Geist erwacht in mir, und ich werde versuchen, mir in der algerischen Presse einen Namen zu machen, zumindest so lange, bis mir dieses auch in der Pariser Presse gelingt, der einzigen, die der Mühe tatsächlich wert ist, der einzigen, die einem eine Reputation verschafft.

Dafür aber bräuchte ich eine Zeit absoluter Ruhe, ja fast vollständiger Abgeschlossenheit. In Algier müßten wir jemand finden, der in der Lage ist, Slimène die Dinge zu lehren, die er nicht weiß, – eine ganze Menge Arbeit; das würde mich von allen Sorgen befreien, die mich niedergeschlagen machen und mich am Arbeiten hindern. *Möge Gott es ermöglichen!*

Der Ärger und die Reibereien des Alltagslebens werden mir immer gleichgültiger. Im Grunde bin ich gegenüber den Dingen und den Leuten ziemlich kalt geworden. Nur eines möchte ich um jeden Preis fliehen: die Streitereien und die Schreierei, Dinge, die *materiell* unerträglich sind. Wenn es uns gelingt, heute oder morgen nach Karézas zu entfliehen, können wir die letzten Tage hier nicht nur ruhig, sondern sogar angenehm beschließen.

Wieder einmal werde ich dem weißen Grab auf dem grünen, durch den berauschenden Frühling noch prächtiger anmutenden Hügel Ade sagen, und dann werden wir weiterziehen, unseren wechselhaften, bewegten Schicksalsweg weiter verfolgen.

In Algier wird es so manche Reminiszenz an die Vergangenheit geben, eine Vergangenheit, die nun schon fast zwei Jahre zurückliegt und das Epos im Souf einleitete. Was dann kommt, weiß Allah allein!

Am 12. März 1902 um 6 Uhr 15 morgens im Wagen der *Messageries du Sud* in Algier abgefahren. Schönes klares Wetter, Geistesverfassung: gut, ruhig. Schwieriger und langwieriger Aufstieg über die abschüssigen Hänge der Sahel. Birmandreïs, Birkhadem, Birtouta. Boufarik, Beni-Mered. Um 12 Uhr 30 erreichten wir Blida, Rast im Café am Place d'Armes. Mittagessen an der Umsteigestation. Weiterfahrt im Wagen von Médéa. Sidi-Madani, die Schluchten. Der Affenstrom, Hotel, beeindruckender Wasserfall, enge Schlucht. Am Wege überall unterirdische Kaskaden. Am 68. Kilometer die Einmündung des links liegenden Oued Merdja in den von rechts, vom Djebel Nador herunterkommende Oued Nador. Am 70. Kilometer Camps-des-Chênes. Forsthaus und Weiler. Ich sah einen Tirailleur, der in der Nähe des Brunnens gerade sein Essen bereitete (entdeckte den schwarzen «Souf»). An der Kreuzung der Straße Nr. 1 und der Straße von Takitoun ein Schild von 1855 zur Erinnerung an die Afrikanische Armee. Am 74. eine Farm. Am 75. Brücke über den Oued Zebboudj. Der Nador bleibt links, und der Zebboudj mündet in der Nähe der Brücke in ihn ein. Seit dem 67. Kilometer ist das Tal weiter geworden. Ein Dickicht von blühendem Lorbeer-Thymian an der Mündung von Nador und Zebboudj. Überall massenhaft Farnkraut. Am 76. Kilometer Ruinen einer Gipsbrennerei. Am 77. Umsteigen und Rast im maurischen Café von Ndila, etwas später, in R'eich weiterer Aufenthalt.

Ankunft in Médéa gegen 8 Uhr 30. Schwieriger Aufstieg über fünf Kilometer und großer Umweg. Rast im maurischen Café. Ich schickte Ouiha eine Depesche. Aufenthalt auf dem Platz, erst auf einer Bank, dann im Bahnhofs-Café-Restaurant.

Weiterfahrt im Wagen von Boghari. Um 10 Uhr 30 in Ghardaïa. Ankunft in Berrouaghia um 1 Uhr 45 morgens. Übernachtung im *Hôtel des Voyageurs.* Um 7 Uhr stand ich auf. Ging mit einem Deïra ins maurische Café. Um 8 Uhr Fortsetzung des Wegs zu Pferde. Zunächst fahrbare Straße, an der zivilen Strafanstalt vorbei. Dann arabische Pfade durch eine hügelige Landschaft, durchsetzt mit tiefen Schluchten, in denen Bäche fließen; dickichtartige Bewaldung. Rast an einer Schlucht mit heißen Bädern, maurisches Café. Richtung: Nordwesten. Unterwegs das Maraboutgrabmal von Taïb und in der Ferne, auf der rechten Seite, Tablat. Ankunft in Beni-Bou-Yacoub, einem Ort auf halber Höhe des am Fuß des Berges sich erhebenden Hügels, um 12 Uhr 30 mittags. Am Ende der Schlucht, im Wadi, das Haus des Caïd.

Ich hielt mich bis 2 Uhr morgens dort auf. Weiter auf Maultieren mit zwei gut gerüsteten Dienern. Unterwegs: aufragende Hügel, Schluchten tiefe Abgründe, zahllose Wadis, überschwemmte Wege, die sich in reißende Ströme verwandelten. Die ganze Nacht durch den Schlamm gestiefelt, mehrmals vom Weg abgekommen.

Der Tag bricht an, trüb, in einem traurigen Tal. Zerrissene Wolken über dem engen, tief zwischen recht hohen blauen Bergen liegenden Tal.

Ich ging eine Weile zu Fuß, um meine eingeschlafenen Beine zu bewegen. Wir kamen zu einem maurischen Café, das oberhalb eines armseligen Douars eingekeilt zwischen abgerutschten Felsbrocken lag. Gegen 9 Uhr morgens erreichten wir Hassen-Ben-Ali (Loverdo). Ich schickte die beiden Diener zurück. Verbrachte den Tag im maurischen Café Beranis. Mittags stand ich auf und ging spazieren. Ein paar erbärmlich wirkende europäische Häuser aus rötlichem Pisee auf einem Hügel über dem tiefen Tal in Richtung Beni-Bou-Yacoub. Ein Horizont aus hohen Bergen. Gefühl öder Traurigkeit. Langeweile, äußerste Müdigkeit. Bedeckter Himmel, heftiger Wind, schneidende Kälte.

Um 3 Uhr 30 ging ich zum Bahnhof und schickte Ouiha eine Depesche. Kaufte die Fahrkarte. Feiner, eisiger Regen. Irrte über den eingleisigen Schienenstrang.

Ich nahm den 5-Uhr-Zug. Mußte in Blida umsteigen. Schlief auf einer Bank ein. Wurde von einem Arbeiter geweckt. Nahm den P.-L.-M.-Zug aus Richtung Maison-Carée. Traf am Freitag, dem 14. März um 9 Uhr 35 in Algier ein.

☾ *Gott schickt die Masse der Narren nicht auf den rechten Weg!* ☾

Den 30. März 1902

Die *aktuelle Situation:* Geldmangel. Wir rechnen mit Si Mohammed-Cherifs Hilfe, um uns zu retten, damit wir die letzten Tage hier noch über die Runden kommen. Tagsüber verwende ich alle Zeit auf die Arbeit.

Letzten Donnerstag Besuch bei Barrucand; Villa Bellevue, Mustapha. Angenehmer Eindruck. Moderne Gesinnung, fein und subtil, aber dem weltlichen Denken ergeben. Dann war ich in der Rue du Rempart-Médée, im Arbeitszimmer von Frau Suce-ben-Aben. Empfand eine gewisse Lust an diesem Gespräch mit Intellektuellen, ein Gefühl, das ich seit langem vergessen hatte.

Der großmütige Mensch schreibt das Böse, das man ihm angetan hat, mit Bleistift und das Gute mit Tinte.

«Handle in dieser Welt, als müßtest du immer leben, und handle für das Ende, als müßtest du morgen sterben!» – Zu vergleichen mit dem Gedanken von Marc Aurel *(Selbstbetrachtungen)*.

Den 1. April 1902, 9 Uhr abends

Wir sind immer noch an der Arbeit, die geradezu abstoßend wird durch die unerledigte Menge und die kurze – erschreckend kurze – Zeit, die uns für diese mittlerweile erdrückenden, noch ausstehenden Studien bleibt.

Im Augenblick müssen wir uns einen kräftigen Ruck geben. Was einem so zusetzt, ist die Mannigfaltigkeit des Stoffs, die Verschiedenartigkeit der Themen. Nun, *Gott wird uns beistehen!*

In den letzten Tagen fühle ich mich plötzlich ganz spontan und aufrichtig zu der armen, lieben, weit entfernten Popowa hingezogen. Gott allein weiß, ob ich sie je wiedersehen werde! Mit ihrem denkbar reinen und edlen Wesen, das in bestimmten Dingen bis zum moralischen Rigorismus ging, war die Popowa für mich vielleicht der Anstoß zu meiner ganzen moralischen Wiederaufrichtung, die auf meinen Genfer Aufenthalt im Jahre 1900, noch ehe ich nach El-Oued aufbrach, zurückgeht. O hätte ich sie nur hier, in unserer Nähe, so stark, so gut, so voller Leben und Energie, in diesen Stunden des Leids, des Überdrusses und der Ungewißheit!

Wenn ich allerdings genauer hinschaue, muß ich feststellen, daß unser gegenwärtiges Leben als arme Studenten ohne einen Pfennig Geld genau das Leben ist, von dem ich einst, in den Zeiten des Wohlstands, *geträumt* hatte.

Gewiß, damals konnte ich die Schrecken, die Ängste, die schmerzliche *Ohnmacht* eines solchen Lebens nicht voraussehen; vor allem aber wußte ich nicht, welch langsamer, langer und daher für meine Natur erst recht schwieriger Geduld es bedarf. Eine fast übermenschliche, aber zügige Anstrengung in einem einzigen Schwung fällt mir nicht schwer. Doch diese ununterbrochene, endlose Kette kleiner, kaum wahrnehmbarer Anstrengungen ohne sichtbaren Wert, ohne sofortiges und vorweisbares Ergebnis, diese Folge kleiner Kämpfe gegen mich selbst, gegen meinen Geschmack, meine Bestrebungen, meine Wünsche und meine noch so legitimen Bedürfnisse – all das ist bei meiner Natur die allerhärteste, die schmerzlichste Prüfung überhaupt.

In der gegenwärtigen Situation muß ich wieder einmal Mut für zwei haben und angesichts der schwärzesten Lage auch noch Zuizous Moral heben, ihm die Hoffnung und den Mut wiedergeben, ohne die wir rettungslos verloren sind. Allerdings fange ich an, mich daran zu gewöhnen, den gefährlichsten Situationen kalt, aber mit unangreifbarer Hoffnung und einem mittlerweile mächtigen Glauben an Gott und *Djilani* ins Auge zu sehen.

Kürzlich sagte Barrucand zu mir: «. . . Die Fäden, denen wir im Leben folgen, haben Knoten, und wenn man es schafft, diese Knoten zu überwinden, findet man für einige Zeit wieder eine einheitliche, glatte Oberfläche . . . bis zum Schlußknoten, dem gordischen Knoten, den erst der Tod zerschneidet . . .»

. . . Es scheint mir unmöglich, daß der menschliche Geist sich den Tod *wirklich ernsthaft* als ein *reales, absolutes* Ende des Lebens *vorstellen* kann. Ich für meinen Teil glaube in mir selbst die *Gewißheit der Ewigkeit* zu *fühlen.*

Doch sollte der Tod, ◡ *der sehr erhabene Allah möge mir vergeben* ◡, tatsächlich die totale Vernichtung sein, so wäre er nicht erschreckend. Rühren nicht im großen und ganzen drei Viertel des Schmerzes von der grauenvollen *Erinnerung*, die wir von ihm bewahren, das heißt, vom *Bewußtsein* des Schmerzes? . . . Kein Bewußtsein mehr, keine Erinnerung mehr, und schon ist auch fast kein Schmerz mehr . . .

«Es geht nicht ums Leben, sondern ums Scheiden.» (Marschall Moritz von Sachsen)

Algier, den 22. April 1902

17, Rue du Soudan

Heute abend steht ganz ungewöhnlicherweise nicht allzu viel Arbeit an. Ich gönne mir einen Augenblick der inneren Sammlung, ich habe Nadson gelesen, das alte Evangelium meiner jugendlicheren und glücklicheren Tage, nachdem ich zuvor etwas für die liebe, gute Fau Ben-Aben übersetzt hatte.

Ich denke daran, daß in weiter Ferne, an den Ufern der blauen Rhône, am Fuße des noch schneebedeckten Juras gerade der Frühling beginnt. Winzige duftende Blätter sprießen aus den Bäumen, und die ersten Blüten wachsen zwischen den Kieselsteinen der *Villa Neuve*, im Schatten der hohen, düsteren Tannen und auf den beiden Gräbern des Friedhofs von Vernier . . .

Auch dieses Jahr ist alles wieder so ähnlich wie im erhebenden Frühling von einst, und die unveränderliche Natur lebt wieder auf . . . Nur ich bin nicht mehr dort, um zu träumen und zu leiden . . . und Vava und Mama und Volod sind hinabgestiegen in das große Unbekannte . . . Alles ist zu Ende, dem Erdboden gleichgemacht, vernichtet . . .

Algier, den 4. Mai 1902,
gegen 10 Uhr abends

Heute Besuch bei einem Zauberer, der in einer hochgelegenen Straße, die von der Rue du Diable aus über finstere Stiegen zu erreichen ist, einen winzigen Laden bewohnt. Erhielt den sicheren Beweis von der *Realität* jener unverständlichen, geheimnisvollen Wissenschaft der Magie . . . Welch zugleich weite und dunkle Horizonte diese Realität meinem Geist eröffnet, welche Beruhigung auch, die eine große Bresche in den Zweifel schlägt!

In diesen Tagen fand ich die ruhigen, melancholischen Zustände früherer Zeiten wieder. Algier ist wahrhaftig eine der Städte, die mich inspirieren, vor allem durch ganz bestimmte Viertel. Das Viertel, in dem wir wohnen, gefällt mir gut, genau wie unsere Unterkunft – nach dem schrecklich elenden Loch in der Rue de la Marine. Ohne die undankbare, langweilige, permanente Arbeit, ohne den Ärger und die Besorgnisse unserer gegenwärtigen Situation, könnte ich hier sicher einige Tage des Friedens, der inneren Sammlung und der fruchtbaren Arbeit genießen.

Wie können die Schwachsinnigen, von denen es in «Le Monde» und in der Literatur wimmelt, nur behaupten, Algier hätte nichts Arabisches mehr? Ich, die ich eine ganze Reihe anderer Städte gesehen habe, erlebe hier gewisse Züge des reinsten Orient!

Ein besonders anmutiger ist der des Maghreb über dem Hafen und den Terrassen der Oberstadt mit den lachenden Frauen von Algier, eine lustige Welt in Rosa oder Grün auf dem leicht bläulich schimmernden Weiß der planlos-unzusammenhängenden Terrassen: hinter der kleinen Muscharabie, dem kleinen Fenster der Frau Ben-Aben, kann man all das entdecken . . .

Die Bucht von Algier ist neben der von Bône die schönste, die am köstlichsten berauschende Ecke des Meeres, die ich je gesehen habe. Wie weit entfernt ist man hier von dem unwürdigen Marseille mit seiner Häßlichkeit, seiner Dummheit, seiner Grobschlächtigkeit und seinem moralischen und materiellen Schmutz!

Trotz des ganzen Schutts, den die prostituierte und prostituierende «Zivilisation» hier abgelagert hat, ist Algier noch ein anmutiger Fleck, und man kann sehr angenehm dort leben.

Nur die Begegnung mit der Leiche von Zeheïra, der Kabylin, die sich kürzlich in einen Brunnen der Sackgasse Médée gestürzt hat, um einer verabscheuten Hochzeit zu entkommen, und anschließend auf einer mit einem großen grauen Tuch bedeckten Bahre durch die Straßen getragen worden war, hatte das lichte Algier für lange Tage wie mit einem schweren, dunklen, undefinierbaren Trauerschleier bedeckt ... Jetzt ist das alles wieder vorbei ... Nur die unmittelbare Umgebung bewahrt etwas von diesem Schatten, und ich meide es, dort vorbeizugehen ...

... Je mehr ich mich – viel zu schlecht und viel zu schnell – mit der Geschichte Nordafrikas befasse, um so deutlicher sehe ich, daß meine Idee richtig war: der Boden Afrikas frißt und verdaut alles, was ihm feindlich ist. Vielleicht ist er das *Gelobte Land*, aus dem eines Tages das Licht entspringen wird, um die Welt zu erneuern!

Im Jahr 1830, nach der Landung in Sidi-Ferruch, kam ein friedfertig wirkender Greis ins französische Lager und sagte nur diesen einzigen Satz: ☪ Gott ist Gott und Mohammed ist sein Prophet! ☪, dann ging er fort und ward nie mehr gesehen.

Dieser Mann war gekommen, etwas zu verkünden, was niemand verstand ... er verkündete den dauerhaften Bestand des Islam hier, auf dem verzauberten Boden Afrikas!

Den 8. Juni 1902, 11 Uhr 30 abends

Das Leben nimmt seinen monotonen Lauf; doch trotz meiner großen moralischen Niedergeschlagenheit zeichnet sich ein kleiner Hoffnungsschimmer für die Zukunft ab.

Wieder einmal mache ich eine Inkubationszeit durch – eine langatmige und manchmal äußerst schmerzliche Zeit. Unser zugleich eintöniger und ungewisser Lebensstil trägt viel dazu bei, meine Seele zu oft mühsamen Erforschungen zu treiben. Allmählich verstehe ich den Charakter der beiden Personen, die uns hier geholfen haben, den Charakter von Barrucand und Frau Ben-Aben, die alle beide gut und äußerst empfindsam sind.

Barrucand, ein Dilettant im Denken und vor allem im sinnlichen Empfinden ein moralischer Nihilist, ist im praktischen Leben ein sehr positives Wesen, das *zu leben weiß*.

Frau Ben-Aben ist nach meiner Mutter die zweite von ihrem Wesen her gute, leidenschaftlich vom Ideal begeisterte Frau, der ich begegnet bin. Doch wie unwissend sind sie beide im wirklichen Leben! Selbst ich, die ich unbedingt überzeugt bin, *mich nicht aufs Leben zu verstehen,* verstehe mich besser darauf als sie.

Augustin ist aus meinem Leben verschwunden. Für mich ist der einst so geliebte Bruder tot. Was das Individuum betrifft, das in Marseille oder irgendwo anders ist, den Ehemann der *Arbeiterin Jenny:* für mich existiert es nicht, und ich denke nur selten daran. Er selbst hat alles dafür getan, und wieder einmal hat der unvergeßliche Alte unerhörte Klarsicht bewiesen.

Seit die wohltuende Sommerhitze unvermittelt wieder eingekehrt ist, seit das große, blendende Licht Tag für Tag über Algier entflammt, finde ich nach und nach zu meinen Eindrücken Afrikas zurück. Bald werde ich sie ganz wiederhaben, vor allem wenn die geplante Reise nach Bou-Saâda tatsächlich stattfindet . . . Ah, diese Reise! Sie wird eine kurze Rückkehr sein, wenn schon nicht in die strahlende Sahara, so doch zumindest ganz in ihre Nähe, in ein Land der Palmen und der Sonne!

Notizen aus Algier

Solange es kühl war, wirkte der gräuliche Schatten der dunklen Straßen der Oberstadt finster, fast unfreundlich. Jetzt wird alles durch den Gegensatz von Licht und Schatten, die sich heftig gegeneinander abgrenzen, wieder afrikanisch, oder zumindest *arabisch*.

Nein, die wahre afrikanische Landschaft findet man in keiner der großen Städte, vor allem nicht im Tell. Die afrikanische Perspektive kennt keine klaren Grenzen, sie liegt unter fernem Horizont. Viel Raum und große Leere unter flutendem Licht: das ist typisch afrikanische Landschaft! Die Architektur Algiers folgt diesen Regeln in keinster Weise. Sie ist eine Anhäufung ängstlich geduckter Häuser hinten in den Sackgassen einer Stadt, die an Belagerungszustände und Übergriffe gewöhnt ist. Aus Platzmangel schieben sich die höheren Stockwerke zur Straße vor und ragen an allen Ecken heraus.

Im übrigen ist die Rue d'Alger entehrt durch die *Masse.* Still im Halbdunkel liegend hätten diese Straßen ihren Charme.

Mit dem Gewühl der Masse, dem gedankenlos lärmenden Gedränge, in dem das arabische Element fast nur noch in Form der schauderhaften Kabylen in «Roumi-Kostümen» vertreten ist, wirken diese Viertel wie die übelsten Stätten, wie Mördergruben.

Für den profanen Fremden sind die schmutzigen Burnusse über den zerlumpten europäischen Kleidern, die verschossenen Chechiyas ohne Quaste und die zahlreichen Maurinnen eben die *Lokalfarbe.* Für den, der sich auskennt, ist es genau dies, was Algier seinen arabischen Charakter nimmt, da es den arabischen Sitten nicht entspricht. Der Profane findet auch das Labyrinth der alten Straßen von Algier ausgesprochen afrikanisch. Es mag mittelalterlich, türkisch, maurisch sein, alles was man will, aber es ist nicht arabisch und vor allem nicht afrikanisch!

In den wirklich arabischen Städten wie etwa den Ksour im Süden kann man das pochende, bezaubernde Geheimnis des afrikanischen Bodens wirklich spüren. Es liegt im weiten Raum, in den zerfallenen niedrigen kleinen Häusern, die strahlend weiß oder Ton in Ton mit dem unbestimmten Raum der Umgebung im vollen Licht und trostloser Traurigkeit erscheinen.

Algier ist verdorben durch seine heruntergekommene Bevölkerung. Das kontemplative Straßenleben, dieses glückliche, ruhige und fruchtbare Leben, das ich so liebe, ist dort unmöglich.

Mehr und mehr entwickle ich einen unbändigen, blinden Haß auf die Massen, diesen leibhaftigen Feind des Traums und des Denkens. Sie sind es, die mich hindern, in Algier zu *leben*, wie ich andernorts gelebt habe.

Ah, schmutzige, bösartige, dummdreiste *Zivilisation!* Warum hat man sie hierher gebracht und eingeimpft? Nicht die Zivilisation des guten Geschmacks, der Kunst, des Denkens, nicht die der europäischen Elite, sondern die, die in Europa selbst verhaßt ist, die erschreckende Zivilisation des niederträchtigen Gewürms der Gosse!

M'Sila, den 29. Juni 1902,
2 Uhr nachmittags

Gestern, am 28. Juni brach ich um 7 Uhr 50 morgens bei bewölktem, bedrohlichem Wetter von Algier auf . . . Die fast pausenlose Reise verflog wie ein Traum. Der bisher angenehmste Augenblick war die Strecke von Bordj-Bou-Arreridj bis M'Sila, die wir gestern nacht hoch oben auf dem Lastwagen von Bou-Gettar zurücklegten.

Ich verweile in einem winzigen Hotelzimmer, «bis das Abendessen fertig ist» und die Reise nach Bou-Saâda weitergeht. Draußen herrscht erstickende Hitze. Seit den Portes-de-Fer weht der Schirokko; die Landschaft ähnelt einem maurischen Bad. Der Himmel ist bedeckt mit einem Schleier jenes weißglühenden Nebels, der durch den Ch'ilé erzeugt wird.

Die Stadt hier erinnert von der Vegetation her an das neue und von der Konstruktion her an das alte Biskra. Wir befinden uns im neuen Teil von M'Sila; der alte, antike Stadtteil, der mit seinen zerzausten Palmen einem Ksour ähnelt, erhebt sich auf der anderen Seite des steinigen Wadi, die über eine Eisenbrücke zu erreichen ist. Die Einwohner haben südliche Züge.

Die Straße von Bou-Arreridj nach M'Sila führt durch teils ausgetrocknete, teils morastige Einöden; an manchen Stellen schlängelt sich ein gewundenes, mit einer Fülle rosablühender Lorbeerbäume bepflanztes Wadi an der Straße entlang. Es herrscht der herbe Geruch von Chotts und Feuchtigkeit.

Hier und dort einige verfallene Häuser aus baufälligem Toub. Nach der halben Wegstrecke gelangt man zu einer Poststation, die einem Sahara-Bordj täuschend ähnlich sieht: eine niedrige, rechtwinklige Konstruktion mit einer großen zweiteiligen Flügeltür. Dann das feuchte Chaos des Wadi. An der Straße ein paar Häuser und sogar ein französisches Café: Medjez.

Von Medjez bis M'Sila schlief ich recht und schlecht auf einer Kiste. Gegen 3 Uhr morgens kamen wir an. War im maurischen Café. Ging mit Fredj zum Markt. In der kühlen, schattigen Moschee, wo es relativ wenig Fliegen gibt, aß ich zu Mittag. Zur Siesta kam ich schließlich hierher.

Wie immer kommt mir auch diese Reise, diese plötzliche Trennung von Ouiha, wie ein Traum vor . . . Armer Ouiha, ohne einen

Pfennig Geld in dem Tag für Tag wachsenden Überdruß von Algier! Wenn ich ihm wenigstens einige Erleichterungen von dieser Reise mitbringen könnte!

Ich werde versuchen, noch etwas zu schlafen, damit ich heute nacht nicht so gerädert bin.

Bou-Saada, den 1. Juli 1902

Nach einem ganzen Morgen Auseinandersetzungen mit den Sidel-Hokkain verbrachten wir den Nachmittag in einem zur Zaouïa gehörigen Garten.

Von der Stadt her ähnelt Bou-Saâda dem alten Biskra, inmitten einer pittoresken Landschaft.

M'Sila, eine aus Toub gebaute Stadt, ist durch ein Wadi mit tiefem Flußbett in zwei Teile geteilt. Die grau-braunen Häuser wirken ähnlich verfallen wie die Ksour. Ein paar Palmen vollenden die Illusion. Ich habe eine sehr angenehm poetische Erinnerung an M'Sila bewahrt.

Es war zur Maghrebszeit, und ich ging allein in die Nähe der am Rand des Wadi liegenden Moschee, um auf Si Embarek zu warten. Im Nebel des Schirokko ging die Sonne unter. Gegenüber, auf der anderen Seite des steinigen Wadi mit seinen klaren Gewässern, nahm die Altstadt mit ihren seltsam geformten Maraboutgräbern und ihren dunklen Gärten ein vollkommen saharisches Aussehen an. Nach einer kurzen Rast im Flußbett gelangen wir in die riesige Ebene mit dem leeren und ruhigen weiten Horizont. Die Stute von Tahar-Djadi ist hervorragend, und ich kann der Lust nicht widerstehen, ihr für eine Weile die Sporen zu geben . . . Gefühl der Rückkehr zu den besseren Zeiten der Vergangenheit, Freiheit und Frieden . . .

Das Bordj der Tolba, das wir bei anbrechender Nacht erreichen, ist ein wild und düster wirkendes Rechteck aus Toub mitten in der Wüste. Ich aß draußen, gegen die Wand gelehnt, mein zweites Abendessen an diesem Tag . . . Dann ging ich allein hinaus in die Finsternis, die über der Ebene, dem eigentümlichen Zufluchtsort und den in Trümmern liegenden Gemäuern herrschte.

Verbrachte eine schlechte Nacht im Hof, von Flöhen zerstochen. Als ich den Mond aufgehen sah, die bleiche, im Nebel schwimmende Sichel, weckte ich die Talebs, und wir brachen auf. Wir nahmen arabische Abkürzungen über Saïda und Baniou. Von Saïda sahen wir in der Dunkelheit vor der Morgendämmerung nur die schwarzen Silhouetten der Toubhäuser ohne einen einzigen Baum, ohne Garten, trostlos in der Wüste.

Etwas später, während die Tolba das Fedjr beteten, legte ich mich auf den Boden der Sebkha am westlichen Ausläufer des Hodna. Nach Si-Ali verließ uns auch der Taleb auf seiner roten Stute, gefolgt von dem Fohlen, einem anmutigen kleinen rotbraunen Füllen, das neben seiner Mutter hertrabte.

Wir setzten den Weg allein fort; Baniou, ein auf der Höhe gelegenes Bordj; drum herum einige Häuser aus Toub; eine Pappelallee. Im Schatten der Tamarisken trank ich im gelben Sand einen aus schmutzigem Wasser bereiteten Kaffee voller Fliegen.

In der Sebkha, kurz vor Baniou, stieg ich völlig zerschlagen von der anstrengenden grauen Stute, die ich seit dem Bordj der Tolba wieder benutzte und ging lange Zeit barfuß.

Nach Baniou Rast in Bir-El-Hali: verlassene Häuser aus Toub, Brunnen mit gutem Wasser. Die Hitze nimmt zu, weiter auf dem Maultier. Unterwegs trank ich aus der Guerba eines Kameltreibers.

Zwischen den bläulich schimmernden Bergen taucht auf einem Felsen Bou-Saâda mit seiner Casbah und ein paar kleinen, flachen, aus der Ferne weißlich wirkenden Dünen auf.

Die Ankunft in Bou-Saâda: das Wadi umgrenzt einen Teil der Stadt. Auf der einen Seite weitläufige, mit Toubmauern umgebene Gärten. Im Flußbett üppig blühende rosa Lorbeersträucher. Auf der anderen Seite, etwas höher, die planlos, pittoresk verteilten Häuser der Stadt, durchsetzt von kleinen grünenden Schluchten und Gärten; im Dunkelgrün der Feigenbäume und Weinstöcke leuchten wie lebhafte Farbflecke die vereinzelten rosa Lorbeerbäume und die in glühendem Purpur erblühten Granatbäume.

Die Hitze, die gestern durch den Schirokko fast brennend geworden war und sich heute nacht in einem heftigen Gewitter entlud, verleiht der ganzen Landschaft ein besonderes, wohlbekanntes und geliebtes Aussehen. Bou-Saâda ist umgeben von hohen, ausgetrockneten, rötlichen Hügeln, die den Horizont versperren.

Wir gingen hinunter unter die Arkaden des Cheikh-Hauses, in

der Nähe des Friedensgerichts. Auf der anderen Seite ein eingefriedeter kärglicher Französischer Garten. Links eine Pulvermühle und ein verwilderter Garten, in dem nachts die Frösche quaken. Die Bevölkerung ist den «Hakkam» unterwürfig ergeben und viel grobschlächtiger und roher als die der Sahara.

Trotz des starken Regens gestern ist der Boden ausgetrocknet. Vor dem Haus des Cheikh knien anmutige Sahara-Kamele mit schmalen Fesseln. Ich sitze allein mit dem kleinen M'hammed, dem Sohn des Dellaouï, der mir nicht von der Seite weicht, auf einer Matte unter den Arkaden.

Heute abend brechen wir auf nach El-Hamel . . . Wann werden wir zurückkommen? . . . Wann werde ich Zuizou wiedersehen? Unendlich viele Fragezeichen.

Wie ich sehe, komme ich ohne besondere Schwierigkeiten bei allen Militärposten durch; nur muß ich in Zukunft immer direkt zu den «Hakkam» gehen, um Laufereien wie heute morgen zu vermeiden . . .

Die offiziellen Pflanzungen sind vorwiegend mit leuchtendgrünen Maulbeerbäumen und einer Art Akazie bestellt, deren Blüten aussehen wie kleine gelbe Kugeln.

Schon wegen der Reise bedaure ich nicht, hierher gekommen zu sein, in diese mir unbekannte Ecke, die insgesamt immerhin ein Teil des so geliebten Südens ist. In meiner gegenwärtigen Lage war diese relativ weite Reise ein unerhofftes Glück.

Der Frauenkleidung hier fehlt es an Anmut, vor allem der riesigen, plattgedrückten Frisur. Sobald die im Süden übliche Tracht nicht von stolzen, hochgewachsenen und schlanken Frauen getragen wird, sieht sie abscheulich aus. Die Tracht des Souf ist feiner und hübscher. Über den weiblichen Typ ist nichts zu sagen: ich habe keinen gesehen. Die übertrieben tätowierten kleinen Mädchen haben blasse, wilde Gesichter.

El-Hamel, den 2. Juli 1902,
während der Siesta

Gestern abend nach dem maurischen Bad erfuhren wir, daß Lella Zeyneb in die Zouïa zurückgekehrt war; doch in der finsteren Nacht bei Wind und Regen konnten wir uns nicht auf den Weg machen. Ich schlief unter den Arkaden.

In aller Frühe wachte ich auf. Eine dunkle und traurige Nacht. Bis zum Morgengrauen unterhielt ich mich mit Sidi Embarek, dann brachen wir auf, ohne Kaffee getrunken zu haben, er auf dem Maultier und ich auf einem zierlichen jungen Schimmel.

Der arabische Pfad von El-Hamel schlängelt sich durch die Hügel zwischen den recht hohen Bergen, die die Stadt Bou-Saâda umgeben. Der Fluß zieht sich auf einige Entfernung neben dem Weg entlang und bewässert die in der Nähe der Zaouïa gelegenen Gärten, denen die Palmen ihre eigenwillige Färbung verleihen. Das Dorf ist aus ganz hellem Toub, wie mit Kalk geweißt. Es ist ziemlich groß und liegt auf halber Höhe über den Gärten und dem Tal. Den höchsten Punkt bildet die Zaouïa, die durch das «Dar enneçara» mit seinen grünen Fensterläden einer Festung gleicht . . .

Ténès, den 7. Juli 1902

So ist das . . . Plötzlich, mit überwältigender Geschwindigkeit, ist wieder alles anders, alles auf den Kopf gestellt.

Fast gestern noch schien unser Aufenthalt in Algier endlos zu dauern, gleichmäßig monoton, bestehend aus einer Folge mürrischer, schleppender, langweiliger Eindrücke mit der gleichen Wirkung wie Wassertropfen, die in regelmäßigen Abständen immer auf dieselbe Stelle tropfen, oder irgendein geringfügiges, kaum hörbares Geräusch, das am Ende zur Zwangsvorstellung wird.

Oh! diese Epochen meines Lebens wie die von Marseille oder die von Algier! wie schwarz sind sie in meiner Erinnerung! Wahrhaftig, ich bin nicht geschaffen für das Allerweltsleben, für das überdrehte Leben der großen banalen Städte.

Von dieser Reise nach Bou-Saâda, die wie ein Traum im Nu verflogen war, kam ich gestärkt zurück, geheilt von der krankhaften Mattigkeit, die mich in Algier geradezu auszehrte . . . auch meine Seele belebt sich wieder. Nomadin war ich schon als Kind; damals träumte ich, den Blick auf die Straße gerichtet, die anziehende weiße Straße, die unter der mir besonders strahlend scheinenden Sonne geradewegs ins zauberhafte Unbekannte führte . . . Nomadin werde ich mein ganzes Leben bleiben, verliebt in wechselhafte Horizonte, in noch unerforschte Fernen, denn jede Reise, und mag sie uns in noch so überlaufene, noch so bekannte Gegenden führen, ist eine *Erforschung*.

In der Tat, nie haben zwei Wesen – womöglich gibt es eine Ausnahme? – die gleiche Landschaft, die gleiche Gegend auf die gleiche Art unter dem gleichen Blickwinkel in der gleichen Farbe gesehen. Das Universum spiegelt sich im beweglichen Spiel unserer Seelen, und mit ihnen verändert sich sein Bild unentwegt ... Diese Idee führt zu dem Gedanken, daß das *wahre* Gesicht des großen Universums stets unfaßbar und unbekannt bleiben wird ... Sein *absolutes* Gesicht wäre in der Tat das *Antlitz Gottes* ...

... Am 3. Juli morgens machte ich mich nach einer Nacht im großen gewölbten Saal in der von Wind und Donner getrübten Stille auf den Rückweg nach Bou-Saâda. Bis zur Stadt benutzte ich ein Pferd, stattete dem Hauptmann einen Besuch ab und fuhr mittags mit dem Wagen von Aumale weiter, einem klapprigen Lastwagen voller Juden.

Die Straße ist zunächst sandig, überall in der weitläufigen Ebene, wo flache Dünen den Fuß der Hügel säumen, wachsen Drinn-Gräser und Brustbeerbäume; all das wirkt ganz wie die Sahara. Auch die ersten Rastplätze, die verlassenen, eingefallenen Bordjs, die kleinen Häuser aus Toub und die Palmen vermitteln die Illusion einer Rückkehr in den Süden.

Dann, hinter Sidi-Aïssa, wird die Straße fahrbar, die Landschaft gebirgiger und rauher. Die ganze Nacht quälte ich mich, eine einigermaßen bequeme Stellung zu finden; vergeblich übrigens.

Aumale, eine grünende Stadt im Landesinnern. Große, fast unbewohnte Kasernen. Um 10 Uhr 30 Weiterfahrt mit einem besseren Wagen. Der Weg führt durch fruchtbare Gegenden. In Bordj-Bouïra stieg ich in den Zug; am 4. Juli um 7 Uhr 30 abends war ich wieder in Algier. Am 5. verbrachte ich den ganzen Tag mit Laufereien. Am 6., um 7 Uhr 15 morgens nahm ich den Zug nach Orléansville. Um 2 Uhr nachmittags stieg ich auf einen Wagen um. Bei Nacht erreichte ich Ténès.

Orléansville, den 17. Juli 1902,
9 Uhr 15 abends

Schon wieder bin ich auf dem Weg ... ins langweilige Algier. Glücklicherweise nur für ein paar Tage, wegen der Sache mit der Zaouïa und der Angelegenheiten mit Frau Ben-Aben. Danach kehre ich nach Ténès zurück, *so Allah will!* für lange Zeit, denn Slimènes Nominierung wäre das beste, was uns passieren kann.

Um 6 Uhr morgens verließ ich Ténès mit dem Wagen, bei schönem klarem Wetter. Ich fühlte mich abgespannt und schläfrig. Nach der Ankunft in Trois Palmiers fand ich den Flurschütz und ein gutes Pferd. Ich ritt zum Caïd Ahmed herauf. Das Haus liegt über dem Douar von Baghdoura auf einem hohen Hügel und hat eine wunderschöne Aussicht: die dürren Hänge des afrikanischen Landes ziehen sich in changierenden Farben wie eine Kette in die lichte reine Ferne. Ich ritt weiter. Gegen 6 Uhr erreichte ich Orléansville, zweifellos eine der schönsten Städte des Landesinnern, vor allem von der Lage her. Zum Norden hin liegt es hoch über dem Chéliff, umgeben von üppigen Gärten.

Seit meiner Ankunft habe ich heftiges Fieber, augenblicksweise hatte ich sogar das Gefühl, bewußtlos zu werden ... Ich kann kaum schreiben. Hoffentlich werde ich in Algier nicht krank, so weit entfernt von meinem geliebten armen Zuizou! ...

Diese Ankunft in Orléansville und meine gegenwärtige Geistesverfassung erinnern mich an frühere Zeiten, an die Ankunft in anderen Orten, und ich empfinde die Eindrücke der Umgebung auf dieselbe Art wie einst, was sehr tröstlich ist ...

Douar Main (Ténès), den 25. August abends

Ich sitze auf einem unfruchtbaren Hügel, gegenüber das Tal und das Chaos der in leingrauen Nebel getauchten Hügel und Berge. Die hohen Berge am Horizont heben sich grau vom Orange-Rot der untergehenden Sonne ab. Über dem Beduinenland herrscht große Ruhe, ungetrübt trotz der Laute, die aus dem verstreut am Berg liegenden Douar hinüberdringen: Hundegebell, Geschrei von Männern, die sich beklagen. Rechts, jenseits der Schluchten, ein unklarer Ausblick zum Meer, das sich in der Leere des Horizonts erahnen läßt. Links, auf dem Gipfel eines spitz zulaufenden Hügels, ein Dickicht von Mastixbäumen und ein paar versteckte schwärzliche Steine, das Ziel mancher Pilgerfahrt: es handelt sich um das Grab eines Marabout. Die Nacht bricht herein, die Geräusche verstummen ...

Ténès, Donnerstag den 18. September 1902,
9 Uhr morgens

Der Herbst beginnt. Oft weht ein starker Wind, und der Himmel bedeckt sich mit grauen Wolken. Ab und zu regnet es auch. Der Wind stöhnt wie einst der Nordwind jenseits des Meeres. Unser Leben nimmt seinen monotonen Lauf und wäre ohne die ewigen Geldsorgen ganz erträglich. Immerhin aber haben wir hier ein gesichertes Existenzminimum.

Gäbe es nicht die Feindseligkeiten und die kleinen gemeinen Intrigen des Milieus, mit dem man zwangsläufig in Berührung kommt, könnten wir verglichen mit den letzten beiden Jahren recht glücklich sein. Doch was Ténès vergiftet, ist der Haufen neurotischer, orgiastischer, hirnloser und bösartiger Weiber. Natürlich, hier wie überall erwählt man mich zur Zielscheibe des gemeinen Hasses. An sich ist mir dieser ganze Dreck gleichgültig; wenn er mir allerdings zu nahe kommt, wenn er mir bis zum Halse steht, ärgert er mich doch. Immerhin gibt es hier die wertvolle Möglichkeit, einfach loszureiten, auf den großen Straßen bei den Stämmen im tiefen Frieden der azurblauen oder blaßgoldenen Horizonte allein zu sein.

Hier habe ich schon viele Ausflüge gemacht, nach Main, Baghdoura, Tarzout, zum Cap Kalax, nach M'gueu. Viele kleine Fluchten aufs Land, in die Ruhe des immer noch unendlich weiten Beduinenlandes.

Was die Moral betrifft, so waren die letzten Tage düster, und eigenartigerweise teilt Ouiha meine Geistesverfassung, wie jetzt fast immer. Seine Gesundheit beunruhigt mich. Nun, vielleicht wird er mit einer regelmäßigen Behandlung endgültig gesund. Würde er tatsächlich zum Caïd ernannt, so daß wir in irgendein Douar fern vom stumpfsinnigen Ténès umsiedeln könnten, in die reine Luft der Berge, mit viel Ruhe und Wohlgefühl, wäre er sicher glücklich. In literarischer Hinsicht waren die letzten Tage verlorene Zeit. Eine Art Entkräftung verbot mir die geringste Anstrengung. Heute geht es wieder etwas besser, aber heute abend will ich mich auf jeden Fall auf den Weg machen zu dem großen jährlichen Taam von Sidi Merouan. Den Bericht über das Fest kann ich zum Thema meines nächsten Artikels für die undankbaren *Nouvelles* machen. Landschaft und Thema bieten sich dafür geradezu an. Melancholische Herbsteindrücke.

Seit einigen Tagen läßt mich meine so gut wiederhergestellte Gesundheit erneut im Stich. Beeinflußt das physische Befinden die Moral oder umgekehrt?

Main, den 21. September 1902,
10 Uhr abends

Wieder hat der unermeßliche Stumpfsinn der algerischen Administration ein Auge auf mich: der Kommissar bekam einen Brief aus Algier. Welche Schikanen bleiben eigentlich noch übrig, bei allem, was sie schon erfunden haben? Auf jeden Fall haben die kleinen Leute aus Ténès einen Bericht geschrieben. ◡ *Verflucht seien sie bei ihrem Vater: dem Hund!* ◡

Ich befinde mich in einem sauberen kleinen Zimmer. Es hat nur einen Nachteil: vor dem Fenster ist ein Ziegenbock, der ununterbrochen meckert und wie ein Wilder mit den Ziegen herumspringt. Hoffentlich schläft auch er irgendwann ein . . . Ich bin allein hierher geritten, bei klarem Wetter und heftigem Wind. Eine lange Straße, die Straße von Main, mit großen blauen und doch nicht monotonen Horizonten, durch Berge und Täler.

. . . Sidi Merouan ist mir in guter Erinnerung geblieben. – Eigenartig und zumindest auf den ersten Blick ganz im Widerspruch zu ihrem Charakter: die gebildeten Eingeborenen erwählen eine Frau wie mich leicht zur Vertrauten und sprechen mit ihr, wie sie sicher mit keinem Mann sprechen würden; der beste Beweis: mein Gespräch mit Si Elbedrani in der Nacht des Taou am Wegesrand, in der blauen Helligkeit vor der Morgendämmerung . . .

Main, den 22. um 2 Uhr nachmittags

Ich bin allein in dem kleinen Zimmer. *Plötzlich* wie immer und ohne erkennbaren Grund ist der schwere Kummer der letzten Tage verflogen und hat einer wohltuenden fruchtbaren Melancholie Platz gemacht.

Gerade habe ich meine früheren Tagebücher noch einmal gelesen. Verglichen mit den verflossenen Jahren, selbst den Jahren in Genf, ist das gegenwärtige Leben sicher das reinste Glück. Unvergleichlich, die Tage hier und die von Marseille!

Hier herrscht große, ewige Stille. Wie gern würde ich hier leben (oder an einem ähnlichen Ort), monatelang, ohne noch irgend etwas von der häßlichen europäischen Menschheit, die ich zunehmend hasse und vor allem verachte, zu sehen.

In Ténès gibt es nur einen einzigen, mit dem ich mich gern unterhalte, den Freund Arnaud. Auch er wird übrigens verhöhnt von der ganzen Bande angeberischer Spießbürger, die sich für etwas Besseres halten, weil sie enge Hosen, einen lächerlichen Hut oder gar ein mit Borten besetztes Käppi tragen! Trotz all ihrer Fehler und der Finsternis, in der sie leben, sind die niedrigsten Beduinen diesen schwachsinnigen Europäern, die das Land allein durch ihre Gegenwart verpesten, weit überlegen, und vor allem sind sie erträglicher.

Wo kann man ihnen entfliehen, wo soll man leben, wo ist man ihnen fern, diesen bösartigen, indiskreten und arroganten Erscheinungen, die sich einbilden, das Recht zu haben, alles zu nivellieren, alles gleichmäßig nach ihrem eigenen häßlichen Bild zu gestalten?

Ich werde nach Chalit, nach Naplouse schreiben und für den – gewiß nicht mehr fernen – Tag, an dem ich das Geld † *Des Weißen Geistes* † bekomme, die Möglichkeiten einer Umsiedlung nach Palästina erkunden.

Europa entfliehen, und sei es als Umsiedler, und in einem arabischen Land, das meinem geliebten Land sicherlich ähnlich ist, ein anderes Leben leben ... Vielleicht kommt es tatsächlich noch soweit! ☽ *Gott allein kennt die verborgenen Dinge und die Aufrichtigkeit der Zeugnisse!* ☽

Ténès, den 26. September 1902,
9 Uhr abends

Das Jahr geht seinem Ende zu und mit ihm diese Aufzeichnungen. Wo werden wir in einem Jahr zur gleichen Zeit sein, im Augenblick der ersten Regenfälle, wenn das Land den Schleier blasser Traurigkeit wieder anlegt, um in den herbstlichen Schlummer zu verfallen, wenn die weißen Asphodelen die gewundenen Wege wieder mit ihren Blüten säumen? Wahrscheinlich nicht in Ténès. Wir haben alle beide den Eindruck, daß dieser Aufenthalt nicht von Dauer ist. Wo wird sich unser Schicksal endgültig verankern – wird es sich je verankern? El-Oued ist das einzige Land, in dem ich bereit wäre, immer und ewig zu leben . . .

Es regnet und es ist kalt. Bei diesem ungünstigen Wetter beunruhigt mich Ouihas Gesundheit . . .

Die Reise nach Bou-Saâda rückt in greifbare Nähe . . . Noch eine Rückkehr in den Süden, zu den Datteln und dem Sand, zu den grauen Horizonten.

Algier, Mittwoch den 13. Oktober 1902,
5 Uhr nachmittags

Schon seit zehn Tagen bin ich hier, weit entfernt vom friedlichen Heim in Ténès, weit entfernt von meinem sanften Lebensgefährten . . . Ich bin traurig, von jener fruchtbaren Traurigkeit, die das Denken erzeugt . . . Und seltsamerweise beginne ich dieses Land mit besseren Augen zu sehen, seine besondere Pracht zu genießen.

Der große Golf erstreckt sich glatt wie ein Spiegel in gräulichem Blau. Das andere Ufer drüben mit seinen rosa Häusern ist violett gefärbt . . . Hier, auf dem Hügel von Mustapha, herrscht tiefer Frieden.

Die Mondnacht gestern war von einzigartiger Schönheit. Die blaue Klarheit schien von unten aufzusteigen, als stiege eine Sonne vom Meeresgrunde auf, vom Schattenreich des dunklen Landes, wo nur die weißen Villas bläulich schimmerten . . . Gestern abend große Traurigkeit . . . Heute eher ruhige Traurigkeit. Ich befinde mich wieder in einer Inkubationszeit, die anfangs sehr schmerzlich und durch die Krankheit obendrein verschlimmert war . . .

Jetzt steht der Höhepunkt bevor. Glücklicherweise kann ich schreiben.

Diesen Winter muß ich wegen der außerordentlich wichtigen Reportage über die Aufständischen um Margueritte möglicherweise nach Frankreich fahren. O könnte ich nur alles sagen, was ich weiß, alles, was ich darüber denke, die ganze Wahrheit! Welch ein gutes Werk, das, wenn ich es fortsetzen könnte, fruchtbar werden und mir zugleich einen Namen machen könnte! In diesem Punkt hatte Brieux Recht: mich am Anfang meiner Karriere unumwunden als Fürstreiter meiner Brüder, der Muselmanen Algeriens bekennen!

Wann werde ich zu Slimène zurückkehren? Ich weiß es nicht. Ich muß mindestens noch acht Tage hier sein. Und dann erwartet mich eine Menge Arbeit. Ich muß die Broschüre fertigmachen und wahrscheinlich wöchentlich einen Artikel für *La Dépêche* schreiben; nach und nach muß ich auch einen Band mit Novellen vorbereiten, damit ich ihn vorlegen kann, wenn mein Name nach dem Prozeß um den Fall Margueritte in Paris etwas bekannter ist. Wenn das gelingen sollte, wird dieser Winter ein großer Schritt in Richtung Heil und Frieden sein, und wir beide, mein Ouiha und ich, könnten unseren friedlichen Traum etwas ruhiger fortsetzen, bis die Schicksalsstunde schlägt.

O Mama! O Vava! Seht Euer Kind, das einzige, das Euch gefolgt ist und Euch zumindest nach dem Tode ehrt! Ich vergesse Euch nicht. Wenn Euer Denken meinem Geist nicht mehr wie einst dauernd gegenwärtig ist, so nur, weil der Kampf hart und beschwerlich ist, weil ich zu viel gelitten habe. Doch Euer teures Andenken wird mich nie verlassen. Seid Ihr es nicht, die ich in den schlimmsten Stunden der Verzweiflung angerufen habe?

Algier, Donnerstag, den 30. Oktober 1902

Wieder quält und beeinträchtigt mich die Krankheit ... Doch übermorgen, wenn ich nach Ténès zurückfahre, wird das alles überstanden sein ... Endlich ...

Nach langen Tagen unerfreulicher Unwetter voller Regen und Wind während Ouihas Anwesenheit hier ist die Sonne wieder aufgetaucht, und über dem wiederbelebten Land liegt strahlendes Frühlingswetter ... Im Herbst bekommt das Algerien Algiers seine eigene sehnsüchtige, melancholische, liebenswürdige Milde. Dort unten, in den Bergen des Chelha-Landes, muß es schon fast Winter sein ... Strengere, unzugänglichere Landschaften, einfachere Leute, ein zurückgezogenes und stilles Leben, weit entfernt von den Geschäften hier ... Allmählich fange ich an, mich nach all dem zu sehnen, vor allem nach der guten Stute Ziza und den langen einsamen Ausritten.

Hoffentlich schaffen wir es, die Schulden, die diesen Winter fällig werden, abzuzahlen, dann wird alles gut! Eine Menge Arbeit wird die Monotonie der Winterszeit vertreiben.

Wenn man die absolute Verbesserung unserer Lage im Vergleich zum letzten Winter und zum Frühling dieses Jahres 1902 in Algier bedenkt, können wir Gott und Djilani nur Lob und Dank sagen.

Der Ramadan mit den sanften melancholischen Erinnerungen an El-Oued steht bevor ... Durch Fasten und Beten tritt man in die Farika ein. Eine bewundernswerte moralische und intellektuelle Hygiene! ...

Den 23. November 1902, 3 Uhr nachmittags.

Ténès, Montag den 1. Dezember 1902,
10 Uhr abends

Freitag morgen machte ich mich bei schönem, klarem, weitsichtigem Wetter auf den Weg in das Douar der Herenfa, unten an der Grenze zum Departement von Oran. Bis zum pittoresken Markt von Bou-Zraya hatte ich einen Weggefährten, Elhadj Lakhdaben-Ziou, ein finsteres, absolut uninteressantes Individuum. Die Straße von Trois-Palmiers nach Fromentin verläuft unterhalb der Anhöhen von Baghdoura. Ein ausgewaschener Weg, der über reißende Wadis führt. Die schlecht gebauten Brücken sind schon halb eingestürzt, und bald bleibt nur noch ein arabischer Pfad übrig. An einem bestimmten Punkt zieht er sich am Fuß eines Hügels entlang, über dem ein schroffer, spitzwinkliger Felsen hervorragt. Der Felsgrund ist rötlich-braun, eine wunderschöne warme Farbe, überhaupt ist die ganze Landschaft außerordentlich beeindruckend. Für einen Augenblick sieht man Fromentin in der Ferne zwischen zwei Bergen oder vielmehr zwei hohen Hügeln. Fromentin ist ein mit Eukalyptus bepflanztes, neu erbautes Dorf, charakterlos wie all die Dörfer, die man auf dem Grund und Boden errichtet hat, der den armen ägyptischen Bauern, den Fellahs genommen wurde, den Bauern, die jetzt unter den drakonischen Bedingungen des französischen Khammesat dort arbeiten. Der Bauer klagt, aber er trägt sein Los geduldig. Wie lange noch?

Wir biegen nach rechts ab. Der Caïd der Beni-Merzoug wohnt in Hütten an einem niedrigen Hang, überragt von einem saharisch wirkenden Hügel, dem sogenannten Mekabrat-el-Mrabtine, nach dem Namen der Mrabtine-Fraktion, deren Frauen fast alle Prostituierte sind und über die man sich die seltsamsten Hexengeschichten erzählt. Zwei weiße Koubbas, der Rumpf des länglich-flachen Bauwerks, über dem sich eine eierförmige Kuppel erhebt. Die eine Koubba auf dem Gipfel des Hügels ist neu. Die andere, weiter unten stehende, zerfällt in Trümmer. Ringsum die Gräber in Form zu Hauf getragener Steine oder Pfeiler, dicht an dicht bis herunter zu den Ländereien der Ansiedler.

Da der Caïd nicht zu finden ist, kehren sein Sohn und ich nach Fromentin zurück, wo man keinen anderen Führer für mich findet, als einen Idioten namens Djellouli-Bou-Khalem. Wir brechen auf und irren sinnlos durch die Gegend. Er kennt den Weg nicht. Über einen schwer begehbaren Pfad steigen wir herab zu einem einsam gelegenen großen alten zerfallenen Bordj, das der Caïd wieder herrichten will. Kurz darauf gelangen wir in ein Tal mit dem Weiler des Flurschützen der Beni-Merzoug, der ausschaut wie ein seltsamer Nachtvogel.

Endlos lange folgen wir dem Wadi Merzoug. Als wir bei den Herenfa ankommen, geht die Sonne gerade unter. Das Wadi ist breit und steinig, ganz unten in einem Tal, das eingeschlossen zwischen tonhaltigen gelben Hügeln liegt. Verstreut in der Landschaft, die ebenso unwegsam ist wie die ganze Gegend von Ténès, liegen einige Bordjs. Links, neben der Einmündung eines zweiten Wadi, die Gourbis des Caïd. Am Horizont, über der riesigen, glatten, wie eine Meeresfläche wirkenden Ebene von Chéliff erhebt sich das gewaltige blaßblaue Ouarsenis-Massiv mit seinem Horn und seinem einzigartigen Vorgebirge in Form einer langgestreckten Terrasse. Unterhalb der Gourbis die Steinhaufen des Friedhofs, dann die Windungen des steinigen Wadi. Am Nachmittag des nächsten Tages gingen wir zu der Fraktion der Ouled-Belkassem, eineinviertel Stunden entfernt. Ein abgeriegeltes Bordj und ein von einer Dornenhecke umgebener Weiler, mitten in einer prachtvollen Landschaft. Die ganze Ebene von Chéliff und des Oued Sly liegt dem königlichen Ouarsenis zu Füßen. Links sieht man Orléansville, wie eine schwarz bewachsene Oase. Rechts erstrecken sich die ersten Ebenen von Oran ins Blaue hinein. Weiter vorn die tonhaltigen Hügel der Herenfa und links die waldigen und wilden Anhöhen der Ouled-Abdallah. Doch der Anlaß unseres Besuchs ist so traurig, daß ich außer von dem bewundernswerten Panorama, das sich einem dort oben bietet, ein finsteres Andenken an diesen Teil meiner kleinen Reise bewahrt habe: wir kommen wegen eines kleinen Mädchens, das unter seltsamen Umständen, deren Geheimnis niemand je durchdringen wird, bei lebendigem Leibe verbrannte.

Tiefer Frieden herrscht über diesem abgeschiedenen verlorenen Land, fernab von jedem europäischen Kontakt. Noch eine Zufluchtstätte, an der man der vereinnahmenden Häßlichkeit der Zivilisation entfliehen kann . . . Bei Einbruch der Nacht machen wir im Bordj eines Cheikh der Djilani-Mokhtari-Fraktion Station; ein großer Gipsraum, der bis auf die ungewölbte Balkendecke den Unterkünften im Souf ähnelt.

Sonntag morgen gegen 7 Uhr machen wir uns auf den Rückweg; wir nehmen eine andere Straße, die über den Gipfel der Hügel führt. Kurz vor dem Grenzstein der Beni-Merzoug besteht der Boden an manchen Stellen aus feinem gelblichen Sand, wie in Bou-Saâda; wie jede Vegetation in den vom Regen ausgewaschenen sandigen Gebieten wachsen die Ar'ar-Sträuche auch hier auf kleinen flachen Hügeln. Der Himmel bedeckt sich, und als wir bei den Beni-Merzoug ankommen, regnet es in Strömen; dazu der heftige eisige Westwind, der unser Gourbi schon in der letzten Nacht geschüttelt hatte. Starr vor Kälte erreiche ich das Gourbi der Djemâa, wo die Schuldner der Société de Prévoyance registriert werden. Das Gourbi ist undicht. Man bringt mir einen Kenoun. Neben dem großen hellen Feuer in einer Ecke des Pferdestalls esse ich zu Mittag. Bei strömendem Regen reite ich allein weiter. Von 11 Uhr morgens bis 6 Uhr abends trabe ich durch Regen und Wind.

Wie trostlos, diese lange verlassene Straße von Fromentin nach Cavaignac! Unter dem schwarzen Himmel wirkt es geradezu unheilvoll, wie sie sich endlos hoch oben über die Gipfel der Hügel schlängelt . . .

Dennoch habe ich gute Erinnerungen an diesen langen Ausflug. Wieder einmal kam mir eine, wie mir scheint, glückliche Eingebung. Bei sonnigem Wetter ritt ich langsam über die Straße von Baghdoura nach Fromentin; mittags aß ich einen köstlichen, duftenden Fladen vom Markt, dazu getrocknete Feigen, die mir ein zufälliger Weggefährte, desse Namen ich nicht einmal weiß, gegeben hatte, als mir plötzlich der Gedanke kam, einen Roman zu schreiben, den originellen, melancholischen Roman eines – dem Typ nach mir selbst ähnlichen – Mannes, der das Leben nach Voudell lebt, nur daß er Muselmane ist und allenthalben die fruchtbare Saat des Guten sät. Die schlichte, eindringliche Moral der Geschichte dürfte nicht schwer zu finden sein . . .

Heute begann der Ramadan, jene besondere Jahreszeit, die so erfüllt ist von eigentümlichen Empfindungen und für mich auch von teuren, melancholischen Erinnerungen. Es ist der dritte Ramadan, seit ich Ouiha traf und unsere Schicksalswege sich vereinigten . . . Und wir sind glücklich, beisammen zu sein und uns zu lieben. Diese drei Jahre, in denen sich das Leid bald häufte und bald dahinschleppte, bald brutal und bald quälend war, haben uns einander näher gebracht als zehn Jahre Wohlstand. Im Augenblick ist unser Leben ruhig und ohne unmittelbare Unruhe. ☪ *Lob sei Gott, der uns erlöst hat!* ☪

Den 11. Dezember, 7 Uhr 15 abends

Abreise mit Mohammed-ben-Ali

«Zu wissen, daß irgendwo, weit weg, Menschen andere quälen, sie in jede nur denkbare moralische Verderbnis bringen, sie allen möglichen unmenschlichen Erniedrigungen und Leiden unterwerfen, – oder drei Monate lang fortwährend diese moralische Verderbnis und diese Quälerei der einen Menschen seitens der anderen mit anzusehen, – das ist ganz etwas Verschiedenes.»

(Tolstoi, *Auferstehung*)

Algier, den 25. Dezember 1902,
12 Uhr 30 mittags

Die Vergangenheit mit den Weihnachtsfeiern liegt weit zurück ... Vielleicht wird mir das Herz bald auch beim Gedanken daran nicht mehr erzittern. Die Wehmut der Vergangenheit geht bei mir mittlerweile nicht mehr über den Souf hinaus. Die eindrucksvollste, auf gediegene Weise besonders rätselhaft-melancholische Erinnerung der jüngeren Vergangenheit betrifft meinen Ausflug nach Dahra, vor allem die erste Nacht in der Stille der Berge, in langen Abständen zerrissen vom Geheul der Schakale.

Hier in Algier ist meine Geistesverfassung eher düster, und das Ende des Ramadan, das, ohne die mir gegenüber stets recht wunderliche Vorsehung, in Ténès, dem ich entflohen bin, sanft und angenehm hätte verlaufen können, wirkt hier wie ein Absterben in tiefer Traurigkeit, fast ohne Charme.

Die größte und vielleicht einzige Schwierigkeit ist die, *sich zu befreien* und erst recht, *frei zu leben*. Sobald der Mensch auch nur ein ganz klein wenig frei ist, ist er der Feind der Masse, die ihn systematisch verfolgt, ihm in allen Zufluchtstätten auflauert. Ich empfinde zunehmende Gereiztheit gegen das Leben und die Menschen, die keine Ausnahmen dulden wollen und die Sklaverei hinnehmen, um die anderen unter ihr Joch zu zwingen.

Wo ist die ferne Einöde, in der mich der Stumpfsinn der Leute nicht mehr erreicht, in der auch meine Sinne mich nicht mehr stören?

Am selben Tage, 11 Uhr abends

Mein Verdruß und meine Unzufriedenheit mit den Dingen und den Menschen werden von Tag zu Tag schlimmer ... auch die Unzufriedenheit mit mir selbst, weil ich immer noch keinen *modus vivendi* finden konnte und ernsthaft befürchte, daß bei meiner Natur auch keiner möglich ist.

Nur eines kann mir helfen, die wenigen Jahre des Erdenlebens, die mir verheißen sind, über die Runden zu bringen: die literarische Arbeit, dieses künstliche Leben, das seinen eigenen Charme besitzt und den ungeheuren Vorteil hat, unserem Willen fast völlig freien

Lauf zu lassen; das uns die Möglichkeit gibt, uns auszudrücken, aus uns herauszugehen, ohne unter dem schmerzlichen Kontakt mit der Außenwelt zu leiden. Wie immer die Ergebnisse hinsichtlich der Karriere oder des Gewinns aussehen mögen, ist dies eine wertvolle Chance. Da ich in zunehmendem Maße zu der *aufrichtigen* Überzeugung gelange, daß das wirkliche Leben feindlich und unentwirrbar ist, hoffe ich mit der Zeit zu lernen, mich auf dieses so sanfte und so friedliche Leben zu beschränken. Gewiß, ich werde noch oft ausbrechen in den trostlosen Bereich der Wirklichkeit . . . doch ich weiß im voraus, daß ich dort nie die gesuchte Befriedigung finden werde.

Gegenwärtig habe ich vor, sobald die letzten fünf Tage des Ramadan vorbei sind, nach Médéa und nach Bou-Saâda zu fahren. Wenigstens eine Reise, eine Ablenkung von der Monotonie der Umgebung. Ich werde bis Biskra reiten und bei der letzten Séguia der Oase kehrtmachen, einen wehmütigen Blick auf die Straße des Souf und des halluzinierenden Oued Rhir werfen, einen Blick auf die Straße der Vergangenheit . . . verflossene Zeiten, unwiderruflich zu Ende, für immer und ewig!

Wieder macht meine Seele eine Übergangsphase, eine Inkubationszeit durch. Wieder ist sie im Begriff, sich zu verändern, wohl um noch düsterer und trauriger zu werden . . Zu welchem entsetzlichen Ergebnis werde ich eines Tages noch gelangen, wenn dieser unaufhaltsame Vorstoß ins Schwarze weitergeht?

Trotz allem glaube ich, daß es ein Heilmittel gibt, ◡ *doch dieses liegt in der Religion des Islam* ◡, in aller Demut und Aufrichtigkeit. Dort werde ich die letzte Ruhe und die Freude des Herzens finden. Die wirre und sozusagen gemischte Atmosphäre, in der ich lebe, ist mir nichts wert. In ihr verkümmert meine Seele, sie verkriecht sich in sich selbst, um hoffnungslose Feststellungen zu treffen.

. . . Wie geplant machte ich mich am Donnerstag, den 11. Dezember, abends im Mondschein des Ramadan auf den Weg nach Dahra.

Ich tat es, um mein Gewissen zu beruhigen, aber mit der festen Überzeugung, nichts zu erreichen; meine Gabe, die Dinge vorauszusehen, wird immer stärker . . ., eine Gabe, die durchaus wertvoll sein könnte, wenn es uns gegeben wäre, den unvermeidlichen Lauf der Dinge auch zu verändern . . . doch leider ist diese Gabe schmerzlich, weil unnütz, denn sie erlaubt einem nicht, die Umstände auch nur im geringsten zu beeinflussen, sondern nur, die hoffnungslose Sinnlosigkeit dieses oder jenes Versuchs, den ich meinem Verstand zuliebe dennoch unternehmen muß, im voraus zu wissen.

... Der Abend war frisch und klar. In der verlassenen Stadt herrschte tiefe Stille, und wir flogen wie Schatten durch die Gegend, der Reiter Mohammed und ich. Dieser zutiefst beduinische, der Natur so nahestehende Mann ist mein Lieblingsbegleiter, da er so gut zu der Landschaft, zu den Leuten und zu meiner Geistesverfassung paßt. Außerdem beschäftigt er sich unbewußt mit den gleichen obskuren und unklaren Dingen wie ich. Er will genau das, was ich verstehe und fühlt es sicher noch intensiver als ich, eben weil er es nicht versteht und auch gar nicht versucht, es zu verstehen.

In Montenotte und Cavaignac machen wir in maurischen Cafés Rast. Hinter Cavaignac verlassen wir die fahrbare Straße und begeben uns in das verworrene Labyrinth der undurchdringlichen Gegend um Ténès. Wir durchqueren Wadis, klettern Hänge hinauf und steigen in Schluchten herab, an Friedhöfen vorbei ...

Dann, in einer Wüste mit Diss und Dum-Palmen, oberhalb einer saharisch wirkenden finsteren Niederung, wo das Gesträuch auf hügelartigen Erhebungen wächst, steigen wir von den Pferden und essen ... um zu essen und uns auszuruhen. Wegen der Unsicherheit der Gegend drehen wir uns bei jedem Geräusch um. Plötzlich entdecke ich in der Niederung eine Gestalt, die sich unscharf, weiß vom Gesträuch abhebt. Die Pferde sind unruhig und beginnen zu schnauben ... wer mag das sein? Er verschwindet, doch als wir an der Stelle vorbeikommen, werden die Pferde wieder unruhig.

Dann folgt die Straße einem engen Tal mit zahlreichen Wadis. Aus nächster Nähe hört man Schakale heulen. Etwas später klettern wir hoch, folgen dem seitlichen Hang des Berges, der die Gegend vom Meer trennt, und gelangen schließlich zum Weiler von Kaddour-bel-Korchi, dem Caïd der Talassa.

Der Caïd ist nicht da; wir werden weitergeschickt, über denkbar gräßliche Pfade. Am Anfang des Baach-Gebiets finden wir den Caïd im Weiler eines gewissen Abd-el-Kader-ben-Aïssa; er empfängt uns einnehmend und gastfreundlich. Wir nehmen unser zweites Mahl ein, und nachdem auch der Mond schlafengegangen ist, ziehen wir weiter nach Baach, über schlammige, von Farnen gesäumte Wege voller Geröll ... In der Morgendämmerung erblicken wir das Bordj von Baach, das schönste der ganzen Region, hoch über einem spitzen Hügel, ganz ähnlich wie ein Bordj der Sahara ...

Algier, den 29. Dezember 1902,
2 Uhr 30 morgens

Welch seltsames Traumgefühl – ist es angenehm? ich weiß es nicht! – bereitet mir dieses Leben in Algier, das vorwiegend nächtliche Leben mit der Mattigkeit des zu Ende gehenden Ramadan!

O dieser Ramadan! Die ersten Tage unten in Ténès hatten die typische Milde, die diesem Monat *im Kreise der Familie* eigen ist. Eine seltsame Familie, unsere Familie, zufällig zusammengekommen und ebenso zufällig zusammengesetzt: Slimène und ich, Ben-Hadj aus Bou-Saâda und Mohammed, halb aus dem unvergeßlichen Souf und halb von den poetischen Hügeln von Chârir, die die azurblaue Bucht und die Straße von Mostaganem überragen ...

Den 31. Dezember 1902, Mitternacht

Wieder ist ein Jahr verflogen ... Ein Jahr weniger zu leben ...

Und ich liebe das Leben aus Neugier, es zu leben und seinen Geheimnissen zu folgen.

Wo sind die entrückten Träume, die azurblauen Träume von einst, beim Anblick des verschneiten Jura und der großen Eichenwälder? Wo sind die teuren Wesen, die nicht mehr sind?

Ach, wie weit sind sie entfernt!

Früher – sehr früh schon – hatte ich mir mit Schrecken den Todestag der guten geliebten Alten vorgestellt – Mama und Vava ... Und es schien mir unmöglich, daß sie stürben! Und jetzt schläft Mama durch einen Zufall, dessen Geheimnis sie beide mit ins Grab genommen haben, schon fünf Jahre zwischen den muselmanischen Gräbern auf dem Boden des Islam ... Seit bald vier Jahren ruhen Vava und der unerklärliche Volodia im Land der Verbannung, in Vernier ... Während an Mamas Grab in Bône die Blumen des algerischen Winters blühen, sind die beiden Gräber jenseits des Meeres sicherlich mit Schnee bedeckt ...

Und alles ist vernichtet. Das schicksalhafte Unglückshaus ist in andere Hände übergegangen . . . Augustin, der so viele Jahre am Horizont meines Lebens gestanden hatte, ist ausradiert, zweifellos für immer verschwunden . . . Alles, was damals war, ist weggerafft, vernichtet, in alle Ewigkeit zerstört . . . Und ich irre seit vier Jahren allein durchs Leben und trage mein Leid, begleitet von einem einzigen Weggefährten, demjenigen, den ich im unbefleckten Souf suchte und fand, um meine Einsamkeit zu versüßen und mich nie mehr zu verlassen, ◡ *so Allah will!* ◡

In mir haben sich tiefe Veränderungen vollzogen, sogar noch in der letzten Zeit, in diesem erhabenen Monat des Ramadan, der gestern im sanften Geheimnis mit den melancholischen Eindrücken des Icha-Gebets in der Hanefite-Moschee zu Ende ging . . .

Alles geht vorbei, auch wenn es uns ewig scheint . . .

◡ *«Die auf Erden sind, sind sterblich*, und nur das Antlitz deines ehrwürdigen Gottes wird fortleben!» ◡

Was hält dieses Jahr für uns bereit? Welche neuen Hoffnungen und welche neuen Enttäuschungen? Trotz aller Veränderungen tut es gut, ein liebendes Herz zu haben, Freundesarme, in denen man sich von den Kämpfen, auf die die verlogene Zivilisation den Lebenskampf reduziert, erholen kann . . .

Was mag er gerade tun, an was mag er denken, mein Lebensgefährte, der so weit von mir entfernt ist? Wieder und selbst darauf muß ich antworten ◡ *Gott allein weiß* ◡.

Algier, Sonntag den 9. Januar 1903,
Mitternacht

Wie schön muß es sein, in Algier zu sterben, dort, auf dem Hügel von Mustapha, im Angesicht des groben, zugleich lustvollen und melancholischen Panoramas, im Angesicht des weiten, harmonischen Golfs mit seinem ewigen Gemurmel, im Angesicht der fernen zackigen Bergketten der Kabylei . . . Wie schön muß es sein, dort zu sterben, sanft und allmählich im sonnigen Herbst, den eigenen Tod betrachtend, während man den lieblichen Klängen der Musik lauscht, während man die Düfte atmet, mit denen die ebenso zarte Seele ihren letzten Hauch in der genüßlichen, unendlich süßen Lust der Entsagung ohne Schrecken und Bedauern verströmt.

Nach mehreren Tagen dumpfer Traurigkeit, düsterer Angst, kehre ich zum Leben zurück. In meinem gegenwärtigen Leben ist alles provisorisch und ungewiß ... Alles ist unklar, und seltsamerweise leide ich nicht mehr darunter.

Wer weiß, wie lange dieses Leben in Algier dauern wird, wer weiß, wohin es führen wird? Wer weiß, wo ich morgen bin?

Vielleicht mache ich mich in wenigen Tagen auf die Reise nach Médéa und Bou-Saâda. Noch eine Rückkehr in den Süden, in den Sand, in das gebenedeite Land, wo die Feuersonne den blauen Schatten der Palmen über die unfruchtbare Erde wandern läßt. Danach komme ich mit Sicherheit hierher zurück, die Arbeit und den Kampf fortzusetzen – wobei mich der letztere mit seinen kurzatmigen Phasen einigermaßen langweilt. Dann wird es schon bald Frühling sein, und ich werde nach Ténès zurückgehen. Unter den gegenwärtigen Verhältnissen wäre es mir am liebsten, dort, in Ténès ein freies und friedliches Leben zu führen und meinen Traum verfolgend von einem Stamm zum anderen zu streifen.

Bou-Saâda, Mittwoch den 28. Januar 1903,
12 Uhr 30 abends

Am Montag, dem 26. um 6 Uhr verließ ich Algier bei klarem Wetter. Von Bouïra bis Beni-Mansour regnete es. In Beni-Mansour bestieg ich den Zug der Ziar-Pilger und fuhr bis Mansoura (M'Sila). Gegen 3 Uhr erreichte ich Bordj-Bou-Arreridj. War zunächst bei Si Brahim-Soufi, dann bei der Verwaltung. Um 5 Uhr fuhr ich mit der Post von M'Sila weiter. Unterwegs schlief ich. Ankunft gegen 3 Uhr morgens. Verbrachte den restlichen Teil der Nacht im Zimmer der Habous im Café. Am 27. um 8 Uhr 30 morgens setzte ich den Weg gemeinsam mit Si Sakhdar-Kadri zu Pferde fort. Gegen 11 Uhr Rast in Chellala. Gegen 2 Uhr waren wir in Baniou, gegen 3 Uhr in Bir-Graad. Ankunft in Bou-Saâda gegen 7 Uhr 30 abends; ich ging zum maurischen Bad hinunter. Diese zweite Rückkehr in den Süden ist also Wirklichkeit geworden. Stärker und lebhafter denn je spüre ich hier die Last jener eigentümlich rätselhaften, unbestimmt bedrohlichen Bedrücktheit, die alles niedermacht; es ist etwas Undefinierbares, das aber jeder fühlt, der die tieferen Schichten kennt ... Es gibt so viele

Doppeldeutigkeiten, stillschweigende Übereinkünfte, Geheimnisse . . .

Trotz der Reisemüdigkeit, des Schlafmangels und der unzureichenden Nahrung bewahre ich eine gute Erinnerung an die Reise von Beni-Mansour bis hierher. Die Ziar, rechtschaffene, einfache Leute, sangen die *Medha* ihres Heiligen im Wechselgesang von Gasba, Zorna und Benadir. So fuhr der Zug in der Fröhlichkeit der wiedergefundenen Sonne durchs Land . . .

M'Sila konnte ich nicht so gut wahrnehmen, wie ich gewünscht hätte . . . Aber die Straße, die schöne verlassene Straße hat die verflogenen Tage von einst wieder in mir belebt, die unbändige Freude, den ruhigen leeren Horizont der großen Ebene wiederzusehen. Ohne die abschließende Bergkette wäre die Illusion der Hodna-Ebene vollkommen. Im Osten allerdings spiegeln sich die Ausläufer des Wüstengebirges im überschwemmten Chott, und links neben der Düne öffnet sich ein riesiges breites Tor zur trüben Unendlichkeit von Wasser und Himmel.

Chellala ist ein trauriger Weiler aus Toub mit armseligen, baufälligen Häusern in einer unter Wasser stehenden Niederung, aus der ein scharfer Jod- und Salpetergeruch aufsteigt.

Die einheimische Bevölkerung besteht aus wenig sympathischen Ouled-Madhi und Hachem. Die Maghrebszeit war wunderschön, die Berge hoben sich bläulich-schwarz vom goldenen Rot des Himmels ab. Diese Berge von Bou-Saâda mit ihren geometrischen Konturen und ihren schrägen Terrassen sind wahrhaftig sehr eigen.

Nach den morgendlichen Laufereien zum Arabischen Bureau machte ich heute gegen 1 Uhr einen Spaziergang in die Dechra, die arabische Altstadt, und zum Wadi, wo die arabischen Waschfrauen die Landschaft wie bunte Flecken mit unerhört lebhaften warmen Blau- und vor allem Rottönen bereichern. Auf den Hügeln der Umgebung grünt noch nichts. Sie sind immer noch ebenso bedrohlich und nackt wie im Sommer.

Heute nachmittag anhaltend düstere Geistesverfassung, die sich jetzt allmählich aufhellt. Unfähigkeit, die Dinge richtig wahrzunehmen.

Morgen früh reite ich nach El-Hamel. Meine Weiterreise nach Boghari scheint festzustehen. Sie wird mich in einen Teil des Landes führen, den ich noch gar nicht kenne, nach Had Sahari, dessen

Name mir gefällt und das recht verloren mitten im arabischen Gebiet liegt. Morgen abend, wenn ich mich in El-Hamel ausgeruht habe, werde ich meine Notizen von heute abend vervollständigen. Die physische Erschöpfung und das bis heute abend nicht ausreichende Essen haben mich sehr mitgenommen. Die lange Strecke nach El-Hamel wird mich auf die weite Reise nach Sahari und Boghari vorbereiten . . .

Allem Anschein nach werde ich nicht mehr verfolgt: Man sagte mir, niemand sei im voraus von meiner Ankunft hier unterrichtet worden; alle waren ausgesprochen liebenswürdig, selbst der Hauptmann . . . Leute, die ich nicht durchschaue, voller Rätsel!

In El-Hamel scheint heillose Unordnung zu herrschen, alles geht abwärts.

El-Hamel, Donnerstag den 29. Januar 1903,
gegern 4 Uhr nachmittags

Herkunft des Sidi Mohammed-Belkassem: In der alten Zeit der Chorfa kamen drei Brüder vom Stamm der Ouled-Sid-Ali und der Fraktion der Ouled-Bou-Zid vom Djebel Amour auf dem Rückweg von Mekka durch die Gegend. Der eine zog weiter nach Westen, während die beiden anderen sich am Berghang niederließen und El-Hamel gründeten.

Gegen 2 Uhr machte ich mich bei klarem, lichtem Wetter auf den Weg nach El-Hamel. Der Überdruß der letzten Tage ist etwas geschwunden, ja fast vollständig verflogen. Auf dem Rückweg werde ich Bou-Saâda sicher besser wahrnehmen können.

Seltsam, schon seit langer Zeit habe ich bemerkt, daß ich ein Land in den ersten Tagen nach meiner Ankunft nicht richtig sehen kann. Ich empfinde immer eine Art unbestimmtes Unbehagen und Langeweile. Am Anfang meines unsteten Lebens allerdings war das lange nicht so stark. Es verschärft sich in zunehmendem Maße; erstaunlich, denn mein Leben wird vergleichsweise immer nomadischer, so daß sich allmählich eine Gewohnheit einstellen müßte.

Die Straße, auf der man Bou-Saâda verläßt, führt in steinige, unfruchtbare Gegenden, wo nur das wüstenhafte Ar'ar und am Boden kriechendes graues Dornengestrüpp wächst, das außer den Kamelen nicht einmal ein Tier fressen mag. Die ockrig grauen

Hügel sind zerklüftet, und an manchen Stellen ziehen sich die verschiedenen Schichten wie weiße Streifen von oben nach unten. Eine strenge, karge Kulisse. Jenseits des Gartens, der zum Arabischen Bureau gehört und von einem Araber bestellt wird, der in einem verfallenen Bordj aus Toub wohnt, säumen die zwei Stationen der Toulba die Straße. Die eine ist ein einsames Bordj hoch oben auf einem Hügel über der Straße. Die andere in der Niederung ist eine Ansammlung mehrerer kleiner Bordj aus Toub auf einer geebneten Fläche oberhalb des Wadi; in einer Ausbuchtung des tiefen Flußbettes befindet sich ein Dattelpalmengarten. An einer Kehre schließlich taucht das zweigeteilte El-Hamel auf. Es ist auf zwei Hügel gebaut. Auf dem ersten, fast konischen Hügel, das Dorf der Chorfa, das, ganz aus dunklem Toub, die typisch saharischen Züge trägt. Auf dem anderen, dem höheren Hügel, erhebt sich die Zaouïa, die mit ihrer Verkleidung aus ganz hellem, fast weißem Toub wie eine Festung wirkt.

Am selben Tag, 6 Uhr nachmittags

Hier herrscht tiefe, drückende Stille, kaum durchbrochen von den Geräuschen des Dorfs und der Zaouïa, von fernem Hundegebell oder den wilden, heiseren Schreien der Kamele.

El-Hamel! Wie gut der Name gewählt ist für diese Ecke des alten Islam, die so verloren im kahlen, düsteren Berg liegt, die so umwoben ist vom drückenden Geheimnis.

Jetzt, nachdem der rein materielle Grund des in den letzten Tagen auf mir lastenden Unbehagens behoben ist, geht es mir besser, und ich erhoffe mir viel von der Rückkehr nach Bou-Saâda und der bevorstehenden weiten Reise nach Westen.

Am selben Abend, gegen 10 Uhr

Ich sitze auf meinem Bett, neben dem Kamin des großen gewölbten Saales. Die lustig flackernde Flamme und das Bett auf dem Boden machen das Zimmer heiter und gemütlich, was vorhin bei der Ankunft noch nicht der Fall war.

Um die Beschreibung der Landschaft, wie man sie von der Straße aus sieht, abzuschließen: El-Hamel liegt unmittelbar am Fuß eines gewaltigen Massivs, dessen höchster Gipfel die Form eines spitzen Kegels hat. Links das Wirrwarr der verkarsteten, mal rundlichen, mal als isolierte Kuppen dastehenden Hügel über unfruchtbaren Tälern. In der Nähe des Wadi, des sogenannten El-Mogtaa, liegen die weitläufigen Gärten der Habou und der Chorfa, in denen sich das schwärzlich-violette, derzeit kahle, nur kurz grünende Gehölz auf seltsame Art mit den immergrünen Dattelpalmen verbindet.

Ein Labyrinth aus niedrigen Lehmziegelmauern zieht sich durch die nach den Launen des unebenen Bodens bepflanzten Gärten. Am Straßenrand im Dorf findet man ein paar verräucherte Läden, Färbereien, Sekakri. Wie in allen Ksour sind die Häuser auch hier ihrer Form nach sehr verschieden, doch eintönig in der Farbe, die in die des Bodens übergeht; eines hinter dem anderen stehen sie da, bilden Winkel, Gassen, enge oder gewölbte Passagen. Im Flußbett des Wadi verläuft die Straße unter zwei niedrigen Gewölben, die in den steinigen rötlichen Ton geschlagen sind. Wenn man zu Pferde durchkommen will, muß man sich bücken. Rechts El-Hamel, links der große Friedhof, das reinste Tal von Josaphat mit unzähligen aufgerichteten Steinen, und auf der Höhe, gegenüber der Zaouïa, das ebenfalls aus Toub gebaute Bordj des Caïd El-Haidech.

. . . Hier gibt es rund dreißig Familien der Ouled-Mokran, die vollständig auf Kosten der Habous leben . . .

Das «Hotel», ein großes rechteckiges Gebäude, hat einen tiefen, trostlosen Innenhof voller Ziegel und Steine; er führt zu dem in zwei ungleich große Teile gesonderten oberen Stockwerk, das ähnlich wie die Häuser der Reichen im Souf rundbogenförmig gewölbt ist. Aus einem Fenster sieht man nach Süd-Osten auf die Friedhöfe, aus den drei anderen nach Osten. Innen befinden sich drei französische Betten, ein ovaler Tisch, ein paar Stühle, das Ganze auf einem ungewöhnlich dicken Teppich. Mit etwas mehr echtem arabischem Geschmack wäre diese Stätte eine wahre Pracht. Ich würde sie am liebsten selbst herrichten, wie sie es verdient. Nebenan, nach Westen hin, die hohen Gebäude aus Toub mit den Gemächern der Maraboutin. Im Norden die neue Moschee mit ihrer großen runden Kuppel und den zahllosen kleineren Kuppeln ringsherum; im Innern das Grab des Sidi Mohammed-Belkassem.

Nichts ist schwieriger mit richtigen Worten zu beschreiben als die enttäuschende Farbe dieser Berge um Bou-Saâda und an der

Straße von Djelfa. Ein lilagetöntes Braun mit weißlich-grauen Streifen und karstigen Unbilden. Aus der Ferne wirkt dieses Vorgebirge durchsichtig, in blassem Karmin- oder Weinrot, während die Kette des Hauptgebirges dunkelblau erscheint. Die Böden sind steinig, zerklüftet, von erschreckender Unfruchtbarkeit, und nichts an diesem erstarrten, armseligen Dekor läßt eine so wichtige Siedlung wie El-Hamel hier vermuten.

Ich gehe schlafen und ruhe mich aus, denn morgen muß ich früh aufstehen, um die Maraboutin aufzusuchen. Höchstwahrscheinlich bin ich morgen abend wieder in Bou-Saâda; ich werde versuchen, vor dem Maghreb dort zu sein. Dann habe ich acht Tage Zeit, mir Bou-Saâda richtig anzusehen; ich muß aufpassen, daß ich die Zeit nicht vergeude. Wer weiß? Wie es scheint, soll ich in meinem Leben immer nur zweimal an denselben Ort kommen: Tunis, die Sahel, Genf, Paris, der Souf . . . Wer weiß, ob dies nicht meine letzte Reise nach Bou-Saâda ist?

Freitag in acht Tagen breche ich mit den Arabern nach Had-Sahari auf. Um nach Boghari zu kommen, brauche ich drei Tage, und für die Strecke bis Berronaghia noch einmal einen Tag. Vielleicht schaffe ich es bis zur Zaouïa der Aïssaoua in der Nähe von Loverdo: rechnen wir zwei Tage und noch einen für die Rückkehr nach Algier, macht sieben Tage, das heißt insgesamt fünfzehn Tage, bis ich wieder in Algier bin, wo ich auch wieder mindestens fünf Tage bleiben muß. Ich werde also erst in zwanzig Tagen, beziehungsweise am 18. Februar, nach Ténès zurückkehren.

So wird die Trennung von meinem geliebten armen Ouiha schließlich doch zwei lange Monate dauern; beim Nachrechnen hatte ich den wahrscheinlichen Besuch beim Caïd von Médéa, Abd-el-Moumen, ganz vergessen.

Fernes Hundegebell zerreißt die Stille, ab und zu hört man aus unmittelbarer Nähe den heiseren Schrei eines Kamels . . .

Bou-Saâda, den 31. Januar, Samstag,
1 Uhr nachmittags

Gestern gegen 3 Uhr nachmittags bin ich mit Ben Ali hierher zurückgekehrt.

Jedesmal, wenn ich Lella Zeyneb sehe, empfinde ich eine Art

Verjüngung, eine Freude ohne erkennbaren Grund, eine Besänftigung. Gestern suchte ich sie im Laufe des Morgens zweimal auf. Sie war sehr gut und sanft zu mir und erfreut, mich wiederzusehen.

Besuch am Grab des Sidi Mohammed-Belkassem, ganz klein und schlicht in einer großen Moschee, die nach der Fertigstellung sicher wunderbar werden wird. Dann ging ich auf den Hügel und betete an dem Grab der Pilger, die El-Hamel gründeten.

Unter den väterlichen Blicken des Si Ahmed-Mokrani ritt ich mit Si Bel-Abbès in wildem Galopp über die Straße. Wir trafen einige Frauen aus dem Bordell, die von El-Hamel zurückkamen. Geschmückt und geschminkt, ziemlich hübsch, setzten sie sich zu uns, eine Zigarette zu rauchen. Ihnen zu Ehren ritten wir den ganzen Rückweg Fantasias. Viel gelacht . . .

El-Hamel im Süd-Osten beherrscht und schließt die langen, breiten, sehr abenteuerlichen Schluchten, in deren Mitte ein hoher Kef aufragt und die am Horizont auf einen absolut konischen Berg, der wie eine Guemira wirkt, hinauslaufen. Dahinter öffnet sich geheimnisvoll und riesig groß eine bläuliche Ebene . . . Die an die Zaouïa angrenzenden Häuser der Chorfa haben hohe Wände, die bis zur Hälfte mit glattem Toub verkleidet sind, während auf dem oberen Teil die viereckigen Formen der Ziegel sichtbar werden. Diese Häuser mit ihren versetzten Vierecken und ihren flachen Terrassen über den geometrischen Höfen sehen aus wie babylonische Festungen. Die in den Gärten vorherrschenden Mandelbäume tragen noch keine Blüten.

. . . Die Legende der Pilger von El-Hamel versetzt mich in Träume . . . Sie ist sicher eine der biblischsten Geschichten Algeriens . . .

Ich begann dieses Tagebuch fern von hier, auf dem verhaßten Boden der Verbannung, in einer der schwärzesten, in ihrer Ungewißheit schmerzhaftesten und in ihrem Leid fruchtbarsten Perioden meines Lebens – heute will ich es beschließen.

Alles – einschließlich meiner selbst – hat sich radikal verändert.

Seit einem Jahr bin ich wieder auf dem gesegneten Boden Afrikas, den ich nie mehr verlassen möchte. Trotz meiner Armut konnte ich noch reisen, unbekannte Gegenden meines Adoptivlandes besuchen . . . Mein Ouiha lebt, und materiell geht es ihm relativ gut . . .

Ich begann dieses Tagebuch vor eineinhalb Jahren in dem verabscheuten Marseille und beschließe es heute in Bou-Saâda, einer kleinen Ecke des damals so heiß ersehnten Südens, bei gräulich-durchsichtigem, mildem, ja fast nachdenklichem Wetter!

Dieses kleine Zimmer im maurischen Bad – das gut zu mir und meiner Lebensart paßt – wird mir allmählich vertraut. Ich werde noch einige Tage hier leben, ehe ich mich auf die Reise nach Boghar mache, in Gegenden, die ich noch gar nicht kenne. Es ist ein schlecht mit Kalk geweißtes Rechteck mit einem kleinen Fenster zur Straße und dem Gebirge hin, zwei Matten auf dem Boden, einer Schnur für meine Wäsche und einer kleinen, zerschlissenen Matratze, auf der ich beim Schreiben sitze. In der Ecke Körbe aus Palmblättern; gegenüber der Eckkamin; meine verstreut herumliegenden beschriebenen Blätter . . . Das ist alles. Mir genügt es.

Von all dem, was in diesen achtzehn Monaten geschehen ist, geben diese unregelmäßig, je nach meinem Bedürfnis, etwas zu *formulieren*, geschriebenen Seiten nur einen schwachen Widerschein . . . Für einen fremden Leser dürften sie sogar fast immer unverständlich sein. Für mich sind sie ein Restbestand des früheren Vergangenheitskults. Vielleicht wird der Tag kommen, an dem ich aufhöre, irgendwelche Gedanken, irgendwelche Eindrücke niederzuschreiben, um sie für einige Zeit zu verewigen. Im Augenblick tut es mir manchmal sehr gut, diese *Tagwerke* verflossener Zeiten noch einmal zu lesen.

. . . Tiefe Stille, die Stille des Südens, liegt über Bou-Saâda. Sicher, in dieser so weit von der stumpfsinnigen Unruhe des Tell entfernten Stadt spürt man die charakteristische, drückende Lethargie des Südens besonders deutlich. Möge Gott Bou-Saâda noch lange unversehrt erhalten!

Ich werde ein neues Tagebuch beginnen. Was werde ich dort alles hineinzuschreiben wissen, und wo werde ich an dem noch fernen Tage sein, an dem ich den jetzt noch weißen Band wie heute diesen hier beschließe, in der Schicksalsstunde des noch unbestimmten Buches über mein ebenso unbestimmtes Dasein?

«Gott kennt die verborgenen Dinge und die Aufrichtigkeit der Zeugnisse!»

IM HEISSEN SCHATTEN DES ISLAM

Erste Schritte der Entfernung

Aïn-Sefra, Mai 1904

Als ich Aïn-Sefra voriges Jahr verließ, wehte kalte Winterluft. Alles war vor Kälte erstarrt, pfeifende Winde fegten über das Land und drückten die in ihrer Kahlheit schwach wirkenden Bäume nieder. Heute sehe ich es wieder, in einem ganz anderen Licht; in der trostlosen Sommersglut ist es zu sich selbst gekommen: sehr saharisch, sehr schlaftrunken mit seinem fahlroten *Ksar* am Fuß der vergoldeten Düne, mit seinen heiligen *Koubbas* und seinen bläulichen Gärten.

Die kleine Hauptstadt des wüstenartigen Oranais liegt einsam in ihrem Tal aus Sand, zwischen der monotonen Weite der Hauts-Plateaux und der Glut des Südens.

Bei meinem ersten Besuch hatte sie einen griesgrämigen Eindruck auf mich gemacht, ohne jeden Charme, denn damals hatte der Zauber der Sonne sie nicht in jene dichte Atmosphäre gehüllt, die den ganzen Luxus der afrikanischen Städte ausmacht. Und jetzt lebe ich dort in einer kleinen provisorischen Unterkunft; ich beginne diese Stadt zu lieben. Ich werde sie übrigens nicht verlassen, um noch eine verfluchte Rückkehr in das heruntergekommene Tell zu erleben, und das gibt mir Grund genug, sie mit anderen Augen zu sehen. Wenn ich von hier aufbreche, dann nur, um noch weiter ins Inland einzudringen, in den großen Süden, wo die *Hamada* in der ewigen Sonne schlafen.

*

Zwischen den Pappeln mit ihren weißen Stämmen, die den ersten Windungen der Düne in langen Pfaden folgen, umgeben von den wiedergefundenen Düften von Saft und Harz habe ich die Illusion, mich im Wald zu verlieren. Ein äußerst sanftes und reines Gefühl, dem der ferne Atem einer Gruppe blühender Akazien ab und zu einen leichten Rausch von Sinnlichkeit verleiht. – Wie sehr ich das alles liebe, das üppige Grün und die lebendigen, wie Elefantenhaut verschrumpelten Stämme dieser Feigenbäume, prall von bitterer Milch, mit dem Gesumm der vergoldeten Fliegenschwärme, die sie umkreisen!

In diesem Garten, den ich damals in absoluter Unfruchtbarkeit überrascht hatte, verbrachte ich lange Stunden; auf dem Rücken liegend berauschte ich mich regungslos an der lauen Liebkosung der Brisen und betrachtete die kaum bewegten Zweige, die sich vor dem strahlenden Hintergrund des Himmels wie die Segel eines leicht auf den Wellen schaukelnden Schiffs hin- und herwiegten.

*

Hinter den letzten, schon etwas schwächeren und verkrüppelteren Pappeln steigt die Sandpiste an und endet plötzlich am Fuß der unbefleckten Düne, die aus feinem Goldstaub zu bestehen scheint.

Dort haben die Winde des Himmels freies Spiel, sie bauen Hügel, graben Täler, reißen Abgründe auf und schaffen, je nach der Laune des Tages, neue vergängliche Landschaften.

Ganz oben, gewagt auf einem etwas festeren Hang mit Graten aus schwarzem Gestein, wacht ein rotbraunes «Blockhaus» über das Tal, eine Schildwacht mit hohlen Augen, die Heere und Räuberbanden vorbeiziehen sah und nun die friedliche Stille der unbegrenzten Horizonte betrachtet.

*

Jäh hebt sich die glänzende goldrote Düne von dem blauen, ernsten Hintergrund des Djebel Mekter ab. Sanft geht der Tag über Aïn-Sefra zur Neige, taucht es in leichten Dunst und duftenden Rauch. Ich empfinde jene köstliche Melancholie und eigentümliche Verjüngung, wie ich sie von den Vorabenden einer Reise kenne. Alle Sorgen, die drückende Unlust der letzten Monate im langweiligen, entnervenden Algier, alles, was meine Beklommenheit, meinen «Alpdruck» ausmachte, ist hinter mir zurückgeblieben.

*

In Algier konnte ich nicht anders, ich mußte manche Dinge und manche Menschen verachten. Ich verachte nicht gern. Ich möchte alles verstehen und alles entschuldigen. Weshalb muß man sich gegen die Dummheit verteidigen, obwohl man ihr gar nichts abzugewinnen hat, obwohl man selbst nichts damit zu tun hat? Ich weiß nicht – diese Dinge interessieren mich nicht: mir bleibt die Sonne, und mich lockt der Weg. Das wäre schon fast eine ganze Philosophie.

Einmal hatte ich Gelegenheit, aus nächster Nähe zu beobachten, wie in einer Seele, die ich schon weit erhabener glaubte, eine reine, starke Leidenschaft entbrannte, und ich sagte zu meinem Freund: «Sehen Sie sich vor, wenn man glücklich ist, versteht man nichts mehr vom Leid der anderen . . .»

Er machte sich auf, das Glück zu finden, wie er zumindest glaubte; und ich ging meinen Schicksalsweg.

Jetzt habe ich mich entfernt, und ich fühle, wie meine Seele gesundet, wie sie sich unverdorben allen Freuden, allen köstlichen Sinnlichkeiten der Augen und des Traumes öffnet.

*

In der einzigen arabischen Straße des Dorfes finde ich die ruhigen Eindrücke vom letzten Fastenmonat *Ramadan* des vergangenen Jahres wieder, ich fühle mich «zu Hause».

Ich treffe viele bekannte Gesichter auf den Bänken und den Matten vor den *Cahouadji*. Viele freundschaftliche Grüße werden ausgetauscht.

Und obendrein die innige Freude bei dem Gedanken, schon morgen, in der Morgenröte aufzubrechen und all diese Dinge zu verlassen, die mir doch heute abend so süß und angenehm sind.

Doch wer, außer einem Nomaden, einem Vagabunden, könnte diesen doppelten Genuß verstehen?

Das Herz noch bewegt von allem, was mich eingenommen hatte und nun hinter mir lag, sagte ich mir: die Liebe ist eine Unruhe; man muß es lieben, zu verlassen, aufzugeben, denn die Dinge und die Wesen gewinnen ihre Schönheit erst im nachhinein.

*

An dem mit Eisen vergitterten Fenster des maurischen Cafés, vor den kleinen Töpfen mit Basilikum, bildet sich allmählich eine kleine Versammlung.

Im Café spielt eine Schalmei; ich gehe hinein: Diese traurige, monotone Musik würde meiner Träumerei Wiegenlieder singen und mich vor allem vom Sprechen entbinden . . .

Musiker aus dem Westen

Ein viereckiger, blaßblau gestrichener Saal mit einer rosa Täfelung. Rechts hinten der verräucherte *Oudjak* aus Gips und auf den Holzregalen an der Wand Tassen, Gläser und Teller. Dicht gedrängt stehen Holzbänke und schlichte, verrostete Eisentische im Innenraum des Cafés; in einem Käfig schlummert ein gefangener Vogel.

Ein eigentümliches kleines saharisches Café, besucht von Marokkanern und Nomaden! Es sind viele Gäste anwesend. Unter den Arabern in Burnussen und erdverschmutzten Überwürfen einige Spahis und *Mokhazni,* einheimische Reiter.

Die Ellbogen auf die Knie gestützt, sitzen sie schweigend da, aufmerksam zum hinteren Teil des Saales gewandt, wo die Musiker in einer Reihe auf der Bank sitzen. Es sind Beni-Guil aus dem Chott Tigri.

Mit ihren rötlichen Lumpen und ihren Sandalen sind sie ganz anders als die Sänger und Musiker von den algerischen Hauts-Plateaux, die genau wie die Gelehrten saubere Kleider tragen und, mit einem Anflug arabischer Koketterie, bortenbesetzte Westen und Seidenkordeln, die in die Schnüre des Turbans eingearbeitet sind. Die hier anwesenden Musiker aus dem Westen bewahren den Typ ihrer unkultivierten Rasse, und ihr steifer schwarzer Bart erinnert an die Gesichter unechter Hindus.

Doch einer ist unter ihnen, dessen dichter, über den weißen, ausladenden Turban geworfener Schleier ein schönes, regelmäßiges Gesicht mit einer Adlernase, bebenden Nasenflügeln und traurigen Augen umrahmt. Der andere, der Flötenspieler, ist blind. Er legt seine ganze Seele in die Klagen und die säuselnden Weisen seines Schilfrohrs. Er rollt seine glanzlosen, toten Augen, als spräche er mit ihnen, und sein Oberkörper gibt mit rhythmischem Wiegen den Takt an. Außerdem zählt noch ein alter Hackbrettspieler zu der

Gruppe und, etwas abseits, ein eigentümlicher Sänger, der mit geschlossenen Augen singt, den Kopf wie betrunken nach hinten geworfen.

Der einzige Luxus dieser armseligen Musikanten besteht in zwei lederbesetzten Schalmeien, die geschmückt sind mit blank polierten Kupferringen, blauen Seidentressen, kleinen Silberketten und marokkanischen Münzen.

*

Die große Symphonie der ungastlichen *Hamada!*

Das Tamburin zieht seine dumpfen, synkopischen Schläge unendlich in die Länge; es klingt wie ein bewegtes, tobendes Herzklopfen, das im Wechsel schwächer wird, lustlos, um schließlich eines genüßlichen Todes zu sterben. Umrahmt von diesem pulsierenden Leben, hören sich die harten Schalmeien manchmal wie Kriegsmärsche an, oder aber sie halten lange, geheimnisvolle Töne, die zu schweben scheinen; und die Rohrflöten näseln ihr Gemurmel, das sich kaum von einem ruhigen Wasser oder einer lauen Brise unterscheidet.

*

Die im Dorf weilenden Beni-Guil überschwemmen den Saal mit ungeschickten Bewegungen; sie stehen überall im Wege, diese Leute aus der Wüste, die über Bänke und Tische staunen.

Doch sie lächeln, sind stolz auf den Erfolg, den ihre Brüder bei den «M'zanat» genießen.

Dicke Münzen und kleinere weiße Geldstücke fallen mit hellem Klimpern in eine am Boden stehende Schale. Bei jeder Gabe segnet der Tamburinspieler die Freigebigkeit des Spenders.

Die Beni-Guil allerdings begnügen sich damit, die Musikanten durch ihre Haltung und anfeuernde Rufe zu ermutigen. Kaum einer rafft sich dazu auf, einen Groschen in die Schale zu werfen, und wenn er es tut, dann nur nach langem Wühlen in seiner *Zaboula,* einer Art Geldtasche aus *Filali,* roter Lederhaut aus der Oase Tafilalt, wie sie die Nomaden zu tragen pflegen.

Doch einer von ihnen, ein noch ganz junger Mann, steht plötzlich auf und beginnt einen langsamen, rhythmischen Tanz, seinen Knotenstock gegen die Brust gepreßt.

Man lacht über seine bäuerlichen Bewegungen, er wirkt wie ein Hirte.

Der Wirt, eine rot-grüne *Fouta* um die Hüften geschlungen, geht durch das Lokal und bietet auf Tabletts seine dampfenden Getränke an; dabei nennt er jeden einzelnen, der Tee bestellt, laut bei seinem Namen und läßt ihm den Segen dessen zukommen, der den gerechten Lohn erteilt . . .

Muselmanischer Tod

Am Horizont erblüht die erste Morgensonne wie eine große purpurne Blume. Um die kleine *Koubba* von Sidi Bou-Djemâa oberhalb der Straße von Beni-Yaho und Sfissifa entflammt die vereinzelt mit Spartgras bewachsene Sanddüne. Auf dem Wipfel der schwarzen Feigenbäume entzündet sich ein rosa Schein, und die großen Trauerweiden weinen silbern schimmernde Tränen.

Rings um die *Koubba* sieht man Araber, die sich gerade erheben. Es sind Pilger, die von weither gekommen sind, um den Schutz des großen Heiligen zu erbitten. Nun stellen sie sich in Reih und Glied auf, das Gesicht dem anbrechenden Tag zugewandt, und beten lange, mit den schönen ernsten Gesten des muselmanischen Ritus, der auch die Elenden erhöht.

Hinter der kleinen Einfriedungsmauer haben sich die Frauen schon um ein Feuer aus abgestorbenen Zweigen niedergelassen und plaudern. Es sind Nomadinnen, die mit den Männern ihres Stammes gekommen sind. Ihre Gesichter sind kaum verschleiert.

Unter einem Baum stützt sich ein Verrückter in zerfetzten Lumpen auf einen Stab und psalmodiert den Koran, alle Verse wild durcheinander, wie es ihm gerade in den Sinn kommt. Er ist schön mit seinem ausgezehrten Gesicht, seinen schwarzen Haaren, die mit einem Fetzen weißen Tuchs über der Stirn zusammengehalten sind, und seinen glänzenden, ruhigen, großen Augen, die starr auf einen unsichtbaren Punkt in der grenzenlosen Weite gerichtet sind.

Von Zeit zu Zeit ertönt in der Frauengruppe das kristallhelle «*You-You*» der Festtage.

Doch nun taucht oben auf der Düne ein Zug auf. Langsam

schreiten die Araber nach dem Rhythmus eines ernsten Liedes voran.

Der ersten Gruppe folgen vier Männer, die eine mit einem langen weißen Tuch bedeckte Bahre auf ihren Schultern tragen; mit dem Auftauchen dieses unbekannten Gläubigen, der in der Herrlichkeit der Morgenstunde in die Ewigkeit eingegangen ist, verstummen alle Geräusche.

Die Männer betreten den mauerlosen Friedhof.

Zwischen den über die Düne verstreuten Gräbern, zwischen diesen anonymen Steinen ohne Datum wird eine Kuhle gegraben; in dem leichten Sand ist das Werk im Nu vollendet. In der Kuhle legt man den Toten nieder, das Gesicht der Sonne zugewandt.

Nun beten die Muselmanen im Halbkreis mit gedämpfter Stimme, ohne niederzuknien, ihr letztes Gebet.

Nach einer Lage von Ziegelsteinen wird die Kuhle in aller Eile wieder zugeschüttet; man pflanzt drei grüne Palmen in den Sand des Grabhügels, den die frische Brise schon abzutragen beginnt . . . Alle gehen wieder fort.

Wie einfach es ist, zu sterben!

Neben mir beginnt Si Abdelali, ein Gebildeter aus Marrakech, mit gedämpfter Stimme ein altes Klagelied über das Los derer zu singen, die nicht mehr sind.

Siehe: ich bin tot, die Seele hat meinen Körper verlassen,
Man hat die Tränen des letzten Tages über mir geweint.
Vier Männer haben mich auf ihre Schultern genommen,
Dem einzigen Gott ihren Glauben bezeugt.

Sie haben mich zum Friedhof getragen,
Sie haben das Gebet ohne Kniefall über mir gesprochen,
Das letzte Gebet dieser Welt.
Sie haben die Erde über mich geworfen;
Meine Freunde gingen fort, als hätten sie mich nie gekannt.
Und ich blieb allein in der Finsternis des Grabes,
In der es weder Leid noch Freude gibt, weder Mond noch Sonne.

Als einziger Gefährte bleibt mir der blinde Wurm.
Die Tränen auf den Wangen meiner Nächsten sind versiegt,
Und schon sind auf meiner Erde trockene Dornen gewachsen.

Mein Sohn hat gesagt: «Gott schenke ihm seine Barmherzigkeit!»
Wisset, daß der, der eingegangen ist in die Barmherzigkeit seines Schöpfers,
Zugleich auch das Herz der Geschöpfe verließ.
Wisset, daß niemand sich sorgt um die Abwesenden im Heim der Toten.

O du, der du vor meinem Grabe stehst,
Wundere dich nicht über mein Los:
Es gab eine Zeit, da war ich wie du,
Doch es kommt die Zeit, da wirst du sein wie ich.

Die Weise dieses Klagelieds klingt melancholisch und sanft, die harmonische Stimme des *Taleb* . . . Und ich betrachte den kleinen Hügel, der für immer verlassen in der Leere der Sandwüste liegt.

*

. . . Wir begaben uns nach Sfissifa, einem kleinen, ganz und gar muselmanischen Marktflecken ohne einen einzigen Europäer, ja sogar ohne einen Juden.

Wieder die düsteren Felsen des südlichen Oranais, und im Inneren des *Ksar* verfallenes Leben, Toub-Mauern, die in Trümmern liegen, abgelebte, verschleierte Greisengesichter. Alles zerfällt in Ruinen; dennoch genießen wir den sanften Schlaf unter einem großen Granatapfelbaum, im strahlenden Licht der schon hoch am Himmel stehenden Sonne . . .

Dort fand ich Euch so eigentümlich wieder, Ihr kränklichen Leute aus dem *Ksour,* mit dem blassen Teint, der unterwürfigen Haltung und der verweichlichten Kleidung; Eure von der zusammengepferchten, sitzenden Lebensart und der jahrhundertelangen Inzucht der Ehen in Mitleidenschaft gezogene Rasse! Ich sah Euch wieder, in Ruinen zerfallene *Ksour,* im Schatten der köstlichen Gärten, die Ihr nach und nach von der Wüste überschwemmt und verschlungen werdet. Und ich dachte bei mir, daß es auch Völker gibt, die zu sterben scheinen.

*

Als wir uns auf den Rückweg machten, war die Sonne gerade untergegangen, doch das Tal war noch in große rote Klarheit getaucht.

Wieder kommen wir an Sidi Bou-Djemâa vorbei.

Eine tiefe Stille, eine leiblich spürbare Stille, fast schon Angst lastet auf der *Koubba* und dem Friedhof, wo sich zwischen den kleinen anonymen Steinen einige Maraboutgräber in Form grober Vierecke aus trockener Erde erheben.

Das Tor ist verschlossen, vor ihm sitzt ein alter Bettler, seinen Stab gegen die Mauer gelehnt. Mit milder Stimme murmelt er im Dunkel seiner Blindheit betonungslose Worte, als würde er sich selbst Geschichten erzählen.

Oben auf dem Gipfel sind zwei *Mokhazni* in schwarzen Burnussen von ihren Pferden gestiegen und beten ganz allein im letzten Licht des Tages.

Ein angeketteter Hund reckt seinen Wolfskopf mit den kleinen, blutunterlaufenen, schrägen Augen zum Himmel und stößt ein langes Gejaul aus, eine Art Klagelied von grenzenloser Traurigkeit.

Unterwegs

Nach einer kurzen Mondnacht, die ich auf einer Matte vor dem maurischen Café des *Makhzen* im *Ksar* von Beni-Ounif verbracht habe, wache ich glücklich auf, betäubt von jenem leichten Rausch, den ich immer empfinde, wenn ich draußen unter freiem Himmel schlafe, um dann wieder aufzubrechen.

Auf einem Stein am Wegesrand warte ich auf Djilali-Ould-Bahti, den *Mokhazni*, der mich über die Straße von Béchar begleiten wird.

*

Béchar! Endlich werde ich diese schicksalhafte Grenze von Beni-Ounif überschreiten, Grund genug, mich ruhig und fröhlich zu fühlen, Grund genug, daß der Überdruß, der mich in Aïn-Sefra schon wieder befallen wollte, endgültig verschwindet . . .

Die Zeit vergeht, und dieser Djilali ist immer noch nicht da.

Der Tag wird licht, ein herrlicher Sommertag ohne eine Wolke, ungetrübt. Schon seit gestern abend weht eine frische Brise; sie hat allen Staub, alle Dünste vertrieben. Der Himmel öffnet sich endlos und tief, in der grünlichen Durchsichtigkeit eines ruhigen Ozeans.

Am Horizont, in all diesem vergoldeten Grün, steigt ein gelberer, glänzenderer Schein auf, der bald in lebhaftes Orange übergeht und schließlich einen roten Ton annimmt. Vor mir, im dunklen Westen, verzieht sich der fahle Mond wie das Gesicht eines Sterbenden.

Ganz in der Nähe hebt sich die große weiße *Koubba* von Sidi Slimane golden von dem noch grünen Kupfer des Himmels ab. Orange getönte Strahlen überschwemmen den düsteren Boden, die Gräber und die rissigen Häuser.

Endlich erscheint Djilali; wir wenden unsere Pferde in Richtung des erlöschenden Mondes und machen uns auf den Weg.

Der *Mokhazni* ist ein großer, dunkler Knabe mit dem guten und offenen Gesicht eines Tarfaouï-Nomaden aus Géryville. Er ist einnehmend und aufgeweckt; er wird mir ein guter Weggefährte sein.

... Wir bewegen uns durch das schwarze, steinige Tal zwischen dem noch in allen Regenbogenfarben schimmernden Djebel Grouz und den niedrigen, verbrannten Hügeln des Gara-Gebirges.

Zu unserer Rechten schlummert der hübsche kleine Palmenhain von Mélias mit seinen *Séguias* und seinen klaren Wasserbecken, am Eingang einer tiefen Schlucht des Djebel Grouz.

Voriges Jahr pflegten sich die verfolgten Räuberbanden hier, in diesen heute so friedlichen und freundlichen verlassenen Gärten, mit Trinkwasser zu versorgen.

*

In dem Maße, in dem wir uns von der Unfruchtbarkeit Beni-Ounifs entfernen, vermehrt sich das Spartgras auf dem sandigen Boden. Tiefe, üppig mit immer dichter werdenden Sträuchern bewachsene Wadis bahnen sich ihren Weg. Einige große Mastixbäume – die in den feurigen Einöden als die Bäume der Verheißung gelten – lassen ihre Schatten im Lauf der leeren Stunden kreisförmig über den roten Boden wandern.

*

... Von Westen her weht uns, gegen den Wind, eine Staubwolke entgegen.

Es ist eine Kompanie der Legion, blonde, stark gebräunte Männer, die staubbedeckt vom Süden in den Norden zurückkehren und auf ihrem Weg deutsche oder italienische Romanzen singen.

Auf den zu einem Dach gespannten Tüchern des mit schwerem Gepäck beladenen Zuges liegen die Kranken.

Von oben herab betrachten sie die Monotonie der Landschaft mit der dumpfen Gleichgültigkeit der Fieberkranken, sie mögen sich im stillen die voraussichtliche Stunde der Ankunft in Beni-Ounif ausrechnen, von wo sie morgen mit der Eisenbahn in das Krankenhaus von Aïn-Sefra transportiert werden sollen.

. . . Eine Stunde vergeht. Wieder stoßen wir auf einen kleinen, von Tirailleurs eskortierten Konvoi.

Die Männer haben sich von der Last ihrer Taschen und Gewehre befreit und sie auf dem Karren abgelegt; sie gehen gemächlich, im Tempo der Maulesel, wie Spaziergänger.

Sie ziehen vorüber. Wieder umgibt uns die Stille des Weges.

Von Zeit zu Zeit stimmt Djilali ein Klagelied an, das sich unvollendet in den Dünen verliert.

Immer noch weht eine kleine Brise, wir kehren der Sonne den Rücken zu, die Hitze ist nicht unerträglich. Wir fühlen uns wohl, ohne daß wir Lust hätten, zu sprechen.

So gibt es auf den verlassenen Straßen des Südens lange Stunden ohne Traurigkeit, ohne Langeweile, unbestimmt und erholsam, in denen man vom Schweigen leben kann . . . Nie habe ich auch nur eine einzige dieser verlorenen Stunden bereut.

Das Drama der Stunden

Reisen ist, wenn man nicht denkt, sondern die Abfolge der Dinge vorbeiziehen sieht, wenn sich das eigene Lebensgefühl dem Maß des Raumes einfügt. Die sich langsam entfaltende Monotonie der Landschaft trägt dazu bei, uns Erholung von jenen Falten zu gönnen, die wir angenommen haben; uns mit einem Gefühl von Leichtigkeit und Ruhe zu durchdringen, das dem wie im Dampfbad transportierten, im Fieber liegenden Reisenden nicht zuteil werden kann. Beim ruhigen Schritt der vor Hitze ermatteten Pferde bewahren die geringsten Zufälligkeiten des Weges in meinen Augen ihre bildhafte Schönheit. Es sind keine aufgeregten Situationen; es ist ein ruhiger, lebendiger Geisteszustand, der einst allen menschlichen Rassen eigen war und sich heute noch, ganz in unserer Nähe, im Blut der Nomaden verewigt.

*

Wenn ich in Algier sah, wie sich alle Europäer zur gleichen Stunde auf dieselbe Seite der Arkaden drängten, um sich die Illusion einer Masse zu verschaffen; wenn ich sah, wie sie sich um die Musik auf dem Platz scharten und dort auf der Stelle traten, hatte ich immer das deprimierende Gefühl, eine Herde zu beobachten – ein Gefühl, das hier verschwunden ist. Mir scheint, es ist besser, Schafe zu hüten, als mit einer Masse zu verschmelzen; diese Feststellung soll gewiß kein Ausdruck von Überheblichkeit oder romantischer Verklärung sein.

Ich lebte dieses Wüstenleben ebenso einfach wie die *Sokhars,* die Kamelführer, und die *Mokhazni.*

Schlichtheit war schon immer meine Leidenschaft. In ihr habe ich große Genüsse gefunden, deren Beschreibung ich mir nicht anmaßen will.

Immer, wenn ich unter dem freien Sternenzelt geschlafen habe, unter jenen Himmeln des Süd-Oranais, die religiöse Tiefe ausströmen, fühle ich mich von den Energien der Erde durchdrungen; in mir erwacht eine Art Brutalität, ein überwältigendes Bedürfnis, meiner Stute die Sporen zu geben und völlig gedankenlos immer geradeaus zu reiten. Ich will mir nichts vorstellen; ich sehe die Etappen des Weges und merke sie mir an unwesentlichen Einzelheiten. In diesem Land ohne Grün, in diesem Land aus Stein gibt es etwas ganz Besonderes: die Stunden. Jedes Morgenrot und jeder Sonnenuntergang ist ein Drama.

Der Beduine mit dem erdigen *Haïk* versteht dieses Gefühl; er sagt es nicht, aber er singt es . . . Djilali hat mir nie erklärt, weshalb er seine Lieder nicht zu Ende sang.

Rast in der Wüste

Um nach Béchar zu gelangen, pflegte man vor einem Jahr noch den östlichen Weg zu nehmen, der hinter den Bergen entlangführt, über die kleine Raststation von Bou-Yala; mittlerweile wurde die

Schutzzone der Grenze weiter nach Westen verlagert und dieser Posten aufgegeben. Heute ist das 35 Kilometer entfernte Bou-Aïech die erste Etappe nach Beni-Ounif.

Es ist zehn Uhr; das Tal entflammt. Rötliche Dunstschwaden zittern an dem sich verzerrenden Horizont. Glühende Hitze zieht auf. Dünne Blutfädchen rinnen aus den ausgetrockneten Nüstern unserer Stuten. Mich überkommt große Mattigkeit; ich lehne mich zurück und lasse mich in meinem bequemen arabischen Sattel wie in einem Sessel wiegen.

Ben-Zireg ist noch 28 Kilometer entfernt, und wir haben reichlich Zeit, noch vor dem Abend dort anzukommen.

Weshalb sollten wir uns beeilen?

*

Ton in Ton mit dem Boden, erkennt man das «Dorf» von Bou-Aïech erst in dem Augenblick, in dem man seinen Eingang erreicht.

Es besteht aus einem Dutzend Bretterbaracken, einem kleinen Fort aus gelblicher Tonerde und etwa hundert unförmigen *Gourbis* aus Strauchwerk, in denen die marokkanischen Arbeiter hausen, die beim Bau der Eisenbahn beschäftigt sind. Hundert Meter weiter verschmilzt alles wieder mit dem Spartgras und dem Staub, und diese Ecke des Tales wirkt ebenso verlassen wie die anderen.

Zur Zeit hört die staatliche Eisenbahnlinie wenige Kilometer jenseits von Bou-Aïech auf; die Arbeiten verliehen der verlorenen Station einen Anstrich geschäftiger Vitalität.

Schon hier bekommt das Land ein zugleich stärker saharisches und weniger unheilvolles Aussehen als in Beni-Ounif; der blasse Sand unter seinem goldgrünen Mantel aus Spartgras bereitet einem nicht das manchmal bis zur Angst sich steigernde unangenehme Gefühl der schwarzen *Hamada* von Ounif.

*

In einer der «Dorfbaracken» sitzen einige Spanier an einem Holztisch und trinken Anislikör.

Messerscharf geschnittene, rasierte, sonnenverbrannte und ausgedörrte Gesichter, große Hüte aus schwarzem Filz, kleine, rundgeschnittene Westen und Espadrilles an den Füßen – ein grober, rauher Menschenschlag, der allen Einsamkeiten und Entbehrungen unter der gnadenlosesten Sonne gewachsen ist.

An einem Schalter in der Barackenwand teilt der Beamte der französischen Niederlassungen von Beni-Ounif Nahrungsmittel an die Arbeiter aus. Mir fällt auf, daß diese fast ohne Ausnahme ihre schönen einheimischen Lumpengewänder abgelegt und sie gegen den häßlichen europäischen Plunder des *«Trabadjar»* eingetauscht haben, der sich schlecht mit ihrem ausladenden weiten Turban verträgt.

Jetzt sehe ich auch Marokkaner: bärtige, energische Gesichter, malerische Gestalten mit regelmäßigen, harten Zügen und scheuen, länglichen Augen.

Auch einige blonde Berber mit blauen Augen sind unter den Arbeitern, Männer jenes besonderen Typs, den man in der Kabylei trifft, und der seine Eigenarten sicherlich einer fernen Mischung mit dem Blut der Vandalen verdankt. Nur die Leute aus Figuig und Tafilala haben ihre alten arabischen Kleider bewahrt: sie arbeiten nur vorübergehend hier; sobald sie ein paar Groschen verdient haben, werden sie auf dem schnellsten Wege in ihr *Ksour* heimkehren.

*

Für uns war Bou-Aïech eine Stätte der Erholung.

Während wir uns in einem Sandloch, etwas abseits von den Baracken und dem maurischen Café, im kreisförmigen Schatten schöner, eichenhoher Mastixbäume Kartoffeln kochten, umkreisten uns unter dem wachenden Blick der Legionäre einige Männer in weiten Tuchjacken, mit grauen Baskenmützen auf dem Kopf. Ich erkannte sie als die «Ausgestoßenen» der Armee von der letzten Kategorie: vom Militärgericht verurteilte Soldaten, die bei Straßenbauarbeiten in den abgeschiedensten Gebieten eingesetzt werden. Einige von ihnen liefen mit nacktem Oberkörper herum. Sie schmücken den wilden Boden mit einer anderen Wildheit, denn auf ihrer bloßen Haut stellen sie ganz erstaunliche Pariser Tätowierungen zur Schau, ergänzt durch pessimistische, empörte oder obszöne Devisen.

Aus Langeweile versuchen die Ausgeschlossenen und die Legionäre, mit uns ins Gespräch zu kommen. Es macht mir Spaß; und ich kann mein Lachen kaum unterdrücken, als ich sie hinter vorgehaltener Hand sagen höre: «Er ist hübsch, der kleine Spahi, er hat wirklich eine zarte Haut!»

Auch einige *Mokhazni* gesellen sich zu uns. Sie stammen aus Beni-Ounif, und ihre Gesichter erinnern mich an meine Freunde vom letzten Jahr.

Im Kochgeschirr der Soldaten bereiten wir gemeinsam Kaffee und unterhalten uns, wie es die Leute aus dem Süden zu tun pflegen: ein Austausch kurzgefaßter, scherzhafter Repliken ohne anstößige Anspielungen.

Nun kommen auch die auf der Höhe, in der prallen Sonne lagernden Kameltreiber vom Stamm der Douï-Ménia und setzen sich zu uns. Die *Mokhazni* necken sie, indem sie ihre eigentümliche Art zu sprechen ins Lächerliche ziehen. Die Nomaden antworten, so gut sie können, ohne sichtbaren Zorn. Aber im Grunde spürt man den alten Haß zwischen den Leuten von den algerischen Hauts-Plateaux und den Marokkanern sehr gut heraus.

Schließlich ziehen sich die Kameltreiber wieder zurück; die *Mokhazni* machen sich daran, die *Mella,* die saharische Wegzehrung, vorzubereiten.

Einer von ihnen knetet den Gries auf einem gefalteten Brotbeutel mit etwas Wasser aus dem ziegenledernen Behälter. Djilali gräbt mit seinen Händen ein Loch in den Sand, während die anderen trockenes Holz zusammentragen.

«Die *Mella*«, erklärt ein Trafi-Reiter, «ist für die Menschen wie das Spartgras für die Pferde. Es macht nicht dick, aber es gibt Kraft.»

*

Abends erkannten mich die Unteroffiziere von der 1. Fremdendivision, die mich letztes Jahr bei dem Ausflug nach Hadjerat-M'Guil gesehen hatten, wieder und ließen mich hochleben.

Ich werde sie in um so besserer Erinnerung bewahren, als sie mein Inkognito unbedingt respektierten, obwohl sie genau wußten, wer ich war.

Es wurde spät, die Zeit verstrich mit belangloser Plauderei, nur weil es uns Spaß machte, von der saharischen Landschaft, den kleinen Ereignissen dieses verlorenen Nests, den Truppenbewegungen, den Bauarbeiten und der Zukunft dieser entlegenen Ecke der

Welt zu sprechen. An diesem Abend, nach der «Verpflegung», empfand ich eine Seelenverwandtschaft mit dem Soldaten des Südens. Ohne jeden Zwang interessierte ich mich für die Geschichten dieser tapferen Leute und lauschte ihnen, wie man den Erzählungen in einer durchwachten Nacht auf einem Bauernhof lauscht, den man nach einer langen Wanderung durch Wald und Wiesen endlich gefunden hat . . .

Ähnliche Erinnerungen habe ich an Familien, heimische Herde und Lagerfeuer. In Stunden der Zurückgezogenheit und der Träumerei finde ich das alles im Rauch einer Zigarette wieder; und es scheint mir spannender als die Erinnerung an Momente großer Begeisterung, die immer ein Loch in mir hinterlassen; spannender als große Hoffnungen, die man in den Wert der Menschen setzt und die immer, oder fast immer, in Ernüchterung und schließlich im Bankrott enden.

Daraus ziehe ich den Schluß, daß man das Glück nie suchen darf. Es läuft einem irgendwo über den Weg, aber immer in umgekehrter Richtung . . . Das habe ich schon oft erfahren.

*

Mittlerweile schlummert die blaue Nacht über der Ruhe des Tales.

Im Fort mahnt der Trompetenbläser der Legion mit langgezogenen, melancholischen Tönen zum Löschen der Feuer.

An diesen kleinen, abgelegenen Rastplätzen, inmitten der stillen Einöden, hat das abendliche Trompetensignal etwas Ergreifendes: sobald es verstummt, fühlt man sich von Wüste umgeben . . .

Die letzten Geräusche werden still, die letzten Lichter erlöschen. In grenzenloser Behaglichkeit schlafe ich ein. Morgen mache ich mich wieder auf den Weg, anderen Landschaften entgegen; und wer weiß, ob ich je wiederkehren werde, um hier, am Fuß dieses Forts, in dieser Kulisse, die mir so gut gefallen hat, zu schlafen?

Ben-Zireg

Wir verlassen Bou-Aïech in der köstlichen Frische vor der Morgendämmerung. Im grünlichen Himmel schwimmt der abnehmende Mond und läßt sein schwaches, trauriges Licht über die schwarzen

Steine der Piste gleiten. Nachdenklich schlägt Djilali nach längerem Zögern vor, wir sollten besser bis zum Tagesanbruch warten, ehe wir die seit alten Zeiten von den Wegelagerern heimgesuchten Schluchten von Ben-Zireg durchquerten.

In dem weiten, nicht sehr tiefen Bett eines ausgetrockneten Wadis steigen wir ab und, nachdem wir die Pferde im Spartgras freigelassen haben, legen wir uns zu einem kleinen Schlummer in den feinen Sand.

Wir erwachen im hellen Tageslicht.

Wir haben in einer zauberhaften Umgebung geschlafen. Wilde Sträucher mit zarten violetten Blütentrauben erheben sich über dem leuchtend grünen Gewirr des Spartgrases, durchsetzt von den großen, silbrig schimmernden Flecken der Lavendel- und Wermutbüsche. Die Astern streuen ihre kleinen, malvenfarbigen Sternchen in den Schatten der großen Mastixbäume: ein unschuldiger Luxus aus Blumen und Pflanzenleben mitten in der *Hamada*.

Wir erreichen die ausgewaschenen, zerklüfteten Schluchten; der Weg führt durch ein tiefes, von hohen roten Felsen eingerahmtes Wadi, und bald gelangen wir ins Tal von Ben-Zireg.

Welch unvergeßliche, trostlose Vision am Ausgang der Schluchten! Die unheilvollste, die trübsinnigste all der unfruchtbaren Kulissen des Südens erstreckt sich vor unseren Augen.

Zwischen dem schroffen Gebirgsvorsprung des Djebel Béchar und dem hohen Mauerwerk des Antar ragen spitze Hügel wie Zacken einer Säge hervor, aneinandergereihte Kuppen bedrängen das Tal, das leicht nach Westen abfällt. Und alles, die Hügel, der aus Schieferstaub bestehende Boden, die rauhen Steine, alles ist schwarz, eingetaucht in das olivgrüne, glanzlose Schwarz verfaulter Leber. Am Fuße der vom Béchar-Gebirge überragten Hänge hebt das weiße, fahlweiße Fort den Schrecken dieser Trauerlandschaft noch deutlicher hervor.

Das «Dorf» zählt wieder nur einige Hütten, Militärkantinen und maurische Cafés.

Am gegenüberliegenden Ufer des Wadi erheben sich in ordentlichen Reihen die Holzkreuze des christlichen Friedhofs.

Kein Schatten, kein Kraut, nur zwei oder drei dürre Dattelpalmen im Wadi.

Ein grauenvolles Land der Verbannung, in dem die Phantasien

eines Visionärs Todestruppen heraufbeschwören könnten. In diesem verfluchten Tal wird nie etwas wachsen. Welcher Misanthrop, welcher übermenschliche Liebhaber unfruchtbarer Einsamkeit, welcher über alles erhabene Gräbernarr könnte es gutheißen, hier zu leben, im Angesicht dieser Rußberge, in diesem ausgeglühten Talkessel ohne Horizont?

Mich überkommt ein Gefühl von Größe und Übelkeit zugleich: Ben-Zireg ähnelt jenen unheilvollen Landschaften, die einem in schlechten Träumen erscheinen. Irgendwo in *Tausendundeiner Nacht* kommt ein solches Basaltland vor, bewohnt von einem gefesselten Riesenneger.

Die grauenvollste Stimmung eines von Opium Berauschten könnte diese Grabespracht von Mineralien nicht erfinden.

Die Hitze ist unerträglich drückend geworden. Ganze Heerscharen von Mücken kleben auf unseren Augen. Wie angehaucht vom Atem eines glühenden Ofens schnürt sich meine Kehle zusammen. – Als ich dieses letzte Tal der Trockenheit betrat, überkam mich ein solcher Schauder, daß ich unwillkürlich an den Zügeln meiner weißen Stute riß . . .

*

Ängstlich erwarteten wir die Abenddämmerung. Der Tag erlosch in einer Brandschwade. Das Fort entflammte wie glühend zerfließendes Metall, und in den kurzen Momenten vor Einbruch der Nacht schien das finstere Ben-Zireg schön, von der ergreifenden Schönheit der Apotheose.

Doch dann war mit einem Schlag alles vorbei. Unerwartet plötzlich brach die Nacht herein, dunkel, neblig, voller Geheimnisse und samtweich, wie warmes Gefieder.

Wir legen uns auf einer Matte vor dem maurischen Café zum Schlafen nieder. – Ich werde noch vor dem Tag aufbrechen, um die letzte Abendvision von Ben-Zireg zu bewahren.

Lügenwasser

Die heutige Etappe wird anstrengend. Vor uns liegt ein stundenlanger langsamer Fußmarsch, im regelmäßigen, geduldigen Tempo unserer Stuten.

Seit wir den Talkessel von Ben-Zireg verlassen haben, ist das Tal, immer noch das gleiche, breiter geworden; hier und dort ein Wadi mit etwas Grün und schönen Mastixbäumen; dann wieder nichts als Staub und Steine.

In Hassi-en-Nous, auf halbem Wege, essen wir zu Mittag; den anschließenden Kaffee nehmen wir bei den *Mokhazni* der Raststation von Bel-Haouari ein, Rzaïna-Nomaden aus dem Kreis Saïda, die in leichten *Gourbis* lagern.

Man könnte sie leicht für einen *«Djich»* halten, diese tapferen Leute, die in der Wüste wieder ihre erdigen Beduinenburnusse angelegt haben.

Jenseits von Bel-Haouari führt unser Weg mit Sicht auf den weißglühenden, unermeßlich weit geöffneten Horizont an einer doppelten Bergkette vorbei, die lustig und seltsam wirkt. Da es angebracht ist, sich auf einer Reise zu informieren, frage ich meinen Gefährten nach dem Namen dieser geologischen Architektur.

«Schau genau hin!» sagt er, «dann weißt du, weshalb die Einheimischen sie die *Bezazil-El-Kelba* nennen, die Zitzen der Hündin.»

Nebenbei weist er mich mit dem Finger auch noch auf eine schwarze Linie in dem weit geöffneten Tal hin, das schon fast einer Ebene gleicht: die Palmenhaine von Ouakda.

Unter der Sonnenglut verzerren sich allmählich die Perspektiven. Unmöglich, die Abstände zu schätzen: eine Art Schwindel tanzt vor unseren Augen, und immer noch begleiten uns zur Rechten und zur Linken die phantastischen *«Bezazil-El-Kelba»*.

Die geringsten Bodenveränderungen beeinflussen das Licht entweder so, daß mir die Augen schmerzen, oder so, daß sie sich erholen können.

Nach den steinigen Gefilden tut sich eine Landschaft aus reinem Sand vor uns auf. Zum erstenmal finde ich in Süd-Oranais den tiefen Eindruck wieder, den ich einst beim Betreten anderer saharischer Gegenden empfunden hatte.

Ich erkenne sie wieder in all ihrer Pracht, mit ihren trübseligen

Zaubereien, diese Erde, die unter der ewigen Liebkosung der Sonne wie von Sinnen ist, ohne je eine vulkanische Erschütterung zu erleben.

Plötzlich schwankt der Horizont, die Hintergründe geraten aus der Form, und der rötliche Sand verschwindet. In der Ferne breitet sich eine große blaue Wasserfläche aus, in der sich Dattelpalmen spiegeln.

Das Wasser schillert in der Sonne, strahlt unendliche Reinheit aus . . . Djilali, das große Kind, fängt an zu lachen.

«Sieh doch, Mahmoud, wie sich der *Srab,* die Luftspiegelung über unseren entsetzlichen Durst lustig macht! Wären wir auf dieses verfluchte Lügenwasser angewiesen, um unseren Durst zu löschen, müßten wir die Zunge heraushängen lassen oder die Zitzen der Hündin saugen!»

Am Ufer des trügerischen Sees nähert sich eine Schwadron roter Reiter. Über den dichtgeschlossenen Reihen flattert eine große, scharlachrote Standarte im Wind . . . Die Truppe zieht vorbei und verschwindet. – In Wirklichkeit waren es Esel auf dem Weg nach Ouakda; dahinter das hohe Gerüst eines Saharabrunnens, an dem das Trugbild purpurne Fetzen befestigt hatte.

*

Die letzte Strecke vor Béchar ruft schon ferne Erinnerungen an das Wadi Rhir und die salzigen Chotts im Süden von Constantine in mir wach; ein Land, in dem ebenfalls Fieber und Trugbild herrschen.

*

Auf einige Entfernung reiten wir am Palmenhain von Ouakda vorbei, zwischen kleinen Gräbern, welche die Straße säumen. Vor uns erhebt sich eine rotbraune Düne mit einem weißen Flecken am Fuß: es ist das Fort von Colomb.

Béchar, Taakda, Colomb, diese verschiedenen Namen sind alle durcheinander geraten. In Wirklichkeit ist Béchar der Name des Landes und auch des Berges, der den Horizont beschließt.

Taakda ist der *Ksar* und der höher gelegene Palmenhain oberhalb von Ouakda.

Der nicht einheimische Name «Colomb» bezeichnet das im Bau befindliche Dorf.

Der Duft der Oasen

... Der mysteriöse See ist verschwunden. Nur ein paar Pfützen, versprengte, meerblaue Fetzen sind in den fahlroten Sandmeeren übriggeblieben. Doch schon lockt der Schatten des Palmenhains unsere Reittiere.

Endlich erreichen wir das dichte Feld der Dattelpalmen, und unsere Pferde strecken ihre blutenden Nüstern dem echten Wasser entgegen; zwischen den Binsen haben sie sich einen Weg gebahnt und stehen nun knietief im feuchten Naß des breiten Wadi.

Welche Erleichterung, welch körperliche Freude, dieser Schatten, wo die Brise etwas frischer weht, wo sich unsere schmerzenden Augen auf dem tiefen Grün der schönen Palmen, auf den Granatapfelbäumen mit den Blutblüten und dem buschigen Oleander ausruhen können.

Nach dem Lügenwasser die Lust der Wahrheit.

Wir strecken uns auf dem Boden aus; erst abends, nach der Siesta, wollen wir die letzte Strecke bis Béchar zurücklegen.

Djilali schläft ein, und ich betrachte den neuen Dekor, ganz ähnlich wie andere Kulissen, die ich liebte, die mir den geheimnisvollen Zauber der Oasen enthüllt haben.

Auch den leichten Salpetergeruch, die Eigentümlichkeit der feuchten Palmenhaine finde ich wieder; jenen Geruch einer aufgeschnittenen Frucht, der alle anderen Düfte des Lebens würzt, das sich im kühlenden Schatten entfaltet.

In der tiefen Ruhe dieser isolierten Lichtung ergötzen sich zahllose smaragdgrüne Eidechsen und schillernde Chamäleons, die sich ein sonniges Plätzchen auf den Steinen gesucht haben.

Man hört keinen Vogel, kein Insekt. Welch wunderbare Stille!

Alles schläft einen schweren Schlaf, und die spärlichen Sonnenstrahlen fallen wie Traumhaare durch die hohen Kronen der Dattelpalmen.

Blick zurück

Wenn man allein lebt, lebt man frei. Ich will an nichts mehr denken. Monatelang werde ich meiner Seele Raum geben ... Ich habe zahlreiche Tage hinter mir, an denen ich das Dasein eines verlorenen Hundes führte. Doch diese Tage sind fern, hinter den riesigen Einöden, hinter den zermalmenden Bergen, jenseits der fruchtlosen Hauts-Plateaux und des bebauten Tell, in der Stadt der angsterfüllten Nächte, wo die Dinge sich vor meinen Augen in ihr Gegenteil verkehrten, wo mein Herz sich von Mitleid und Ohnmacht blähte. Jetzt habe ich meinen Stolz zurückerobert, und die Gesichter der Freunde erscheinen mir sanfter. Ich werde unter niemandem mehr leiden.

*

Die kleine Rue du Soudan, wo ich in meinem Zimmer mit dem Steinfußboden oder auf dem Flachdach, den Kopf in Papiere versenkt, arbeite, zwischen der in der Sonne trocknenden Wäsche, in der Nachbarschaft unbekannter Anwohner – ich werde nicht mehr nach Geräuschen auf der Treppe lauschen: ich erwarte keinen Bekannten, und die Stunden sind für mich nur noch Momente des Lichts!

Würde ich die Briefe, die ich bekommen habe, mit Randkommentaren versehen, kämen mir nur bittere Worte; aber ich habe alle Briefe und alle Erinnerungen hinter mir gelassen. Ich weiß nicht einmal, wann die Zeitungen ankommen und welches die neuesten Nachrichten sind. Die Zeitschriften werden mir über das Bureau von Colomb zugestellt. Von Zeit zu Zeit werde ich erfahren, was andernorts geschieht, nicht immer ... So werde ich mehr Muße haben, aus mir selbst heraus zu leben. Indem ich auf unbekannte Böden vordringe, habe ich den Eindruck, mein eigenes Leben zu betreten.

*

Dieser Weg war lang und trostlos, aber wir kamen voran: und das genügte.

Béchar

In Béchar, am Fuß der Düne, neigt sich das Tal unmerklich zu dem grünen Gürtel des Wadi.

Am Ufer, hinter den großen Friedhöfen, wo die Gräber langsam vom Wind abgetragen, von den Kamelen niedergetreten werden, liegt das alte *Ksar* von Taakda, flankiert von zweieckigen Türmen und umgeben von hohem, grauem, lückenlos aneinandergefügtem Mauerwerk; Zutritt findet man durch niedrige, gewölbte Pforten; Taakda wirkt unzugänglich wie eine Zitadelle.

. . . Innen, auf dem weichen, stillen Boden, kommen wir durch zerfallene Gassen, durch lange, überdachte Passagen, die am hellichten Tag so dunkel sind, daß man sich tastend vorwärtsbewegen muß. Wo sind die schönen schnurgeraden Linien und die vollen Rundungen von Figuig? Hier ist alles durcheinander. Die hohen, zum Teil aus zwei Stockwerken bestehenden Toub-Häuser drängen sich dicht aneinander, ragen auf die Straßen hinaus.

Wie in den anderen *Ksour* schläft auch in Béchar alles, alles zerfällt in Trümmer. Nach und nach erlischt die ohnehin erschöpfte Aktivität des *Ksour,* die Energiequellen sind versiegt und die schwere Schlaftrunkenheit der Agonie lastet auf den verunglückten Versuchen eines seßhaften, geschäftigen Lebens mitten in der Wüste, die den Nomaden gehört.

Die schweigsamen und mißtrauischen Einwohner von Béchar sind vorwiegend arabisch sprechende schwarze *Kharatine*. Sie haben schon etwas von dem marokkanischen Dünkel übernommen, von dem Widerwillen gegen die Leute aus dem Osten, die *M'zanat;* doch sie sind *Ksour*-Bewohner, friedliche Gärtner und keine Männer des Schießpulvers.

*

Bei der Okkupation von Béchar im vergangenen Jahr hatten die Makhzen und die Tirailleurs ihre Razzien auch auf Taakda und Ouakda ausgedehnt. Dieses Jahr fühlen sich die *Ksour*-Bewohner wieder etwas sicherer, sie gewinnen wieder Mut und kehren in ihre Gärten zurück.

Das Zentrum von Colomb ist noch ein Chaos von unvollendeten Gebäuden, Baumaterial und Gipsschutt. Auch hier die häßlichen, mit fahler Erde geweißten Barackenbauten aus *Toub,* wie man sie an allen Stationen des Süd-Oranais, an all den befestigten Plätzen findet, die in aller Eile gebaut wurden, um die Kantinen unter Dach und Fach zu bringen; auch hier das Gerümpel und die maurischen Cafés.

Wie überall in diesem neuen Land herrscht auch hier das spanische und das jüdische Element vor.

Die mit grünem und schwarzem Flitter bekleideten Juden aus Kenadsa schlagen hier ihre abgenutzten Zelte auf, und nach kürzester Zeit nehmen sie ihre kleinen Schmieden in Betrieb, um die spanischen Dúros der Offiziere und Spahis in Schmuck zu verwandeln.

In den Gärten von Béchar überkamen mich die gleichen Gefühle wie einst im unvergeßlichen Bett des Wadi von Bou-Saâda, der Perle des Südens.

Dort, auf den Kieselsteinen, hocken die Frauen in ihren blauen oder schwarzen *Mlahfas* und waschen; zur gründlicheren Reinigung schlagen sie die verschlissenen Kleider mit Palmstöcken ... Ja, es sind wirklich die bezaubernden Erinnerungen an die lichten Sommertage des Wadi von Bou-Saâda, nur daß sie hier den Hauch weiterer Fernen, den dunkleren, den marokkanischen Anstrich bekommen, den die Kulisse der schlafenden Palmenhaine von Béchar heraufbeschwört.

In den Gärten, unter den dichtbelaubten Granatapfelbäumen und dem ungesunden Schatten der Feigen tun sich wunderschöne Winkel auf, denen das graugrüne Gewölbe der Dattelpalmen etwas von dem Geheimnis echter Wälder zuteil werden läßt. Im flachen Gras flüstern Bewässerungsgräben und allenthalben, bis hin zu den unfruchtbaren Dünen an der Straße von Kenadsa, jenseits der schon halb versandeten letzten *Séguia,* ertönt die kleine traurige Stimme der Kröten des Südens, ein einziger, endlos wiederholter Ton.

Der schwarze Hengst

Es ist Abend, ein roter Abend mit schweren blutroten Dunstschwaden über der leeren Ebene. Jenseits des Wadi, an den Grenzen der Wüste, sieht man einen Haufen bräunlicher Ruinen, Mauerreste,

Sockel zu Boden geschmetterter Türme: das alte *Ksar* von Zekkour, das vom Schwarzen Sultan zerstört wurde und dessen Trümmer ewig so liegen bleiben, um mit der Zeit in der Sonne endgültig zu zerbröckeln und ganzen Scharen giftiger Skorpione und Schlangen als Zuflucht zu dienen.

Wir reiten langsam an dieser Trostlosigkeit vorbei, als plötzlich eine andere Erscheinung auftaucht, die mir ein seltsames, schockartiges Gefühl versetzt.

Am Straßenrand bewegt sich qualvoll eine schwarze Masse. Als wir uns näherten, richtete der Rumpf sich ruckartig auf: es war ein Pferd, das dort, ganz allein, im erlöschenden Abend in den letzten Zügen lag; seine beiden Hinterbeine waren gebrochen.

Der schwarze Hengst stemmte sich auf seine beiden sehnigen, vorgestreckten Vorderbeine; seine Brust zitterte, und mit seinen blutigen Nüstern suchte er die Nähe unserer Stuten.

Plötzlich leuchtet sein schon glanzloses großes Auge auf; er stößt ein langes Wiehern aus, einen letzten zärtlichen Ruf an die bebenden Weibchen, wie ein Schrei der Empörung und des Schmerzes.

Djilali macht sein Gewehr los, zielt auf das sterbende Tier; ein Schuß geht los, trocken, brutal: mit trübem Blick, mitten im letzten Liebesschrei, bricht der schwarze Hengst auf dem roten Boden zusammen.

Ohne sich seiner Worte bewußt zu sein, sagt Djilali mit einem gesunden, kindlichen Lachen: «Der hat vielleicht ein Glück, er ist verliebt gestorben.»

Die Nacht legt sich über die Ruinen des zerstörten Zekkour und den Kadaver des schwarzen Hengstes . . .

Legionäre und Mokhazni

Auf der Höhe liegt das Fort von Béchar mit seinen niedrigen Toub-Mauern, seinen immer bewachten, breiten Türen und innen einem Haufen von Material und Steinen, dem ganzen Chaos eines im Bau befindlichen Marktfleckens.

Wir betreten den großen Hof, wo die an den Füßen gefesselten mageren kleinen Pferde des französischen *Makhzen* müßig auf dem harten Spartgras herumkauen. In den *Gourbis* liegen die *Mokhazni* auf der Erde, den Kopf auf dem Sattelbaum, das Gewehr griffbereit, den Patronengürtel über die erdige *Gandoura* geschnallt ... Sie lachen, sie scherzen, sie singen; sie warten unbekümmert auf den Befehl zum Aufbruch, vielleicht – wer weiß? –, um nie zurückzukommen.

Was macht es schon? Sie haben Vertrauen, sie ruhen sich auf dem Schicksal aus, sie denken, was immer man tut, es wird geschehen, was geschrieben steht, und sie leben ihr Leben. Fatalismus ist nicht immer eine Schwäche. An den Tod denken sie nur, um Klagelieder zu komponieren.

Der Araber kennt die männliche Ehre, er will als tapferer Mann sterben, im Angesicht des Feindes; doch den Wunsch nach posthumer Verherrlichung kennt er nicht; vor allem sie, diese einfachen Männer, diese rohen Nomaden ignorieren das Abenteuer für den Nachruhm. Sie stellen ihre Tapferkeit, ihren schönen Mut und ihre unermüdliche Ausdauer freiwillig in den Dienst Frankreichs; sie «dienen» in Loyalität, und das genügt ihnen.

*

... Neben den *Mokhazni* gibt es noch andere unbekümmerte, verlorene Kinder, die allerdings weitaus komplizierter sind: die Legionäre, die zur Zeit unserer Durchreise damit beschäftigt waren, die Gebäude des Arabischen Bureaus zu bauen. Überall, an allen Stationen des Süd-Oranais, waren es die Legionäre, die die ersten Mauern errichteten, die mit Energie und Geduld die ersten Samen in die kleinen Gärten legten, die wie durch Zauberei aus dem Boden wuchsen. Sie bauten an schwierigen Tagen, an denen sie Plünderer abwehren mußten; und sie bauten nach durchwachten Nächten, in denen sie in Erwartung bevorstehender Überraschungen auf der Lauer gelegen hatten.

In Béchar oder andernorts im Lande gibt es keine Mauer, keine Toub-Baracke, die nicht das Werk der Legion wäre, ein anonymes Werk, vielleicht schwieriger und verdienstvoller als die schönen Heldentaten, die Tag für Tag ohne Widerhall im tiefen Inland vollbracht werden.

Wie mir scheint, hat die Verherrlichung des Ruhms etwas an sich, was den Mut herabsetzt und ihm einen Teil seiner Schönheit nimmt. Der wahre Mut besteht nicht zuletzt auch in Unbewußtheit und Ausdauer. Sein Lohn ist die Freude am Handeln. In diesem Sinne haben die guten Arbeiter Mut, echten Mut, obendrein einen Opfergeist, der die Welt rettet, ohne es zu wissen.

Gedanken in einem Hof

Unter diesen tapferen Leuten fühle ich mich ungeniert. Ich bin zu ihnen hineingegangen und habe mich in eine Ecke des Hofes gesetzt. Sie haben mich nicht einmal bemerkt. An mir ist übrigens auch nichts Bemerkenswertes; ich kann überall durchkommen, ohne aufzufallen. Eine hervorragende Position, um gut zu sehen. Wenn die Frauen keine genauen Beobachter sind, so weil ihre Kleidung den Blick anzieht; sie waren schon immer zum Anschauen da, und bisher leiden sie nicht darunter. Auf die Dauer scheint mir dieses Gefühl zu schmeichelhaft für die Männer.

Man hat mir oft vorgeworfen, mir gefiele es unter den Leuten des Volkes. Aber wo ist denn das Leben, wenn nicht im Volk?

Außer bei ihm kommt mir die Welt überall engstirnig vor. In gewissen Milieus empfinde ich eine künstliche Atmosphäre: ich kann dort nicht frei atmen. Ich weiß nie, was sich «schickt». Im Grunde leide ich nicht allzusehr unter Armut und Naivität, ja nicht einmal unter Grobheiten. Sie bereiten mir kaum tiefes Leiden. Was mir auf die Dauer unerträglich scheint, ist die ewige, mittelmäßige Scham bestimmter Leute. Und auch der Mangel an Tapferkeit, der sie von den anderen unterscheidet, die ganze Vorsicht, das gezierte Bestreben, ein vernünftiges, vorausberechnetes Leben zu leben. Ich habe in der Tat immer wieder gesehen, daß einem bei dieser Methode Rechenfehler unterlaufen. Ich habe mich stets darüber gewundert, daß ein modischer Hut, ein gutsitzendes Korsett, ein Paar stramme Stiefel, ein Mobiliar aus platzraubenden Kleinmöbeln, etwas Silber und etwas Porzellan vielen Leuten genügen, um ihren Durst nach Glück zu stillen. Schon als Kind habe ich gespürt, daß es die Erde gab und wollte ihre Fernen kennen. Ich war nicht dazu geschaffen, mich mit seidenen Scheuklappen in einem Haushalt um mich selbst zu drehen. Ich habe mir kein Ideal zurechgelegt: ich habe mich auf Entdeckungsreisen gemacht. Ich weiß wohl, daß diese Lebensart gefährlich ist, aber der Augenblick der Gefahr ist auch der Augenblick der Hoffnung. Im übrigen war ich durchdrungen von der Idee, daß man nie unter sich selbst herabsinken kann.

Wenn mein Herz litt, begann es zu leben. Auf den Wegen meines unsteten Lebens habe ich mich oft gefragt, wohin ich eigentlich ging; unter den Leuten des Volkes und bei den Nomaden habe ich schließlich verstanden, daß ich an die Quellen des Lebens zurückfinden wollte, daß ich eine Reise in die Tiefen der Menschheit unternahm. Im Gegensatz zur Ansicht vieler feinsinniger Psychologen habe ich kein einziges neues Gefühl entdeckt, sondern immer nur starke Gefühle rekapituliert; durch all die Kleinigkeiten meiner Wagnisse hat sich die gewollte Linie meines Daseins deutlich abgezeichnet.

Diese Worte – die wohl nicht ausführlich genug, aber doch ernst gemeint sind – erklären vielleicht, weshalb ich mich für viele bescheidene Dinge interessiere.

Im Augenblick erholen sich meine Augen an diesem kleinen Hof des Forts von Béchar, sie fotografieren ihn unter verschiedenen Blickwinkeln, sie nehmen ihn in seiner Schlichtheit in Besitz.

Zeit totschlagen

In einem kleinen, von zahllosen Mücken heimgesuchten, zerfetzten Nomadenzelt hat ein weißer *Ksour*-Bewohner aus Kenadsa ein maurisches Café eingerichtet. Überall liegen abgestellte Sättel und Gewehre des Makhzen, armselige Soldatenbündel herum.

Mokhazni und Spahis suchen diese nicht gerade wetterfeste Zuflucht auf, um dort warmen Tee zu trinken und mit der typischen Spielleidenschaft der Araber endlose Partien spanisches «Ronda» oder Domino zu spielen.

Wenn sie spielen, mag der Schirokko das Zelt schütteln, der Sand ihnen peitschend ins Gesicht schlagen, die Mücken mögen ihre Augen verkleben: nichts, außer einem Appell zum Dienst, vermöchte die Blicke der Spieler von ihren fettigen Karten oder den kleinen Rechtecken aus Ebenholz und Knochen abzulenken. Schreie, Gelächter und oft auch schreckliche Auseinandersetzungen, die ohne die Furcht vor den Vorgesetzten in Blut enden würden, begleiten diese Spiele, mit denen der größte Teil des Solds durchgebracht wird. Wie schön wäre es, könnten wir den Abend mit der gleichen Sorglosigkeit erwarten wie sie.

*

Nach dem Gebet ertönen im Hof des Arabischen Bureaus von Béchar genau wie in Beni-Ounif, wie andernorts im heißen Schatten des Südens große freie Lieder, die das Echo der toten Ebene wecken . . . Die versonnene, sorglose und sinnliche Seele der Nomaden erhebt sich zu schönen, wilden Gesängen, die manchmal heiser klingen wie Katzenschreie in der Nacht, und manchmal lieblich wie die zarteste Musik. Wellen der Leidenschaft und des Gefühls, die in der großen Himmelsgegend sterben und mit ihrer Melancholie auch mein Herz überschwemmen.

Kenadsa

Kaddour oder Barka, der Chef des Ziania-*Khouan* von Béchar, gibt mir als Führer einen Negersklaven mit auf den Weg, den *Khartani* Embarek. Wir verlassen das Dorf des Makhzen in der rosigen und grünen Stunde der Morgendämmerung. Das Wetter ist klar, ohne Vorzeichen auf einen Schirokko. Nur ein leichter Nebel verschleiert die Palmenhaine in der Talsohle des Wadi.

Wie alle kleinen Täler dieser Region liegt auch dieses, durch das wir uns einen Weg bahnen – ich zu Pferde und Embarek zu Fuß –, zwischen zwei Höhenzügen. Links, über der niedrigen Hügellandschaft, erhebt sich die gewaltige Silhouette des Djebel Béchar.

Weißlicher Sand, weiche Wellen; seit dem Bezazil-El-Kelba immer dieselbe Landschaft, dieselbe monotone Harmonie der großen Linien ohne Ecken, ohne Vorsprünge, fast ohne eine Unebenheit. In dem Maße, in dem wir uns nach Westen entfernen, werden die Bergkuppen niedriger.

Rechts neben uns liegt die eigentümliche, mit losem Gestein

gekrönte Düne, die Béchar beherrscht. Es geht noch lange so weiter; unterdessen steigt die vom ersten Moment an brennende Sonne hinter uns auf und läßt unsere Schatten auf dem verblassenden Boden in die Länge wachsen.

Endlich erreichen wir den Gipfel eines steinigen Hangs, der genau wie das unheilvolle Tal von Ben-Zireg übersät ist mit Feuerstein und Schieferbruch. Am Horizont erscheint Kenadsa, vernebelt von rosigen Dämpfen: hier und dort schwarze Baumflecken, die bläuliche Linie des großen Palmenhains und über den Sandflächen ein verwittertes Minarett, das in der immer noch schräg stehenden Sonne wie aus rötlicher Bronze gemacht scheint . . .

Etwas weiter folgen wir einem Pfad, der über mehr als einen Kilometer von einer Reihe hoher Dattelpalmen gesäumt ist, die ganz allein in dem leeren Tal stehen.

Unter ihrem bewegten Schatten fließt eine klare, frische, unterirdische *Séguia,* die nur ab und zu einen Blick nach draußen wagt.

Vor uns steigt Kenadsa auf, ein großes *Ksar* aus dunklem, warm getönten *Toub* mit wunderschönen, leuchtend grünen Gärten links zu seinen Füßen. In einer anmutigen Unordnung aus gestaffelten Terrassen zieht sich das *Ksar* am sanften Hang eines kleinen Bergs hinunter. Rechts erhebt sich fast schroff die vergoldete Düne mit ihrem Steingesims.

Eine strahlend weiße *Koubba* beherbergt das Grab einer muselmanischen Heiligen aus der Familie des berühmten Sidi M'hammed-ben-Bou-Ziane, des Gründers von Kenadsa und der Bruderschaft der Ziania: Lella Aïcha.

Rings um die *Koubba* sind zahllose Gräber im Sand verstreut, der sie nach und nach mit seinen feinen Körnern bedeckt: sie stehen da wie eine vorgesehene Grenze zu den Unterkünften der Lebenden. – Alle saharischen Städte beginnen mit Friedhöfen. Unser Weg führt unmittelbar an diesen unbegrenzten Gefilden vorbei, wir streifen all diesen menschlichen Staub, der sich seit Jahrhunderten dort gesammelt hat, verlassen und vergessen; dann folgen wir der Straße, die rund um die Befestigungsanlagen des *Ksar* verläuft, einer Mauer aus dunkler Tonerde ohne Zinnen und Schießscharten.

Auf einem kleinen Platz ruhen einige Männer, halb liegend und halb sitzend, meist *Kharatine,* die kaum den Kopf heben, um uns zu sehen.

Wir betreten das *Ksar* durch eine große eckige Pforte mit schweren Flügeln.

Dann durchqueren wir die Mellah, ein Viertel voller Schmutz und Schlüpfrigkeiten, bewohnt von Juden, die in engen Läden unmittelbar an der Straße hausen.

Im Gegensatz zu den Sitten, die in Figuig herrschen, leben die Juden hier nicht abgeschlossen. Sie tragen die gleiche Tracht, aber sie plaudern, kochen und waschen sich vor ihren Türen.

. . . Noch eine Kurve, und wir befinden uns in einer anderen, schmaleren und saubereren Straße, die sich unter dem Gewölbe der sie säumenden Häuser im fernen Halbdunkel verliert.

Eintritt in die Zaouïa

Wohin gehen wir, an welchen abgeschiedenen Ort, in welchen Schatten, der sich anbietet zur Meditation, zur Ruhe, zum Traum, zum Vergessen?

Ich liebe die Gassen, deren Ausgang ich nicht kenne. Wenn ich ihnen folge, habe ich immer den Eindruck, irgend etwas würde sich in meinem Leben ereignen.

Der Sklave ist stehengeblieben, er hat mein Pferd am Zügel gefaßt und mir Zeichen gegeben, abzusitzen. Wir durchschreiten eine letzte Tür, wir sind in der Zaouïa.

*

Die Ziania-Marabouts sind bekannt für ihre freundliche Einstellung gegenüber Frankreich. Es sind friedliche, menschliche Leute, die eine Macht der Gerechtigkeit begrüßen. Jeden Tag liefern sie neue Beweise für ihre Ehrerbietung und die Einlösung ihres Versprechens.

Kenadsa liegt außerhalb der Grenze und untersteht der Landesherrlichkeit des Sultans von Fez. Wir befinden uns also auf marokkanischem Territorium, fünfundzwanzig Kilometer von dem auf französischem Boden liegenden Béchar entfernt.

Wo ist die Grenze wirklich? Wo hört das Oranais auf und wo beginnt Marokko? Niemand kümmert sich darum, es genauer zu erfahren.

Aber wozu dann eine absichtlich festgelegte Grenze? Die verworrene und unbestimmte gegenwärtige Situation entspricht dem arabischen Charakter. Sie verletzt niemand und stellt alle zufrieden . . .

*

Drei oder vier schwarze Sklaven empfangen uns. Mein Führer wiederholt ihnen, was Kaddour oder Barka ihm gesagt hat: ich sei Si Mahmoud-Ould-Ali, ein junger tunesischer Gelehrter, der von Zaouïa zu Zaouïa reist, um sich zu bilden . . .

Man bittet mich, auf einem am Boden stehenden Sack mit zusammengelegter Wolle Platz zu nehmen; unterdessen wird der derzeitige Marabout, Sidi Brahim-Ould-Mohamed, benachrichtigt; ich lasse ihm einen Empfehlungsbrief von einem seiner *Khouans* aus Aïn-Sefra überbringen.

Gegen die Wand gelehnt, warten die Sklaven schweigend. Zwei von ihnen sind *Kharatine*. Sie sind jung, bartlos und tragen die graue *Djellaba* der Marokkaner und ein weißes Mousselintuch um ihren kahlgeschorenen Kopf. Der dritte ist dunkler, größer, in weiße Gewänder gehüllt; es ist ein Sudanese; sein Gesicht ist gezeichnet von tiefen, mit Eisen ausgeglühten Wundmalen. Alle drei sind mit einer *Koumia* bewaffnet, einem langen Krummdolch mit einer ziselierten Kupferscheide, die an einer schönen Kordel aus leuchtend bunten Seidenfäden quer über Brust und Schulter hängt.

Nach einer guten Viertelstunde kommt schließlich ein großer schwarzer Sklave von außergewöhnlicher Häßlichkeit mit kleinen, lebhaften, runden und spähenden Augen; respektvoll küßt er die kleinen Schnüre meines Turbans.

Dann führt er mich in einen stillen, kahlen, leicht abschüssigen großen Innenhof.

Schon jetzt atmete ich eine etwas beunruhigende Atmosphäre des Friedens. Diese Abfolge von Türen, die sich hinter mir schlossen, vergrößerten die Entfernung, die ich auf dem Weg hierher zurückgelegt hatte.

Noch eine kleine, niedrige Tür und wir betreten einen großen quadratischen Raum, der aussieht wie das Innere einer Moschee. Das gedämpfte Tageslicht strömt durch eine rechteckige Öffnung in der aus regelmäßig angeordneten Balken bestehenden Decke herein.

Teppiche werden ausgebreitet; ich bin zu Hause. Hier werde ich wohnen . . . Gott weiß, wie lange.

Während die Neger mir Kaffee und frisches Wasser holen, gewöhnen sich meine Augen an das Halbdunkel; ich sehe mir meine Unterkunft genauer an – auch unter dem Gesichtspunkt der Sicherheit.

Eine schmale steile Treppe aus schwarzem Stein führt auf die Terrasse. Links befindet sich eine Vertiefung mit einem eisernen Kohlenbecken, das dazu dient, den Tee zu bereiten, und dessen Rauch durch ein Loch in der Decke abziehen kann. In der Mitte des Raums steht ein kleines quadratisches Becken und auf seinem Rand ein irdener Krug mit Wasser: alles, was man für die Absolutionen braucht. Das ruhige Wasser in dem Becken kann auch als Spiegel dienen. Vier in die Wand eingelassene Säulen stützen die Decke. Ganz hinten eine bemalte Holztür mit naiven Blumen in vergilbten Farben.

Dieses Gästezimmer muß schon sehr alt sein; das Toub an den Wänden und die Balken an der Decke haben sich schon grünlichschwarz verfärbt. Bis Mannshöhe wirken die Säulen angenehm und leuchtend, wie poliert vom vielen Reiben durch Hände und Kleider . . .

Nach vielen anderen Reisenden werde ich nun an diesem Zufluchtsort einschlummern.

Ein neues Leben

Ich wollte gerade die Augen schließen, als Sidi Brahim, der Marabout von Kenadsa, hereinkam. Nun steht er vor mir, ein ausgesprochen beleibter Mann mit pockennarbigem Gesicht und einem grauen Bart. Seine Gesten sind langsam und bedächtig, sein Lächeln hat eine sanfte, herzliche Ausstrahlung. Es ist nichts Wildes an ihm. Unter einem dünnen Woll-Haïk trägt er schlichte, strahlend weiße Kleider. Ein großer runder, über die Mütze gerollter Turban schmückt seinen Kopf, ohne einen Schleier um sein Gesicht. Er wirkt halbwegs wie ein Marokkaner aus der Stadt, dessen lispelnder Akzent ihm eigen ist, und halbwegs wie ein Ksour-Bewohner aus dem Süden.

Si Mahomed-Laredj, ein Neffe und Vertrauer Sidi Brahims, begleitet ihn.

Kleiner und zarter unter seinen schneeweißen Schleiern, hat auch er ein sanftes Gesicht, ein fast schüchternes Lächeln, aber tiefe, intelligente Augen ohne jede Härte.

Würdevoll heißt Sidi Brahim mich willkommen; dann stellt er mir mit leiser Stimme Fragen.

Das dauert eine Weile, mit gebührlichen Schweigepausen und wiederholten Freundlichkeiten. Bald ziehen die Marabouts sich wie weiße Schatten zurück.

Unser Gespräch war nur kurz, doch ich bleibe mit einem Gefühl von Sicherheit zurück. Ich bin Gast dieser Männer. Ich werde in der Stille ihres Hauses leben. Schon jetzt haben sie mir die ganze Ruhe ihres Geistes mitgeteilt; ein Schein des Friedens ist in die verborgenen Winkel meiner Seele gedrungen. Es werden Tage kommen, die langsam und wunschlos über mich hinweggehen, und meine Neugierde wird gedämpft sein wie das Nachtlicht im Zimmer eines Genesenden. Ich werde mich in die Geheimnisse meines stürmischen Gewissens vertiefen. Die großen Feuersbrünste, die uns in der Wissenschaft, im Haß und in der Liebe entflammen lassen, werden unter der Asche schlafen, und ich werde mein Leben in ruhigen Zügen atmen können. – Ist es das, was ich gesucht habe? Wird sich mein ganzer Durst endlich legen, und für wie lange Zeit?

Schon weicht ein Gedanke des guten Nirwana mein Herz auf: die Wüste, die ich durchquert habe, war die Wüste meiner Wünsche. Mir scheint, daß mein Wille, wenn er wieder erwacht, neue Dinge wollen wird, daß ich mich nicht mehr an die Leiden der Vergangenheit erinnern werde. Ich träume von einem Schlaf, der ein Tod wäre, aus dem man gewappnet hervorginge, gerüstet mit einer Persönlichkeit, die durch das Vergessen erneuert, wieder in Unbewußtheit eingetaucht wäre.

. . . Embarek steigt auf die Terrasse und wirft eine Matte auf das «Auge des Hauses».

In der Dunkelheit verziehen sich die Fliegenschwärme, die über mich hergefallen waren. Von oben kommt ein kleiner frischer Lufthauch; er bringt mir grenzenlose Stille, die ewig scheint.

Ich lege mich auf den Teppich. Ich bin allein; nach und nach verfalle ich von einem ruhigen, erholsamen Dämmerzustand in den schweren Mittagsschlaf.

Sklaven

Mein erster Alltagseindruck von Kenadsa war der, ständig von schwarzen Gesichtern umgeben zu sein, Tag für Tag neuen zu begegnen, nur die klare Stimme der Sklaven mit ihrem schleppenden Akzent zu hören – ein eigentümlicher und starker Eindruck.

Außer einigen wenigen Berberfamilien sind alle Einwohner des *Ksar* schwarze *Kharatine*. In der Zaouïa verleihen die Sudanesen dem Ganzen einen Anstrich noch fernerer Unheimischkeit. Als Söhne der Gefangenen von Souah und Mossi kamen die Väter dieser Sklaven nach einem langen Leidensweg und äußerst umständlichen Pilgerfahrten nach Kenadsa.

Nachdem sie zunächst im Zuge dauernder Dorfkämpfe von Männern ihrer eigenen Rasse, von schwarzen Schattenkönigen übernommen worden waren, wurden sie schließlich an maurische Händler verkauft, dann an die Touareg oder die Châamba zurückgegeben und von diesen wiederum an die Beraber verkauft.

Ihre Kinder haben die Sprache ihres Heimatlandes nicht bewahrt; nur einige Greise verstehen sie noch. In Kenadsa spricht alle Welt Arabisch. Auch die Mundart der Berber, die an der marokkanischen Grenze so verbreitete Chelha-Sprache, kennt man hier nicht.

Solange ihr Blut rein bleibt, sind die Sudanesen der Zaouïa kräftig und oft sehr schön, von einer ganz und gar arabischen Schönheit, die in seltsamem Kontrast zum ebenholzfarbenen Schwarz ihrer Haut steht. Diejenigen dagegen, die sich mit den *Kharatine* vermischt haben, sind gewöhnlich schmächtig und häßlich, mit kantigen Gesichtern, schwachen und disproportionierten Gliedern.

Der beunruhigende und abstoßende Eindruck, den die Neger auf mich machen, kommt fast ausschließlich von der unglaublichen Beweglichkeit ihrer Gesichter mit den scheuen Augen und den unter Ticks und Grimassen nie zur Ruhe kommenden Zügen. Im ersten Augenblick überkommt mich angesichts meiner schwarzen

Brüder immer dieses kindische Gefühl, dieser unbezwingliche Eindruck der Nicht-Menschlichkeit, der tierischen Unverwandtschaft.

Unter den Sklaven ist mir nur der Schließer, Sidi Brahims Vertrauensmann Ba-Mahmadou-ou-Salem, sympathisch.

Er ist ein großer, ruhiger Sudanese; auch er trägt die gebrannten Wundmale im Gesicht. Unter seinem langen schwarzen Burnus leuchten gewöhnlich reine weiße Kleider hervor. Sein Gesichtsausdruck, seine Gesten, seine regelmäßigen Züge erinnern nicht im geringsten an den grimassenschneidenden listigen Affen-Menschen, begabt mit jener tierischen List, die den Schwarzen die Intelligenz ersetzt.

Ba-Mahmadou unterscheidet sich von den anderen Negern. Im Grunde seiner selbst oder in seiner Sklaven-Kultur findet er das Geheimnis der ernsten Gesten und der würdevollen Haltungen. Dieses Gefühl ist nicht das der deprimierenden Knechtschaft. Er legt Adel in seinen Gruß. – Gemeinhin verstehen die Neger sich nicht aufs Grüßen.

Immer, wenn Ba-Mahmadou vor das Angesicht weißer Muselmanen tritt, verbeugt er sich dreimal, er nähert sich nur barfuß und läßt seine Schlappen an der Tür. Doch der ihm eigene Sinn für den Respekt erniedrigt ihn nicht.

Es wäre eine aufregende Sache, eine Studie über die hier lebenden Sklaven zu schreiben. Bei einem solchen Versuch dürfte man jedoch weder von rechts noch von links mit Vorurteilen belastet sein; man müßte ihre natürliche Geschichte als Sozialgeschichte schreiben. Auf jeden Fall aber müßte man, das spüre ich genau, von dem Vorurteil der höheren Rassen und dem Aberglauben der niederen Rassen geheilt sein.

Fast alle diese Sklaven besitzen ein Haus im *Ksar* und einen Garten in den Palmenhainen, oft sogar kleine Herden. Sie verkaufen Wolle, Fleisch und Datteln auf eigene Rechnung; aber sie sind weiterhin gezwungen, für ihre Herren zu arbeiten. Wenn sie heiraten wollen, müssen sie die Einwilligung des Oberhaupts der Zaouïa einholen, doch daheim sind sie ihre eigenen Herren, die «*Caïds* in ihrem Hause».

So führen sie eine Doppelexistenz; draußen sind sie fast freie Männer, während sie drinnen, in der Zaouïa, wo die Funktionen übrigens ziemlich ungenau verteilt sind, als Sklaven dienen.

Die kleine Welt der Frauen

Die Frauen hier bilden eine eigene kleine Welt mit einer eigenen Hierarchie.

An erster Stelle steht Lella, die Madame.

Sidi Brahims Mutter ist mit der gesamten inneren Verwaltung beauftragt: Ausgaben, Vorschriften, Almosen. Man sieht sie nie, doch ihre Macht spürt man überall; von allen gefürchtet und verehrt lebt diese alte muselmanische Königinmutter fast völlig abgeschlossen; sie geht nur selten und stark verschleiert aus dem Haus, um die Gräber von Sidi Ben-Bou-Ziane und ihrem verstorbenen Ehemann Sidi Mohammed zu besuchen.

Sie wird umschwärmt von einem ganzen Kreis bleicher Frauen, den Gattinen der Marabouts. Tiefer in der Hierarchie kommt das Volk der jungfräulichen, verheirateten, verwitweten oder geschiedenen Negerinnen.

Unter den farbigen Frauen haben die Sitten stark nachgelassen. Für ein paar Pfennige, für irgendeinen Kleidungsfetzen oder gar um der Lust willen geben sie sich jedem hin, ob Araber oder Neger. Den Gästen machen sie offene Avancen, sie bieten sich mit unbewußter, oft jedoch eher komischer Schamlosigkeit an.

Die männlichen Sklaven beherrschen ihre Blutaufwallungen noch ein wenig. Aber die ganze schwarze Weiblichkeit überläßt sich dem Instinkt, und ihre Streitigkeiten sind ebenso leichtfertig wie ihre Lieben. Manchmal brechen in den Höfen laute Auseinandersetzungen aus, gefolgt von Fausthieben und Kämpfen nackter Körper in der Sonne.

Eines Morgens beschimpfen sich zwei Negerinnen vor meiner Tür.

«Judenhure aus der Mellah!»

«Abtrünnige! Diebin! Samen des Unglücks! Bittere Wurzel!»

«Möge Gott dich sterben lassen, Jüdin, Brut der Schakale!»

Plötzlich bereitet die pfeifende Stimme des Verwalters Kaddour dem Skandal ein Ende.

Sie trennen sich wie bissige Hündinnen, deren Zähne unter dem Fluch glänzen, die in Worte beißen, als wäre es Fleisch.

Verwandlung

. . . Schon eine Woche ist vergangen, seit ich hier bin; mein Leben fließt sanft dahin, wie eine träge *Séguia*. Bislang habe ich die Zaouïa nicht verlassen. Hier ist gar nicht daran zu denken, auch nur einen Schritt ohne die Erlaubnis Sidi Brahims zu tun. Man würde auf das Schweigen der Sklaven und auf unwiderruflich verschlossene Türen stoßen.

Weshalb wollte man mich nicht herauslassen? Dieser Zustand fing an, mich zu belasten und mich sogar zu beunruhigen. Meine teure Einsamkeit war nicht mehr freiwillig; mein Zimmer, das dem Blick nach innen so dienlich war, hatte zu viel Ähnlichkeit mit einem heimlichen Gefängnis.

Eines Morgens bat ich dann um eine Unterredung mit dem Marabout und trug ihm meinen Wunsch vor.

Der gute Marabout lächelte: «Si Mahmoud, mein Kind, du solltest dich nicht mit bitteren Gedanken tragen! Wenn du heraus willst, daran soll es nicht liegen . . . Aber dann mußt du dich anders anziehen. Du weißt, daß die Tracht der Algerier, die du trägst, hier schlecht angesehen ist. Sie würde zwar keine wirkliche Gefahr für dich bedeuten, dir aber sicherlich Schwierigkeiten bereiten, und man würde dich offen als *M'zani* beschimpfen.»

In der Tat, die Marokkaner verabscheuen die Algerier, die sie schlechthin für Abtrünnige halten.

Vielleicht sind die algerischen Muselmanen den Marokkanern noch widerwärtiger als die Christen selbst, denn sie glauben, die ersteren hätten dem Islam abgeschworen, während die letzteren nur geblieben sind, was sie schon immer waren: Ungläubige. Die Toleranzprinzipien des reinen Islam vergessend, schüren die Marokkaner einen unversöhnlichen Haß gegen Christen und *M'zanat*.

. . . So habe ich mich also, um die Zaouïa zu verlassen, in einen Marokkaner verwandelt; habe das schwere Rüstzeug der algerischen Reiter gegen eine lichte weiße *Djellaba* eingetauscht, gegen gelbe Schlappen, die man über die nackten Füße zieht, und den kleinen, weißen Turban ohne Schleier, der wie ein Heiligenschein um eine rote Mütze gerollt wird.

Die Tracht ist leichter, luftiger; aber mit Schrecken denke ich an die grausame Mittagssonne und frage mich, ob mich dieser fast durchsichtige Kopfschmuck wohl ausreichend schützen wird.

Ich teile Ba-Mahmadou meine Sorgen mit. Der Sudanese lächelt ungerührt: «Gott und Sidi M'hammed-ben-Bou-Ziane werden dich schützen, wenn du mit Vertrauen und Ernsthaftigkeit hergekommen bist.»

... Hoffen wir, daß Ba-Mahmadous beruhigende Verheißung sich erfüllt und meine seelische Ernsthaftigkeit an dieser neuen Tracht, die mir im Augenblick Spaß macht, keinen Schaden nimmt.

Der Berg des Lichts

Die «Barga» ist jene seltsame, mit Steinblöcken gekrönte, hier und dort mit pyramidenförmigen Felsvorsprüngen verzierte Düne, die hinter Kenadsa liegt.

Es ist ein heller, frischer Morgen; ich gehe spazieren.

Mein Weg führt über die Friedhöfe. Hinter der *Koubba* von Lella Aïcha, die sich mit rosa Farben schmückt, als wäre ein Hauch von Scham sie angekommen, steige ich den Sandpfad hoch, der an manchen Stellen unter brüchigem Steingesims verläuft.

In unendlicher Durchsichtigkeit ziehen sich die weiten Fernen hin. Am östlichen Horizont erhebt sich der Dejbel Béchar in leuchtendem Blau; er beherrscht das ganze Land von Beni-Zireg bis Kenadsa.

Langsam steigt die Sonne auf. Sie schwimmt in einem Ozean aus karminroten Lichtern, die unmerklich mit dem grünen Gold des Zenith verschmelzen. Ich denke an Gemälde von Noiré, dem einzigen Maler, der den Feinsinn der Morgenstunden des Südens verstanden hat.

Alles, was mich umgibt, singt das Lied der Farben, läßt sich stufenweise von den Gemütsbewegungen der Sonne beleben. Der Sand vergoldet sich, und die Steine beginnen zu schimmern. Grüne, orange getönte oder rote Reflexe überziehen die Unfruchtbarkeit des Hügels mit einer Blütenpracht aus Licht. Ich sehe das Licht leben. Es kommt mir vor wie meine Traumpalette.

Und hinter diesem wunderbaren Schirm sind unzählige Dinge zu sehen. Zunächst ein Tal, eng wie eine Schlucht. Ich ging hinein; mit dem schaudernden Gefühl, auf Schlangenhaut zu treten, bewegte ich die Schuppen des schwarzen Gesteins mit dem Fuß. Dann kommen die salzigen *Sebkhas,* durchsetzt mit düsteren Palmenhainen; schließlich beginnt das Gewirr der Dünen; man erreicht die Straße des Wadi Guir . . .

Während ich den kleinen Berg des Lichts besteige, sehe ich zu meinen Füßen die ganze Pracht des sanften, bunten Lebens. Das *Ksar* scheint eigens für meine Augen erbaut, ich liebe seinen in der Gesamtheit warm und dunkel wirkenden Ton, der stellenweise tiefes Violett und bräunliches Rot durchscheinen läßt, mit einigen neueren Mauern, wo die Erde noch ihre blaßgoldene oder silbrigbeige Farbe besitzt, kaum zu unterscheiden vom Dünensand.

*

Über dem Chaos der Wohnstätten des *Ksour* erheben sich zwei oder drei hohe Häuser mit vergitterten Fenstern, in denen die Marabouts wohnen.

Am äußersten Ende des *Ksar,* mitten auf einer Art Platz mit Gräbern, steht die *Koubba* von Lella Keltoum (einer anderen Heiligen aus der Nachkommenschaft Sidi Ben-Bou-Zianes).

Ich möchte sie zeigen können, diese muselmanische *Koubba,* die im Grunde nur ein Erdwürfel ist. Sie ist uralt, an den Ecken geschmückt mit Verzierungen in Form spitzer Hörner. Auf ihrer Terrasse erhebt sich eine kleine, achtseitige Kuppel. Auf der Schwelle sitzt eine Frau, eingehüllt in eine verblichene rosa Mlahfa, sicherlich eine Bettlerin. Das gelblich-weiße Minarett mit seiner Patina von Zeit und Sonne reckt sich empor zum hellen Licht des Himmels . . . Einige zerlumpte und mit Gewehren bewaffnete Ouled-Djerir, die etwa zwanzig räudige, mit lang herunterhängenden Getreidesäcken aus schwarzer Wolle beladene Kamele vor sich her treiben, ziehen in Richtung des Wadi Guir von dannen.

Auf diesem Platz erlebe ich die ewige Stunde, die schon der Morgenröte dieser Welt geschienen hat, die auch vor rund zweihundert Jahren strahlte, als der selige Cheikh M'hammed seine humanitären und esoterischen Lehren verkündete.

Der Erleuchtete

Auf dem Gipfel der Barga, zwischen einem Haufen düsterer Felder, lebt ein Erleuchteter in einer engen, in den Felsen gehauenen Höhle.

Der Einsiedler trägt ein dunkles, zerlumptes Gewand, er ist groß, eine abgemagerte Gestalt mit einem sonnengebräunten, ausgezehrten Gesicht, langen grauen Haaren und einem wuchernden Bart. Sein Blick ist starr geworden, seine Lippen murmeln ununterbrochen die ewig gleichen mystischen Anrufungen, die ihn seit bald zwanzig Jahren in ständiger Ekstase halten.

In seiner Jugend, als die Gnade der Unbewußtheit ihm noch nicht gegeben war, reiste der Erleuchtete viel in Marokko, in Algerien, in der Wüste und im Sudan herum. Es müssen jene wunderbaren Reisen gewesen sein, auf die sich heutzutage nur noch die Araber verstehen, die zu Fuß von Dorf zu Dorf gehen und auf dem Pfad Gottes um Nachtquartier und Brot bitten.

Der Eitelkeit des menschlichen Wissens und der Monotonie der Dinge müde, kehrte der Heilige später auf den heimatlichen Boden zurück und zog sich für immer in seine graue Zelle zurück, die er erst verlassen wird, wenn die Gläubigen ihn zur ewigen Ruhe in die kaum erkennbaren Nekropolen der Niederungen tragen.

Ich sehe ihn an, diesen schönen saharischen Einsiedler; dabei kommt mir der Gedanke, daß die christlichen Klausner der ersten Jahrhunderte in der gleichermaßen trostlosen Kulisse des glühenden Thebais und der sonnenverbrannten Kyrenaika ihm sicher sehr ähnlich waren.

Auch sie suchten die Befriedigung jenes gebieterischen Verlangens nach Ewigkeit, das in der Tiefe aller einfachen Seelen schlummert, in der Ekstase.

Dieses Verlangen nach Ewigkeit empfinde ich selbst auch manchmal . . . nicht immer.

Andere haben mir gesagt, sie litten nie daran; und diese anderen waren keineswegs immer Klugschwätzer; sie strebten nach dem Leben, nach dem ganzen Leben, wie nach einer fluchtartigen Erleuchtung, die der ewigen Nacht folgt.

Einer von ihnen, mit dem ich das reinste Gefühl meiner träumerischen Seele teilen konnte, sagte mir in Augenblicken der Begeisterung und der Wehmut: «Eine Lust am Leben finde ich nur in der Gewißheit, eines Tages zu sterben. Ich muß wissen, daß es nicht dauern wird.»

Dieser Geisteszustand verwunderte mich.

Der Erleuchtete von der Barga besitzt vielleicht die Ewigkeit . . .

Die Entrüstung des Marabout

Gestern, während der Siesta, kam Sidi Brahim plötzlich zu mir herein, mit einem Brief in der Hand; er wirkte bestürzt. «Si Mahmoud, eben bekam ich einen Brief aus Oudjda mit der Nachricht, daß Hadj Mohammed-Ould-Abdelkhaut, das Oberhaupt der Kadriya, von Bou-Amamas Leuten ermordet worden ist – Gott möge ihn strafen!»

Der Marabout reicht mir den Brief und läßt sich auf den Teppich sinken.

Der Brief ist ein zerknittertes graues Stück Papier, überbracht von einem Diener, den die Zaouïa von Oudja über einen langen Weg zu der weit entfernten Zaouïa der Ziania von Kenadsa geschickt hatte.

Der Diener erzählt vom Tod Hadj Mohammeds, der sich zu Bou-Amama begeben hatte, um diesen aufzufordern, Angad von Verwüstung und Krieg zu verschonen.

Bou-Amama empfing den Sendboten ausgesprochen freundlich und überschüttete ihn mit Versprechungen. Doch auf dem Rückweg, in der Ebene, gesellte sich einer von den Mannen des alten Straßenräubers zu Hadj Mohammed und entführte ihn unter dem Vorwand, ihm ein Geheimnis mitteilen zu wollen, bis er weit von seinen Begleitern entfernt war. Im Bett des Wadi aber lagen Banditen im Hinterhalt und massakrierten den unglücklichen Marabout.

*

Während ich die unverständlichen Zeilen zu entziffern versuche, sehe ich das traurige Oudjda als Beute der ausgehungerten, erbitterten Soldaten; ich sehe den ganzen gierigen und bedrohlichen Haufen, der im Schlamm aus faulendem Aas watet, und hinter diesem Schreckensbild, hinter den Ruinen, auf denen die rosa Pfirsichbäume blühen, die ruhige, andächtige weiße Zaouïa der Kadriya, geleitet von eben diesem Hadj Mohammed, der so hinterhältig ermordet wurde und der uns vor weniger als drei Monaten noch einen brüderlichem Empfang bereitet hatte.

*

«Si Mahmoud, der Maghreb ist verloren, wenn man dort unten schon anfängt, die harmlosen Geschöpfe Gottes zu töten, die Almosen verteilenden Männer des Gebets, die weder ein Schwert noch ein Gewehr tragen», sagt Sidi Brahim. «Gott muß die Söhne des Maghreb wirklich mit Blindheit geschlagen haben, wenn sie sich so von seinem Weg abkehren, wenn sie ihren Sultan, den Nachkommen des Propheten – das Gebet und das Heil seien mit ihm! – durch Mouley Idris, so schmählich verraten, um wem zu folgen? Elenden Betrügern wie Bou-Amama und dem Rogui Bou-Hamara!»

Mit seiner sanften, langsamen Stimme fährt Sidi Brahim fort, über das Schicksal Marokkos zu klagen.

«Wie, wenn nicht durch Irrsinn, soll man sich denn die Popularität dieses Bou-Amama erklären, Sohn eines kleinen Trödlers aus Figuig, der Zwistigkeiten und Massaker angezettelt, der falsche Wunder verkündet und trügerische Versprechen gegeben hat? Gott hat das Haus dieses Bou-Amama auf die wankenden Grundlagen der Lüge und der Ungerechtigkeit gebaut! Aber sind die Nomaden der Wüste nicht so, daß ihr Glauben um so stärker ist, je größer die Unwahrscheinlichkeit? Der aber, der ihnen die Wahrheit verkündet, hat Pech gehabt: sie verachten ihn, und wenn sie können, rotten sie ihn aus . . . Und was sagst du, der du das Wort Gottes gelesen hast, der du viele Städte und Länder besucht hast, was sagst du zu diesem Rogui? Wie erklärst du dir das unglaubliche Abenteuer dieses Mannes, den niemand kennt und der von einem Tag auf den anderen den Sultan, den Emir der Gläubigen spielt? Er gibt sich aus als Mouley M'hammed, als enterbter Bruder von Mouley Abdelaziz. Aber warum findet sich unter denen, die Mouley M'hammed gekannt haben, keiner, der den Gläubigen ins Gesicht sagt: ‹Er ist es wirklich› oder aber den Betrüger straft? Andere behaupten, Bou-Hamara stamme von den Sanhadja des Djebel-Zerhaoun. Aber wieso kennt denn bei den Sanhadja und bei den Beni-Zerhaoun niemand diesen Mann? Man könnte meinen, dieser Bou-Hamara sei ein Sohn Adams, ein echter Kain, ein feuriger Geist, ein Zeichen der Zeit, eine Gottesgeißel, die vom Himmel herunterkam oder der Erde entkroch, um den verderbten und verbrecherischen Maghreb zu strafen! . . . Ihr anderen, ihr Söhne des Ostens, ihr seid glücklich. Ihr genießt in Frieden, was der höchste Spender euch zugedacht; und wir, wir unglücklichen Söhne des Maghreb, wir leben im Land der hungrigen Wölfe, wo die Flüsse vom Blut überschwemmen, wo die Ungerechtigkeit triumphiert. Tag und Nacht zittern wir um unser Leben und um unsere Güter . . . Weißt du, Si Mahmoud, wir hatten gute Einkünfte in Tafilalt, in El-Outtat, in Fez und vor allem in der Gegend der Angad. Und jetzt, wo die bewaffneten Betrüger das Land überschwemmt haben, bekommen wir nur noch ein Viertel der Einkünfte von früher . . . Und hier strömen die Armen, die Waisenkinder, die schutzlosen Frauen, die Studenten und die Reisenden herbei und bitten uns um Obdach und Brot, Dinge, die wir ihnen nach der reinen Regel unseres Herrn – möge er Gottes Wünschen gerecht sein! – gewähren müssen. Oh, Si Mahmoud, laßt uns zu Gott beten, daß er sie vernichtet, Bou-Amama, den Sohn des Trödlers, den Erfinder der Schurkerei, und Bou-Hamara, den lichtscheuen Mann, der auf dem Rücken einer Eselin die Stufen eines tausendjährigen Throns erklimmen und die Erbschaft an sich reißen will, die Mouley Idris seiner Nachkommenschaft durch den Willen des Erben der Gestirne hinterlassen hat.»

Von nun an kam Sidi Brahim jeden Tag und erzählte mir die Neuigkeiten aus dem Westen, die traurigen Neuigkeiten und die Gerüchte von außerhalb. Doch hier, in dieser fernen Zufluchtsstätte, kommen die Echos von dem großen Unwetter, das über das verderbte Marokko hinwegbraust, nur noch sehr abgeschwächt an . . .

Hier ist alles ruhig; und wenn die Nachrichten von der Außenwelt in diesen heißen und reinen Schatten gelangen, haben sie den eisigen Schauder der tragischen Wirklichkeit schon abgelegt.

In der Monotonie meines Lebens in Kenadsa verliere ich nach und nach das Gefühl für die große Unruhe und die entfesselten Leidenschaften. Ich habe den Eindruck, daß es überall so ist wie hier, daß der Lauf der Dinge zum Stillstand gekommen ist.

Botschaft

Hinter mir liegt ein langer, qualvoller Fiebertag, schwere Stunden, die ich in dem kleinen Zimmer neben der Terrasse im Angesicht des feurigen Horizonts auf einer Matte verbrachte . . .

Jetzt, wo es Abend wird und die Luft etwas abkühlt, fühle ich mich besser; ich stehe auf und schleppe mich bis zur Brüstung: hier zu stehen und zuzusehen, wie die Sonne über den von einem königlich purpurnen Strahlenkranz umgebenen Kenadsa untergeht, ist eines meiner angenehmsten Gefühle, wohlig bis zum Sinnesrausch.

. . . Die Sklaven lassen mich heute warten. Die Nacht bricht herein, eine unendlich durchsichtige Mondnacht.

Immer noch nichts, kein Tee, kein Essen, nur ein Rest Wasser im Becken der ledernen *Delloua,* das langsam austropft.

Ich rufe.

Auf einer benachbarten Terrasse taucht eine alte Negerin aus dem Schatten auf: die Sklaven sind alle bei einer Totenwacht im Viertel der Moschee.

Auf diese Auskunft hin richte ich meinen Teppich so gut es geht auf der noch heißen Terrasse ein und lege mich in der rosigen Klarheit des zum Horizont herabsteigenden Mondes schlafen.

In der ersten Morgenröte kommt Ba-Mahmadou mit zerknirschter Miene und noch ehrfurchtsvolleren Begrüßungsgesten als gewöhnlich: «Si Mahmoud, Lella schickt mich, dir zu sagen, daß sie dich im Namen Gottes und Sidi Ben-Bou-Zianes bittet, ihr zu verzeihen und alle Bitterkeit aus deinem Herzen zu vertreiben. Gestern abend haben wir sie alle zum Leichnam einer heiligen Frau, Lella Fathima-Angadia, begleitet, die zur Stunde des Maghreb starb. – Gott schenke ihr seine Barmherzigkeit! – Deshalb hat Lella vergessen, dir Tee und das Abendessen schicken zu lassen. Sie bittet dich um Verzeihung für diese unbeabsichtigte Beleidigung und betet darum, daß der Segen Gottes und ihrer Ahnen über dich kommen möge.»

... Ich werde sie nie zu Gesicht bekommen, diese allmächtige, hochverehrte Lella, die den Kult der Gastfreundschaft so weit treibt, daß sie einem Unbekannten eine von soviel Demut geprägte Botschaft zukommen läßt, um Vergebung für ein folgenloses Vergessen einzuholen ...

Wie mag sie wohl sein, diese große muselmanische Dame, zu der ich nicht vordringen kann, weil ich Sidi Mahmoud bin und ich auch weiterhin als dieser behandelt werde? – Auch wenn man dank der Indiskretionen aus Béchar einen Verdacht hätte, würde man sich wohlweislich hüten, mich etwas davon fühlen zu lassen, denn dies wäre eine schwere Verfehlung gegen die muselmanische Höflichkeit.

Ist sie ebenso bedächtig wie ihr Sohn? Welche Gedanken beschäftigen den Kopf dieser Frau, die eine so besondere Position einnimmt, die auf der einen Seite klösterlich abgeschlossen lebt und auf der anderen mit einer Autorität begabt ist, der sogar ihr Sohn sich beugt?

Traumbild der Frauen

Schräge, kupferrote Strahlen glitten über das fahlrote *Toub* der Mauern des großen Hofes. Ich saß auf einem Stein und wartete auf Sidi Brahim. Wie jeden Abend kamen die Frauen zum Brunnen; ich betrachtete ihre langsam voranschreitende Prozession und die Pracht ihrer zerlumpten Gewänder im Licht.

Es waren Junge und Alte, Schöne und Häßliche und alle möglichen anderen, die mit gesenktem Kopf vorübergingen, ohne daß man außer einem fast unhörbar gemurmelten Gruß je etwas von ihnen erfuhr.

Unter der niedrigen Wölbung der zum Innenhof führenden Pforte blieben zwei junge Frauen stehen.

Die eine war eine sudanesische Negerin mit rundlichem Gesicht und großen sanften braunen Augen. An ihren Ohrläppchen hingen schwere Silberketten, die auf ihre Schultern herabfielen, und die beiden langen, schwarzen, über der Brust hängenden Zöpfe waren mit Silberschlangen befestigt.

Eine zitronengelbe *Mlahfa* schmiegte sich in sanften Falten um ihre große, magere Gestalt. Sitzend, die Ellbogen auf die Knie gestützt, sprach sie mit ausdrucksvollen Handbewegungen, wobei sie die Handflächen nach außen kehrte und ihre Armreifen klimpern ließ.

Die andere, eine Mulattin, blieb stehen; sie war sehr reizvoll, von fremdartiger Schönheit, mit ihrem dunklen, feingeschnittenen, römischen Profil, ihren traurigen Augen und ihren sinnlichen, geschwungenen Lippen, unter denen blendende Zähne zum Vorschein kamen.

Eine *Mlahfa* aus roter Wolle, die wie verblaßtes Blutrot wirkte, kleidete schwungvoll ihre reinen Formen. Einer ihrer Schleier fiel hinter ihrem bronzefarbenen, schönen nackten Arm gerade vom Kopf zu ihrem leicht gewölbten Kreuz herunter. Aufrecht stand sie da, mit ihrem großen Krug aus gebrannter Erde auf der rundlichen Hüfte.

Die Mulattin hörte ihrer Gefährtin zu, mit ernster Miene, ohne zu lächeln.

. . . Eine leichte Brise bewegte ihre Schleier, die einen durchdringenden Geruch von gepfeffertem Zimt und leicht schwitzender schwarzer Haut verbreiteten. – Lange harrten die beiden Frauen vor dem gräulich-rosa Hintergrund der Mauer und plauderten im violetten Schein des Abends, der sich unter dem Torbogen allmählich verdunkelte.

Ich fand sie sehr schön in der Kulisse dieses Innenhofs, die beiden Afrikanerinnen mit den lebhaften Tuchgewändern . . .

Das Freitagsgebet

Heute ist Freitag; ich werde die Moschee zum öffentlichen Gebet besuchen.

Kurz nach Mittag dringt eine sehr ferne, schleppende Stimme wie im Traum durch die Mattigkeit und Stille der Siesta: es ist der «Zoual», der erste Ruf.

Ich stehe auf und versuche meine schwere Schläfrigkeit durch ein kaltes Bad zu vertreiben; dann folge ich Farradji, einem schweigsamen Sudanesen und wage mich hinaus in die blendende Helligkeit des Tages. Instinktiv bleiben wir auf der Seite, wo die Mauern sind; die Füße finden gerade noch Schutz in dem schmalen Schattenband, das ihre Sockel säumt. Wir gehen durch schmale Gassen, an zerfallenen Gartenmauern entlang, und bald erreichen wir das sandige Tal . . .

Alles brennt und glänzt mit metallischen Reflexen auf den ausgedörrten Steinen der Barga und dem salzigen Sand der *Sebkha,* über denen zitternde rötliche Dünste schweben, die eine Andeutung von Trugbildern hervorbringen. Es ist die tödliche Stunde der Sonnenstiche und des Fiebers, die Stunde, wo man sich zerschlagen und gebrochen fühlt, wo die Brust in Flammen steht und der Kopf sich leert.

Endlich sind wir am Ziel. Wir betreten das *Ksar,* wo noch etwas Schatten zu finden ist. Gestalten gehen uns voraus, Gestalten folgen uns; eine wortlose Menge, geführt von ein und demselben Gedanken. Am Weg der Gläubigen sitzen blinde Bettler und psalmodieren ihr inständiges Flehen. Vor dem Eingang der Moschee müssen wir über eine Schranke, einen ziemlich hohen Balken klettern, der Kinder und Tiere zurückhalten soll. An dieser Stelle ziehen alle Muselmanen mit der gleichen Bewegung ihre gelben Sandalen aus und nehmen sie in die Hand. Auch wir überqueren den Hof mit nackten Füßen, fast im Laufschritt, um dem unerträglichen Brennen des überhitzten Sandes zu entkommen.

Im Innern des Heiligtums empfängt uns ein köstliches Gefühl der Frische, gedämpfte Helligkeit, ein unendlicher Frieden. In dieser schon sehr alten saharischen Zufluchtsstätte ist alles weiß und kahl, die Wände, die schweren, paarweise nebeneinander stehenden Pfeiler, auf denen die aus alten, vermoderten Palmholzbalken bestehende Decke lastet. Durch «Gucklöcher», durch kleine Spalten, dringt von oben her ein mildes Licht herein, das blaue und gelbliche Streifen formt, jedoch den ganzen hinteren Teil der Moschee im Schatten beläßt. Auf den abgenutzten Matten beten die Leute aus Kenadsa und die Nomaden. Rechts unter einem größeren Dachfenster, das ein wärmeres Licht erzeugt, psalmodieren die Studenten und die Lehrer der religiösen Schulen, die *Tolba,* den Koran. Hinter ihnen stehen die Schulkinder und wiederholen die Lektion der Älteren.

Hier und dort hockt ein vereinzelter *Taleb* neben einem Pfeiler und rezitiert mit lauter Stimme die Litaneien des Propheten.

Und all diese Stimmen, die tiefen Männerstimmen, von denen einige, sehr rein und schön, die anderen übertönen, und die hellen Kinderstimmen vermischen sich zu einem gewaltigen, wirren Gemurmel, dessen Töne am Ende wie bei einer monotonen und melancholischen Weise absinken.

Wie es sich dahinschleppt und wie es ansteigt, dieses Wiegenlied in dem widerhallenden Schiff, und welch ein Gefühl der Dauer es erzeugt!

Dann ertönt plötzlich von der Höhe des Minaretts der zweite Ruf des Muezzin. Seine Stimme scheint aus unbekannten Sphären herabzusteigen; schon deshalb, weil er sehr hoch steht und weil man ihn nicht sieht.

Im übrigen befinden wir uns hier, dank einer außergewöhnlichen Bereitschaft des Geistes, stets an der Schwelle des Wunderbaren.

Am Schluß des letzten Verses werden die Stimmen der *Tolba* noch schleppender und erlöschen in einem Seufzer; unmittelbar danach stürmen die Kinder, als wollten sie die große Beklommenheit des Geheimnisses mit etwas Naivität und lebendiger Freude bereichern, Türen schlagend hinaus.

Dann verstummt alles, alle Häupter neigen sich aufmerksam. Aus der Dunkelheit des *Mihrab*, der großen Nische, die nach Mekka weist, erhebt sich die abgehackte, meckernde Stimme des Imam. Er liest die «Khotba», das lange, mit Mahnungen versetzte Gebet, das die Predigt ersetzt und im Sitzen schweigend angehört wird.

... Der Imam ist nicht etwa ein Priester – bekanntlich kennt der Islam keinen ordentlichen Klerus –, er ist schlicht und einfach der gelehrteste, der verehrteste *Taleb* unter den Anwesenden. Jeder gebildete Mann kann als Imam dienen: er muß nur das Gebet rezitieren.

Im Islam gibt es keine Geheimnisse, keine Sakramente, nichts, was die Mittlerschaft des Priesters erforderlich macht.

Während der *Khotba* erlebe ich wieder Momente eines ungewissen Traums, einer großen sanften Ruhe.

Ein Mann in einem weißen Hemd, einer schlichten Kordel als Gürtel und bloßem Haupt trägt einen Eimer frisches Wasser und eine irdene Tasse: er gibt den Greisen und den Kranken zu trinken. Eine gute Tat, die jeden Freitag erfüllt werden muß.

Ein letzter Ruf des Muezzin; der alte Imam beendet seine Lektüre und beginnt zu beten.

Neben ihm steht ein junger Mann mit einer kräftigen tiefen Stimme und wiederholt die Anrufungen in einer Art gregorianischem Gesang.

Die ganze Versammlung ist aufgestanden, hält beide Hände in Gesichtshöhe; dann sinken die Arme wieder herunter, und das Volk wiederholt mit dem Imam und dem Kantor: «Allahou Akbar! Gott ist der Größte!»

Man verneigt sich und kniet nieder . . .

Nachdem das Gebet beendet ist, bleibe ich noch eine Weile mit den *Tolba* und den Marabouts, die weitere gereimte Litaneien des Propheten psalmodieren.

«Das Gebet und der Frieden seien mit Dir, o Mohammed, Prophet Gottes, Du beste unter allen Kreaturen, auf immer und ewig, in diesem Heim und in dem anderen . . . Das Gebet und der Friede seien mit Dir, o Mohammed-Moustapha, arabischer Prophet, Du Licht der Finsternis, Stütze der Gläubigen, o Mohammed-Koreïchite, Du Meister von Mekka und Medina, Herr der Muselmanen und der Muselmaninnen, auf immer und ewig . . .»

Die Marabouts haben schöne tiefe Stimmen. Sie kennen die alte Weise, welche die klingenden Verse dieser Litanei so edel trägt, während die gewöhnlichen Leute sich damit begnügen, sie in näselndem, abgehacktem Ton sehr schnell zu rezitieren.

Es ist zu Ende . . . Alle stehen auf, ein jeder nimmt seine Pantoffeln, die er ineinandergeschoben bei einer Matte abgelegt hatte.

Noch einmal müssen wir den blendenden Feuerofen des Tals durchqueren.

Mir fehlt der Mut, und ich bitte Farradji, mich durch das Labyrinth der schwarzen Korridore des *Ksar* zu führen, die so niedrig sind, daß man über mehr als hundert Meter nur stark gebückt laufen kann. Es herrscht dichte Dunkelheit in diesem engen Gang mit dem harten Boden und dem abgestandenen Geruch von Kellerfeuchtigkeit.

Nach der Ruhe im blauen Halbdunkel der Moschee ist dieser Rückweg ein Alptraum . . .

Mir scheint, das Wesen des Gebets liegt genau wie das des Traums darin, daß es nicht zu Ende geht.

Lella Khaddoudja

Ba-Mahmadou sitzt verträumt auf den Treppenstufen, während das Teewasser im Kessel leise vor sich hinkocht. Er betrachtet das Zimmer und die naiven Malereien der hinteren Tür.

«Wo mag sie jetzt sein, die Herrin dieses Hauses!» sagt er plötzlich seufzend.

Auf meine Fragen hin erzählt der Sudanese mir, daß dieses Haus einer gewissen Lella Khaddoudja, einer Verwandten Sidi Brahims gehört. Schon sehr früh verwitwet, mit zwei Kindern, einem Knaben und einem Mädchen, hatte die sehr fromme Maraboutin in zweiter Ehe einen ihrer Vettern geheiratet, unter der ausdrücklichen Bedingung, daß sie unmittelbar nach der Hochzeit nach Mekka aufbrächen. Der Vetter hielt sein Versprechen, und Lella Khaddoudja verließ die Zaouïa; nur ihr Sohn blieb zurück.

«Als sie Kenadsa verließ», sagt Ba-Mahmadou, «haben wir Diener sie alle miteinander bis zum Brunnen von Aïn-Ech-Cheik an der Straße nach Béchar begleitet. Von ihrem Maulesel herab warf sie einen letzten Blick auf das *Ksar* und sagte uns, sie würde nie mehr zurückkehren, da sie auf dem heiligen Boden des Hedjaz leben und sterben möchte . . . In diesem Winter sind es zwei Jahre, seit sie uns verlassen hat. In der Zwischenzeit hat sie ihrem Bruder geschrieben, um ihn wissen zu lassen, daß sie für die Pilgerfahrt von Djeddah zu spät angekommen war und in Bith-El-Kods (Jerusalem) auf die nächste wartete; danach würde sie sich endgültig in einer der beiden heiligen Städte niederlassen . . . Gott schenke ihr seine Hilfe und seine Barmherzigkeit! Sie war fromm und milde zu uns allen, uns armen Sklaven!»

. . . Auch ich beginne, von dieser unbekannten Lella Khaddoudja zu träumen, die sicher eine recht abenteuerliche Seele hat, da sie aus freien Stücken mit der schläfrigen Routine des abgeschlossenen

Lebens ihrer Brüder und Schwestern gebrochen hat, um woanders, unter anderem Himmel, ein neues Dasein zu beginnen.

Was mag im Herzen dieser reisenden Maraboutin vorgegangen sein? Weshalb hat sie sich so plötzlich entschlossen, das heimatliche *Ksar* zu verlassen? Welchen Seelenroman mag sie erlebt haben? Einen Roman, der nicht geschrieben ist, den niemand kennen wird.

«So ist das Leben!» folgert Ba-Mahmadou. Man kannte Lella Khaddoudja, man sah sie jeden Tag, man bat sie um Hilfe, und jetzt ist sie fort, in weiter Ferne . . . und man wird sie nie wiedersehen . . . So ist das!

Dieses Bith-El-Kods, all die Städte Syriens und Arabiens liegen für den ungebildeten Sudanesen in der Tat in den fernsten irdischen Gefilden . . . Sie müssen ihm als imaginäre Traumstädte erscheinen . . .

Nomadische Herren

Es ist fünf Uhr abends; ich stehe unter den weißen Bögen des Riad, unter dem großen Tor, das zu dem inneren Garten, zum Hause Sidi Brahims führt.

Draußen im Tal wirbelt der Schirokko die Staubwolken auf, aber hier fühlt man nur einen leichten Hauch, der die drückende Luft der letzten Sonnenglut vertreibt . . .

Sidi Brahim hat sich auf einen großen, in schönen, lebhaften Farben leuchtenden Teppich aus Rabat niedergelassen; er liegt da, die Ellbogen auf ein mit goldenen Oliven besticktes Seidenkissen gestützt. Eine nach der anderen läßt Smaïn die Ebenholzperlen seines Rosenkranzes durch seine Finger gleiten; Si Mohammed-Laredj sitzt angelehnt an der Wand und schüttet zwei Säcke spanischer Duros auf ein quadratisches Stück scharlachroter Seide; durch die Feuchtigkeit der Silos sind die Münzen oxydiert.

Vor ihm hocken im Halbkreis drei der Oberhäupter der Douï-Menia aus dem Wadi Guir.

Einer ist schon sehr alt, sein von tiefen Falten zerfurchtes, von der Sonne gegerbtes Gesicht hat die Farbe der Erde angenommen; er trägt einen weißen Bart aus hartem, struppigem Haar und ist in einen alten *Haïk* aus dünner Wolle gehüllt; darüber hängt eine *Koumia* mit einem langen Griff und einer Kupferscheide.

Der zweite, ebenfalls ein alter, in einen abgewetzten Burnus eingewickelter Mann, versteckt seine Waffen unter seinen Schleiern und nimmt feierliche Haltungen ein, die schlecht zu seinen kantigen Manieren und seinem raubvogelähnlichen Profil mit langer krummer Nase und zahnlosem Mund passen. Er ist ein Repräsentant der Ziania aus dem Guir.

Der dritte, der jüngste und dennoch bedeutendste von den dreien mag etwa 35 Jahre alt sein. Er ist groß, muskulös und trägt weiße Kleider unter einem schweren Burnus aus schwarzem Kamelhaar. Seine damaszierte *Koumia* mit dem vergoldeten Griff hängt an einer über der Brust gekreuzten dicken violetten Seidenkordel. An einer anderen, orangefarbenen Kordel ist ein Geldsack aus roter Lederhaut mit goldenen Stickereien aus Fez befestigt. Obendrein hat er einen prachtvollen Revolver mit ziseliertem Silberkolben bei sich.

Dennoch ist er barfuß, er hat seine Sandalen, seine archaischen Nomaden-*Naala* neben der Tür stehengelassen.
Cheikh Embarek mit seiner durch und durch sonnengebräunten Haut, seinem intelligenten, scheuen Blick, dem zarten Ausdruck und dem energischen, von einem kräftigen schwarzen Bart umrahmten Gesicht, wäre ein schöner Mann, wenn seine Wolfszähne nicht so lang über die Lippen hinausragten und so seinem Gesicht, sobald er die Lippen bewegt, einen grausamen und abstoßenden Zug verliehen.

Embarek hat großen Einfluß auf die Ouled-Bou-Anane; zur Zeit spinnt er Intrigen, um sich den Platz als Herr seines Stammes endgültig zu sichern.

Seit die Ouled-Bou-Anane mit den Franzosen Frieden geschlossen haben und die Märkte von Süd-Oranais besuchen, sieht Embarek eine vollständige Übernahme voraus und ist bereit, sein Teil dazu beizutragen; denn er hofft, in diesem Augenblick das große Oberhaupt aller Douï-Menia zu werden, derjenige, dem die Christen einen scharlachroten Burnus und Orden verleihen werden.

Embarek ist ambitiös und durchtrieben, aber er ist auch ein Mann, der das Schießpulver liebt, ein Straßenräuber, der auf die traditionellen Plünderungen nur in der Hoffnung verzichtet hat, mehr Gewinn aus dem Frieden als aus seinen Scharmützeln zu ziehen.

Sidi Brahim will diese Nomadenoberhäupter mit einem umfangreichen Einkauf von Schafen aus dem Wadi Guir beauftragen. Sie kommen gerade aus Beni-Ounif, wo sie die Kamele für den Konvoi von Beni-Abbès geliefert haben, und werden ins Guir zurückkehren; Si Mohammed-Laredj zählt ihnen mit seiner lieblichen Stimme und seinen sanften Gebärden das Geld für die Schafe vor.

Mit zärtlichen Adlerblicken beobachten die Douï-Menia die klingenden und sich häufenden Duros. Instinktiv kommen sie immer näher und beugen sich über dieses Geld, das durch ihre Hände laufen soll, denn sie sind es, die die Schafe zum teuersten Preis verkaufen werden.

Sie tun so, als könnten sie nicht zählen und bringen Sidi Mohammeds Rechnungen nach Lust und Laune durcheinander.

Doch als Sidi Brahim sieht, daß es endlos so weitergeht, bittet er mich, die Rechnung schriftlich zusammenzustellen.

Auf meinen Knien kritzele ich die Summen mit einem Schilfrohr in den bei den Arabern üblichen sogenannten indischen Ziffern, damit der lesekundige Embarek sie kontrollieren kann. Schließlich lassen die Nomaden sich überzeugen.

Schon strecken die alten Raubvögel ihre knochigen Hände nach dem Geld aus; aber Embarek hat sein letztes Wort noch nicht gesprochen. Mit einer Geste weist er sie zurück: «Sidi Brahim», sagt er mit einem gewinnenden Lächeln, «die Rechnung stimmt: wir brauchen 650 Duros, um die Schafe nach dem derzeitigen Handelspreis zu bezahlen, und dieses Geld ist da. Gewiß sind wir deine Diener und die deines ruhmreichen Ahnen Sidi Ben-Bou-Ziane – Gott sei ihm gnädig! Aber wir müssen die Schafe bei unseren Brüdern holen, die verstreut im Gelände des Wadi Guir leben . . . Dann müssen wir sie bis hierher eskortieren, damit die Ouled-Nasser und die Aït-Khebbach-Berabers sie nicht stehlen können. Das alles werden wir übernehmen, und im Grunde sind wir glücklich, dir zu dienen. Du hast nichts zu fürchten – so Gott es will! Aber wir sind arme Nomaden, vom Krieg ruiniert, und deine Freigebigkeit wird uns gewiß nicht vergessen. Gib uns eine Belohnung . . . für unsere Mühen.»

Sidi Brahim lächelt. Si Mohammed-Laredj senkt den Kopf und nimmt eine undurchdringliche Miene an: «Und welches ist die Belohnung, die euren Wünschen entspräche?»

«Gib uns zweihundert französische Francs; Gott wird dir deine Wohltaten vergelten.»

Doch da sagt Sidi Brahim: «Betet zu dem Propheten und verflucht Iblis, den, der zwischen die Menschen tritt und Haß unter ihnen sät, den, der sie lehrt, die Güter dieser Welt höher zu schätzen als die Wahrheit und die Gerechtigkeit! – Wenn dem so ist, und wenn eure Dienste zu einem so unmäßigen Preis erkauft werden müssen, ziehe ich es vor, meine eigenen Sklaven ins Guir zu schicken!»

Noch lange diskutierten die Douï-Menia, doch der Marabout weicht keinen Schritt mehr vor ihrer Raubgier zurück.

Während die Nomaden sich erhitzen und mit immer lauterer Stimme reden, bleiben Sidi Brahim und Si Mohammed schweigsam. Sie warten.

Als sie die Sinnlosigkeit ihrer Bemühungen erkennen, kehren Embarek und die Alten schließlich mit gezwungenem Lächeln wieder zu freundlichen Worten zurück.

«Sidi Brahim, du bist unser Herr, und wir wagen es nicht, deine Entscheidung anzufechten, denn was du tust, ist gut getan. Lebe in Frieden und bete für uns zu Gott, seinem Propheten – das Gebet und der Friede seien mit ihm! – und Sidi M'hammed-ben-Bou-Ziane; denn morgen werden wir uns sicher im Morgengrauen auf den Weg ins Guir machen . . .»

«Zieht in Frieden, meine Söhne, Gott möge euch schützen und auf den rechten Pfad führen.»

Die Nomaden erheben sich mit klirrenden Waffen; dann wenden sie sich noch einmal zurück, um einen bedauernden Blick auf die schönen Duros zu werfen, die Si Mohammed-Laredj mit hellem Klimpern wieder in die Säcke füllt.

Messaoud

Seit einigen Tagen dient mir ein junger *Khartani*-Neger namens Messaoud. Er mag vielleicht 14 Jahre alt sein. Für sein Alter schon recht groß und pfiffig, trägt er weiße Hemden mit einem Gürtel aus grauer Wolle. Sein dunkles Gesicht ist angenehm und ausdrucksvoll. Er hat große düstere Augen ohne Iris, die besondere Schalkheit ausstrahlen. Auf seinem kahlrasierten Haupt wächst noch ein kleines Büschel krauser Haare, ein Zeichen der Sklavenschaft, aber auch der noch nicht ausgereiften Männlichkeit, ein lustiges Überbleibsel über dem rechten Ohr. Diese bizarre Verzierung gibt seiner beweglichen Physiognomie und seinem aufheiternden, keineswegs einfältigen Wesen eine besonders komische, affenartige Note. In seinem durchlöcherten Ohrläppchen trägt Messaoud mangels eines Ringes ein Stück zusammengerolltes blaues Papier.

Lauernd, geschmeidig wie eine Katze, immer auf Beute aus, verlogen und geschwätzig wie alle Neger, ist Messaoud der Typ des spitzbübischen kleinen Sklaven.

Wenn ich ihn losschicke, mir bei dem Juden Tabak zu kaufen, macht Messaoud sich im Laufschritt auf den Weg, aber wenn er zurückkommt, schwindelt er mir bei der äußerst komplizierten Berechnung des marokkanischen Wechselgeldes etwas vor. Er merkt sehr wohl, daß ich nichts von dem im Westen üblichen wirren Geldsystem verstehe, und er nutzt mein Unwissen aus. Wenn ich ihm sein Betragen vorwerfe, streitet er zunächst alles ab, versteigt sich in Schwüre, setzt eine traurige Miene auf, und schließlich beginnt er, schallend zu lachen, als kämen ihm meine Vorwürfe sehr komisch vor.

Für eine Tasse Pfefferminztee täte er alles. Dazu kommt eine unüberwindliche Faulheit und eine Art und Weise, Befehle zu überhören, die eine tiefe Schwäche für tierische List vermuten läßt. Es kommt vor, daß er sich offen über die älteren Sklaven lustig macht; trotzdem nimmt es ihm fast niemand übel.

Ba-Mahmadou, der Schließer, sieht Messaoud mit entsetztem Blick an: «Also wirklich, eine schwarze Pest, ein Kind der Sünde, ein Unglück!»

Ba-Mahmadou rollt seine großen sanften Augen und versucht, Messaoud mit seinem Blick zu drohen; dieser aber lacht und läuft davon.

Wenn der kleine Neger etwas erreichen will, gibt er sich bescheiden und liebevoll, mit Anmut und Schönheit. Er benimmt sich plötzlich übertrieben zuvorkommend, oft schon fast aufdringlich; doch das hört sofort auf, wenn man ihm gibt, was er will. Gefräßig und auf Leckerbissen versessen, leckt er die Schüsseln leer und knabbert von morgens bis abends gestohlenen Zucker.

Messaoud liebt niemanden, nicht einmal Blal, seinen alten Vater, einen bescheidenen Feldarbeiter, der Sidi Brahims Gärten bestellt. Wenn der Alte sich einmal bis in den Hof vorwagt, vertreibt Messaoud ihn rücksichtslos, indem er die Verachtung des Hausdieners ausspielt, der höher gestellt ist als der Bauer.

Auf all meine Vorwürfe in diesem Punkt, der mich besonders interessiert – denn ich habe die verschwommene Idee, daß viele Kinder ihre Eltern nicht selbstverständlich lieben – antwortet der kleine Nichtsnutz mit tänzelnden Grimassen: «Er ist schmutzig! Er stinkt nach Mist! Er ist ein Lump!»

Den Marabouts gegenüber benimmt sich Messaoud gerade noch respektvoll genug, um Schläge zu vermeiden. Wenn sie ihm grollen, streckt er ihnen, kaum daß sie ihm den Rücken kehren, die Zunge heraus.

Dieser kleine Neger, der mir vorkommt wie ein junges Tier voller Anmut und Hinterlist, wie ein Familiendämon, den alle Welt nachsichtig achtet, hat mich über so manche weiße Kinder aufgeklärt.

Saharische Theokratie

Der hundertjährige Einfluß der arabischen Marabouts hat die Institutionen und die Sitten der Einwohner von Kenadsa von Grund auf verändert.

Bei allen anderen Berbern liegt die Oberherrschaft in der *Djemâa,* der Versammlung der Fraktionen oder der *Ksour.* Alle politischen und administrativen Fragen werden in der *Djemâa* beraten. Braucht man ein Oberhaupt, wird es von der *Djemâa* ernannt. Solange er seinen Auftrag bewahrt, gehorcht man den Befehlen dieses Oberhaupts; doch er hat sich stets gegenüber denen zu verantworten, die ihn auserwählt haben.

Diese Berberversammlungen sind ein einziger Tumult. Den Leidenschaften wird freier Lauf gelassen; es kommt zu heftigen Auseinandersetzungen, die manchmal im Blut enden. Dennoch wachen die Berber eifersüchtig über ihre kollektiven Freiheiten. Sie verteidigen sich gegen die Autokratie und räumen alle aus dem Wege, die es wagen, danach zu streben.

In Kenadsa triumphiert der theokratische Geist der Araber über den republikanischen und konföderativen Geist der Berber.

Das Oberhaupt der Zaouïa ist der einzige, nach der Erbfolge bestimmte Herr des *Ksar*. Er allein entscheidet alle Fragen und ernennt im Kriegsfall die militärischen Führer. Ihm obliegt das Strafrecht, während das Urteil der zivilen Angelegenheiten dem Cadi unterstellt ist. Aber auch hier ist der Marabout die letzte Instanz, bei ihm legt man Widerruf gegen die Urteile des Cadi ein.

Sidi M'hammed-ben-Bou-Ziane, der Gründer der Bruderschaft, wollte seine Anhänger zu einem pazifistischen und gastfreundlichen Verband zusammenschließen.

Die Zaouïa genießt das Asylrecht: ein Krimineller, dem es gelingt, sich dorthin zu flüchten, kann von der menschlichen Justiz nicht mehr verfolgt werden. Wenn es ein Dieb ist, verlangt der Marabout, daß er das gestohlene Gut zurückgibt.

Wenn es ein Mörder ist, muß er den Blutpreis zahlen. Sofern diese Bedingungen erfüllt werden, sind die Schuldigen frei von jeder Strafe, sobald sie das Tor zur Zaouïa durchschritten haben oder gar, sobald sie sich auf einem zu ihr gehörigen Terrain befinden.

Die Todesstrafe wird von den Marabouts nicht angewandt.

Wenn es dennoch geschieht, daß ein Krimineller getötet wird, so stehen die Eltern des Opfers oder manchmal gar seine eigenen Eltern dahinter, nie das Urteil des Marabouts.

Die Nachkommen Sidi Ben-Bou-Zianes erweisen sich jedoch als sehr streng gegenüber den aus dem *Ksour* oder der Sklavenschaft stammenden Dieben und allen, die sich eines Skandals schuldig machen: sie erhalten die Prügelstrafe.

Es ist Brauch, daß sich während des Vollzugs einer der Beiwohner erhebt und um Gnade für den Schuldigen bittet. Manchmal schicken die Frauen eigens zu diesem Zweck einen Sklaven oder eine Negerin: der Marabout gibt immer nach.

Dank der Zaouïa kennt Kenadsa kein Elend. Man sieht keine Bettler in den Straßen des *Ksar;* alle Unglücklichen flüchten sich in den gastfreundlichen Schatten und leben dort, solange es ihnen gefällt. Die meisten machen sich als Diener nützlich, als Arbeiter oder Hirten, aber niemand ist gezwungen zu arbeiten.

Der Einfluß der Marabouts hat sich in Kenadsa so tief ausgewirkt, daß Berber wie *Kharatine* ihre Mundarten vergessen haben und sich ausschließlich der arabischen Sprache bedienen.

Im Vergleich zu den anderen *Ksour* sind auch ihre Sitten sanftmütiger und umgänglicher geworden.

Auseinandersetzungen und vor allem Raufereien sind selten, denn die gemeinen Leute haben die Gewohnheit, den Marabouts all ihre Zwistigkeiten vorzutragen, damit diese den Streit schlichten und den Betroffenen gegenseitige Konzessionen auferlegen.

Seit die Marabouts eine gute Nachbarschaft und sogar wachsende Freundschaft zu den Franzosen unterhalten, erfüllt eine dumpfe Unzufriedenheit die Herzen des Volkes.

Niemand wagt es, die Stimme zu erheben und die Handlungen des Herrn zu kritisieren. Man fügt sich, wiederholt die Meinungen Sidi Brahims, man lobt sie sogar, aber im Grunde wäre man, besäße er nicht seine große moralische Autorität, nahe daran, ihn und die Seinigen als *M'zanat* zu betrachten.

. . . Wie wird Kenadsas Zukunft aussehen, was wird in einigen Jahren noch von diesem so besonderen, so geschlossenen kleinen theokratischen Staat übrig sein?

Gewiß, nach der Härte, der man in Figuig begegnet, nach dem finsteren Chaos von Oudja ist es wirklich ein einzigartiger Eindruck, hier, am Eingang der Wüste, diese stille Ecke zu finden, die sich marokkanisch nennt und manch anderem Teil Marokkos so wenig ähnlich ist!

Randbemerkungen zu einem Brief

Ich kann die Tage nicht mehr auseinanderhalten. Es ist Hochsommer. Ich habe Fieber mit kläglichen, klarsichtigen und lustvollen Momenten.

Gestern bekam ich einen Brief, der von einer so ganz anderen Sonne durchdrungen ist als der meinigen.

Kann man denn, weil neue Augen einem zugelächelt haben, so egoistisch werden, daß man alten Freunden diese Freude mitteilt?

Wann und wie werde ich in dieses Algier zurückkehren, wo mein Herz sich vollständig umkehrte, wo mein Begehren sich an nichts mehr festmachen konnte, wo die orangefarbene Sanftmut der Morgenstunden meine Trauer verfinsterte; von was werden wir sprechen, wenn nicht von uns selbst?

Die Frauen verstehen mich nicht, sie halten mich für ein fremdartiges Wesen. Für ihren hochgestochenen Geschmack an Künstlichkeiten bin ich viel zu schlicht. Sie faseln eine ewige Komödie über das immer gleiche Thema. Sie akzeptieren nicht, daß man auch Männerkleidung tragen kann. Wenn die Frau zur Gefährtin des Mannes wird, wenn sie aufhört, ein Spielzeug zu sein, beginnt sie ein anderes Dasein. Bis dahin hatte man ihr lediglich beigebracht, nur im Takt und nach dem Thema eines Walzers zu atmen.

Man sagt, eine andere Generation kündige sich an, und manche jungen Mädchen verstünden sich darauf, anders zu sprechen als mit ihren Augen, ohne deshalb ins Geschwätz der gelehrten Vorträge und der «sozialen Forderungen» zu verfallen. Ich glaube nichts davon und denke mir, daß auch dies wieder nur ein Betrug der Erziehung ist, der dem Tonfall der Salongespräche nicht widerstehen wird.

Wer sollte diesen ernsthaften Freundinnen übrigens als Ehemann dienen, wo doch Männer, vor allem auf dem Lande, immer noch dem Rock nachjagen? Die Frau selbst mag alles werden, was sie will; aber ich habe nie gesehen, daß auch Männer den Wunsch hätten, sie anders zu verändern als im Rahmen der Mode. Eine Sklavin oder ein Idol, das ist es, was sie lieben können – niemals eine Gleiche.

*

Ich habe diese Überlegungen auf den Rand des Briefes geschrieben, der aus großer Ferne zu mir kam und mir eine frische, doch grausame Brise in die Sorglosigkeit brachte. Gleich danach verfiel ich wieder in ein Gefühl der Verbannung; mich überkam die Lust, noch tiefer in diesen feindlichen Süden einzudringen, ohne daß ich auch nur das geringste Verlangen nach Paris verspürt hätte, einer Stadt, die ich kennengelernt habe, wo mir der verbale Feminismus der Zeitungen noch unsympathischer war als die instinktiven Koketterien.

In meine Antwort habe ich nichts gelegt, was der Mühe, sie zu lesen, wert gewesen wäre ... Wozu denn auch?

Eines Tages trennen sich die Wege, die Schicksale vereinzeln sich. Es ist schon viel, überhaupt Freunde getroffen zu haben. Wenn sie uns die Ehre machen, uns einzuladen, ihre befremdliche Freude zu teilen, sollten wir ihnen alles zeigen, was die geistige Bruderschaft vermag.

Es ist nichts zu bedauern, denn unser Glück wird genau wie das ihrige darin bestehen, daß wir uns eines Tages mysteriösen Strömen hingeben, die unsere Seelen fortreißen zu unmöglichen Ufern. Dort werden wir die Trunkenheit von Verfall und Schiffbruch kennenlernen, und verirrt auf den riesigen Stränden der Nacht werden wir fühlen, wie unsere Brust an der gärenden Schmerzenssaat zerspringt ...

Vesper im Garten

Um mich angesichts meiner Krankheit etwas abzulenken, schickt Sidi Brahim mir eine Einladung zu einem Essen unter freiem Himmel in den Gärten der Zaouïa. Si Abdel-Ouahab, ein Gebildeter, der aus dem Osten hierherkam, um sich in Kenadsa niederzulassen, ist beauftragt, mir diese Botschaft zu überbringen.

Bewundernd beobachte ich, wie die kleinsten Dinge hier Größe und Hoheit gewinnen. Das Formlose, das Zwanglose sind europäische Qualitäten, die das Leben lustiger machen. Doch wenn man sich an die Offenheit eines Volkes gewöhnt hat, fällt es einem schwer, die Mienen, die manche besonders vulgären Leute, die alles andere als feinsinnig und zartfühlend sind, an gewissen Tagen unter gewissen Umständen aufsetzen, noch ernst zu nehmen. All ihre Höflichkeiten haben einen falschen Klang. Sie wirken, als würden sie sich beim Reden ihren Sonntagsstaat anziehen. Hier dagegen ist die Höflichkeit keine Formel, sie ist eine Lebensweise, ein Ausdruck der Ernsthaftigkeit: sie gehört zur Person, sie paßt zu den Trachten, sie hat nichts Hinterhältiges und nichts Affektiertes. Sie gefällt.

Im ersten Augenblick überrascht mich Sidi Brahims Einladung. In Europa oder im algerischen Tell käme niemand auf die Idee, bei derartigem Wetter ein Essen im Freien zu organisieren. Der Himmel ist trüb und dunkel, niedrige, bleierne Wolken schleifen fast über den Gipfel der Dünen. In Fetzen zerrissen ziehen sie dahin und kommen dann wieder, wirbeln seltsam um ihre eigene Achse, wie abgerissene Stücke ausgefranster Seide. Ein heftiger Wind, von dem auf der Erde nichts zu merken ist, der nicht einmal die Wipfel der regungslosen Dattelpalmen streift, jagt sie davon. Es fängt an, schwere heiße Tropfen zu regnen.

Aber gerade dies ist ein Wetter, das Heiterkeit schafft. Hier, in der Wüste, wo ein ewiger Durst brennt, sind sie eine Wonne, diese leichte Luftfeuchtigkeit und der strahlenlose, hitzefreie Himmel. Außer der etwas brutalen Liebkosung des Regens gibt es nichts, was die ausgedörrte Haut erzittern ließe.

Nach den zehn leidvollen Tagen, die ich, vom Fieber zu Boden geschmettert, auf einer Matte liegend verbracht habe, kann ich kaum aufstehen. Dennoch folge ich der Einladung.

Der Garten liegt am Fuß der hohen Häuser des *Ksar*. Weich staffeln sich die Pflanzungen bis zur Höhe einer Terrasse, auf der schöne Teppiche aus dem Djebel Amour ausgebreitet sind, deren dicke weiche Wolle im trüben Licht des Sturms einen Glanz von dunklem Samt annimmt.

Unten klettert der wilde Wein an den schlanken Stämmen der Dattelpalmen empor, schlingt sich frei um die gewundenen, grauen Äste der Feigenbäume. Zwei gezähmte junge Gazellen verfolgen sich spielerisch unter dem Blätterdach und überspringen die mit vergoldeter Minze überwucherten *Séguias*.

Sidi Brahim stützt sich auf ein Kissen. Um ihn herum sitzen einige Verwandte, gute Freunde, Vertraute.

Da ist auch Taleb Ahmed, der *Khodja*, der Sekretär der *Zaouïa*, ein hochgewachsener, kräftiger Mann mit einem starken Schuß schwarzen Bluts in seiner glänzenden Haut. Intelligent und aufmerksam für alle Beobachtungen unterscheidet Taleb Ahmed sich durch seinen einfachen, fast schon jovialen Gesichtsausdruck kontrastvoll von den Marabouts.

Si Mohammed, des Talebs Vorgänger, ein echter Berber aus dem *Ksour* mit einem breiten, blassen Gesicht und einem spärlichen, fast rötlichen Bart, war einige Zeit von seinem Herrn ferngehalten worden. Auch er ist hier, er scheint wieder in die Gunst einzutreten.

Sidi Mohammed-Laredj ist etwas abwesend, weniger aufmerksam mit seinem sanften, fast schüchternen Lächeln; schweigsam verharrt er halb liegend und halb sitzend auf dem Teppich, dessen Arabesken er mit dem Finger verfolgt. Sein nachdenklicher und freundlicher Ausdruck verrät Meditationen und Höhenflüge, die nichts Asketisches an sich haben: in seinem Blick liegt eine gewisse innere Zurückgezogenheit; er wirkt wie ein Künstler, der das Schauspiel der Welt betrachtet.

Ganz anders dagegen ist der direkte Ausdruck Sidi Embareks, Sidi Brahims Onkel mütterlicherseits. Auf seinem feinen, braungebrannten Gesicht und in seinem Auge, das keine Tiefe erkennen läßt, stehen die Leidenschaften geschrieben, die keinen Aufschub dulden, die plötzlichen Entschlüsse, die stolze Naivität des dekorativen und zur Dekoration geschaffenen Paradearabers: ein Typ, den man in Algier in den Vorzimmern der Büros und auf den Terrassen der Cafés trifft. Er ist das starke Oberhaupt der Familie. Er hat Abenteuer erlebt, die sich alle sehr ähnlich sind . . .

Im Garten decken die Sklaven die niedrigen kleinen Tische und bereiten die mit hohen, leuchtend bunten Strohtrichtern bedeckten Speiseplatten vor.

Natürlich geht das Gespräch über die Ereignisse in Marokko, über Tafilala, und unvermeidlich fallen auch die verabscheuten Namen des Rogui und Bou Amamas.

Doch heute hat Sidi Brahim keine schlechten Nachrichten bekommen; alle sind fröhlich. Man erzählt sich lustige Anekdoten von jener absoluten sprachlichen Reinheit, welche die wohlgeborenen Muselmanen in der Öffentlichkeit und vor allem unter Nahestehenden wahren.

In den Dattelpalmen, die der Regen von ihrem Staubschleier

befreit hat und die nun vor dem düsteren Himmel blau anlaufen, bewegt sich ein ganzer Schwarm von Schwalben und erfüllt die Luft mit kurzen, hellen Schreien.

«Hier trifft sich die *Djemâa*, die Versammlung der Vögel», sagt Taleb Ahmed. «Sie versammeln sich, um die Angelegenheiten ihres Stammes zu regeln und schwerwiegende Entscheidungen zu treffen. Diese winzigen Tiere, kaum größer als Fliegen, machen genausoviel Lärm wie hundert Douï-Menia, die alle zugleich diskutieren.»

Und die ernsten Marabouts lachen über diese Kritik an ihren stürmischen Nachbarn.

Die zahmen Gazellen haben sich uns genähert, sie spielen mit den Gästen, sie verstellen sich, schleichen sich an, um dann mit einer ruckartigen Bewegung stehenzubleiben.

Nach der Mahlzeit, zu der das wohlriechende, mit Aniskörnern gespickte, ungesäuerte Brot gereicht wurde, kommt der Tee, der ewige Tee, den Sidi Embarek ernst, mit segnenden Gesten vorbereitet. Die Zubereitung des Tees gilt hier als Aufgabe der Männer, der freien Männer.

*

Als der düstere Tag zur Neige geht, brechen wir auf, denn die Stunde des *Maghreb*-Gebets naht.

Im Schatten des *Ksar* gehen die Marabouts mit nicht enden wollenden Grüßen auseinander.

Ich bewahre die Erinnerung an diese orientalische Vesper auf der Terrasse des Gartens. Ich denke an all die Generationen der Marabouts von Kenadsa, die so manchen düsteren Tag dort verbracht haben mögen.

Für sie muß es das gleiche Vergnügen, es müssen die gleichen Empfindungen, die gleichen Worte gewesen sein. Wieder einmal überkommt mich das Gefühl von einer Unbeweglichkeit der Wesen und der Dinge, das ich in allen alten Städten des Islam empfunden habe und das mir für einige Minuten eine Illusion ihrer Dauer, fast ihrer Ewigkeit verleiht.

Die Empörerin

Heute, nach dem Freitagsgebet, finde ich das ganze *Ksar* in Aufregung. Eine junge weiße muselmanische Frau hat sich erhängt.

Ich mische mich unter die Menge, die vor ihrem Haus steht; aus dem Innern dringen die Totenklagen der Frauen.

Ich erkundige mich, was geschehen ist, rekonstruiere das Drama und versuche die Gründe zu erfassen . . . Sie verstand sich nicht mit ihren Eltern, sagt man mir; sie hatte niemanden, dem sie ihre Klagen erzählen konnte; ihr Ehemann, Hammou-Hassine, hörte ihr nicht zu. Nachdem sie versucht hatte, sich aufzulehnen, hatte die kleine wilde Beduinin sich ergeben, zumindest dem Anschein nach. Das Gefühl einer Freiheit, einer seltsamen Freiheit, war in sie eingezogen.

Mehrmals war sie zu ihrem Bruder geflüchtet; doch der gab sie ihrem Ehemann zurück. Man hinderte sie, zum Cadi oder zu Sidi Brahim zu gehen und um Schutz zu bitten. Sie war versklavt, stärker versklavt als die Negerinnen, denn sie litt unter ihrer Sklavenschaft. Am Ende hatte sie sich beruhigt, weil sie das große Geheimnis der moralischen Befreiung verstanden hatte. Eines Abends, als alle in der Moschee waren, hatte sie all ihre Kräfte zusammengenommen, um die Flucht zu wagen; sie hatte sich auf ihre Zehenspitzen gestellt und sich mit ihrem langen Seidengürtel, jenseits des Lebens und jenseits ihrer Stellung, aufgehängt, ohne irgend jemandem ein vertrauliches Wort zu hinterlassen, ganz und gar isoliert.

Es ist eine starke Rasse, in der der Selbstmord noch möglich ist. Die Tiere üben keinen Selbstmord, die Schwarzen auch nicht, es sei denn, sie sind vom Alkohol berauscht. Auch der Selbstmord ist eine Trunkenheit, aber eine Trunkenheit des Willens.

*

Das erstarrte Volk hat sich mit Entsetzen von der abgewandt, die ihre Pflicht zu leben vergaß. Nur die Gebildeten haben Mitleid mit Embarka und beten über ihrem Leichnam, den die Matronen gewaschen und in das für alle gleiche Leintuch eingenäht haben.

Der Leib liegt auf einer Matte, mitten auf dem Hof. Er ist nur noch eine unbestimmte, steife, reine Form.

Die Klagen der Frauen sind verstummt. Man hört nur noch den Redegesang einiger Männer, die langsam und rhythmisch das «Ya-Sine»-Kapitel des Korans psalmodieren, das Totengebet. Als die laut klagenden Frauen sich zurückgezogen haben, ist im Hof alles wieder ruhig, feierlich und von gelassener Heiterkeit.

... Die Stimmen erheben sich zu einem traurigen und sanften Lied: es ist die *Borda*, das Begräbnislied.

Der Körper wird auf eine Totenbahre aus rohem Holz gelegt und mit einem großen roten Schleier bedeckt. Wieder herrscht Stille und Aufmerksamkeit; dann nehmen vier Männer den lieben kleinen Körper auf ihre Schultern, und das traurige Gefolge macht sich auf den Weg zum Friedhof.

Die Bahre wird in den Sand gestellt; die Anwesenden bilden einen Halbkreis, das Gesicht nach Mekka gewandt: man spricht das letzte Gebet für Embarka.

Auf den Grabhügel, den der Wind schon abzutragen beginnt, pflanzt man drei Palmen, die bald vertrocknen werden.

Hammou-Hassine, ein grobschlächtiger, häßlicher, mißgestalter Mann, breitet ein kleines Tuch aus roter Wolle auf dem Boden aus und legt getrocknete Feigen und Oblaten darauf: die *Sadaka*, den rituellen Almosen, der den Armen zum Andenken an den Verstorbenen gegeben wird und der die nutzlosen Blumensträuße und Rauschgoldkronen ersetzt.

Es ist aus. Wir machen uns auf den Heimweg, bunt durcheinander. Die alten rigoristischen Gebildeten haben den Trauerzug derjenigen, die selbst Hand an sich gelegt hat, nicht zum Grab begleitet. Nur die jungen Studenten haben dort für sie gebetet, denn die Jugend ahnt noch Dinge, welche die Menschen in ihrer Reifezeit meist vergessen.

Wie selten geschieht es, daß ein Mensch sich über einen langen Zeitraum hin entwickelt! ... Gewöhnlich nimmt das Wachstum der Gedanken ein frühes Ende.

Einer sagte mir: «Sie war unglücklich!» Wahrscheinlich wußte er nicht einmal, was es heißt, unglücklich zu sein. Wenn die Menschen das Leid verstanden haben, werden sie hart. Sie haben kein Mitleid, sie verurteilen ... Obwohl mir scheint, daß das Herz sich immer mehr öffnen müßte.

Es gibt Gelehrte, die bis zu ihrer letzten Stunde lernen wollten ... Warum sollte das, was für den Verstand gilt, weniger für die Erziehung der Empfindungen gelten? Seit ich in dieser Zaouïa, im Schatten des Islam lebe, seit ich Fieber habe und allein bin, freiwillig allein, erschrecke ich vor manchen Stunden meiner turbulenten Vergangenheit; meine Sinne sind zartfühlender geworden. Wenn ich nach diesem Rückzug wieder in das vergängliche Leben zurückkehre, werde ich die Liebe verstehen können ...

Ein sudanesisches Fest

Es ist vier Uhr; endlich, von einer Minute zur anderen, legt sich der Schirokko. Nach und nach verfliegt der Staub, aus dem Osten weht eine leichte Brise. Alles atmet auf. Türen knallen. Die *Ksour*-Bewohner und die Marabouts kommen heraus auf die Straße, über die der Wind einen großen Schleier aus feinem Sand gelegt hat. Immer noch stehen schleppende graue Dunstschwaden am Himmel, vor dem entflammten Horizont.

Ein lärmendes Geräusch erhebt sich im *Ksar*, eine Art rhythmisches, dumpfes Hämmern, das langsam näher kommt. Es sind die sudanesischen Trommelschläger. Ihre ungewöhnlichen Töne bereichern die saharische Kulisse von Kenadsa um den wunderlichen Hauch eines noch ferneren Afrikas.

Trotz jahrhundertelanger Zugehörigkeit zum Islam haben die Sudanesen die Bräuche einer fetischistischen Antike bewahrt, eine Poesie aus lärmenden Tönen und Gebärden, die ihren vollen Sinn in den von Ungeheuern heimgesuchten Wäldern entfalten konnte. Von den dumpfen Trommelschlägen hebt sich die helle Heiterkeit der doppelten Kupferkastagnetten ab, die mit schmalen Lederriemen an den Handgelenken befestigt sind. Einige tanzende Neger führen den Umzug an. Ihre Bewegungen sind natürlich, sie tanzen aus Lust an der Bewegung – alle hüpfenden Tänze knüpfen in irgendeiner Weise an die Tradition der Neger an; während der maurische Tanz, der sogenannte Bauchtanz, durch gewisse Verzögerungen in der Bewegung eine Bedeutung des heiligen Tanzes wiedergibt, der aus einem eher metaphysischen Orient stammt.

Hinter den lärmenden, affenartigen Musikern singt die Masse der

Sklaven einen halb arabischen, halb sudanesischen Klagegesang, durchsetzt mit schrillen, monotonen Refrains.

Ein Haufen Kinder summt wie ein Fliegenschwarm. Die kleinen Neger mit ihren steifen Haarbüscheln auf den glänzenden kahlen Köpfchen und ihren erdigen Hemden wirken von Natur aus lustig. Die weißen Kinder, winzige Marabouts in leuchtend bunten *Gandouras*, mit ihrer nur leicht von der Sonne gefärbten Haut, ihren feinen Zügen und dem glatten Zopf, der vom Mittelpunkt ihres geschorenen Kopfs in den Nacken fällt, wirken etwas chinesisch. Alles lacht und tanzt um die dickfelligen Sudanesen, die sich nur undeutlich daran erinnern, daß ihr Fest ein heiliger Ritus ihrer Rasse ist.

Die Musiker halten inne, ziehen ihre Sandalen aus und nähern sich den Marabouts, um deren Gewänder zu küssen; dann bilden sie einen Halbkreis, um das lärmende Getrommel wieder aufzunehmen.

Zwei Sänger treten in den Halbkreis; einander zugewandt beginnen sie zu tanzen mit großen, affenartigen Sprüngen und plötzlichem Fallenlassen in die Knie. Sie stampfen mit den Füßen auf den Boden, sie schlagen ihre rosa Handflächen über dem Kopf zusammen. Das ganze alte Negerblut erwacht und schäumt über, es triumphiert über die künstlichen Gewohnheiten der Zurückhaltung, welche die Sklavenschaft ihnen auferlegt. Sie werden wieder sie selbst, naiv und wild zugleich, süchtig nach Kinderspielen und barbarischer Trunkenheit, nahe der ursprünglichen Animalität.

Vor allem einer der Tänzer steigert seine Erregung bis zum Wahnsinn, es ist ein Alter mit knochigem Kopf, langen gelben Zähnen und verklärten Augen.

Dieses Schauspiel der Wildheit in dem so schlichten Dekor, vor dem gedämpften Hintergrund der Toub-Mauern, die von der Sonne nach und nach in die zarten Töne rosiger Haut getaucht werden, bereitet mir einen herben Geschmack.

Plötzlich lassen die Sudanesen sich niedersinken, wie zu Boden geschmettert. Nach einem Augenblick absoluter Regungslosigkeit, die wie ein kleiner Tod erscheint, richten sie sich halbwegs wieder auf, angestrengt hocken sie da, Sidi Brahim zugewandt.

Ein starker Wildgeruch entströmt ihren schweißgetränkten Schleiern, ihrer feuchtglänzenden Haut, deren Schwarz noch tiefer scheint als gewöhnlich.

Alle Hände erheben sich mit geöffneten Handflächen vor die Gesichter, wie aufgeschlagene Bücher.

Sidi Brahim rezitiert die *Fatiha*, das erste Kapitel des Koran.

Dann bittet er um den Segen Gottes und Sidi M'hammed-ben-Bou-Zianes für die Schwarzen, für alle Anwesenden, für die Einwohner des Gebietes von Kenadsa, für alle Ziania, für alle Muselmanen und für alle Muselmaninnen, ob tot oder lebendig. Danach betet der Marabout mit rührender Aufmerksamkeit zu Gott, er möge den Diener des Herrn und seines Propheten schützen und ihm zu aller Zeit und an jedem Ort beistehen . . . Ich verneige mich.

Nächtliche Brisen

Die Abendstunde ist hereingebrochen; in der von den ersten Brisen der Nacht erfrischten Atmosphäre geht die Sonne unter, und die Toub-Mauern atmen die ganze Hitze aus, die sie den Tag über gesammelt haben. In den Häusern herrscht zu dieser Zeit die erstickende Luft qualmender Öfen, draußen jedoch ist es angenehm, die ersten Schatten haben Linderung gebracht. Lange bleibe ich auf der Matte liegen, den Blick in die noch lila schimmernde Grenzenlosigkeit des Himmels getaucht. Ich lausche den letzten verstummenden Geräuschen der Zaouïa und des *Ksar*: den knarrenden Türen, die sich mit einem lauten Schlag schließen, den wiehernden Pferden, den meckernden Ziegen auf den Terrassen, dem Geschrei der kleinen afrikanischen Esel, traurig wie lange Schluchzer, den hellen Stimmen der Negerinnen . . .

Aus unmittelbarer Nähe, vom Hof her, höre ich Trommelschläge und den Klang zarter, zweisaitiger Gitarren, die einen recht wunderlichen Gesang begleiten, der eher nach einer Liebesklage als nach Musik klingt. Ab und zu senken sich die Stimmen, alles wird still, nur noch das Blut spricht.

Dann kommt wieder etwas Leben in die Dunkelheit, auf den Terrassen der Sklavenhäuser erscheinen Matten, Teppiche, Säcke.

Das Ohr horcht auf die erstickten Geräusche, das Küchengeklapper, die gedämpften, streitenden Stimmen, die gemurmelten Gebete. Der Geruchssinn berauscht sich an den Dünsten, die mit dem

Rauch von einem wirren Haufen schwarzer Haut aufsteigen, belebt vom lustig flackernden Schein der Herdflammen. Unterdessen zeichnen sich vor den Türen der Marabouthäuser andere Silhouetten ab. Dies ist das tägliche Leben, das ganze Leben des *Ksar*, und ich betrachte es wie etwas seit jeher Bekanntes und doch immer Neues.

*

Rechts, jenseits der Mellah, sieht man ein Stück Mauer, das noch spät in der Nacht erleuchtet ist. Seltsame Schatten bewegen sich vor diesem rötlichen Hintergrund. Bald huschen sie langsam hin und her, bald scheinen sie wie wild zu tanzen. Nachdem alle Stimmen verstummt sind, nachdem ringsum alles schläft, wachen die Aïssaoua immer noch.

In der unmerklich abkühlenden Nacht greifen die *Khouans* der erleuchteten Bruderschaft zu ihren Trommeln und lassen die schrillen Klagetöne der *Rhaïta* erklingen. Manchmal singen sie, langsam wie im Traum.

Ihre leicht schwitzenden Körper wiegen sich in einem immer schneller werdenden Rhythmus über den glühenden Kohlebecken, von denen berauschende Benzoe- und Myrrhedüfte aufsteigen. In ihrer Ekstase suchen sie das Vergessen und die Wollust.

*

Nachdem auch die Aïssaoua eingeschlummert sind, höre ich noch etwas anderes, ich sehe noch andere Formen . . .

Von den Terrassen her vernehme ich einen verwirrenden Atem.

Ich weiß, ich ahne, ich höre: es sind stöhnende, röchelnde Seufzer im Zimtduft der Nacht. Es ist die leidenschaftliche Brunstzeit unter dem ruhigen Sternenzelt. Die sehnsuchtsvolle Mattigkeit der heißen Nacht verschmelzt die im Begehren erblühenden Körper; es sind Umarmungen, eine andere Art des Schreckens: zu fühlen, wie die Zähne in Todeskrämpfen knirschen, wie die Brüste röcheln . . . Welch unerträgliche Angst! Mir scheint, ich würde in die heiße Erde beißen; aber die wahre Wollust ist noch höher, im Funkeln der Sterne, in der Erinnerung an wiedergefundene Augen und selbst erlebte Stunden, so wunderschön verlorene Stunden.

*

Eben noch sangen die erleuchteten Aïssaouas asiatische Kantilenen und zelebrierten die Glückseligkeit der Nicht-Existenz. Jetzt singen die schwarzen Afrikaner unbewußt ihre große Liebeshymne, eine Hymne an die ewige Fruchtbarkeit. Und ich, ich kenne eine noch fremdere und noch stärkere Musik, eine Musik, die das Herz in aller Stille bluten läßt; menschliche Lippen haben dieses Lied gemurmelt, Lippen, die nicht hier sind, die einen anderen Odem trinken als den meinigen, die eine andere Seele atmen, weil meine sich nicht hingeben konnte, weil sie nicht in mir war, sondern in den Dingen der Ewigkeit; meine Seele, die ich nun, in der tiefen, göttlichen Einsamkeit meines der Nacht des Südens dargebotenen Fleisches endlich besitze.

*

Als es Morgen wurde, kam plötzlich ein Westwind auf.

Jener Wind, den man kommen sieht, der Staubspiralen aufwirbelt wie schwärzlich aufsteigenden Rauch. In der ruhigen Luft nahte er mit schwerem Seufzen, das bald zu lautem Geheul wurde; ich beseelte ihn mit Lebensgewalt, ich fühlte mich emporgehoben von der verzehrenden Umarmung seiner Flügel – der Flügel eines Ungeheuers, das herbeigeeilt war, alles zu zerstören. Mit dem beharrlichen Geräusch eines leichten Platzregens rieselte der Sand auf die Terrassen.

Bei den Studenten

Am Abend dieses Tages holt der Sklave Farradji mich mit äußerst geheimnisvoller Miene ab, als ginge es um ein Komplott.

Er teilt mir mit, Si El-Madani, ein Bruder von Si Mohammed-Laredj, und einige seiner Freunde, Studenten der großen Moschee, wollten mich zum Tee einladen . . .

Unwillkürlich muß ich an die Beschreibungen all der unwürdigen Orgien denken, die das Buch *Le Maroc inconnu* von Mouliéras den marokkanischen Studenten zuschreibt. Weshalb trifft Farradji all diese Vorsichtsmaßnahmen, um mir die Einladung dieser jungen Leute zu übermitteln?

El-Madani habe ich schon mehrmals beim Gebet getroffen. Er ist ein schmalbrüstiger junger Mann, schmächtig und mit höflichen Manieren. Wie auch immer, ich nehme die Einladung an. Wir durchqueren leere Ställe, stille Höfe, in denen jahrhundertealte Bäume ihre altersschwachen Stämme winden. In diesem ganzen Viertel ist kein Mensch zu sehen. Unsere Schritte hallen auf den Steinplatten wider, als gingen wir durch ein Gewölbe.

Am Ausgang eines schwarzen, feuchten Labyrinths aus Korridoren voller Steine und Trümmer betreten wir plötzlich einen wunderschönen, mit verblichenen Bogenrundungen umgebenen kleinen Hof.

Eine Dattelpalme überragt die Mauer; es sieht aus, als stütze sie sich auf die Terrasse; sanft wiegt sie ihr Haupt mit den sich biegenden Wedeln. Wilder Wein klettert an einem Pfeiler empor und windet sich um den schrägen Stamm der Palme; in einem Schwall von Blättern und kleinen jungen Trauben läßt er sich von oben wieder herabfallen.

Si El-Madani und einige andere Studenten kommen mir entgegen. Mit großer Höflichkeit heißen sie mich willkommen. Es sind Söhne von Marabouts oder Ksour-Bewohnern, bleich und schwächlich, als wären sie im düsteren Schatten des Ksar verkümmert.

Si Abd-el-Djebbar, ein Nomade vom Stamm der Hamian aus Méchéria, der um des Studiums willen in die Zaouïa kam, sticht unübersehbar von allen anderen ab. Er überragt die degenerierten Stubenhocker um einen ganzen Kopf, dieser Sohn der Krieger von der Grenze, er ist kräftig, muskulös, mit männlichem Stolz in seiner Haltung, seinen zurückhaltenden, feinen Zügen, seinem sonnengebräunten Teint und dem Blick seiner länglichen braunen Augen, aus denen eine Flamme leuchtet, die gewiß nicht die der Intelligenz ist.

*

Wir betreten den Raum, in dem der Tee gereicht wird, durch eine geschnitzte Tür, deren Flügel in den verrosteten Angeln quietschen. Es herrscht ein rauchiges Halbdunkel. Die Eleganz einiger feiner Säulen mit einem ausgezackten Fries voller Arabesken, die in den Giebelstein gehauen sind, vollendet die Annehmlichkeit dieses

Ortes. Durch kleine Dachluken, die sich in einer Kuppel zu den lichten Himmelswassern öffnen, strömt fahles Licht herein und ergießt sich über das nilgrüne Steingut, das die mannshohen Sockel ziert, und flutet über den abgetretenen Estrich.

Eine Steinstufe führt zu dem zweiten, etwas höher gelegenen Teil der riesigen Wohnung. Dort ist der Boden mit Teppichen aus Rabat und weißen Wollmatratzen ausgelegt.

Unter den schwarzen, mit grün und rot gefärbtem Schilfrohr verflochtenen Deckenbalken läuft eine in zinnoberroten Buchstaben geschriebene Inschrift rings um die Wände: *El afia el bakia* – die ewige Gesundheit.

In den kleinen Nischen, auf den Regalen und den großen, mit mattgoldenen Blumen bemalten Truhen stapelt sich ein heilloses Durcheinander verschiedenartiger Gegenstände.

Arabische Bücher, Küchenutensilien, Kleidungsstücke und Teile vom Sattelzeug, Musikinstrumente und Waffen, alles kommt in einer reizvollen Unordnung zusammen. Unter den gewöhnlichen Töpferwaren aus Béchar fällt ein anmutiger Krug aus Venedig durch sein in seltenen Tönen schillerndes Kristall auf.

Man findet aber auch Kupferlampen mit langen Schnäbeln, grünes, mit Kleeblättern verziertes Porzellan, Steingutarbeiten mit eingebrannten Farben, und um die Augenweide zu vollenden, bieten sich die kleinen bunten Gläser auf dem scharlachroten Seidentuch der zierlichen Tabletts neben dem restlichen Teegeschirr wie wilde Blumen an.

Ich lasse mich neben dem vergitterten Fenster nieder; man sieht auf ein Chaos vom Regen ausgewaschener Ruinen. Dieses Baumaterial, das den Menschen einst teuer war, zerfällt in Staub und verwandelt sich in der Sonne wieder in unfruchtbaren Boden.

Farradji und sein Bruder Khaddou zünden die trockenen Palmzweige im Hof an, während Si El-Madani mir, ohne daß ich danach gefragt hätte, die Gründe erklärt, weshalb der Neger die Einladung der Studenten absichtlich in so viel Geheimnistuerei gekleidet hat.

«Weißt du, Si Mahmoud, die hiesigen Bräuche und Sitten verlangen, daß unsere Eltern und unsere älteren Geschwister nichts von unseren Vergnügungen wissen, oder daß sie zumindest so tun können, als wüßten sie nichts davon. Wir treffen uns hier, um angenehme Stunden miteinander zu verbringen und unsere Herzen an der Musik und der Rezitation der feinsinnigen Werke alter Dichter zu laben und sie an herzlichen Gesprächen zu erfreuen. Was hier geschieht, darf niemand wissen, außer Gott und uns . . . sonst könnten unsere Vergnügungen noch so harmlos sein, wir würden deshalb große Scham empfinden und uns ernsthafte Vorwürfe zuziehen. Deshalb habe ich diese Wohnung ausgewählt, den einzigen noch bewohnbaren Teil dieser alten *Casbah*, die mein Ahne Sidi Bou-Médine mir vererbt hat. Hier kommt niemand vorbei, niemand gibt uns Ratschläge, und niemand bevormundet die freie Zerstreuung unseres Geistes.»

*

Das Treffen verläuft in Form von Unterhaltungen und Gesprächen. Einer der muselmanischen Gebildeten geht, als wolle er die erheiternde Intimität unterstreichen, nach der gegenseitigen Vorstellung wieder zu seinen Näharbeiten über; er sucht Seiden für eine weiße Gandoura, die er mit feinen Stickereien verziert. Unter den marokkanischen Studenten sind solche Näharbeiten und Ornamentierung von Stoffen ein beliebter Brauch; sie sind ein Beweis für den guten Geschmack; man begeht keinen Fehltritt, wenn man sich dieser Beschäftigung auch in der Öffentlichkeit hingibt.

El-Madani nimmt eine dreisaitige Gitarre und beginnt mit nachlässiger Stimme eine nicht enden wollende andalusische Weise zu singen, die sich immer um ein und dieselbe Note dreht. Sein Cousin Mouley-Idris, ein schmächtiger Jugendlicher mit ungesundem, grünlichem Teint, begleitet ihn gedämpft auf einem Tamburin. Der schöne Hamiani Abd-el-Djebbar sieht in dieser Musik allenfalls eine Anregung zum Gähnen; der Länge nach auf dem Teppich ausgestreckt, liegt er da wie ein großer *Sloughi* und reckt seine harten Reitermuskeln, die durch die Untätigkeit kraftlos werden.

Ich lausche dem sehnsuchtsvollen, traurigen Lied und denke an das Leben dieser muselmanischen Studenten.

Jahrelange scholastische Studien im schmucklosen, schlichten Rahmen der alten Moscheen; fromme Übungen, die für die meisten dieser jungen Leute, die sich schon in frühen Jahren einer mystischen Bruderschaft angeschlossen haben, bis zur täglichen Ekstase gehen.

Unter dieser erzwungenen Strenge verbirgt sich eine große,

naive Fröhlichkeit, eine glühende Sinnlichkeit, die zu den kompliziertesten, den schwierigsten Abenteuern führt und, das muß man schon sagen, vor allem hier, im Westen, zu zahllosen heimlichen Lastern. Ein fast klösterliches Leben begünstigt diese Perversion der Sinne.

Eines schönen Tages geht der marokkanische Student, der die väterliche Autorität ohne Murren hingenommen hat, eine Ehe ein, ohne daß ihm seine Heirat auch nur die geringste Freude macht. Sein Dasein ändert sich. Es ist aus mit dem Traum und dem Studium. Er tritt in die Gesellschaft ein; von nun an existiert er nicht mehr in seinen persönlichen Lastern und in seiner Katzenhaftigkeit; er übernimmt die gelassenen, gebieterischen Manieren seiner Welt mitsamt dem korrekten, erstarrten Gesicht.

Doch oft wird er sich zurücksehnen nach der lustvollen Atmosphäre des sorglosen *Bith-es-sohfa*, des Treffpunkts, des Gemeinschaftsraums der Studenten.

Ob Marabouts oder Notabeln, die jungen Gelehrten machen sich schnell eine gewichtige Miene zu eigen. Ein paar Jahre, ein paar Monate sind genug, um ihren Charakter von Grund auf zu verändern. Sie nehmen teil an den Beratungen der *Djemâa*, und ein Mann, der berät, denkt nicht mehr so sehr für sich selbst. Sie führen Krieg; viele von ihnen reisen durch die muselmanischen Länder, andere pilgern nach Mekka . . .

Die Tradition der Ahnen macht all ihre Rechte geltend und erlaubt dem Individuum kaum, sich zu entfalten. Innerhalb kürzester Zeit wird es zum Teil seines Milieus. Ein solcher zu sein, bereitet ihm Freude und erfüllt ihn mit Stolz. Wenn diese ehemaligen Studenten, Sänger und Versleser einige Jahre später ihre eigenen Söhne heranwachsen sehen, werden sie ihnen gandenlos die gleiche strenge Regel auferlegen, über die sie sich als Jugendliche in ihren Gesprächen so oft beklagten; und auch ihre Kinder werden auf die heimlichen Vergnügungen angewiesen sein.

Bei dem wohlgeborenen Muselmanen darf, vor allem, wenn er in der Stadt lebt, nichts von seinen persönlichen Angelegenheiten, von seinem Familienleben, seinen Vergnügungen und seinen Lieben nach außen sichtbar werden.

Die den europäischen Studenten so teure Zurschaustellung der Vergnügungen ist dem Islam fremd. In ihrer zartesten Jugend werden die gebildeten Marokkaner darauf vorbereitet, ihre Freude zu verbergen. So erklärt sich ihre glühende aber beherrschte Natur; so erklären sich auch ihre starken inneren Leidenschaften, die an der Oberfläche nicht zu erkennen sind, und ihre lustvolle, so rasch verwelkende Intellektualität.

*

Die Zeit vergeht. Meine Gedanken werden verschwommen; ich gebe mich dem mitreißenden, melancholischen und altmodischen Charme der Instrumente hin, ohne daß ich den Wunsch hätte, irgend etwas zu tun; ich genieße die Kulisse der unerschütterlichen Gelassenheit, in der alles ohne Zuckungen heiter und ruhig unter der untergehenden Sonne des Islam dem Tode entgegenlebt. Die roten Buchstaben der sich über die Wände ziehenden Glaubensdevise lassen ihre Arabesken im Schatten wachsen. Mein Geist beruhigt sich unter einer lichten Liebkosung.

... Die Berührung der einmal besessenen Zeit ist wie die Berührung einer bleichen kalten Hand, die sich auf eine glühende Stirn legt ...

Die Kraft und die Ruhe der Dinge, die endlos zu währen scheinen, weil sie ihren Weg zum Nichts sanft, ohne Lärm, ohne Empörung, ohne Unruhe vollenden, weil sie dem unvermeidlichen Tod ohne einen Schauder entgegengehen.

Abendgedanken

Der Abend – wieder ein Abend – geht über der schläfrigen Zaouïa zur Neige. Lange Züge geschmückter, in lebhaften Farben erblühender Frauen gehen ihren Weg zum Brunnen, wie es seit zwei Jahrhunderten schon andere taten, mit dem gleichen weichen, hüftbetonten Gang, mit nackten Füßen, die voll auf den staubigen Boden gesetzt werden; wie andere, die einst hier vorbeizogen und heute nur noch ein wenig unfruchtbarer, verlorener Staub unter den kleinen Steinen des Friedhofs von Lella Aïcha sind.

Der leichte Wind zittert in den harten Blättern einer großen, heroisch wirkenden Dattelpalme, die sich wie ein Lanzenwedel hinter der Mauer erhebt. – Unter allen Bäumen ist die Dattelpalme einer Tempelsäule am ähnlichsten. Dieser Baum ohne Äste erinnert an Krieg und Mystizismus, einen Glauben an den Einzigen, ein Streben nach Höherem. Genau wie er entstand der Islam aus einer Idee der Geradlinigkeit und des Aufbrechens im Licht. Er gab den göttlichen Gefilden der Palmen und der Springbrunnen Ausdruck.

... Ich fühle, wie sich eine unendliche Ruhe über die Wirren meiner erschöpften Seele legt. Meine Leichtigkeit kommt aus mir selbst; endlich ist das Gewicht eines brennenden Tages von mir gewichen, und die Samtigkeit des anbrechenden Schattens legt sich über meine trockenen Lider. Es ist die bezaubernde Stunde, die Stunde, zu der in den Städten des Tell tröstender Alkohol die trägen Gehirne in Wallung geraten läßt ... Wenn der Himmel über die Städte sinkt, verspürt der Mensch das Bedürfnis, zur Einheit zu gelangen; und in Ermangelung eines Traums, weil er ein Ideal und weil er Enthusiasmus braucht, trinkt er.

Glücklich ist der, der sich allein an seinen Gedanken berauschen kann, der es versteht, alle Strahlen des Universums durch die Glut seiner Seele wie mit Äther zu betäuben!

Lange Zeit war ich nicht dazu fähig. Ich litt unter meiner Schwäche und unter meiner Lauheit. Jetzt, wo ich fern bin von den Massen, wo ich unvergeßliche Worte der Kraft in meinem Herzen trage, kann mir keine Trunkenheit schöner sein als die, die ein goldener und grüner Himmel in mich ergießt. Geführt von einer geheimnisvollen Kraft habe ich hier gefunden, was ich suchte; und ich genieße das Gefühl der glückseligen Ruhe unter Bedingungen, unter denen andere vor Langeweile erschaudern würden ...

*

Eines Tages saß ich bei einer feinfühligen jungen Frau, die ihr allzu bleiches Blut unter Algiers Himmel verdunsten sah und matt in den Kissen ihres Sofas lag; als sie die lärmenden Horden am Sonntagabend die Höhen von Mustapha herabsteigen hörte, sagte sie: «Wie traurig muß das Leben sein, wenn man so laut singen muß!»

So ist es leider! Wir alle haben mehr oder weniger Lärm gemacht. Unsere studentische Wildheit ließ sich darin aus. Die Leiden der Liebe mußten unser Schicksal erst noch veredeln. Uns war die Chance gegeben, den Anker nicht in die tiefsten Tiefen des Glücks zu werfen, wo unser Dasein sich auf dem seichten Flitter des täglichen Lebens gewiegt hätte und an uns vorübergegangen wäre. Beglückwünschen wir uns, daß wir die Erde kennengelernt und den winzig kleinen Platz gefunden haben, den der größte Gedanke einnehmen kann. Hier haben wir eine Ecke der Welt berührt, wo der Durst nach Neuerungen niemanden beunruhigt. Obwohl das materielle Leben auch hier starke Spuren hinterläßt . . .

Welches mögen die Ereignisse sein, die die Leidenschaft dieser Nomaden wecken, dieser Repräsentanten der ältesten Vergangenheit, dieser Marabouts voller Heiterkeit, welche die Arbeit geringschätzen und ihre Stirn in ein Licht der Zukunft tauchen?

Unter meinen Augen zieht ihr Leben dahin, und ich spiegele mich in ihm.

Auch heute abend will ich mich in dem schönen Wasser des Südens spiegeln. Auch heute will ich das Wasser trinken, das die Frauen vom Wüstenbrunnen holen; ich will fühlen, wie es über meine vom Fieber erhitzten Hände läuft, ich will sehen, wie es zwischen meinen Fingern perlt gleich dem Rosenkranz der höchsten Weisheit . . .

Die Rückkehr der Herde

Neben mir, auf der noch immer glühenden Terrasse, singt Ba-Mahmadou-ou-Salem mit sanfter Stimme die alten Litaneien des Propheten. Das rote Westlicht wirft einen bronzenen Schein auf sein dunkles Gesicht und wärmt seine weißen Schleier . . .

Plötzlich erhebt sich lautes Stimmengewirr in der Stille des schon auf die Nachtruhe vorbereiteten *Ksar*; es folgen knarrende Türen, wirres Geblök und Freudenschreie: «Der *Harrag* kommt zurück! Man bringt uns den *Harrag* wieder!»

Tatsächlich, es ist die unverhoffte Rückkehr der großen Herde der Marabouts und der *Ksour*-Bewohner, die kürzlich von arabischen Plünderern und Berabern vom Stamme der Aït-Khebbach geraubt worden waren.

Diese Wegelagerer hatten die Herde nach Westen entführt; aber nachdem der Ziania-Chérif des Ortes, Mouley Ahmed, sich die

Herkunft der Beute hatte erklären lassen, sagte er zu seinen Leuten, sie hätten eine große Sünde begangen, die Herde der Zaouïa von einem heiligen Terrain zu entführen. Er erklärte ihnen: «Ihr habt das Gut der Armen, der Reisenden und der Weisen geraubt . . . Wenn Ihr wollt, daß Gott und Sidi M'hammed-ben-Bou-Ziane Euch ihre Gnade zuteil werden lassen, werdet Ihr es unverzüglich zurückgeben.»

Nach einigem Zögern folgten die Plünderer Mouley Ahmeds ausdrücklichem Befehl und ernannten einen ihrer Verbündeten, El-Hassani von den Aït-Atta-Berabern, die Herde nach Kenadsa zurückzubringen und in ihrem Namen um Sidi Brahims Verzeihung zu ersuchen.

Die Sklaven eilten herbei, um dem Marabout, der im kühlen Schatten seiner großen weißen Wohnungen gerade das Gebet beendete, die glückliche Nachricht zu verkünden. Ich will die Szene der Vergebung aus nächster Nähe erleben und folge dem Marabout die Stufen hinunter.

Der Hof wimmelt von schwarzen Ziegen; wild und verstört drängen sie sich aneinander, springen sich gegenseitig auf den Rücken und flüchten sich bis in die letzten Winkel, bis hin in die längliche Pferdekrippe. Drei unberittene Männer, stark bewaffnete, schwarze Sklaven aus Bou-Denib, treiben die Herde.

Vor dem großen Tor steigt der Berbri El-Hassani von seinem mageren grauen Pferd.

Die Hand auf die Schulter des kleinen Messaoud gestützt, kommt Sidi Brahim langsam näher, bahnt sich mühselig einen Weg durch das Gewirr der Herde.

«Seid willkommen, meine Söhne! Gott belohne euch für das gute Werk, das ihr vollbracht habt!»

Darauf küssen diese hartgesottenen Männer ehrfurchtsvoll die Schleier und die Hände des Marabout, der sie seinerseits bewegt umarmt . . .

Welch schönes Schauspiel der unvergeßlichen Geschichte!

Leute aus dem Westen

El-Hassani ist ein mittelgroßer, bartloser, hagerer und muskulöser junger Mann. Er trägt bescheidene Kleider aus sehr sauberer weißer Wolle. Auf seinem Haupt rollt sich die *Tercha*, ein kleiner runder Turban; er trägt Nomadensandalen, die mit einem Lederriemen zwischen den Zehen befestigt sind. Sein scharfgeschnittenes, schmales und blasses Gesicht hat einen energischen, intelligenten Ausdruck, und oft umspielt ein spöttisches Lächeln seine feinen Lippen. El-Hassani gilt als ein Mann des Schießpulvers.

Während die Neger aus Bou-Denib Grüße und Umarmungen mit ihren Brüdern aus Kenadsa austauschen, bleibt der Berbri neben der Mauer sitzen, seine Winchester zwischen den Knien.

Als wir wieder auf der Terrasse sind, fragt Sidi Brahim mich, ob es mir unangenehm wäre, wenn El-Hassani und Mouley-Sahel, einer der Schwarzen aus Bou-Denib, mit in meinem Raum untergebracht würden.

Ich bin einverstanden, gespannt auf meine neue Nachbarschaft. Dann erzählt der Marabout mir lange von den Berabern.

«Wenn du je in den Westen kommst, werden dir die Beraber und vor allem die Aït-Atta die besten Führer sein. Wenn einer von ihnen dir gesagt hat: ‹Du bist unter dem Finger Gottes und unter dem meinigen, ich stehe für dich ein›, kannst du mit ihm gehen, wohin er dich führen will. Du wirst gesund zurückkommen, es sei denn, ihr kämet alle beide um. Nie brechen die Beraber einen Schwur.»

Lachend fügt der Marabout hinzu: «Wenn du dir ein Bild über die Geschicklichkeit dieser Leute machen willst, beobachte El-Hassani, der noch unten im Hof ist, wie er sich bewegt.»

Von der Höhe der Terrasse aus werfe ich durch eine der Schießscharten einen Blick in den Hof, in dem es von Sklaven und *Ksour*-Bewohnern wimmelt, die hin- und herlaufen, um die Ziegen zu identifizieren. El-Hassani läßt diesen ganzen Tumult gleichgültig an sich vorübergehen; er befindet sich noch auf seinem Posten, er hat seine Mission erfüllt, das reicht ihm.

Sidi Brahim erhebt sich und ruft den Berbri: «Setz dich zu uns, mein Sohn, komm über die Terrasse.»

Lächelnd steht der Berbri auf. Er wirft sein Gewehr über die Schulter und faltet seinen Burnus zu einem kleinen Päckchen, das er mit einer kräftigen Handbewegung zu uns heraufwirft. Einen Augenblick inspiziert er die glatte Toub-Mauer, die gut sechs oder sieben Meter hoch ist.

Plötzlich springt er mit affenartiger Geschmeidigkeit hoch; dabei hält er sich mit seinen Fingernägeln und seinen Füßen an Unebenheiten in der Mauer fest, die ich mit bloßem Auge nicht einmal erkennen kann. Fast mit einem Satz ist er auf der Brüstung der Terrasse.

Welch wunderbare Kletterkunst!

«Si El-Hassani», sage ich zu ihm, «im Grunde tut man gut daran, dein Freund zu sein und nicht dein Feind, denn wie sollte man dir entkommen? Für dich gibt es keine Mauern.»

Der Berbri lächelt und antwortet mit einer vollendeten Geste der Gewogenheit: «Mouley Mahmoud, alle, die Sidi M'hammed-ben-Bou-Ziane dienen, sind meine Brüder und meine Freunde.»

Er spricht Arabisch mit einem leichten Akzent, der jedoch nicht der gleiche ist wie der der anderen Beraber.

El-Hassani hat die ruhigen und gelassenen Manieren eines Mannes, der seinen Wert kennt, der selbstbewußt und sicher ist. Mouley-Sahel, sein schwarzer Begleiter, der sich damit begnügt hat, die Treppe heraufzusteigen, redet im Berberdialekt lange auf ihn ein. Mehr um dem Wunsch seines Begleiters zu entsprechen denn aus Prahlerei, erzählt El-Hassani uns ein Abenteuer, das ihm vor drei Jahren widerfahren ist.

«Mit meinen Brüdern, den Aït-Atta, wollte ich an den Leuten eines an der Straße von Tafilalt gelegenen *Ksar* Rache üben. Erst vertrieben wir die *Ksour*-Bewohner. Und als die Nacht nahte, wollten wir eine isolierte und gut verschlossene kleine *Casbah* besetzen. Ich kletterte die Mauer hoch, um die Tore zu öffnen. Oben angelangt, wollte ich innen wieder heruntersteigen, wurde aber von vier oder fünf *Ksour*-Bewohnern, die sich im Hof versteckten, angegriffen. Sie siebten mich mit Gewehrschüssen und Steinen. Ich versuchte, mich oben auf der Mauer einzurichten, um nach Lust und Laune auf diese Hunde zu schießen, verfing mich aber mit den Falten meines *Seroual* an der Spitze eines Balkens. In der Luft hängend, aber mit freien Armen, gab ich Feuer. Ich bin sicher, zwei der *Ksour*-Bewohner, die beiden, die Gewehre hatten, getötet zu haben; die anderen haben sich davongemacht, sind über die gegenüberliegende Mauer gesprungen und über das Feld geflüchtet; meine Gefährten haben dafür gesorgt, daß sie im Spartgras liegenblieben. – Im Inneren der *Casbah* gab es gemahlenen Weizen, Butterberge, eine kühle Zisterne und süße Datteln: als Belohnung für unsere Mühen genossen wir ein gutes Mahl.»

El-Hassani erzählt uns diese Geschichte wie einen unwichtigen, komischen Zwischenfall aus dem Leben eines Kletterers.

Sidi Brahim läßt uns allein.

Die beiden Männer aus dem Westen sind müde, sie strecken sich auf dem Teppich aus, ihre Gewehre unter den zusammengefalteten Burnussen, die ihnen als Kissen dienen. Bald sind sie eingeschlafen. Nur ich bleibe wach in der verschwommenen Helligkeit des vom Mondlicht erhellten Zimmers.

Morgen werden diese Reisenden wieder aufbrechen. Sie werden wie phantastische Schatten durch mein Leben gehuscht sein, mit den Gesten einer Kriegspantomime. Ich denke an andere, weniger schöne Hampelmänner, die mit schwächeren Fäden bewegt werden. Ich stelle mir einen El-Hassani vor, der, umringt von einem Zirkus europäischer Amateure, ins Leere schießt und von seinem, auf purpurroten Samtbänken sitzenden, Süßigkeiten kauenden Publikum beklatscht wird; ich denke auch an das, was Sidi Brahim mir gesagt hat. Ich sage mir, daß es im Grunde so einfach wäre, eines Tages mit Männern wie diesen aufzubrechen, meinen Traum und meinen Durst nach allem Unbekannten durch die Zaouïas Marokkos spazierenzuführen, nach Bou-Denib, nach Tafilalt, in das ferne Tisint, ganz hinten am Eingang der großen leeren Wüste . . .

Nächtliche Visionen

Ich befand mich mit Maammar-Ould-Kaddour, einigen Rzaïna-Nomaden aus Saïda und mehreren *Mokhazni* aus Béchar, die zur Pilgerfahrt nach Kenadsa gekommen waren, auf dem Rückweg von einem Ausritt zu den salzigen *Sebkhas* an der Straße von Bou-Denib. Die heiße, drückende Mondnacht erfüllte den Schlaf der Gärten mit schwerer Sinnlichkeit. Aus der Stille erhoben sich Geräusche, die wie erleichterte und glückliche Seufzer klangen.

Man fühlte das unerschöpfliche Leben aus allen Poren der Erde, aus all den erschöpften Pflanzen quellen.

Wir zogen schweigend und matt unseres Weges. Die Pferde trabten lautlos durch den feinen Sand. In einer schmalen Gasse, zwischen zwei Tonmauern, hielten sie inne, um aus einer klaren *Séguia* zu trinken.

Plötzlich legte ein Reiter mir seine Hand auf die Schulter.

Unter den Palmen des Gartens standen ein Nomade und eine Frau aus dem *Ksour*, dicht aneinander gedrängt.

Ich erkannte den Araber an seinem hohen algerischen Turban. Es war Abd-el-Djebbar, der Hamiani, der mir schon unter den Studenten der Moschee von Kenadsa aufgefallen war.

Er murmelte: «Ich bin dein Bruder . . . Bei der Liebe Gottes, sei mein!» Und seine starken Hände verdrehten die zerbrechlichen Handgelenke der jungen Frau mit dem wachsbleichen Gesicht.

Sie war schön, wie eine Braut geschmückt. Eine lange Tunika aus roter Wolle wand sich in lustvollen Formen um ihren Körper. Auf der Stirn trug sie ein Diadem aus Silberblumen, und das Licht des Mondes spiegelte sich im Glanz ihres Schmucks. Ihre Stirn war so rein, daß die Sterne darauf zu weinen schienen . . .

Sie war zu diesem verwegenen Stelldichein gekommen, in einer so ruhigen Nacht voll heimlicher Tücken. Und jetzt zitterte sie, sie bat den schönen Nomaden, diesen Sohn einer anderen Rasse, dessen wilde Glut sie erschreckte, um Gnade.

Abd-el-Djebbars Herz schien mir so laut zu schlagen, daß ich es jenseits der Mauer hören konnte . . .

Die Arme umspannten den bebenden Körper der *Ksour*-Frau, hoben ihn in der Umarmung vom Boden ab. Sie machte sich so steif sie konnte, wollte schreien. Aber die gierigen Zähne des Nomaden fingen ihren Verzweiflungsschrei auf den Lippen ab und erstickten ihn in einem fleischlichen Kuß, der wie ein großer Biß wirkte. Die beiden in der erhabenen Leidenschaft der Liebe krampfhaft verschlungenen Körper rollten in den Schatten, rollten über den Boden, der empfänglich ist für alle Fruchtbarkeiten wie für alle Toten.

In diesem Augenblick gab Maammar seinem Pferd plötzlich die Sporen, daß es sich bäumte, und sagte unter einem etwas erstickten Lachen: «Laß sie! Wir Arabersöhne, wir verstehen etwas von der

Liebe. Wir setzen unser Leben für die Frauen aufs Spiel; aber wenn wir sie in der Nacht wie ein Gazellenjäger nehmen, drücken unsere Arme sie an die Brust, daß ihnen die Knochen brechen, und die verweichlichten Liebkosungen der *Ksour*-Bewohner werden den Kuß des Nomaden nie in Vergessenheit geraten lassen.»

Die verschlungenen Schatten schienen sich im Grün des Gartens zu vergraben. Wir ritten weiter und ließen diese Vision der Liebe und der Kühnheit hinter uns zurück.

Die Kifraucher

In diesem *Ksar*, wo es nicht einmal ein maurisches Café gibt, wo die Leute keinen anderen Treffpunkt haben als den öffentlichen Platz und die irdenen Bänke, habe ich am Fuß der Festung an der Straße von Béchar einen Ort entdeckt, wo Kif geraucht wird.

Es ist ein länglicher Saal in einer Art halbverfallenem Haus hinter der *Mellah*; nur durch ein einziges «Auge» in der Mitte der aus verrauchten, krummen Balken bestehenden Decke fällt Licht herein. Die Wände sind schwarz, nur die zahllosen helleren Eidechsen ziehen ihre Streifen, wie Wunden auf der eintönigen Oberfläche. Auf dem gestampften, etwas staubigen, nur selten ausgefegten Boden liegen abgegessene Granatäpfel und Abfälle aller Art herum.

Dieser eigentümliche Ort dient als Zuflucht für die marokkanischen Vagabunden, die Nomaden, für alle möglichen Landstreicher und Leute, die einen schlechten Eindruck machen. Das Haus scheint niemandem zu gehören; es ist eine Art dunkle Absteige, in der man seine Nächte verbringt, wenn man keinen Rat mehr weiß; sie wirkt, als hätte man sie für ein malerisches Theater dorthin gestellt, eine Art Vorzimmer des Verbrechens.

In einer Ecke liegt eine saubere Matte mit ein paar Kissen aus verziertem Leder. Auf der Matte steht eine große arabische Truhe, geschmückt mit lebhaften Malereien; sie dient als Tisch. Auch hier ein Rosenstrauß mit kleinen blaßrosa Blüten neben einem Strauß aus Gartenkräutern in einem bauchigen Krug aus der Tell-Gegend, auf dem geometrische Zeichnungen und Arabesken zu sehen sind; dahinter ein dreifüßiger kupferner Wasserkessel, zwei oder drei

Teekannen und ein Korb aus Zwergpalmblättern, der vollgestopft ist mit getrocknetem indischem Hanf. Das ist der ganze Dekor, die ganze Inszenierung des kleinen Kreises der Kifraucher, bestehend aus Leuten, die ihre Bequemlichkeit lieben.

Fast hätte ich einen zahmen Geier vergessen, der mit einem Fuß an ein grobes Gestänge aus Palmzweigen angebunden ist.

Die *Berrania*, die Fremden und die Umherirrenden, die auf diese Zuflucht stoßen, gesellen sich manchmal den Kifrauchern hinzu, obwohl diese eine sehr abgeschlossene Gesellschaft bilden, in die man nur schwer hineinkommt; zwar sind auch sie Reisende, die ihre Träumereien durch die Länder des Islam tragen, aber die Gefolgsleute des halluzinierenden Rauchs, die sich in Kenadsa treffen, gehören zur höchsten Klasse der Gebildeten.

Hadj Idris, ein aufgeschossener, hagerer, sonnengebräunter Filali mit einem sanften, wie von einem inneren Licht erleuchteten Gesicht, ist einer jener familienlosen Entwurzelten ohne festen Beruf, die in der muselmanischen Welt zahllos vertreten sind. Seit 25 Jahren irrt er, arbeitend oder bettelnd, je nach Gelegenheit, von Stadt zu Stadt.

Er spielt *Goumbri*, eine kleine arabische Gitarre mit zwei Saiten, die über einen Schildkrötenpanzer gespannt sind, und einem Griffbrett aus geschnitztem Holz.

Hadj Idris hat eine schöne, tiefe und klare Stimme, besonders geeignet, um die alten andalusischen Lieder mit ihren melancholischen und zärtlichen Weisen zu singen.

Si Mohammed-Behaouri, ein noch sehr junger Marokkaner aus Meknès mit blassem Gesicht und liebevollen Augen, ist ein umherirrender Poet, der auf der Suche nach Legenden und arabischer Literatur durch Marokko und Südalgerien zieht; um sich seinen Lebensunterhalt zu verdienen, komponiert und rezitiert er Verse über die Köstlichkeiten und Schrecken der Liebe.

Ein anderer kommt vom Djebel Zerhaoun. Ein Mediziner und Zauberer, klein, zäh und muskulös; seine Haut ist gegerbt von der Sonne des Sudan, wo er jahrelang mit den Karawanen herumreiste und von der senegalesischen Küste bis nach Tombouctou vagabundierte. Er verbringt seine Tage, indem er gemächlich Medikamente mischt und in alten Zauberbüchern aus dem Maghreb blättert.

Der Zufall führte all diese Leute nach Kenadsa. Morgen werden sie wieder fortgehen, jeder auf einem anderen Weg, unbekümmert der Vollendung ihres Schicksals entgegen.

Ihre gemeinsamen Vorlieben haben sie an diesem schmucklosen Zufluchtsort zusammengeführt, wo sie die langsamen Stunden ihres sorglosen Lebens dahinfließen lassen.

*

Am Abend fällt ein schräger rosiger Strahl durch das Auge in den halbdunklen Saal. Die Kifraucher, die sich einen duftenden Basilikumzweig in den Turban gesteckt haben, rücken näher zusammen. Längs der Mauer hocken sie auf ihrer Matte und rauchen ihre kleinen Pfeifen aus roter Erde, gefüllt mit indischem Hanf und zerstäubtem maurischem Tabak.

Hadj Idris stopft die Pfeifen und reicht sie weiter, nachdem er das Rohr aus Höflichkeit sorgfältig an seiner Wange abgewischt hat. Wenn seine Pfeife leer ist, nimmt er den übriggebliebenen kleinen Glutklumpen vorsichtig heraus und legt ihn in seinen Mund – er fühlt das Brennen nicht –; dann stopft er die Pfeife neu und entzündet sie an der glühenden Asche, die über Stunden nicht mehr erlischt. Der außergewöhnlich intelligente Filali mit seinem feinsinnigen, durchdringenden, vom dauernden Halbrausch besänftigten Geist, nährt seinen Traum mit dem betäubenden Rauch.

*

. . . Die Vergessenssucher singen und klatschen dazu langsam in die Hände; noch spät in der Nacht erheben sich ihre Traumstimmen im schwachen Schein einer viereckigen Glimmerlaterne; nach und nach werden die Stimmen leiser, langsamer, gedämpfter; schließlich verstummen die Kifraucher, den Blick auf ihre Blumen gerichtet, in voller Ekstase.

Sie sind Epikuräer, sinnliche Menschen, vielleicht Weise, die in der Lage sind, in dieser finsteren Zuflucht der marokkanischen Vagabunden bezaubernde Horizonte zu vernehmen, wunderbare Städte zu errichten, in denen das Glück tanzt.

Abend in Kenadsa

Gegen vier Uhr, nach dem *Asr*-Gebet, geht die Sonne allmählich über den steinigen Hügeln Marokkos unter.

Die überhitzte Erde atmet die große Mattigkeit des unwiederbringlichen Tages; die schweren Stunden der Betäubung und der drückenden Hitze sind vorbei. Ich empfinde ein angenehmes Wohlgefühl, ähnlich wie nach einer vermiedenen Gefahr oder bei der Erlösung aus einem Alptraum nach dem Erwachen; in Begleitung eines Sklaven wandele ich langsam durch die Gärten, versetzt mit niedrigen Mauern, über die man hinüberklettern muß.

In Kenadsa gibt es keine großen feuchten Palmenhaine wie in Figuig oder in Béchar: die Gärten liegen in der offenen Wüste und kämpfen mühsam gegen das allmähliche, hartnäckige Eindringen des Sandes und die tödliche Trockenheit der benachbarten *Hamada*. Sie bestehen aus kleinen Dattelfamilien, fünf oder sechs, die dem gleichen Stamm entspringen; aus trächtigen Obstbäumen, die nur spärlichen Schatten spenden und ihre staubig-samtigen Früchte in die *Séguias* fallen lassen, und schließlich aus den Rinnsalen, welche die vergoldeten kleinen Felder beleben, auf denen die magere Gerstenernte geschnitten wurde.

Dennoch findet man schattige Plätze voll köstlicher Frische neben den Mauern, wo die Sonne weniger brennt, im Gewirr der Weinranken und Lianen, welche die Palmen und Granatapfelbäume umschlingen, unter den ausladenden Zweigen der verdorrten Feigenbäume.

Hier und dort fangen große grünliche Weiher das überschüssige Wasser aus den Bewässerungsrinnsalen auf. Zahllose kleine Oasenkröten modulieren ihr melancholisches Lied.

*

Es sind meist schwarze Feldarbeiter, die die Gärten für ein Fünftel der Ernte bestellen. Sie verleben gemächliche Tage zwischen den Bäumen und verstehen sich außerordentlich gut darauf, die zauberhafte Unordnung ihrer Pflanzungen zu schmücken. Alle bauen das *Zafour* an, mit den wunderschönen orangefarbenen Blüten, deren Farbe die Frauen benutzen, um Stoffe zu färben und sich zu schminken. Manche stützen diese zierlichen Pflanzen, die lange dünne

Trauben aus malvefarbenen Blüten treiben, mit den Zweigen des wilden Buschwerks ab; andere betten sie in ein massives Dickicht aus violetten Astern, die aus den Wadis der Wüste geholt werden. Meine Augen laben sich noch an den großen blätterreichen Rosenbüschen, den syrischen Rosen.

Doch die gastfreundlichen Feldarbeiter beeilen sich, den Tee zu bereiten. In den Zipfeln ihrer erdigen Burnusse bringen sie mir kleine goldene Aprikosen und Mandeln: der Gast der Zaouïa ist ihnen stets willkommen.

*

Eines Abends kam der älteste von ihnen, ein alter Marokkaner vom Stamm der Sedjaa mit krummem Rücken und ausgezehrtem Gesicht und schenkte mir einen Strauß aus Granatapfelblüten und ein Büschel Zwiebeln.

«Sieh, die Blumen und die Früchte meines Gartens sind nicht gerade üppig; ich bin ein armer Greis und kann dir nichts anderes bieten, um dich willkommen zu heißen. Nimm dies spärliche Gemüse; – Gott verteilt den Reichtum auf gerechte Weise! – nimm meine bescheidene Gabe und verzeih mir . . .» Ich wagte es nicht, dieses naive und rührende Geschenk abzulehnen; ich fürchtete ihn zu beleidigen, den alten Gärtner, der mich schamerfüllt mit seinen armen Augen ansah, als schulde er mir die Erzeugnisse seines Gartens.

*

An den schattigen Rändern der *Séguias* wächst Pfefferminz und Basilikum, bleich und verkümmert; dennoch verströmen diese Pflanzen einen zarten Geruch; ihr Duft schwebt in der noch heißen Luft, vermischt sich mit anderen, zarteren, undefinierbaren Pflanzengerüchen.

In diesen Gärten von Kenadsa finde ich die Ruhe und die süße Schläfrigkeit der anderen saharischen Gärten wieder, doch ohne jenes geheimnisvoll beklemmende «Etwas», welches die Seele der tiefen Palmenhaine und der Wälder ausmacht.

*

Der Tag geht zur Neige. Die Dattelpalmen schwimmen im Rot des violetten Himmels. Wir verlassen die Gärten, in denen nun das Fieber aufsteigen wird.

Große lila Schatten ziehen sich über die Steine, die sich in der letzten Sonnenglut rötlich färben.

O ewige Trunkenheit der Abende des Südens, alltäglich und doch nie gleich; solange das Leben in meinen Augen leuchtet, werde ich nicht müde, deine Macht in mich einströmen zu fühlen! Wie schön, wie allein, wie ergreifend sie ist, diese traurige, beängstigende Stunde, wo man plötzlich fühlt, wie die Wüste sich verdunkelt und verschließt, als wolle sie die Eindringlinge, die ihre trostlose Schwelle überschritten haben, um ihre Köstlichkeiten zu genießen, für immer bewahren!

Liebe am Brunnen

Über den Pfad, der unten an der Festung entlangführt, nähern sich die Frauen des *Ksar* Sidi-Embareks Brunnen. Im schönsten, vergehenden Sonnenlicht färben sich ihre Schleier mit unerhörter Intensität. Die Stoffe schillern prächtig, als wären sie wertvollster Brokat. Von ferne könnte man meinen, die *Ksour*-Frauen seien mit den seltensten, mit Gold und Edelsteinen besetzten Seiden gekleidet. Ihrer Anmut undeutlich bewußt, bewegen sich diese Frauen, die Gruppen vermischen sich untereinander, und das violette Farbspektrum verändert sich von Augenblick zu Augenblick, wie ein sich bewegender Regenbogen.

Manche von ihnen, vor allem Sudanesinnen oder Nomadinnen, zeichnen sich mit ihren reinen Bewegungen, ihren tadellosen Haltungen, ihrem leicht geschwungenen Kreuz und ihren angewinkelten Armen, mit denen sie die schweren vollen Krüge auf ihre Schultern heben, malerisch vor dem Hintergrund ab.

Andere Frauen mit einem schön geschnittenen, ausdrucksvollen Gesicht entfernen sich durch die zugleich schüchterne und wilde Sinnlichkeit ihres Blicks von der üblichen Schönheit und Koketterie; und unter dieser gewissermaßen natürlichen Scheinheiligkeit, die vielleicht der erste Ausdruck der Scham ist, erstrahlt plötzlich, wie ein Blick durch die Maske, der unvermutete Glanz eines Lächelns, aus dem die Feurigkeit der Sinne ungehemmt hervorbricht.

Ein starker Geruch von leicht schwitzender Haut und Zimt steigt in der lauen Luft von den Frauengruppen auf.

Am Brunnen gesellen sich Männer zu ihnen, Neger oder Nomaden, Douï-Menia, Ouled-Djerir, Ouled-Nasser, die ihre Pferde tränken.

Während die schwarzen Sklaven mit den Frauen scherzen und lachen, während man es nicht einmal für nötig hält, die Frauen vor ihnen zu verbergen, betrachten die Männer der Wüste sie aus den Augenwinkeln, mit kurz auflodernden Flammen in ihren flackernden Augen.

Wie viele Intrigen mögen so geknüpft worden sein, in unmittelbarer Nähe von Aïn-Sidi-Embarek, während die erschöpften Pferde ihre Nüstern in den frischen Strahl des unterirdischen Wassers hielten!

Mit kaum angedeuteten Gesten und kurzen Blicken verständigen sich die Nomaden mit den *Ksour*-Frauen und verabreden sich für die günstigen Stunden der Nacht.

Auch hier finde ich ein wenig von der Poesie der arabischen Lieben wieder, der Nomadenlieben, die oft im Blut enden.

Die weniger überwachten und keckeren Jüdinnen nähern sich den Männern völlig frei und verteilen herausfordernde Blicke unter ihren gesenkten Lidern, die gerötet sind vom scharfen Rauch der getrockneten Palmen in den schwarzen Läden der Mellah.

*

Es ist die fröhliche und freie Abendstunde, die Stunde, wo die Frauen, weit entfernt von der drückenden Autorität der Männer, plaudern und lachen und das gefährliche Spiel spielen. Angesichts all dieser Einfältigkeiten denke ich an andere, schöne und komplizierte Romane, die im Grunde die gleichen sind – es sei denn, das Wesen der Liebe läge gerade in ihrer differenzierten Suche und eher im Leiden am Unmöglichen als in der leidenschaftlichen Geste ... Für wie viele Menschen trifft das zu?

In anderen, weniger schönen Farben als denen jener einfachen, die Körperformen nachzeichnenden Schleier, bietet sich Leidenschaft in den Städten hemmungslos an; eine oft so häßliche, so abstoßende Leidenschaft – die gefräßige Leidenschaft, die nach dem Leben trachtet, die das Leben durch ständigen Neubeginn verlängern will. Auch höher und ferner, unter der Maske des Geistes, unter dem einstudierten Lächeln der wohlanständigen Salons verrät sich die Gewalt eines Hungers, der die Augen entflammen läßt, der die Stimmen verzerrt und einen weißen Schatten über die bebenden Lippen fliegen läßt ebenso wie hier, neben dem Wüstenbrunnen ...

Oh! wie sehr habe ich schon in all den Männern und all den Frauen gelebt! Und wie traurig machte mich diese ewige Sinnlichkeit, die in den Adern der Welt fließt, solange ich in ihr das erschreckende Bild der Fatalität sah.

Jetzt kann ich dem natürlichen Spiel ohne Angst mit belustigten Augen folgen. Die Liebe hat hier keinen andern Anspruch als sich selbst, und vielleicht müßten wir sie wieder darauf zurückführen, um uns vor der Natur zu demütigen, um das zu schmähen, was keine Verwendung in uns hat, das nutzlose Organ, diese unruhige Seele, die keine Ruhe finden wird.

Zigeunerinnen der Wüste

Es macht mir Spaß, die Merkmale so verschiedener eingeborener Rassen zu beobachten, die ihre Reinheit nahezu bewahrt haben.

Da kommen zum Beispiel selbst hier, an diesem verlorenen Ort, fremde Frauen zu uns, sie kommen von einem Lager der Douï-Menia-Ouled-Slimane, die sich für einige Tage am Fuß der Barga östlich der Koubba von Lella Aïcha niedergelassen haben.

Die Meniaï sind größer und hagerer als die *Ksour*-Bewohner, aber auch kräftiger unter ihren dunkelblauen Schleiern. Ihre etwas schwierige Eleganz ließe sich sozusagen als «die Kunst, Lumpen zu tragen», beschreiben.

Daß eine Frau trotz Edelsteinen, trotz Flitter und Bändern, trotz kunstvoller Frisuren, trotz gutgeschnittener Kleidung und allerlei Ziererei, trotz starker Parfüms und der ganzen Wissenschaft der

Schneiderei aussehen kann wie ein Haufen Lumpen, beweisen die meisten Jüdinnen aus Algier, die ihre traditionelle Tracht abgelegt haben, um sich nach französischer Art zu kleiden. Im Gegensatz dazu haben die Frauen der plündernden Nomaden unter ihren Wollfetzen, in die sie sich hüllen, eine Barschheit des Auftretens, die gewissen sportlichen Allüren nicht unähnlich ist. Sie sind vielleicht die einzigen Frauen Afrikas, die es verstehen, gehobenen Schritts zu gehen. Die armseligen Stoffe, mit denen sie ihre Nacktheit verhüllen, scheinen eins zu sein mit ihrer unbeugsamen Gestalt. Wenn der schneidende Wind sie noch schlanker macht und ihre Tunika gegen die sehnigen Formen ihrer Beine preßt, heben sie sich wie magere Wölfinnen von dem kupfernen Himmel und der Blässe der toten Böden ab. Man könnte meinen, sie kämen aus der Tiefe der Zeiten und wären wie ihre Männer gerade dabei, ihren Anteil an der Kriegsbeute in die Höhle zu bringen . . .

Die Vermischung mit den Berbern hat den Typ ihrer schmalen, sonnengegerbten Gesichter ein wenig verändert, doch immer noch bewahrt er einen gewissen semitischen Ausdruck, der von einem wilden Asien ererbt scheint. Ich stelle mir vor, daß die Krieger von Semiramis solch gesunde Rundungen und ähnliche Augen gehabt haben müssen, länglich und feurig wie die der schwarzen *Sloughi*.

Diese Frauen haben Gesten, die ich bei den Frauen der Araber nie gesehen habe, und erst recht nicht bei den Maurinnen. Sie gehen ohne Schüchternheit und ohne vor den Männern der anderen Stämme ihre Hüften zu wiegen. Sie scheinen keine Spur von Koketterie zu kennen, und doch ist das Lächeln ihrer roten Lippen stärker als die sudanesische Sinnlichkeit und die Selbstgefälligkeit jüdischer Münder.

Für den Mann des Südens ist die Jüdin unrein. Nie haben die Nomaden die weiße, etwas kränkelnde Schönheit der Mädchen aus der Mellah bemerkt. Die beiden Rassen leben Seite an Seite und dulden sich, ohne sich je miteinander zu vermischen, ja sogar ohne sich anzunähern. Der Hirte und der Plünderer brauchen den Juden oft und können erbittert mit ihm streiten; doch sobald ihr Handel erledigt ist, haben sie kein gemeinsames Interesse, keinen gemeinsamen Gedanken mehr.

Die Frauen vom Stamm der Douï-Menia sind die Zigeunerinnen der Wüste, nur haben sie eine noch überraschendere Ausstrahlung.

Ihre wilde Schönheit schimmert durch die Löcher ihrer erdfarbenen Tuniken hindurch. Die Armut it für sie eine ganz natürliche Sache, nicht etwa ein Verfall. Sie stellen sich vor, aller Luxus läge in der Schönheit eines Pferdes oder im Griff eines Dolches.

In der Mellah

Nach Einbruch der Nacht verstummen allmählich auch die wirren Geräusche um den Brunnen, in dem noch stiller gewordenen Tal.

Ich kenne all die Lieder des afrikanischen Schattens und ihre Trockenheit im Hals, doch jetzt, zu dieser Stunde, werde ich dem Wiegenlied meiner Erinnerungen nicht lauschen. Ich werde die alltäglichen Dinge bitten, mir etwas von ihrer Leidenschaft und ihrem Gemurmel zu geben. Ich werde zu den Plätzen gehen, wo sich das Leben glücklich tummelt und ohne Verdruß immer wieder neu beginnt. Ich werde es bitten, einfach nur tierisch zu sein, nichts zu wissen von der Qual der verbotenen Gärten und der Terrassen, wo man vor lauter Stille stirbt; ich werde es bitten, geschwätzig zu sein und zu glänzen, keinen Geist zu haben, seine kurzen, tänzelnden Schatten vor dem Hintergrund der tiefen und gefühllosen Nacht spielen zu lassen.

Wie sehr leide ich unter all den Büchern, die ich las, unter all den Stimmen, die zu mir sprachen, unter all den Wegen, denen ich nicht folgte! Die Leere meiner Seele ist ein großer Seufzer . . . Gibt es hier einen Ort, wo man singt, wo man schreit, wo man sich eine Stunde vergessen kann, einen öffentlichen Platz, wo Streitgespräche ausbrechen, ein finsteres Café, wo der Rauch die Scheiben hinaufsteigt? Dort wäre ich der kleine Matrose, der sich mit einem Drei-Noten-Lied an seinem Land berauscht . . .

Hier ist alles so klar, viel zu klar! Keine Hindernisse mehr, die es auszuräumen gilt, kein Fortschritt, keine Handlung mehr! Man kann nicht mehr handeln, kaum noch denken: man stirbt an der Ewigkeit . . . Wir sollten das Tor der Festungen durchqueren.

Dort, in der Mellah, habe ich oft den Eindruck, auf eine große Zauberlaterne zu stoßen. Ich komme wie zu einem Schauspiel, um die Gestalt der Formen im Feuer tanzen zu sehen.

Vor ihren Türen haben die Jüdinnen Herdfeuer improvisiert; dort kochen sie das Abendessen in großen Zaubertöpfen. Eine unübertreffliche, malerische Erleuchtung. Die hochzüngelnden Flammen der trockenen Palmen und das gedämpfte Rot der Feuer aus Kamelmist erhellen die gekalkten Fassaden und die *Toub*-Mauern mit einem von unten kommenden Schein und verleihen ihnen eine flüchtige, rotgoldene und rosa glänzende Patina.

In diesem vielfältigen, kontrastreichen, flackernden Licht bewegen sich phantastische Erscheinungen, große Schatten kriechen über die niedrigen Häuser und verlaufen sich im Sand.

Die Männer hocken da und erledigen Kleinarbeiten im Schein qualmender Lichtstümpfe. Endlos verharren sie in diesen Stellungen, die so anders sind als die arabischen Haltungen.

Der Jude des Südens unterscheidet sich vom Muselmanen vor allem durch seine Gewöhnlichkeit. Er hat nicht die geringste Idee dessen, was wir ein edles Gefühl nennen; und darin beruht zweifellos auch das Geheimnis seiner einschmeichelnden und händlerischen Kraft: wenn er sich anpassen will, steht ihm sein persönlicher Zug nicht im Wege.

Plötzlich erhellt ein auflodderndes Feuer all diese Menschengruppen und wirft seinen Schein auf das zu Haufen zusammengedrängte, schlafende Vieh, das sich von der eher rosigen Blässe des Abendhimmels abhebt. Diese eigensinnigen, still sitzenden Menschen singen nicht, sie lachen nicht, sie warten auf die Essenszeit. Sie vermitteln mir das Gefühl eines einfachen Glücks. Ihre Seele ist mir wohlbekannt: sie verströmt mit den Dämpfen des Kochtopfs . . . Ich beneide sie, so zu sein. Sie sind die leibhaftige Kritik meiner Romantik und jenes unheilbaren Mißbehagens, das ich vom Norden und vom mystischen Orient mitgebracht habe, vermittelt durch das Blut derer, die vor mir durch die Steppe vagabundierten.

Wann werde ich endlich ablassen von dieser eigentümlichen Manie, die einfachsten Gesten in einem religiösen Sinne zu interpretieren? Genau das ist unsere arische Schwäche. Wenn die anderen ihr Essen kochen, denken wir an das Opfer der Soma, an die Trankspenden der über dem Feuer zerschmelzenden Butter. Eben hob eine Frau den Kochtopf hoch und schürte die Glut mit einem Bündel Dornengestrüpp: ich sah nur noch die Flamme, die frei und aufrecht zur Sanftmut der Sterne emporloderte.

Mit den Ellenbogen auf einen Mauerrest getützt, betrachte ich immer noch das Bild meiner Zauberlaterne. Ein neues Spiel gleitender und schillernder lebhafter Farben hat begonnen: es sind spielende Kinder, die in den lichten Wellen hin- und herlaufen und sich wie Nachtgespenster winden. Von Zeit zu Zeit erhebt sich eine schöne Jüdin und reckt ihre geschmeidigen Glieder matt in der Herrlichkeit der blutroten Flammen, die ihre ganze Gestalt in ein rosa Licht tuchen und ihre verkümmerte Blässe mit einem künstlichen fleischfarbenen Teint überziehen. In solchen Augenblicken wirken ihre großen fliederfarbenen Augen mit den schweren Lidern tiefer, verletzter, irdischer. Mit der Zeit beginnt der Charme dieser Visionen vom ruhigen häuslichen Leben in mir zu wirken: die tagsüber wegen der Armut und dem unübersehbaren Schmutz häßliche Mellah von Kenadsa erscheint mir nun, bei Anbruch der Nacht, wunderschön, wie eine Ecke in irgendeiner verzauberten Stadt, die das verschlingende und mächtige Feuer anbetet.

Wo mag ich gelebt haben, um diese Dinge so tief in mir wiederzufinden?

... Mit heller Stimme versucht eine Jüdin, ihr laut weinendes Kind in den Schlaf zu singen. Aus einem Stall in der Nachbarschaft hört man den melancholischen Schrei eines Esels. Es ist spät, die Jüdinnen ziehen sich in die Häuser zurück. Die Feuer erlöschen vor verschlossenen Türen.

In der Ferne ertönt der unergründlich traurige Ruf der Muezzin, und der betäubende Frieden des Islam vertreibt die letzten Visionen der verwandelten Mellah.

An diesem Abend schlief ich sehr ruhig. Es war einer der letzten Abende, an denen ich Ruhe und Gesundheit genoß. Kurz darauf schmetterte das Fieber mich zu Boden und stürzte mich in seltsame Träume.

Erinnerungen an Fieberträume

Negerinnen mit schlanken, beweglichen Körpern tanzten, in bläulichen Schein getaucht. In ihren nachtdunklen Gesichtern glänzte das blendende Weiß ihrer Zähne und verbreitete ein eigentümliches

Lachen. Sie hüllten ihre anmutigen Formen in lange rote, blaue oder schwefelgelbe Schleier, die sich im bizarren Rhythmus ihres Tanzes schwingend öffneten und zusammenrollten, die im Wind flatterten und manchmal durchsichtig schienen wie ein Nebelhauch.

Ihre dunklen Hände bewegten die doppelten Eisenkastagnetten der sudanesischen Feste. Bald schlugen sie einen wilden Rhythmus, bald klapperten sie fast lautlos.

... Doch nach und nach lösten die Negerinnen sich vom Boden ab und schwebten in der Luft.

Ihre Gestalten wuchsen in die Länge, wanden und verzerrten sich, wirbelten durch die Luft wie der Wüstenstaub im abendlichen Schirokko. Schließlich verschwanden sie im Schatten der verrauchten dicken Balken.

Mühsam öffnete ich die Augen. Schleppend wanderte mein Blick über die Dinge, ich suchte die fremdartigen Geschöpfe, die einen Augenblick zuvor noch vor mir getanzt hatten.

Ich hatte sie gesehen, ich hatte das Lachen ihrer Kehlen wie dumpfes Glucksen gehört, ich hatte den warmen Hauch ihrer Schleier auf meiner brennenden Stirn gefühlt. Sie waren verschwunden und hinterließen mir nur die Erinnerung an eine unsägliche Angst ...

Wo waren sie jetzt?

Mein müder Geist suchte einen Ausweg aus den Vorhimmeln, in denen er seit Stunden oder seit Jahrhunderten herumflatterte: ich wußte es nicht mehr.

Er schien mir von einem schwarzen Abgrund zurückzukehren, einem von fremdartigen Wesen bevölkerten Abgrund, in dem die Bewegung der Dinge anderen Gesetzen folgt als denen, welche die wirkliche Welt beherrschen; mein überhitztes Gehirn bemühte sich unter Schmerzen, die quälenden Phantome zu vertreiben.

Das Wasserparadies

Große Stille lastete auf der von Schläfrigkeit erschlagenen Zaouïa. Es war die tödliche Mittagszeit, die Stunde der Trugbilder und der siechenden Fieber. Die Hitze entfaltete sich auf den weißglühenden Terrassen und den in der Ferne schimmernden Dünen.

Man hatte mich in einen kleinen Raum neben einer hochgelegenen Terrasse auf eine Matte gelegt. Uneingeschränkt öffnete sich die Sicht auf den bleiernen Himmel und die unter der Sonne brennende Wüste aus Stein und Sand.

An den Palmholzbalken der Decke hing ein kleiner ziegenlederner Schlauch, aus dem das Wasser langsam in eine große, auf der Erde stehende Kupferschüssel tropfte.

Jede Minute fiel ein Tropfen mit einem klaren, regelmäßigen Geräusch auf das Metall, monoton wie das Ticktack einer Uhr im Krankenhaus oder im Gefängnis; dieses Geräusch bereitete mir einen stechenden Schmerz, als wäre der hartnäckige Tropfen auf meinen in Feuer entflammten Kopf gefallen.

Neben mir hockte ein sudanesischer Sklave mit tiefen Brandmalen in den Wangen und bewegte schweigend einen hennagefärbten Fliegenwedel aus Roßhaar, gleich dem Schwanz eines Paradepferdes.

Ich betrachtete den Sklaven. Einen Augenblick, der mir Jahre zu währen schien, stellte ich mir die Erleichterung vor, die ich empfinden würde, wenn er die Schüssel auf meine Anweisung hin weggenommen hätte und der Wassertropfen mit einem gedämpften Geräusch auf den gestampften Boden fiele. Aber ich konnte nicht sprechen, und der Tropfen fiel weiter, dröhnte unerbittlich auf das polierte Kupfer.

*

Die Deckenbalken entschwanden, ein Himmel senkte sich über meine Augen. Jetzt waren es silbrig schimmernde blaue Palmen, die über meinem Kopf rauschten und sich hin und her wiegten. Unter den gebeugten Wipfeln wanden sich leuchtend grüne Weinreben um die spindelförmigen Stämme der Dattelpalmen, und im Schatten bluteten glühende Granatapfelbäume.

Ich lag in einer *Séguia*, auf langen, weichen Sumpfgräsern, die sich wie Federbüsche um mich legten. Frisches Wasser rieselte an meinem Körper entlang; genüßlich überließ ich mich der feuchten Liebkosung.

Ein anderes Rinnsal rauschte unmittelbar vor meinem Mund. Und manchmal spritzte etwas von dem eiskalten Wasser auf meine Lippen, während ich regungslos liegenblieb; ich fühlte es durch meine ausgetrocknete Kehle gleiten, ich fühlte es in meiner Brust, wo der unerträgliche Brand des Durstes allmählich erlosch; Wasser, das wohltuende Wasser, das gesegnete Wasser der köstlichen Träume!

Ich gab mich zahllosen Visionen hin, den gemächlichen Ekstasen des Wasserparadieses . . . Unter den anmutigen Dattelpalmen lagen riesige graugrüne Seen; es flossen unzählige klare Rinnsale; seichte Wasserfälle sprudelten über die mit dickem Moos bewachsenen Felsen; überall knarrten Brunnen und verbreiteten die Schätze des Lebens und der Fruchtbarkeit . . .

*

Irgendwo, in weiter Ferne, erhob sich eine Stimme, grell und kreischend in der Stille der Umgebung. Sie kam von unbekannten Horizonten, durchdrang das Grün und die ewigen Schatten. Die Stimme störte meine Ruhe. Wieder öffneten sich meine Augen, und mein Blick fiel auf das kleine Zimmer meiner freiwilligen Verbannung.

Die Stimme erwies sich als echt, ich hörte sie wieder: der Mann der Moscheen kündigte das Mittagsgebet an.

Der Sklave, der neben mir Wache hielt, richtete den schwarzen Zeigefinger seiner rechten Hand gen Himmel und bezeugte die Einheit Gottes und der prophetischen Mission seines Gesandten; dann stand er auf und legte seine weißen Schleier über seine große, wie aus Ebenholz geschnitzte Gestalt.

Er betete. Bei jedem Kniefall schlug seine *Koumia*, eine Art langer marokkanischer Dolch mit krummer Spitze und einer ziselierten Kupferscheibe, auf den Boden. Er sagte: «Gott ist der Größte.» Dann kniete er nieder, die Stirn im Staub, den Blick nach Mekka gewandt.

Ich folgte den langsamen Bewegungen des Sklaven mit den Augen.

Als er das Gebet beendet hatte, kehrte der Sudanese an seinen Platz neben mir zurück und bewegte wieder seinen langen Fliegenwedel aus orangenem Roßhaar.

*

Von den berstenden Terrassen stiegen rotbraune Dämpfe auf. In der regungslosen Luft, schwer wie schmelzendes Metall, wehte keine Brise, kein Hauch. Meine weißen Kleider waren schweißgetränkt, und ich fühlte eine erdrückende Last auf meiner Brust. Ein brennender, entsetzlicher Durst, der durch nichts zu lindern war, wollte mich verschlingen. Meine Glieder waren zerschlagen und schmerzten, und mein schwerer Kopf rollte auf dem Beutel, der mir als Kopfkissen diente, hin und her.

Der Sklave tauchte einen Fetzen Mousselintuch in einen Wasserkrug und benetzte mein Gesicht und meine Brust. Dann ließ er ein paar Tropfen warmen Pfefferminztee in meinen Mund laufen. Ich seufzte, reckte meine erstarrten Arme. Die Stimme des Muezzin über dem *Ksar* war verstummt, von der Hitze erschlagen.

Wieder schwebte mein Geist in den grenzenlosen, mit fremden Erscheinungen bevölkerten Gefilden, in denen die gesegneten Wasser flossen.

Der Tag der Feuersbrunst erlosch im rosa Schein des Tals und der Hügel. Jenseits der salzigen *Sebkha* entzündeten sich die Dattelpalmen wie große schwarze Kerzen.

Wieder ertönte der melancholische Ruf des Muezzin. Ich war mittlerweile ganz aufgewacht. Meine Augen mit den geröteten schweren Lidern öffneten sich gierig, als wollten sie die Pracht des Abends verschlingen. Plötzlich stieg eine unendliche Traurigkeit in meine Seele herab.

Mich überkam kindliche Sehnsucht.

Ich war allein, allein in dieser verlorenen Ecke des marokkanischen Bodens, allein, wo immer ich gelebt hatte und wo ich auch hingehen mochte, immer allein . . . Ich hatte keine Heimat, kein Zuhause, keine Familie . . . Ich hatte vielleicht auch keine Freunde mehr. Ich war vorübergegangen wie ein Fremder und ein Eindringling, hatte um mich nur Widerwillen und Entfernung geweckt.

In diesem Augenblick litt ich, fern von jeder Hilfe, unter diesen

Menschen, die dem Zerfall all dessen, was sie umgibt, kaltblütig beiwohnen und angesichts der Krankheit und des Todes nur die Arme verschränken und «Mektoub»! sagen.

Diejenigen, die an anderen Orten der Welt an mich hätten denken können, hatten jetzt wahrscheinlich ihr eigenes Glück im Sinn. Sie litten nicht unter meinem Leid . . . Gewiß, es stand geschrieben!

*

Als ich wieder etwas klarsichtiger war und mich beruhigt hatte, verachtete ich meine Schwäche und belächelte mein Unglück.

Ich war allein; aber hatte ich es nicht in den bewußten Stunden so gewollt, in den Stunden, in denen mein Denken sich über die feigen Sentimentalitäten des Herzens und des gleichermaßen schwachen Fleisches erhob?

Wer allein ist, ist frei; und die Freiheit war das einzige Glück, das meine unruhige, ungeduldige und dennoch stolze Natur brauchte.

Also sagte ich mir, meine Einsamkeit sei ein wertvolles Gut. Ich wünschte sie für mich, für meine Freunde, für alle, die mir ähnlich sind. Ich wünschte sie als unser aller Gut, als den göttlichen Aufenthalt unserer Unsterblichkeit. Mit erhabenem Mitleid ließ ich die glänzenden Salons, in denen andere tanzen und über alle möglichen Dummheiten lachen, die Theaterlogen, in denen sie sich mit den Ellenbogen anstoßen, vor meinen Augen vorüberziehen. Zwischen meinen trockenen Händen zerrieb ich den armseligen Stoff ihrer Träume. Mit den Augen schätzte ich den Platz ihres Grabes und verglich ihn mit dem meinigen . . . Ein sanfter, melancholischer Friede zog in mich ein. Der Augenblick ging vorüber . . .

Im Westen erhob sich ein heißer Wind, ein Wind von Fieber und Angst. Mein müder Kopf fiel auf das Kissen zurück; mein Körper verzehrte sich in fast wollüstiger Betäubung; meine Glieder wurden leicht, haltlos.

Die dunkle und sternenreiche Sommernacht legte sich über die Wüste. Mein Geist entwich dem Körper und floh wieder in die verzauberten Gärten und die großen bläulichen Bassins im Wasserparadies.

Überwältigende Bilder

Die große glückliche Mattigkeit, in die ich verfallen bin, läßt mir nicht mehr die Kraft, aufmerksam zu denken. Fliehende Bilder assoziieren sich in meinem Geist. Es sind leichte Farbschichten, Skizzen von fast gegenstandsloser Leichtigkeit; dann, plötzlich, werden die Umrisse genauer, und längst vergessene Szenen zeichnen sich mit der Schärfe geätzter Kupferplatten vor meinen Augen ab.

Eine ganze Stunde lang habe ich mich in Aïn-Sefra wiedergesehen. In einem Heft hatte ich Notizen über diese Stadt wiedergefunden und darin herumgeblättert, wie in Kinderbildern, die auf einem Krankenbett herumliegen . . .

Mitten in der malerischen, gelblich-roten Menge eines maurischen Cafés stand ein kleiner, stumpfsinniger Tirailleur. Ich sehe ihn ganz klar vor mir . . . Er ist wohl etwas berauscht. Auf einmal fängt er an zu singen. Bald übertönt seine Kopfstimme alle anderen. Doch plötzlich hält er inne und läßt seine Stirn auf die Brust eines Nachbarn sinken.

Der kleine Tirailleur weint.

«Schau, Abd-el-Kader», sagt er, «siehst du all diese Turteltauben in dem Käfig? Ihretwegen weine ich, weil sie mich an das Haus meines Vaters in Frenda erinnern. Daheim hatten wir auch zahme Turteltauben . . . Ja, ich weine, weil ich sie nie mehr wiedersehen werde: meine Alten sind tot, und die Turteltauben sind wohl auch gestorben . . .»

Szenenwechsel.

Über eine verlassene Straße, die zu den kleinen Dünen von Tiout führt, ziehen die Tirailleurs unter dem heißen Atem des Schirokko in Scharen dahin.

Monate über Monate haben sich ihre rauhen Hände an einsamen Schlafpritschen festgeklammert. Die entsetzliche Angst der unbefriedigten Brunst trieb sie über die beiden toten Straßen von Djenane-Ed-Dar, auf der unmöglichen Suche nach einer Frau, die sie umarmen könnten.

Viele sind den kläglichen Lieben der Kasernen oder den Gefängnissen und den Bagnos zum Opfer gefallen.

Jetzt ziehen sie dahin, um den tyrannischen Lebenstrieb, der sich verewigen will, zu befriedigen – zu der traurigen Spelunke, in die der Wüstenwind peitscht.

Es ist acht Uhr. Die Tirailleurs, die wegen Überfüllung keinen Einlaß fanden, stehen vor dem Freudenhaus. Sie schreien, schlagen mit Fäusten gegen die Tür, die unter ihrem Ansturm stöhnt.

Endlich hört man von innen den hallenden Schritt schwerer Soldatenstiefel.

Ein wilder Freudenschrei entfährt der Gruppe. Ich sehe auch meinen kleinen Soldaten wieder, den, der nachmittags über die Turteltauben im Käfig weinte.

Mitten im Gelächter knüpft er schon seinen Gürtel auf . . .

Wortmusik

Wieder packt mich das Fieber.

Um meine schwankenden Gedanken irgendwo festzumachen, hätte ich gern einige Maximen aufgeschrieben, die ich von Sidi Brahim, dem Marabout von Kenadsa, gehört hatte. Aber schon beginnt das Schreibrohr zwischen meinen Fingern zu zittern, die Buchstaben werden immer größer, winden sich, kriechen die Wände hoch. Es sind bedrohliche, lebende Inschriften, die sich plötzlich beruhigen und mit einer Jahrhunderte alten, lieblichen Stimme singen.

«Verflucht seien die Welt und ihre Tage, denn das Leben wurde zum Schmerz erschaffen . . . Doch – welche Überraschung! – das Leben ist den Menschen feindlich, und sie beten es an!»

*

Nein, das ist kein Klostergedanke, kein kalter Gedanke, sondern eine köstliche Musik. Sie dringt in mich ein und erhebt mich in tiefer Rührung, als spräche irgendein Geist zu meinem Geist: «Vergiß!»

Meine Seele ist wie ein großer Kelch, der überfließt, weil er diese Worte aufgenommen hat.

«Die Welt fließt dem Grab entgegen wie die Nacht der Morgenröte!»

Aber ich kenne auch andere Musik, mein ferner Freund, sanfte und zauberhafte Wiegenlieder; doch sängest du sie deiner kleinen Geliebten, lachte sie dir ins Gesicht, denn deine kleine Geliebte hat das Fieber nie erlebt. Sie kann sich nur im Taschenspiegel betrachten, freundlich mit den Augen zwinkern und die Lippen spitzen.

Dennoch hat sie, das weiß ich wohl, dunkle Haare und das schönste Lächeln der Welt, das Lächeln der Intelligenz. Sie versteht auf Anhieb. Aber wenn ihre Augen sich in Ekstase verklären, wenn sich ein blauer Ring um ihre Lider gräbt, glaube deshalb nicht, daß sie dich liebt, es ist nur ein kleiner Schauder von Egoismus auf der Oberfläche ihrer Haut.

Und warum sollte sie dich lieben, dich, dessen Liebe ebenso wie die meinige doch nur leidenschaftlicher Schmerz ist, während die ihrige als leichtfüßige Freude erscheint? Drum sing ihr, um ihr Lächeln zu sehen, Wiegenlieder, die für andere, ihr ähnliche Idole, geschaffen wurden.

Heute abend stiegen sie bis zu meinem Herzen hinauf, diese Redegesänge der Liebe, diese Musik aus Worten, hineingetragen in die Stille der Zaouïa . . . Trotz all meiner Konzentrationsbemühungen sah ich nicht, wie sich die Lippen des Sängers bewegten.

Es war ein Reisender. Er hatte mir gesagt: «Hör dieses ägyptische Lied.»

Und dann sprachen nur noch seine Augen zu mir, ja, nichts, nur seine sterblichen Augen: «Der Drohung des indischen Schwertes hielt mein Blick mühelos stand. – Vor dem Glanz der schwarzen Augen meiner Geliebten aber verwirrte sich mein Blick und senkte sich zur Erde. Gleich dem Adlerauge ließ auch mein Auge sich nicht von der Sonne blenden. – Der Blick meiner Geliebten aber trübte mir Verstand und Sicht.

Dennoch war ich glücklich, solange sie mir, wenn auch unerreichbar, gegenwärtig war. – Der Sterbliche kann die Sterne nicht erreichen, und doch wird ihm warm ums Herz, wenn er ihren Glanz beschaut.

Und jetzt, da sie nicht mehr ist, flieht mein Verstand, und meine Tränen fließen vom Herzen in die Augen, und von den Augen in den Sand . . .»

*

Ich möchte einschlafen, solange ich diese Stimmen noch höre, solange ich dem lausche, der an meinem Bette wacht, und auch denen, die neben mir zu Pferde sangen, als wir morgens die lichte *Hamada* durchquerten: «Laß mich wissen, was aus meiner Geliebten geworden ist. Lebt sie noch oder ist sie tot? Wenn sie sich meiner erinnert und wenn sie weint, wird es mich umbringen – dann mögen ihre Tränen meinen Leib waschen. Wenn sie mich vergessen hat und wenn sie lacht, wenn sie spielt und ihre Haare herunterwallen läßt, wird es mich umbringen – dann mögen ihre Haare das Leichentuch sein, mich zu begraben.»

Die Macht Afrikas

Das Fieber hat mir eine Frist gegeben, aber ich bin noch matt und habe keine Lust, mich zu regen. Schon lange habe ich keine Briefe mehr bekommen und erwarte auch keine mehr. Ich arbeite daran, meine Eindrücke aus dem Süden aufzuschreiben, meine Verirrungen und was ich behalten habe, ohne zu wissen, ob Seiten, die um des Schreibens willen geschrieben wurden, je irgend jemand interessieren werden.

Ich wollte von diesem Land Besitz ergreifen, und nun hat es von mir Besitz ergriffen. Manchmal frage ich mich, ob die Erde des Südens nicht alle Eroberer vereinnahmen wird, die mit neuen Träumen von Macht und Freiheit kommen werden, genau wie sie alle früheren nach ihrem Bild geformt hat.

Ist es nicht die Erde, welche die Menschen macht? . . .

Wie wird das europäische Reich Afrikas in einigen Jahrhunderten sein, wenn die Sonne im Blut der neuen Rassen ihr langsames Werk der afrikanischen Assimilation und der Adaptation an die tiefen Rhythmen des Klimas und des Bodens vollendet haben wird? Wann werden unsere nordischen Rassen sich als einheimisch bezeichnen können wie die rothaarigen Kabylen und die *Ksour*-Frauen mit den hellen Augen?

Das sind Fragen, die mich oft beschäftigen. Ich werde auch später noch darüber nachdenken. Andere werden an meiner Stelle antworten.

Nur eines empfinde ich als unbedingt wahr: daß es sinnlos ist, gegen tiefe und nicht erfaßbare Gründe zu kämpfen, und daß die dauerhafte Verpflanzung einer Kultur nicht möglich ist.

Ich atme die afrikanischen Ausströmungen in den heißen Nächten wie einen Weihrauch, der immer und ewig zu den geheimnisvollen und grausamen Gottheiten aufsteigen wird. Niemand wird diese Idole vollständig verleugnen können; an den Fieberabenden werden sie stets in ihrer Ungeheuerlichkeit wiederauferstehen und all denen erscheinen, die ihr Haupt auf diese Erde legen, um zu schlafen, die Augen eingetaucht in die kalten Sterne.

Maghreb

Welch lustvolle Erleichterung, wenn die Sonne niedergeht, wenn die Schatten der Dattelpalmen und der Mauern länger werden, zu kriechen beginnen und die letzten lichten Schimmer auf der Erde zum Erlöschen bringen!

Die dumpfe Gleichgültigkeit, die sich meiner in den unbehaglichen Tagesstunden bemächtigt hatte, verfliegt; ich betrachte die alltägliche Pracht eines mir schon vertrauten Dekors wieder mit gierigem, verzaubertem Blick. Die schlichte Schönheit dieses Landes schmückt sich mit zugleich warmen und durchsichtigen Farben. Von dem unfruchtbaren Boden steigen wunderbare Vibrationen auf und heben plötzlich die Monotonie des Vordergrunds hervor, während die Fernen im durchscheinenden Dunst versinken.

In diesem Augenblick richten sich all die niedergedrückten Wesen größer und schöner wieder auf: jeden Abend erlebt die Seele diese sanfte und äußerst tröstliche Wiedergeburt.

Ich genieße die letzte heiße Stunde des Tages in den Gärten, in ruhiger Beschaulichkeit, im gemächlichen, von langen Schweigepausen unterbrochenen Gespräch.

Im Maghreb, wenn die Sonne sich schlafen gelegt hat, begeben wir uns zum Gebet in die *Hamada* vor den großen Friedhöfen und der *Koubba* der seligen Lella Aïcha, deren Weiß in allen Farben zu schimmern beginnt.

Alles ist ruhig, alles träumt und alles lächelt zu dieser zauberhaften Stunde.

Frauen gehen vorbei, barfuß ziehen sie des Wegs zum Aïn-Sidi-Embarek. Männer, die eben noch halb sitzend und halb liegend am Boden plauderten, erheben sich mit den immer wieder überraschenden edlen Gebärden einer täglichen Auferstehung.

Wie lautes Gemurmel steigt das Gebet aus dieser Ecke der Wüste unterhalb des *Ksar* und der Barga zum Himmel auf.

Sobald das Gebet beendet ist, verweilen die Gruppen auf den ausgebreiteten Burnussen, die Hände lassen die Perlen der schwarzen Rosenkränze, der roten Rosenkränze durch die Finger gleiten ... Halb flüsternd psalmodieren die Lippen die Litaneien des Propheten.

*

... Körperlich gesund zu sein, rein von allem Schmutz nach reichlichen Bädern im kühlen Wasser, einfach zu sein und zu glauben, nie gezweifelt zu haben, nie gegen sich selbst gekämpft zu haben, furchtlos und ohne Ungeduld auf die unvermeidliche Stunde der Ewigkeit zu warten – das ist der Friede, das muselmanische Glück – und wer weiß? – vielleicht ist es auch die Weisheit ...

Die monotonen Stunden fließen dahin, seicht und ruhig wie ein Fluß in der Ebene, wo sich nichts spiegelt außer Farbgebilden, die heute von dannen ziehen und morgen zurückkehren, die uns ewig überraschen werden.

... Ich fühlte, wie die bedauernden Sehnsüchte und die Wünsche nach und nach von mir wichen. Ich ließ meinen Geist im unbegrenzten Raum treiben und meinen Willen einschlummern. Eine gefährliche und köstliche Erschlaffung, die unmerklich aber sicher an die Schwelle des Nichts führt.

Muß man diese Tage, diese Wochen, in denen nichts geschehen ist, in denen man nichts getan, ja nicht einmal eine Anstrengung unternommen hat, in denen man nicht gelitten und kaum gedacht hat – muß man sie aus dem Dasein streichen und ihre Leere beklagen? Oder aber muß man sich nach dem unvermeidlichen Erwachen zu ihnen zurücksehnen, als den vielleicht besten Tagen des ganzen Lebens?

Ich weiß nicht mehr.

Doch in dem Maße, in dem mein Blut durchdrungen ist von dem Gefühl des alten, unbeweglichen Islam, der hier im Atem der Erde selbst enthalten scheint, in dem Maße, in dem meine ruhigeren Tage verstreichen, erscheinen mir Arbeit und Kampf immer weniger notwendig. Ich, die ich noch kürzlich von immer ferneren Reisen träumte, die ich mich nach aktivem Handeln sehnte, wünsche nun, ohne noch zu wagen, es mir selbst klar einzugestehen, daß die Trunkenheit des Augenblicks und der Rausch der gegenwärtigen Schläfrigkeit wenn nicht ewig, so doch zumindest noch lange währen möge.

Dennoch bin ich mir sicher, daß mich das Fieber der unsteten Wanderung wieder erfassen wird, daß ich fortgehen werde; ja, ich bin mir sicher, daß ich noch weit entfernt bin von der Heiterkeit der Fakire und der muselmanischen Einsiedler.

Doch das, was in mir spricht, was mich beunruhigt und was mich morgen wieder auf die Straßen des Lebens treiben wird, ist nicht die weiseste Stimme meiner Seele, sondern jene Unruhe, für die die Erde zu eng ist, die ihr Universum nicht in sich selbst hat finden können.

Manche einfachen Menschen haben gefunden, was zahllose Träumer suchten. Jenseits der Wissenschaft und des Fortschritts der Jahrhunderte sehe ich den Menschen der Zukunft hinter den geöffneten Vorhängen kommender Zeiten ... Und ich verstehe auch, daß man im Frieden und der Stille irgendeiner Zaouïa des Südens enden kann, daß man in der Ekstase enden kann, ohne Bedauern und ohne Wünsche, im Angesicht herrlicher Horizonte.

Gedanken über die Liebe

Wie gern hätte ich den Sommer in Kenadsa verbracht und diesen Ort nur verlassen, um meinen Weg in noch fernere und noch unbekanntere Länder fortzusetzen. Tafilalt lockt mich sehr. Eine Karawane von Berabern rühmte sich, mich für 500 französische Francs sicher dorthin zu begleiten.

Mit diesen Leuten, die mir vertraut sind und die ihr Wort halten, wäre ich ohne Zögern auf der Stelle aufgebrochen; aber das bösartige Fieber ist nur zeitweilig von mir gewichen und dann immer wiedergekehrt. Ich bin entkräftet, ohne physische Ausdauer.

Der Gedanke, nach Aïn-Sefra zurückzukehren und mich dort im Krankenhaus behandeln zu lassen, ist sicherlich der einzig vernünftige – dennoch kann ich mich nicht dazu entschließen. Ich zögere den Aufenthalt in meiner Zufluchtsstätte hinaus; mit Genuß atme ich die Luft, die mich vergiftet hat; ich verschließe die Augen vor der Vergangenheit und vor der Zukunft, als hätte ich vom Zauberwasser des Vergessens und der Weisheit getrunken.

Im Grunde ist es so, daß ich nichts mehr bedaure, mich nach nichts mehr sehne. In den nachdenklichen Stunden der Ruhe habe ich den Eindruck, hier das Ziel meines reisenden und leidvollen Daseins erreicht zu haben. Große, gelassene Heiterkeit ist in mir aufgekommen, als hätte ich nach einem mühseligen Aufstieg endlich die Zone der Unwetter überwunden und den freien Himmel entdeckt.

Dennoch bilde ich mir nicht ein, daß es einfach wäre, anderen den Geisteszustand verständlich zu machen, in den ich hier geraten bin. Ich versuche nicht, mich zu analysieren, und erst recht nicht, Modell zu stehen. Ich habe kein Auditorium. Mir scheint, daß alles, was ich sage, schlicht und einfach ist. Der große Unterschied, den ich selbst zwischen meiner Art, die Dinge zu sehen, und den hübschen Vorstellungen der sozialen Hoffnung feststelle, die in den Zeitungen und den modernen Büchern gang und gäbe sind, rührt sicher von einer geographischen Illusion her, von meinem Versinken in der Vergangenheit, das diese unentwickelten Länder mich gelehrt haben.

*

Hier nun einige Gedanken über die Einsamkeit, Gedanken, die mir eines Tages in den Sinn kamen, als ich versuchte, durch zahllose Erinnerungen hindurch Klarheit in meinem Herzen zu schaffen.

Jede fleischliche oder brüderliche Liebe, die einem einzigen gilt, ist Sklaverei, eine mehr oder weniger tiefe Auslöschung der Persönlichkeit. Man verzichtet auf sich selbst, um ein Paar zu werden.

Der große Genuß, einen anderen zu besitzen, ist auch ein großes Opfer.

Dennoch ist zu unterscheiden zwischen der Liebe und der Leidenschaft. Der Höhenflug der Sinne ist nicht nur Oberflächlichkeit. Es liegt mir durchaus nahe, etwas anderes als Ausschweifung in den Worten zu sehen, die ein vom Kifrauchen ausgezehrter marokkanischer *Taleb* eines Tages psalmodierte: «Ich habe mich gesucht, und ich habe meinen Körper ermüdet, auf daß meine Seele leichter würde!»

Der Einklang der Seelen – eine abendländische Tendenz – scheint mir die trügerischste, schädlichste Form der Liebe zu sein. Die wunderbare, verschlingende Flamme des Orients hat nichts mit der Gleichheit und der Brüderlichkeit der Geschlechter gemein.

Der Muselmane kann eine Sklavin lieben, und der Sklave kann seinen Herrn lieben. Diese Feststellung der natürlichen Ordnung stellt so manches System auf den Kopf.

Sollte auf einem Umweg plötzlich das Ebenbild vor uns auftauchen, sollten wir ihm, was selten passiert, begegnen und es erkennen, wird sich eine heftige Leidenschaft unseres armen Ich bemächtigen. Wir werden an die Möglichkeit glauben, uns zu vervollständigen und uns zu verdoppeln, wir werden die Arme nach unserem Bild ausstrecken . . . Und es wird die große Liebe sein, die große Schwäche!

Wir sollten lieben, was über uns ist; und wir sollten erst recht lieben, was unter uns ist. Wir sollten den zu uns erheben, der uns anzubeten weiß, oder wir sollten lernen, unsere eigene Erhebung zu wünschen.

Wenn ich mein Herz außerhalb meiner selbst schlagen fühlte, so geschah dies in der Natur oder in der Menschlichkeit, nie in der fleischlichen Begeisterung.

So habe ich meine Verlassenheit bewahrt. Trotz meiner Armut besaß ich den göttlichen Reichtum, und ich legte meinen größten Rausch in den Zauber einer glühenden Morgendämmerung über den Terrassen des Dorfes in der Wüste.

In solchen Momenten bin ich das Herz der Erde; ein Strom der Unsterblichkeit fließt in meinen Venen; meine Brust weitet sich, so mächtig fühle ich mich; ich bin frei, und mein Dasein ist dem Tod überlegen; wäre einer da, der sich über mich neigte, um mir zu sagen: «Meine Schwester», bliebe mir nichts anderes mehr übrig, als zu weinen . . .

Ehre sei denen, die allein durchs Leben gehen! So unglücklich sie auch sein mögen, sie sind doch die Starken und die Heiligen, die einzigen ganzheitlichen Wesen . . . Die anderen sind nur halbe Seelen.

*

Man sollte in dieser Geistesverfassung keine Askese vermuten. Mir scheint im Gegenteil, daß ich einen großen Talisman der Reinheit gefunden habe; und daß der, der ihn besitzt, durch alle Lebensumstände hindurchgehen kann, ohne sich durch irgendeine Berührung zu beschmutzen:

«Nie sollte man seine Seele einem Geschöpf schenken, denn sie gehört dem einzigen Gott; man sollte in allen Kreaturen einen Grund zur Freude sehen, als Huld an den Schöpfer; sich nie in einem anderen suchen, sondern sich in sich selbst finden.»

Und zweifellos wird schon das unwissendste aller Wesen sehr weise sein, wenn es wie jeder gute Muselmane den Glauben mit der Sinnlichkeit vereinen kann, ohne eine Sünde zu begehen. Ich erinnere mich, daß wir in manchen Frühlingsnächten der letzten Jahre schon in Algier angesichts der ungeheuren Weite des im Mondlicht schillernden Meeres über diese Dinge sprachen. Sie schienen uns ganz natürlich in jener Umgebung leichter Wollust, im Laufe der zahllosen Zigaretten und in der Gegenwart jener gelassenen, dunkelhaarigen jungen Frau, die es verstand, den Arm auf die Sofakissen gestützt mit all ihren Augen zuzuhören, den Augen eines wunderbaren Orients – in Gegenwart jener Frau, die uns ihr Lächeln schenkte und sich so kunstvoll in ihre Tücher zu hüllen wußte.

Einer von uns erklärte sogar, der Glaube sei nur ein Hindernis . . . Aber die Sinnlichkeit kann, und mag die höchste Form der Kunst ihr Ausdruck geben, den aufstrebenden Schwung der Seele nie vollständig enthalten.

Heute liegt das alles weit, sehr weit zurück, und ich wüßte gern, was die anderen aus unserer mittlerweile zerstreuten kleinen Gruppe darüber denken.

In meiner Einsamkeit des Südens sind die Worte von einst gewachsen; sie haben großen inneren Wert gewonnen. Ich verbinde sie in einem ganz neuen Sinn mit zahllosen Schauspielen, die mich unwiderstehlich zu früheren Zeitaltern der Welt zurückführen, zu jenen Epochen, als die Stimme der Weisen und Propheten noch ein Echo fand; während das heutige literarische Schellengeläut unbemerkt im Straßenlärm untergeht.

Und noch einmal segne ich meine Einsamkeit, die mir meinen Glauben schenkt, die aus mir wieder ein schlichtes und außergewöhnliches Wesen macht, das sich seinem Schicksal ergibt.

Aufbruch

Zum letztenmal wache ich auf der Terrasse auf, beim heiseren Ruf des Muezzin, dessen schleppende Stimme durch die Nacht hallt.

Es ist kühl, alles schläft.

Der Berbri El-Hassani und der Neger Mouley-Sahel erheben sich. Genau wie ich wollen auch sie heute morgen aufbrechen, nur in entgegengesetzter Richtung.

Ich werde wieder nach Norden ziehen, nach Béchar, nach Beni-Ounif und von dort nach Aïn-Sefra zurückkehren, um mich für den Rest des Sommers zu erholen und später den Schutz der ersten Herbst-Konvois nutzen zu können.

Denn im Herbst hoffe ich, zu den Oasen von Touat vorzudringen. Diese Gegenden sind nicht gänzlich unbekannt, aber es wurde fast nichts Brauchbares darüber geschrieben, keine näheren Beobachtungen über das Leben, das man dort führen kann. Ich hoffe, in dieser Region zu überwintern. Ich werde mit Notizen von dort zurückkehren, so daß ich meine Eindrücke vom Süd-Oranais und meine Träumereien von der Zaouïa durch ein weiteres Buch vervollständigen kann.

Wie viele andere werde auch ich das Land erforschen, und diejenigen, die später an die Orte kommen, von denen ich heute spreche, werden vieles von dem, was ich gesagt habe, leicht wiedererkennen.

Einige meiner Gefährten, Offiziere und Soldaten des Südens, werden meine Berichte und Erzählungen mit den tausend alltäglichen Kleinigkeiten unserer Gespräche ausschmücken können. Die schlichteren, den geschriebenen Dingen gegenüber gleichgültigen

Mokhazni, mit denen ich gelebt habe, werden sich kaum noch an meinen Namen erinnern. Doch wenn ich zu ihnen zurückkehre, werden sie den Eindruck haben, ich hätte sie erst gestern verlassen. Dann werden wir wieder plaudernd im maurischen Café sitzen, und auf unseren Ausritten werden sie mir ihre Klagelieder singen. Erst nach Jahren werden Überdruß und Entzauberung einsetzen. Das ist meine unmittelbare Zukunft, zumindest so, wie ich sie mir an diesem schönen, schon aufklarenden Morgen vorstellen möchte, der meinen Aufbruch von Kenadsa begleiten wird . . .

*

Unterdessen treffen meine Gefährten ihre Vorbereitungen für den Weg nach Bou-Denib. Sie möchten mich mitnehmen, und ich möchte die Kraft haben, ihnen zu folgen.

«Überleg es dir gut, Si Mahmoud», sagt der Berbri zu mir, «jetzt ist es noch nicht zu spät. Wir werden einen ganzen Monat unterwegs sein, wir werden durch Gegenden kommen, wo du reichlich Gelegenheit hast, zu sehen und zu lernen. Wir werden das Wadi Guir durchqueren, bis nach Tafilalt, vielleicht sogar bis nach Disint . . . Und überall wird man dich wie unseren Bruder empfangen.»

Eine verlockende Versuchung . . . Aber einfach aufzubrechen, schwach wie ich bin, ohne Genehmigung, ohne irgend jemandem Bescheid zu geben . . . Würde eine solche Reise, die nur meinen Erfahrungen und meiner Neugier dienen sollte, nicht vielleicht falsch interpretiert? Widerwillig finde ich mich damit ab, heute den Weg nach Béchar einzuschlagen . . . Wie unvergleichlich wird dieser Rückweg gegen den Hinweg sein, als ich dem unbekannten Land entgegenzog!

«Nein, El-Hassani, ich kann nicht. Ich muß es auf später verschieben, in einiger Zeit. Sobald ich kann, gebe ich dir Bescheid.»

«Möge Gott dir die Vollendung deiner Pläne erleichtern!»

Es sind noch zwei andere Neger anwesend, die zu Fuß aufbrechen werden; regungslos sitzen sie da, gegen die Wand gelehnt, ihr Gewehr auf den Knien. Sie verstehen kaum Arabisch, denn sie sind an der Straße nach Fez bei den Aït-Ischorouschen zur Welt gekommen und aufgewachsen, dem unkultiviertesten und verschlossensten Volk der Beraber.

Einer von ihnen bewahrt scheues Schweigen und wirft mir einen verstohlenen Blick zu. In seinen Augen bin ich natürlich nur ein verdammter, ein verfluchter *M'zani*.

*

Auf den knappen Befehl El-Hassanis hin satteln die Neger die Pferde. Meine Gefährten aus der Zaouïa weisen mir mit dem Finger die Richtung des Wadi Guir, die sie einschlagen werden. Aber noch verlassen sie mich nicht, legen Wert darauf, mich ein Stückchen zu begleiten und erst dann ihren eigenen Weg zu nehmen.

«Wir begleiten dich bis zum Eingang der Friedhöfe», sagt El-Hassani.

Wir verlassen den Hof. Meine Kehle ist vor Rührung wie zugeschnürt, so daß ich kaum auf die Worte antworten kann, die man an mich richtet. Doch ich muß durchhalten und bis zum Schluß ein Männerherz bewahren.

*

Bei den kleinen spitzen Steinplatten, die wie Schiefer in der harten Tonerde stecken und die Länge der von den Pferden meist sorgfältig gemiedenen Grabwölbungen kennzeichnen, sitzen wir ab, wie es Brauch ist, wenn Freunde sich trennen; wir küssen uns dreimal.

«Geh in Frieden und der Sicherheit Gottes!»

«Möge dir Gutes widerfahren!»

Nachdem wir wieder auf die Pferde gestiegen sind, reiten wir in entgegengesetzten Richtungen davon: El-Hassani in den unerforschten Westen, wohin ich ihm so gern gefolgt wäre, und ich der Entzauberung bekannter Regionen entgegen.

*

Von der Höhe eines kleinen Berges verfolge ich noch lange, wie sich die Leute aus Bou-Denib entfernen. Endlich verschwinden sie im Labyrinth der Dünen, im rosa Schein des anbrechenden Tages. Mit ihnen schwindet für mich der letzte Hoffnungsschimmer: lange werde ich nicht weiter vordringen können, vielleicht auch nie.

Während meine Stute langsam weitergeht, verliert sich mein trostloser Blick in dem Tal, das ich bei meiner Ankunft in der prachtvollen Einfalt der Sommersonne so wunderschön gefunden hatte. Und weil es für mich ein Schritt zurück ist, weil möglicherweise ein langes Exil, fern von der geliebten Wüste, für mich beginnt, finde ich auch die Landschaft nichtssagend, fast häßlich, gespickt mit tausend Dornen, an denen sich kein Strahl festmacht . . .

Ein großer Zauber ist zusammengebrochen.

In wütender Verzweiflung gebe ich meiner weißen Stute die Sporen und stürze mich in rasenden Galopp; und der Wüstenwind trocknet meine feuchten Augen . . .

EINDRÜCKE AUS DER SAHARA

Auf dem Markt von Aïn-Sefra

Ab Sonntagabend strömen die Nomaden über alle Pfade, über alle Dünen herbei; sie kommen zu Pferde, auf Maultieren, zu Fuß und treiben die kleinen, geduldigen Esel und die großen, langsamen Kamele vor sich her, die ihren beweglichen Hals und ihre gierige Unterlippe zu den grünen Spartgrasbüschen ausstrecken. Amour und Beni-Guil – das ganze Volk der permanenten Wanderschaft – begeben sich nach Aïn-Sefra, zum großen Markt, der am Montagmorgen beginnt.

Im Leben des Arabers und vor allem im Leben des arabischen Nomaden spielt der Markt eine wesentliche Rolle.

Dort trifft man sich, versammelt sich, dort erfährt man Neuigkeiten, dort kann man vielleicht ein wenig Geld verdienen.

Schon im Morgengrauen sammelt sich die Masse auf einem öden Gelände zwischen dem Dorf und dem Militärquartier der Kavallerie; ein lärmender Auflauf, der bis zur Mittagszeit unablässig anschwillt.

Die Kamele gehen murrend in die Knie, die an den schlanken Akazien des Boulevards festgebundenen Pferde schnauben und wiehern den vorüberkommenden Stuten zu. Die Menschen ereifern sich, alles schreit durcheinander. Der ganze Lärm wird übertönt vom klagenden Blöken zahlloser Schafe, die am Hals aneinandergefesselt sind, und vom Brüllen kleiner Rinder und schwarzer Kühe, kaum größer als Kälber.

Am Boden häufen sich die Waren des Südens zu einem wunderbaren Durcheinander: stark nach Wollfett riechende Schaffelle, rohes Salz in lockeren, grauen Stücken, ziegenlederne Behälter mit Sauermilch, Butter oder Thujateer, Flechtkörbe aus Alfagras, leuchtend bunte Decken und *Haïks*, neue, noch ganz steife Burnusse, Hufeisen, Krüge aus gebrannter Tonerde, Wollkordeln, Sättel usw.

Und in diesem malerischen Chaos von Verkaufsgegenständen laufen die Nomaden herum: die erhabenen, mit Fetzen bekleideten Gestalten der Amour, die Beni-Guil in erdfarbenen Lumpen, alle mit dem dicken, ledernen Patronengürtel.

Auch Frauen mischen sich unter die Gruppen, meist alte, ausgezehrte, dürre Frauen mit tätowierten, von den langen Sommern gegerbten Gesichtern, festem Schritt und männlichem Gestus. Seltener sieht man ein jüngeres Gesicht, schöne blaue Augen und weiße Zähne, die sich halbwegs unter dem langen, mit Blumen bestickten Schleier verbergen.

. . . Nach dem entsetzlichen Elend, das die Beni-Guil im vorigen Jahr, als sie den Berg besetzt hielten, Monate lang durchgestanden haben, leben sie nun, seit sie das *«Aman»* erhalten haben und die Märkte an der Grenze besuchen dürfen, wieder auf. Die Straßenräuber haben ihre Langfinger eingezogen. Sie verkehren im Dorf, schon weniger zerlumpt, ja vielleicht schon weniger wild als am Anfang.

Sie gehen vorbei, betrachten die *M'zanat* gleichgültig, fast geringschätzig. Zögernd entschließen sie sich, die Läden zu betreten, allerdings immer mißtrauisch, immer in Horden.

Drinnen beginnen endlose Warenfeilschereien. Die Nomaden diskutieren stundenlang, schließen sich für die geringsten Käufe zusammen.

In den maurischen Cafés sitzen sie zu dritt oder zu viert beisammen, um einen Tee zu trinken und ein trockenes Stück Brot zu essen.

Welch erstaunliche Gesichter unter den mit wetterfesten Schleiern bedeckten, ausladenden Turbanen! Welch scharfgeschnittene Profile, wie Raubvögel, mit der krummen Nase, dem grimmigen Mund, den leuchtenden Augen!

Auf dem Markt kommt es wegen der geringsten Zweifel zu lauten Streitereien. Der Tonfall läßt erahnen, was sich auf den marokkanischen *Bled-es-siba*, fern von jeder Aufsicht, abspielen mag. Dort, auf den noch weit hitzigeren Märkten, läßt man das Schießpulver sprechen, zwischen den Waren rollen Leichen, am Boden fließt Blut. Hier begnügen sich die Beni-Guil mit wirren Gesten, Drohungen und hochtrabenden Beschimpfungen: «Warte nur, Heidensohn, Kind der Sünde! Hier sind wir weich, vom vielen weißen Brot und fließenden Wasser sind wir wie Frauen geworden! Warte nur, bis wir wieder jenseits von Fortassa sind und vom Wasser des Redir getrunken haben. Dann wirst du schon sehen, daß wir noch Männer sind . . .»

*

Vor dem roten Hintergrund des Bodens sieht man vorwiegend zurückhaltende Farben, das Ockergelb der Kleider, das gedämpfte Braun und Beige der Kamele, das schillernde Schwarz der Rinder und der Ziegen, die rosigen Grautöne der Schafe mit ihrem dichten Fell.

Ein rauhes, heftiges Bild voller Lebenskraft, gezeichnet vom Leben der Nomaden, das immer noch so ist wie es einst, in der großen Ferne der Jahrhunderte, gewesen sein muß.

Schwarze Freuden

Manchmal dringen Schreie aus den Kantinen des Dorfes: Streitereien oder Lieder von Legionären, die sich unerlaubt herumtreiben.

. . . Hier, im «Negerdorf», verstummen die letzten Geräusche.

Der Vollmond ergießt blaue Lichtströme über die grauen *Toub*-Häuser, über die leeren Straßen und die durchsichtig wirkende Düne ganz in der Nähe.

Durch die noch einen Spalt offenstehende Tür eines maurischen Cafés gleitet ein roter Lichtstrahl über den Sand, bis hin zur gegenüberliegenden Mauer.

Wirrer Lärm – Geräusche von Tamtams und Liedern – entschlüpft dem mit Kalk geweißten, schmutzigen Loch.

Wir gehen hinein, der Neger Saadoun und ich.

. . . Zuerst müssen wir den zellenartigen Raum durchqueren, dann gelangen wir durch eine viel zu kleine Öffnung in den Hof.

Zwischen Schutt und Abfall bewegt sich eine Gruppe von Frauen im schummrigen Licht, das von oben einfällt.

Zwei Alte hocken im Schatten, schlagen das Tamburin und singen in ihrem unverständlichen Dialekt einen endlos schleppenden Redegesang, durchsetzt mit einer Art wildem Keuchen, mit heiserem, rhythmischem Geröchel.

Drei andere Negerinnen tanzen.

Eine von ihnen ist jung und wunderschön.

Ihr gedehnter, beweglicher Körper windet sich, wogt wellenförmig hin und her und neigt sich unter künstlichem Zittern langsam nach hinten, während ihre angewinkelten Arme mit dem festen Fleisch eine leidenschaftliche Umarmung andeuten.

Ihr Kopf rollt geradezu über ihre Schultern, halb schließt sie ihre großen braunen Augen, und ein schmachtendes Lächeln öffnet ihre Lippen, zwischen denen das vollendete Weiß ihrer Zähne glänzt.

Silbrige Reflexe gleiten über die steifen, eingenähten Falten ihrer langen, himmelblauen Tunika, die wie große duftige Flügel um ihre Schultern schwingen.

Das schwere Silbergeschmeide klingt im Rhythmus. Manchmal, wenn sie in die Hände klatscht, klirren die Armreifen wie Ketten.

Zwei andere, stark geschminkte Frauen mit maskenhaft erstarrten Gesichtern lassen blutrote Schleier auf ihren schweren Körpern vibrieren.

... Gegenüber, längs der Mauer, sitzen die Männer und betrachten den Tanz der schwarzen Prostituierten, der wie ein von der sudanesischen Heimat mitgebrachter Ritus bei jedem Vollmond wiederkehrt.

Es sind vier oder fünf Neger, unter ihnen zwei reinrassige Sudanesen, Sinnbilder einer seltenen und trügerischen Negerschönheit, mit feinen Zügen, länglichen braunen Augen, ganz und gar arabisch. Ihre Wangen zieren sich mit langen Schnittmalen, und am rechten Ohrläppchen hängt ein Silberring. Regungslos, unzugänglich, das Auge fasziniert von den Tänzen, schauen sie zu, ohne ein Wort zu sagen.

Die anderen, *Kharatine* und Mischlinge, lachen mit affenartigen Gebärden und Grimassen.

... Nur ein einziger Weißer ist unter ihnen, ein Spahi mit der feinen Gestalt der Araber von den Hauts-Plateaux: der Liebhaber der schönen Negerin.

Auf seinen zusammengefaltenen roten Burnus gestützt schaut auch er schweigend zu. Eine harte Falte zieht sich über seine Stirn und senkt die geschwungenen Augenbrauen über den Glanz seiner schwarzen Augen, in denen sich seine wechselnden Gefühle spiegeln.

Bald, wenn die Negerin außer sich gerät, wenn sie ihn hin und wieder ansieht und ihm zulächelt, strafft sich der ganze muskulöse Körper des Spahi . . . Bald, wenn sie dem Lachen und Scherzen der Neger größere Aufmerksamkeit zu schenken scheint, verkrampfen sich die nervösen Hände des Nomaden, die keine Arbeit je verunstaltet hat.

Er sieht uns nicht einmal hereinkommen. Er legt seine ganze Seele in die Betrachtung dieser Frau, die ihn sein Zuhause, seine Kinder, seine Freunde vergessen ließ, die ihn genommen hat und nicht mehr losläßt, die ihn dort, in den schmutzigen Trümmern, zurückhält.

Seitlich befindet sich ein kleines, gewölbtes Zimmer; in einer Nische der kahlen weißen Wand brennt eine Kerze.

Etwa zehn Neger liegen oder sitzen im bunten Durcheinander der Kleidungsstücke auf Matten herum.

Zwischen ihnen steht ein Kupfertablett mit Teegläsern und kleinen Kifpfeifen.

Weiße Fetzen bedecken die schwarzen Körper mit den wie Seile gespannten Muskeln; Schleier aus erdigem Mousselin umhüllen die Gesichter mit den vorstehenden Kiefern und den wulstigen Lippen; hier und dort das Scharlachrot einer arabischen Mütze . . .

Die beiden Sudanesen, die im Hof waren, sind uns gefolgt. Sie setzen sich ganz hinten im Raum nebeneinander.

Der eine nimmt ein *Bendir*, ein arabisches Tamburin, der andere eine Schalmei.

Eine der Negerinnen bringt eine Räucherpfanne aus gebranntem Ton mit Benzoe-Puder und Zimtrinden auf den glühenden Kohlen.

Der zarte blaue Rauch steigt an die Decke; bald erfüllt er den kleinen Raum, wo die schwere Hitze immer dichter wird. Die beiden Neger beginnen ihre Musik, zuerst langsam, fast träge.

Doch nach und nach steigern sie sich. Schweißtropfen laufen über ihre Stirn, die dunklen Pupillen ihrer Augen weiten sich, und ihre Nasenflügel beben. Sie lehnen sich nach hinten, rollen wie betrunken auf der Matte hin und her.

Der Mann mit dem Tamburin hebt sein Instrument mit ausgestreckten Armen über seinen Kopf und schlägt, schlägt den Takt, gedämpft, schneller und schneller, bis er einen rasenden Rhythmus erreicht.

Mit geschlossenen Augen wiegt der Schalmeispieler seinen Kopf mit dem hohen Turban im Stil der arabischen Nomaden. Die anderen singen, ohne innezuhalten, fast ohne zu atmen; es ist das keuchende, das unheimliche Lied, welches das schwitzende Fleisch der Negerinnen eben noch mit wilder Glut erfüllte.

Die Kifpfeifen wandern von Hand zu Hand.

Nach und nach scheint sich aus dem Gemisch von gepfeffertem Pfefferminztee, duftendem Rauch, Negergerüchen, Musik und erstickender Luft ein Hauch von Wahnsinn zu lösen und die schweißtriefende Stirn der Neger zu bewölken.

Krampfhafte Zuckungen fahren durch ihre Körper.

Plötzlich scheint der schöne Sudanese, der das Tamburin spielte, in tobende Wut zu geraten. Mit aller Kraft schleudert er das *Bendir* gegen die dreifüßige Halterung der Räucherpfanne.

Die dünne gespannte Haut zerplatzt.

Gelächter bricht aus. In einer Art Raserei zerreißen die Neger das Instrument.

... Und die Schalmei weint, weint eine endlose Weise herzzerreißender Traurigkeit.

Mit brennendem Kopf gehe ich hinaus.

Im Hof haben die Frauen ein Feuer aus trockenen Palmwedeln angezündet, das ihre laszive Geschmeidigkeit in brutales Licht taucht.

Auf seinen roten Burnus gestützt, betrachtet der Spahi seine mit vorrückender Stunde zunehmend wogende und erregte Geliebte. Er hat sich nicht von der Stelle gerührt, und die harte Falte auf seiner Stirn ist noch schärfer geworden.

Das ganze schwarze Loch atmet heftige Sinnlichkeit, die sich bis zum Wahnsinn steigert und am Ende tiefste Verwirrung auslöst.

... Draußen ist alles ruhig. Alles träumt und ruht im kalten Licht des Mondes.

Welch wohltuendes Gefühl, durch die kühle Mitternachtsbrise über die verlassene Straße im Galopp davonzureiten, dem finsteren Rauch dieser schwarzen Orgie zu entfliehen.

Das Lied des Spahi

(Auf der Straße von Géryville)

Höre, Freund, das Lied meiner Qual
Unter all den Qualen der Welt,
Höre, was deinem Bruder widerfuhr,
Dem Sohn deines Stammes,
Hör und frage dich, woher die Geduld mir kommt.
Der Kummer meines Herzens wäre stark genug, zehn Menschen zu töten!

Ich war noch klein, der Jüngste im Zelt meines Vaters,
Der jüngste seiner wohlgeratenen Söhne, schön wie die Löwen.
Als der männliche Flaum meine Lippen umwuchs,
Gab mir mein Vater ein Gewehr und ein graues Pferd,
Ein feuriges Pferd.

Er gab mir auch ein Weib mit klarer Stirn,
Und ihre Augen waren die Augen der Nacht.
Ihr Name sollte das Zelt mit Glück erfüllen:
Man nannte sie Saïda, beim Namen der Stadt unserer Ahnen,
Saïda, eine Perle unter den Töchtern der Rzaïn!

Doch es stand geschrieben auf meinem Schicksalsweg,
dieser soll nur Leid erfahren,
Und Traurigkeit!

Es kam eine Stunde, die ich nicht geahnt:
Die Stunde des Totenengels,
Der Saïdas Stirn mit seinem Flügel gestreift.

Ich weinte wie eine Frau,
Ich weinte drei Tage und drei Nächte:
Dann wallte mein Blut wie ein Palmenwein,
Und sein Feuer verzehrte mein Herz.

Es fielen böse Worte zwischen mir und meinem Bruder;
Ohne Gottes Schutz hätte das Schießpulver gesprochen.
Ich ritt davon, allein und ziellos wie im Wahn,
Ich suchte den Mann, mich zu töten.

Des Elends und des Lebens müde, verkaufte ich mich schließlich;
Ich ging nach Saïda,
Denn dieser Name hatte mich verletzt;
Verdingte mich für wenig Geld
Und verbarg meine Herkunft unter dem roten Burnus.

Jetzt weiß ich nicht, was unter meinem Zelt geschieht,
Ob es Geburt ist oder Tod.
Ich will es nicht wissen, ich frage nicht.
Gewiß haben die Frauen mich beweint
Wie einen Toten,
Gewiß hat mein Vater sich abgewandt von mir
Und meine Brüder haben mich verleugnet.

Doch ich kehre nicht zurück.
Wir ziehen in den Süden, wo das Schießpulver spricht!
Wenn ich dort unten falle, in der Verlassenheit,
Adler und Schakal werden es bald erfahren.

Sage mir und laß mich wissen, wer meinen Körper waschen wird,
Wer es beweinen wird, verwaist, mein Soldatengrab,
Sag mir, wer es wissen wird, daß mein Herz wie eine Taube zitterte,
Unter der Jungmädchenhand.
Sage mir und laß mich wissen . . .

Der Totenwäscher

(Dieses Lied sang der Reiter Mohammed-ould-Abd-el-Kader-Ben-Ziane im Zelt zwischen Aflou und Tagguin)

Ich grüße dich, mein Bruder mit dem reinen Herzen!
Als letzter Besuch trittst du in mein Zelt . . .
Dir, nur dir allein, werde ich die ganze Wahrheit sagen.

Ich habe die Pforte durchschritten, die alle durchschreiten werden:
Die Hirten wie die Häupter, die Caïds wie die Bettler.
Über die Schwelle will ich dich nicht täuschen:
Im Hause der anderen Welt
Verzichtet man auf jede Hinterlist.

Ich glaubte an die Freundschaft der Brüder, die desselben Schoßes sind,
An die Liebe der Kinder, die meinem Fleisch entsprangen;
Ich glaubte an den Reichtum unter einem weiten Zelt;
Ich strebte nach üppigen Mahlen
Und nach der Pracht herrlicher Kleider.

Ich suchte die feurige Schnellkraft der Hengste,
Die Männer ehrende Stärke,
Ich suchte die Scham als Krone jeglicher Frauenstirn.
Doch dann kam die Stunde
Und mein Todesengel nahte:
Ich legte mich nieder, und ich grüße dich,
O Totenwäscher, einziger Freund, der mir noch bleibt!

Mein Leib wird von dir die letzte Liebkosung erfahren,
Du machst mich vertraut mit dem Totenhemd,
Dem weißen Kleid der Ewigkeit.

Hat man mir dann die Zuflucht des Grabes gegeben,
Haben die muselmanischen Herzen
Das letzte Gebet mir gesprochen,
Wird man mich bald vergessen – man wird meinen Namen vergessen,
Denn er war für das Leben gemacht.

O Totenwäscher, warte zwei Jahre
Und frage die Dornen, die mein Grab bewachsen,
Welche Freundestränen sie benetzen,
Welche Klagen den Wind betören.

Und sie werden dir sagen: der Regen des Himmels
Und das Zwitschern der Vögel, die auch sterben müssen,
Der Regen des Himmels und das Zwitschern der Vögel
Zur Ehre Dessen, der unsterblich ist ...

In der Düne

Der Herbst des Jahres 1900 ging zu Ende, fast war es schon Winter. Ich lagerte mit einigen Hirten vom Stamm der Rebaïa in einer besonders verlassenen Gegend südlich von Taïbeth-Guéblia, an der Straße, die von El-Oued nach Ouargla führt.

Wir hatten eine Herde aus recht zahlreichen Ziegen und einigen unglücklichen, abgemagerten, erschöpften Kamelen – Überbleibsel der In-Salah-Expedition, die den Kamelbestand der Sahara für Jahre beträchtlich lichtete, da die meisten nie von den fernen Konvois nach El-Goléa und Igli zurückkehrten.

Wir waren acht, einschließlich meines Dieners Aly und mir selbst. Wir lebten in einem großen niedrigen Zelt aus Ziegenleder, das wir in einem kleinen Tal zwischen den Dünen aufgeschlagen hatten. – Nach den ersten kleinen Regenfällen im November begann die seltsame saharische Vegetation zu sprießen. Wir verbrachten unsere Tage mit der Jagd und schossen zahllose Wüstenhasen; meist aber träumten wir im Angesicht der wogenden Horizonte.

Die Ruhe und die trotz allem nie langweilige Monotonie dieses Daseins unter freiem Himmel rief eine Art intellektueller und moralischer Schläfrigkeit in mir hervor, die mir sehr angenehm war; eine wohltuende Beruhigung.

Meine Gefährten waren schlichte und derbe Männer, doch ohne jede Grobheit, die meinen Traum und mein Schweigen respektierten – und übrigens selbst sehr schweigsam waren.

Wie der feine Sand der Wüste . . .

... der ständig in Bewegung ist, sich hier zu eindrucksvollen Dünen sammelt und dort davonläuft – so geht es auch mit dem Geld. Ständig ist es im Umlauf, an manchen Stellen häuft es sich, und man muß stets aufpassen, daß es einem nicht wie Sand durch die Finger rinnt.

Friedlich und ungestört flossen die Tage dahin, ohne Abenteuer und ohne Unglücksfälle . . .

Doch eines Nachts, als wir in unsere Burnusse gerollt im Zelt schliefen, erhob sich ein heftiger Südwind, der bald zum Sturm ausartete und Sandwolken emporstäuben ließ.

Der blökenden, schlauen Herde gelang es, sich so dicht an das Zelt zu drängen, daß wir den Atem der Ziegen hören konnten. Einige drangen sogar ganz in unsere Unterkunft ein und machten es sich, ob wir wollten oder nicht, mit der komisch wirkenden Frechheit ihrer Art bequem.

Die Nacht war kalt, und ich mußte – ohne allzu großes Mißfallen meinerseits – ein kleines Zicklein aufnehmen, das es sich in den Kopf gesetzt hatte, unter meinen Burnus zu schlüpfen, sich an meine Brust legte und all meine Versuche, es wieder zu vertreiben, mit Rippenstößen seiner dickköpfigen Stirn beantwortete.

Da wir den ganzen Tag durch die Gegend gestreift waren, übermannte uns die Müdigkeit, und wir schliefen trotz des unheilverkündenden Windes, der durch den Irrgarten der Dünen heulte, und trotz des ununterbrochen wie Meeresrauschen auf unser Zelt regnenden Sandes bald ein.

Plötzlich aber schreckten wir aus dem Schlaf, ohne daß uns im ersten Augenblick bewußt wurde, was geschehen war; wir fühlten uns wie erschlagen, erstickt von einer schweren Last: ein heftiger Windstoß hatte unser Zelt aus der Verankerung gerissen und begrub uns unter seinen Trümmern. Mühselig, auf dem Bauch kriechend, versuchten wir uns in der stockfinsteren Nacht bei tosendem und schneidend kaltem Wind unter einem pechschwarzen Himmel zu befreien.

Unmöglich, das Zelt in der Dunkelheit wieder aufzurichten oder gar unsere kleine Laterne anzuzünden. Es mochte schon etwa drei Uhr sein, und es blieb uns keine andere Wahl, als uns mißmutig unter das schöne Sternenzelt zu legen und auf den Tag zu warten. Aly zog unter großen Schwierigkeiten noch einige Decken und Burnusse aus dem Zelt heraus; außerdem mußten wir die stöhnenden, wild zappelnden und strampelnden Ziegen retten.

Im anhaltenden Sandregen hatte ich das Gefühl, unter meinem Burnus zu ersticken; immer wieder hörte ich das ängstliche Gewieher und das Ausschlagen meines armen Pferdes, das an einem

Pfahl festgebunden war; die unruhigen Ziegen ließen mir keine Ruhe; ich konnte nicht mehr einschlafen.

Der Wind hatte sich fast vollständig gelegt. Aly war dabei, ein großes Feuer aus trockenem Gestrüpp anzuzünden. Wir setzten uns alle um die wohltuende Glut, starr vor Kälte, mit zerschlagenen Gliedern. Nur Aly bewahrte seine immerwährende gute Laune und belustigte sich über unsere Leichenmienen.

Klar und ruhig erhob sich der Tag über der Wüste, in der das nächtliche Unwetter eine Unzahl kleiner grauer Furchen hinterlassen hatte, wie die Runzeln eines Sturms im Sand.

Mir kam der Gedanke, einen kleinen Galoppritt durch die Ebene zu unternehmen, die sich jenseits des unser Tal abschließenden Dünengürtels erstreckte.

Aly blieb im Lager, um das Zelt wieder aufzubauen und unseren kleinen, während der Nacht völlig versandeten und in alle Himmelsrichtungen zerstreuten Haushalt in Ordnung zu bringen. Doch er riet mir, mich nicht allzuweit zu entfernen.

Doch o je! Kaum war ich in der Ebene, konnte ich die Zügel meines treuen «Souf» nicht mehr halten; ebenfalls entnervt von der schlechten Nacht raste er los, so schnell er konnte. Lange galoppierten wir in schwindelerregendem Tempo, trunken vom weiten Raum, durch die heitere Ruhe des aufziehenden Tages.

Schließlich, als ich mein Pferd mit Mühe und Not wieder in meine Gewalt gebracht hatte, drehte ich mich um und sah, daß ich schon sehr weit von den Dünen entfernt war . . .

Doch ich hatte keine Eile, ins Lager zurückzukehren; im Gegenteil, ich bekam Lust, noch durch die kleinen Hügel zu reiten, welche die Ebene begrenzen. So folgte ich dem Weg aus dem Westen und geriet in ein Labyrinth aus immer höher werdenden kleinen Bergen. Dort gab es Täler, die dem unsrigen sehr ähnlich waren, und um nicht allzuviel Zeit zu verlieren, ließ ich «Souf» an diesen relativ flachen Stellen traben.

Nach und nach hatte der Himmel sich wieder mit Wolken bezogen, und es wurde windig. Ohne den nächtlichen Sturm, der die ganze Oberfläche des Sandes ausgetrocknet und aufgewühlt hatte, hätte ein so schwacher Wind nicht die geringste Bewegung des Edbodens bewirkt. Doch jetzt war der ganze Boden wie aus zartestem Staub, und immer noch floß der Sand von den abschüssigen Dünen. Bald bemerkte ich, daß meine Spuren rasch verwehten.

Nach einer Stunde begann ich mich zu wundern, daß ich das Lager immer noch nicht erreicht hatte. Es war schon ziemlich spät, und die Hitze wurde drückend. Dabei hatte ich mich doch immer in Richtung Westen gehalten? . . .

Schließlich hielt ich inne; mir wurde klar, daß ich den falschen Weg genommen hatte und wohl am Lager vorbeigeritten war. Ratlos stand ich da . . . Welche Richtung mußte ich einschlagen? Ich konnte nicht wissen, ob ich mich unterhalb oder oberhalb der Straße befand, das heißt, ob ich nördlich oder südlich am Lager vorbeigeritten war. Ich lief also Gefahr, mich endgültig zu verirren. Dennoch entschloß ich mich, geradewegs die nördliche Richtung zu nehmen, die auf jeden Fall weniger gefährlich war.

Doch auch dort hatte ich nach einer Stunde Fußmarsch immer noch keinen Anhaltspunkt gefunden; so kehrte ich nach Süden um.

Es war schon drei Uhr nachmittags, und allmählich fand ich mein Mißgeschick gar nicht mehr komisch. Ich hatte nur ein einziges arabisches Brot in der Kapuze meines Burnus und eine Flasche kalten Kaffee. Ich begann mich zu fragen, was aus mir werden sollte, wenn ich den Weg nicht vor der Nacht wiederfand.

Schließlich ließ ich meinen «Souf» in einem Tal zurück und kletterte auf die höchste Düne der Umgebung; doch wo ich auch hinschaute, nach allen Seiten sah ich nur das graue Durcheinander der kleinen Sandberge; ich verstand nicht, wie ich mich in so kurzer Zeit so hoffnungslos hatte verirren können.

Da ich nicht mehr ziellos umherirren wollte und fürchtete, an einem unfruchtbaren Ort von der Nacht überrascht zu werden, wo mein Pferd, das ohnehin schon dursten mußte, nicht einmal Gras fände, machte ich mich auf die Suche nach einem geeigneten Tal, in dem ich die Nacht verbringen könnte.

«Morgen in aller Frühe schlage ich den Weg nach Norden ein und stoße mit Sicherheit auf die Straße nach Taïbeth . . .», dachte ich.

Ich entdeckte ein tiefes, längliches Tal, in dem eine recht dichte, erstaunlich grüne Vegetation gewachsen war. Ich befreite «Souf» von seinem Geschirr und ließ ihn laufen, während ich mich aufmachte, meine «Robinson-Insel» zu erforschen. In der Mitte eines offenen Platzes fand ich einen kaum versandeten Haufen Asche und ein paar Hasenknochen: hier mußten Jäger übernachtet haben. Vielleicht kamen sie zurück?

Die Jäger der Sahara sind rohe, primitive Männer, die ohne festen Wohnsitz unter freiem Himmel leben. Manche lassen ihre Familien irgendwo, in weiter Ferne, in einem *Ksour* zurück; andere sind echte Kinder des Sandes, die mit Frau und Nachkommenschaft herumziehen – solche sind selten. Ihr Leben ist ebenso frei und unkompliziert wie das der Gazellen in der Wüste.

Unter diesen Jägern sind natürlich auch manche, die mit dem Gesetz in Konflikt stehen und vor der menschlichen Justiz in die Einsamkeit geflohen sind. Doch in diesen Gegenden, die nicht allzu fern von Städten und Dörfern entfernt liegen, trifft man nur selten auf «Dissidenten», wie sie in der Verwaltungssprache genannt werden; ich wünschte mir also, daß die Jäger, deren Spuren ich gefunden hatte, auftauchen möchten, um mich so schnell wie möglich aus der lächerlichen Situation, in die ich mich hineinmanövriert hatte, zu befreien. Welche Ängste mochten meine Gefährten ausstehen, vor allem der treue Aly?

Ein fröhliches Wiehern riß mich aus meinen Gedanken: mein Pferd stand vor einem undurchdringlichen, leuchtend-grünen Dickicht, den Kopf so tief als möglich in die Zweige gesteckt, und schien etwas Ungewöhnliches zu wittern.

. . . Zwischen den Büschen befand sich einer jener in der Sahara so zahlreichen *Hassi*, schmale, tiefe Brunnen abseits der Straßen, die nur die Führer kennen.

Die fast üppige Vegetation des Tales ist dem hohen Wasserspiegel zu verdanken.

Ich machte mich an meine Pflicht und begann, mit Hilfe meiner am Ende des Gürtels befestigten Flasche Wasser zu schöpfen. Plötzlich hörte ich dicht hinter mir eine Stimme sagen: «Was machst du denn da?»

Ich drehte mich um: vor mir standen drei braungebrannte, fast schwarze Männer in zerlumpten Kleidern, die ihr dürftiges Gepäck in Tuchbeuteln mit sich herumtrugen und mit langen Steinflinten bewaffnet waren.

«Ich habe Durst.»

«Hast du dich verirrt?»

«Ich lagere nicht weit von hier mit Leuten vom Stamm der Rebaïa, mit Souafas, Hirten . . .»

«Bist du Muselmane?»

«Ja, Gott sei Dank!»

Der Mann, der mich angesprochen hatte, war schon fast ein Greis. Er streckte die Hand aus und berührte meinen Rosenkranz.

«Du kommst von Sidi Abd-el-Kader-Djilani . . . Dann sind wir Brüder . . . Wir sind auch Kadriya.»

«Gott sei gepriesen!» sagte ich.

Ich war höchst erfreut, in diesen Nomaden Mitbrüder zu finden: unter den Anhängern der gleichen Bruderschaft sind gegenseitige Hilfe und Solidarität die Regel. Tatsächlich trugen auch sie den Rosenkranz der Kadriya.

«Warte, wir haben ein Seil und eine Kanne; wir geben deinem Pferd zu trinken, und du bleibst die Nacht über bei uns; morgen früh bringen wir dich zu deinem Lager zurück. Du bist weit nach Süden geraten, du hast das Lager der Rebaïa verfehlt, und jetzt brauchen wir auch mit Abkürzungen mindestens drei Stunden, bis wir dort sind.»

Der jüngste von ihnen fing wieder an zu lachen.

«Du bist aber wirklich ein Schlaukopf!»

«Von welchem Stamm seid ihr?»

«Ich und mein Bruder, wir sind Ouled-Seïh aus Taïbeth-Guéblia, und der dort, Ahmed-Bou-Djema, ist ein Châambi aus der Nähe von Berressof. Sein Vater hatte einen Garten in El-Oued in der Kolonie der Châamba im Dorf El-Akbab. Er hat sich aus dem Staub gemacht, der Ärmste . . .»

«Weshalb?»

«Wegen der Steuern. Er hat unseren Cheikh, Sidi Mohammed-Taleb, nach In-Salah begleitet; und als er wiederkam, war seine Frau tot, dahingerafft von der Typhusepidemie, und in seinem Garten wuchs nichts mehr; da ist er in die Wüste gegangen – wegen der Steuern.»

Der junge Seïhi, der diese Worte sprach, hatte meine Aufmerksamkeit durch die Ursprünglichkeit seiner Züge und den verstohlenen Glanz seiner großen spöttischen Augen auf sich gezogen. Ein vollendetes Beispiel der stark mit den asiatischen Arabern vermischten Nomadenrasse, des charakteristischsten Menschenschlags der Sahara.

Der hagere, geschmeidige Ahmed-Bou-Djema schien sein älterer Bruder zu sein, soweit man das überhaupt beurteilen konnte, denn die Hälfte seines Gesichts war nach Art der Touareg schwarz verschleiert.

Was den Greis betrifft, so hatte er das prächtige Gesicht eines alten Wegelagerers, mit finsteren Zügen und einer Habichtsnase.

Ahmed-Bou-Djema trug zwei stattliche Hasen an seinem Gürtel. Er entfernte sich ein paar Meter vom Brunnen, sagte: «Bismillah!» und machte sich daran, das Wild auszunehmen.

*

Die Sonne war hinter den Dünen verschwunden und die letzten rosa Strahlen des Tages glitten über den flachen Boden, suchten sich ihren Weg durch die Büsche mit den spitzen Blättern und die Brustbeerensträuche. Das Drinn-Gras wirkte wie Gold im roten Schein der Abendstunde.

Sélem, der ältere der beiden Brüder, ließ unsere Gruppe allein, breitete in einiger Entfernung seinen zerlumpten Burnus im Sand aus und begann zu beten, mit ernster Miene, als wäre er erwachsen.

«Habt ihr keine Familie?» fragte ich Hama-Srir, während wir eine Kuhle in den Sand gruben, um die Hasen darin zu braten.

«Sélem hat seine Frau und seine Kinder in Taïbeth gelassen. Und meine Frau ist bei ihrer Tante in den Gärten von Remirma, im Wadi Rhir.»

«Ist es dir nicht langweilig, so fern von deiner Familie?»

«Das Schicksal ist das Schicksal Gottes. Bald werde ich meine Frau holen. Wenn Sélems Kinder einmal groß sind, werden sie jagen wie ihr Vater.»

«In châ Allah!»

«Amine.»

Das freie, sorglose Leben dieser großen Kinder der prächtigen und trostlosen Sahara gefiel mir und zog mich an.

Nachdem wir die Hasen zu einer Kugel gerollt und zusammengebunden hatten, legten wir sie mitsamt ihrem Fell unten in die Kuhle und bedeckten sie mit einer feinen Sandschicht. Dann zündeten wir über ihnen ein großes Feuer aus trockenem Gestrüpp an.

«Du bist also mit einer Rouara verheiratet?»

Hama-Srir machte eine undeutliche Geste: «Das ist eine lange

Geschichte! Weißt du, wir Araber aus der Wüste heiraten nur selten außerhalb unseres eigenen Stammes . . .»

Hama-Srirs Roman stachelte meine Neugier an. Aber wollte er ihn mir erzählen? Es mußte eine ganz einfache Geschichte sein, jedoch geprägt vom großen melancholischen Charme aller Dinge, die mit der Wüste zu tun haben.

Nach dem Essen schliefen Sélem und Bou-Djema bald ein. Hama-Srir lag aufgestützt neben mir; er zog sein *Matoui*, den kleinen roten Lederbeutel für das Kif, und seine Pfeife heraus. Auch ich trug diese Insignien des echten Soufi in der Tasche meiner *Gandoura*.

«Hama, erzählst du mir deine Geschichte?»

«Weshalb? Weshalb interessiert dich, was Leute gemacht haben, die du gar nicht kennst?»

«Ich will dein Bruder sein, im Namen des großen Abd-el-Kader-Djilani.»

«Ich auch.»

Darauf drückte er mir die Hand.

«Wie heißt du?»

«Mahmoud-ben-Abdallah-Saâdi.»

«Hör zu, Mahmoud, wenn ich nicht ebenfalls dein Bruder sein wollte, wenn wir es durch unseren Cheikh und unseren Rosenkranz nicht bereits wären und ich nicht gesehen hätte, daß du ein *Taleb* bist, wäre ich wegen deiner Nachfrage in großen Zorn geraten, denn es ist nicht üblich, von seiner Familie zu sprechen, das weißt du genau. Aber nun hör zu, und du wirst sehen, daß Gottes *Mektoub* allmächtig ist, daß niemand es abwenden kann.»

*

Vor zwei Jahren ging Hama-Srir mit Sélem in der Nähe des *Bordj* von Stah-El-Hamraïa, bei den großen Chotts an der Straße von Biskra nach El-Oued, auf die Jagd.

Es war Sommer. Eines Morgens wurde Hama-Srir von einer Schlange gebissen und rannte ins *Bordj*: die alte Stiefmutter des Wächters, eine Riria (die aus dem Wadi Rhir stammte), konnte alle Krankheiten heilen – zumindest die, deren Heilung Gott erlaubt.

Der Wächter war mit seinem Sohn fortgegangen nach El-Oued und hatte das *Bordj* der Obhut der alten Mansoura und ihrer schon betagten Stieftochter Tébberr überlassen. Gegen Abend hatte Hama-Srir fast keine Schmerzen mehr, und so verließ er das *Bordj*, um zu seinem Bruder in das Chott Bou-Djeloud zurückzukehren. Aber er hatte leichtes Fieber und wollte trinken. Er stieg zum Brunnen am Fuß des kahlen rötlichen Hügels von Stah-El-Hamraïa herab.

Dort traf er Saâdia, die älteste Tochter des Wächters, dreizehn Jahre alt; eine schon zur Frau herangereifte schöne Gestalt unter ihren blauen Lumpen. Saâdia lächelte den Nomaden an, und lange blieben seine braunen Augen auf ihr haften. «In vierzehn Tagen komme ich zurück und bitte deinen Vater um deine Hand», sagte er.

Sie schüttelte den Kopf.

«Damit wird er nie einverstanden sein. Du bist zu arm, du bist ein Jäger.»

«Wenn Gott so beschlossen hat, werde ich dich dennoch bekommen. Jetzt geh ins *Bordj* zurück und halt dich rein für Hama-Srir, den Gott dir verheißen hat.»

«Amine!»

Langsam, gebückt unter der Last ihres schweren, mit Wasser gefüllten ledernen Behälters, stieg sie den steilen Weg zu ihrem einsamen *Bordj* hinauf.

Hama-Srir sagte Sélem kein Wort von dieser Begegnung, aber er wurde nachdenklich und versonnen.

«Man darf seine Liebespläne nie verraten, das bringt Unglück», fügte er hinzu. Jeden Abend, wenn die Sonne die blutrote Wüste in eine Feuersbrunst verwandelte und hinter dem salzigen Wadi Rir unterging, stieg Saâdia zum Brunnen herab, um auf den zu warten, «den Gott ihr verheißen hatte».

Eines Tages, als sie in der Mittagshitze hinausgegangen war, um über ihre Ziegenherde zu wachen, glaubte sie, ohnmächtig zu werden: Ein Mann in einer langen weißen *Gandoura* und einem ebenso weißen Burnus, bewaffnet mit einer langen Steinflinte, stieg zum *Bordj* hinauf.

Eilig zog sie sich in die Ecke des Hofes zurück, in der ihre bescheidene Unterkunft war; dort rief sie mit leiser Stimme Djilani an, den «Emir der Heiligen», denn auch sie gehörte zu seinen Kindern.

Der Mann betrat den Hof und rief den alten Wächter: «Abdallah-ben-Hadj-Saâd», sagte er, «mein Vater war Jäger, er gehörte zum Stamm der Ouled-Seïh und kam aus der Stadt Taïbeth-Guéblia. Ich bin ein Mann ohne Fehl und Tadel, mein Gewissen ist rein – Gott weiß es. Ich bin gekommen, dich zu bitten, mir Einlaß in dein Haus zu gewähren, ich bin gekommen, dich um die Hand deiner Tochter zu bitten.»

Der Alte runzelte die Stirn.

«Wo hast du sie gesehen?»

«Ich habe sie nicht gesehen. Die alten Frauen aus El-Oued haben mir von ihr erzählt ... Das ist das Schicksal.»

«Bei der Wahrheit des erhabenen Koran, solange ich lebe, soll kein Vagabund meine Tochter bekommen!»

Lange sah Hama-Srir dem Alten in die Augen.

«Schwöre nicht, was du nicht weißt ... Spiele nicht mit dem Falken: er fliegt in den Wolken und sieht der Sonne ins Gesicht. Spare deinen Augen die Tränen, Gott wird sie bald schließen!»

«Ich habe geschworen.»

«*Chouf Rabbi,* Gott wird sehen», sagte Hama-Srir und ging davon, ohne ein Wort zu sagen.

Entrüstet kehrte Si Abdallah in sein Haus zurück und wandte sich an Saâdia und Emborka: «Ihr Hündinnen, welche von euch beiden hat diesen Vagabund ihr Gesicht sehen lassen?»

Die beiden jungen Mädchen schwiegen.

«Si Abdallah!» antwortete die verehrte Großmutter an ihrer Stelle, «der Vagabund kam vorigen Monat hierher, um sich wegen eines Schlangenbisses verbinden zu lassen. Meine betagte Tochter Tébberr hat mir geholfen. Der Vagabund hat keine von Tébberrs Töchtern gesehen. Wir sind alt, für uns ist die Zeit des *Hedjeb* vorbei. Wir haben den Vagabunden behandelt und blieben auf den Pfaden Gottes.»

«Hüte sie und laß sie nicht mehr hinaus.»

Die Seele in Trauer wartete Saâdia hartnäckig auf Hama-Srirs Rückkehr, denn sie wußte, wenn Gott ihn wirklich für sie auserkoren hatte, könnte niemand sie hindern, sich zu vereinigen.

Sie liebte Hama-Srir, und sie hatte Vertrauen.

*

Nahezu ein Monat war vergangen, seit der Jäger zum *Bordj* hinaufgestiegen war und um Saâdias Hand angehalten hatte; seither war er nicht mehr aufgetaucht. Er war indes ganz in der Nähe, er hielt sich in der Gegend der Chotts auf, und jede Nacht bellten die wilden Hunde von Stah-El-Hamraïa . . . Auch er hatte geschworen.

Si Abdallah ließ unterdessen etwas von seiner eifersüchtigen Bewachung ab, und eines Abends, als Tébberr krank war, befahl er Saâdia, zum Brunnen hinunterzugehen, ohne dort zu verweilen.

Es war schon spät; klopfenden Herzens machte das junge Mädchen sich auf den Weg.

Der Vollmond erhob sich über der Wüste, eingetaucht in so durchsichtiges Blau, wie die Nacht nur blau sein kann. In der absoluten Stille klang das heisere Gebell der Hunde, als wären sie von rasender Wut erfaßt.

Während sie den Wasserbehälter füllte, die Arme ins Wasserbecken getaucht, sah Saâdia einen Schatten durch die Feigenbäume des Gartens huschen.

«Saâdia!»

«Gott sei gelobt!»

Schon hatte Hama-Srir sie am Handgelenk gepackt und riß sie mit sich.

«Ich fürchte mich! Ich habe Angst!»

Sie legte ihre zitternde Hand in die starke Hand des Nomaden, und so liefen sie durch das Chott Bou-Djeloud, in Richtung des Wadi Rhir . . . und wenn sie sagte: «Ich habe Angst, bleib stehen!» nahm er sie in seine Arme, denn er wußte, diese Stunde gehörte ihm und das ganze Leben war gegen ihn.

Sie flüchteten, und schon hatte das Hundegebell nachgelassen.

*

Überrascht und verstört über die Verspätung seiner Tochter trat der Alte aus dem *Bordj* heraus und rief mehrmals. Aber seine Stimme verlor sich in der bedrückenden Stille der Nacht, sie blieb ohne Antwort. Ein Schauder ließ seine Glieder erstarren. Eilig holte er sein Gewehr und stieg den Berg herab.

Die Schüssel trieb auf dem Wasser, und der leere ziegenlederne Behälter lag auf der Erde.

«Hündin! Sie ist mit dem Vagabunden durchgebrannt. Der Fluch Gottes komme über sie!»

Er kehrte ins Haus zurück, mit verwirrtem Herzen, ohne eine Träne, ohne ein Wort der Klage.

«Wer ein Mädchen zeugt, sollte sie gleich nach der Geburt erwürgen, damit die Schande nicht eines Tages seine Haustür stürmt!» murmelte er auf dem Rückweg. – «Weib, du hast nur noch eine einzige Tochter, und auch die ist schon zu viel! . . . Du hast es nicht verstanden, deine Tochter zu hüten.» Die beiden Alten und Emborka begannen zu weinen und zu klagen, wie über einer Toten; Doch Si Abdallah gebot ihnen Schweigen.

*

Unterdessen waren die beiden Liebenden lange durch die fruchtlose Ebene geflüchtet.

«Bleib stehen», flehte Saâdia, «mein Herz ist stark, aber meine Beine können nicht mehr . . . Mein Vater ist alt und stolz, er wird uns nicht verfolgen.»

Sie setzten sich auf den salzhaltigen Boden, und Hama-Srir begann nachzudenken. Er hatte sein Wort gehalten, Saâdia gehörte ihm, aber wie lange?

Um den Verfolgungen zu entgehen, beschloß er, sie nach Taïbeth zu bringen und sie dort vor der *Djemaâ* senes Stammes ohne Trauschein zu heiraten.

Müde und verängstigt hatte Saâdia sich neben ihren Herrn gelegt. Er beugte sich über sie und beruhigte ihr noch heftig klopfendes Herz mit einem Kuß . . .

Vier Nächte lang setzten sie ihren Fußmarsch fort, ernährten sich von Datteln und der *Mella*, die Hama-Srir für sie bereitete. Tagsüber verbargen sie sich aus Angst vor den *Deïras* und den Spahis aus El-Oued in den Dünen.

Im Morgengrauen des fünften Tages sahen sie endlich, wie sich in der Ferne die grauen Mauern und die niedrigen Türme von Taïbeth-Guéblia abzeichneten.

*

Hama-Srir brachte Saâdia ins Haus seiner Eltern und sagte ihnen: «Dies ist meine Frau. Hütet sie und liebt sie mit der gleichen Liebe wie Fathma-Zohra, eure Tochter.»

Nachdem die Versammlung des Stammes sie vereinigt hatte,

sprach Hama-Srir zu Saâdia: «Wenn Gott unsere Ehe segnen soll, muß dein Vater uns vergeben. Wenn nicht, kann es sein, daß er, deine Mutter und deine Großmutter, die mir geholfen hat, sterben, ehe ihr Herz sich uns geöffnet hat. Ich werde dich in dein Land bringen, zu deiner Tante Oum-el-Aâz. Ich selbst weiß, was ich zu tun habe.»

Am nächsten Morgen ließ er Saâdia streng verhüllt auf das Maultier des Hauses steigen, und sie gingen herab zum Wadi Rhir.

Um Touggourt zu meiden, nahmen sie den Weg über Megharine-Kedina und gelangten bald in die feuchten Gärten von Remirma.

Oum-el-Aâz war schon sehr alt. Sie übte den Beruf der Hebamme und Kräuterfrau aus. Man verehrte sie, und manche der abergläubischen Rouara fürchteten sie sogar.

Sie war eine Riria mit einem verlebten, braungebrannten Gesicht, behängt mit funkelndem Goldschmuck, hager und aufgeschossen unter ihren dunkelroten langen Schleiern. Ihre schwarzen Augen, denen das Kayal einen beunruhigenden Glanz verlieh, hatten ihren klaren Blick bewahrt. Ernst und schweigsam lauschte sie Hama-Srirs Worten und befahl ihm, in ihrem Namen einen Brief an Saâdias Vater zu schreiben.

«Mit der Gewähr einer fremden Person wird Si Abdallah vergeben», sagte sie. «Im übrigen wird er nicht mehr lange unter uns sein.»

Hama-Srir machte sich auf in die Oase und entdeckte einen *Taleb*, der ihm für wenig Geld den Brief schrieb.

«Gott allein sei gepriesen! – Heil und Frieden mögen dem Auserwählten Gottes beistehen! Dem ehrwürdigen, der dem rechten Weg folgt und auf Gottes Pfaden Gutes tut, dem sehr frommen, dem sehr erhabenen, dem Vater und Freund Si Abdallah-bel-Hadj-Sâad im *Bordj* von Stah-El-Hamraïa im Souf; das Heil sei mit dir und die Barmherzigkeit Gottes; möge er dir seinen Segen geben, von Ewigkeit zu Ewigkeit! Nun wisse, deine Tochter Saâdia lebt und ist bei guter Gesundheit, Gott sei gelobt! – Wisse, daß sie keinen anderen Wunsch hat als den, in einer nahen und gesegneten Stunde bei dir zu sein, bei ihrer Mutter, ihrer Großmutter, ihrer Schwester und ihrem Bruder Si Mohammed. Wisse auch, daß ich diese Zeilen auf Weisung deiner Schwägerin Lella Oum-el-Aâz-bent-Makoub-Riri schreibe, und daß deine Tochter in ihrem Hause wohnt.

Wisse, daß ich deine Tochter Saâdia nach Gottes Gesetz geheiratet habe und dich um deinen Segen bitten möchte, denn alles, was geschieht, geschieht durch den Willen Gottes. Nun hoffe ich nur noch auf baldige und gnädige Anwort und wünsche alles Gute. Das Heil sei mit dir und deiner Familie von seiten dessen, der diesen Brief geschrieben hat; dein Sohn und armer Diener Gottes:

HAMA-SRIR-BEN-ABDERRAHMAN-CHÉRIF.»

Als der alte schriftunkundige Abdallah diesen Brief erhielt, begab er sich nach Guémar, in die Zaouïa Sidi Abd-el-Kaders.

Ein *Mokkaddem* las ihm den Brief vor, und als er die Ratlosigkeit des Alten sah, meinte er: «Wer nahe am Brunnen ist, geht nicht fort, ohne zu trinken. Du bist nahe bei unserem Cheikh und weißt nicht, was du tun sollst: Geh zu ihm und frag ihn um Rat.»

So konsultierte Abdallah den Cheikh; dieser sprach: «Du bist alt. Von einem Tag zum anderen kann Gott dich zu sich rufen, denn niemand kennt die Stunde seines Schicksals. Es ist besser, einen blühenden Garten als Erbe zu hinterlassen, denn einen Haufen Trümmer.»

Si Abdallah gehorchte Djilanis Nachkommen und Vertreter auf Erden, er beugte sich seiner Doktrin und bat den *Mokkaddem*, einen Brief der Vergebung an den Entführer zu schreiben: «. . . Und so teilen wir dir mit, daß wir unserer Tochter Saâdia verziehen haben! Gott gebe ihr Recht; möge der Herr ihr seinen Segen schenken, immer und ewig. Amine! Und möge das Heil mit dir sein, im Namen des armen, schwachen Dieners Gottes:

ABDALLAH-BEL-HADJ.»

Der Brief wurde auf seinen Weg geschickt.

*

Die schweigsame und ernsthafte Oum-el-Aâz sprach nur wenig mit Saâdia. Die meiste Zeit verbrachte sie damit, Getränke zu brauen und das Schicksal vorherzusagen; dafür bediente sie sich der seltsamsten Mittel, sie benutzte die Schulterblätter der Schafe, die zum Frühlingsfest geschlachtet wurden, Kaffeesatz, kleine Steine und die Innereien des frisch abgebrühten Viehs.

«Abdallah wird vergeben», hatte sie zu Hama-Srir gesagt, nachdem sie ihre kleinen Steinchen konsultiert hatte. «Aber er wird nicht mehr lange währen . . . Seine Stunde ist nahe.»

Saâdia war nachdenklich geworden. Eines Tages sagte sie zu ihrem Gemahl: «Bring mich ins Souf. Ich muß meinen Vater wiedersehen, ehe er stirbt.»

«Warte auf seine Antwort.»

Die Antwort kam tatsächlich. Hama-Srir ließ Saâdia wieder auf das Maultier des Hauses steigen, sie nahmen die Straße nach Nordosten, durch das ausgetrocknete Chott Mérouan.

Im *Bordj* von Stah-El-Hamraïa wurde das Gastmahl aufgetragen und ein großes Fest gefeiert; es wurde über nichts gesprochen, denn die Zeit der Erklärungen war vorbei.

Am fünften Tag brachte Hama-Srir seine Frau nach Remirma zurück . . .

Einen Monat später erhielt die alte Oum-el-Aâz einen Brief aus Stah-El-Hamraïa mit der Nachricht, daß ihr Schwager in die Barmherzigkeit Gottes eingegangen war.

*

«Einmal im Monat reite ich hinunter nach Remirma, um meine Frau zu besuchen», sagte Hama-Srir zum Abschluß seines Berichts. «Gott hat uns keine Kinder geschenkt.»

Einen Augenblick verharrte er nachdenklich schweigend, dann fügte er mit leiser Stimme etwas ängstlich hinzu: «Vielleicht, weil wir das *Haram* begangen haben. Oum-el-Aâz sagt es jedenfalls . . . Sie weiß es.»

*

. . . Es war schon sehr spät, und die Sterne des Herbsthimmels waren im Horizont versunken. Über der Wüste lag große feierliche Stille. Wir hatten uns neben dem erloschenen Feuer in unsere Burnusse gerollt und träumten – er, der Nomade, dessen feurige und ungewisse Seele zwischen dem triumphierenden Genuß seiner Leidenschaft und der Furcht vor dem Schicksal, der Angst vor dem Reich der Finsternis hin- und hergerissen war; und ich, die Einsiedlerin, der seine Idylle wie ein Wiegenlied geklungen hatte. – Versonnen dachte ich an die allmächtige Liebe, die alle Seelen beherrscht, die das Geheimnis der Schicksale durchdringt!

Wehmütige Erinnerungen

Vielleicht kommt der ganze herzergreifende Zauber des Lebens von der absoluten Gewißheit des Todes. Wären die Dinge beständig, würden wir sie nicht für würdig halten, uns an sie zu binden.

Der Himmel der zeitlichen Dauer ist von großen Farbunterschieden geprägt: die Vergangenheit ist rosa, die Gegenwart grau, die Zukunft blau. Jenseits des zitternden Blaus öffnet sich der grenzenlose und namenlose Abgrund, der Abgrund der Transformationen zum ewigen Leben.

Ja, der nützliche Begriff eines zwangsläufigen und endgültigen Abgangs ist manchen Seelen Grund genug, den Dingen des Lebens einen herzzerreißenden Zauber zu verleihen.

Die Orte, an denen man geliebt und gelitten, an denen man gedacht und geträumt hat, und vor allem die Länder, die man verlassen mußte, ohne die Hoffnung, sie je wiederzusehen, kommen uns in der Erinnerung schöner vor, als sie in Wirklichkeit waren.

Im Raum und in der Zeit ist die bedauernde Sehnsucht wie ein betörender Zauberer, der alle Schatten durchdringt.

*

So war es seiner auserwählten Seele während der fernen Aufenthalte und der ununterbrochenen Verbannung schon genug, ein Wort mit arabischen Klängen, eine orientalische Musik oder auch nur den Trompetenstoß hinter irgendeiner Kasernenmauer zu hören, irgendeinen Duft zu riechen, um mit lustvoller, fast schmerzlich-intensiver Klarheit eine ganze Welt von Erinnerungen an den Boden Afrikas in sich wachzurufen, Erinnerungen, die in ihm schlummerten, die keineswegs abgestorben waren, die verborgen in der Grabesstille seiner Seele ruhten wie eine schauerliche, nutzlose Mumie in ihrem Sarkophag, die sich plötzlich, unter dem Einfluß irgendeines unbekannten Fluidums mit dem Lächeln der «Priesterin von Karthago» erhebt.

Jede ihm teure Stunde seines Lebens verdankte er jener berauschenden Angst vor den vergangenen und den bevorstehenden Vernichtungen. Als er zum erstenmal fremden Boden betrat, spekulierte er schon im voraus auf all diese Gefühle, auf all die lustvollen Genüsse, deren Bühne dieser Boden für ihn abgeben würde; vor allem aber auf den betrübten Gedanken der gewissen Abreise und der kommenden Nostalgie.

Er hielt den Umriß der Dinge und die Form der Wesen nicht in der sichtbaren Gegenwart fest. Er liebte es vielmehr, fortzusetzen und zu kolorieren. Seine Vorstellungen verbanden sich mit seinem Herzen ...

Er saß auf einer leeren Tonne mitten im Durcheinander des großen Quai de la Joliette, betrachtete die sich entfaltende Pracht der blassen Wintersonne und erinnerte sich an einen sehr fernen Herbstmorgen aus der Zeit vor den großen Vernichtungen, die ihn zu einem umherirrenden Nomaden gemacht hatten ...

Es war in Annaba (Bône), an jener berberischen Küste, die er über die Maßen bewunderte – weil er sie so oft hatte verlassen müssen – und auf die er nicht mehr zu hoffen wagte.

Er hatte das Haus in aller Frühe verlassen, um zum Bahnhof zu gehen; dann schlenderte er am Meer entlang, durch die weite, melancholische Vorstadtlandschaft. Hinter dem Cap Rosa ging die Sonne auf und tauchte den ganzen schönen Golf in einen roten und vergoldeten Schein. Die großen, von den Herbstwinden braun-rot gewordenen Eukalyptusbäume wiegten sich sanft in der morgendlichen Frische. Einige Rotkehlchen erwachten und begannen schüchtern zu zwitschern.

An diesem Morgen hatte er sich mit einem innigen Schauder an die Sonnenaufgänge seiner Jugend erinnert; schon in seinen frühen Kinderjahren war er feinfühlig und verträumt gewesen – es waren Jahre, die er erst später, mit einigem Abstand, richtig verstanden hatte.

*

Jetzt saß er auf dem Quai in Marseille, im Schatten der großen Kathedrale, der keinen Hoffnungsschimmer in seinem Herzen erwachen ließ; auch die Morgenröte war nicht schöner als gewöhnlich. Wieder sah er sich in anderen Gefilden.

Im Sattel seines saharischen Pferdes folgte er seinen Führern, die schon weit voraus waren, und kletterte im Schritt einen nackten, kahlen Hügel hinauf, in der unendlichen Weite der afrikanischen Wüste. Hinter ihm lagen die salzigen und ungastlichen Einöden des Wadi Rhir; vor ihm die kleinen verschachtelten Mauern aus rötlicher Tonerde und die leichten, schattigen Dattelpalmen von El-Moggar, die Oase, die er nach dem nächtlichen Fußmarsch im Laufe des Tages durchqueren wollte. Zu seiner Linken, oberhalb des von der saharischen Sommerglut ausgetrockneten Sees, ging die Sonne auf.

*

Das Chott erstreckte sich so weit das Auge reichte; der Blick folgte der zur Sommerszeit festen und sicheren, von langen Kamelkarawanen frequentierten Straße, auf der die schnellen Dromedare der Châamba im Galopp dahinflogen – eine Straße, die sich mit den ersten Winterregen in einen Abgrund von Schlamm und Schlick verwandelt und den Unvorsichtigen, der sich ihrer Gefahr aussetzt, in mörderische Fallen lockt.

«Das große Chott hat ihn getrunken», hatte ein Führer vom Stamm der Châamba über seinen Bruder gesagt. Mit einem Angstschauder erinnerte er sich an diesen Satz, der in einer unheimlichen Nacht in Sturm und höchster Not mitten in eben diesen verfluchten Einöden des großen heimtückischen und menschenverschlingenden Chott Melghir gefallen war.

*

An diesem Morgen aber ging die Sonne friedlich über der ausgestorbenen Ebene auf, einer Gegend, von der sich der Segen Gottes schon in frühen Zeiten abgewandt haben mußte, denn es war keine Spur von Leben zu entdecken, nichts, außer der geheimnisvollen Vegetation der kristallinen Mineralien. Welch strahlender und lächelnder Friede! Auf dem völlig flachen, rötlich-grauen Boden des Chott zeigten sich nur die milchigen Blüten aus kristallisiertem Salz, ein trauriger Schorf, der scharfe und Übelkeit erregende Meeresgerüche verbreitete, Ausdünstungen von Fieber und Tod.

Und dennoch lächelte das lebensfeindliche Chott in seiner strahlenden Helligkeit, wie keine Morgenröte je gelächelt hatte . . .

*

Ach so wehmütige Erinnerungen, die vereinzelt in Marseille auftauchen, verstört wie große Vögel, die sich nur kurz niederlassen, um sogleich wieder fortzufliegen!

Ein anderes Mal, an einem traurigen Abend, als der Regen heftig gegen die Fensterscheiben trommelte, war er allein geblieben, ohne sein Zimmer zu verlassen, um eine nachhaltige Erinnerung auf sich einwirken zu lassen.

Er war umringt von der wallenden Weite der großen Dünen des Wadi Souf, den immer gleichen Rücken riesiger Tiere, deren beiger Ton sich vom Übermaß des ewigen Lichts entfärbt hatte; wie ein seltsamer Ozean, der im höchsten Sturm erstarrt, versteinert war und nun nur noch an der Oberfläche am Leben der Winde teilnahm, einer in der Stille der gleichförmigen Jahrhunderte immerwährend fließenden Oberfläche. An manchen Stellen sah man kleine Täler. Dort, im fast unfühlbar feinen weißen Sand, einige verkrüppelte, am Boden kriechende Sträucher, wie eine eigentümlich verstreute Nachlese aus ebenholzschwarzen toten Zweigen. Ab und an, in großen Abständen, die Meilensteine der trügerischen Souf-Straße, die grauen *Gmira*, kleine Steinpyramiden, die als Wegweiser auf den Gipfeln der großen Dünen errichtet worden waren.

In dem wolkenlosen Himmel, dessen Blau unendlich durchsichtig schien, neigte sich die untergehende Sonne zum Horizont, und aus der rosigen Ewigkeit der treibenden Sande keimten die grauen Häuser und die dunklen Dattelpalmen des Ksar Kouïnine.

... Plötzlich, mit dem letzten Schwung eines keuchenden Galopps, erreichte sein Pferd den Gipfel der großen Düne, die Kouïnine von El-Oued trennt.

Vor seinen verwunderten Augen entfaltete sich ein einzigartiges, unvergeßliches Schauspiel, eine Vision des alten, sagenumwobenen Orients.

*

Mitten in einer riesigen, hellen Ebene, deren Weiß in Lilatöne überging, erhob sich zwischen der geheimnisvollen Pflanzenwelt der Gärten eine weiße Stadt. Und diese unbefleckte Stadt inmitten der farbenblinden Ebene bekam in der verschwommenen Weite von Himmel und Erde einen unwirklichen, durchsichtigen Schein. Ohne ein graues Dach, ohne einen rauchenden Schornstein erschien El-Oued ihm zum erstenmal wie eine verzauberte Stadt aus den verflogenen Jahrhunderten des ursprünglichen Islam, wie eine milchige Perle, eingefaßt in den leicht perlmuttartigen Satinschrein der Wüste . . .

Keine Worte wären ausreichend gewesen, um die berauschende Pracht dieses Schauspiels auszudrücken – berauschend, weil vergänglich und ihrem Wesen nach von grenzenloser Melancholie.

Langsam und vorsichtig näherte er sich; neben ihm erstreckte sich nun ein unscharf begrenzter Raum, in dem eine Unzahl kleiner grauer, schräg und verwittert im Sand steckender Steinplatten von der ewigen Ruhestatt der Gläubigen zeugte. Und auf einmal drangen von oben kommende, wie von der Höhe der Berge herabsteigende nachdenkliche und feierliche Stimmen in das unendliche Schweigen dieser Stätte, die tot und unbewohnt schien; Stimmen, die im selben Augenblick eine immer gleiche Weise von überirdischer Traurigkeit ertönen ließen und von den Grenzen des schwarzen Sudan bis zur grenzenlosen Weite des Pazifik widerhallten, durch zahllose Kontinente und über die Meere, zum Gedenken an eine unsterbliche Erinnerung, die so vielen Menschen der gegensätzlichsten, verschiedenartigsten Rassen heilig ist . . .

*

Zugleich aber ertönte von einer gewundenen, versandeten Straße eine andere, langsamere und rhythmischere Stimme. Ein langer Zug von Menschen in schwarzen und weißen Burnussen oder roten Spahi-Mänteln trat traurig und gesammelt aus den Stadtmauern heraus. An der Spitze die ehrwürdigen Alten, greisenhafte Gestalten mit Turbanen auf den Köpfen, in denen nie auch nur ein einziger Gedanke des Zweifels oder der Empörung gegen den göttlichen Willen gekeimt hatte . . .

Dann folgten sechs braungebrannte, schwarze Souafas, die eine Bahre auf den Schultern trugen; unter dem Schleier aus weißem Tuch lag ein Körper in der regungslosen, kalten Starre des Todes. Zahllose weiße und schwarze Gestalten schlossen sich an.

Von der Gruppe der Alten ertönte eine langsame Psalmodie über das unausweichliche Schicksal, die Eitelkeit der vergänglichen Güter dieser Welt und die Erhabenheit des Todes als triumphierenden Eintritt in die Ewigkeit: «Wir bringen Dir, o Herr, Deinen Diener, den Sohn Deiner Diener, der die Welt mit denen, die ihn liebten, heute verließ, um in die Finsternis des Grabes einzugehen . . . Er hat bezeugt, daß es keinen anderen Gott gibt außer Dir, und daß Mohammed Dein Prophet ist . . . Du aber verteilst die Gnade und die Barmherzigkeit . . .»

Im Friedhofstal gruben zwei Männer eine tiefe Kuhle in den ausgetrockneten Sand.

Und als der Leichnam dem heiligen Mekka zugewandt in die Erde versenkt und mit grünen Palmen bedeckt war, begann der weiße Sand sanft zu fließen und begrub für die Ewigkeit diesen Leib, der eine muselmanische Seele umschlossen hatte; die Seele eines bescheidenen Landarbeiters aus dem Souf, die Seele eines Mannes von geringem Wissen und großem Glauben.

Dann trat der weiße Zug den Rückweg an und trug die leere Bahre friedlich zur Stadt zurück, ein jeder in der absolut ergebenen Erwartung, eines Tages, zu der Stunde, die das *Mektoub* für ihn vorgesehen hatte, auf derselben Bahre zurückzukehren, begleitet von denselben tausendjährigen Gebärden und denselben Litaneien der unerschütterlichen Gewißheit. Diese Beerdigung, deren unsägliche Sanftmut kein dunkler Schatten trübte, hatte tiefen Frieden in sein auf diesem Boden fremdes Herz gebracht.

Andere, in dunkelblaue Kleider gehüllte Schatten bewegten sich auf einen Brunnen zu, an dessen primitivem Gerüst – einem schräg in die Luft ragenden Palmenstamm, befestigt an einem auf zwei Stützen ruhenden Querbalken – eine *Oumara* baumelte, ein großer Lederbehälter, dem ein Stein die Waage hielt. Es waren die Frauen von El-Oued, die in antiker Haltung, einen Krug auf der rechten Schulter, zur Wasserstelle zogen.

Auf dem irdenen Mauerwerk des komplizierten und chaotischen Souf-Hauses mit seinen vielen, unübersichtlichen kleinen Terrassen und Gewölben hatte sich ein junger Mann niedergelassen und begann, auf den verzauberten Löchern einer kleinen Rohrflöte zu spielen.

In welch grenzenlosen Zauber hatte ihn diese Ankunft versetzt, ihre zutiefst melancholische, immer unvergeßliche Milde . . .

*

Ein eisiger Windstoß ließ die Fensterscheiben in Marseille in ihren Rahmen erzittern. Wie aus einem Traum aufgeschreckt fuhr er zusammen. Kalt und dunkel hatte sich die Nacht über diese Stadt gelegt, in der er sich einsam und fremd fühlte. Er zündete eine Lampe an, wollte arbeiten.

Zufällig fiel sein Blick auf die vierte Seite einer Zeitung, die einen Schiffsfahrplan bekanntgab. Unvermittelt verspürte er einen innigen, fast schmerzlichen Wunsch, fortzufahren und seinen Traum von dem Sommer der großen, jungen Freiheit wiederzuerleben. Doch nachdem er einen Augenblick nachgedacht hatte, schüttelte er den Gedanken wieder ab: «Wozu sollte das gut sein? . . . Diesen vergangenen Zauber werde ich nicht wiederfinden . . . Kein Trugbild ist so unmöglich zu verwirklichen wie das, früher geliebte Orte aufzusuchen, sich auf die Suche nach toten Gefühlen zu begeben. Nein! Wir sollten den Wechselfällen des geheimnisvollen Lebens folgen und auf anderen Böden andere Freuden suchen, andere Traurigkeiten und andere Erinnerungen.»

Am nächsten Tag brach er auf, fiebrig vor glühender Neugier, eine andere Gegend Afrikas zu sehen und zu fühlen, eine andere Gegend jenes Landes, das ihn unwiderstehlich anzog und ihm sein frühes Grab sein sollte!

Und der Sucher dieser vergangenen Lust kehrte nie wieder zurück . . .

Reminiszenzen

Mit den Sternen von El-Oued zittert auch ihr in meinem Herzen, ihr anziehenden und feuchten Fanale des großen Schiffs, das mich nach Afrika brachte und mich mit seinen leuchtenden Augen verfolgt . . .

*

Für einige Wochen hatte ich mich wieder dem Leben von Marseille ausgesetzt. Ich war schon oft in dieser großen Stadt mit dem Hafen meiner Abreisen gewesen. Doch immer, wenn ich dort war, schien mich ein widriges Schicksal zu verfolgen und hinderte mich, diese Stadt so zu sehen, wie ich es sonst gern tue, wenn ich mich auf der Durchreise an einem Ort aufhalte: verträumt, langsam und allein, je nach Ort und Gelegenheit verkleidet, an den Mauern der Quais entlang und über die Plätze zu schlendern.

Im korrekten Kleid eines jungen europäischen Mädchens hätte ich nie etwas gesehen, die Welt wäre mir verschlossen geblieben, denn das Außenleben scheint für den Mann und nicht für die Frau gemacht zu sein. Doch mir gefällt es, mich in den Strom des volkstümlichen Lebens zu stürzen, die Wellen der Masse über mich hinwegrollen zu fühlen, mich mit dem Fluidum des Volkes zu tränken. Nur so kann ich eine Stadt besitzen und von ihr erfahren, was der Tourist trotz aller Erklärungen seiner Führer nie verstehen wird.

In Marseille mußte ich immer fieberhaft durch das Gewühl der Straßen laufen, die Gedanken woanders, mit ärgerlichen Dingen beschäftigt; alsbald ließ ich das unbekannte, fast scheinhafte Marseille hinter mir und machte mich auf die Reise zu anderen Häfen, zu anderen Ländern: ich suchte die Stille und das Vergessen der schlafenden Städte im Berberland, den lachenden Traum eines Gesichts in den vollkommenen Städten Italiens oder die stille Zeit im eigenwilligen Sardinien . . .

Doch als ich dieses Mal zurückkam, fühlte ich mich durch einen glücklichen Zufall freier als sonst, mit fast friedlicher Seele, fast müßigem Geist; und endlich konnte ich Marseille durchdringen, seinen Geruch riechen, seine ganz besondere Erregung, die exotische Spannung, das Duftgemisch von Asphalt, Meerwasser und Orangen.

*

Im Juli des Jahres 1900 fuhr ich wieder nach Algerien. Ich erinnere mich an die Überfahrt auf dem Meer, und dieses Gefühl der Weite vervollständigt den Genuß der Wüste, der mich an den ersten ermattenden Abenden in der wiedergefundenen Sahara so wunderbar berauscht: mein Selbstgefühl ist jener Person wieder fern, die ich gestern noch war.

*

. . . Langsam versinkt die Sommersonne über dem offenen Meer im stillen Wasser. Die weißen Felsen haben sich rosa gefärbt, und die schützende Jungfrau auf ihrem unfruchtbaren Hügel erstrahlt plötzlich in einem fast übernatürlichen Glanz.

Marseille, die Stadt des Abschieds, ist an solchen, mit goldener Flüssigkeit getränkten Abenden von unvergleichlicher Schönheit.

Durch das bebende Wasser gleiten vorüberhuschende Feuerschlangen, und ein lauer Wind streicht sanft über Häuser, Schiffe und Wasser, während die Sonne in der undeutlichen Feuersbrunst der Flut am Horizont ertrinkt und ihr Drama vollendet.

Das heisere Ächzen der Schiffswinden über den Ankern läßt schwermütige Erinnerungen in mir aufsteigen; die Schiffsplanken beben... Jetzt ist es an mir, mich über die Reling zu lehnen und mit gleichmütiger Melancholie vom unergründlichen Geheimnis der Zukunft und der Vollendungen, von jenen flüchtigen Dingen zu träumen, welche die Schicksale umgeben und beherrschen. Ähnlich wie sich manche Seelen erst durch die Verbannung an den heimatlichen Boden gebunden fühlen und in um so tieferer Liebe entflammen, je geringer die Hoffnung auf eine Rückkehr ist, fühlte ich, wie ich diese letzte Stadt Europas zu lieben begann, vor allem ihre Häfen – und so prägt sich ihre geliebte Silhouette mit bewegten Zügen in die Visionen meines umherirrenden und einsamen Lebens ein.

... Doch plötzlich verdunkelt sich das Meer am Horizont. Die Sonne ist verschwunden, die Feuersbrunst ihres Untergangs erlischt in violetten Schatten. Auf den Wellen bilden sich fahle Schaumkronen und laufen über die düsteren Höhen der ausgehöhlten Wogen; lange wellenförmige Bewegungen rollen über die noch ruhige Meeresoberfläche: ein Sturm kündigt sich an ...

Das Schiff ist schon auf offener See. Marseille mit seinen Felsen und seinen weißen Inseln ist am Horizont verschwunden. – Fahr zu, altes Schiff, trag mich fort!

*

Ein Matrose sagte in zugleich resigniertem und hochtrabendem Ton: «Auf dem Meer sind nur die Verrückten und die Armen ...» Mit den «Armen» meinte er sicher die echten Seeleute, die der ständigen Gefahr und dem härtesten aller Leben ausgesetzt sind. Die «Verrückten» dagegen sind all die Träumer und die Unsteten, all die in Trugbilder Verliebten, die wie wir «das Schiff nehmen, um loszufahren», die Emigranten und die Hoffnungsvollen.

*

Jenseits aller Meere gibt es einen Kontinent; jede Reise endet entweder in einem Hafen oder aber mit einem Schiffbruch ...

Unmerklich und sanft führt die Hoffnung zum Grab. Aber was macht es schon! Morgen wird die große Sonne wieder am Himmel aufsteigen, das Meer wird seine schillerndsten Farben anlegen, und die Häfen werden wieder glänzen.

Erinnerungen an El-Oued

El-Oued: eine ganz und gar arabische Stadt, mit Gipshäusern, von den Souafas, den Einwohnern des Souf, an den Hang einer hohen Sanddüne gebaut. Der Gips verleiht der Stadt ein orientalisches Aussehen, ein vollendetes Weiß.

Die französischen Bauten heben sich deutlich davon ab: das Arabische Bureau, die Kaserne, die Post, die Schule und der Zoll.

In El-Oued gibt es zwei Verwaltungsbezirke: den der Achèche und den der Messaaba.

Die wichtigsten muselmanischen Bauwerke sind die *Mahakma* des Cadi, die Moscheen von Azèzla, Ouled-Khalifa, Messaaba-Gharby Sidi Selem, Ouled-Ahmed und die Moschee der Zaouïa Sidi Abd-el-Kader.

Winklige Straßen durchziehen El-Oued; keine von ihnen ist gepflastert. Der Markt ist ein großer Platz, an dem zwei Gebäude mit Wölbungen und Kuppeln stehen, eines für das Korn, das andere für das Fleisch.

Auf dem Markt von El-Oued trifft man Souafas aller Stämme, Châamba und sogar Touareg und Sudanesen.

Der Markt von El-Oued findet jeden Freitag statt, und ab Donnerstagabend füllen sich die Straßen der Umgebung mit Kamelen, Eseln und Fußgängern.

Die wichtigsten Straßen sind folgende: im Norden die über Behima und Debila führende Straße des tunesischen Djerid; im Nordwesten die von Biskra über Guémar; im Westen die beiden Straßen von Touggourt; eine, die über Kouïnine und eine, die über Taïbeth-Guéblia führt; von dem zuletzt genannten Ort erreicht man auch die Wüstenstraße nach Ouargla; im Süden liegt die über Amiche führende Straße von Berressof und Ghadamès, und im Osten die Straße von Tunesien über das Dorf Tréfaoui.

El-Oued ist von zahlreichen Dörfern umgeben, die das sogenannte Wadi Souf bilden.

*

Ich habe monatelang in diesem Land gelebt. Zweimal kam ich im Hochsommer dort an, ich habe den Winter dort verbracht und wäre fast auch dort gestorben. Im Dorf Behima wurde ich durch einen Säbelhieb verletzt und mußte einige Zeit im Militärhospital verbringen ... Eine lange Geschichte.

Beim erstenmal erschien El-Oued mir als eine Offenbarung zutiefst geheimnisvoller, visueller Schönheit; eine nie geahnte Vision dieses Landes ergriff Besitz von meinem irrenden, unsteten Wesen. Ich blieb nur kurze Zeit dort, kam aber im folgenden Jahr zur gleichen Zeit zurück, unwiderstehlich angezogen von der Erinnerung.

Ich glaube, es gibt prädestinierte Stunden, höchst geheimnisvolle privilegierte Augenblicke, in denen bestimmte Landschaften, bestimmte Städte uns ihre Seele in einer subtilen Intuition enthüllen, in denen wir plötzlich die richtige, einzige, unauslöschliche Sicht begreifen.

So war meine erste Vision von El-Oued eine vollständige, endgültige Enthüllung dieses rauhen und prachtvollen Souf-Landes, seiner fremdartigen Schönheit und auch seiner grenzenlosen Traurigkeit. – Es war im August 1899, an einem ruhigen, heißen Abend ...

Fantasia

Unter all den seltsamen Erinnerungen, unter all den beschwörenden Eindrücken, die mein Aufenthalt in El-Oued – der grauen Stadt mit den tausend niedrigen Kuppeln, dem archaischen, alterslosen Land – in mir zurückließ, war ein Schauspiel, das eine besonders tiefe, besonders eigentümliche Wirkung auf mich hatte; es war mir gegeben, dieses einzigartige Schauspiel an einem klaren Wintermorgen zu betrachten – und der dortige Winter ist zauberhaft, sonnig und hell wie ein Frühling.

Seit einigen Tagen schon war das ganze Land in Feststimmung: der große verehrte Marabout Sidi Mohammed-Lachmi sollte von seiner Reise in das ferne – fast schon chimärische – Land Frankreich zurückkommen; eine kostbare Gelegenheit, um glänzende Trachten anzulegen, um feurige Pferde durch Wind und Rauch galoppieren und vor allem das Schießpulver sprechen zu lassen.

*

Der Tag erhob sich und belebte die durchsichtigen, grenzenlos gleitenden rosa Töne. – Die Morgenröte ist die auserkorene Stunde, die zauberhafteste Stunde der Sahara. Um diese Zeit ist die Luft leicht und rein, eine kühle Brise rauscht sanft durch das dichte und harte Blattwerk der Palmen am Grunde der Oasen. Kein Wort vermöchte die einzigartige Verzauberung dieser Augenblicke im tiefen Frieden der treibenden Sande wiederzugeben. Wer die Wüste nicht mit eigenen Augen geschaut hat, kennt nicht alles, was die unsägliche irdische Schönheit eines Morgens sein kann.

*

Schon am Vorabend der Ankunft hatten wir uns über die Straße von Touggourt in das vierzehn Kilometer von El-Oued entfernte *Bordj* von Ourmès begeben, um die ehrwürdige Persönlichkeit zu empfangen. Nachdem wir die ganze Nacht im kleinen Kreis der Vertrauten verbracht und uns den Vorstellungen von der leidenschaftlichen und mächtigen Stimme des Marabout hingegeben hatten, trat ich in den Hof hinaus, wo unsere Pferde warteten, schon jetzt gereizt vom ungewöhnlichen Lärm des Vorabends und der Masse, die während der Nacht durch zahllose Neuankömmlinge unaufhörlich gewachsen war.

Hunderte von Menschen in ihren majestätischen, weißen Fest-Burnussen saßen oder lagen im Sand . . . Energische Gesichter, braungebrannte Gestalten, wunderschön umrahmt durch die vom Turban herabfallenden schneeweißen Schleier, Frauen, die sich im antiken Stil mit dunklen, blauen oder roten Stoffen drapiert und mit fremdartigen goldenen Edelsteinen aus dem fernen Sudan geschmückt hatten.

An den Feuerstellen bereiteten die Gläubigen mit den ernsthaften eingeübten Gebärden des Nomadenlebens den Morgenkaffee.

Alle trugen den langen Rosenkranz der *Khouans* Sidi Abd-el-Kaders aus Bagdad um den Hals.

Aufgereizt von einer schwarzen, unter dem heißen Himmel des fernen In-Salah geborenen Stute begannen die Hengste zu piaffieren, sie bebten und wieherten, krümmten anmutig den mächtigen Hals unter der schweren, frei herunterhängenden Mähne.

Vor dem purpurroten Himmel zeichneten sich die eigentümlichen Silhouetten von drei großen Dromedaren ab, still und gleichgültig, gewaltige Riesen aus einer anderen Zeit, die verächtlich über die winzige, ihnen um die Beine wimmelnde Menschheit hinwegsehen.

Schließlich bedeutete einer der *Mokkaddem* mit gebieterischer Geste, daß nun die Zeit gekommen war, Platz zu machen; im Nu war der Hof leer, die Türen schlossen sich.

Bekleidet mit der strengen grünen seidenen Tracht, dem grünen Turban und langen weißen Schleiern, wie es den Nachkommen des Propheten geziemt, erschien der Marabout in der Tür. Riesengroß, ernsthaft und bedächtig verweilte er einen Augenblick, und der unbestimmte tiefe Blick seiner großen schwarzen Augen glitt hinüber zum orientalischen Horizont. Die Begeisterung der Gläubigen erregte ihn nicht; er wirkte undurchdringlich, ohne sichtbare Emotion seiner regelmäßigen Gesichtszüge.

Es entstand ein kurzer Tumult, man hörte die Schreie der Diener und das Gewieher der ungeduldigen Pferde, und schon saßen wir im Sattel. Die beiden Flügel des Tors öffneten sich, und mit einem Schwung waren wir draußen.

Vor uns spielten vier schwarze, mit schreiend farbigen Seidengewändern bekleidete Musiker aus dem tunesischen Land der Nefzaoua eine schrille, seltsame und wilde Melodie auf ihren kreischenden Dudelsäcken, begleitet von den dumpfen Taktschlägen einer gewaltigen Trommel.

Plötzlich erhob sich eine Stimme aus der Menge, eine gewaltige Stimme, wie ein rauschendes Meer: «Gegrüßt seist du, Sohn des Propheten!»

Frenetisch wiederholte sich der Ruf, und mit ausgestreckten Armen wurden die Tamburins über den Köpfen in rasenden Rhythmus gebracht. Die erschreckten Pferde wichen erst zurück, bäumten sich schäumend auf, dann stoben sie davon.

Schweigend und mit gesenkten Augen saß der Marabout immer noch teilnahmslos auf dem weißen Hengst des Djerid und schien ausschließlich damit beschäftigt, sein Pferd im Zaum zu halten, ohne ein Wort zu sagen, ohne eine heftige Bewegung auf dem wildgewordenen Tier.

Schließlich bildete sich eine Art wallender und weißer Festzug, überragt von der hohen Statur des grüngekleideten Marabout.

Langsam bewegten wir uns nach Osten, als wollten wir der aufgehenden Sonne entgegengehen, die sich noch hinter den gewaltigen, wie ein Gürtel um El-Oued liegenden Dünen verbarg.

Als wir über die gewundenen, in blaue Schatten getauchten Pfade zu den Höhen hinaufgestiegen waren, ließ ein goldener Schein unseren Zug in voller Pracht erstrahlen.

Die stillen unfruchtbaren Dünen schienen Menschenmassen zu erzeugen. Ganze Stämme kamen die Hügel hinunter, tauchten in den Gärten auf . . .

Vor uns bildet sich ein großer leerer Kreis; mit einem rhythmischen, wilden Lied, einem Kriegslied aus alten Zeiten, stürzen zwölf junge Männer in die Arena, gekleidet in leuchtend bunte Seiden aus Tunis und bewaffnet mit langen verzierten Gewehren und Blunderbüchsen. Einen Angriff vortäuschend, zielen sie auf uns und entladen ihre Waffen gleichzeitig mit heiseren Schreien unmittelbar neben unseren erschreckt zurückweichenden Pferden in den rauchenden Sand. Die Pferde richten sich auf, wild schnaubend, ihre Vorderbeine ragen über die Köpfe der Menge . . . Mit unmäßig aufgerissenen Augen und schäumendem Maul wollen sie noch weiter zurückweichen . . . Doch angetrieben von den spitzen Sporen gehen sie durch, stürzen in die Menge, die sich schlangenartig und geschmeidig einen Spalt öffnet und ihnen Durchlaß gewährt.

Sobald wir einen einigermaßen flachen, einigermaßen weiten Raum erreichen, beginnt die Szene der Tapferkeit erneut.

Wir hätten glauben können, in alte Zeiten zurückversetzt zu sein, als der Krieg die Seelen entflammte, sie beherrschte, als der Krieg Freude und Pracht bedeutete. Alles Heroische, alles Dekorative und Überalterte erwachte in den schweigsamen Seelen der Nomaden.

Der scharfe, berauschende Geruch des verbrannten Schießpulvers verfolgte uns und machte Menschen und Tiere noch verrückter als die wilde Musik der Schreie.

Bald aber erschien am Horizont, auf dem Gipfel einer hohen Düne eine weiße Prozession, die im östlichen Glanz wie mit einem goldenen Heiligenschein umgeben schien. Gewaltig, kompakt folgte diese andere Menge drei uralten grünen, gelben und roten Bannern, bestickt mit verblichenen Inschriften und überragt von funkelnden Kupferkugeln, mit den gleichen Tamburins über den Turbanen. Doch von hier kamen weder Schreie noch schrille Musik; nur der äußerst gedämpfte, kontrapunktische Rhythmus der Tamburins begleitete ein einziges, mächtiges Lied, das tausend Brüsten entsprang.

«Heil und Friede seien mit dir, o Prophet Gottes! Heil und Friede mit Euch, o Heilige unter den Geschöpfen Gottes! Gegrüßt seist du, Djilani, Emir der Heiligen, Meister aus Bagdad, dessen Name im Abendland wie im Morgenland erstrahlt!»

Unmittelbar hinter den Bannern ritt der Bruder des Marabout auf einer großen, reinen Stute; er selbst war ebenfalls ein verehrter Marabout, Sidi Mohammed-Elimam, hochgewachsen und blond, von keltischem oder germanischem Blond, das weiße Gesicht erleuchtet vom sanften und nachdenklichen Blick seiner großen blauen Augen – seiner eigentümlichen Augen unter den Burnussen und dem weißen Turban der Rasse Ismaëls, die ihre Haut Jahrtausende hindurch von der glühendsten Sonne hatte verbrennen lassen.

Die beiden Züge kamen zusammen, verschmolzen miteinander. Und immer noch stiegen von allen Dünen zahllose weiße Männergestalten und blaue Frauengestalten herab.

Ich drehe mich um: Hinter uns ein wogendes Meer aus Turbanen und aufgerollten Schleiern, soweit das Auge reicht, auf derselben Straße, auf der ich so oft die Stille und die Einsamkeit gesucht hatte. Immer wieder tauchen gestikulierende Gruppen auf, die das Schießpulver sprechen und in die rasenden Kavalkaden hineinplatzen lassen.

Im Augenblick scheinen wir über unseren Köpfen eine Rauchwolke zu tragen, die sich wie ein zerfetzter grauer Schleier über die Menge gelegt hat.

Das tiefe, sanfte Lied, traurig wie alle Lieder der Wüste, schwillt an und steigt, steigt zum hellen Blau des morgendlichen Himmels hinauf.

*

Schließlich erreichen wir eine riesige, leere, mit Gräbern übersäte Ebene. Vor uns schreiten die drei Reitkamele, denen sich noch andere hinzugesellt haben, unbeeindruckt, ohne einen Schauder, ohne einen Schrecken durch die Menge. Auch ihre halbverschleierten Reiter sitzen ruhig und nachdenklich auf dem hohen Touareg-Sattel. Die Eisenglöckchen der großen Wappentiere bimmeln bei jedem Schritt, und die seltsamen, länglichen Köpfe mit den vorgestreckten Unterlippen und den großen, sanften Augen wiegen sich langsam auf den beweglichen und gestrafften langen Hälsen.

Wir dagegen, Pferde und Reiter, haben den freien Raum vor uns gesehen und lassen die zum Zerreißen gespannten Zügel los; im Galopp jagen wir auf und davon, die drei Marabouts und die langsam im Schatten der windbewegten Banner dahinziehenden Alten zurücklassend. Im rasenden Galopp geht es mitten durch die bewundernde Masse; dann, in der weiten Ebene, werden im gleichen Tempo Kreise und Kurven beschrieben: ein schwindelerregender Wahnsinn.

Die ganze angestaute Tollheit hatte endlich freien Lauf, ebenso wie das Entsetzen der Pferde; und sie flohen, sie flohen, als wollten sie nie mehr stehenbleiben. Die Trunkenheit all dieser stürmischen und ernsthaften Seelen hat mich mitgerissen, und gemeinsam mit den anderen Reitern berausche ich mich vollends an dem wilden Lauf.

Die von Gläubigen überströmende graue Stadt liegt hinter uns; wir fliehen weiter durch die Ebene und die riesigen Friedhöfe. Man könnte meinen, eine übernatürliche Kraft hätte unsere Pferde beseelt: ohne zu ermüden, schweißtriefend und weiß von Schaum jagen sie unaufhaltsam dem unbegrenzten Horizont entgegen.

*

Die Ebene ist ein einziges buntes Menschenmeer; die unablässig anwachsende Menge hat sie überschwemmt, und die drei Banner wehen nun über Tausenden und Abertausenden von Gläubigen. Der Mann, dem diese Masse ihre Liebe und ihr Vertrauen entgegenbringt, geht unberührt und schweigend langsam weiter, isoliert, wie immun gegen den Lärm und die Akklamationen.

*

Um die große, von einer hohen Kuppel überragte Moschee der Zaouïa erstreckt sich die Ebene von El-Bayada, verlassen und grenzenlos, eingetaucht in zartes Licht.

In der Ferne, hinter den Wohnhäusern, ist ein riesiges Nomadenlager entstanden, eine Stadt, die an einem Tag aus dem Boden gestampft wurde und die trostlosen Einöden von El-Bayada an der Pforte zu all den geheimnisvollen Gegenden des Inlands, dem Ber-Es-Sof, Ghadamès und dem schwarzen Sudan plötzlich mit schwarzen Zelten bevölkert.

Dort, im Lager, setzt sich das dumpfe, rhythmische Trommeln fort; von dort erklingen die Lieder und die verzauberten, modulierten und sanften Weisen der kleinen, aus leichtem Schilfrohr gemachten Beduinenflöten . . .

Hier, über der zerfallenen Moschee, über den Gräbern und dem fahlroten Sand lastet drückende Stille.

Ohne Dämmerung bricht die Nacht herein, und fast im gleichen Augenblick liegt die Wüste im hellen Mondlicht.

Ganz unten, in einem kleinen, unfruchtbaren Tal, übersät mit seltsam geformten grauen Steinen und verlassenen, anonymen Gräbern ohne Inschriften, erhebt sich eine eigentümlich gezackte Mauer, die sich abends schwarz von dem grenzenlosen Blau der Nacht abhebt . . . Innerhalb dieser Einfriedung, in der kein Strauch und keine Blume wächst, die teilhat an der ewigen Unfruchtbarkeit des Sandes, stehen aufgerichtete kleine Steine als Merkmal der Grabstätten; mitten unter ihnen ein ganz weißes, milchiges Grab, überschwemmt von den meergrünen Wellen des Mondlichts.

. . . Vor der spitzbogigen Eingangstür der Moschee taucht eine hochgewachsene, dunkle Gestalt auf. Langsam gleitet sie durch den magisch erleuchteten Raum, steigt in das Totental hinab, und plötzlich tritt die geisterhafte Erscheinung in die Einfriedung, hält regungslos inne und bleibt mit gesenktem Kopf in stiller Kontemplation vor dem kleinen weißen Grab stehen.

*

Nicht weit entfernt, unter den schwarzen Zelten der großen vergänglichen Stadt singt die Masse der Gläubigen zum Ruhm dieses Mannes und dem seiner Ahnen, welche die Saat des erneuerten Glaubens im unbegrenzten Land des Islam verbreiteten . . .

Doch der Marabout hat sich von der Masse abgesondert. Getrieben von den Kräften seines Herzens kam er mitten in der Nacht hierher, zu diesem Grab, dem Grab seines erstgeborenen Sohnes, der im Abgrund des Mysteriums verschwand, als seine Augen sich den Horizonten seines Landes gerade fröhlich und lebenshungrig öffnen wollten.

Und der Mann, dem ein ganzes Volk akklamiert, das ihm bis in den Tod folgen würde, dieser Mann träumt schweigend und allein über einem Kindergrab.

Verschalung

El-Oued, den 18. Januar 1901

Seit einiger Zeit bin ich krank, unerträgliche Schmerzen in allen Gliedern und absolute Appetitlosigkeit machen mir zu schaffen; manchmal frage ich mich, ob ich hier bleiben soll.

Dieser Gedanke erschreckt mich nicht . . .

Auf jeden Fall wünsche ich keinerlei Veränderung in meinem Dasein.

Dieses Land ist mir ans Herz gewachsen – obwohl es eines der trostlosesten und gewalttätigsten ist, die man sich vorstellen kann. Wenn ich die in der grauen Weite der unfruchtbaren Dünen verlorene graue Stadt mit den zahllosen reinen Gewölben und Kuppeln je verlassen muß, werde ich die innige Sehnsucht nach dieser verlorenen Ecke der Welt, in der ich soviel gegrübelt und soviel gelitten habe, in der ich endlich auch die schlichte, naive und tiefe Zuneigung empfand, den einzigen Sonnenschein meines derzeit traurigen Lebens, mit mir nehmen, wo immer ich auch sein werde.

Ich bin schon viel zu lange hier, und das Land ist viel zu ergreifend, viel zu einfach mit seinen bedrohlich-monotonen Linien, als daß dieses Gefühl der Bindung eine vorübergehende und ästhetische Illusion sein könnte. Nein, mit Sicherheit hat mich nie ein anderer Ort der Welt derart verhext, derart verzaubert wie die wogenden Einöden des großen ausgetrockneten Ozeans, der sich über die steinigen Ebenen von Guémar und die verwunschenen Niederungen des Chott Melrhir, über die wasserlosen Wüsten von Sinaoun und Ghadamès erstreckt.

Oft, wenn ich beim Sonnenuntergang an der verfallenen Brüstung meiner verwitterten Terrasse lehne und warte, bis der Muezzin die Stunde verkündet, wo die Sonne am Horizont verschwindet und das Fasten beendet ist, wenn ich die fahlen, blutroten, violetten oder die unter dem immer eisiger werdenden niedrigen und schwarzen Winterhimmel bleifarbenen Dünen betrachte, überkommt mich große Traurigkeit, eine Art dumpfe Angst. Manchmal habe ich den Eindruck, die tiefe Isolierung dieser hinter den – wie mir scheint – unüberwindlichen Dünen liegenden Stadt, sechs Tage von der Eisenbahn und dem Leben Europas entfernt, zu dieser Stunde, wo ein plötzliches Erwachen meinen Geist aus seinem Schlummer reißt, stärker zu spüren als gewöhnlich. Und dann entsteht in mir das Gefühl, daß die gewaltigen Dünen sich wie ungeheuerliche Tiere in der tiefen violetten Nacht erheben, daß sie näherkommen und die Stadt mit meinem Heim, dem letzten Haus des Viertels der Ouled-Ahmed, immer dichter umringen, um uns eifersüchtig zu bewachen und auf ewig festzuhalten.

Manchmal fange ich an, Sätze von Loti vor mich hin zu murmeln: «Er liebte sein Senegal, der Unglückliche!»

Ja, ich liebe meine Sahara, ich liebe sie mit einer dunklen, geheimnisvollen, tiefen, unerklärlichen, aber durchaus wirklichen und unzerstörbaren Liebe.

Im Augenblick habe ich sogar das Gefühl, daß ich nicht mehr fern von diesen Ländern des Südens leben könnte.

Dennoch muß ich die Kraft haben, fortzugehen, mich dieser Verschalung zu entreißen . . . Doch woher die Kraft zu einer Reaktion nehmen, die meiner Natur in jeder Hinsicht widerstrebt?

Im Militärhospital

Seit fast drei Stunden werde ich unter dem grauen Winterhimmel auf einer Bahre durch die Dünen geschaukelt; endlich sehe ich über meinem Kopf die hohe Wölbung des Eingangstors zum Kasernenviertel; daneben die Schildwache, die geduldige Bronzefigur mit ihrem blitzenden, spitzen Bajonett und die seltsamen Gestalten der wachhabenden Soldaten; dann eine andere, niedrigere Wölbung auf der rechten Seite – und plötzlich schnürt mir ein scharfer Karbolsäuregeruch die Kehle zusammen.

*

Ich leide: es ist die hirnlose und unheilvolle physische Qual, bei der alles Tierische revoltiert und weint; es ist die Angst vor der chirurgischen Schlachtbank, während ich kraftlos und zitternd auf dem Operationstisch mitten in dem hellerleuchteten kleinen Saal liege.

*

Ich sehe diesen Saal noch vor mir: die graue Holztür und darüber ein offenes Fernster; links ein Fach mit ein paar Büchern und dem unvermeidlichen Armeekalender. An der Wand dampfende Töpfe mit Wattebäuschen und Binden, die Fieberkurve und das Thermometer; dann der Tisch mit all den dickbauchigen Flaschen und den mit Flüssigkeit gefüllten großen Emailleschalen, in denen barbarische Instrumente liegen, Pinzetten, Operationsmesser, scharfe Löffel, Scheren und Nadeln, eine ganze Werkstatt der Qual . . . Daneben das fliegende, bläuliche Flämmchen der Spirituslampe, das wie ein Irrlicht ironisch flackert – durch ein hohes Fenster an der hinteren Wand sieht man auf den Gewölbegang und die Militärintendantur, die in der täuschenden Perspektive dieses Hofes mit seinen unbestimmbaren Proportionen weit entfernt scheint. Und hier, in der Mitte, steht der Tisch, auf dem ich liege; unter mir eine Matratze und links ein schwarzes Wachstuch, das zu dem blutigen Wassereimer herunterhängt. Vor mir der Arzneischrank, eine Art graue Holzkommode. Die fließend in die Wölbung übergehenden Wände verleihen dem Raum die drückende Atmosphäre einer Gefängniszelle oder eines Kellers. Sie sind mehlweiß gestrichen, mit einem schwarzen, feuerrot gesprenkelten Sockel: der Boden ist mit Steinplatten ausgelegt.

Um mich herum bewegen sich der Doktor in seinem Paletot aus grauem Stoff, mit seiner guten jugendlichen Figur und dem Zwicker vor den kurzsichtigen Augen; der Hauptmann Rivière mit seinem Käppi auf dem Hinterkopf und seinem wallenden roten

Jesusbart und der kleine Hauptmann Guillaumin, ein bartloser Knabe: alle haben große Latzschürzen umgebunden und ihre Hemdsärmel aufgekrempelt, unter denen glatte weiße Arme zum Vorschein kommen. Anwesend ist auch der Tirailleur Ramdane, ein junger Mann aus den Bergen, ganz in Weiß, mit einem roten Gürtel und einem flachen roten Käppi, ein Mann mit ruhigem und offenem Ausdruck, der selten lacht, sehr mißtrauisch ist und sich leicht von den ironischen Scherzen des Doktors über die Religion getroffen fühlt.

*

Mit schwimmendem Kopf und zerschlagenen Gliedern bringt man mich auf der Bahre in das benachbarte Zimmer und legt mich dort in ein hohes, schmales Bett, in dem ich keinen Platz für meinen geräderten Körper und meinen entsetzlich schmerzenden Arm finde.

Es herrscht zwar keine glühende Sommerhitze, um meine Illusion der Agonie zu vollenden; statt dessen aber herrscht ein «Totengeruch», und die unheilvolle Finsternis der Fiebernächte sucht mich heim mit ihren Visionen, gegenstandslosem Entsetzen, verschwommenen Ängsten und unentrinnbarer Verzweiflung; immer wieder diktiert sie ihren wahnsinnigen Lockruf zum erlösenden Tod.

*

Gedanken der Einsamkeit, der Verlassenheit und der dumpfen Traurigkeit, vor allem seit dem 9. Februar . . .

Das längliche, schmale und gewölbte gelb gestrichene Zimmer mit dem grauen Sockel, dem rotbraunen Schlußstrich und dem grauen Steinboden liegt gegenüber dem Waschhaus. Auf dem Schild über der schweren Tür steht geschrieben: «Isolationsraum». Innen stehen zwei Betten, getrennt durch einen Nachttisch mit Fußschemel. Über den Kopfenden hängt ein Brett mit einem Topf Krankentee, einem Zinnglas und einem weißen Spucknäpfchen. Auf dem Nachttisch ein kleiner Leuchter, der Tabak und die ewigen Kaffeegläser, die nie getrunken werden und sich dort stapeln. An der gegenüberliegenden Wand steckt in vier mit Reißnägeln befestigten Papierecken ein weißes Blatt mit dem in Zierschrift geschriebenen Titel: «Zweigstelle El-Oued – Militärhospital – Gesundheitsamtliche Vorschrift».

Am Schluß dieses Werks, das von irgendeinem früheren Sergeanten oder unserem Gauguain höchstpersönlich verfaßt worden war, steht die Rubrik: «Disziplinarstrafen für zivile Kranke». Links neben dem mit einer braunen Militärdecke verhängten Fenster die ewig brennende Öllampe, deren blaßrosa Schein meine grauenvollen Nächte erhellt. Darunter der «Abteilungskoffer» aus poliertem Kupfer . . .

Doktor Taste mit seinem bald lustigen, bald nervösen und bitteren Wesen, seiner Gabe zur Beobachtung und seiner Nachdenklichkeit, dieser Seelenforscher, der sich brüderlich, bewundernd und oft auch aggressiv – vor allem, wenn es um Fragen der Religion geht – über mich wunderte, wurde nach kürzester Zeit mein Freund, der vertrauensselig und kameradschaftlich sein ganzes wirres Seelenleben vor mir ausschüttete.

Ich habe dieses Hospiz, dieses in der fernen Oase verlorene Leidenshaus in guter, fast zärtlicher Erinnerung. Ich mochte dieses Haus und habe mich seither oft, vor allem in den schwarzen Tagen von Batna, nach ihm zurückgesehnt, dem «Sterbesalon» der Armee, wie sie dort unten sagen, dem Vorzimmer des Friedhofs, der Leichenfabrik . . . was oft der Wahrheit entspricht! Manchmal aber ist es auch eine gesegnete Zuflucht für den Verlassenen, den Verbannten, den Unglücklichen, den Armen und den Soldaten ohne Heim und ohne Familie – und ich glaube, das ist am häufigsten der Fall.

Frühling in der Wüste

Gefangen im grauen Kasernenviertel, in dem alles aus Sand und Stein ist, in dem nie wieder etwas grünen wird, habe ich nicht viel vom Frühling im Souf gesehen . . .

Doch vor den schlimmen Sandstürmen der letzten Tage war die Luft lauer und sanfter geworden, und an den warmen, sonnigen Nachmittagen, an denen ich mit dem Doktor oder mit Ahmed, dem Tirailleur, spazierenging, lag sehnsuchtsvolle Mattigkeit über dem ganzen Land. Ich sah auch die Gärten von El-Akbab in ihrer einzigartigen Schönheit, einer Pracht, die ich bis dahin noch nie gesehen hatte; ich sah sie an dem Abend, als ich mit dem Doktor unterwegs war, und wir zunächst bei Sidi Lachmi den Tee eingenommen und dann einen Abstecher nach El-Akbab gemacht hatten, obwohl wir wußten, daß der gewaltige rotbärtige Cheikh, der Koloß mit den blauen Augen, im Djerid weilte.

Dann waren wir über die Pfade der nach El-Beyada abfallenden östlichen Gärten in der Nähe der Dünen zurückgekehrt. Doch eigentlich sah ich den seltsamen saharischen Frühling in all seiner sanften Melancholie erst unterwegs, in den Einöden zwischen El-Oued und Biskra.

An dieser Straße gibt es nach der kleinen, fanatischen und düsteren Stadt Guémar, der Hochburg der Bruderschaft der Tidjanya, keinen Weiler mehr, kein *Douar*, kein Nomadenzelt, nichts als die einsamen *Bordjs* mit ihren eigentümlichen Namen: Bir-bou-Chahma, Sif-El-Ménédi, Stah-El-Hamraïa, El-Mguébra, was soviel bedeutet wie Friedhof; daneben die steinernen *Gmira*, kleine, stufenförmige Pyramiden, graue Leitsterne, die verstreut in der riesigen grauen Weite liegen.

Zuerst, bis Sif-El-Ménédi, durchquert man die wellenförmige, mit Dünen durchsetzte Ebene, bewachsen mit unzähligen dunkelgrünen Büschen und Sträuchen mit roten, gewundenen, verschlungenen Zweigen, wie verkrampft im ewigen Schmerz . . . Man sieht dornige Brustbeersträucher, Büsche von blaßgrünem und goldenem Drinn-Gras und silbrig glänzendes Chih, eine ganze Pflanzenwelt, die an den verzauberten, rosigen Morgen ihre harzigen Gerüche verströmt . . .

In Sif-El-Ménédi, etwas unterhalb des *Bordj*, liegt ein üppiger, mit Toub-Mauern umfriedeter Garten, ähnlich wie die des Wadi Rhir.

Silbrig schimmernde Dattelpalmgewölbe, ein blattloses Wirrwarr von Feigenbäumen, mit zarten Knospen bedeckte Granatapfelbäume und Weinreben, *Nana*-Stöcke, Basilikum und duftendes Pfefferminz: der Reichtum der Pflanzen . . . Weiter unten Pimentschoten und feine Kräuter, die sich über das sanfte Murmeln der magnesiumhaltigen *Séguias* beugen. Des Nachts steigt von all diesen klaren Rinnsalen die vielfache, zarte und melancholische Stimme zahlloser winziger Kröten zum Himmel auf.

Dort sah ich nach langen Monaten zum erstenmal wieder richtige Erde und feines, wildes Gras; Dinge, die dem Souf gleichermaßen fremd sind.

Etwas später führt die Straße in die bunten, von noch trockenen, braunen *Sebkhas* durchzogenen tonhaltigen Niederungen hinab, schlängelt sich um einige warzenförmige rundliche Hügel aus bläulicher Tonerde. Anfangs folgen wir einem etwas steinigen, festen Pfad, der die heimtückischen Stellen umgeht, an denen sich unter einer anscheinend trockenen Kruste bodenlose Abgründe von Schlamm verbergen.

Rechts und links sieht man zwei Meere, die sich in einem fast milchig-weißen Blauton zum verschwommenen Horizont hin erstrecken und mit dem blassen Himmel zu verschmelzen scheinen. In dem regungslosen Kristall der Salzwasser befinden sich unzählige Inseln aus Tonerde und buntem Gestein mit senkrecht herausragenden, geschichteten Vorsprüngen.

Kein Lebewesen, kein Baum, kein Strauch, nichts. Zwei kleine Pyramiden aus trockenem Stein fallen uns ins Auge. Dort bereinigten einst zwei Stämme einen alten Streit, die Waffen in der Hand. Das Pulver sprach, und es gab Tote . . . Irgendeine gottesfürchtige muselmanische Hand muß diese Steine dort aufgerichtet haben, als Grabmal der Toten. Nahezu dreißig Jahre sind über dieser dunklen Episode des Nomadenlebens ins Land gegangen, und die winzigen Pyramiden sind immer noch da, verewigen das Andenken an diese Toten, deren Namen niemand mehr kennt.

Dort beginnt das wahre Bou-Djeloud, ein Labyrinth aus tiefen Kanälen, Inseln, Schlammlöchern und Salz- und Salpetersümpfen . . . eine karstige, schorfige Gegend, wo sich alle verborgenen Extrakte des Bodens der großen Sonne preisgeben.

Links, im Westen, erstreckt sich der dunstige, ungewisse Horizont des wasserreichen Chott Merouan bis hin zu den niedrigen Oasen des Wadi Rhir. Im Osten liegt das große Chott Melrhir, das bis zu den *Sebkhas* und den Chotts des tunesischen Djerid reicht.

Tiefe, fremdartige Traurigkeit herrscht über dieser ungewöhnlichen Gegend, «von der sich der Segen Gottes zurückgezogen hat»; sie wirkt wie der Überrest eines vergessenen Toten Meeres, in dem das bittere Salz, der unfruchtbare Ton, der Salpeter und das Jod die Herrschaft übernommen haben . . .

Traurige, vergängliche Seen ohne Fische, ohne Vögel und ohne Schiffe, traurige Inseln ohne Vegetation, absolut kahl, schlimmer als die ausgetrocknetsten Dünen!

In den Dünen kann der Mensch immerhin Leben erzeugen, der Boden ist fruchtbar. Hier dagegen ist der Tod unausweichlich, und ohne die winterliche Überschwemmung gäbe es keinen Hinweis auf die Abfolge der Tage.

Dennoch haben sie ihre Pracht und ihren Zauber, diese Täler aus Steinsalz und die durchsichtigen Seen, auf denen Trugbilder tanzen, in denen sich die chimärischen Landschaften spiegeln, die Palmenhaine und die Traummoscheen, an denen zahllose Herden ihren Durst zu stillen suchen und die in Wirklichkeit nur von der Sonne überhitzte weiße Dämpfe sind! Ein Land der Illusionen, der Spiegelungen, der Visionen und Phantome, ein Land voller Unwirklichkeit und Geheimnis, ein Land der noch ungebrochenen Erinnerungen an die ozeanischen Ursprünge des Planeten, an dessen Oberfläche schon die Wunden der langsamen Zersetzung, vorzeitige Geschwülste und Krebsbildungen aufbrechen . . . Wer weiß?

*

Stah-El-Hamraïa, das auf dem Gipfel eines schroffen Hügels thronende, die riesige Weite der Chotts beherrschende, reizvollste *Bordj* der Umgebung wirkt wie eine Schildwacht, welche die Einöden behütet.

Am Fuß des Hügels liegt ein kleiner überschwemmter Garten ohne Einfriedung mit ein paar vereinzelten Palmen, einigen verkümmerten, kahlen Feigenbäumen und einer anderen Baumart mit halbverfaulten Blättern, bei der es sich wohl um Pappeln oder eine Art schwachen Eukalyptus handeln muß . . . Auf dem unter Wasser stehenden Boden wachsen hohe, harte und dunkle Gräser, wie ertränkte Haarschöpfe . . .

Dann, nachdem sie die tonhaltige, rötliche, mit spitzen Steinchen übersäte Zone durchquert hat, führt die Straße in eine Art Maquis. Dort lebt und grünt wieder alles.

Die großen saharischen Sträucher mit ihrem dunklen Nadeldickicht haben den winterlichen Staub abgeschüttelt und ein samtenes Kleid angelegt. Die runzligen, wie in sich selbst zusammengeschrumpften, bösartig aussehenden Brustbeerenbäume bedecken sich mit zartgrünen, fast goldenen runden Blättern; der Ginster schmückt sich mit treuherzigen und duftenden kleinen Pantoffeln; prall im Saft stehende Gräser richten sich auf; die steifen und glänzenden Drinngrasbündel wachsen zu Federbüschen heran; hier und dort erhebt ein Liliengewächs seinen hohen Schaft mit den kleinen, blassen Glöckchen; eine lila Schwertlilie und verschiedene andere Blumen flüchten sich in den Schatten, den Freund der Sträucher und der Stauden.

All dieses Grün, all diese gestern erst aufgeblühten Reichtümer, die sich für einige Tage unter dem Himmel ausgebreitet haben, einem Himmel, der bald aus Blei sein wird, der für viele Monate aufhören wird zu lächeln, verströmen einen aus zahllosen Parfums zusammengesetzten, berauschenden Duft.

Zahllose Vögel singen in dieser Wüste, die ihr Festgewand angelegt hat. Lerchen steigen zum anbrechenden Tag hinauf, lassen Flügel schlagend ihren zärtlichen Ruf ertönen und stürzen dann wie ohnmächtig in die Büsche.

Und auch über dieser vergänglichen Fröhlichkeit schwebt die geheimnisvolle Traurigkeit des Raums.

*

In buntem Durcheinander zieht die Karawane ihres Wegs.

Die Kamele fressen das Grün ab. Die *Hallassa*, große, braungebrannte Souafas vom Stamm der Ouled-Ahmed-Achèche, die für die harte Arbeit verdingt sind, singen endlose, traurige Klagelieder, wie im Traum. Verloren in diesem Fest der befruchteten Erde, sehnen sie sich nach ihren sterilen Dünen und ihrer grauen Stadt mit den tausend niedrigen Kuppeln. Die beiden riesigen Reitkamele der *Deïras* Lakhdar und Nasser mit ihren hohen Sätteln und ihren langen Wollquasten schreiten majestätisch einher und lassen ihre Glöckchen bei jedem Schritt bimmeln. Der kleine Tirailleur Rezki, «der seine Zeit über die Runden gebracht hat» und nun in die heimatlichen Berge des Djurdjura zurückkehrt, singt liebliche Lieder vor sich hin, die niemand von uns versteht.

*

Im Morgengrauen verlassen wir das mitten in einem Sumpf erbaute *Bordj* von Chegga, dessen Mauerwerk mit der Zeit von Salpeter und Jod zersetzt wird.

Wir befinden uns nicht mehr in dem unbefleckten Wadi Souf, auf dem rauhen und prachtvollen Boden. Nein, wir sind schon im salzigen Wadi Rhir mit seinen feindlichen und tödlichen Böden, im Wadi Rhir mit seiner eigenen Schönheit und seinem besonderen Entzücken, das eher an Zauberei erinnert.

Hinten, am Horizont, sind schon seit gestern, seit dem *Bordj* El-Mguébra die riesigen Zacken des bläulich schimmernden Aurès-Gebirges zu sehen und weiter unten, in der Ebene, die abgelösten schwarzen Linien der letzten Oasen: Biskra-Laouta, Beni-Mora, Sidi-Okba.

Eine trostlose, unfruchtbare und graue Gegend, diese reizlose Umgebung von Biskra, wo sich schon eine echte Straße andeutet, welche die zauberhaft unberechenbaren saharischen Pisten ablöst. Dieses Land ist keine Wüste mehr, ebensowenig wie Biskra heutzutage als die Königin der Oasen erscheint. Biskra, die abgesetzte, die beschmutzte Königin, die Oase der Schaufenster, hergerichtet zum Vergnügen der Müßigen, Biskra, die ihre Seele verlor, die tiefe, die mystische, die reine Seele der Sahara.

... Es ist Abend, der letzte Abend! Wir haben uns von der Karawane getrennt und erreichen die staubigen Schatten des alten Biskra – nun ist es aus.

Schluß mit den langen Ausritten durch die Kulisse der blendenden Sande, Schluß mit den Träumereien, die ich im Schatten der heiligen Zaouïas genoß, Schluß mit den fröhlichen Augenblicken des Erwachens in der Wüste! Ein letztes Mal wenden wir unsere Pferde nach Süden; schweigend, mit den Augen der Verbannten, betrachten wir die dunkle Sahara, über der die große, blutrote Sonnenscheibe untergeht.

Wann werden wir dich wiedersehen, du Zauberland, du unwiederbringliches Land des Schweigens und der Ruhe, fern von der lärmenden Welt, du Land des Traumes und der Trugbilder, das die Unruhen Europas ungerührt an sich vorüberziehen läßt?

... Die Sonne erlosch vollends in der Ferne. Einen Moment lang glich die Wüste mit ihrem hohen, klaren Horizont und ihren tiefblauen Wellen einer bewegten Flut in der klaren Dämmerung. – Und seit diesem letzten Frühlingsabend habe ich die östliche Sahara, den goldblonden Schweif der Sonnenstrahlen nicht mehr wiedergesehen.

STUNDEN VON TUNIS

Tunis

Im Sommer des Jahres 1899 konnte ich meinen Traum vom strahlenden und trostlosen alten Orient zwei Monate lang in den altertümlichen, mit Schatten und Schweigen erfüllten weißen Vierteln von Tunis fortsetzen.

Ich wohnte allein, mit Khadidja, meiner alten maurischen Dienerin, und meinem schwarzen Hund in einem weitläufigen, uralten türkischen Haus in einer der abgelegensten Ecken von Bab-Menara, fast auf dem Gipfel des Hügels.

Es war das reinste Labyrinth, dieses geheimnisvoll eingerichtete Haus mit seinen komplizierten Gängen und den auf ungleicher Höhe liegenden Räumen, geschmückt mit bunten Steingutarbeiten aus früheren Zeiten und zarten, ausgezackten Gipsverzierungen, die kreisförmig unter den konischen Decken aus bemaltem und vergoldetem Holz verliefen.

Dort, im kühlen Halbschatten, in der Stille, die nur vom melancholischen Lied der Muezzin durchbrochen wurde, verflossen die Tage köstlicher Mattigkeit und sanfter Monotonie, ohne eine Spur von Langeweile.

Während der erstickenden Stunden der Siesta hockte Khadidja in einer Ecke meines riesigen Zimmers mit dem grünen und rosafarbenen Steingut und ließ die schwarzen Perlen ihres Rosenkranzes unter den schnellen Bewegungen ihrer farblosen Lippen eine nach der anderen durch die Hände gleiten. In der Haltung eines Löwen, seine schmale Schnauze auf den gewaltigen Pfoten, lag Dédale auf dem Boden und verfolgte lauernd den langsamen Flug der vereinzelten Fliegen. Und ich ruhte ausgestreckt auf meinem niedrigen Bett und gab mich dem lustvollen Genuß hin, endlos zu träumen.

Es war eine Zeit der Erholung, wie eine wohltuende Rast zwischen zwei abenteuerlichen, fast von Angst geprägten Perioden.

Auch die Eindrücke, die mir das dortige Leben hinterließ, sind sanft, melancholisch, etwas verschwommen.

*

Hinter meiner Wohnung, durch andere, fest verschlossene arabische Wohnhäuser von der Straße getrennt, befand sich ein altes, zerfallenes, in Trümmern liegendes Viertel ohne Ausgang. Mauerreste, Gewölbe, kleine Höfe, düstere Zimmer, noch erhaltene Terrassen, alles überwuchert von wildem Wein, Efeu und einem Geränk aus Blumen und verschlingenden Kräutern; eine seltsame Stätte, seit Jahren unbewohnt. Niemand schien sich um diese Häuser zu kümmern, deren Bewohner entweder tot oder für immer fortgegangen sein mußten . . .

Doch im mystischen Schweigen der Mondnächte kam eigentümliches Leben in eines dieser Häuser, das dem meinigen am nächsten lag.

Von einem meiner verzierten Gitterfenster konnte ich tief in den kleinen Innenhof hineinsehen. Das Mauerwerk und zwei zu ebener Erde liegende Räume waren noch erhalten. Der rissige, völlig verwitterte Brunnen mit dem großen, flachen Steinbecken, das immer noch mit klarem Wasser von wer weiß woher gefüllt war, verschwand beinahe unter der wuchernden Vegetation.

Dort wuchsen riesige Jasminsträuche, über und über mit weißen Blüten bedeckt, vermischt mit biegsamem Weingerank. Rosenstöcke streuten purpurne Blätter auf das weiße Straßenpflaster. In den lauen Nächten stieg ein warmer Duft aus dieser schattigen Ecke des Vergessens zu mir auf.

Einmal im Monat, wenn der Vollmond sein Licht über den Schlaf der Ruinen warf, konnte ich, halb versteckt hinter einem leichten Vorhang, ein Schauspiel erleben, das mir bald vertraut wurde, das ich in der sehnsüchtigen Mattigkeit der Tage erwartete, das mir aber dennoch ein Rätsel geblieben ist. – Es kann übrigens sein, daß der ganze Zauber der Erinnerung für mich in dieser geheimnisvollen Seite liegt. – Ohne daß ich je erfahren hätte, woher er kam und wie er in den kleinen Hof gelangte, erschien ein in zarte, blaßfarbene Seiden gekleideter junger Maure, dessen leichter, schneeweißer Burnus über den Schultern ihn wie ein Gespenst wirken ließ, und setzte sich auf einem Stein nieder.

Er war von vollendeter Schönheit, mit dem matten, hellen Teint der arabischen Städter, mit der für sie typischen, etwas nachlässig-vornehmen Art; aber sein Gesicht war von tiefer Traurigkeit geprägt.

*

Er saß dort, immer auf demselben Platz, den verlorenen Blick in das unendliche Blau der Nacht getaucht, und sang alte Weisen, die einst unter dem Himmel Andalusiens entstanden waren, wunderschöne Kantilenen. Langsam und sanft erhob sich seine Stimme in der geräuschlosen Stille, wie eine Klage oder eine Inkantation ...

Eines schien sein Lieblingslied, das liebreichste von allen: «Heftiger Kummer umschlingt meine Seele, wie die Nacht mein Herz umschlingt und es mit Angst erfüllt, wie das Grab den Leib umschlingt und ihn vernichtet. Für meine Traurigkeit gibt es kein Mittel außer dem Tod, der kein Zurück erlaubt ... Doch wenn meine Seele einst zu dem anderen Leben erwacht, und sei es im Garten Eden, wird in ihr auch meine Traurigkeit die Wiedergeburt erleben.»

Welches mochte diese unheilbare Traurigkeit sein, deren Macht der Unbekannte besang? – Der sonderbare Sänger sagte es nie. Aber seine Stimme war rein und weich; keine andere hatte mir je den geheimen und undefinierbaren Charme dieser alten arabischen Musik, die vor mir schon zahllose traurige Seelen verzückte, so voll übermittelt.

Manchmal brachte der junge Maure die kleine murmelnde Flöte der beduinischen Hirten und Kamelführer mit, das leichte Schilfrohr, das in seinen Melodien etwas von dem kristallinen Rauschen der Bäche zu bewahren schien, denen es entsprang. So ließ der Unbekannte in der Stille der späten Stunden, wo im muselmanischen Tunis schon alles schläft, im Rausch der Düfte all seinen Melancholien und Seufzern freien Lauf. Lange saß er dort und dann ging er fort, wie er gekommen war, zog sich lautlos wie ein Geist in den Schatten der beiden Räume zurück, die ihm einen Weg zu den anderen Ruinen öffnen mußten ...

Khadidja war eine alte Sklavin, die vierzig Jahre lang in den berühmtesten Familien von Tunis gedient und mehrere Generationen junger Männer in ihrem Schoß gewiegt hatte. Eines Abends rief ich sie und zeigte ihr den nächtlichen Musiker.

Die abergläubische Alte schüttelte den Kopf: «Ich weiß nicht, wer er ist . . . Obwohl ich doch alle Söhne der großen Familien der Stadt kenne.»

Dann fügte sie mit gedämpfter Stimme hinzu: «Weiß Gott, ob es überhaupt ein Lebender ist. Vielleicht ist es nur der Schatten eines früheren Bewohners, und diese Musik ein Traum, ein Zauber?»

Da ich die Sitten dieser Rasse kannte, für die jede Frage nach dem Privatleben, nach dem Kommen und Gehen eine Beleidigung ist, wagte ich es nie, den Unbekannten anzusprechen; ich fürchtete, ihn für immer aus seiner Zuflucht zu vertreiben.

Doch eines Abends, als ich wieder einmal auf ihn wartete, war mein Warten vergebens. Er kam nie wieder.

Aber der Klang seiner Stimme und das sanfte Säuseln seiner Flöte kommen mir im Mondschein noch oft in den Sinn, und manchmal, wenn ich daran denke, daß ich nie wissen werde, wer er war und weshalb er an diesen Ort kam, empfinde ich eine Art undefinierbare Angst.

*

Ganz oben, gleich neben der schäbigen Casbah und den Kasernen, habe ich einen zauberhaften Ort entdeckt, geprägt von eigentümlicher, typisch orientalischer Traurigkeit. Es ist das Viertel Bab-El-Gorjani.

Auf einem Gelände, das etwas höher liegt als die Straße und nur durch eine alte graue Mauer von ihr getrennt ist, befindet sich ein antiker Friedhof, wo heutzutage niemand mehr begraben wird und wo die Gräber unter einem wirren Durcheinander von trockenen Gräsern und Rosenstöcken im jahrhundertealten Schatten der Feigenbäume und der schwarzen Zypressen verschwinden.

In Tunesien ist nur den Muselmanen Zutritt zu den Moscheen und den islamischen Friedhöfen gestattet.

Da die Gräber schon uralt sind und kein Neugieriger den Friedhof betreten darf, stört niemand die Ruhe der vergessenen Toten von Bab-El-Gorjani; von all den lärmenden Geräuschen der Stadt Tunis, die sich den leichten Hang hinunterzieht und sich bis zu dem regungslosen Wasserspiegel ihres Sees erstreckt, hört man hier nur den Ruf der Muezzin und die schallenden Trompeten der Zuaven.

Es war schon immer eine meiner Vorlieben, in der für alle

gleichen Tracht der Beduinen ziellos über die muselmanischen Friedhöfe zu irren, wo alles friedlich und gelassen ist, wo nichts von dem, was die europäischen Friedhöfe so finster erscheinen läßt, den Tod entehrt. Und jeden Abend machte ich mich allein zu Fuß auf den Weg nach Bab-El-Gorjani.

Zur auserwählten Stunde des *Maghreb*, wenn die Sonne am Horizont verschwindet, legen die grauen Gräber die prächtigsten Farben an, und die schrägen Strahlen des zur Neige gehenden Tages gleiten wie rosige Lauffeuer über diese Ecke der majestätischen Gleichgültigkeit und des endgültigen Vergessens.

Weiter hinten kommt man durch das Tor, das diesem Viertel seinen Namen gab, und befindet sich plötzlich auf einer staubigen Straße, die sich nach Westen hin in das enge Tal des Bardo hinunterschlängelt und nach Osten hin zum Friedhof des Marabout Sidi Bel-Hassène führt, der die Sicht auf den See El-Bahira freigibt.

Diese Straße steigt bis zum Gipfel des auf dieser Seite schroffen und öden niedrigen Hügels von Tunis hinauf. Oft schlug ich diesen Weg ein.

*

Die Sonne steht schon niedrig. Der Djebel Zaghouan schimmert in den zartesten Tönen und scheint mit der grenzenlosen Feuersbrunst des Himmels zu verschmelzen.

Die riesige, strahlenlose Sonnenscheibe steigt langsam herab, eingehüllt in leichten purpurroten Nebel.

Ganz unten, in der weiten Ebene, erstreckt sich das von der Sommerhitze ausgetrocknete Chott Seldjoumi mit seiner einheitlich violett gefärbten Oberfläche; nur ein paar Salzkrusten werfen ihre weißen Flecken auf den Untergrund, der in diesem wunderbaren Licht abgrundtief erscheint und dem offenen Meer täuschend ähnlich sieht.

Am Fuß des Hügels und an den Ufern des Chott hat man duftende Eukalyptusbäume gepflanzt, um den modernden Gerüchen der stehenden, salpeterhaltigen Gewässer entgegenzuwirken. Diese Allee von Bäumen mit ihrem zart-bläulichen Blattwerk zieht sich wie eine Silberkrone um die verfluchte Ebene, in der nichts wächst, in der nichts lebt.

Hier fand ich meine Eindrücke wieder, die ich früher, in der

Gegend der großen saharischen Chotts, im Land der Visionen empfunden hatte.

*

Der letzte Schein des Tages wandert in langen, blutroten Streifen über das verlassene Chott, über die mittlerweile ganz und gar blauen Eukalyptusbäume, über die rötlichen Felsen und das graue Mauerwerk. Doch plötzlich erlischt alles, als hätten die Tore des Horizonts sich geschlossen, und alles versinkt in dem bläulichen Nebel, der die Mauer hoch zur Stadt hinaufkriecht.

Wie oft wurde es schon gesagt, daß die ganze, so wechselhafte Schönheit dieses afrikanischen Bodens einzig und allein in dem wunderbaren Lichterspiel besteht, welches die eintönigen Landschaften und die leeren Horizonte belebt.

Gewiß waren es diese Spiele, diese köstlichen, in allen Regenbogenfarben schimmernden Sonnenaufgänge und die Abende voller Purpur und Gold, welche die arabischen Erzähler und Poeten früherer Zeiten mit ihren Geschichten und Gesängen beseelten.

*

Tag für Tag bezieht ein blinder, in graue Lumpen gekleideter Greis seinen Platz unter dem Tor von Bab-El-Gorjani. In der ewigen Nacht seiner Blindheit wiederholt er die endlose Litanei seines Elends und fleht im Namen des großen tunesischen Marabouts Sidi Bel-Hassène-Chadli um Hilfe der wenigen Gläubigen, die dort vorbeikommen.

Angesichts der alten blinden und hinfälligen Bettler des Islam hielt ich oft inne und fragte mich, ob sich hinter diesen erstarrten Masken, hinter dem trüben Spiegel der erloschenen Augen noch Seelen und Gedanken verbargen . . . Welch seltsames Dasein voller Gleichgültigkeit und dumpfer Stille, so weit von den Menschen entfernt, die doch ringsum leben und sich bewegen!

Manchmal irren bei Anbruch der Nacht auch andere, heruntergekommene, abgerissene elende Gestalten in dieser Gegend herum, Jüdinnen aus dem *Hara* oder Sizilianerinnen aus der *«Sicilia serira»*, aus Klein-Sizilien, den gefährlichen und berüchtigten Vierteln neben dem Hafen.

Was sie anlockt, sind die Kasernen. Bettelnd und bei Gelegenheit auch als Prostituierte dienend, schleichen sie zur Essenszeit an den Mauern entlang und warten in den dunklen Winkeln, bis die Soldaten herauskommen ...

Dennoch bleibt Bab-El-Gorjani eine der verlassensten und dank ihrer Friedlichkeit erquicklichsten Stätten von Tunis.

*

In einer Nacht besonders intensiver Traurigkeit, voll unbestimmter Angst ohne erkennbaren Grund, war ich ziellos durch die Stille der arabischen Straßen geirrt, in denen das Leben nach dem Maghreb verstummt, und schließlich in einem alten Ruinenviertel gelandet, dessen Trümmer dank der großen islamischen Sorglosigkeit mitten zwischen den Straßen und Märkten an dem täglich von Menschenmassen belebten Tor von Souk-El-Hadjemine liegengeblieben waren.

Über dem Trümmerhaufen erhebt sich ein untersetztes, viereckiges Minarett: die Moschee von El-Morkad.

Auf den Gassen und unter den leichten Holzdächern der Marktstände war niemand zu sehen. Des ziellosen Herumirrens müde, setzte ich mich auf einen Stein, um den Tagesanbruch abzuwarten.

Die köstlichste, die zauberhafteste Stunde Afrikas ist die Stunde der Morgenröte. Die noch kühle und klare Luft verbreitet einen Hauch unendlicher Leichtigkeit, die Körper und Seele durchdringt und die Sinne berauscht; es ist die fröhliche Stunde der wiedergefundenen Jugend und der auflebenden Hoffnung.

Es war höchstens drei Uhr – in der Stadt herrschte noch Dunkelheit. Doch weit hinten, im Osten, hoben sich die Terrassen der Häuser schon wie schwarze Schatten vor dem noch kaum aufhellenden, grau-grünen Hintergrund ab.

Mit einem trockenen Klappen schlugen über meinem Kopf hölzerne Fensterläden auf; ein gelber Lichtschein glitt durch die Nacht: der Muezzin war erwacht.

Wie im Traum begann er seinen Ruf mit dem hundertjährigen Zeugnis der göttlichen Allmacht: Gott ist der Größte! – *«Allahou akbar!»*

Sanft und gedehnt schien seine Stimme über der schlafenden Stadt zu schweben ... Sie hatte einen Klang von unbedingtem Glauben, von Ernsthaftigkeit und feierlicher, innerer Sammlung, diese von oben kommende Stimme, die entschlossen und tröstend vom Himmel herabzusteigen schien.

Aus der Ferne ertönte die Antwort anderer, gleichartiger Stimmen. In einem benachbarten Garten erwachten die Vögel. Es erhob sich ein großes Konzert zwitschernder, harmonischer Stimmen, das alltägliche Morgenlied, das dem Herrn der Gestirne in allen islamischen Ländern gesungen wird, dem Herrscher des Tags der Belohnung, dem Herrn über Morgenland und Abendland, dem König des anbrechenden Tages . . .

«Das Gebet ist besser denn der Schlaf!»

Die immer voller ertönende Traumstimme schmetterte diesen letzten Satz gebieterisch in die Stille der Nacht; dann schlossen sich die vier spitzbogigen kleinen Fenster mit dem gleichen trockenen Klappgeräusch, mit dem sie sich geöffnet hatten. Für einen letzten Augenblick vor Anbruch des Tages versank alles wieder in lautloser Dunkelheit . . .

*

Sanft und ohne Eile gleitet der schmale Kahn durch das auffallend reine, salzhaltige Wasser des Kanals, zwischen den niedrigen, rötlichen Steilufern hindurch, die ihn noch vom See trennen. Wir bewegen uns auf das offene Meer zu, das den Horizont in der Ferne mit einer dunklen Linie abschließt.

Im rosigen Schein des Abends fahren wir über das ruhige, seidenweiche Wasser des schlafenden Sees: das Boot schaukelt nicht, wird von keiner Welle gewiegt.

Rechts, über dem ockerroten, mit leuchtend weißen Grabsteinen und tiefgrünen Gärten übersäten Felsen erhebt sich das helle Haus des Marabout Sidi Bel-Hassène; und weiter hinten, in Dunst getaucht, das mächtige alte Fort mit seinen Zinnen.

Das hohe Bou-Karnine-Gebirge läßt seine beiden dunkelblauen, schon vom hereinbrechenden Abend vernebelten Zwillingshörner zum Himmel ragen.

In der Ferne spiegeln sich die weißen Häuser von Rhadès im bewegten Wasser des offenen und freien Meeres.

Plötzlich zeichnet sich vor der Feuersbrunst des Himmels auf der linken Seite der erhabene Hügel ab, auf dem Karthago stand.

Versonnen betrachte ich das Kap, den in die Breite gehenden

Gebirgsvorsprung, jenen Flecken der Welt, für den so viel Blut vergossen wurde.

Die weißen Klöster, die noch eine letzte Erinnerung an das byzantinische Karthago, an das degenerierte Karthago aus dem Zeitalter der Dekadenz wachzuhalten versuchen, verschwinden in den Strahlen des westlichen Himmels, und schon wirkt der punische Hügel verlassen und kahl.

Doch plötzlich belebt ein rotes Flammenmeer den traurigen Hügel und läßt all die prachtvollen Bilder der Vergangenheit wieder auferstehen, die Paläste der Suffeten, die Tempel der düsteren Gottheiten, den verschwenderischen Prunk der Barbaren, die ganze egoistische und grausame phönizische Kultur, die von Asien kam, um sich auf dem rauhen und feurigen Boden Afrikas noch weiter zu entfalten, um noch mehr Herrlichkeiten zu erobern . . .

Fast unvermittelt ist die Sonne am Horizont verschwunden; ich lausche den feierlichen Stimmen der Muezzin, die von den fernen Moscheen zu mir herüberdringen. Und das ganze Karthago meines Traums, gewebt aus Ideal und Widerschein, erlischt mit dem zur Neige gehenden Abend, im Schein der Apotheose.

Bled-El-Attar, die Stadt der Parfums

In einem der ältesten Viertel von Tunis, nahe der heiligen Moschee des Ölbergs – der Djemâa-Zitouna –, wo alles die heiter gelassene Antike und den unerschütterlichen Glauben atmet, kommt man in eine Gegend von Schatten und Wollust, wo sich die köstlichsten Farben und die lieblichsten Düfte zu einem Geflecht von Empfindungen verdichten: das Souk-El-Attarine.

Unter den hohen Gewölben mit den Gängen aus roten und grünen gewundenen Säulen kreuzen sich schattige Straßen, die geheimnisvoll an die Vergangenheit erinnern.

Rechts und links öffnen sich die Läden der Parfumeriehändler wie kleine Schränke; drinnen sitzen Mauren mit wächsernen Gesichtern, mildem Blick, der im Halbdunkel noch weicher wirkt, und von den Düften betäubten Sinnen.

Unter den jungen Händlern war auch der nachdenkliche Si Chedli-ben-Essahéli mit seiner natürlichen Vornehmheit, der Sohn eines frommen und klugen Rechtsgelehrten der Djemâa-Zitouna.

Si Chedli kleidete sich vorzugsweise mit der diskreten Eleganz gewisser Tunesier, die aus alter Tradition gelernt hatten, matte Seidenstoffe zu tragen, sich mit Farben in den zartesten, aus der Vergangenheit überkommenen Tönen zu schmücken.

Lässig an seine wertvolle kleine Perlmutt-Truhe gelehnt, las Si Chedli gewöhnlich alte arabische Bücher, Romane oder Poesie. Auf dem Tablett vor ihm sah man vom Eingang aus eine Kaffeetasse mit Rosenwasser, eine *«Chira»*-Pfeife und in einer durchsichtigen feinen blauen Porzellanvase aus Istanbul eine große offene Magnolienblüte, die mit ihren vier dicken Blättern aus duftendem Fleisch sofort jedes Herz eroberte.

Seine Freunde aus dem Souk, von denen er sich stets etwas absonderte, ohne deshalb hochmütig zu sein, fragten ihn oft: «An was denkst du, Si Chedli?»

«Ich denke, daß alle menschliche Freude nur Schein und Rauch ist und daß es nichts gibt, was mich genügend zerstreuen könnte . . .»

*

Eines Tages hielt ein Auto am Eingang des Souk; zwei verschleierte Frauen stiegen heraus. Sie traten in den Schatten der Gewölbe, unter denen die Händler ihre Geschäfte führten, und gingen mit wiegenden Hüften an den Auslagen vorbei; zufällig gelangten sie auch zu Si Chedlis Laden, der ihre Aufmerksamkeit erregte, weil er einer großen Truhe aus geschnitztem Holz glich.

Schon als sie hereinkamen bemerkte der junge Mann, daß sie Fremde waren, denn unter der *Ferrochia* trugen sie den kecken, schräg auf dem Kopf sitzenden spitzen Hut der Constantinerinnen.

Die jüngere setzte sich auf die Bank und begann drauflloszureden, es klang wie piepsendes Vogelgezwitscher.

Nachdem ihre langen, schmalen, hennagefärbten Finger mit den schillernden Fläschchen, den Elfenbeinkästchen und den aromatischen Räucherkerzen gespielt hatten, nachdem sie den Preis ausgehandelt hatte, stand sie auf, stellte die ausgewählten Waren zu einem kleinen Haufen zusammen und sagte mit gleichgültiger Miene: «Schick mir das ins Haus der Lella Haneni im Viertel von Halfaouïne . . . Nein, laß es nicht durch den Laufburschen schicken, es sind immerhin wertvolle Essenzen . . . du wirst sie mir selbst bringen.»

Der beharrliche Blick der Maurin mit den großen schwarzen Augen senkte sich in Chedlis Augen, ehe sie den Laden verließ. Dieser Blick bereitete ihm einen köstlichen Schwindel, und ohne den Kopf rechtzeitig abwenden zu können antwortete er mit einem Lächeln, das ihn etwas ängstigte: «Wann?»

«Heute abend, nach dem Maghreb.»

Doch als die Stunde des Gebets kam, fehlte Si Chedli nicht, wie gewohnt in die Moschee zu treten. Unzufrieden mit sich selbst kam er wieder heraus: er hatte hastig gebetet, seine Seele war verwirrt, mit anderen Dingen beschäftigt.

*

Der letzte rote Schein der Abendsonne erhellte noch den oberen Teil der Stadt um Bab-El-Gorjani; eine große, matte Ruhe hüllte Tunis in einen letzten Schimmer Farbe.

Eiliger als gewöhnlich bahnte Si Chedli sich einen Weg durch das Gedränge der vor den Läden herumstehenden Menschenmenge und begab sich nach Halfaouïne.

Er bog in eine überwölbte Sackgasse ein; vor einer unwahrscheinlich niedrigen kleinen Tür blieb er stehen. Der schwere Eisenhammer hallte seltsam dröhnend durch das alte, verfallene, schon von wilden Gräsern überwucherte Haus.

«*Achkoun?* Wer ist da?» schrie die meckernde Stimme einer Alten.

«*Hall!* Mach auf!»

Nie würde ein Araber seinen Namen laut über die Straße rufen, nicht einmal vor seinem eigenen Haus.

Die Tür öffnete sich einen Spalt; es erschien eine Alte, bekleidet mit der blauen *Fouta* der armen Tunesierinnen.

«Kommst du vom Souk-El-Attarine?»

«Ja.»

Sie führte ihn in einen großen, mit drei Orangenbäumen bewachsenen Hof. Im Gang der ersten Etage sah er eine Türöffnung, die mit leuchtender Seide verhängt war, wie die Blüte eines Granatapfels.

«Es ist dort, geh hinauf!»

Im kühlen Schatten einer mit blauen Steingutplatten ausgelegten Treppe stieg Si Chedli hinauf, die Brust erfüllt vom Atem der Begierde; dann hob er den leichten Vorhang, der wie eine prächtige Flamme durch seine Hand glitt. Innen lag eine Frau zwischen mattgolden bestickten Kissen auf einem dicken Teppich aus dem Djerid; sie trug ein weitärmliges, mit Lahn durchwirktes weißes Schleierhemd, einen Kaftan aus grünem und goldenem Samt und mehrere Seidengandouras. Auch im Liegen hatte sie den spitzen Hut auf dem Kopf, der jetzt mit einem Fransentuch verziert und mit zwei unter dem Kinn zusammengebundenen feinen Goldketten befestigt war; das Gold umrahmte ihr blasses Gesicht und verlieh ihm seinen Glanz.

«Sei willkommen . . . Setz dich.»

Sie war schön, von einer unbestimmten Schönheit, die etwas Persönliches und Ausstrahlendes hat, eine verborgene, kaum angedeutete Wärme.

Er setzte sich neben sie, und eine alte Maurin brachte den unvermeidlichen Kaffee auf einem kleinen Tablett aus ziseliertem Kupfer.

«Sind die Frauen in deinem Tunis ebenso schön wie Mannoubia?» fragte die Alte mit dem Grinsen ihres zahnlosen Mundes.

«Mannoubia? . . . das ist die zwischen den Blättern versteckte Rose.»

«Du auch, ja, du bist auch sehr schön.»

Mannoubia spielte zerstreut mit einem Fächer. Bei jeder Bewegung gaben ihre Armreifen ein leises Klimpern von sich, und auch die kostbaren Ringe an ihren Fesseln begleiteten jede Regung ihres geschmeidigen Körpers, der sich auf der weichen Wolle ausstreckte, mit zartem Geläut. Sie hatte nicht die herausfordernde Art der Kurtisanen von Tunis. Trotz seiner selbst fand Si Chedli ihr gegenüber nicht den Ton, der ihm bei einer anderen leichtgefallen wäre; zwischen ihnen stand fast eine Art Furcht: die Furcht, sich nahezukommen und um mehr zu kämpfen, als um die Lust.

«Hör zu», sagte sie, «ich wollte Parfums kaufen, um mich zu zerstreuen . . . aber als ich dich sah, begehrte mein Herz dich als die allerkostbarste Essenz . . . Weshalb sagst du nichts? Weshalb willst du, daß ich mich vor dir schäme?»

«Wer bist du denn und woher kamst du, meine traurige Ruhe zu stören?»

«Bône war unsere Heimatstadt; aber ich bin in Constantine aufgewachsen, bei meiner Tante, der Schwester meiner Mutter. Ich kam, weil ich mich langweilte.»

Mit einer noch vorsichtigen Berührung lehnte Chedli sich an Mannoubias Knie, widmete ihr den ganzen Reiz seiner Augen und murmelte: «Nein, du kamst wie die weiße Taube zu einer Ringeltaube . . .»

Die Goldkettchen auf den Wangen der Maurin begannen zu zittern.

Die Alte war verschwunden, und sie blieben allein zurück; in der Stille und der Trunkenheit der hereinbrechenden Nacht zögerten sie die köstliche Agonie ihrer Lust endlos hinaus.

Schließlich suchten der berauschte Kopf der jungen Frau, ihr schöner gespannter Hals und der ganze Reichtum ihrer bewegten Kehle Halt an Chedlis zerspringender Brust. Und er nahm sie langsam, bis zum Schlußtakt der Umarmung, welche verheißen ist in den Gärten der Ewigkeit . . .

*

Seit diesem Tag ließ Si Chedli seinen Laden oft allein und vergaß, seine alten Bücher aufzuschlagen. Er ging voll in seinem Traum auf.

Si Chedli war fünfundzwanzig Jahre alt und hatte alle vergnüglichen Dinge bis zum Überdruß genossen. Nie hatte er geahnt, daß die Liebe so stark sein konnte, das Universum in jeder Hinsicht zu verändern.

Wenn er den Weg nach Halfaouïne bei hereinbrechender Nacht beschritt, legte die Natur ihm ein Fest zu Füßen. Und morgens, wenn er durchdrungen von köstlicher Mattigkeit zum Bad ging, schien vor seinen Augen ein leichter Schleier zu zerreißen und die Blütenblätter der Jasminsträucher auf die Erde zu streuen . . . Sogar vor dem Gebet roch er den Duft seiner Liebe in der Luft.

Um sich besser an ihm zu berauschen, hatte Chedli niemandem sein Geheimnis verraten – und manche, die seine Blässe sahen, dachten, er sei von der Schwindsucht befallen.

Aber der strenge alte Si Mustapha-Essahéli hatte die gewaltige Veränderung bemerkt, die sich in seinem Sohn vollzog, und ihm geschickt nachspionieren lassen. Bald wurde dem Alten das Geheimnis von Mannoubias Zuflucht bekannt . . .

Eines Abends, als Si Chedli wieder einmal an die Tür klopfte, sagte die alte Tunesierin ihm unter Tränen: «Sie haben sie mitgenommen, deine weiße Taube.»

«Was sagst du?»

«Ja, Sidi; vorhin kamen Gesandte des Bey . . . nahmen sie und die alte Téboura, obwohl beide nach dir riefen und trotz ihrer Klagen . . . und brachten sie zum Bahnhof, zur Abreise nach Algerien.»

Chedli verharrte starr und ernst, er fragte nichts; noch zweifelte er und verstand nicht, was geschehen war.

Er trat in den verlassenen weißen Hof, stieg die blauen Steinguttreppen hinauf, zerriß den Vorhang und sah das Zimmer leer. Da trat ein Ausdruck des Entsetzens in seine Augen.

«Ich werde sie wiederfinden, ja, ich schwöre es bei dem einzigen Gott und seinem Propheten! Ich schwöre es bei dem seligen Cheikh Sidi Mustapha-ben-Azzouz, meinem Herrn in dieser und in jener Welt . . . Ich werde sie wiederfinden!»

*

Lange und geduldig suchte er nach einer Spur, einem Hinweis. Schließlich erfuhr er von Freunden, daß Mannoubia nach Bône zurückgekehrt war, wo sie, wie man sagte, das Leben der Kurtisanen lebte.

Bei dieser Nachricht tat Chedlis Herz einen großen Sprung, mehr aus Hoffnung, denn aus Zorn. Er würde hingehen, zu seiner Freundin, er würde sie nehmen und die bezahlten Umarmungen mit seinen ehrlichen Tränen fortschwemmen. All diesen Schmerz und all diese Scham würden sie in Liebe verwandeln. Doch da sein Vater noch lebte, besaß Si Chedli nichts, was ihm gehörte. Vergebens flehte er um die Erlaubnis, abreisen zu dürfen.

Da verließ er seinen Laden und irrte über die Friedhöfe und durch die Ruinen der Vororte.

Eines Tages kehrte er nicht zurück. Sein Vater suchte ihn überall – doch vergebens; Si Chedli war fort, getrieben von der Kraft seines Herzens.

. . . Und der Alte begann zu weinen.

*

Lange wanderte Si Chedli durch die alten Gassen und die maurischen Cafés des weißen Annaba, um herauszufinden, was aus Mannoubia geworden war. Er suchte unter denen, die nicht von Frauen sprechen und begab sich auch in die Gesellschaft derer, die in den Hurenhäusern leben.

*

Fast ein Jahr war seit dem Verschwinden der Maurinnen ins Land gegangen. Irregeführt durch widersprüchliche Auskünfte, war Si Chedli in Algier gelandet.

Eines Abends traf er einen seiner alten Freunde aus Tunis, der mittlerweile zu den Tirailleurs gegangen war, in einem von unterschiedlichen Rassen wimmelnden, nach Anis riechenden Café in Bab-El-Oued. Sie tauschten Erinnerungen aus.

«Mannoubia-ben-el-Kharrouby? . . . Die habe ich gekannt.»

«Was ist aus ihr geworden?»

«Gott schenke ihr Frieden!»

Wie erschlagen blieb Chedli stehen. In diesem Augenblick fühlte er, wie eine Gefängnistür hinter ihm ins Schloß fiel, wie sich ein Kerker schloß, den er nicht mehr verlassen sollte.

So hatte er Heimat, Familie und Reichtum aufgegeben, so war er ein Vagabund geworden und hatte seine Freundin ein ganzes Jahr hindurch gesucht, immer enttäuscht und immer wieder Hoffnung schöpfend . . . Und dann kam er hierher um zu erfahren, daß sie tot war!

«Aber wann ist sie gestorben? Wo ist sie gestorben?»

«In Bône; sie hatte einige Zeit in Algier verbracht und war vor etwa einem Monat nach Bône zurückgekommen. Sie hatte schweren Kummer, sie lachte über alles und sie trank . . . Schließlich starb sie an der kranken Brust.»

«Aly, weißt du nicht, wo ihr Grab ist?»

«Nein, aber Téboura hat noch eine andere Nichte namens Haounia; sie wird es dir zeigen . . . Téboura ist auch tot.»

*

Hinter den blauen Zacken des mürrischen Idou-Gebirges geht die edle Sonne unter, während die Höhen der Umgebung und der mit hohen schwarzen Zypressen und großen verästelten Feigenbäumen bestandene heilige Hügel in Brand geraten.

Dort schlafen die islamischen Gläubigen unter bunten, anmutig behauenen Steinen den unaussprechlichen Schlaf des Grabes. Nichts Finsteres und nichts Trauriges geht von diesem Friedhof aus; er ist über und über mit Blumen, Wein und Sträuchern bewachsen, und die Gräber aus Steingut und weißem Marmor wirken auf dem lebendigen Boden nur noch wie Flecken der Reinheit. Alles atmet die große majestätische Ruhe, die Gelassenheit der Resignation, die unerschütterliche, tröstliche Gewißheit.

Vor diesem Garten des endgültigen Friedens erstreckt sich wie eine Traumborte der riesige, regungslose Golf in bläulichem Rosa mit azurblauen und goldenen Streifen in der ganzen Schönheit des lichtüberschwemmten Himmels.

Wie von den Flügeln ihrer dreieckigen Segel getragen, scheinen die über das Meer fliehenden maltesischen Ballancellas zwischen zwei Spiegeln der Unendlichkeit im Weltenall zu schweben.

Dort, auf dem heiligen Hügel, im Schatten eines jungen Feigenbaums, liegt ein blau-weißes Steingutgrab, so lang wie ein liegender Frauenkörper, zwischen zwei aufgerichteten Steinplatten. In arabischer Schrift steht das schlichte Epitaph geschrieben:

MANNOUBIA-BENT-AHMED
DIE KONSTANTINERIN
ALLE DINGE KEHREN ZU GOTT ZURÜCK
ES GIBT KEINEN ANDEREN GOTT ALS GOTT
UND MOHAMMED IST DER GESANDTE GOTTES

Zur erhabenen Stunde des Maghreb, wenn die gewaltige Rose des Abends sich entfaltet, steigt manchmal ein in grobes Tuch gehüllter Mann mit regelmäßigen, ernsten Gesichtszügen zu dem stillen Friedhof hinauf, um die Nacht unter dem Eindruck seiner Erinnerungen abzuwarten.

Er trägt die blaue Uniform des Tirailleurs; das Gesicht unter der roten Mütze ist braungebrannt und hager, und niemand vermöchte in diesem harten Soldaten noch den zarten und blassen Mauren aus Tunis wiederzuerkennen.

*

Im parfumierten Schatten und der drückenden Stille des Souk-El-Attarine, über den die nahe Djemaâ-Zitouna den großen, traurigen Schatten des Islam wirft, sitzt ein Greis in der kleinen Höhle eines

Ladens, erfüllt vom Schein bunter Kerzen und von aromatischen Gerüchen.

Er stützt seinen schwachen Arm auf die Perlmutt-Truhe, die mit seinen Erinnerungen gefüllt scheint. Stunden und Tage verweilt er dort, in seinen regungslosen Traum vertieft, und wartet mit versteinerten und vom Schmerz verzerrten Zügen, mit ausgehöhlten, vom vielen Weinen erloschenen Augen.

Er sitzt dort und wartet, ein Zeuge der Zeit, wie eine kümmerliche Statue seiner selbst.

Er lauscht dem Abklingen der letzten Schläge seines leeren Herzens; er denkt an seinen Sohn, der nicht zurückkehren wird, und an die wenige Kraft in seinem Leib, der sich zu sterben anschickt.

Anmerkungen

41 *Vava:* Alexander Trofimowski; Isabelle Eberhardts Vater

41 *Augustin:* Augustin de Moërder; Bruder Isabelles; beging 1914 Selbstmord
☽† die Halbmonde schließen von Isabelle ursprünglich arabisch geschriebene Texte ein, die Kreuze russische

42 *Mahmoud-Essadi:* Isabelles arabischer (Männer-)Name

43 *Kabylen:* berberische Bauern in den fruchtbaren Küstenstrichen Nordafrikas, der Kabylei

44 *Villa Neuve:* Isabelles Geburtshaus in Meyrin am Genfer See

45 *Wladimir:* Wladimir de Moërder; Bruder Isabelles; beging 1899 Selbstmord

47 *Perché affretar' . . .:* italienisch, etwa:
Warum denn die Ankunft
des dunklen Tages beschleunigen?
. . . .
Lebe heute
und erfreu' dich an meinen Küssen!

Eugène Fromentin: frz. Maler und Schriftsteller (1820–1876); Verfasser des Reiseberichts «Une année dans la Sahel», 1858, der das Bild Algeriens in Frankreich sehr beeinflußte und andere Autoren zu Reisen nach Nordafrika anregte

49 *April:* Isabelle hat ihren Tagebucheintragungen später immer wieder längere Notizen hinzugefügt

51 *Gla non si deve . . .:* italienisch, etwa:
Wir wollen nicht weinen,
noch klagen,
wer stirbt in der Welt,
wird im Himmel das Leben haben!

Pierre Loti: französischer Schriftsteller (1850–1923); seine vor allem im exotischen Milieu angesiedelten Romane und Reiseberichte haben Isabelles Leben entscheidend geprägt, einige hat sie immer wieder zitiert: «Aziyadé» (1879), «Le mariage de Loti» (1880), «Le roman d'un Spahi» (1881), «Mon frère Yves» (1883), «Fantôme d'Orient» (1892) und «Le matelot» (1893)

52 *Der Weiße Geist:* Nathalie de Moërder; Isabelles Mutter

56 *Vera:* Vera Popowa; russische Emigrantin und Freundin Isabelles

Archavir: Isabelles türkischer Verlobter

Rakhil: nicht erhaltenes Romanfragment Isabelles; Barrucand hat es, neben «El-Moukadira», vermutlich bei Fertigstellung des Romans «Trimardeur» benutzt

Vergl. auch *Editorische Notiz*

57 *Autor des Berichts:* Pierre Loti; das Zitat stammt aus seinem 1881 erschienenen Roman «Le roman d'un Spahi» (dt. Übers. «Der Spahi», 1892)
Siehe Anmerkung zu S. 51, *Pierre Loti*
59 *Aziyadé:* siehe Anmerkung zu S. 51, *Pierre Loti*
59 *Journal des Goncourt:* Tagebücher der Brüder Edmond (1822–1896) und Jules (1830–1870) de Goncourt
63 *Nadson:* der russische Lyriker Semjon J. Nadson (1862–1887)
65 *Chouchinka:* auch: Chouchka; Freundin Isabelles
68 *El-Moukadira:* siehe Anmerkung zu S. 56, *Rakhil.*
72 *Jules, Edmond:* siehe Anmerkungen zu S. 59, *Journal des Goncourt*
Eugène: Eugène Letord; französischer Kolonialoffizier, mit dem Isabelle befreundet war
79 *Arabisches Bureau:* Die eingeborene Bevölkerung Algeriens, Berber und Araber, besaßen zwar die französische «Nationalität», waren aber keine Vollbürger; so hatten sie beispielsweise kein Wahlrecht und waren einem harten System von Strafen unterworfen, die nicht von Gerichten, sondern von der Kolonialverwaltung ausgesprochen wurden. Eines der Instrumente zur Kontrolle der Bevölkerung und zur «Rechtsprechung» waren die mit Militärs besetzten «Arabischen Bureaus», die ursprünglich die Funktion hatten, die Eingeborenen vor der Willkür der zivilen französischen Kolonisten zu schützen, da diese immer wieder, und meistens mit Erfolg, versuchten, die Berber und Araber aus den nördlichen, sehr fruchtbaren Landesteilen zu verdrängen. (Vergleiche dazu Isabelle Eberhardts Geschichte «Der Verbrecher» im Band VERGESSENSSUCHER / ISLAMISCHE BLÄTTER.)
85 *Slimène:* Slimène-Ehnni; Isabelles zukünftiger Ehemann
89 *«Souf»:* das Pferd, das Isabelle sich gekauft hatte
91 *Ouled-Touati:* berberische seßhafte Stämme in den Oasen
Touat, Gourara, Kerzaz, Tidikelt in der algerischen Sahara
Chaâmba: arabische Beduinenstämme in der algerischen Sahara
94 *Pierre Loti, Matelot:* siehe Anmerkung zu S. 51, *Pierre Loti*
99 *Rouh':* Kosename für Slimène-Ehnni
105 *Abdallah-Mohammed:* Eingeborener Angehöriger der Tidjaniya; er verübte am 29. 1. 1901 das Attentat auf Isabelle
106 *Fantôme d'Orient:* Siehe Anmerkung zu S. 51, *Pierre Loti*
109 *Bournou:* Stamm der *Touareg*
110 *Slemane:* Slimène-Ehnni
114 *der alte Denker:* Alexander Trofimowski
115 *Erinnerung an die Nächte . . .:* am 29. Januar 1901 wurde das Attentat auf Isabelle verübt
126 *20. Februar 1902:* Slimène-Ehnnis Entlassung aus der Armee
127 *Ouiha:* Kosename für Slimène-Ehnni
128 *Chih:* Beifuß
129 *Tijaniya:* siehe Anmerkung zu S. 132, *Bruderschaft*

132 *Bruderschaft:* auch: *Khouan;* die Bruderschaften waren zwischen dem 8. und 10. Jahrhundert entstandene, im 18. und 19. Jahrhundert im Zusammenhang mit der islamischen Erneuerungsbewegung wiederbelebte, eng mit den Traditionen des islamischen Mystizismus verbundene Orden. Sie besaßen eigene geistliche Zentren, die Zaouïas, mit Siedlungen und religiösen Schulen. Zu den bekanntesten gehören die Aïssaoua, die Tidjaniya und die Kadriya. Während die sehr mächtigen Tidjaniya militant antikolonialistisch eingestellt waren, zeigten sich die Kadriya, denen Isabelle Eberhardt angehörte, zur Zusammenarbeit mit den Franzosen bereit. Siehe *Khouans* S. 152

132 *Ausweisung:* Nachdem der Attentäter zu 20 Jahren Zwangsarbeit verurteilt worden war, wurde Isabelle ausgewiesen. Vor ihrer Abreise gab sie folgende Erklärung ab:

Erklärung

Wie ich sowohl im Zuge des Ermittlungsverfahrens als auch in meinen beiden Briefen an die *Dépêche Algérienne* schon erklärt habe, bin ich der festen und unwiderruflichen Überzeugung, daß Si Abdallah-ben-Mohammed-ben-Lakhdar anderen Personen, die ein – reales oder imaginäres Interesse hatten – mich loszuwerden, nur als Werkzeug diente. Es liegt auf der Hand, daß er gekauft wurde, mich zu töten – genau wie er es seinem Vater nach der Festnahme gestand; Abdallah kann nicht gehofft haben, von seinem Verbrechen zu profitieren, da er mich in einem bewohnten Haus und in Anwesenheit anderer Personen angriff, die er auf meiner Seite wußte. Seine Festnahme war unvermeidlich. Offensichtlich ist Abdallah geistesgestört, wahnsinnig. Er hat Reue gezeigt und mich während der Verhandlung sogar um Vergebung gebeten. Daher finde ich das Urteil, das heute über ihn gefällt wurde, außerordentlich streng und lege Wert darauf, Ihnen mein Bedauern über diese Härte mitzuteilen. Abdallah hat Frau und Kinder. Ich selbst bin eine Frau und kann diese Witwe und die Waisen nur von ganzem Herzen beklagen. Was Abdallah persönlich betrifft, so empfinde ich tiefstes Mitleid für ihn.

Es war mir eine äußerst schmerzliche Überraschung, heute morgen nach Abschluß der Sitzung zu erfahren, daß der Herr Generalgouverneur einen Ausweisungsbeschluß gegen mich verfügt hat. Dieser Beschluß verbietet mir den Aufenthalt in Algerien, ohne einen Unterschied zwischen zivilen und militärischen Territorien zu machen. Ich frage mich, aus welchen Gründen diese Maßnahme gegen mich als Russin, die ich mir bei bestem Wissen und Gewissen nichts vorzuwerfen habe, getroffen wurde. Weder in der Sahara noch im Tell habe ich mich je an irgendeiner antifranzösischen Aktion beteiligt oder von einer solchen Kenntnis gehabt. Im Gegenteil, ich habe den seligen Naïb von Ouargla, Sidi Mohammed-Taleb, der einen glorreichen Tod unter der Tricolore starb, mit aller Kraft gegen die Vorwürfe einiger Muselmanen verteidigt, die den Naïb in Unkenntnis des Islam – des wahren Islam, des Koran und der Sounna – beschuldigten, durch die Ansiedlung von Franzosen in In-Salah den Islam verraten zu haben. Ich habe mich bei den Einheimischen stets und überall für meine Adoptivheimat Frankreich eingesetzt. Weshalb also bin ich Gegenstand einer Maßnahme, die nicht nur meine Gefühle als Russin zutiefst verletzt, sondern mir darüber hinaus einen unendlichen Kummer ganz anderer Art bereitet, da sie mich – für Monate – von meinem Verlobten trennt, der mir als Unteroffizier der Garnison von Batna nicht folgen kann. Ich hätte vielleicht Verständnis, wenn mir der Aufenthalt in den Besatzungsgebieten verboten worden wäre, um mich der Rache von Abdallahs Stamm zu entziehen. Ich habe ohnehin nicht die Absicht, in den Süden zurückzukehren. Ich möchte nur, daß man mich in Ratna leben läßt und ich den heiraten kann, der mir im Unglück zur Seite stand und meine einzige moralische Stütze auf dieser Welt ist. Das ist alles . . .

133 *Zuizou:* Kosename für Slimène-Ehnni

140 *Joyeux:* von frz., *joie,* Fröhlichkeit; Bezeichnung für Angehörige der Strafkompanien
Eden-Purée: frz., etwa: Scheiß-Eden
Vergl. auch Anmerkung zu S. 206, *elendes Loch*

146 *Hélène:* Augustin de Moërders Frau

147 *Geusen:* hier: Bettler

148 *Dr. Grenier:* ehemaliger französischer Abgeordneter, der nur formell zum Islam übergetreten war
Kadriya: Siehe Anmerkung zu S. 132, *Bruderschaft*

152 *Khouans:* Die Khouans waren zwischen dem 8. und 10. Jahrhundert entstandene, im 18. und 19. Jahrhundert mit der islamischen Erneuerungsbewegung wiederbelebte, eng mit den Traditionen des islamischen Mystizismus verbundene Orden. Ihre Bruderschaften besaßen eigene geistliche Zentren, die Zaouïas, mit Siedlungen und religiösen Schulen. Zu den bekanntesten gehören die Aïssaoua, die Tidjaniya und die Kadriya. Während die sehr mächtigen Tidjaniya militant antikolonialistisch orientiert waren, zeigten sich die Kadriya, denen Isabelle Eberhardt angehörte, zur Zusammenarbeit mit den Franzosen bereit. Siehe *Bruderschaft* S. 132

156 *Zuchthäusler aus Chiavari:* Diese Begegnung hat Isabelle in der Novelle «Amara, der Sträfling» (VERGESSENSUCHER / ISLAMISCHE BLÄTTER) beschrieben
Hendi: Berberfeigen

160 *Soufa:* arabische Stämme im Wadi Souf, vor allem die Bevölkerung von El-Oued in der nordöstlichen Sahara

163 *Frühling in der Wüste:* Erzählung Isabelles; sie ist im Band IM HEISSEN SCHATTEN DES ISLAM enthalten
Mahgreb: Erzählung Isabelles; sie ist im Band IM HEISSEN SCHATTEN DES ISLAM enthalten

168 *Lauf! Geh! Nur . . .:* Vers des französischen Schriftstellers und Abenteurers Jean Richepin (1849–1926)

171 *sursum corda:* lat., «die Herzen empor»
172 *Sapienti sat!:* lat, «Dem Verständigen genügt das!»
175 *Paschkoff:* Lydia Paschkoff; russische Reiseschriftstellerin, Bekannte Isabelles
178 *Amira:* Novelle Isabelles; sie ist im Band NOTIZEN VON UNTERWEGS enthalten
179 *seine schwache Gesundheit:* Slimène-Ehnni hatte Tuberkulose
180 *Brieux:* Eugène Brieux; französischer Dramatiker (1858–1932), der Isabelle in ihrer literarischen Entwicklung beriet
203 *Barrucand:* Victor Barrucand; Schriftsteller, Besitzer und Redakteur mehrerer Zeitungen («L'Akhbar»), in denen Isabelle Eberhardt Arbeiten veröffentlicht wurden; er war nach ihrem Tode auch der erste Herausgeber ihres schriftstellerischen Werkes
Vergl. *Vorwort* und *Editorische Notiz*
206 *Volod:* Wladimir de Moërder
206 *elendes Loch:* Isabelle bezeichnete diese Unterkunft als ihr «Eden Miséria»: sie hat sie auch gezeichnet (Bildteil, S. II).
207 *Zeheïra:* Isabelle hat dieses Ereignis in ihrer Geschichte «Taalith» (VERGESSENSSUCHER / ISLAMISCHE BLÄTTER) beschrieben
Zauberer: Diesen Besuch hat Isabelle gleich mehrmals in Erzählungen verwendet, u. a. in «Der Zauberer» und «Die Sandschrift» (beide in VERGESSENSSUCHER / ISLAMISCHE BLÄTTER)
207 *Sidi-Ferruch:* In Sidi-Ferruch bei Algier landeten 1830 die Franzosen, es war Ausgangspunkt ihrer kolonialen Eroberungen in Nord- und Westafrika
208 *Arbeiterin Jenny:* Hélène, die Frau Augustin de Moërders
210 *Ch'ilé:* Chili-Pfeffer
215 *Drinn-Gras:* nordafrikanische Grasart, die auch in den Sanddünen wächst
Taam von Sidi-Merouane: Erntefest in Sidi-Merouane
219 *Arnaud:* Anagramm des französischen Schriftstellers Robert Randau; er hat über seine Erinnerungen an Isabelle 1945 ein Buch veröffentlicht, *Isabelle Eberhardt. Notes et souvenirs. Paris 1945 (Charlot).*
221 *Margueritte:* Im April 1902 kam es in der Gegend von Margueritte, im Norden Algeriens, zu Unruhen, die aber bald von den Franzosen niedergeschlagen wurden. Die Führer des Aufstandes wurden gefangengenommen und in Frankreich, in Montpellier, vor Gericht gestellt. In der Öffentlichkeit wurde daraufhin heftige Kritik an den Methoden der französischen Kolonialpolitik geübt und die Zuständigkeit des Gerichts in Frage gestellt. Das Gericht stellte den Prozeß schließlich ein und schob die Angeklagten nach Algerien ab. Als Folge wurde im gleichen Jahr eine nur für Moslems zuständige Gerichtsbarkeit in Algerien geschaffen
223 *französischer Khammesat:* Pachtsystem
224 *Ar'ar-Sträuche:* Pfeilwurzel
228 *Diss:* Alfa-Gras; nordafrikanisches Steppengras; eignet sich besonders zur Herstellung von Papier, groben Geweben und Seilerwaren

Dum-Palmen: Zwergpalmenart

241 *Süd-Oranais:* Frankreich hatte seine seit 1830 eroberte Kolonie Algerien in drei Departements gegliedert, in das Algérois, das Constantinois und in das Oranais, das im Südwesten eine nicht eindeutig festgelegte gemeinsame Grenze mit dem Sultanat Marokko besaß. In diesem Grenzgebiet, dem Süd-Oranais, kam es um die Jahrhundertwende zu blutigen Zusammenstößen zwischen den dort ansässigen Stämmen der Beni-Guil, der Fraktion der Ouled-Djerir und der Douï-Menia auf der einen und französischen Kolonialtruppen und berittenen Soldaten der marokkanischen Makhzen-Regierung auf der anderen Seite. 1901/02 zwangen die Franzosen den marokkanischen Sultan Abd-el-Aziz, ihnen im marokkanischen Grenzgebiet Polizei- und Zollhoheit zuzugestehen. Die dadurch entstehenden militärischen Konflikte zwischen Marokkanern und Franzosen benutzte der französische Militärkommandant des Süd-Oranais, der in Aïn-Sefra residierende General Lyautey, nun seinerseits den Grenzverlauf zu «klären» und die von ihm im Gegensatz zur offiziellen französischen Politik der «Entente mit dem Sultan» betriebene «Entente mit den Stämmen» durchzusetzen. 1903 stieß Lyautey über die Oase Zousfana vor, die etwa die Grenze bildete (einziger Zugang nach Touat, dem Ausgangspunkt transsaharischer Karawanen) und besetzte einen breiten Gebietsstreifen. Diese Aktion markierte zugleich den Beginn der Okkupation Marokkos durch die Franzosen.

244 *Beni-Guil:* arabische Beduinenstämme in Südost-Marokko (aufgeführt werden nur Stämme, nicht dagegen die vielen Stammesfraktionen, deren Zugehörigkeit auch nicht immer geklärt werden konnte)

251 *Tirailleur:* Soldat der aus Eingeborenen bestehenden französischen Infanterie-Truppen in den nordafrikanischen Kolonien

253 *Espadrilles:* spanische Sandalen

254 *Berber:* Ureinwohner Nordafrikas; allgemein wird unterschieden in Berber und später zugewanderte Araber

Kabylei: fruchtbarer Küstenstrich Nordafrikas, dessen Bewohner, die Kabylen, berberische Bauern sind

255 *Doul-Menia:* arabische Stämme, die im Südosten Marokkos und im Süd-Oranais siedeln

262 *Bureau:* siehe Anmerkung zu S. 79, *Arabisches Bureau*

264 *Juden:* Die dritte bedeutende Bevölkerungsgruppe in Nordafrika waren die Juden, die seit 1870 im Gegensatz zur islamischen Bevölkerung die französische Vollbürgerschaft besaßen. Sie wohnten meist in der Mellah, dem Ghetto der großen Städte

264 *Duros:* Peso duro; spanische Münze

271 *Sultan von Fez:* Der in Fez, der Hauptstadt Marokkos, residierende Sultan Abd-el-Aziz hatte 1900 den marokkanischen Sultansthron bestiegen. Unter seiner Herrschaft verlor der Makhzen, die Regierung Marokkos, an Autorität, da Abd-el-Aziz sich den imperialistischen Interessen der europäischen Kolonialmächte nicht eindeutig widersetzte. Es kam zu Aufständen der

Stammesfürsten gegen die Zentralgewalt, und schließlich kontrollierte der Makhzen nur noch ein Drittel Marokkos, das sogenannte «Bled-el-makhzen», während die restlichen zwei Drittel von Stämmen beherrscht wurden. Dieses Gebiet, das «Bled-es-siba», das Land des Aufruhrs, umfaßte vor allem den von Berbern und Arabern bewohnten Südosten Marokkos, der an das französische Süd-Oranais grenzte

275 *Touareg:* berberische Stämme in Westafrika
Chaâmba: arabische Beduinenstämme in der algerischen Sahara
Beraber: berberische Stämme im mittleren Atlas

279 *Noiré:* Maxime Noiré, französischer Landschaftsmaler in Nordafrika, den Isabelle Eberhardt sehr verehrte und dem sie ihre Geschichte «Tränen des Mandelbaums» (NOTIZEN VON UNTERWEGS) widmete

282 *Kadriya:* Siehe Anmerkung zu S. 152 *Khouans*
Bou-Amama: der Marabout war 1881 einer der Führer der Aufstände eingeborener Stämme im algerisch-marokkanischen Grenzgebiet

283 *Bou-Hamara:* einer der Führer der Aufstände gegen den Sultan Abd-el-Aziz; Abou-Hamara gab sich als Mouley Mohammed, Bruder des Sultans, aus

310 *Aïssaoua:* siehe Anmerkung zu S. 152, *Khouans*

312 *Hamiam:* arabische Beduinenstämme im algerischen Steppengebiet

314 *Hamiani:* Angehöriger der Hamiam

319 *Aïl-Atta:* berberische Stämme, von denen einige nomadisieren, andere seßhaft sind

319 *Berbri:* Angehöriger der Beraber

325 *Filali:* Angehöriger der Filala; berberische Stämme in der Oase Tafilalt in Südost-Marokko

325 *Tombouctou:* Timbuktu

355 *Thujateer:* Holzteer des Lebensbaums, aus dem auch das keimtötende Kreosot gewonnen wird
Alfa-Gras: nordafrikanisches Steppengras; eignet sich besonders für die Herstellung von Papier, groben Geweben und Seilerwaren

356 *Bled-es-siba:* siehe Anmerkung zu S. 271, *Sultan von Fez*

369 *Chaâmbi:* Angehöriger der Chaâmba

370 *Rouara:* arabische Stämme im Wadi Rhir in der nordöstlichen Sahara

371 *Souafa:* arabische Stämme im Wadi Souf, vor allem die Bevölkerung von El-Oued in der nordöstlichen Sahara

389 *lange Geschichte:* gemeint ist das Attentat eines Tidjaniya auf Isabelle Eberhardt am 29. Januar 1901

401 *Tidjaniya:* siehe Anmerkung zu S. 152, *Khouans*
Chih: Beifuß

401 *Nana-Stöcke:* Minze

413 *Souk-el-Hadjemine:* Sonntagsmarkt in Tunis

415 *Souk-el-Attarine:* Montagsmarkt in Tunis

422 *Balancella:* einmastiges Segelschiff mit hochgezogenem Bug

Glossar arabischer Wörter und Begriffe

Abd	Diener; in Zusammensetzungen mit anderen Wörtern Eigenname: *Abd-el-Kader*
Abou	Vater, Eigentümer von . . .; Kurzform: *Bou;* in Zusammensetzungen mit anderen Wörtern Eigenname (bei Geburt des ersten Sohnes übernehmen die Eltern dessen Namen mit vorangestelltem *Oum,* Mutter von . . ., und *Abou: Abou-Amama, Bou-Amama*)
Acha-Gebet	fünftes und letztes tägliches Pflichtgebet Vergl. auch *Hadj.*
Aïn	Quelle, Brunnen; in Zusammenhang mit anderen Wörtern Ortsname: *Aïn-Sefra*
Aït	→ *Ou*
Aman	Vertrauen
«Amine»	«So sei es»; Schlußformel der Fatiha, der 1. Sure des Korans; Zustimmungsformel, entspricht unserem «Amen»
bel	zusammengezogenes *ben-el . . .,* Sohn des . . .: *Abdallah-bel-Hadj*
ben, Beni (Mz.)	Sohn von . . .; in Zusammensetzungen mit anderen Wörtern Eigenname: *Ben-Bou-Ziane;* in der Mz. und Zusammensetzung mit anderen Wörtern Eigenname von Stämmen: *Beni-Guil*
Benadir	→ *Bendir*
Bendir auch: *Benadir*	arabisches Tamburin
bent	Tochter von . . .; in Zusammensetzungen mit anderen Wörtern Eigenname: *Mannoubia-bent-Ahmed*
Berrania (Mz.)	Fremde, Ausländer
Bey	hier: französische Verwaltung in Tunesien
«Bismillah»	«Im Namen Gottes»; Segensformel
Bled	(flaches) Land
Bordj	Fort an Wüstenstraßen; meist mit einer Wasserquelle, Etappenort
Bou	→ *Abou*
Cadi	islamischer Richter; innerhalb einer Dorfgemeinschaft für alle privatrechtlichen Streitigkeiten zuständig; Angelegenheiten, die unter das öffentliche Recht fielen, wurden von der französischen Militäradministration entschieden

Cahouadji	Cafébesitzer
Caïd	Dorf- oder Stammesoberhaupt
Caïdat	Verwaltungsbezirk eines *Caïd*
Casbah	befestigte Siedlung, Festung; in Marokko: befestiges Sultansschloß; in Algier: von den Eingeborenen bewohnte Altstadt
Chechiya	roter tunesischer Turban, aus einem vier bis fünf Meter langen Schal gewickelt
Cheikh	Dorf- oder Stammesoberhaupt; Führer eines *Khouan*, einer islamischen Bruderschaft: *Cheikh Sidi Mahmoud-Lachmi*
Chérif	Nachkomme des Propheten oder dessen Familie; Eigenname
Chott	Schott; ausgetrockneter Salzsee
Dar	Haus, Gebäude
Dar-enneçara	Haus der Christen
Deïra	Gebietsverwalter mit Polizeifunktionen, in der Regel einem *Caïd* untergeordnet
Delloua	lederner Wasserbehälter
Dijouch	→ *Djich*
Dijouch (Mz.)	
Dikr	Meditation, Meditationsgebet der islamischen Mystiker Vergl. auch Anmerkung zu S. 132, *Bruderschaft*
el	bestimmter Artikel «der, die, das; die»; er wird mit bestimmten nachfolgenden Konsonanten (z. B. s, t, d, r, n) assimiliert: *Bled-es-siba,* Land des Aufruhrs
Djebel	Berg, Gebirge
Djellaba	langer, weiter Übermantel aus gewebter Kamel- oder Lammwolle, mit Kapuze und Ärmeln; von Frauen und Männern getragen
Djemaa	kleine Moschee
Djemâa	beratende Versammlung innerhalb eines Ksour oder einer Stammesfraktion
Djerid	trockene Palmzweige; Chott in Tunesien
Djich	kleine Räuberbande, Aufständische
Douar	Zeltlager, Zeltdorf; kleine Siedlung in einem Ksar
Fantasia	festliche Reiterspiele der berberischen Nordafrikaner
Fatiha	1. von 144 Suren des Koran; als einzige wird sie mit der Formel «Amine», «So sei es» abgeschlossen
Fedjr	Morgendämmerung; erstes tägliches Pflichtgebet Vergl. auch *Hadj*
Ferach	Schlafteppich, Decke
Ferrochia	großes Tuch, Decke
Fouta	großes viereckiges Tuch
Gandoura	weites Überkleid, mit oder ohne Ärmel
Gmira	zu kleinen Pyramiden gehäufte Steine, die als Wegweiser an den Wüstenstraßen dienen

Goumbri	kleine arabische Gitarre, mit zwei über einen Schildkrötenpanzer gespannte Saiten
Gourbi	konisch geformte Hütte aus Rohrgeflecht
Guemira	→ *Gmira*
Guerba	präpariertes Ziegen- oder Schafsfell, das als Wassersack dient
Hadj	Titel eines Mekka-Pilgers: *Hadj Mohammed;* die Pilgerfahrt nach Mekka ist neben dem Glaubensbekenntnis («Es gibt keinen Gott außer Allah, und Mohammed ist sein Prophet»), dem täglich fünfmal zu verrichtenden Pflichtgebet, dem Almosen und dem Fasten im Monat *Ramadan* einer der fünf «Grundpfeiler» des Islam
Hadji	Sohn eines *Hadj*
Haïk	weiter Übermantel mit Kapuze, vorne offen; Teil der weiblichen Kleidung, der zum Verhüllen des Gesichts dient
Hakkam	hier: französische Justizverwaltung; Beamter dieser Verwaltung
Hamada	Steinwüste, mit Gesteinstrümmern bedeckte Hochebene
Haram, haram	das Unerlaubte, unerlaubt, sündig
Hedjaz	Landschaft und Gebirge in Saudi-Arabien
Hedjeb	Lebenszeit der Frauen zwischen Kindheit und Alter, die sie zur Zurückgezogenheit verpflichtet
Iblis	der Teufel; einer der gefallenen Engel Allahs
Icha-Gebet	→ *Acha*-Gebet
Imam	Vorbeter in der Moschee
Kachébia	langer Rock
Kadriya	islamische Bruderschaft in West- und Nordafrika Vergl. auch Anmerkung zu S. 132, *Bruderschaft*
Kenoun	eiserner oder auch steinerner Ofen
Kharatine	→ *Khartani*
Khartani *Kharatine* (Mz.)	aus dem Sudan stammende schwarze Sklaven in Marokko und Algerien
Khodja	Verwaltungsbeamter; Schreiber; Sekretär einer *Zaouïa*
Khotba	langes, mahnendes Gebet, das vom Imam in der Moschee gesprochen wird
Khouan	islamische Bruderschaft, dem islamischen Mystizismus verpflichteter Orden Vergl. auch Anmerkung zu S. 132, *Bruderschaft*
Koubba	kleine Moschee mit Marabout-Gräbern; Grabkapelle eines *Marabout* oder einer Maraboutin, sie trägt auch meist deren Namen: *Koubba von Lella Aïcha*
Koumia	langer Krummdolch mit ziselierter Scheide
Ksar, Ksour (Mz.)	befestigtes Dorf; mehrere Ksar bilden ein Ksour
Ksour	→ *Ksar*
Lella	Frau, Dame; Titel einer Maraboutin: *Lella Aïcha*

Maghreb	Westen, Abend; Land des Sonnenuntergangs, westlicher Teil der arabischen Welt (Marokko, Algerien, Tunesien); 6 Uhr abends
Mahakma	Gerichtsgebäude
Makhzen	Regierung des markokkanischen Sultan Abd-el-Aziz; hier: der französische Generalgouverneur in Algerien
Marabout	islamischer Heiliger, Weiser
Mektoub	das den Menschen von Allah bestimmte Schicksal, dem sie nicht entgehen können
Mella	aus Wasser und Hirse zubereitetes Nahrungsmittel
Mellah	jüdisches Viertel in den marokkanischen Städten, Ghetto
Mihrab	Gebetsnische in der Moschee, nach Mekka gewandt
Mlahfa	wollenes Überkleid
Mokhazni	Soldat der aus Eingeborenen bestehenden Reitertruppe, die den *Arabischen Bureaus* beigeordnet war; die Mokhazni vor allem wurden im Konflikt mit Marokko und den einheimischen Stämmen eingesetzt Vergl. auch Anmerkungen zu S. 241, *Süd-Oranais,* und S. 79, *Arabisches Bureau*
Mokkaddem	Vorsteher eines Stadtviertels oder Distriktes
Mouley	Adelstitel eines *Chérif;* Eigenname
Muezzin	Ausrufer, der die Gläubigen fünfmal täglich zum Gebet ruft
M'zanat	→ *M'zani*
M'zani	
M'zanal(Mz.)	verächtliche Bezeichnung der Südmarokkaner für die Algerier, die sie für religiöse Renegaten halten
Naala	Sandalen der Nordafrikaner
Naïb	Statthalter; stellvertretender islamischer Richter
ou, Aït (Mz.)	Sohn von . . .; in Zusammensetzungen mit anderen Wörtern Eigenname: *Ba-Mahmadou-ou-Salem;* in der Mz. und in Zusammensetzungen mit anderen Wörtern Eigenname von Stämmen: *Aïft-Atta*
Oudjak	kleiner Ofen in nordafrikanischen Cafés
Oued	Wadi; Flußbett, das nur zu bestimmten Zeiten Wasser führt, sonst trocken liegt
Ould	Sohn von . . .; in Zusammensetzungen mit anderen Wörtern Eigenname: *Maammar-Ould-Kaddour*
Ouled	Kinder von . . ., in Zusammensetzung mit anderen Wörtern Eigenname von Stämmen: *Ouled-Naïl*
Oum	Mutter von . . .; in Zusammensetzungen mit anderen Wörtern Eigenname: *Oum-Ahmed* Vergl. auch *Abou*
Ramadan	vom Kalender unabhängiger islamischer Fastenmonat, in

	dem vom Frühgebet bis zum Sonnenuntergang weder gegessen, getrunken oder geraucht werden darf; während dieser Zeit ist auch geschlechtliche Enthaltsamkeit vorgeschrieben
Rhaïta	arabischer Dudelsack
Roumi	Ungläubiger, Fremder; dann auch: Franzose
Roumia (w.)	
Sebkha	abflußlose Senke mit salzhaltigem Boden; ausgetrockneter Salzsee
Séguia	offener Bewässerungskanal in Oasen
Seroual	weitgeschnittene schwarze Hose, an den Knöcheln eng geschlossen
Si	Herr; Anrede: *Si Mahmoud*
Sidi	Herr, Meister; Anrede eines Marabout: *Sidi Brahim; Sidi* entspricht dem weiblichen *Lella*
Sloughi	arabischer Windhund
Sokhar	Kamelführer
Sounna	auf dem Koran und der Lebensführung Mohammeds beruhende Tradition des Islam
Souk	Markt
Spahi	Soldat der aus den Eingeborenen bestehenden französischen Kavallerie in den nordafrikanischen Kolonien
Tabadji	arabischer Koch, Inhaber eines Speiselokals
Taleb, Tolba (Mz.)	islamischer Theologiestudent, Lehrer an religiösen Schulen; in der Mz. *Tolba* bei den mozabitischen Stämmen auch: Ältestenrat
Tidjaniya	islamische Bruderschaft in West- und Nordafrika Vergl. auch Anmerkung zu S. 132, *Bruderschaft*
Tolba	→ *Taleb*
Toub	Lehm; gebrannte Ziegel
Wadi	→ *Oued*
Zaouïa	Kloster, Siedlung islamischer Bruderschaften Vergl. auch Anmerkung zu S. 132, *Bruderschaft*
Ziara	Pilger

Editorische Notiz

Die vier Bände der SANDMEERE versammeln erstmals sowohl aus dem Nachlaß stammende Schriften der Isabelle Eberhardt, wie auch von ihr selbst publizierte Stücke und solche, die ihr erster Herausgeber Victor Barrucand ediert hat.

Im Gegensatz zu den nachgelassenen Arbeiten, den TAGWERKEN[1], Isabelles Tagebüchern aus den Jahren 1900 bis 1903, und den im Teilband VERGESSENSSUCHER enthaltenen Novellen[2], deren Authentizität niemals bezweifelt wurde, sind gegen die von Barrucand herausgegebenen Texte immer wieder Vorbehalte gemacht worden.

Dieses Mißtrauen beruhte vor allem auf seinem Einfall, 1906 die erste Eberhardt-Auswahl, «Dans l'ombre chaude de l'Islam»[3], IM HEISSEN SCHATTEN DES ISLAM, unter seinem Namen erscheinen zu lassen. Erst nach einem gegen ihn angestrengten Plagiatsprozeß trug das Buch in der zweiten Auflage ihrer beider Namen: Isabelle Eberhardt *und* Victor Barrucand.

1908 folgte, wiederum von Barrucand herausgegeben, «Notes de route»[4], NOTIZEN VON UNTERWEGS, eine Sammlung von Reiseskizzen aus dem Maghreb, und 1920 «Pages d'Islam»[5], ISLAMISCHE BLÄTTER.

Alle diese Bände enthielten zum weitaus größeren Teil noch zu Lebzeiten Isabelles in Zeitungen und Zeitschriften, vor allem Barrucands «L'Akhbar», veröffentlichte Arbeiten. Zwar ist ein mögliches redaktionelles Mitwirken Barrucands daran nicht aufzuklären – er selbst hat sich dazu nie eindeutig geäußert –, gleichwohl können diese Texte als authentisch angesehen werden, da sie Isabelle auch in einer redigierten Form bekannt waren.

[1] Isabelle Eberhardt: Mes Journaliers. Précédés de «La Vie tragique de la Bonne Nomade» par René-Louis Doyon. Paris 1923 (La Connaissance).

[2] Isabelle Eberhardt: Contes et Paysages. Textes originaux. Avec un «Avant-Lire» de R.-L. Doyon. Paris 1925 (La Connaissance).
Dieser Band enthält neben bis dahin unveröffentlichten Erzählungen die beiden 1914 und 1923 veranstalteten Privatdrucke von «Au Pays des Sables» und von «Amara le Forçat» und «L'Anarchiste».

[3] [Isabelle Eberhardt et] Victor Barrucand: Dans l'ombre chaude de l'Islam. Notes par Victor Barrucand. Paris 1906 (E. Fasquelle).

[4] Isabelle Eberhardt: Notes de route. Maroc, Algérie, Tunisie. Publiées avec une préface par Victor Barrucand. Illustrations de G. Rochegrosse, E. Dinet, M. Noiré, P. Bonnard. Paris 1908 (E. Fasquelle).

[5] Isabelle Eberhardt: Pages d'Islam. Publiées avec une préface et des notes par Victor Barrucand. Paris 1920 (E. Fasquelle).

Anders verhält es sich mit den Teilen, die bis dahin unveröffentlicht waren. Hier sind in der Tat zuweilen stilistische Brüche zu erkennen – die Neigung Barrucands, Geschichten Isabelles *aus*zuerzählen und damit die knappe und gedrängte Struktur ihrer Erzählungen zu zerstören.[6]

Es sind daher aus «Notes de route» neun Geschichten und ein aus Fragmenten und Tagebuchblättern montiertes Kapitel («Souvenirs d'El-Oued») nicht in die deutsche Ausgabe übernommen worden. Weggelassen wurden ferner aus dem gleichen Band zwei Varianten und eine Dublette, und aus «Pages d'Islam» drei kleine Fragmente und acht Dubletten bzw. Varianten (wobei mehreren Fassungen in der Regel der kürzeren und früher datierten der Vorzug gegeben worden ist).

Wir haben die französische Transkription der arabischen Namen, Wörter und Begriffe übernommen, obwohl sie in sich uneinheitlich und in der Wiedergabe arabischer Laute ungenau ist.

Das ist auch dort geschehen, wo deutsche Nachbildungen arabischer Wörter zur Verfügung standen (*Kuskus* für *Couscous* z. B.), denn es erschien uns unsinnig, einige Wörter in französischer, andere in deutscher Schreibung wiederzugeben, zumal in vielen Fällen die deutschen Wörter nur die französische Transkribierung nachahmten.

Eingegriffen wurde in die häufig unterschiedliche Orthographie gleicher arabischer Wörter: sie wurden in allen vier Teilen der SANDMEERE weitgehend vereinheitlicht und mit großen Anfangsbuchstaben geschrieben, da es uns bei den Texten auf Lesbarkeit und schnelles Wiedererkennen fremder Wortbilder ankam.

Vereinheitlicht wurde aus den gleichen Gründen das äußere Erscheinungsbild der geographischen Eigennamen: alle Eigennamen wurden groß, Artikel (*el* usw.) und Verwandtschaftsbezeichnungen (*ben* usw.), soweit sie nicht am Anfang des Namens standen, klein geschrieben; alle Namensbestandteile mit Bindestrichen durchgekoppelt. Unterschiedliche Schreibweisen (*Abd-el-Kader; Abdelkader* usw.) wurden belassen.

Die Schreibung der geographischen Namen erfolgte auf der Grundlage zu Anfang des Jahrhunderts gebräuchlicher Karten. Unter den im Originaltext vorhandenen verschiedenen Namensvarianten eines Ortes wurde jeweils die der heutigen Schreibweise ähnlichste vorgezogen. Alle Namensbestandteile wurden, karthographischen Gewohnheiten entsprechend, groß geschrieben und mit Bindestrichen durchgekoppelt. So lassen sich, da viele Orte die Namen von

[6] *Exzessiv hat Victor Barrucand das an dem 1922 bei Fasquelle unter Isabelle Eberhardts Namen erschienenen Roman «Trimardeur»* (Trimardeur. Roman. Terminé et publié avec une préface par Victor Barrucand. Paris 1922) *demonstriert: er ist aus zwei nicht erhaltenen Textfragmenten «vollendet» worden.*

Personen tragen, die geographischen von den Eigennamen unterscheiden *(Sidi-Bel-Abbès; Sidi Mahmoud-ben-el-Hamouda)*.

Das Glossar führt nur wiederholt und nicht eindeutig aus dem Textzusammenhang erklärbare arabische (und berberische) Wörter und Begriffe auf.

Die Anmerkungen verzeichnen Erklärungen nichtarabischer Wörter und zusätzliche Informationen zu den Texten, wobei sich gelegentliche Überschneidungen mit dem Glossar nicht vermeiden ließen.

Frau Dr. *Sylvia Powels* vom Orient-Institut der Freien Universität Berlin gilt mein Dank für ihre Hinweise bei der Entschlüsselung arabischer Wörter und Begriffe, Herrn *Gilles Choufloux*, Paris, und Herrn *Manuel Herzog*, Augsburg, für ihre Hilfe bei der Textredaktion.

Paris, im April 1981 C. B.

INHALT

TAGWERKE

IM HEISSEN SCHATTEN DES ISLAM

Eindrücke aus der Sahara

Stunden von Tunis

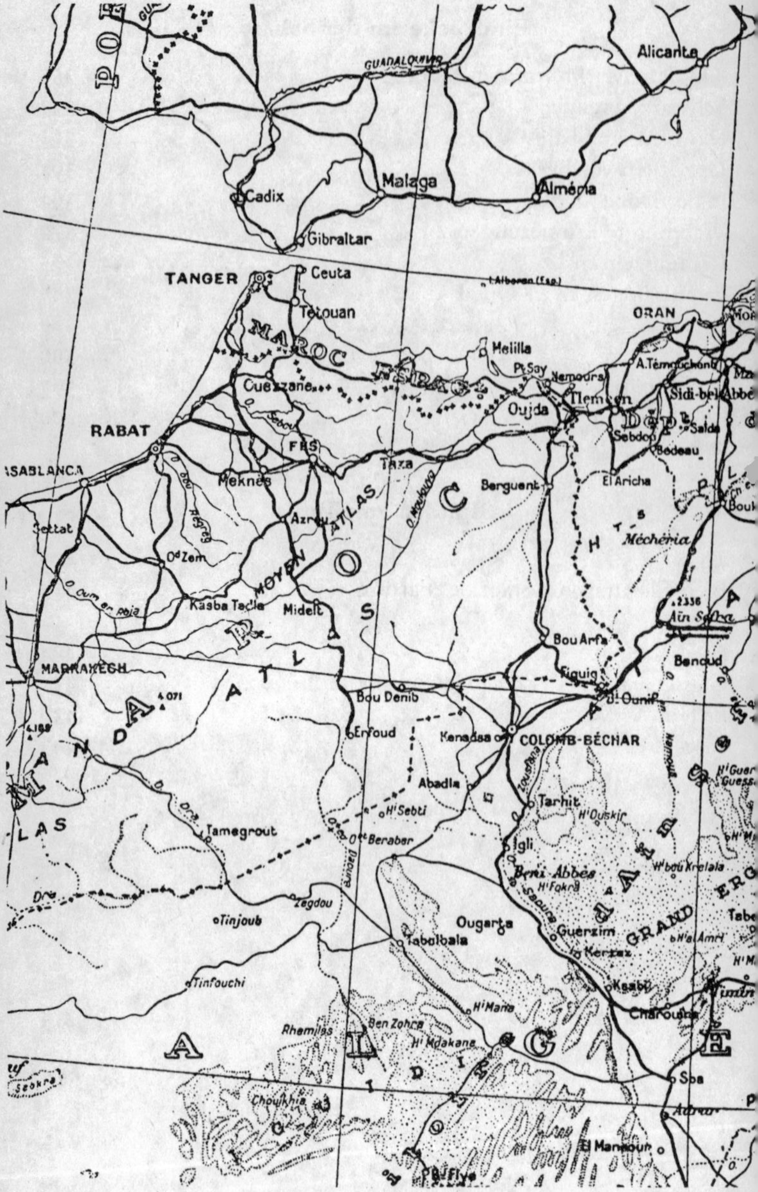
Alicante
GUADALQUIVIR
Malaga
Alméria
Cadix
Gibraltar
TANGER
Ceuta
Tetouan
MAROC
ESPAG
Melilla
ORAN
Nemours
Tlemcen
Oujda
Sebdou
Saïda
Sidi-bel-Abbès
Bedeau
El Aricha
Berguent
RABAT
Ouezzane
FES
Taza
Meknès
Azrou
MOYEN ATLAS
Settat
Od Zem
Kasba Tadla
Midelt
Mécheria
Aïn Sefra
Bou Arfa
Figuig
Benoud
MARRAKECH
Bou Denib
Erfoud
Kenadsa
COLOMB-BÉCHAR
Abadla
Tarhit
Igli
Beni Abbès
Tamegrout
Zegdou
Tinjoub
Ougarta
Guerzim
Kerzaz
GRAND ERG
Tabelbala
Tinfouchi
Ksabi
Charouïne
Rhemilas
Ben Zohra
Sba
Adrar
El Mansour
Chouikhia
Bi Flye

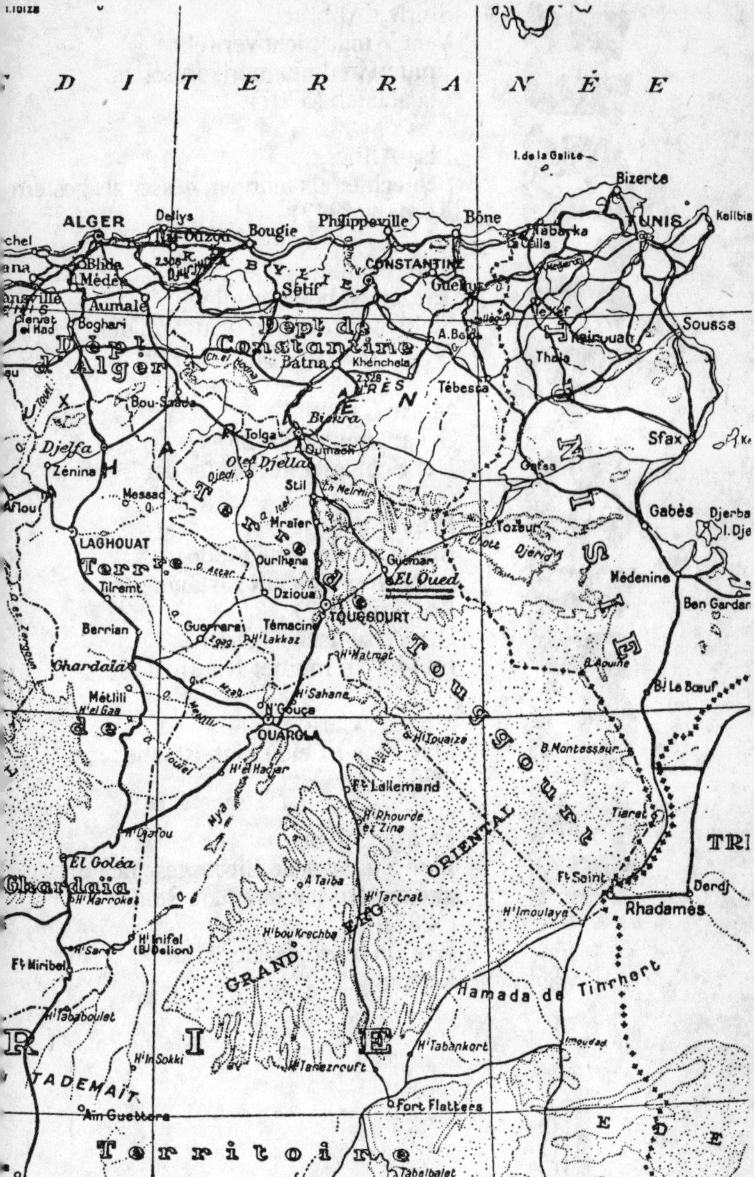

D I T E R R A N É E
I. de la Galite
Bizerte
TUNIS
Kelibia
ALGER
Dellys
Bougie
Philippeville
Bône
Tabarka
La Calle
CONSTANTINE
Blida
Médéa
Sétif
Aumale
Boghari
Guelma
Soussa
Dépt de Constantine
Dépt d'Alger
Batna
Khenchela
A. Beida
Kairouan
Thala
Tébessa
Bou-Saâda
Biskra
Tolga
Sfax
Djelfa
Zénina
O. Djedi
Gafsa
Messad
Stil
Aflou
Mraïer
Tozeur
Chott Djerid
Gabès
Djerba
I. Djerba
LAGHOUAT
Ourlhana
Guémar
El Oued
Médenine
Tilremt
Dzioua
TOUGGOURT
Ben Gardane
Berrian
Guerrara
Témacine
H. Lakkaz
Ghardaïa
Métlili
N'Gouça
OUARGLA
B. Aouine
Bj. Le Bœuf
B. Montessaur
Ft Lallemand
Tiaret
GRAND ERG ORIENTAL
El Goléa
Ft Saint
Rhadamès
Derdj
Hamada de Tinrhert
Ft Miribel
TADEMAÏT
Aïn Guettara
Fort Flatters
Tabalbalet
In-Salah
Territoire

neue frau

Sarah Lloyd
Eine indische Liebe
(5586)
China erfahren
Ein Reisebericht (12339)

Margaret Mead
Brombeerblüten im Winter
Ein befreites Leben (4226)

Daphne Merkin
Die Prinzessin von New York
Roman (12303)

Kate Millett
Im Iran (5062)
Fliegen (5156)

Toni Morrison
Sehr blaue Augen (4392)
Sula
Mit einer Auswahl von Essays zu diesem Roman (5470)
Solomons Lied/Teerbaby
Romane
Kassette mit 2 Bänden (5740)

Aysel Özakin
Der fliegende Teppich
Auf der Spur meines Vaters
Roman (5879)

Angela Präsent (Hg.)
Die Rückkehr zu den Männern
Das zweite Lesebuch der neuen frau
(12241)

Eine Auswahl

neue frau

Eine Auswahl

Kerstin Throvall
Die Verschwundene
Roman (12180)

Märta Tikkanen
Wie vergewaltige ich einen Mann?
(4581)
Die Liebesgeschichte des Jahrhunderts
Roman in Gedichten (4701)
Aifos heißt Sofia
Leben mit einem besonderen Kind (5166)
Der Schatten, unter dem du lebst
Eine Erzählung in Gedichten (5558)
Ein Traum von Männern, nein, von Wölfen
Roman (5946)
Der große Fänger
Roman (12806)

Alice Walker
Die Farbe Lila
Roman (5427)

Marjorie Shostak
Nisa erzählt
Das Leben einer Nomadenfrau in Afrika (4978)

Victoria Thérame
Bastienne Roman (5494)
Die Taxifahrerin (4235)
Die Pianistin Roman (4958)
Paris erobern Roman (12892)

C 912/1 d